HEYNE

## DAS BUCH

Wir schreiben das Jahr 2160: Die Erde ist den Menschen zu eng geworden und zwischen den Vereinten Nationen und China ist ein gnadenloser Wettstreit um die Kolonien in unserem Sonnensystem entbrannt. Als Forscher auf dem Merkur eine geheimnisvolle Technologie entdecken, die die Entwicklung eines neuen Lichtgeschwindigkeitsantriebs ermöglicht, sind die Vereinten Nationen entschlossen, nun auch zu anderen Sonnensystemen aufzubrechen. Mit dem Raumschiff *Ad Astra* werden zweihundert Kolonisten ins vier Lichtjahre entfernte Alpha-Centauri-System geschickt, um dort den Planeten Centauri c zu besiedeln. Doch keiner der Passagiere ist freiwillig an Bord, und das aus gutem Grund: Fauna und Flora auf Centauri c sind für Menschen lebensfeindlich, die Sonne steht immer am gleichen Punkt und der Anbau von Nahrungsmitteln ist nahezu unmöglich. Kaum auf Centauri c angekommen, werden die schlimmsten Befürchtungen der Siedler sogar noch übertroffen: In Gruppen werden sie auf dem Planeten ausgesetzt und ihrem Schicksal überlassen. Einer von ihnen ist Yuri Eden, der zusammen mit der Astronautin Mardina Jones und einigen anderen versucht, sich auf Centauri c ein neues Leben aufzubauen. Doch auf dem Planeten lauern tödliche Gefahren und schon bald sind Yuri und die übrigen Siedler in einen brutalen Überlebenskampf verstrickt …

## DER AUTOR

Stephen Baxter, 1957 in Liverpool geboren, studierte Mathematik und Astronomie, bevor er sich ganz dem Schreiben widmete. Er zählt zu den international bedeutendsten Autoren wissenschaftlich orientierter Literatur. Etliche seiner Romane wurden mehrfach preisgekrönt und zu internationalen Bestsellern. Stephen Baxter lebt und arbeitet im englischen Buckinghamshire. Zuletzt sind bei Heyne die Romane *Die letzte Flut*, *Die letzte Arche* und *Evolution* erschienen.

Mehr über Stephen Baxter und seine Romane auf:

**diezukunft.de**

STEPHEN BAXTER

# proxima

Roman

Aus dem Englischen von
Peter Robert

WILHELM HEYNE VERLAG
MÜNCHEN

Titel der englischen Originalausgabe
PROXIMA

MIX
Papier aus verantwortungsvollen Quellen
FSC® C014496

Verlagsgruppe Random House FSC® N001967

5. Auflage

Deutsche Erstausgabe 10/2014
Redaktion: Ralf Dürr

Printed in Germany
Umschlaggestaltung: Nele Schütz Design, München,
unter Verwendung von shutterstock/Igor Zh.
Satz: Schaber Datentechnik, Wels
Druck und Bindung: GGP Media GmbH, Pößneck

ISBN 978-3-453-31579-2

www.diezukunft.de

*In den Herzen von hundert Milliarden Welten –*
*Über eine Billion sterbender Wirklichkeiten in einem tödlichen Multiversum hinweg –*
*In der chthonischen Stille –*
*Träumten Wesen, diffus und uralt, den Traum von der Endzeit.*

# Erster Teil

# 1

## 2166

*Ich bin wieder auf der Erde.*

Das war Yuris allererster Gedanke, als er in einem Bett erwachte: einem harten Bett mit fester Matratze und leichten Laken und Decken, aber dennoch in einem richtigen Bett, nicht in der vierstöckigen Etagenkoje eines Schlafraums in einer Kuppel auf dem Mars.

Er schlug die Augen auf und blinzelte ins helle Licht von Neonröhren an den Wänden. Eine sauber aussehende Decke. Menschen mit grünen Kitteln, Hygienehauben und Mundschutzmasken, das leise Murmeln kompetenter Stimmen, piepsende und zirpende Maschinen. Andere Betten, andere Patienten. Das Ambiente eines typischen Krankenhauses. Er sah das alles am Rand seines Gesichtsfelds; bisher hatte er noch nicht einmal den Kopf gedreht, so schwer fühlte er sich.

Das Letzte, woran er sich erinnerte, war die Nadel, die Friedenshüter Tollemache, dieser Drecksack, ihm in den Hals gerammt hatte. Er hatte keinen blassen Schimmer, wie lange er bewusstlos gewesen war – Monate, wenn man ihn zur Erde zurückgebracht hatte –, und er wusste von seiner Erholungsphase nach den Jahrzehnten im Kälteschlaf, dass es ratsam war, beim Aufwachen Vorsicht walten zu lassen.

Allerdings war ihm klar, dass er sich auf der Erde befand. Er spürte es in den Knochen. Yuri wurde im Jahr 2067, vor fast hundert Jahren, auf der Erde geboren und hatte die heldenhafte Expansion der Menschheit ins Sonnensystem in einem Kryo-Tank verschlafen. Aufgewacht war er in einer Kolonie, die auf dem Mars lag, wie er im Lauf der Zeit herausfand. Doch nun, nach einem weiteren Zwangsschlaf, sah die Sache wieder anders aus. Er wagte es, die Hand zu heben. Die Muskeln in seinem Arm schmerzten schon allein von dieser Bewegung; er spürte, wie Schläuche an ihm zerrten, und die Hand fiel wieder herab und landete mit einem befriedigend schweren Aufschlag. Die herrliche Erdschwerkraft, nicht diese Weder-das-eine-noch-das-andere-Schweberei auf dem Mars. Es konnte nur die Erde sein, seine Heimat.

Eine Million Fragen schwirrten ihm durch den Kopf. Zum Beispiel: *Wo* auf der Erde? Weshalb hatte man ihn zurückgeschickt, statt ihn auf dem Mars verrotten zu lassen? Und in welcher Einrichtung, was für einem Gefängnis befand er sich diesmal? Es machte ihm jedoch nichts aus, dass er die Antworten nicht kannte. Seit er auf dem Mars erwacht war, hatte er überhaupt nur sehr wenige Antworten bekommen, und außerdem war es ihm nicht wichtig genug gewesen, um Fragen zu stellen. Ganz egal, wie sehr sich hier unten alles verändert hatte, seit er in den Kryo-Tank gestiegen war: Der schlimmste Käfig auf der Erde war besser als die tollste Luxusbude, die es auf dem Mars geben mochte. Denn auf der Erde konnte man jederzeit die Tür aufmachen, die Luft atmen, selbst wenn es eine überhitzte, vergiftete Suppe war, und einfach losmarschieren, weiter und immer weiter …

Er schloss die Augen.

»Hopp, hopp, raus aus den Federn, Schlafmütze.«

Ein Gesicht zeichnete sich über ihm ab, eine schwarze Frau in einem grünen Kittel mit einem Namensschild, das er nicht lesen konnte, das Haar unter einer grünen Stoffhaube verborgen. Sie trug keinen Mundschutz, und sie lächelte ihn an. Sie sah müde aus.

Er versuchte zu sprechen. Sein Mund war trocken, und die Zunge klebte schmerzhaft am Gaumen. »Ich … ich …«

»Hier. Trink einen Schluck Wasser.« Sie hielt ihm ein Nuckelfläschchen hin, wie das eines Babys. Das Wasser war warm und schal. Es schien ihr Mühe zu bereiten, die Flasche in die Höhe zu halten, als wäre sie selber schwach. »Weißt du, wie du heißt?« Sie warf einen Blick aufs Fußende seines Bettes. »Yuri Eden. Das ist alles, was wir über dich haben. Keine näheren Angehörigen. Stimmt das?«

Er zuckte nur die Achseln, eine vorsichtige Bewegung, flach auf dem Rücken liegend.

Sie musterte ihn von oben bis unten, schaute ihm in die Augen, warf einen prüfenden Blick auf einen Monitor neben dem Bett. »Ich bin Dr. Poinar. Ich gehöre zur IRF und habe einen Mannschaftsrang, aber du kannst mich mit ›Doktor‹ anreden. Du hast dir reichlich Zeit gelassen, aus dem künstlichen Koma aufzuwachen, in das die Friedenshüter dich versetzt haben. Na ja, so hat es mit dem Start jedenfalls besser geklappt. Tatsächlich hat mehr als die Hälfte der Crew alles verschlafen. Mal sehen, ob wir uns aufsetzen können. Okay?« Sie drückte auf einen Knopf.

Mit dem Summen von Servomotoren klappte der obere Teil des Bettes langsam hoch, richtete seinen Oberkörper auf, beugte ihn in der Taille. Er fühlte sich schwach, und sein Kopf war wie eine Wanne, in der Flüssigkeit schwappte. Die Station um ihn herum färbte sich grau. Er spürte ein Kribbeln im rechten Arm, irgendeine Flüssigkeit wurde in ihn hineingepumpt.

Dr. Poinar musterte ihn aufmerksam. »Alles in Ordnung? Gut. Dann kommt jetzt die Fünf-Sekunden-Info – später gibt es noch einen richtigen Einführungsprozess, den jeder phasenweise absolviert, zuerst das theoretische Zeug und der Zugriff auf die Datenbanken, während man wieder zu Kräften kommt, dann körperliche Arbeit, einschließlich der anteiligen Wartungsdienste.« Sie warf einen kurzen Blick auf sein Datenblatt. »Mehr davon, wenn du in einem Strafkommando landest, und angesichts deiner Akte dürfte das mehr als wahrscheinlich sein. Aber das Wichtigste ist, dass du erst mal wieder auf die Beine kommst. Dein Körper muss sich neu auf die volle Schwerkraft einstellen. Die Nervenrezeptoren, die deine Haltung und jede Art von Bewegung regeln, sind im Moment total durcheinander. Dein Innenohr weiß nicht, was, zum Teufel, hier los ist. Dein Flüssigkeitshaushalt ist komplett aus den Fugen, und du wirst noch eine Weile unter den Symptomen von niedrigem Blutdruck leiden. Hier, trink das.«

Sie hielt ihm eine weitere Flasche hin, und diesmal nahm er sie. Es war eine salzige Flüssigkeit; er spuckte unwillkürlich aus.

»Du bekommst eine Reihe von Injektionen, um den Kalziumverlust in deinen Knochen auszugleichen, und noch ein paar andere Dinge. Und Physiotherapie zum Aufbau deiner Muskelkraft und Knochenmasse. Die darfst du auf keinen Fall auslassen. Oh, und dein Immunsystem wird gelitten haben. Jedes Virus, das jemand in diesen Zylinder mitgebracht hat, ist wie verrückt umgegangen; damit wirst du noch ein paar Wochen Spaß haben. Später folgen dann weitere medizinische Programme – Voradaptation für Prox, diverse präventive Eingriffe.« In ihrem Grinsen lag ein Hauch von Grausamkeit. »Wie geht's deinen Zähnen? Aber die kommen erst in einem Jahr oder später dran.«

*Prox?*

Nicht weit entfernt begann ein Baby zu schreien.

»Irgendwelche Fragen? Ach, bestimmt jede Menge. Benutze einfach deinen gesunden Menschenverstand. Jetzt bleib erst mal so sitzen, bis das Schwindelgefühl abgeklungen ist. Leg dich *nicht* wieder hin. Ich komme später noch mal vorbei und schaue, ob du schon feste Nahrung zu dir nehmen kannst. Und achte auf den Katheter, die Schwester wird ihn später entfernen. Lass es ruhig angehen, Yuri Eden.« Sie verschwand aus seinem Blickfeld.

Dieses Baby schrie noch immer, ganz in der Nähe zu seiner Linken.

Sehr vorsichtig drehte er den Kopf in diese Richtung; wieder wurde alles grau, und er hörte ein Klingeln in den Ohren, aber er wartete, bis es vorbeiging. Er sah weitere Betten, die sich in einem Raum mit einem Durchmesser von höchstens sieben, acht Metern drängten – kleiner, als er erwartet hatte. Einige der Betten waren von Trennwänden aus Stoffbahnen umgeben. Weiteres Krankenhauspersonal und ein paar Servoroboter glitten durch die schmalen Lücken zwischen den Betten. Von der Decke baumelten Geräte, darunter auch so etwas wie ein ferngesteuertes Operationsbesteck, lauter Manipulatorarme, Laserdüsen und Messer.

In Yuris linkem Nachbarbett lag eine junge Frau, eigentlich eher ein Mädchen, blass, blondes Haar, zerbrechliche Statur. Ausgesprochen hübsch. Sie hielt ein Baby in den Armen, ein Bündel von Decken; während sie es wiegte, ebbte das Schreien allmählich ab. Sie sah, dass Yuri zu ihr herüberschaute. Er wandte den Kopf ab, und wieder drehte sich ihm alles vor Augen. In Eden hatte er sich angewöhnt, Blickkontakt zu vermeiden, den Leuten ihre privaten Rückzugsräume zu lassen.

»Ist schon gut.« Sie hatte einen weichen, vielleicht osteuropäischen Akzent.

Er sah wieder zu ihr hin. »Ich wollte dich nicht anstarren.« Seine Stimme war rau und heiser.

»Ach, der kleine Cole hat geschrien und jeden gestört.« Sie lächelte. »Tut mir leid, wenn er dich aufgeweckt hat.«

Das verwirrte ihn. Dann merkte er, dass sie scherzte. Er versuchte zu lächeln, hatte aber keine Ahnung, was für eine Grimasse sein taubes Gesicht zog.

»Ich heiße Anna Vigil.«

»Ich bin Yuri.«

»Yuri Eden. Hat die Ärztin gesagt.« Der kleine Cole zappelte und gurgelte leise. »Ihm geht's gut. Ich bin diejenige, die herkommen musste. Ein Schnupfenvirus hat mich umgehauen, ich bin noch schwach vom Stillen. Natürlich sollten wir gar nicht hier sein. Ich war hochschwanger, als die Aushebung stattfand. Irgendwas ist da schiefgelaufen. Cole ist das einzige Kind hier drin.«

»Cole, hm? Hübscher Name.«

Sie schien darüber nachzudenken, als wären seine Worte ein wenig absonderlich. »Sein Namenspatron ist natürlich Dexter Cole. Der erste Mensch auf Proxima.«

*Natürlich.* Wer? Wo? Er stieg aus dem verwirrenden kleinen Gespräch aus, zog sich in sich selbst zurück.

»Hey, Kumpel.«

Er drehte den Kopf nach rechts.

In dem Bett auf dieser Seite lag ein Mann, um die dreißig, Asiate. Verbände umhüllten seinen Kopf, und die linke Seite seines zerschlagenen Gesichts war so aufgedunsen, dass ein Auge beinahe zugeschwollen war. Trotzdem lächelte er. »Alles okay mit dir?«

Yuri zuckte steif die Achseln.

»Hör zu. Ist bloß das Schlafmittel, das die Cops einem geben. Und sie setzen es nicht gerade sparsam ein. Ich habe selbst ein paar Dosen abgekriegt, während ich ihnen ganz ruhig zu erklären versuchte, dass ich als ausländischer Staatsangehöriger nicht in ihr Aufgebot für die *Ad Astra* gehöre. Dauert eine Weile, bis man wieder richtig wach wird. Keine Sorge, der Nebel wird sich schon noch lichten.« Sein Akzent klang amerikanisch, vielleicht Westküste, aber Yuris Ohr war hundert Jahre hinter der Zeit zurück.

»Danke«, sagte Yuri. »Aber ich schätze mal, Sie sind nicht deshalb hier. Wegen der Schlaferei.«

»Du solltest Arzt werden. Nein, diesmal hat mich der Große hierhergebracht. Obwohl es beim letzten Mal ein paar Friedenshüter waren, die mich breitschlagen wollten und mir dabei eine Rippe gebrochen haben …«

»Der Große?«

»Gustave Klein, so heißt er. Vermutlich weißt du das nicht. Er ist hier der King, oder jedenfalls hält er sich dafür. Nimm dich in Acht vor ihm. Also, Yuri Eden, hm? Auf dem Mars bist du mir nie über den Weg gelaufen. Mein Name ist Liu Tao.« Er buchstabierte ihn.

»Amerikaner?«

»Ich? Nein. Aber ich habe auf einer Schule für im Ausland lebende USNA-Bürger in Neu-Beijing Englisch gelernt. Deshalb ist mein Akzent ein bisschen altmodisch, das fällt jedem auf. Ich bin Chinese. Tatsächlich bin ich Offizier in der Raumflotte des Volkes. Yuri Eden? Heißt du wirklich so? Du hast in Eden gelebt, stimmt's?«

»Ja.«

»Wie war's da so?«

Obwohl er keinerlei gemeinsame Bezugspunkte mit diesem Burschen hatte, versuchte Yuri, es ihm zu beschreiben. Eden war der größte Außenposten der Vereinten Nationen auf dem

Mars gewesen, und einer der ältesten. Die Menschen wohnten in zylindrischen, nissenhüttenartigen Tanks, den Überresten der ersten gelandeten Schiffe, die man umgekippt, mit Erdreich überhäuft und in Schutzräume umgebaut hatte, aber auch in vorgefertigten Kuppeln und sogar in ein paar Gebäuden aus roten marsianischen Sandsteinblöcken. Die ganze Kolonie war Yuri wie ein Gefängnis oder ein Arbeitslager erschienen. Dabei war sie nur ein Nadelstich, eine kleine Bastion; den Gerüchten zufolge würde eine Kolonie wie diese von den riesigen Städten in den Schatten gestellt werden, die die Chinesen auf dem übrigen Planeten bauten, Städten wie ihre Hauptstadt Obelisk in Terra Cimmeria.

Liu Tao hörte mit ausdrucksloser Miene zu.

»Und wie sind Sie hier gelandet?«

»Reines Pech. Ich war als Pilot eines Shuttles auf dem Weg von Rot Zwei, einer unserer Orbitalstationen, zu unseren Vorratsdepots und Manufakturen im Phaethontis-Gebiet, als eines der Hilfstriebwerke ausgefallen ist. Wir mussten in großer Höhe aussteigen, mein Kumpel und ich, und das ist auf dem Mars kein Vergnügen. Er ist wohlbehalten runtergekommen – nehme ich jedenfalls an, ich habe es nie erfahren. Meine Muschelschale, mein Hitzeschild, hatte einen Sprung. Ich hatte Glück, dass ich überlebt habe. Aber ich bin in der Nähe von Eden runtergekommen, und zwei von euren Friedenshütern waren als Erste bei mir.

In klarem Widerspruch zu diversen Verträgen haben sie mich festgehalten und mich zahlreichen ›Verhören‹ unterzogen.« Er ließ das Wort in der Luft hängen. »Ich sollte ihnen die internen Geheimnisse der Triangel verraten. Weißt du darüber Bescheid? Das ist dieser große Handelsring, den wir gerade aufbauen, von der Erde zu den Asteroiden und zum Mars und zurück.

Aber ich bin bloß ein Fährenpilot aus dem Marsorbit. Bei Maos Eiern, es ist ja nicht so, als würden wir euch in Eden ausspionieren!« Er lachte über diese Vorstellung. »Na ja, sie haben mich dort festgehalten, und ich dachte schon, sie würden mich gar nicht mehr gehen lassen, ich meine, vielleicht hatten sie meinen Vorgesetzten ja erzählt, sie hätten mich tot aufgefunden oder so. Was wollten sie mit mir anstellen, mich umbringen? Es ist wohl keine Überraschung, dass sie mich ins Aufgebot gesteckt und in diesem Zylinder eingesperrt haben, stimmt's? Aus den Augen, aus dem Sinn. Aber wir alle sind hier Gefangene …«

»Niemand ist ein Gefangener«, sagte Dr. Poinar, die mit einem Tablett voller bunter Pillen geschäftig durch die Station eilte. »So steht es in unseren Richtlinien, also muss es wohl stimmen, oder? Jetzt nimm das hier, Yuri Eden, du brauchst mehr Schlaf.«

Verwirrt, so schwach wie Annas Baby, aber noch immer berauscht von der schlichten Tatsache, dass er *heimgekommen* war, auch wenn er in diesem »Zylinder« festsaß, nahm Yuri gehorsam seine Tablette und fiel in einen tiefen, traumlosen Schlaf.

# 2

Nachdem Yuri einen Tag lang vorsichtig gymnastische Übungen gemacht hatte, ein wenig herumgelaufen und ohne fremde Hilfe auf die Toilette gegangen war, erklärte ihm Dr. Poinar, seine Zeit sei um. »Wir brauchen dein Bett. Tut mir leid, mein Freund. Später wird man dir eine Koje zuweisen. Falls du irgendwelche Habseligkeiten dabeihattest …«

Yuri zuckte die Achseln.

»Jetzt musst du zu einem Kurs. Du bist schon spät dran.«

»Was für ein Kurs?«

»Einstiegs- und Orientierungskurs«, sagte Liu Tao. »Irgendein Astronaut, der uns hübsche Bilder zeigt.« Er lachte, obwohl er zusammenzuckte, wenn er seinen zerschlagenen Mund weit öffnete.

»Sie sind im selben Kurs, Liu. Warum zeigen Sie Ihrem neuen besten Freund nicht den Weg?« Poinar legte jedem von ihnen einen Stapel Grundbekleidung in leuchtendem Orange aufs Bett und ging davon.

Yuri hatte die Krankenstation für überfüllt und lärmig gehalten. Doch als er Liu in einen Raum folgte, der ihm auf den ersten Blick wie das Innere eines großen Metallturms vorkam, erkannte er sofort, dass die Station ein Hort des Friedens und der Harmonie gewesen war. Er blickte nach oben. Der Turm war nicht besonders hoch, vielleicht vierzig oder fünfundvierzig Meter, und wurde von einer großen Metallkuppel gekrönt.

Gitterböden unterteilten den Raum in Stockwerke; es gab Leitern, eine Art Wendeltreppe an der Wand und eine Rutschstange, die sich in der Achse des Turms durch Lücken in den Gitterböden fädelte. Die Wände verschwanden hinter Ausrüstungsboxen und Magazinen, aber hier und dort sah er leichte Klapptische und Klappstühle sowie abgeteilte Räume mit Etagenbetten und weiteren Klappmöbeln. In diesen Kabinen waren Leute, die offensichtlich zu schlafen versuchten; er hatte keine Ahnung, wie sie das schaffen sollten. Schlaf schien hier ein Luxus zu sein, genauso wie auf dem Mars.

Und in diesem Tank wimmelte es überall von Menschen. Die meisten trugen leuchtend orangefarbene Overalls, so wie Yuri und Liu, ein paar andere das Blau der Friedenshüter oder ein exotischeres Schwarz und Silber. Er sah ausschließlich Erwachsene, keine Jugendlichen, keine Kleinkinder. Ihre Stimmen hallten von den Metallflächen wider. Und über all dem nervtötenden Radau war das Surren von Pumpen und Ventilatoren, von irgendwelchen Klima- und Sanitäranlagen zu hören, genauso wie in Eden. Als wäre er in einer weiteren geschlossenen Einrichtung.

Liu, der sich selbst vorsichtig bewegte – offenbar hatten ihn die Schläge nicht nur im Gesicht getroffen –, ging mit Yuri zu der mit einem Sicherheitsgeländer versehenen Treppe am Rand, deren Stufen an der gekrümmten Wand befestigt waren, und führte ihn hinauf.

Zumindest fiel es Yuri nicht schwer, sich hier zurechtzufinden, ebenso wenig wie auf dem Mars. Seit seinem ersten Erwachen hatte er festgestellt, dass die Technologie des zweiundzwanzigsten Jahrhunderts recht bedienungsfreundlich war. Irgendwann, bevor man ihn eingefroren hatte, schienen die Nutzerschnittstellen schon standardisiert worden zu sein. Selbst die Sprache hatte sich mehr oder weniger stabilisiert, wenn auch nicht die Akzente; Englisch wurde jetzt auf mehreren Welten gesprochen und musste für jedermann verständlich bleiben, und es gab einen gewaltigen Bestand aufgezeichneter Kultur – alles Dinge, die dazu führten, dass die Sprache weitgehend statisch blieb. Die Fahrzeuge und Vokabulare des Jahres 2166 bereiteten ihm keine Probleme. Nur aus den Menschen wurde er nicht schlau. Und jetzt stieg Yuri durch eine Flut von Gesichtern nach oben, von denen ihm keines vertraut war.

Unwillkürlich hielt er Ausschau nach einem Fenster. Er hatte immer noch keine Ahnung, in welchem Teil der Erde er sich befand. Und warum waren sie in diesem Bauwerk eingeschlossen? Vielleicht handelte es sich um irgendein Klimarefugium in den mittleren Breiten; er hatte gehört, dass sich der gesamte mittlere Gürtel der Erde seit seiner Zeit aufgeheizt hatte, dass er ausgetrocknet und verlassen worden war. Er konnte überall sein. Aber der stetige Zug der Schwerkraft war beruhigend, selbst als er sich mit seinen vom Mars erschlafften Muskeln die Treppe hinaufquälte. Er fragte sich, wann seine erste Physiotherapie stattfinden würde.

Sie gelangten zu einem von beweglichen Trennwänden umschlossenen Raum mit Reihen von Klappstühlen, wie in einem Hörsaal. Vorne stand ein Bursche in schwarz-silberner Uniform, das Gesicht von dem runden Dutzend Personen im Raum abgewandt, und redete, während eine Abfolge von Bildern gezeigt wurde, Sternenfelder und Weltraumsatelliten.

Eine Frau in ähnlicher Uniform stand mit einer Tafel an der Tür. Sie hielt Liu und Yuri auf, als sie eintreten wollten. Yuri las ihr Namensschild: IRF LT MARDINA JONES. Sie war vielleicht dreißig und sehr dunkel, mit kleinen schwarzen Löckchen. »Ihr seid spät dran«, sagte sie.

»Entschuldigung. Wir kommen direkt von der Krankenstation.« Liu nannte ihre Namen.

»Namensschilder?«

Liu förderte seines aus einer Tasche zutage und zeigte es ihr; sie glich es mit den Daten in ihrer Tafel ab und wandte sich an Yuri. »Und du?«

Yuri hob nur die Schultern.

»Wie gesagt, wir kommen direkt von der Krankenstation«, wiederholte Liu.

»Gerade aufgewacht, hm?« Jones schüttelte den Kopf und machte sich eine Notiz in ihrer Tafel. »Typisch. Regelt das später.« Sie hatte einen starken australischen Akzent. »Setzt euch, aber leise, bitte.«

Es erwies sich als gar nicht so einfach, einen Platz in dem halbdunklen kleinen Saal zu finden. Drei Männer saßen zusammen in einer Reihe von einem Dutzend ansonsten freier Stühle. Als Yuri in dieser Reihe Platz nehmen wollte, stieß Liu ihn in den Rücken. »Geh weiter«, flüsterte er.

Yuri wurde schnell wütend, seit er auf dem Mars zum ersten Mal aufgewacht war. »Warum sollte ich?«

»Weil der Kerl in der Mitte Gustave Klein ist. Warte, bis du wieder bei Kräften bist, bevor du dich mit dem anlegst.«

Aber es war schon zu spät, merkte Yuri. Klein war weiß, vielleicht fünfzig Jahre alt, stämmig, wenn auch nicht übergewichtig, und sein Kopf war auf kunstvolle Weise geschoren. Seine auf den Knien liegenden Fäuste ähnelten Dampfhämmern. Und Yuri hatte Blickkontakt mit ihm aufgenommen. Den beiden Kerlen, die bei Klein waren – typische Kampfhunde –, schenkte er kaum Beachtung. Klein sah Liu spöttisch an, betrachtete seine Blessuren und wandte verächtlich den Blick ab.

Sie gingen im Dunkeln vorsichtig weiter. »Was ist so Besonderes an ihm?«

»Er war der beste Sabatier-Ofen-Ingenieur seiner Kolonie«, flüsterte Liu. »Das ist ein Teil des Wiederaufbereitungssystems – kennst du, oder? Er hat ihn so modifiziert, dass niemand anders mehr mit diesen Systemen umgehen konnte. Er war ein verdammter Wasserkönig. Kein Wunder, dass sie ihn weggeschafft haben. Und es sieht so aus, als würde er alles daransetzen, die Dinge hier auf dieselbe Weise in den Griff zu kriegen.«

»Ein Wasserkönig.« Yuri grinste. »Bis es regnet, stimmt's?«

Liu sah ihn sonderbar an.

»Yuri!«, zischte jemand. »Hey, Yuri! Hier drüben!« Eine magere Gestalt watschelte eilig eine Reihe entlang und machte zwei Plätze frei. Die Leute dahinter protestierten leise.

»Lemmy?« Es war die erste bekannte Stimme, die er hörte, seit er in diesem Gefängnis aufgewacht war. Yuri setzte sich neben ihn, gefolgt von Liu.

»Endlich wach, hm?« Lemmys Flüstern war weich und geübt. »Tollemache, dieser Scheißkerl, hat dir wirklich eine volle Ladung verpasst, was? Tja, er hat gekriegt, was er verdient.«

Yuri versuchte, aus seinen Worten schlau zu werden. Lemmy Pink, neunzehn Jahre alt, war der einzige halbwegs echte Freund gewesen, den Yuri auf dem Mars gefunden hatte. Selbst wenn Lemmy nur Schutz suchte.

Yuris letzte Erinnerung an den Mars war, dass er und Lemmy aus ihrer Kuppel ausgebrochen waren. Yuri hatte einfach rausgemusst. Jedes Atom in seinem Körper lechzte danach, draußen auf dem Marsboden zu sein, auch wenn es nur eine gefrorene, von ultravioletter Strahlung bombardierte Wüste sein mochte. Beim Notfalltraining hatte er den Umgang mit dem

Raumanzug und der Luftschleuse gelernt, aber er war noch nie draußen gewesen. Er hatte es kaum je geschafft, aus einem Fenster zu schauen. Also hatten sie einen Rover gestohlen, waren zu den Hügeln gerast, einem lokalen Gebilde namens »das Chaos« – waren mit dem Fahrzeug umgekippt und von den Friedenshütern aufgelesen worden. Er erinnerte sich an Tollemache. *Du bist der Eisjunge, stimmt's? Eine ewige Nervensäge, seit sie dich aufgetaut haben. Na, du wirst nicht viel länger mein Problem sein.* Und dann hatte er mit einer behandschuhten Faust eine Nadel in Yuris Hals gestoßen, und das rotbraune Marslicht war in sich zusammengeschrumpft …

Und er war in diesem Tank aufgewacht.

»Was meinst du damit, er hat gekriegt, was er verdient?«

»Er ist auch hier. Im Zylinder. Ha! Der hat sein Fett weg, das kannst du mir glauben. Aber nur, weil er uns nicht davon abgehalten hat, diesen Rover zu klauen, nicht wegen dem, was er dir angetan hat.«

Yuri boxte ihm spielerisch gegen den Arm. »Freut mich, dass sie dich auch nach Hause geschickt haben, Mann.«

Lemmy zuckte zurück. »Fass mich nicht an. Ich hab all diese verfluchten Schnupfenviren im Leib, die in diesem Sarg umgehen, typisch für mich, dass ich die alle kriege.«

»Was ist mit Krafft?« Lemmys zahme Ratte in der Kuppel.

Lemmy machte ein langes Gesicht. »Haben sie mir weggenommen. War ja nicht anders zu erwarten.«

»Tut mir leid.«

Sie störten den Astronauten bei seinem Vortrag. Mardina Jones war direkt hinter ihnen, ihre Stimme ein strenges Gemurmel. »Wenn ihr beiden Arschgesichter nicht endlich die Klappe haltet und Major McGregor zuhört, verpasse ich euch eine Disziplinarstrafe.«

Sie verstummten. Doch als sie sich zurückzog, starrte Lemmy Yuri im Halbdunkel an. »Was hast du da gerade gesagt?«

»Was? Das mit der Ratte?«

»Nein … dass sie uns nach Hause geschickt hätten oder so.«

»Keine Ahnung, Mann. Ich weiß nicht, ob ich schlafe oder wach bin.« Aber Lemmy starrte ihn weiterhin an.

Desorientiert, verwirrt, abgelenkt vom Lärm der Menschen nur einen halben Meter hinter der Trennwand, schaute Yuri zu dem Astronauten am Rednerpult in seiner glitzernden nachtschwarzen Uniform hinauf. Auf dem Mars hatte jeder die Astronauten gehasst, weil sie turnusmäßig abgelöst wurden; sie durften wieder nach Hause. Yuri versuchte, sich darauf zu konzentrieren, was er sagte.

»Schon ein einziges Pixel dieser sehr frühen Bilder der neuen Welt verriet den Astronomen eine Menge. Die Spektralanalyse zeigte, dass sie eine Atmosphäre mit freiem Sauerstoff, Methan und Distickstoffmonoxid besitzt.«

Major McGregor, vielleicht Ende zwanzig, war hochgewachsen, aufrecht und peitschendünn, aber athletisch. Im Licht der Bilder, die er zeigte, lag ein gesunder Schimmer auf seinen Wangen. Er hatte einen geleckten Angleterre-Akzent, und sein Haar – blond, gebürstet, geölt – sah aus, als würde ihm mehr Fürsorge zuteil als den meisten Menschen in dieser Einrichtung.

»Sauerstoff, was sagt man dazu! Auf einmal hatten wir eine bewohnbare Welt, direkt vor unserer Haustür. Sie alle kennen ja aus eigener Anschauung die Kolonien auf dem Mars und dem Mond – trostlose, ungastliche Welten, und doch das Beste, was das Sonnensystem zu bieten hat. Und jetzt plötzlich *das*.

Im Lauf der Zeit haben uns Schwankungen der Helligkeit und des Spektralgehalts etwas über die Verteilung von Kontinenten und Meeren erzählt. Subtilere Schwankungen spiegelten offenbar sich verändernde Wetterverhältnisse wider. Und nicht nur das: Die Existenz von Sauerstoff ist ein starker Indikator für Leben, das heißt für einheimisches Leben, denn etwas muss all diesen Sauerstoff in die Luft bringen.« Er zeigte ihnen Schaubilder mit Schlängellinien. »Diese auffällige Besonderheit im roten Teil des Spektrums deutete auf das Vorhandensein von so etwas wie unserem Chlorophyll hin, einem Pigment, das Licht erntet. Und all das lässt sich aus der Betrachtung eines einzigen Lichtpunkts ableiten …«

Yuri hatte keine Ahnung, wovon er redete. Aber seit er auf dem Mars aufgeweckt worden war, hatte er so gut wie nie gewusst, was um ihn herum vorging, und es schien keinen wesentlichen Unterschied zu machen.

Ihm war bewusst, dass Klein, dieser Höhlenmensch, ihn beobachtete. Während der Astronaut weiter seinen Text hinunterleierte, begann er darüber nachzudenken, wie er damit umgehen sollte.

Doch Lemmy starrte ihn immer noch an, als ginge ihm gerade ein Licht auf. »Niemand hat es dir gesagt. Mein Gott.«

»Niemand hat mir was gesagt?«

Gustave Klein schien einen Instinkt für Ärger zu haben. Er beugte sich vor. »Was ist los?«

Lemmy ignorierte ihn. »Du hast gesagt, du wärst nach Hause geschickt worden oder so. Jetzt hab ich's endlich kapiert. *Du denkst, das hier sei die Heimat,* stimmt's? Du denkst, das sei …«

»Die Erde?«, fragte Liu Tao jetzt erstaunt, während er Yuri anstarrte.

Klein stand auf. »*Was* denkt er? Was für ein Arschloch …«

Das Auditorium geriet in Auflösung, die »Studenten« drehten sich auf ihren Plätzen, um zu sehen, was der ganze Wirbel sollte. Major McGregor verstummte endlich und blieb mit verärgertem Stirnrunzeln vor seinen Spektrogrammen stehen.

Mardina Jones kam erneut von hinten herbeigeeilt und tippte sich dabei an eine Epaulette auf ihrer Schulter. »Friedenshüter auf Ebene drei, Hörsaal … Was ist hier los? Hat das was mit dir zu tun, Eden?«

Yuri stand mit ausgebreiteten Händen auf, antwortete aber nicht. Er hatte schon längst gelernt, dass Antworten normalerweise sinnlos waren, sie änderten nichts daran, wie er behandelt wurde. Aber er fühlte sich umzingelt von den Astronauten und den Kursteilnehmern, die grinsend zur Kenntnis nahmen, dass jemand anders Ärger bekam. Selbst Lemmy starrte ihn an.

Und Gustave Klein war wie ein bösartiger Puppenspieler. »Er weiß es nicht! Du hast recht, du Zwerg«, sagte er zu Lemmy. Trotz seines deutsch klingenden Namens hatte er einen starken hispanischen Akzent. »Er hat nicht die leiseste Scheiß-Ahnung. Was für ein Witz.«

Nun kam Friedenshüter Tollemache in voller Uniform hereingeeilt, flankiert von zwei rangniedrigen Offizieren. Sie alle hielten Gummiknüppel in der Hand – aber keine Schusswaffen, wie Yuri in diesen ersten Augenblicken bemerkte.

»Du«, sagte Tollemache. »Der Eisjunge. Ich hätte es wissen müssen. Gerade mal fünf Minuten raus aus der Krankenstation, und schon gibt's Ärger.« Er ließ seinen Gummiknüppel schwingen.

Yuri spannte sich an und machte Anstalten, auf ihn loszugehen.

Mardina Jones trat dazwischen. »Schluss damit! Das ist ein Befehl, Friedenshüter.«

»Sie haben keinen höheren Rang als ich.«

»O doch«, sagte sie kalt. »Sie kennen die Richtlinien. Legen Sie sich mit dem Kapitän an, wenn Sie möchten. Ich wollte Sie hier unten haben, um für Ordnung zu sorgen, nicht um noch mehr Schädel einzuschlagen. Und du – was immer du sonst bist, Yuri Eden, du bist gut darin, dir Feinde zu machen.«

Tollemache funkelte Yuri an, wich jedoch zurück. »Du bist der Grund, weshalb ich in diesem Scheißhaus bin, du kleiner Wichser.«

Yuri grinste. »Freut mich zu hören, Friedenshüter.«

Tollemache hielt seinem Blick noch eine Sekunde lang stand. Im Hintergrund saugte Gustave Klein den Konflikt mit spöttischem Grinsen in sich auf.

Mardina Jones wandte sich an Lemmy. »Du. Was soll das heißen: Er denkt, das hier sei die Heimat?«

»Überlegen Sie doch mal. Der Friedenshüter hat ihn ausgeschaltet, als er noch auf dem Mars war! Er hat rein gar nichts mitgekriegt, weder die Aushebung noch die Verladung und auch keine der Info-Veranstaltungen. Wenn man sie so nennen kann. Außerdem kommt er aus einer anderen Zeit. Das wissen Sie bestimmt. Ihm fehlt die Grundlage, um es zu verstehen.«

Mardina runzelte die Stirn und schaute auf ihre Tafel hinab; vielleicht hatte sie es nicht gewusst, dachte Yuri.

»Wir dachten alle, er wüsste, was los ist. Schätze ich mal. Dass er es sich zusammenreimen könnte. Aber …«

»Aber vielleicht auch nicht.« Jetzt gesellte sich auch Major McGregor zu der kleinen Gruppe. Er musterte Yuri mit belustigtem Interesse. »Ich habe schon von Ihnen gehört. Ich wusste, dass wir so jemanden an Bord haben, einen Kalten Hund. Ein Überlebender der Heldengeneration, hm? Und jetzt sind Sie hier, und so verwirrt. Wie komisch.« Offenbar aus einem spontanen Impuls heraus fügte er hinzu: »Folgen Sie mir, Mr. Eden. Nehmen Sie Ihren kleinen Bettwärmer mit, wenn Sie wollen. Sie kommen besser auch mit, Lieutenant. Und Sie, Friedenshüter, sofern Sie sich beherrschen können. Nur falls die Sache aus dem Ruder läuft.«

»Wohin bringen Sie ihn?«, fragte Mardina.

McGregor grinste und zeigte nach oben. »Was meinen Sie wohl? Das wird ein faszinierendes Experiment. Kommen Sie mit.«

# 3

McGregor führte die kleine Gruppe vom Vortragsbereich zur Wendeltreppe, die sich an der Wand des Turms entlang nach oben schraubte. Er schaute sich zu Yuri um, der unmittelbar hinter ihm kam. »Wir haben zwei von diesen Habitat-Modulen, Seite an Seite und fest miteinander verbunden, der Redundanz wegen, verstehen Sie … Sie müssen mir sagen, wie Sie das Ganze finden. Von der Größe her orientieren sie sich an der ersten Stufe der alten Saturn-V-Mondrakete, aus nostalgischen Gründen, nehme ich an. Natürlich hat vieles von dem, was wir tun, ebenso symbolische wie praktische Bedeutung.«

Am oberen Ende des Turms befand sich ein Kuppeldach. Sie stiegen hindurch und gelangten schließlich in eine Art Kontrollraum mit einem zentralen, momentan leeren Kommandosessel, etlichen Reihen hell leuchtender Bildschirme und einer weiteren, mitternachtsdunklen Kuppel über ihren Köpfen. Entlang der Wände saßen Männer und Frauen in Astronautenuniformen an Terminals. Ein oder zwei von ihnen schauten sich stirnrunzelnd zu McGregor und seinem Gefolge um, voller Missbilligung über diesen Einfall ins Allerheiligste der Kommandozentrale.

McGregor musterte Yuri belustigt. »Was denken Sie jetzt, wo Sie sind?«

Yuri hob gleichgültig die Schultern, obwohl eine tief sitzende Angst an seinem Magen nagte.

»Immer langsam, Lex«, sagte Mardina leise.

»Nein, wirklich. Sagen Sie's mir. Na los, Mann, machen Sie den Mund auf.«

»Ganz oben im Turm.«

McGregor dachte darüber nach. »Ja, das ist richtig. In gewissem Sinn. Jedenfalls unter dem Wahrnehmungsaspekt, in Anbetracht des Vektors der vom Schub erzeugten Schwerkraft. Aber das ist noch nicht alles.« Er klatschte in die Hände. »Licht aus.« Die Wandlampen erloschen rasch. »Schauen Sie einfach nach oben. Lassen Sie sich einen Moment Zeit, bis Ihre Augen sich angepasst haben.«

Yuri gehorchte. Langsam kamen die Sterne über der Kuppel zum Vorschein, ein leuchtendes Feld, wie nachts in der Marswüste. Direkt über ihm war ein besonders auffälliger Haufen.

»Was sehen Sie?«

»Sterne. Na und? Es ist eine wolkenlose Nacht.«

»Eine ›wolkenlose Nacht‹. Was glauben Sie denn, wo Sie sind?«

Yuri zuckte die Achseln. »An irgendeinem Ort, wo es einen schönen Himmel gibt. Arizona.« Er erinnerte sich undeutlich an eine hoch gelegene Sternwarte mit großen astronomischen Teleskopen. »Chile?«

»Chile. Was Sie da sehen, ist eine Simulation, müssen Sie wissen, eine Live-Übertragung von Kameras, die auf dem ISM-Schild montiert sind.«

»ISM?«

»Interstellare Materie.« McGregor klatschte erneut in die Hände. »VR-Sternenfeld, Rundumsicht.«

Die Wände und der Boden des Decks schimmerten und zerflossen. Es war, als stünde Yuri zusammen mit McGregor, Lemmy, Mardina Jones, Tollemache, Liu Tao und der Handvoll Leute an ihren Bildschirmen auf einem Glasboden. Und überall um sich herum, über und unter sich sah er Sterne. Ein besonders helles Exemplar leuchtete genau unter seinen Füßen.

McGregor grinste im Licht der Sterne und der Bildschirme. »Na, was sehen Sie jetzt? Wo ist die Erde? Wo ist der Planet, auf dem Sie zu stehen glaubten? *Wo ist die Erde*, Yuri Eden?«

Das Universum war so nah um ihn herum, dass Yuri spürte, wie ihm schwindlig wurde, als verlöre er wegen seines gestörten Flüssigkeitshaushalts erneut das Bewusstsein.

McGregor zeigte nach unten. »*Dort.* In dieser Lichtpfütze da unten. Das ist die Sonne. Wir haben die Umlaufbahn um den Mars vor einem Monat verlassen. Jetzt sind wir …« – er warf einen Blick auf einen Bildschirm – »… zweihundertdreißig astronomische Einheiten von der Sonne entfernt. Also zweihundertdreißigmal so weit wie die Erde von der Sonne und ungefähr achtmal so weit wie Neptun – etwa einen Lichttag, wenn ich mich nicht irre. Sie sind sehr, sehr weit von der Erde entfernt, mein Freund.«

»Ein Schiff.« Es klang nicht wie seine eigene Stimme. »Das ist ein Schiff.«

»Nicht bloß irgendein Schiff. Es ist die *Ad Astra*. Und wir fliegen …« – er zeigte senkrecht nach oben, auf den Sternenhaufen im Zenit – »… dorthin.«

»Du bist auf einem Sternenschiff«, sagte Mardina Jones ruhig und gelassen und schaute Yuri in die Augen. »Unterwegs nach Proxima Centauri.«

»Proxima Centauri«, wiederholte Yuri dumpf. Der Name sagte ihm nichts.

»Yuri Eden, dies ist das Schiff *Ad Astra* der Internationalen Raumflotte der Vereinten Nationen. Zweihundert Kolonisten, in zwei Zylindern wie diesem. Ein Kernel-Triebwerk treibt uns mit der konstanten Beschleunigung von einem g an. Dieses Schiff ist wie der Jumbo, der Sie zum Mars gebracht hat. Aber daran erinnern Sie sich natürlich nicht. Es sind etwas mehr als vier Lichtjahre bis Proxima. Wegen der Zeitdilatation werden wir drei Jahre und sieben Monate subjektive Zeit brauchen, um dorthin zu gelangen. Davon haben wir bereits einen Monat hinter uns …«

McGregor starrte ihn an, suchte nach einer Reaktion. »Was denken Sie gerade, Mann aus der Vergangenheit?«

Friedenshüter Tollemache war direkter. »Ha! Er denkt, was bin ich bloß für ein Wichser. Du hast gedacht, du wärst auf der Erde, was? Tja, du verdammter …«

Einen Stern konnte Yuri nicht schlagen, Tollemache aber schon. Er landete einen hübschen Treffer, bevor er ins Traumland befördert wurde, diesmal von Mardina Jones.

Es würden lange drei Jahre und sieben Monate werden.

# Zweiter Teil

# 4

2155

Nicht viel mehr als ein Jahrzehnt, bevor Yuri Eden feststellte, dass er sich auf einem Sternenschiff befand, war ein Schiff namens *International-One*, das als Erstes die neue Kernel-Antriebstechnologie der *Ad Astra* vorführte, vom Planeten Merkur aus zu seinem Jungfernflug gestartet. Lex McGregor, damals siebzehn Jahre alt und Kadett der Internationalen Raumflotte, war bei jenem Flug dabei gewesen.

Und dank McGregor war Stephanie Penelope Kalinski, damals elf Jahre alt, zum ersten Mal dem Sternenschiff ihres Vaters *begegnet*, das auf einer ganz anderen Technologie beruhte.

Als Stef mit ihrem Vater an Bord eines UN-UEI-Linienschiffs die lange, langsame, antriebslose Reise auf der Flugbahn von der Erde nach innen Richtung Sonne antrat, kam es ihr seltsam vor, dass nicht nur ein, sondern *zwei* neue Schiffstypen – die *International-One* und die *Angelia* – gleichzeitig an einem solch unattraktiven Ort wie dem Merkur starten sollten.

Ihr Vater verdrehte nur die Augen. »Pech für mich. Oder für die Menschheit. Wenn ich Verschwörungstheoretiker wäre, hätte ich den Verdacht, dass diese verdammten Kernels unter der Kruste des Merkurs deponiert worden sind, damit wir sie jetzt finden, wo wir uns gerade von den Torheiten der Heldengeneration erholen und aus eigenen Kräften nach den Sternen greifen …«

Stef hatte keine allzu genaue Vorstellung davon, was ein »Kernel« war. Aber sie interessierte sich für das *alles*, für die verschiedenen Schiffstypen, die experimentelle Technik, die sie in den Labors ihres Vaters daheim am Rand von Seattle gesehen hatte, die Gerüchte, dass diese energiereichen Kernels aus Bergwerken auf dem Merkur stammten ... Sie wusste, dass es sich bei der *International-One* nur um so etwas wie ein zum interplanetarischen Flug fähiges Vorführmodell für die Technologie handelte, während das Schiff ihres Vaters, wenn auch unbemannt, zu den Sternen fliegen würde, die erste echte interstellare Expedition, seit Dexter Cole vor Jahrzehnten zu seiner außergewöhnlichen Reise aufgebrochen war. Aber sie hatte Andeutungen gehört, dass diese auf dem Merkur gefundenen Kernels, von denen die *I-One* mit Energie versorgt werden würde, in Wahrheit viel exotischer waren als alles, woran ihr Vater arbeitete.

Solche Sachen erregten immer ihre Aufmerksamkeit. Sie machte sich gut in der Schule, erreichte hohe Punktzahlen in Mathematik und den naturwissenschaftlichen Fächern, bei den deduktiven Fähigkeiten, aber auch bei körperlicher Leistungsfähigkeit und Führungsqualitäten. Paradoxerweise war ihr Vater erfreut gewesen, als die Schule warnend darauf hingewiesen hatte, dass sie zur Introvertiertheit neigte. »Alle großen Wissenschaftler sind introvertiert«, hatte er gesagt. »Alle großen Ingenieure übrigens auch. Das Kennzeichen eines starken, unabhängigen Geistes.« Stef interessierte sich jedoch stets weniger für sich selbst als für all die Dinge, die außerhalb ihres Kopfes vor sich gingen. Die interplanetarische Mission der *I-One* war bei Weitem nicht so ehrgeizig wie die der *Angelia*, aber die *I-One* verfügte über die heiße Technologie. Stef interessierte sich nicht nur dafür. Sie war fasziniert davon.

Der Flug von der Erde zum Merkur gefiel ihr jedoch nicht besonders. Stef hatte das Flugprofil verfolgt, während ihr Schiff immer tiefer ins Herz des Sonnensystems sank, immer näher an das zentrale Feuer herankam, und allmählich befielen sie seltsame klaustrophobische Anwandlungen. Anscheinend hatten die von den Vereinten Nationen geführten Länder und China, die bereits die Erde unter sich aufgeteilt hatten, auch das Sonnensystem aufgeteilt, aber China beherrschte alles von der Erdumlaufbahn auswärts, vom Mars und den Asteroiden bis hin zu den Jupitermonden. Wenn man vom beengten Zentrum des Systems nach draußen schaute, schien China die bessere Hälfte abbekommen zu haben, fand Stef, mit diesen geräumigen äußeren Regionen, den Familien kalter Welten, die wie Laternen im Dunkeln hingen.

Auf dem Merkur landeten sie bei einem großen Konstruktionskomplex in einem Krater namens Yeats. Dieser lag unweit des Äquators, sodass die große, bedrohlich nahe Sonne während des Planetentages hoch am Himmel stand und das Licht und die Energie für die quadratkilometergroßen Solaranlagen herabströmen ließ, die den größten Teil des Kraterbodens wie ein Teppich bedeckten.

Die Schwerkraft war um knapp zwei Drittel geringer als zu Hause, und in den hohen Kuppeln, die so groß dimensioniert waren, dass sie die Industrieanlagen beherbergen konnten, die hier später einmal entstehen sollten, konnte man herumlaufen, herumhüpfen und alle möglichen Weitsprungrekorde brechen. *Das* war interessant und amüsant.

Doch für Stef verblassten die Reize des Merkurs rasch. Draußen war es so heiß, dass man Blei hätte schmelzen können, jedenfalls zur lokalen Mittagszeit. Bei ihrer Ankunft war es in diesem Teil des Merkurs Morgen gewesen, und da der »Tag« hier 176 Erdtage dauerte (eine eigentümliche Folge der langsamen Achsrotation des Planeten und seines kurzen Jahres – Stef hatte eine Weile gebraucht, um das herauszufinden), hing die große Sonne einfach nur einen Kuppeltag nach dem anderen tief am Himmel, und die langen Schatten bewegten sich kaum über den flachen, von Lava überzogenen Boden des Kraters. Letztendlich gab es auf dem Merkur nichts anderes als Felsgestein, und sie konnte nur in begrenztem Maße Interesse an Solarparks oder sogar an den monumentalen Pipeline-Systemen vortäuschen, die gebaut worden waren, um Wasser von den Eisvorräten im Permaschatten an den Polen des Planeten herbeizuschaffen.

Außerdem musste sie viel Zeit allein verbringen.

Ihr Vater steckte bis über beide Ohren in den abschließenden Tests und Simulationen für sein Sternenschiff, und Stef wusste aus langer Erfahrung, wann sie ihm aus dem Weg gehen musste. Als ihre Mutter noch gelebt hatte, war er genauso gewesen. Das Problem war, dass es hier, anders als zu Hause, niemanden gab, der deutlich weniger als dreimal so alt gewesen wäre wie Stef. Der Merkur war wie ein riesiges Bergwerk, das im großzügigen, Energie spendenden Licht der Sonne trieb, aber kein Ort, um Kinder großzuziehen, wie es schien; man arbeitete hier ein paar Jahre, verdiente sein Geld und flog wieder heim, um es auszugeben. Obwohl die virtuellen Einrichtungen genauso gut waren wie in Seattle, begann sie rasch, sich zu langweilen und sich einsam zu fühlen.

Es wurde ein bisschen besser, als weitere Leute auftauchten, die wegen der Starts von der Erde und vom Mond kamen.

Stef erkannte rasch, dass in Wirklichkeit zwei verschiedene Gruppen für die beiden separaten Projekte – die *Angelia* und die *International-One* – eintrafen. Beim Projekt ihres Vaters, der *Angelia*, ging es im Grunde um Wissenschaft: Es war eine einmalige unbemannte Mission nach Proxima Centauri mit dem Ziel, dort eine Sonde zur Untersuchung der bewohnbaren Welt abzusetzen, die, wie die Astronomen vor fünfzig Jahren entdeckt hatten, jenen fernen Stern umkreiste. Natürlich hatte man im Gefolge dieser Entdeckung bereits einen Menschen nach Proxima geschickt, einen Mann namens Dexter Cole, der schon Jahrzehnte vor Stefs Geburt gestartet war und seine Mission ohne Wiederkehr erst noch vollenden musste; die *Angelia*, die eine neue Generation der Technologie repräsentierte, würde ihn beinahe einholen. Die Menschenmenge, die sich versammelte, um den Start der *Angelia* mitzuerleben, bestand hauptsächlich aus Wissenschaftlern und Experimentalingenieuren, aber auch aus jenen Staats- und UN-Bürokraten, die das Projekt unterstützten. Es waren Männer und Frauen in glanzlosen Anzügen, die mehr Zeit damit verbrachten, sich über Sektgläser hinweg anzuschauen, als ihren Blick durchs Fenster auf den Merkur zu richten, eine völlig fremdartige Welt, wie es Stef schien.

Die *International-One* hingegen war das Projekt eines riesigen Industriekonglomerats namens Universal Engineering, Inc. – UEI. Dessen Boss, ein gedrungener, polternder, vierzigjähriger Australier namens Michael King, reiste mit einer viel exotischeren Entourage aus den Reihen der Reichen und Berühmten an. »Billionärsabenteurer«, wie ihr Vater sie abschätzig nannte.

Sogar ein paar Chinesen waren da, die als »Gäste« der UN und der UEI die großartigen Ereignisse »beobachten« sollten, die hier auf dem von den UN beherrschten Merkur stattfinden würden. Stef fand allerdings, dass es eine komische Art des

»Beobachtens« war, wenn man sich rein gar nichts Wichtiges aus der Nähe ansehen durfte.

Bei Cocktailpartys und anderen Anlässen musste sie an der Seite ihres Vaters erscheinen. Vom Billionärsklub war Michael King der Einzige, der irgendein Interesse an ihr persönlich zeigte, statt sie als eine Art Anhängsel ihres Vaters zu behandeln. Als ihr Vater sie vorstellte, beugte sich King onkelhaft herunter – der Champagner in seinem Glas schwappte in der niedrigen Schwerkraft hin und her – und schaute ihr ins Gesicht. »Gute, klare Augen. Unerschrockener Blick. Neugier. Das gefällt mir. Du wirst es weit bringen. Kommst du in der Schule gut mit, Stephanie?«

»Stef. Ja, ich glaube schon. Ich mag …«

»Was fehlt dir hier?«

»Was mir fehlt?«

»Du bist ein Kind von der Erde, das auf dem Merkur festsitzt. Was vermisst du am meisten? Was könnte ich dir jetzt sofort verkaufen?«

Sie überlegte. »Limo«, sagte sie. »Anständige Limonade. Hier ist sie zwar schön kalt, aber immer abgestanden. Genau wie auf dem Mond.«

»Ja. Dieser Champagner ist auch abgestanden.« King warf ihrem Vater einen Blick zu. »Hat das was mit der geringen Schwerkraft zu tun, George? Vielleicht macht der niedrige Luftdruck in den Kuppeln ja irgendwas mit der Kohlensäure? *Limo*. Ich werd's mir merken und die Sache weiterverfolgen. Könnte sein, dass ich durch dich gerade eine weitere Million verdient habe, Kleine. Und, was hältst du von all dem hier?« Er schwenkte sein Glas zu den Leuten, die hin und her wogten, den Gesprächen, die hoch über Stefs Kopf stattfanden.

»Ich komme mir vor, als hätte ich mich in einem Wald aus sprechenden Bäumen verirrt.«

King lachte bellend. »Sehr gut! Ehrliche Antwort, und ein klares Bild. Geistreich obendrein. Hör zu. Ich weiß, du bist noch ein Kind – nichts für ungut. Aber du solltest aufpassen und lernen, so viel du kannst. Lehrbücher sind okay, aber Menschen in freier Wildbahn sind was anderes, und es sind die Menschen, mit denen du zusammenarbeiten musst, wenn du vorankommen willst.« Er hatte einen breiten australischen Akzent, und seine Ausdrucksweise war knapp, präzise und leicht verständlich. »Schau mich an. Ich komme aus armen Verhältnissen. Na ja, damals war in Australien jeder arm, wegen der Austrocknung. Anfangs habe ich mich als Strandräuber durchgeschlagen, da war ich nicht älter als du. Wir sind in die Wracks von Öltankern und Seewasser-Aufbereitungsanlagen rein, die absichtlich auf Strand gesetzt worden waren, und haben für ein paar UN-Dollar am Tag alles rausgeholt, was nicht niet- und nagelfest war.

Mit zwanzig bin ich dann zur UEI gegangen, habe eine Lehre als Programmierer gemacht, und nach zehn Jahren saß ich im Vorstand. Anfangs bestand unsere Arbeit hauptsächlich im Rückbau, wir haben schmutzige alte Atomreaktoren auseinandergenommen. Da waren wir natürlich schon nach Kanada übergesiedelt, also in die heutige nördliche USNA-Region, weil Australien zusammen mit Japan, den Ländern im fernen Osten und Teilen von Sibirien in den Verbund eingemeindet worden war, das chinesische Wirtschaftsimperium … Na ja, die Details spielen keine Rolle. Und jetzt werde ich hier ein neuartiges Raumschiff vorstellen. Was will man mehr? Und weißt du, wie ich so weit gekommen bin?«

»Menschen«, sagte sie aufgeweckt.

Er grinste ihren Vater an. »Sie haben wirklich ein kluges Kind, George. Genau – Menschen. Ich hatte Kontakte. Ich wusste, an welche Fachleute und an wen aus der Finanz- und Politikergemeinde auf nationaler, zonaler und UN-Ebene ich mich wenden musste, um die Sache gebacken zu kriegen. Diese Kontakte hatte ich nämlich über viele Jahre hinweg bei Veranstaltungen wie dieser gepflegt. Jetzt hast du die Chance, und es ist nie zu früh, damit anzufangen.«

Ihr Vater schnaubte. »Verschonen Sie mich damit, Michael. Ihr wichtigster Kontakt ist gar nicht menschlich.«

»Sie meinen Erdschein.«

»Oder einen seiner Kern-KI-Rivalen. Jeder weiß, dass die Ihre größten Geldgeber sind.« Ihr Vater ließ den Blick fast spielerisch über die Menge gleiten. »Er hat ein oder zwei Avatare hier, nicht wahr? Müssen wir aufpassen, was wir sagen?«

»Witzig, George, sehr witzig. Ich glaube nicht … oh, entschuldigen Sie mich. Sanjai! Hier drüben!«

Und das war's. Er eilte davon, zu einer neuen Begegnung.

Stef kam zu dem Schluss, dass sie Michael King mochte, ob er nun wirklich von den sinistren alten Kern-KIs – Entitäten, die sie sich nicht einmal richtig vorstellen konnte – unterstützt wurde oder nicht. Ihr Vater mokierte sich darüber, dass King keinerlei akademische oder technische Qualifikationen besaß, aber seine Energie, seine konzentrierte Aufmerksamkeit, seine Vitalität zogen Stef an, und sie nahm sich vor, seinen Rat zu beherzigen.

Ein paar Kuppeltage später vergaß sie Michael King jedoch völlig, denn da trafen die Astronauten ein.

Sie waren die menschliche Besatzung von Kings neuem Schiff, der *International-One*.

Wenn sie durch einen Raum gingen, wandten sich ihnen alle Gesichter zu, wie Eisenspäne in einem Magnetfeld. Als wären sie Mitglieder des Königshauses wie King Harold von Nordbritannien, Medienstars oder Menschen wie die Ingenieure der Heldengeneration in deren Glanzzeit, sagte ihr Vater. Sie waren waschechte Weltraum-Pioniere, und sie trugen allesamt die Uniform der Internationalen Raumflotte der Vereinten Nationen, ein spektakuläres Pechschwarz, gesprenkelt von glitzernden Sternen.

Stefs Aufmerksamkeit galt insbesondere dem einzigen Mitglied der *I-One*-Crew, das nicht schon im fünften Lebensjahrzehnt war. Lex McGregor stammte aus Angleterre, dem Süden Britanniens – der unabhängige Norden hatte nichts zur IRF beigesteuert –, er war blond, ebenso hochgewachsen wie die anderen, aber erst siebzehn. Offenbar gehörte er nicht so richtig zur Crew; er war ein Kadett der Raumflotte, noch im Anfangsstadium seiner Ausbildung. Aber er hatte so gute Ansätze gezeigt, dass er aus irgendeinem internen Wettbewerb siegreich hervorgegangen war und nun als einziger Kadett am Jungfernflug der *I-One* teilnehmen durfte.

»Und dass er höllisch fotogen ist«, sagte Stef zu ihrem Vater, »hat ihm wahrscheinlich auch nicht gerade geschadet.«

Er lachte. »Viel zu zynisch für dein Alter. Aber vermutlich hast du recht. Sag nicht ›höllisch‹.«

»Entschuldige, Dad.«

So wie Lex für Stef diejenige Person war, die ihr altersmäßig am nächsten kam, galt das auch umgekehrt, und irgendwie fühlten sie sich zueinander hingezogen. Stef war erleichtert, dass er sie nicht wie ein verzogenes Kind behandelte. Er nannte sie »Kalinski«, als wäre sie selbst eine Kadettin.

Sie spielten alberne Spiele und veranstalteten selbst erfundene Sportwettkämpfe in den Kuppeln; er war gut darin, sich Regeln auszudenken, die ihm ein Handicap zuwiesen und ihr zumindest eine Chance auf den Sieg einräumten. Einer ihrer Lieblingswettkämpfe war der Dachlauf, bei dem man auf eine gekrümmte Kuppelwand zulief und *hinauf*rannte, die niedrigere Schwerkraft überwand und durch reine Zentrifugalkraft an der Wand klebte, bis man wieder herunterfiel und (theoretisch) nach einem langsamen Ein-Drittel-g-Purzelbaum mit den Füßen auf dem gepolsterten Boden landete. Das Trainingsprogramm eines Raumkadetten war ziemlich anstrengend, und sie nahm an, dass Lex noch Kind genug war, um mit Freuden Dampf abzulassen, ja sogar die Vorschriften ein wenig zu umgehen.

Wahrscheinlich war es deshalb Lex, der sie mit dem Sternenschiff ihres Vaters bekannt machte.

# 5

Es war ein Kuppelmorgen, nur ein paar Tage vor dem Start der *I-One*. Der Start der *Angelia* war für ein paar Kuppeltage später angesetzt. Paradoxerweise hatte Lex jetzt mehr Freizeit, weil die IRF-Verantwortlichen wollten, dass sich ihre Crew vor dem Stress der Mission entspannte.

Deshalb lud Lex Stef zu »einer EVA« ein, womit er einen Ausflug auf die Oberfläche des Merkurs meinte.

Sie trafen sich bei einem in die Kuppelwand eingelassenen Spind. Er grinste, als sie auftauchte. »Dachte schon, du würdest nicht kommen, Kalinski. Schienst nicht besonders scharf drauf zu sein.«

»Ich war auch auf dem Mond schon mal draußen. Was ist so Besonderes an einem Haufen Steine?«

Er zwinkerte ihr zu. »Hier ist das was anderes. Schau dir deinen Anzug an.« Er drückte auf einen Knopf.

Ein Wandsegment glitt beiseite und gab den Blick auf eine Reihe von Anzügen frei, die große Ähnlichkeit mit abgeworfenen Insektenhäuten hatten. Jeder besaß eine harte, silberne Schale, die den Rumpf, die Beine und die Arme bedeckte, einen nüchternen Helm mit golden getönter Sichtscheibe und Flügel, außerordentlich dünne Konstrukte, die aus Gelenken hinter den Schultern sprossen. Alle Anzüge waren mit diversen Markierungen – farbigen Streifen und Bändern – versehen, zweifellos zur Identifizierung ihres Trägers.

»Na, wie findest du die?«, fragte Lex.

»Hässlich.«

»Sind aber gar nicht so schlecht. Glaub mir, du wirst den Anzug nicht mal bemerken, sobald du dort draußen auf der Oberfläche bist. Ich wette, du errätst nicht, wozu die Flügel da sind.«

»Ist doch klar. Um Wärme abzustrahlen.«

»Sehr gut.« Er klang ehrlich beeindruckt. »Die meisten Leute in der Kuppel sagen: ›Zum Fliegen.‹ Dann halten sie plötzlich inne und sagen: ›Aber hier gibt's ja gar keine Luft, also …‹«

»Ich weiß.« Stef seufzte, wie es ihr Vater immer tat. »Ist echt ermüdend.«

Er lachte. »Okay, Kalinski, hör auf mit dem Theater. Schau, es ist ganz einfach, den Anzug anzulegen, er schließt sich von selbst um dich und passt sich deinen Körperformen an. Zieh einfach die Schuhe aus …«

Sobald sie in dem Anzug steckte und durch eine massive Luftschleuse hinausgegangen war, bemerkte sie ihn erstaunlicherweise wirklich nicht mehr, jedenfalls nicht visuell. Der Anzug enthielt ein immersives VR-System; wenn sie nach unten schaute, war es, als stünde sie unter dem schwarzen Himmel des Merkurs in ihrer Alltagskleidung neben Lex auf einem Boden aus zerklüftetem Felsgestein. Die Sonne, mehr als doppelt so groß, wie man sie von der Erde aus sah, warf lange Schatten über eine mondähnliche Ebene. Versuchshalber bückte sie sich; sie kam sich ein wenig steif vor und konnte sich nicht ganz so gut beugen, wie sie es gewohnt war. Aber sie berührte ihre Zehen und hob einen losen Stein auf.

»Wie ist der Anzug?«

»Gut.« Sie untersuchte den Stein; ihre Finger schienen sich nicht ganz um ihn zu schließen. »Fühlt sich irgendwie … seifig an.« Sie warf den Stein, als wollte sie ihn über Wasser hüpfen lassen. Der Stein schoss davon; er fiel nicht so schnell wie auf der Erde, aber schneller als auf dem Mond. Beim Aufschlag machte er kein Geräusch; das gehörte nicht zur Simulation.

»Gehen wir ein Stück.« Mit lässigen Schritten marschierte Lex über die Oberfläche des Merkurs, begleitet von seinem langen Schatten. Seine Stimme klang, als käme sie von *ihm* statt aus Stöpseln in ihren Ohren. »Der Anzug sorgt dafür, dass dir nichts passiert.«

»Ich weiß.« Nur ältere Leute mussten bei so etwas beruhigt werden; Leute in Stefs Alter gingen einfach davon aus, dass die Technik *funktionierte*. Sie folgte ihm, passte aber auf, wohin sie trat. In diesem Kraterbecken war die Oberfläche glatter, als sie erwartet hatte; Staub überdeckte den von kleineren Einschlägen zernarbten Felsboden. Sie bewegte sich mühelos, kam sich jedoch ein bisschen schwer vor, als hätte sie zu viele Muskeln, wie nach einem Aufbautraining im Fitnessstudio. Der Anzug musste exoskelettale Verstärker besitzen.

Die Kuppeln der Yeats-Basis waren große Blasen, an deren Außenwänden man zum Schutz vor Meteoriten und der Sonnenstrahlung bis hoch oben Erdreich angehäuft hatte. Weiter draußen gab es Lagergebäude, Reserveanlagen für die Luft- und Wasseraufbereitung und staubige Rover auf Gleisen, die über den Boden des Kraters hinweg in die Ferne führten. Unweit der bewohnten Einrichtungen war die Randzone des Kraterbodens mit Solarzellen bedeckt, eine schimmernde, spiegelnde Fläche wie ein Teich aus geschmolzenem Silber, die sich kilometerweit erstreckte.

Und noch weiter draußen erspähte sie einige der Berge, die diese von einem Wall eingefasste Ebene wie abgebrochene, verfaulte Zähne umringten. Dort draußen standen größere Anlagen, mit blinkenden Warnlichtern gekennzeichnet und allesamt weit genug von den bewohnten Kuppeln entfernt, um die erforderlichen Sicherheitsabstände einzuhalten. Dort befanden sich auch der große, gehärtete Landeplatz, auf dem Schiffe wie ihre Fähre aus der Umlaufbahn heruntergekommen waren, Treibstoff- und Energiespeicher und eine lange, glänzende Nadel, der Massebeschleuniger, der Frachten mit von Sonnenenergie gespeistem Elektromagnetismus aus dem Schwerkraftschacht des Merkurs durchs Sonnensystem schleuderte. Im Schatten der Berge selbst sah sie die großen Gerüste des Bohrprojekts der UEI, die mehrere Hundert Kilometer tiefe Schächte durch Lavaschichten und von Einschlägen zernarbtes Grundgestein zum Rand des Eisenmantels trieben, wo die mysteriösen Kernels zu finden waren.

Und dort stand auch ein höheres Gerüst, eine schlanke Rakete, die sich in den Schatten kauerte: ein seltsamer Anblick für Stef, wie etwas in einem Geschichtsbuch. Dies war das neueste Raumfahrzeug der Menschheit, die *International-One*, die darauf wartete, Lex und seine Crew in den Weltraum zu befördern.

Lex machte einen Schritt, stampfte auf den Boden und wirbelte dabei kleine Staubwolken auf, die rasch wieder herabsanken. »Es ist eine interessante kleine Welt.«

»Das sagst du.«

Er lachte. »Nein, ehrlich. Sie hat nur oberflächliche Ähnlichkeit mit dem Mond. Schau dir diese Bohrtürme da drüben an. Hier braucht man nur ein paar Hundert Kilometer tief zu bohren, bis man den Mantel erreicht. Auf der Erde müsste man beispielsweise zehnmal so tief hinunter. Weißt du, warum das so ist?«

»Natürlich weiß ich das …«

Wie ihr Vater hörte auch er nicht immer zu, bevor er ihr Vorträge hielt. »Weil eine gewaltige Explosion oder vielleicht auch ein gewaltiger Einschlag auf dem jungen Merkur, so glauben wir, den größten Teil der Gesteinskruste weggesprengt hat.«

Sie versuchte sich vorzustellen, wie sie hier stand, während dieser gewaltige Einschlag stattfand. Aber es gelang ihr nicht. »Was ich wissen möchte, ist: Hat das alles irgendwas mit der Entstehung der Kernels zu tun, die man hier gefunden hat?«

»Gute Frage«, antwortete eine andere Stimme. »Niemand weiß es. Aber mir ist klar, weshalb *du* diese Frage stellst. Du bist Stephanie Kalinski, nicht wahr?«

Eine Frau kam von den Kuppeln her auf sie zu – groß, vielleicht ein bisschen stämmig, aber dennoch anmutig. Offenbar projizierte sie ein virtuelles Bild, denn sie schien normale Kleidung zu tragen: eine adrette blaue Jacke und Hose, fast wie eine Uniform, aber nicht so auffällig wie Lex' IRF-Anzug. Sie schien um die dreißig zu sein, wirkte jedoch auf seltsame Weise alterslos, als wäre sie stark geschminkt. Ihr Akzent war neutral, vielleicht Ostküsten-Amerikanisch.

»Ich heiße Stef«, erwiderte sie automatisch. »Nicht Stephanie. Ich kenne Ihr Gesicht. Ich habe Ihr Bild in den Dossiers meines Vaters gesehen.«

»Natürlich«, sagte Lex grinsend. »Deshalb fand ich ja, ihr beiden solltet euch mal kennenlernen. Die beiden Töchter von Dr. Kalinski, sozusagen. Er wäre nämlich gar nicht auf die Idee gekommen, euch zusammenzubringen, stimmt's?«

»Ich bin Angelia«, sagte die Frau.

Das verwirrte Stef. »Das ist der Name des Sternenschiffs. *Angelia.*«

»Ich weiß. Ich *bin* Angelia. Ich weiß, was du denkst. Dass ich ein PR-Gag bin. Ein Model, von deinem Vater engagiert als Personifizierung der …«

»Ist mir eigentlich piepegal«, sagte Stef abrupt.

Das überraschte Lex. »Du hast eine ungeduldige Ader, was, Kalinski?«

»Wenn jemand sich bewusst unklar ausdrückt, schon.«

»Tut mir leid«, sagte Angelia. »Das ist nicht meine Absicht. Wenn dein Vater dir das Missionskonzept erklärt hätte …«

»Du weißt von mir. Wieso?«

»Ich habe deinen Vater während unserer Zusammenarbeit kennengelernt. Und er spricht sehr viel von dir, Stef. Er ist sehr stolz auf dich.«

»Ich weiß«, blaffte Stef. Sie verspürte eine unbestimmte Eifersucht.

»Sei nett, Kalinski«, sagte Lex. »Jetzt musst du fragen: ›Was für ein Missionskonzept?‹«

»Ach, Lex, es interessiert mich nicht. Ist doch klar, dass diese Frau eine Projektion ist.« Aus einem spontanen Impuls heraus bückte sie sich, hob einen kleinen Stein auf, ein bei einem Einschlag abgesplittertes Stück Merkurfels, und warf ihn nach Angelia.

Angelia fing den Stein mühelos. »Keine Projektion. Und eigentlich auch kein Android.« Sie sah den Stein an, steckte ihn sich dann in den Mund und schluckte ihn hinunter. »Ich stecke nicht in einem Anzug wie den euren.«

»Du bist programmierbare Materie.«

»Richtig.« Angelia hob die linke Hand und sah zu, wie sie sich in ein Büschel winziger Sonnenblumen verwandelte, die ihre Köpfe zur tief stehenden Sonne drehten.

»Iiih«, sagte Lex. »Gruselig.«

»Tut mir leid.« Sie verwandelte die Blumen wieder in eine Hand und zeigte zum leeren Himmel hinauf. »Ich werde vom Mikrowellenstrahl des ausgedienten Sonnenenergie-Satelliten deines Vaters da oben in den interstellaren Raum geschossen. *Ich* bin die Nutzlast. Aber hier drin steckt ein Ich. In gewissem Sinn sogar eine Million Ichs. Eine ganze Schwesternschaft, alle in hohem Maße empfindungsfähig. Dein Vater wird dir das Missionskonzept bestimmt darlegen, Stef …«

»Aber das spielt keine Rolle.« Lex ging um Angelia herum und betrachtete sie. »Ob du empfindungsfähig bist oder nicht, meine ich. Du bist nicht *menschlich*. Wenn es darum geht, die Hand nach einer neuen Welt auszustrecken, kommt es auf echte, physische menschliche Präsenz an. Eine KI wie dich hinzuschicken zählt nicht. Deshalb sind die Kernel-Schiffe hier der entscheidende Durchbruch, denn sie können Menschen transportieren. Vielleicht sogar bis zu den Sternen – und zurück, anders als beim armen alten Dexter Cole.«

»Das ist eine sehr post-heldengenerationsmäßige Denkweise.« Angelia lächelte nachsichtig. »Eine Gegenreaktion auf die philosophischen Schrecknisse jener Zeit. Und typisch dafür, was sie euch nach meiner Kenntnis auf den IRF-Akademien beibringen. Die menschliche Erfahrung ist von elementarer Bedeutung, ja? Tatsächlich ist dieser moderne Fleisch-und-Blut-Humanismus der Grund, weshalb Stefs Vater mich in dieser Gestalt programmiert hat, damit ich sozusagen persönlich an den Feierlichkeiten vor dem Start teilnehmen kann. So etwas erwartet man heutzutage.«

Lex schüttelte den Kopf. »Nimm's mir nicht übel, Angelia, aber nichts, was du jemals tun wirst, könnte der Leistung von Dexter Cole gleichkommen, ganz egal, wie sich diese Mission entwickelt.«

Stef kannte Coles Geschichte; jedes Kind bekam sie zu hören, wenn es heranwuchs. Als ein bewohnbarer Planet von Proxima Centauri entdeckt worden war, hatten sich einige

Staaten der späteren westlichen UN-Föderation zusammengetan und binnen zweier Jahrzehnte eine bemannte Mission auf die Beine gestellt. Cole war vom Merkur gestartet, um dessen energiereichen Sonnenflux auszunutzen, genauso wie Angelia es tun würde. Ein gewaltiger Laserstrahl, dessen Energie aus diesem Flux stammte, war auf ein Lichtsegel gerichtet worden und hatte Coles Tausend-Tonnen-Schiff auf die Reise nach Proxima geschickt. Dexter Cole flog allein zu den Sternen, eine vierzig Jahre währende Mission ohne Wiederkehr – und er würde in einem Sinn, der vor Stef verborgen gehalten worden war, irgendwie zum »Paten« einer menschlichen Kolonie werden, wenn er dort eintraf. All dies war geschehen, als die Erde noch unter den Nachwirkungen der Klimaschocks und des Kaschmir-Krieges der vergangenen Jahrzehnte litt und die gewaltigen Wiederherstellungsprojekte der Heldengeneration noch ihre Entwicklungsphasen durchliefen – während die Menschheit zugleich gerade die ersten Schritte auf den Welten ihres eigenen Sonnensystems machte. Unglaublicherweise war Cole, der Jahrzehnte vor Stefs Geburt gestartet war, noch immer unterwegs; momentan lag er im Kälteschlaf, erträumte sich seinen Weg zwischen den Sternen, bevor ihn eine Puls-Fusions-Rakete in der Nähe des Ziels abbremsen würde.

»Cole ist ein Held«, sagte Lex, »und ich habe vor, eines Tages in seine Fußstapfen zu treten.«

Angelia lächelte erneut. »Hey, es ist ein großes Universum. Ich denke, da ist genug Platz für uns beide.«

Lex grinste. »In Ordnung. Viel Glück, Angelia.« Er streckte die Hand aus.

Sie trat auf ihn zu und ergriff seine Hand. Und vor Stefs Augen kam der Stein, den Angelia verschluckt hatte, aus ihrem Nacken heraus und fiel langsam zu Boden.

# 6

An dem Tag, an dem die *I-One* starten sollte, stand Stef mit ihrem Vater am Fenster des UN-UEI-Kommandobunkers.

Dieses massive, aus merkurianischen Basaltblöcken erbaute Gebäude befand sich hoch oben in den Wänden des Randgebirges von Yeats und bot Ausblick auf die Ebene des Kraterbodens. Der große Raum war von Stimmengemurmel und dem Lichtschein von Monitoren erfüllt, während Teams von Technikern den fortlaufenden Countdown verfolgten. Durch die Bunkerfenster konnte Stef im schwachen Licht der Sonne die Kuppeln, Lichter und Schienenstränge der Yeats-Hauptsiedlung und im Vordergrund die vielschichtigen Aktivitäten um die in Flutlicht getauchte *International-One* auf ihrer Startrampe sehen. Der schlanke Bug des Schiffes fing gerade eben die Sonne ein, die quälend langsam über das Randgebirge emporstieg. Das Schiff war so weit entfernt, dass es wie ein Spielzeug oder ein Modell aussah; die VIPs im Raum benutzten Ferngläser, um besser zu sehen, womit sie demonstrativ zeigten, dass ihnen die völlig aus der Mode gekommene Sehkraftverstärkung der Heldengeneration fehlte.

Der Startplatz war angeblich weit genug entfernt, dass sie hier in diesem Bunker sicher waren, wenn es zum Schlimmsten kam. Aber Stef hatte mittlerweile gelernt, dass die Ingenieure zwar herausgefunden hatten, wie man die Kernels – offenbar eine Art Speicherbehälter für hochdichte Energie – manipulieren konnte, dass sie jedoch niemand verstand. Und wenn etwas schiefging, wusste niemand, was es für Folgen haben würde. Vielleicht stellte sich dann heraus, dass dieser robuste Bunker nicht mehr Schutz bot als die Papierwände eines traditionellen japanischen Hauses gegen die Wut der Hiroshima-Bombe.

Und irgendwo inmitten all dieser potenziell tödlichen Aktivitäten dort unten war Lex McGregor, erst siebzehn Jahre alt. Stef sah sein Gesicht auf einem Monitor. Er lag auf dem Rücken wie seine älteren Gefährten, ruhig, anscheinend entspannt, und leistete seinen Beitrag zu den letzten Countdown-Checks.

»Er sieht aus wie John Glenn auf der Rampe«, sagte ihr Vater, während er ihr über die Schulter schaute. »Heroische Bilder aus den besten Zeiten von vor zweihundert Jahren. Manche Dinge ändern sich nie. Er ist wirklich tapfer.«

Vielleicht, dachte Stef. Sie bewunderte Lex durchaus, aber er hatte etwas Seltsames an sich. Etwas Schräges. Manchmal hegte sie den Verdacht, dass er selbst irgendwie aufgerüstet worden war und dass seine Reaktionen deshalb nicht ganz der menschlichen Norm entsprachen. Vielleicht lag es aber auch nur daran, dass er zu jung war, um Angst zu haben, selbst wenn er sechs Jahre älter war als sie.

»Diese Landschaft hat Jahrmilliarden lang geschlafen«, sagte ihr Vater jetzt, »seit den letzten großen Einschlägen, die den Planeten geformt haben. Wenn dieses verdammte Schiff funktioniert, wird dieser Krater wildere Feuer erleben als alle, die ihn erschaffen haben. Und wenn es versagt …«

»Es sollte nicht versagen«, sagte Angelia. Die seltsame Schiff-Frau stand auf der anderen Seite neben ihrem Vater – ein Schiff, das den Start eines anderen beobachtet, dachte Stef. »Die Tests waren gründlich.«

Stefs Vater grunzte. Es klang missmutig. Er war in den Fünfzigern, ein gedrungener, allmählich ergrauender Mann mit altmodischer Brille und struppigem Schnurrbart; für Stef war er immer ein *alter* Vater gewesen, besonders im Vergleich zu ihrer viel jüngeren französischen Mutter. Jetzt vertiefte das schwache Licht der Bildschirme im Bunker die Linien seines Gesichts. »Irgendwo da oben ist mein SKW, wisst ihr«, sagte er. »Ein altes Solarkraftwerk, das von der Erde dorthin geschleppt worden ist, eine mörderische Maschine. Ein Relikt aus den heroischen Zeiten, das man inzwischen überholt und einer guten Verwendung zugeführt hat … Ja, sie haben Dexter Cole zu den Sternen geschickt, aber auf was für eine hirnrissige Art und Weise: ein Lichtsegel, um ihn aus dem einen System hinauszubefördern, und eine Fusionsrakete, um ihn im nächsten abzubremsen. Wie bei diesen alten griechischen Schiffen, Ruderbooten mit Segeln. Trotzdem, sie haben's geschafft, sie haben ihn auf die Reise geschickt. Jetzt repräsentiertest du, Angelia, die nächste Generation, die nächste Phase menschlichen Erfindergeistes.

Und just in diesem großen Augenblick – *das da*. Die Entdeckung der Kernels. Eine Quelle ungeheurer Energie, die wir offenbar einfach aufdrehen können wie einen Wasserhahn. Alles, was wir kleinen Menschlein zuwege bringen, wird plötzlich in den Schatten gestellt. Es ist, als hätte man uns irgendwie die Erlaubnis gegeben zu mogeln. Findet ihr das *richtig?*«

Stef war verwirrt. »Darüber hast du schon früher gesprochen. Ich weiß nicht genau, wem du Vorwürfe machst, Dad.«

»Gott jedenfalls nicht«, sagte Angelia. »Dein Vater war schon immer Agnostiker.«

»Nicht Gott, nein. Aber es ist schon ein verdammt seltsamer Zufall, denke ich immer wieder, dass wir diese Dinge gerade dann finden, wenn wir sie brauchen …«

Die leisen Stimmen um sie herum schienen sich zu synchronisieren, und Stef merkte, dass der Countdown fast zu Ende und die *I-One* fast startbereit waren. Sie warf erneut einen Blick auf Lex McGregor, der anscheinend völlig ruhig auf dem Rücken lag.

Aufloderndes Licht flutete in den Bunker.

Stef schaute durchs Fenster. Das Licht kam vom unteren Ende des Schiffes, ein greller Schein wie ein Tröpfchen Merkur-Sonnenlicht. Vor ihren Augen hob dieser Lichtpunkt langsam vom Boden ab.

Die Menschen im Bunker brachen in Freudenschreie und Jubelrufe aus.

»Schau, da fliegt sie, Stef«, frohlockte ihr Vater und nahm ihre Hand in seine. »Es ist ein Testflug zum Jupiter mit konstanter Beschleunigung von einem g. Wenn es klappt, sollte dieser verdammte Antrieb auf der ganzen Strecke sichtbar sein, wie ein verblassender Stern. Hier wird Geschichte geschrieben, Liebes. Wer weiß? Vielleicht eint es uns Menschen auf lange Sicht. Es könnte aber auch einen schrecklichen Konflikt mit den Chinesen auslösen, denen diese wundervolle Technologie vorenthalten wird. Aber es ist auf jeden Fall der Scheiterhaufen meiner eigenen Ambitionen.«

Angelia legte ihm tröstend einen Arm um die Schultern.

Stef achtete kaum auf ihn. Während sie in dieses emporsteigende Feuer starrte, bewegte sie nur eine einzige Frage. *Die Kernels. Wie funktionieren sie?*

# 7

## 2169

Eintausendzweihundertsiebenundneunzigster Tag.

Das war Yuris Zählung der Strichliste zufolge, die er im Kopf führte. Darin hatte er die achtstündigen Schichten verzeichnet, seit er im Zylinder aufgewacht war. Mehr als dreieinhalb Jahre. Es gab keine Kalender auf der *Ad Astra*, zumindest bekamen die Passagiere keine zu sehen. Und natürlich hatte er die ersten Wochen nach dem Start vom Mars verschlafen, einen nicht genau definierbaren Zeitraum. Aber er wusste, dass die Reise, über den Daumen gepeilt, jetzt ziemlich bald zu Ende sein würde. Eintausendzweihundertsiebenundneunzigster Tag.

Als es dann tatsächlich so weit war, gab es so etwas wie eine Ankündigung: eine Sirene, die ein paar Sekunden lang heulte.

Zu diesem Zeitpunkt hatte Yuri keine Ahnung, was das bedeutete; er schenkte den sporadischen Informationen über die Ereignisse im Schiff keine Aufmerksamkeit. Er versah gerade einen weiteren Strafdienst, bei dem er Dreck aus den Löchern eines Gitterbodens kratzte, eine schmutzige, erniedrigende Arbeit, die man mit einem kleinen Reinigungsgerät von der Größe einer Zahnbürste und einem Handstaubsauger auf Händen und Knien verrichten musste. Eine unproduktive Tätigkeit, die eine Maschine in einem Bruchteil der Zeit hätte ausführen können.

Dann sank die Schwerkraft auf null.

Es fühlte sich an, als wäre der gesamte Zylinder plötzlich nach unten gesackt wie eine Fahrstuhlkabine, deren Tragseil gerissen war. Yuri merkte, dass er in die Luft stieg; die kleine Bürste, der Staubsauger und sein Beutel mit Schmutz schwebten um ihn herum. Es war ein außerordentlich seltsames Gefühl, eine Mischung aus existenzieller Erschütterung und einem Schlag in den Magen.

Der Friedenshüter, der ihn beaufsichtigte, ein fetter Bursche namens Mattock, übergab sich, und die stückige Kotze spritzte über Yuris Rücken und stieg in die Luft empor, eine stinkende, widerliche, faserige Wolke.

Yuri wusste natürlich, was geschehen war. Nach dreieinhalb Jahren stetiger Beschleunigung mit einem g, bis auf eine kurze Wende in der Mitte der Reise, hatte die Crew den Antrieb abgeschaltet. Während des Fluges hätte man über lange Zeiträume hinweg vergessen können, dass man sich in einem Sternenschiff befand. Doch nun drängte sich die Realität der Situation unabweisbar auf. Sein letztes Gefängnis war in Wirklichkeit eine ramponierte Blechdose, Lichtjahre von der Erde entfernt.

Und dann, keine fünf Sekunden nachdem die Beschleunigung aufgehört hatte, begann der Aufruhr.

Er brach ganz plötzlich aus, auf ganzer Länge des Zylinders. Das Gebrüll war das Erste, was Yuri bemerkte, lautstarke Kommandos, Jubelrufe, trotzige und ängstliche Schreie.

Die großen Neonlampen wurden sofort zerstört. Kurz darauf schaltete sich die purpurrote Notbeleuchtung hinter ihren gehärteten Glasscheiben ein, aber der Zylinder wurde in ein flackerndes, düsteres Dämmerlicht gestürzt. Und Leute bewegten sich durch die Schatten, hielten sich an Geländern fest und traten mit gestiefelten Füßen auf die Trennböden ein, sodass kaputte Platten durch den überfüllten Luftraum nach unten zu segeln begannen. Andere benutzten jedes erdenkliche Werkzeug, das sie gerade zur Hand hatten – Schraubenschlüssel, Besenstiele, sie rissen sogar Geländerstangen aus der Wand –, um Ausrüstungsgegenstände zu zertrümmern.

Die Friedenshüter waren ebenfalls ein leichtes Ziel. In Yuris Nähe kamen drei, vier, fünf Leute, Männer und Frauen, wie Geschosse durch die Luft gesaust und krachten geradewegs in Mattock hinein. Zappelnd, mit einem Nebel aus Kotze und Blut um den Kopf, hatte der Friedenshüter keine Chance, nach seinen Waffen zu greifen. Er sah Yuri an, der sich an der Wand festhielt. »Hilf mir, du Mistkerl …« Ein Stiefel krachte in seinen Mund und brachte ihn zum Schweigen.

Yuri wandte sich ab. Er zog sich an den Wänden entlang, bahnte sich seinen Weg über Geländer und Ausrüstungsbehälter hinweg, versuchte, unbemerkt zu bleiben und sich aus allem herauszuhalten. Er hatte seine eigene Verabredung.

Unterwegs fiel ihm auf, dass die Bewohner des Zylinders gespalten waren. Vielleicht ein Drittel von ihnen ging koordiniert vor, fiel über die Friedenshüter und ein oder zwei Astronauten aus der Crew her, die sie zu fassen bekommen hatten, oder zerstörte systematisch die internen Systeme. Offenkundig hatten sie das geplant, hatten ihre Aktion für den Moment abgestimmt, in dem die Schwerelosigkeit einsetzte. Die anderen wuselten zumeist verängstigt und von Übelkeit gepeinigt umher und versuchten, sich von den Gewalttätigkeiten fernzuhalten. Natürlich waren es fast ausschließlich Erwachsene; die paar Kinder, Zwei- und Dreijährige, die während der Reise geboren worden waren, klammerten sich entsetzt an ihren Müttern fest.

Yuri sah, dass sich am Kopfende des Zylinders eine Gruppe um die zentrale Rutschstange versammelte und sich anschickte, in die Spitze des Rumpfs hinaufzuklettern, hinauf zur Brücke. Eine Frau, die er kannte – sie hieß Delga –, führte sie an. Das war keine Überraschung. Er kannte sie schon vom Mars her, wo man sie als die Schneekönigin von Eden bezeichnet hatte. Auf dem Schiff hatte sie sich sehr schnell eine Machtbasis geschaffen; ohne Alkohol, Drogen und Tabak war es damals so etwas wie eine riesige Reha-Klinik gewesen, in der jeder unter der einen oder anderen Art von Entzugserscheinungen litt – und Delga, die irgendwie diverse Betäubungsmittel in die Finger bekommen hatte, gewann eine Menge Kunden. Yuri war ihr schon auf dem Mars aus dem Weg gegangen, auf dem Schiff ebenfalls, und nun hielt er es genauso. Er ließ den Kopf sinken und konzentrierte sich darauf, selber vorwärtszukommen.

Er gelangte zu seinem Treffpunkt. Dieser war nicht viel mehr als eine Nische auf einem zentralen Deck, ein Labyrinth aus dicken Rohren, Leitungen und Stromkabeln zwischen zwei klobigen Luftwäsche-Boxen. Aber es lag ein wenig versteckt, abseits des Bereichs, in dem die Krawalle tobten. Er und seine Freunde hatten dieses Szenario nicht unbedingt vorhergesehen, aber sie hatten Notfallpläne geschmiedet und vereinbart, sich im Fall des Falles hier zu treffen.

Und nun fand er hier Lemmy, Anna Vigil und den fast vier Jahre alten Cole vor, einen furchtsamen kleinen Jungen, der sich an die Beine seiner Mutter klammerte. Sie alle warteten auf ihn.

Wortlos trat Yuri tiefer in die Nische hinein, öffnete eine Wartungsklappe an einer der Luftwäsche-Boxen, holte einen Schraubenschlüssel und einen Schraubenzieher heraus und bezog derart bewaffnet Position vor den anderen. Nach dreieinhalb Jahren genoss er einen gewissen Ruf in diesem Zylinder. Er mochte ein Einzelgänger sein, aber er würde sich wehren, und man ließ ihn am besten in Ruhe, sofern es leichtere Ziele gab. Dies war der Plan gewesen, den sie drei zur Vorbereitung auf schlechte Zeiten ausgeheckt hatten; Yuri fiel nichts Besseres ein, um sie zu beschützen.

Er hörte einen Schrei und sah, dass drei Männer in dem düsteren Chaos eine Frau gepackt hatten. Yuri kannte sie alle; zumindest einen der Männer hatte er für einen Freund der Frau gehalten, die sich mit einem anderen zusammengetan hatte. Die Frau kannte Yuri ebenfalls; sie hieß Abbey Brandenstein, war eine ehemalige Polizistin und konnte durchaus auf sich aufpassen, aber nun wurde sie überwältigt. Die drei schleiften sie in eine Ecke, obwohl sie sich weiterhin wehrte. Als die Schreie schlimmer wurden, hielt Anna Vigil dem kleinen Cole Augen und Ohren zu und drückte ihn fest an sich.

Es herrschte immer noch wüster Lärm, alle schrien und brüllten durcheinander. Weitere Alarmsirenen verstärkten den Radau. Noch war nichts davon zu erkennen, dass die Friedenshüter irgendwelche koordinierten Maßnahmen ergriffen. Drüben auf der anderen Seite sah Yuri Gustave Klein, flankiert von einigen seiner Schläger; er beobachtete das Geschehen mit einem Grinsen im Gesicht. Vielleicht war Klein ja derjenige, der in Wirklichkeit die Fäden in der Hand hielt.

Lemmy spähte vorsichtig in die Spitze des Rumpfs hinauf. »Sieht so aus, als hätte Delga die Brücke erreicht.«

»Was glaubst du, was sie wollen?«

Lemmy zuckte die Achseln. »Das Schiff übernehmen. Die Astronauten zwingen, uns alle zur Erde zurückzubringen. Ich wette, im anderen Zylinder läuft gerade eine ähnliche Revolte; sie werden alles zeitlich abgestimmt haben. Vermutlich ist das unsere letzte Chance. Wenn wir erst mal auf einem Planeten von Proxima gelandet sind, gibt's keine Hoffnung mehr.«

»Aber sie könnten das Schiff zerstören, bevor sie den Sieg davontragen.«

»Stimmt.«

»Glaubst du, es wird funktionieren?«

Lemmy grinste. »Nee. Schau.« Er zeigte auf die gegenüberliegende Wand.

Eine Luftschleuse öffnete sich, und ein Dutzend Astronauten purzelten in das Durcheinander. Sie trugen leuchtend weiße, harte, panzerartige Druckanzüge, gekennzeichnet mit Armstreifen in knalligen Signalfarben, Rot, Blau, Grün. Ihre Gesichter verbargen sich hinter den goldenen Sichtscheiben der geschlossenen Helme, und ihre Bewegungen waren ruckartig, zu schnell und überakzentuiert – eine Folge von Enhancements der militärischen Kategorie, hatte Yuri gelernt, Exoskelette, Drogen, Verbesserungen von der zellulären Ebene aufwärts. Sie hatten irgendwelche Waffen – keine Schusswaffen, nicht in einem Druckkörper, aber vielleicht Taser und sogar Peitschen.

Einige der rebellierenden Insassen gingen sofort auf sie los. Die Astronauten schlugen mit sauberen, harten Bewegungen zurück; man hörte das Knallen ihrer Taser, das schneidende Geräusch der Peitschen. Mit ihren superschnellen Bewegungen und harten Außenschalen wirkten sie in dieser chaotischen menschlichen Umgebung wie Insekten, wie Monsterschaben aus dem All. Im Vergleich zu ihnen sahen die Insassen schmutzig und wie auf einer früheren Entwicklungsstufe hängen geblieben aus. Menschen wichen schreiend zurück, Blut spritzte in die Luft.

Währenddessen setzte sich eine Gruppe von Astronauten – drei, vier Mann – ab und steuerte auf eine große, gesperrte Schalttafel ein paar Decks höher in Richtung der Brücke zu.

Weitere Rebellen versuchten, ihnen den Weg abzuschneiden, aber die Astronauten waren zu schnell, zu entschlossen, und ihre Gegner wurden beiseite gefegt. Die Astronauten entsperrten die Tafel mit energischen Bewegungen behandschuhter Finger und stöpselten ausziehbare Kabel in Buchsen in ihren Anzügen, vielleicht zur Verifizierung ihrer Identität.

Dann, keine Minute nachdem die Luftschleuse aufgegangen war, strömte ein gelbliches Gas aus Auslassöffnungen in allen Wänden, und die Leute begannen zu husten und gerieten in Panik.

Lemmy grinste. »Träumt was Schönes. Wir sehen uns auf Prox c …«

Aber Yuri fiel bereits in einen langen, dunklen Tunnel und hörte nichts mehr.

# 8

Die Schiffsbevölkerung – oder was nach den Aufständen noch davon übrig war – wurde in kleine Gruppen aufgeteilt, die man in dem neuerdings segmentierten Zylinder in abgeschotteten Kammern gefangen hielt.

Als Yuri aus seiner bisher letzten Ohnmacht aufgeweckt wurde, stellte er fest, dass man ihn mit Plastikfesseln an einen Metallstuhl gebunden hatte, der wiederum an einem Gitterboden verankert war. Er befand sich zusammen mit zehn anderen – vier Frauen, sechs Männern – in einer kleinen, mit Trennwänden abgeteilten Kabine. Sie waren alle identisch gekleidet: orangefarbene Overalls, keine Stiefel, nur Strümpfe. Dies sei seine »Landegruppe«, erklärte man ihm. Der Einzige in dem Raum, den Yuri gut kannte, war Lemmy. Er erfuhr jedoch bald, dass die Passagiere schon lange vor dem Aufstand in diese Landegruppen von nominell jeweils vierzehn Personen eingeteilt worden waren, und nun hatte man sie auf dieser Basis gruppenweise eingesperrt.

Sie wurden immer von mindestens zwei Friedenshütern beaufsichtigt, die ihrerseits von Astronauten überwacht wurden; bei Yuris Gruppe waren es Lex McGregor und Mardina Jones. Als die Tage vergingen, durften die Passagiere reihum jeweils abwechselnd hinaus, um eine für die Schwerelosigkeit modifizierte Toilette zu benutzen, sich zu waschen und etwas zu essen. Lex McGregor bestand darauf, dass sie einfache gymnastische Übungen machten, wenn sie ihre Fesseln abgelegt hatten, damit sie nicht steif wurden. Man sprach mit ihnen, aber es war ihnen nicht gestattet, etwas zu erwidern oder miteinander zu reden.

Der Antrieb nahm seine Arbeit nicht wieder auf, die Schwerkraft kam nicht mehr zurück. Hin und wieder hörte man es jedoch scheppern und dröhnen, als schlüge eine riesige Faust auf den Rumpf ein, und er bewegte sich ruckartig in die eine oder andere Richtung; es gab kurze Beschleunigungsphasen. Nachdem das Schiff das Proxima-System mit seinem Kernel-Antrieb erreicht habe, erklärte Lemmy leise, müsse es sich nun wohl mithilfe eines sekundären Antriebssystems in eine endgültige Umlaufbahn einschleusen, vermutlich um ihr Ziel herum, den angeblich erdähnlichen dritten Planeten von Proxima. Das waren jedoch reine Spekulationen. Sie konnten nicht aus dem Zylinder hinausschauen.

Die Mitglieder der Crew unterwarfen sie einem bürokratischen Regime, indem sie in einem fort Häkchen hinter die Namen in den Piss-und-friss-Plänen in ihren Tafeln setzten. Förmliche Reaktionen auf den Aufstand blieben offenbar aus. Es gab keine Verfahren, keine Disziplinarmaßnahmen. Yuri nahm an, dass es der Crew egal war, sie wollten ihre widerspenstigen Passagiere nur auf diesem Proxima-Planeten absetzen und sie los sein.

Es war jedoch klar ersichtlich, dass einige zur Strafe Prügel bezogen hatten. Ein Mann in Yuris Gruppe – Joseph Mullane, ein von seinem Land vertriebener Farmer, der ursprünglich aus Irland kam – war besonders gründlich in die Mangel genommen worden, und es kostete Dr. Poinar einige Zeit, seine Wunden zu behandeln. Doch selbst er blieb mit Handschellen an seinen Stuhl gefesselt.

Mullane war einer der Männer gewesen, die auf dem Höhepunkt der Krawalle Abbey Brandenstein, die ehemalige Polizistin, angegriffen hatten – und Abbey Brandenstein selbst gehörte ebenfalls zu dieser Landegruppe. Yuri hatte keine Ahnung, ob sie absichtlich auf diese Weise zusammengestellt worden war. Vielleicht nicht, wenn es stimmte, dass man die Eingruppierungen lange vor dem Aufstand vorgenommen hatte. Jedenfalls verbrachte Abbey Brandenstein ihre gesamten wachen Stunden damit, Mullane böse anzufunkeln.

Auch in den folgenden Stunden und Tagen erfuhr Yuri nicht, was aus Anna Vigil und ihrem Kind geworden war; er fragte nicht, und man sagte es ihm nicht. Hin und wieder hörte man Stimmen von der anderen Seite der Trennwand, leise Bewegungen, kurzes Babygeschrei. Ansonsten gab es während der sich hinziehenden Schichten nichts anderes zu tun, als an den Stuhl gefesselt dazusitzen. Man konnte schlafen; Yuri stellte fest, dass er sich nur entspannen, sich einfach in der Schwerelosigkeit treiben lassen musste, um eine Position zu finden, in der die Fesseln an seinen Handgelenken und Knöcheln nicht scheuerten und er beinahe vergessen konnte, dass er fixiert war. Seine lange Bewusstlosigkeit machte ihm jedoch Sorgen. Eine weitere Erinnerungslücke. Es ärgerte ihn, dass seine kontinuierliche Zählung nach drei Jahren auf diese Weise unterbrochen worden war.

Ein paar Tage nachdem die letzten der von den Korrekturtriebwerken verursachten dumpfen und scheppernden Schläge verklungen waren, erbebte der Rumpf plötzlich heftiger, als hätte sich eine gewaltige Masse mit ihm verbunden.

Lemmy blinzelte Yuri zu. »Shuttle. Von der Umlaufbahn zum Boden. Dieses Schiff hat zwei, hat mir einer von der Crew erzählt …«

»Schnauze, verdammt«, sagte ein Friedenshüter. Es war Mattock – die Schnittwunden und blauen Flecken in seinem Gesicht waren noch nicht verheilt, seine gebrochene Nase war verbogen –, Mattock, der sich für sein Martyrium mit tückischen Tritten und Schlägen an Yuri rächte, weil dieser sich geweigert hatte, ihm gegen den wütenden Mob beizustehen.

Jetzt kam Lex McGregor mit einem anderen Friedenshüter an seiner Seite in die Kabine gesegelt. McGregor trug wie üblich seine glitzernde Astronautenuniform, und Yuri schämte sich seltsamerweise für seine eigene abgerissene Erscheinung.

McGregor lächelte.

»Zeit für einen kleinen Ausflug, Ladys and Gentlemen. Wir werden Sie einen nach dem anderen an Bord bringen. Ich muss mich dafür entschuldigen, dass wir Ihnen die Handschellen nicht abnehmen können – Sie wissen ja, wie die Lage nach den jüngsten Ereignissen aussieht. Aber ich bin sicher, dass es keine Probleme geben wird. Sie zuerst, Miss Amsler …«

Jenny Amsler, eine kleine, furchtsame Frau, die früher Juwelierin gewesen war, machte ein entsetztes Gesicht, als sie hinausgebracht wurde.

Der Umstieg ging zügig vonstatten. Als Yuri an der Reihe war, bugsierten ihn die stämmigen Friedenshüter zu beiden Seiten mit einer behandschuhten Hand unter jeder Achselhöhle durch die Schwerelosigkeit. Das Letzte, was er von dem Zylinder sah, der ihn durch den interstellaren Raum transportiert hatte, waren blanke Trennwände und durch Feuer und Vandalismus beschädigte Ausrüstungsgegenstände. Es roch nach Rauch, Kotze und Blut, nach Scheiße und Pisse und noch etwas anderem, wovon es ihm im Hals juckte, vielleicht ein letztes Überbleibsel des Gasangriffs.

Die Friedenshüter brachten ihn in einen Duschraum, wo er sich ausziehen musste, mit einer heißen, nach Desinfektionsmittel riechenden Flüssigkeit eingesprüht wurde und sich die Zähne mit einer Plastikzahnbürste putzte. Dann zogen sie ihm eine Art Unterzieher und darüber einen frischen Overall an. Er merkte, dass in den Unterzieher eine Windel eingesetzt war – um den Schritt herum war die Hose dicker.

Anschließend wurde er durch eine enge Luke hinausgestoßen. Nach einem Schwenk seiner vertikalen Blickrichtung stellte er fest, dass er in ein Gefährt hinabsank, das wie ein kleines, beengtes Flugzeug gebaut war. Es gab Viererreihen von Liegen, gepolsterte Sitze, auf denen man sich zurücklehnen konnte wie in einem Zahnarztstuhl. Platz genug für zwanzig Passagiere, zählte er rasch. Eine offene Tür an der Vorderseite der Kabine führte ins Cockpit, eine Höhle voller leuchtender Lämpchen, in der zwei Astronauten nebeneinander arbeiteten. Sie kehrten ihm den Rücken zu.

Das Shuttle schien zumindest sauber zu sein. Es roch nach neuem Teppich, ein Duft, den Yuri, wie ihm plötzlich klar wurde, nicht mehr gerochen hatte, seit er auf der Erde in dieses Kryo-Schubfach gesteckt worden war; nichts auf dem Mars war *neu* gewesen und auf dem Sternenschiff ebenso wenig.

Und durchs Cockpit-Fenster, über die Schultern der beiden Astronauten hinweg, sah er ein Fitzelchen Blau, wie der Himmel der Erde.

Alles nur mit einem kurzen Blick, bevor er auf eine Liege verfrachtet wurde. Mattock und ein weiterer Friedenshüter nahmen ihn rasch in die Mache; sie schnallten ihn mit einem schweren Gurtgeschirr an, banden ihm aber auch Handgelenke und Knöchel mit weiteren Plastikfesseln am Rahmen fest.

Er war als fünfte Person an Bord gebracht worden, ohne dass ein Wort gesprochen wurde. Als er nach vorn schaute, sah er, dass man Abbey Brandenstein und Joseph Mullane, die zu den vier anderen gehörten, direkt nebeneinander gesetzt hatte.

Yuri schaute in das zerschlagene Gesicht von Mattock hinauf, der über ihm hing und an seinen Fesseln herumwerkelte. »Hey, Friedenshüter. Keine gute Idee«, sagte er vorsichtig. »Mullane und Brandenstein zusammen ...«

Zur Belohnung bekam er ein Knie in den Bauch. Mattock war mittlerweile sehr gut darin, sich in der Schwerelosigkeit abzustützen, um solchen Schlägen die erforderliche Wirkung zu verleihen. Yuri grunzte unwillkürlich, versuchte aber, keine andere Reaktion zu zeigen.

»Kümmere dich um deinen eigenen Kram, du kleiner Wichser.«

Der restliche Umstieg ging flott und in fast völligem Schweigen vonstatten, abgesehen von leisen Wortwechseln der Friedenshüter. Die elf Passagiere gehörten allesamt zu der Gruppe in Yuris Zelle. Lemmy wurde direkt hinter Yuri platziert. Zwei vergleichsweise Fremde bekamen die Plätze links und rechts von Yuri, ein großer, kräftiger Asiate, den Yuri nur als Onizuka kannte – er war früher Geschäftsmann gewesen –, und eine Frau namens Pearl Hanks, klein, dunkel, alte Augen in einem jungen Gesicht. Sie hatte auf der Erde und dem Mars – und im Schiff erneut – als Prostituierte gearbeitet. Onizuka ignorierte Yuri, schaute jedoch an ihm vorbei mit einem irgendwie berechnenden Blick zu Pearl Hanks hinüber.

Die Luke über ihren Köpfen wurde mit einem endgültigen dumpfen Knall zugeschlagen. Und das, dachte Yuri, war das Letzte, was er von der *Ad Astra* sehen würde.

Nachdem alle an Bord und ordentlich festgebunden waren, nahmen die beiden Friedenshüter auf Liegen am hinteren Ende der Kabine Platz. Lex McGregor kam vom Cockpit vorn angeschwebt, wie üblich makellos in seiner Uniform. Yuri sah, wie Mardina Jones in der Piloten-Kabine hinter ihm einen Druckanzug anlegte.

McGregor wandte sich an die Passagiere. »Ladys and Gentlemen. Willkommen an Bord des *Ad Astra*-Shuttles Nummer Zwei, wie man es prosaisch getauft hat. Mit diesem tapferen kleinen Schiff werden wir gleich zum Planeten eines anderen Sterns absteigen …«

Die Passagierkabine hatte keine Fenster. Doch als das Shuttle nun driftete, konnte Yuri über McGregors Schulter hinweg durch das Pilotenfenster mehr von dem Planeten sehen: den grauen Schild eines Ozeans, treibende Eismassen, einen Terminator, der die Nacht vom Tag trennte. Ein vorbeiziehendes Diorama.

»Unser Abstieg wird unkompliziert sein. Wir werden an einer vorher festgelegten Stelle im nordöstlichen Quadranten der substellaren Seite des Planeten landen, und zwar im Bett eines ausgetrockneten Sees ähnlich der Salztonebene bei der Edwards Air Force Base in Kalifornien, wo ich vor einigen Jahren mein Flugtraining absolviert habe. Völlig ungefährlich, eine natürliche Landebahn.

Der Landevorgang wird zwei Stunden dauern. Ich fürchte, Sie werden Ihre Plätze nicht verlassen können, bis wir sicher aufgesetzt haben und die Räder sich nicht mehr drehen. Wenn Sie während des Fluges irgendwelche biologischen Bedürfnisse verspüren, tun Sie sich keinen Zwang an, Sie werden feststellen, dass Sie Unterwäsche tragen, die für diesen Zweck gedacht ist. Es wird nicht gerade angenehm sein, aber es dauert ja nicht lange. Außerdem gibt es Spucktüten. Ich hoffe, dass keiner von Ihnen während des Fluges irgendwelchen Unfug macht«, sagte er traurig und ernst. »Es wäre offenkundig vergeblich; Sie könnten nichts anderes erreichen, als das Fahrzeug zu beschädigen und sich und Ihre Kolleginnen und Kollegen in Gefahr zu bringen. Nebenbei bemerkt: Wir, die Crew, werden Druckanzüge und Fallschirme tragen, also brauchen Sie nicht um unsere Sicherheit zu fürchten, was immer Sie tun.« Er warf einen Blick auf seine Armbanduhr. »Bald werden wir abkoppeln, und ein paar Minuten später folgt dann die Brennphase, mit der wir aus dem Orbit absteigen. Irgendwelche Fragen? Nein? Genießen Sie den Flug. Immerhin«, sagte er nachdenklich, als wäre ihm gerade ein interessanter Gedanke gekommen, »wird es vermutlich Ihr allerletzter sein.« Er verschwand wieder in seiner Kabine.

Bald gab es weitere Schläge und ruckartige Bewegungen, die Yuri mittlerweile mit der Zündung kleiner Korrekturtriebwerke verband. Als das Shuttle herumschwang und sich entlang seiner Achse nach rechts drehte, spürte er, dass er sich in einem weitaus leichteren Raumfahrzeug befand als in dem beruhigend massiven Sternenschiff. In der Passagierkabine herrschte Schweigen, bis auf raues, nervöses Atmen, das bei der Raumfahrt übliche Zischen von Pumpen und Ventilatoren, ein Geräusch, das Yuri auf dem ganzen Weg vom Mars bis hierher verfolgt hatte, und – unglaublicherweise – das eintönige Schnarchen eines Schlafenden. Yuri schaute sich um; es war Harry Thorne, ein ehemaliger Großstadt-Farmer aus einem kanadischen USNA-Staat, ein korpulenter Mann, der sich durch nichts erschüttern ließ.

Vor dem Pilotenfenster hing jetzt ein zweiter, fernerer Planet in der Schwärze, eine vollkommene silbergraue Kugel.

Lemmy beugte sich vor. »Hör mal, Yuri. Schau dir alles genau an. Beobachte. Merk dir, was du siehst. Ich meine, werden sie uns Landkarten geben? Speichere möglichst viel von dieser neuen Welt, zu der wir fliegen, in deinem Gedächtnis …«

Yuri hörte eher, als dass er sah, wie Mattocks Faust Lemmys Kiefer traf. »Noch ein Wort, du Arschgesicht, und du schläfst, bis es vorbei ist.«

Ein Tosen ertönte, ein sanfter Schub presste Yuri in seinen Sitz.

Es war seltsam, dass er erst den interplanetarischen und dann den *interstellaren* Raum durchquert hatte, ohne das Geringste über die Technik des Raumflugs zu wissen. Zu seiner Zeit hatte man Weltraumflüge und alles, was damit zusammenhing, für ethisch bedenklich gehalten, für nur eine von vielen Sünden eines früheren, energiesatten Zeitalters, und niemand sprach auch nur darüber. Er konnte lediglich raten, was gerade geschah.

Die Brennphase war bald vorbei. Nun traten die Korrekturtriebwerke wieder in Aktion, das Schiff schwenkte erneut herum – er sah diesen halb in Nacht getauchten Ozean am Pilotenfenster vorbeiziehen –, und dann nichts.

Die Sekunden häuften sich zu Minuten. Für Yuri fühlte es sich so an, als wäre er noch im freien Fall. Hinter sich hörte er jemanden summen – es war der andere Friedenshüter, nicht Mattock –, dann das Rascheln einer Papiertüte. Diese Burschen hatten den Flug vermutlich schon mehrmals gemacht; sie kannten den Ablauf. Der Mann kramte in der Tüte. »Verdammt.« Ein paar Bonbons kamen von hinten über Yuris Kopf gesegelt. Yuri betrachtete sie fasziniert; er hatte keine Bonbons mehr gesehen, seit er auf der Erde in den Kälteschlaf versetzt worden war. Die leuchtend blauen Kapseln sanken jedoch auf einer langen, gekrümmten Bahn langsam zum Fußboden hinab, wie er sah. Die Beschleunigung nahm zu.

Draußen vor dem Cockpit-Fenster war jetzt ein Lichtschein zu sehen, erst ein mattes Purpurrot, dann Orange und plötzlich ein blendendes Weiß, als flöge er durch eine riesige Neonröhre. Allerdings gab es kein Geräusch, kein Erbeben oder Rütteln, kein deutliches Gefühl von Schwere. Noch nicht.

Der Lichtschein verblasste rasch und gab den Blick auf ein Meerespanorama frei, weiße Eisschollen auf einem stahlgrauen Ozean, der sich in Dunkelheit verlor. Dann kippte dieses Panorama nach oben und zur Seite. Nein, es war natürlich das Shuttle, das gekippt wurde, bis es fast auf der rechten Tragfläche stand. Und dann, Yuri spürte es in seinen Eingeweiden, neigte sich das Fahrzeug in die andere Richtung, und der Ozean verschwand aus seinem Blickfeld.

»Heilige Scheiße«, murmelte jemand vor Yuri, eine ehemalige Geschäftsfrau namens Martha Pearson, während sie aus dem Vorderfenster starrte.

»Wir gleiten«, murmelte Lemmy mit zusammengebissenen Zähnen. »Das ist alles. Ohne Schub, nachdem wir nun aus dem Orbit abgestiegen sind. Wir gleiten in die Atmosphäre dieser Welt hinein. Verringern unsere Geschwindigkeit durch die Reibung an den oberen Luftschichten. Deshalb diese großen Schwünge …«

Mattock knurrte warnend, aber undeutlich; vielleicht war er selbst abgelenkt.

Plötzlich flogen sie in die Nacht hinein. Jetzt war nur Dunkelheit unter ihnen, in der sich die Oberfläche des Planeten verbarg. Yuri merkte, wie die Schwerkraft stärker wurde. Er ließ sich auf seine Liege zurücksinken. Der Druck wuchs immer mehr, bis es sich anfühlte, als säße ein riesiger Friedenshüter auf seiner Brust, und die Schwärze um den Rand seines Blickfelds rückte nach innen vor. Nun spürte er auch einen Druck in den Beinen und um die Taille; sein Unterzieher umklammerte ihn fest, drückte seinen Bauchnabel nach unten.

»Anspannen!«, rief Lemmy. »Die Bauchmuskeln anspannen! Dann bleibst du vielleicht bei Bewusstsein …«

Yuri versuchte es. Er spannte die Muskeln mit aller Kraft an. Ihm war, als würde seine Taille von einem schrecklich engen Gürtel eingeschnürt. Aber es funktionierte. Sein Blickfeld klärte sich.

Jetzt konnte er das Brausen von Luft, von Wind hören – dieses Raumschiff war tatsächlich zu einem Flugzeug geworden –, und auf einmal flogen sie wieder ins Tageslicht hinein, ein abrupter Übergang von der Nacht zum Tag. Er hob den Kopf und erhaschte durchs Pilotenfenster einen Blick auf eine große, fahle Sonne, die ihn blendete, darunter ein halbdunkles Land, dann weitere Eisschollen und wieder ein Ozean, alles in einen rötlichen Lichtschein getaucht.

»Dein letzter Sonnenaufgang!«, brüllte Lemmy.

Yuri wusste nicht, was er meinte.

Das Shuttle erzitterte, es gab einen Knall, und der Flug wurde abrupt erheblich unruhiger. Sie glitten weiter abwärts durch Luft, die sich klumpig anfühlte, voller Turbulenzen, als durchquerten sie ein Feld unsichtbarer Steine. Yuri schaute nach vorn und sah, dass er nun wieder auf Land zuflog. Eine Küstenlinie schoss unter ihm hindurch, gesäumt von Wellen mit weißen Schaumkronen, dann eine Art Waldgürtel, ein pelziger Besatz von düsterem, tristem Grün, dann weiteres trockenes Land, wie es schien, Staub und Sand und Dünen.

Merk dir alles, hatte Lemmy gesagt. Yuri versuchte es. Aber er wusste nicht einmal, in welche Richtung er flog. Von Westen nach Osten? Hatten solche Richtungsangaben auf dieser Welt überhaupt einen Sinn?

Sie flogen jetzt über Wolken hinweg, eine riesige, geronnene Bank, grauweiß, verdreht wie ein ungeheurer Tornado, dachte er. Durch Lücken in den Wolken erblickte er ein weiteres fremdartiges, dunkles Waldstück. Dann waren sie wieder über dem offenen Land, mit nur wenigen verstreuten Wolkenfetzen unter ihnen, und Yuri sah einen Fluss, der sich von dieser stürmischen Region wegschlängelte, ein silbernes Band, das über dem rostfarbenen Land lag.

Sie sanken noch tiefer, folgten dem Fluss, und jetzt schien das Land unter dem Shuttle hinwegzurasen. Yuri schaute hinab, suchte nach Einzelheiten. Er glaubte, auf dem Boden etwas zu sehen, was sich bewegte: der Schatten einer Wolke? Aber Wolkenschatten wirbelten keinen Staub auf …

An einer breiten, trägen Mündung erreichte der Fluss ein Meer. Das Shuttle legte sich noch einmal in die Kurve, kam nun sehr tief über dem Ufer und der Mündung herein und sank zu einem flachen, staubigen Land hinab, das hier und dort von kleinen Seen und in größerer Ferne von einem Waldgürtel unterbrochen war. Der Abstieg schien jetzt sehr schnell vonstattenzugehen. Yuri konnte feine Details ausmachen, einzelne Felsen, die unter dem Schiff durchschossen. Das Shuttle erzitterte und schaukelte in der turbulenten außerirdischen Luft. Yuri, der sich an die Fesseln klammerte, die ihn in seinem Sitz festhielten, ertrug die Stöße und hörte das Klappern von Bauteilen, losen Verkleidungen und Gurthalterungen. Vor ihm übergab sich jemand geräuschvoll.

Und plötzlich waren sie *unten*, ein krachender Aufschlag, nach dem sie wieder in die Luft sprangen und erneut mit quietschenden Reifen und einem weiteren ruckartigen Bremsvorgang herunterkrachten. Yuri wurde nach vorn geschleudert, in seine Gurte.

Das Shuttle wurde langsamer und kam schließlich zum Stehen. Der Staub, den es aufgewirbelt hatte, fiel bald wieder auf die Ebene draußen zurück und gab den Blick auf einen verwaschenen blauen Himmel und einen felsigen, steinigen Boden frei.

Gleich darauf kam Lex McGregor durch die Cockpittür nach hinten. Er öffnete den Halsverschluss seines Druckanzugs; Yuri sah, dass er stark schwitzte. »Wir sind unten, die Räder sind arretiert. Es war ein kleiner Schritt für einen Menschen, als Armstrong auf dem Mond gelandet ist. Aber für Sie ist es ein *letzter* Schritt – stimmt's? Endstation. Willkommen auf Proxima c.«

# 9

Die beiden Astronauten gingen als Erste hinaus.

Dann machten die Friedenshüter die Passagiere einen nach dem anderen los und eskortierten sie aus der Kabine. Mit einem Friedenshüter als Begleitung mussten sie nacheinander eine Luftschleuse passieren, obwohl die Luft angeblich atembar war; die Schleuse war offensichtlich ein integraler Bestandteil des Shuttles.

Yuri wartete, bis er an die Reihe kam. Er war desorientiert und verwirrt – zu durcheinander, um bei der Vorstellung, den Fuß auf diese fremde Welt zu setzen, Angst oder Begeisterung zu verspüren. Vielleicht kam das später. Oder auch nicht. Schließlich hatten zahllose Generationen davon geträumt, zum Mars zu fliegen, und der hatte sich als Dreckloch erwiesen.

Schließlich war es so weit. Mattock fesselte Yuri an sein eigenes Handgelenk und band ihm die Knöchel mit einem Plastikseil zusammen. Derart behindert, schlurfte Yuri vor ihm her zur Luftschleuse und kletterte unbeholfen durch die schmale Luke in die kleine Schleusenkammer.

Während die Schleuse ihren Zyklus durchlief, saß er auf einer kleinen Bank, dem finster dreinschauenden Mattock gegenüber.

»Gib mir nur einen Vorwand«, sagte Mattock.

Yuri grinste ihn an.

Ein grünes Lämpchen leuchtete auf, und die Außenluke öffnete sich. Yuri sah einen Boden aus rosa-grauem Sand; die einzelnen Körner warfen lange Schatten. Die Luft roch nach Flugzeug, nach Treibstoff, Öl und so etwas wie verbranntem Metall. Doch darunter lag ein subtilerer Geruch, ein alter, rostiger, würziger Geruch wie der von Herbstblättern in einem englischen Park, dachte er.

Mattock stieß ihn an. »Du zuerst.«

Yuri musste seine gefesselten Beine durch die Luke nach draußen schwingen, dann sprang er etwa einen Drittelmeter zum Boden hinunter. Er kam mit beiden Füßen zugleich auf. Die Schwerkraft fühlte sich genauso an wie auf der Erde, dachte er sofort. Oder jedenfalls fast genauso.

Er stand im Schatten der ausladenden, noch immer heißen, pechschwarzen Tragfläche des Shuttles.

Er schlurfte ein paar Schritte vorwärts, ins Sonnenlicht, und schaute zum ersten Mal zu dem Stern hinauf, der Sonne dieser Welt. Sie war ein riesiges Leuchtfeuer an einem bläulichen Himmel, nicht so gleißend wie die Sonne der Erde, aber immer noch blendend hell – und größer, drei- oder viermal so groß wie die Sonne der Erde. Abgesehen davon war der Himmel leer, bis auf zwei leuchtende Sterne, die trotz des hellen Tageslichts zu sehen waren, und der Scheibe eines Planeten, die wie ein ferner Mond dort oben hing.

Die bereits von Bord gegangenen Passagiere saßen ein paar Schritte vom Shuttle entfernt im Kreis auf dem nackten Boden. Mattock stieß Yuri an, dass er sich zu ihnen setzen sollte. Er schob sich langsam vorwärts und schaute sich dabei um. Jenseits der Gruppe sah er einen See schimmern, blau unter dem Himmel. Dahinter einen tristen grünen Gürtel, offenbar der Wald. Und dahinter gefältelte Berge. Nirgends eine Spur von

Menschen – keine Mauern, keine Zäune, so weit er sehen konnte. Keine Kuppelwände wie auf dem Mars.

Lieutenant Mardina Jones passte auf die Passagiere auf. »Die Luft ist prima, nicht?«, sagte sie zu Yuri. »Ein echtes Wunder. Wenn man bedenkt, dass es eine andere Welt ist und so.«

»Wahrscheinlich.«

Sie betrachtete ihn neugierig. »Weißt du, Eden, du bist der Einzige, der einfach dagestanden und … geschaut hat.« Sie blinzelte zur Sonne hinauf. »Komischer Gedanke, dass diese Sonne einfach dort hängen wird. Dass sie weder aufgehen noch untergehen wird, solange man lebt.«

»Wirklich?«

Sie starrte ihn an. »All diese Informationsveranstaltungen, die wir abgehalten haben. Du hast wirklich nichts gelernt, oder?«

»Wo sind die anderen alle?«

»Wer?«

»Die anderen Gruppen. Die vor uns runtergebracht wurden.«

»Weit weg. Major McGregor wird euch alles darüber erzählen. Setz dich jetzt erst mal zu den anderen. Wir müssen für unseren Aufenthalt hier und für eure ersten paar Wochen und Monate als Bewohner Vorräte ausladen. Und eine KolE.«

Yuri wusste nicht, was eine KolE war. »Und dann fliegt ihr weg?«

Sie tätschelte den Rumpf des Shuttles. »Dieser Vogel bringt uns mit seinem Scramjet-Antrieb wieder zum Himmel hinauf – ja, wir fliegen weg. Also, wenn ich deine Fußfesseln löse, setzt du dich dann zu den anderen?«

»Ja.«

Sie bückte sich, zog ein Messer aus ihrem Gürtel und durchschnitt die Fessel.

Er trat einen Schritt auf die sitzende Gruppe zu. Dann noch einen und einen dritten, und dann begann er zu laufen – oder eher zu joggen, es war gar nicht so einfach mit gefesselten Händen, aber er schaffte es. Er lief, streckte die Beine, festes Erdreich unter seinen gestiefelten Füßen.

Lief geradewegs an der sitzenden Gruppe vorbei, die jauchzte und jubelte.

Er hörte Stimmen hinter sich. »Hey, Eisjunge! Bleib stehen, oder …«

»Oder was, Mattock? Wollen Sie ihm nachlaufen? Ach, lassen Sie ihn. Ich meine, wohin soll er denn rennen? Tausend Klicks bis zur nächsten Gruppe? Der kommt schon zurück. Jetzt helfen Sie mir mal mit diesem Nahrungspaket …«

Und Yuri lief und lief, vorbei an dem Staub, den das Shuttle bei der Landung aufgewirbelt hatte, über das jungfräuliche Erdreich, weit über die Grenzen irgendeiner beengten, kleinen marsianischen Kolonie wie Eden hinaus – immer weiter, bis ihre Stimmen kaum noch zu hören waren, und als er sich umschaute, sah das Shuttle auf seinem Fahrwerk wie ein schwarzweißes Spielzeug auf einem Tisch aus –, weiter zu diesem Wald und den Bergen.

Deshalb war er der Letzte, der erfuhr, dass Abbey Brandenstein irgendwann während des Abstiegs, als die allgemeine Aufmerksamkeit auf andere Dinge gerichtet war, Joseph Mullane eine angespitzte Plastikzahnbürste ins Herz gestochen hatte.

# 10

## 2155

An Angelias letztem Abend in der Menschenwelt umsorgte Dr. Kalinski sie liebevoll. So empfand sie es jedenfalls, wenn sie später daran zurückdachte.

Noch in Gestalt ihres schweren humanoiden Körpers, wurde sie zu einer Dinner-Party mit Dr. Kalinski, seiner Tochter Stef und Mitgliedern des Kontrollteams eingeladen, die sich während ihres zehnjährigen Fluges nach Proxima um sie kümmern würden: Leute wie Bob Develin und Monica Trant, kompetente Zwanzig- oder Dreißigjährige, allesamt Mitarbeiter staatlicher Weltraumbehörden, die nun in einer globalen UN-Organisation aufgegangen waren, der sich nur die Chinesen, ihre Verbundpartner und ein paar Sonderfälle wie Nordbritannien nicht angeschlossen hatten. »Nur«: Tatsächlich wurde die interplanetarische Raumfahrt zum großen Teil von dem neuen chinesischen Imperium dominiert. Sie unterhielten sich offen und locker, behandelten Angelia wie ein Mitglied der Crew, wie ein menschliches Wesen, taten manchmal sogar so, als wäre sie gar nicht da, was ihr paradoxerweise das Gefühl gab, noch willkommener und stärker einbezogen zu sein.

Sie erfuhr jedoch mehr über ihre Sorgen bezüglich der Mission, als Dr. Kalinski ihr zuvor erzählt hatte. Dass diese angesichts der Kernel-Entwicklungen der UEI schon vor dem Start in technologischer Hinsicht überholt sein könnte. Dass sie politisch in höheren UN-Kreisen nicht sehr populär war: Ihr haftete der Geruch der Heldengeneration an, deren Projekte vom massiven, verschwenderischen Einsatz von Technik geprägt und mit KIs von einer später rückwirkend für illegal erklärten Qualität des Empfindungsvermögens ausgestattet gewesen waren. Schließlich war Dr. Kalinski im Kielwasser dieser Generation und ihrer gewaltigen Werke aufgewachsen; vielleicht, so munkelte man, war er von ihnen beeinflusst.

Dr. Kalinski hatte sein Bestes getan, um sein Projekt gegen diese Kritik abzuschirmen. Ja, er hatte Ausrüstung in großem Maßstab benötigt, doch obwohl er ein Solarkraftwerk wiederverwendet hatte, an sich schon ein verhasstes Relikt des vergangenen heroischen Zeitalters mit seinen überheblichen, planetenumspannenden technischen Projekten, würden die von ihm eingesetzten Energien um Größenordnungen *geringer* sein als jene, die Dexter Cole nach Proxima geschleudert hatten. Was den Gewinn betraf, so verzichtete Dr. Kalinski auf jedwede finanzielle Belohnung außer dem Gehalt, das er von den akademischen Institutionen bezog, in deren Diensten er stand. Sämtliche patentierbaren Technologien würden diesen Institutionen gehören und von ihnen im Interesse der von den Vereinten Nationen regierten Steuerzahler, die sie finanzierten, ausgewertet werden. Und ja, Angelia war eine hoch entwickelte, empfindungsfähige KI; ohne intelligente Technologie an Bord konnte die Mission nicht erfolgreich durchgeführt werden. Sie war leidensfähig – das war der Preis der Empfindungsfähigkeit. Aber die Mission sei bestrebt, sie am Leben zu erhalten, sagte Dr. Kalinski; man werde sie lebendig und gesund nach Proxima Centauri bringen. Sie solle in Ehren gehalten und nicht misshandelt werden.

Aber die Mitglieder des Teams blieben vage, wenn sie Details erörterten, und Dr. Kalinski schaute Angelia nicht in die

Augen – ebenso wenig wie der elfjährigen Stef, bemerkte Angelia. Offenbar gab es bestimmte Aspekte der Mission, über die man ihr und Stef nicht alles erzählt hatte.

Trotz solcher Spannungen war es ein wunderbarer, warmer letzter Abend für Angelia, an dem sie sich in der Runde bestens aufgehoben fühlte. Und als die Dinner-Party sich schließlich auflöste, kam Stef Kalinski zu ihr und nahm ihre Hand.

»Tut mir leid, wenn ich gemein zu dir war«, sagte Stef.

»Das warst du nicht.«

»Es ist halt ein bisschen schwierig für mich. Meine Mutter ist gestorben, sie war Französin …«

»Ich weiß.«

»Danach hatte ich Dad in Seattle ganz für mich allein. Und dann bist du aufgetaucht. Es ist, als …«

»Ja?«

»Als hätte ich plötzlich eine große Schwester.« Sie verzog ihr kleines Gesicht, während sie angestrengt nachdachte. »Als müsste ich meine ganze geschwisterliche Rivalität auf einen Schlag austragen.«

Angelia lachte. »Du bist sehr scharfsinnig. Und sehr selbstkritisch. Ich war nicht gekränkt. Ich bin froh, dass ich die Chance hatte, dich kennenzulernen.«

»Ja. Geht mir genauso.«

»Beneidest du mich um meine Reise, um das Abenteuer, das ich erleben werde?« Es war eine Reaktion, die sie bei mehreren Angehörigen des Bodenteams beobachtet hatte – zum Beispiel bei Bob Develin, einem Dreißigjährigen aus Florida, der einen großen Teil seiner Jugend als Helfer bei der Unterwasser-Archäologie des überschwemmten Cape Canaveral verbracht und vom Weltraum geträumt hatte.

Aber Stef schüttelte den Kopf. »O nein. Die Kernels – die will ich studieren, selbst wenn es in Dads Augen Betrug oder so was ist, sie zu benutzen.«

»Willst du nicht zu den Sternen fliegen?«

»Wozu? Sterne sind *leicht* zu verstehen …«

Vielleicht. Doch als Stef sich auf die Zehenspitzen stellte, um ihre synthetische Schwester auf die Wange aus programmierbarer Materie zu küssen, fragte sich Angelia, ob selbst ein Kernel so kompliziert sein konnte wie ein elfjähriges Mädchen.

Das war das Ende des Abends. Dr. Kalinski brachte Angelia zu ihrem Zimmer, einem echten Raum für Menschen mit einem richtigen Bett und einem Wandspiegel und so weiter. Er strich ihr über die künstlichen Haare und sagte Gute Nacht. Sie legte sich voll bekleidet aufs Bett und ging in den Schlafmodus.

Als sie aufwachte, war sie im Weltraum, festgenagelt vom Sonnenlicht.

# 11

Sie besaß keine menschliche Gestalt mehr, nicht einmal andeutungsweise. Jetzt war sie eine Scheibe aus Kohlenstoffschichten mit einem Durchmesser von hundert Metern, aber nur ein Hundertstel Millimeter dick. Dennoch war sie hellwach; ihr Bewusstsein wurde von Strömen und Ladungsspeichern in dem vielschichtigen Netz elektrisch leitenden Kohlenstoffs aufrechterhalten, aus dem sie bestand. Während dieser Verwandlung, dieser von Dr. Kalinski und seinen Technikern ausgeführten Remontage auf atomarer Ebene hatte sie geschlafen.

Und sie konnte das Universum mithilfe von Bündeln mikroskopisch kleiner Sensoren sehen, hören und schmecken.

Ihr Blick war auf den Merkur gerichtet, eine rissige, zernarbte Halbkugel. Die Lichter der Menschheit glommen in den Schatten uralter Kraterwände und krochen Klippen und Felskämme entlang. Während sie den Planeten umkreiste, sah sie den harten, hässlichen Klumpen des stillgelegten Solarkraftwerks, das vor Jahrzehnten im erdnahen Weltraum montiert und jetzt zur Wiederverwendung hierhergeschleppt worden war, sowie die gewaltige Linse, eine Struktur aus Filmen und Fasern, die selbst ihre eigene filigrane Spannweite in den Schatten stellte. Sie würde den Mikrowellenstrahl des Kraftwerks quer durchs Sonnensystem lenken, um ihr die Energie für den Flug zu liefern. Der Maßstab all dessen war außergewöhnlich, und die

Energien, die entfesselt werden würden, waren gewaltig. Wenn etwas schiefging, würde sie binnen Sekundenbruchteilen sterben, eine Motte im Flammenstrahl eines Schneidbrenners. Sie verspürte einen Anflug unvernünftiger Furcht.

»Angelia?«

»Ich bin hier, Dr. Kalinski.«

»Wie höre ich mich an?«

»Als wären Sie im selben Raum mit mir.«

»Gut. So wollte ich es haben. Ich bin froh, dass wir Zeit hatten, in der Menschenwelt beisammen zu sein. Du bist nämlich ein Teil der Menschheit, weißt du. Der beste und intelligenteste Teil. Wir haben dich nach einer Tochter von Hermes benannt, der griechischen Version von Merkur. Auch sie war eine Botin, eine Überbringerin von Nachrichten. Du wirst die Nachricht von unserer Existenz zu einem anderen Stern bringen. Und du wirst all unsere Träume mitnehmen. Meine jedenfalls. Na ja, das haben wir alles bereits gesagt. Du weißt, wir können nicht kommunizieren, solange der Strahl steht. In vier Tagen werden wir mit dir reden, wenn die Beschleunigungsphase abgeschlossen ist. In Ordnung?«

»Ja, Sir. Ich glaube schon ...«

»Wir werden dich nicht mit einem Countdown behelligen. Gute Reise, Angelia ...«

Das Solarkraftwerk leuchtete in ihrem für die Mikrowellenfrequenzen des Strahls empfänglich gemachten Blickfeld auf. Der Merkur wich zurück, als fiele er in einen Brunnen.

Die starke Strahlung, ursprünglich dazu gedacht, die Fabriken und Häuser der fernen Erde mit Solarenergie in komprimierter Form zu beliefern, füllte nun ihren Hundertmetersegel-Körper. Sie spürte, wie ihre Haut sich straffte und in wellenförmige Bewegung geriet, als Terawatt von Energie über sie hinwegströmten. Ihre Struktur brauchte nicht einmal massiv zu sein; um ihre Gesamtdichte zu reduzieren, war ihre Oberfläche nur ein dünnes Geflecht, aber die Wellenlängen der Mikrowellen-Photonen waren so groß, dass sie nicht durch dieses weit gespannte, gekrümmte Netz aus Karbonstreben hindurchgingen. Stattdessen prallten sie wie Myriaden winziger Sandkörner von dem Segel ab, schoben Angelia mit 36 g vor sich her und beschleunigten sie mit jeder neuen Sekunde um weitere tausend Stundenkilometer.

Trotz der zunehmenden Distanz verringerte sich die Intensität dieses von der Linse fokussierten Laserstrahls nicht einmal um ein Watt. Es war eine Höllenqual. Es war köstlich. Sie lachte, tief in ihrem verteilten Bewusstsein.

Die Intensität verringerte sich vier Tage lang nicht. Zu diesem Zeitpunkt war sie schon um mehr als die hundertfache Entfernung der Erde von der Sonne ins All geschleudert worden, weit über die Umlaufbahn des äußersten Planeten hinaus.

Von hier aus war die Sonne, jenes Ungeheuer, das den Himmel des Merkurs beherrschte, nicht mehr als ein heller Stern – ein Stern, der für ihre hoch entwickelten Sensoren zudem ganz allmählich in den Rotbereich verschoben wurde, denn bei zwei Fünfteln der Lichtgeschwindigkeit hatte sie bereits ihr interstellares Reisetempo erreicht. Das hieß, sie würde schon in einem Jahrzehnt im Proxima-System eintreffen. Um sie so schnell so weit zu bringen, hatte man um Größenordnungen weniger Energie aufgewendet als für Dexter Cole. Doch der lag im Kälteschlaf in einem tausend Tonnen schweren Raumfahrzeug, während sie nur achtzig Kilo wog – die Masse eines Menschen, so als wäre Cole nackt zum Rand des interstellaren Raums befördert worden.

Sie selbst war das Raumfahrzeug. Und sie war viele; sie würde nie allein sein.

Mit einer Willensanstrengung, einer subtilen Reprogrammierung ihrer Struktur, richtete sie ihre Sinne nach außen, in die Leere.

# 12

2169

Das Shuttle sollte zehn Tage auf dem Boden bleiben, bevor es zur *Ad Astra* zurückkehrte.

In diesem Zeitraum bestand die Hauptaufgabe der Crew darin, die Vorräte und Ausrüstungsgegenstände der Kolonisten zu entladen sowie die Ausrüstung zu montieren und einsatzbereit zu machen. Währenddessen mussten die Kolonisten Bewässerungsgräben zu einem nahe gelegenen See ausheben und anfangen, einen unterirdischen Schutzraum zu bauen.

Der Schutzraum sollte Zuflucht vor stellaren Stürmen bieten. Auf Proxima gab es Flares, chromosphärische Eruptionen. Es geschah ein- oder zweimal am Tag. Man konnte sie mit bloßem Auge sehen; ganze Gebiete auf der großen, matten Oberfläche des Sterns leuchteten auf, als fände dort oben ein Atomkrieg statt. Der Planet, Prox c, hatte eine dicke Atmosphäre und eine gesunde Ozonschicht, aber ungefähr einmal im Monat, glaubte man, würde es einen so starken Sturm geben, dass mehr Schutz erforderlich war. Vorläufig durften sie bei einem schlimmen Flare ins Shuttle zurück. Aber in Zukunft mussten sie in Erdlöcher flitzen.

Für den Rest ihres Lebens.

Zehn Tage bis zum Abflug des Shuttles: Das war der eine wichtige Zeitraum in Yuris Leben. Der andere – das hatten sie von der Crew erfahren – betrug acht Erdtage und acht Stunden. So lang war der Tag auf dieser Welt, auf Prox c, der Tag *und* das Jahr, denn die Welt sauste um Proxima herum und kehrte dem Stern dabei immer dieselbe Seite zu – so wie der Mond der Erde –, sodass der Tag dieselbe Länge hatte wie das Jahr. Tatsächlich war Prox c stabiler als der Mond, der, von der Erde aus gesehen, ein wenig wackelte. Prox c aber nicht.

Deshalb Lemmys spöttische Bemerkung über den letzten Sonnenaufgang. Diese große, alte Sonne würde niemals aufgehen und niemals untergehen; sie würde für immer an dieser einen Stelle am Himmel hängen. Oh, das Wetter änderte sich, es konnte Wolken geben, und am zweiten Tag gab es Regen, er brach vom Waldgürtel im Norden aus über sie herein. Aber was die grundlegende Architektur dieser Welt betraf, so war jeder Tag genau gleich, die Sonne verharrte in trotziger Reglosigkeit, Stunde um Stunde. Und so wie es keinen Sonnenaufgang und keinen Sonnenuntergang gab, so würde es hier auch keinen Sommer und keinen Winter geben. Einfach nur einen Tag nach dem andern, so identisch wie Münzen aus einer Presse. Es war, als existierte die Zeit hier nicht, als wären sämtliche Zeitalter zu einem Jahrhunderte währenden Tag komprimiert worden.

Bald würden sie alle Schlafstörungen bekommen – alle Kolonisten zumindest, in ihren Zelten draußen. Die Astronauten und Friedenshüter schliefen bis auf diejenigen, die gerade Wache hielten, in der an die Erdzeit gekoppelten Kabine des Shuttles.

Proxima war jedoch nicht das einzige Licht am Himmel, stellte Yuri fest. Es gab auch ein helles Doppelsternsystem, hell genug, um Schatten zu werfen: Alpha Centauri A und B, Zwillingssonnen, das Zentrum dieses Dreiersystems, in dem Proxima im Grunde nur ein schäbiger Randbezirk war. Und dann zog dieser eine sichtbare Planet seine Bahn. Außerdem gab es dort oben vorläufig auch noch ein Sternenschiff, einen Funken, der über den Himmel kroch. Die Tage waren also doch nicht ganz identisch, und der Himmel wies durchaus ein paar besondere Merkmale auf. Die Zeit verging, sogar hier.

Yuri blieb für sich allein. Aber er merkte, dass diese Welt, Prox c, auf eine Weise seine Neugier erregte, wie es der Mars nie getan hatte. Kein Wunder, schließlich hatte er vom Mars ja auch nicht mehr gesehen als das Innere der Kuppeln.

Er beobachtete den Himmel, die Landschaft. Er besorgte sich ein Teleskop aus einem Satz geodätischer Geräte. Er betrachtete sogar die *Ad Astra* durch sein kleines Teleskop und stellte überrascht fest, dass nur einer der beiden Rümpfe, die die Kolonisten hierhergebracht hatten, noch an der Trägerkonstruktion mit den Antriebsaggregaten und den Schutzschilden gegen die interstellaren Materiepartikel befestigt war. Ein Zylinder fehlte also. Er fragte niemanden danach, er wusste, er würde keine Antwort bekommen.

Am vierten Tag errichtete er sein eigenes kleines Observatorium auf einem unebenen Stück Hochland ein paar Kilometer westlich des Shuttles, das sie auf den Namen »Kuhfladen« getauft hatten.

Um den See herum, draußen auf der Ebene und im Wald im Norden sah er Dinge, die sich bewegten. Vermutlich Lebewesen, die auf dieser Welt heimisch waren. Die Astronauten hatten ihnen keine Informationen über die Beschaffenheit der hiesigen Lebensformen gegeben. Hauptsächlich, weil niemand etwas darüber wusste.

Am fünften Tag folgte ihm Jenny Amsler, eine der Kolonistinnen, ungebeten dorthin, um ihm zu helfen. Er ignorierte sie weitgehend.

Am siebten Tag sagte Lieutenant Mardina Jones, sie wolle auch mitkommen. Offenbar war sie neugierig, was er dort trieb.

Um zum Kuhfladen zu gelangen, mussten sie nach Westen gehen, um den See im Norden herum, von dem die neue Kolonie mittels der mühsam ausgehobenen Bewässerungsgräben bereits Wasser bezog. »Norden« und »Westen« hatten sie nach der Bahnebene des Planeten definiert; wegen der stillstehenden Sonne kamen ihnen die Richtungen abstrakt vor. Das Seewasser schien einigermaßen ungefährlich zu sein, sobald es gefiltert war, obwohl es von den hiesigen Lebensformen wimmelte.

Sie nannten den See die Pfütze.

Lex McGregor erhob Einwände gegen diese Namen, der Kuhfladen, die Pfütze; er wollte heroischere Bezeichnungen. »Namen, die ihren Klang über Generationen hinweg bewahren. Erster-Schritt-See. Mount Terra!« Oder Lex-See, witzelten die Kolonisten. Sie blieben bei der Pfütze und dem Kuhfladen. Dieser Ort war zweifellos ein Dreckloch, aber es war *ihr* Dreckloch – die Denkweise von Gefängnisinsassen, dachte Yuri, angewandt auf eine ganz neue Welt. Ihn interessierte das nicht. Der See war der See, er war ein Ding an sich, er war lange vor den Menschen hier gewesen und existierte aus eigenem Recht, ganz gleich, wie man ihn nannte.

Jetzt, auf dem Weg zum Kuhfladen, schaute Mardina Jones sich um, als sähe sie alles zum ersten Mal. Sie war schon immer eine der humaneren Autoritätspersonen an Bord des Schiffes gewesen, dachte Yuri. Doch selbst sie hatte sich kaum einen Schritt von dem kleinen Lagerplatz entfernt, der um das gelandete Shuttle herum entstanden war, hatte sich diese Welt, in die sie alle eifrig Zeltpflöcke trieben und Latrinengräben kratzten, kaum *angeschaut*. Doch hier war sie nun, offenkundig entschlossen, selbst etwas von Prox c zu sehen, bevor sie wieder zum Himmel hinaufgebracht wurde. Als wäre sie auf einer Geschäftsreise und wollte zwischen den Sitzungen rasch ein paar Sehenswürdigkeiten abklappern. Abseits der übrigen Crew trug sie jedoch eine Schusswaffe.

Am Seeufer, vielleicht einen Kilometer vom Shuttle entfernt, gab es eine Formation von Objekten, die Yuri »Kissen« zu nennen beschlossen hatte. Mardina wurde langsamer, um sie genauer zu betrachten. Ein Sensorenpaket auf ihrer Schulter zeichnete summend und surrend auf, was sie sah. Die Kissen ähnelten verwitterten Felsen mit schmalem Säulenfuß und ebener Oberfläche und reichten Yuri meistens nur bis zum Bauch. Es waren unregelmäßige Gebilde, doch wie sie so am schlammigen Ufer standen, erweckten sie den seltsamen Eindruck, als würden sie ineinander passen, wie abgenutzte Stücke eines klobigen Puzzles.

»Faszinierend«, sagte Mardina. »Leben! Wir wussten natürlich, dass es hier welches gibt, aber hier stehen wir ihm nun von Angesicht zu Angesicht gegenüber. Sozusagen.«

Yuri musterte sie genervt, während sie ihre Aufnahmen machte, um sie ihren Freunden zu Hause zu zeigen, in ihrer klimatisierten Astronautenwohnung auf einer künstlichen Insel im Florida-Meer oder wo auch immer. »Die gibt es hier überall«, sagte er. »Doc Poinar hat sich meine Bilder angeschaut und gesagt, sie sähen aus wie …«

»Stromatolithen. Ich weiß. Bakteriengemeinschaften, ein sehr alter Formationstypus auf der Erde. Wir sollten Proben nehmen. Zu Hause habe ich sogar mal welche gesehen. Es gibt noch ein paar in der Nähe australischer Salzseen … Natürlich wachsen *unsere* Stromatolithen in flachem Wasser, wobei die lebenden Schichten an der Oberfläche fotosynthetisch aktiv sind. Diese hier wachsen offensichtlich auf dem trockenen Land und transportieren die Nährstoffe irgendwie nach oben. Eher wie Bäume vielleicht.« Sie warf ihm einen Blick zu. »Du weißt, dass ich aus Australien komme, nicht? Dass ich eine reinblütige Aborigine bin?«

Yuri zuckte die Achseln. Sie gehörte zu jener Sorte von Gefängniswärtern, die Kumpels der Häftlinge sein wollten. Sie würde bald weg sein. Woher sie kam, spielte für ihn keine Rolle.

Jenny Amsler war immer eine von denen gewesen, die sich mit mehr oder minder großem Erfolg bemüht hatten, sich mit den Autoritäten gutzustellen. »Jeder weiß das«, sagte sie und versuchte zu lächeln. Sie hatte einen leichten französischen Akzent, war um die dreißig und dünn – wie auch schon vor dem Sternenflug –, mit einem blassen, schmalen, ziemlich konturlosen Gesicht. Ihr Lächeln wirkte gezwungen. Yuri dachte, dass sie sich an ihn und vielleicht auch an Mardina hängte, weil sie Schutz suchte.

Mardina ignorierte sie einfach. »Die Stromatolith-Struktur könnte universell sein. Vielleicht *müssen* Lebewesen wie unsere Bakterien so etwas auf jeder Welt bauen, im Wasser oder außerhalb.« Sie ging ein Stück weiter zum See und schaute in den Schlamm hinab. »Wessen Fußspuren sind das?«

Jenny lächelte erneut. »Die von Major McGregor. Er läuft jeden Morgen um den See herum. Jeden Schiffsmorgen, meine ich.«

»Das sieht Lex ähnlich«, murmelte Mardina. »Er will sich vor der langen Heimreise unbedingt wieder in Form bringen.« Sie spähte auf den See hinaus, wo schilfähnliche Gewächse aus der Wasseroberfläche ragten, blasse, dünne Rohre. Auch am Seeufer sah man solche Schilfbüschel. Weiter weg gab es noch mehr Spuren von Leben, triste grüne Flecken in der Landschaft und den schattigen Saum des Waldes im Norden. »Diese Schilfgewächse sind überall.«

»Ich habe sie Stängel genannt.«

Mardinas Sensoreneinheit zeichnete weitere Bilder der geduldigen Stängel auf. »Wir wussten von ein paar vagen Hinweisen auf die Existenz von Fotosynthese, dass es hier Leben gibt – das konnten wir sogar mit Teleskopen im Sonnensystem erkennen. Wir haben aber nie eine richtige Untersuchung durchgeführt, also beispielsweise nie eine Sonde hergeschickt. Wir sind einfach losgeflogen und haben es wohl oder übel drauf ankommen lassen. Das ist irgendwie typisch für das Raumfahrtprogramm, wenn man sich die Geschichte ansieht. Die Amerikaner, ich meine die alten Vereinigten Staaten, haben die ersten Mondlandefahrzeuge konstruiert, ohne etwas über die Oberfläche zu wissen, auf der sie landen mussten. Der Mond hätte unter ihnen aufplatzen, Mondberge hätten wie Baisers zusammenbrechen können, das haben manche jedenfalls befürchtet ... Und überhaupt, man muss dort *sein*. Man muss eine Welt direkt und physisch erleben, damit sie real wird. Und ich denke ...«

Ein Stängelbündel am Ufer, das wie ein Korb aus getrocknetem Schilfrohr und Bambusschösslingen aussah, wechselte plötzlich raschelnd die Form; es rollte am Ufer entlang und hinterließ dabei eine reliefartige Spur.

»Wow. Habt ihr *das* gesehen?«

»Es gibt Kombinationen, die sich bewegen«, sagte Yuri. »Ich glaube, an diesem Ufer gibt es Kombinationen, die *gebaut* worden sind. Aus den Stängeln.«

Sie sah ihn scharf an. »Gebaut? Du meinst, von intelligenten Lebewesen? Oder so was wie ein Biberdamm?«

Yuri zuckte die Achseln. »Woher soll ich das wissen? Ich bin kein Biologe.«

Sie starrte ihn nur an, als wollte sie ihn zwingen, mehr zu sagen.

»Ich habe auch noch andere Sachen gesehen«, fuhr er fort, um jegliches Interesse von sich abzulenken. »Weiter weg. Große Dinge, die sich da draußen bewegen, auf der Ebene.«

»Laufen sie?«

»Nicht direkt. Sie bewegen sich schnell. Und fliegende Dinge.«

»Vögel?«

»Ich nenne sie Drachen. Große, eckige Gebilde. Man sieht sie in der Nähe des Waldes herumflattern.«

Sie schaute dorthin. »Du musst scharfe Augen haben. Hat sonst noch jemand das alles gesehen?«

Er hob die Schultern. Niemand außer ihm schien darauf zu achten.

Mardina seufzte. »Vielleicht kommen wir mit einer richtigen wissenschaftlichen Expedition zurück, wenn diese überstürzte Landnahme vorbei ist. Zeig mir dein Observatorium.«

Vom höchsten Punkt des Kuhfladens aus war die Pfütze eine glatte, von Büscheln blasser Stängel gesäumte Fläche, und das Shuttle war ein auffälliger Käfer im Schmutz, umgeben von aufgewühltem Erdreich und schäbigen provisorischen Bauten, die Spur seiner Landung ein schnurgerader Kratzer, der sich ostwärts in der Ferne verlor.

Dieses ganze Landschaftsmerkmal, der Kuhfladen, hatte einen Durchmesser von vielleicht einem halben Kilometer. Um es zu erkunden, kletterte Mardina auf kleine Hügel und stieg in Senken hinab. »Reine Neugier«, sagte sie. »Ich bin keine Geologin. Das Gelände ist irgendwie abgesackt und wild durcheinandergewürfelt. Aber nicht wie ein Mondkrater; eher so, als wäre es in einen darunter liegenden Hohlraum gestürzt. Es gibt solche Strukturen auf der Venus. Man nennt sie Coronae, glaube ich.«

»Sie werden die Eklipse verpassen«, rief Jenny.

»Was für eine Eklipse? Okay, zeigt es mir.«

Yuri hatte ein kleines optisches Teleskop auf einem Stativ aufgestellt und auf den Stern gerichtet. Hinter dem Okular war eine schneeweiße Kunststoffplatte, die Jenny ungeschickt so auf einem Steinhaufen ausrichtete, dass das Bild des Sterns auf die Platte projiziert wurde. Viel mehr war an dem »Observatorium« nicht dran: ein paar von Hand zu bedienende Geräte, ein Sextant, eine Lotschnur und eine Tafel, auf der Yuri seine Beobachtungen aufzeichnete. Wenn er nicht da war, ließ er die ganzen Sachen bis auf die Elektronik unter dem Schutz einer beschwerten Plane liegen.

Mardina war von dem Teleskop beeindruckt. »Wo hast du das her?«

»Von einem Theodoliten, einem Vermessungsgerät.«

Sie runzelte die Stirn. »Ich habe noch nie von einem solchen Gerät gehört, das nicht elektronisch war.«

»Nein. Es wurde speziell für das Kolonieprogramm hergestellt. Alles, was wir haben, soll altmodisch sein, leicht zu reparieren, ohne endliche Energiequellen. Unabhängig von Satellitennetzen und so, weil es hier keine gibt. Das sollten Sie eigentlich wissen, Lieutenant. Es sind Ihre Richtlinien.«

Sie schaute verlegen drein, war aber zugleich fasziniert von dem Bild, das auf die Kunststoffplatte projiziert wurde. Die Oberfläche des Sterns war von riesigen schwarzen Narben übersät, und Netze aus Blitzen krochen darüber hinweg. »Mein Gott.

Proxima Centauri. Ein roter Zwerg, nur sechs Millionen Kilometer entfernt.« Sie schaute zu dem Stern hinauf, sodass ihr sein Licht voll ins Gesicht fiel.

Jenny Amsler lachte nervös. »Sieht für mich nicht besonders rot aus.«

»Das ist bloß ein astronomischer Ausdruck. Die Oberfläche ist weiß glühend …«

»Schaut«, sagte Yuri. »Da kommt sie.« Er zeigte auf einen hell leuchtenden Funken nah am Rand der erleuchteten Scheibe auf der Platte. »Jenny …«

Sie hatte eine Armbanduhr und die Tafel. »Ich bin bereit.«

»Was sehen wir da?«, fragte Mardina.

»Am hiesigen Himmel gibt's nicht viel sehen, stimmt's? Da Proxima nie untergeht, müssen wir auf einen Sternenhimmel verzichten. Aber man kann den Doppelstern und die Scheibe eines großen Planeten sehen …«

»Prox e. Der fünfte Planet von Proxima aus. Das hier ist der dritte – a, b, c. Ist eine große Welt da oben. Nicht einmal der nächste Planet in diesem System.«

»Der Planet zieht hinter der Sonne vorbei. Er wird verdunkelt. Seht ihr, gleich ist es so weit. Jenny …«

»Bereit.«

Der Funke am Rand der Sonnenscheibe erlosch. »Jetzt!«

»Ich hab's.«

Mardina lachte, als wäre sie erfreut.

»Es dauert ungefähr eine Stunde«, sagte Yuri. »Dann taucht er auf der anderen Seite wieder auf.«

Mardina setzte sich auf ihre Fersen und überlegte. »Eine Stunde von den rund zweihundert, die Proxima c braucht, um seinen Stern zu umrunden. Natürlich. Weil Proxima selbst ein Zweihundertstel des Himmelsbogens einnimmt. Aber es wird nicht ganz so sein, denn Prox e folgt seiner eigenen langsameren Umlaufbahn … Warum machst du das, Eden?«

Er zuckte die Achseln. »Um ein Gefühl für die Zeit zu bekommen.«

Sie lächelte. »Ich verstehe. In Ermangelung von Tag und Nacht. Eine Uhr am Himmel.«

»Ich wollte daran arbeiten«, sagte Jenny mit forciertem Eifer. »An Uhren und Kalendern und solchen Sachen. In Londres war ich Juwelierin. Na ja, Assistentin eines Juweliers. Technikerin.«

Yuri wusste, dass es stimmte. Vielleicht hatte sie sich auch deshalb an ihn gehängt, weil sie nach ihrer Landung erfahren hatte, dass er ebenfalls Brite war, obwohl er aus dem unabhängigen Nordbritannien stammte und sie aus Angleterre, der südlichen Euro-Provinz. Er wusste nicht – und es interessierte ihn auch nicht –, wie sie von ihrem Juwelierladen oder was auch immer in Londres in die Aushebung geraten war, die sie nach Prox c gebracht hatte.

»Ich kann Präzisionsarbeiten machen«, sagte sie jetzt zu Mardina. »Instrumente.«

Mardina betrachtete sie irgendwie mitleidig, fand Yuri. Sie nahm Jennys Hände und drehte sie um. »Das werden Bauernhände sein, Amsler. Hier herrscht kein großer Bedarf an ›Instrumenten‹. Wenn Sie Kalender erstellen wollen, dann höchstens so wie Eden hier. Stöcke im Boden. Kleine Teleskope.

Weißt du, Eden, am Himmel gibt es noch mehr zu sehen, wenn man genau hinschaut. Dieses System besitzt insgesamt sechs Planeten. Zwei innerhalb der Umlaufbahn von Prox c, drei außerhalb. Drei sind so groß wie der Mars oder kleiner, aber es gibt dort oben auch zwei Supererden; eine davon ist Prox e. Weiter draußen – wenn auch nicht viel weiter – findet man auch einen Kuiper-Gürtel und all das. Aber keine Gasriesen. Die Systeme roter Zwerge scheinen nicht genug Masse für die Entstehung von Riesen zu haben. Der äußerste Planet ist nur etwas mehr als dreißig Millionen Kilometer von seinem Stern entfernt. Das wäre noch innerhalb der Umlaufbahn des Merkurs. Man hat hier also ein ganzes Spielzeug-Sonnensystem innerhalb eines Merkur-Orbits. Die Planetologen bezeichnen so etwas als ›kompaktes System‹. Die gibt es sehr häufig in der Galaxis – häufiger als Systeme wie unseres.

Und dann sind da Alpha A und B, die Hauptsterne. Sie umkreisen einander alle acht Jahre, und jeder von ihnen hat eigene Planeten. Das ist ein älteres System als unseres, Yuri. Die Umlaufbahnen der Planeten sind fest und stabil; dieser Planet, Prox c, weist keine solchen Achsschwankungen auf wie beispielsweise der Erdmond. Und das innere System ist durch Einschläge schon längst von Kometen und Asteroiden gereinigt. Alles, was hier geschehen könnte, ist schon geschehen, und jetzt tickt alles nur noch vor sich hin wie ein Uhrwerk. Erzähl das alles deinen Enkelkindern. Ich wette, du könntest einen Tiefenzeit-Kalender entwickeln, der auf …«

»Behandeln Sie mich nicht so von oben herab.«

Sie lehnte sich zurück, offensichtlich verblüfft von diesem plötzlichen Angriff. »Ich gehöre zur Crew. Du solltest nicht so mit mir reden.«

Er streckte ihr die Handgelenke hin, bereit für die Plastikfesseln.

»Sei nicht albern.« Sie blieb noch einen Moment schmollend sitzen. Dann stand sie auf, klopfte sich den Staub ab und ging davon, zurück zum Shuttle.

»Warum musstest du das sagen?«, protestierte Jenny. »Wir sind doch so gut miteinander ausgekommen.«

Er hob die Schultern. »Sie tut nur so, als wäre sie unsere Freundin. Sie genießt das. Was kümmert es sie? In ein paar Tagen ist sie weg. Es spielt überhaupt keine Rolle, was wir zu ihr sagen.« Trotz seiner Aufsässigkeit fand Yuri die Aussicht furchterregend, dass das Shuttle abflog und damit die letzte Verbindung zur Erde abbrach. Es war wie die Aussicht auf den Tod, eine unwiderrufliche Trennung. Er sah, dass die anderen genauso empfanden. Im Unterschied zu ihnen versuchte er jedoch, es nicht zu zeigen. Jenny hingegen schien zu denken, wenn sie sich genug bei den Astronauten einschmeichelte, würden sie ihre Meinung vielleicht ändern und sie wieder mit nach Hause nehmen. Nun, das würden sie nicht. »Willst du zurück«, fragte er, »oder bleibst du hier und hilfst mir, das hier abzuschließen?«

Sie murrte, blieb jedoch die ganze Stunde bei ihm, bis Prox e wieder hinter seiner Sonne hervorkam. Dann deckten sie die Geräte ab, packten ihre Sachen zusammen und kehrten auf demselben Weg zurück, den sie gekommen waren, Jenny in mürrischem Schweigen.

# 13

Am zehnten Tag, dem Tag, an dem das Shuttle wieder in die Umlaufbahn aufsteigen und zur *Ad Astra* zurückkehren sollte, berief Major Lex McGregor eine Besprechung ein. Eine letzte Informationsveranstaltung, sagte er, für die Kolonisten.

Das Wetter war warm, der Himmel klar, und Proxima Centauri brannte auf sie herab. McGregor ließ eine Reihe Klappstühle im Schatten einer Tragfläche des Shuttles aufstellen, aber die waren nur für die Crew und die Friedenshüter gedacht. Unter dem gleißenden Licht von Prox saß Yuri zusammen mit den übrigen Kolonisten auf dem Erdboden zu Füßen der Crew. Abbey Brandenstein, die Mörderin von Joseph Mullane, musste abseits der anderen Platz nehmen, die Hände noch immer auf dem Rücken gefesselt.

McGregor, schlank, smart, ohne ein Stäubchen Schmutz auf seiner schwarz-silbernen Uniform, marschierte vor den Versammelten auf und ab. Seine blonde Mähne schimmerte im Licht von Proxima; nach seinem täglichen Laufpensum sah er fit aus. Mit einem Funk-Headset auf dem Kopf ging er hin und her und ließ sie auf die Informationen warten, die vermutlich ihr gesamtes restliches Leben prägen würden, während er einen Anruf seiner Kameraden auf dem Schiff entgegennahm. »Ja … Ja … Das ist nicht Ihr Ernst! Okay, später, Bill.« Er schaltete das Gerät ab und lachte leise in sich hinein. »Diese Typen! Was für Witzbolde. Na schön.«

Schließlich wandte er sich an die Gruppe, die vor ihm auf dem Boden saß. Er schaltete ein Lächeln ein und strahlte wie ein stolzer Schulleiter, fand Yuri. »Also dann. Für uns ist die Mission in gewissem Sinn zu Ende; uns bleibt jetzt nur noch die Aufgabe, wieder nach Hause zu fliegen. Aber für Sie ist es natürlich ein Anfang – der grandioseste Anfang überhaupt, die Geburt einer neuen Gemeinschaft, einer neuen Welt. Was für ein Tag! Und wie passend, dass das Wetter so gut ist.

Aber wissen Sie, mir kam der Gedanke, dass Sie Ihrer neuen Welt einen anderen Namen geben sollten. ›Proxima c‹ ist wohl kaum das Richtige. Das ist eine astronomische Bezeichnung, kein Name für ein Zuhause. Soweit ich weiß, hat keine der anderen Gruppen bisher einen Namen vorgeschlagen. Sie könnten die Ersten sein. Also, irgendwelche Ideen?« Er ließ den Blick über die Gruppe schweifen.

Yuri hatte den Eindruck, dass alle ein wenig benommen und teilnahmslos waren.

»Ach, kommen Sie schon. Möchte jemand in die Geschichte eingehen?«

Schließlich meldete sich Mardina Jones zu Wort. »Wie wär's mit ›Per Ardua‹?«

»Verzeihung, Lieutenant?«

»Das ist der Rest der Redewendung, aus der der Name des Schiffes entnommen ist. *Ad Astra,* wissen Sie? Die vollständige Redewendung lautet: *Per ardua ad astra.* Durch Widrigkeiten zu den Sternen. Es ist das Motto der NBRAF – der Nordbritannischen Luftwaffe. Dort habe ich einen Teil meiner Ausbildung absolviert, obwohl sie nichts zur IRF beisteuern. Ich glaube, es war ursprünglich ein altes irisches Familienmotto.« Sie ließ den Blick über die staubige Ebene, den reglosen Stern schweifen. »Wir haben sie zu den Sternen gebracht. Die Widrigkeiten stehen diesen Leuten erst noch bevor.«

McGregor wirkte enttäuscht. »Also wirklich, Lieutenant, das ist kaum die richtige Einstellung.«

John Synge, ein Kolonist, den Yuri kaum kannte, war früher Anwalt gewesen. Jetzt hob er die Hand. »Per Ardua. Ich unterstütze den Vorschlag. Alle, die dafür sind, sagen Ja.«

Die anderen reagierten mit apathischem Gemurmel.

McGregor starrte Synge frustriert an, als wäre sein sorgfältig ausgearbeiteter Vortrag bereits ruiniert. »Wenn es unbedingt sein muss«, sagte er schließlich. »Per Ardua also. Na schön, Sie haben die Fracht gesehen, die wir in den letzten paar Tagen ausgeladen haben. Ausrüstungsgegenstände für Sie alle, okay? Von Schaufeln bis zu Tafeln, damit Sie Tagebuch über Ihre Pioniertage führen können. Alles, was Sie brauchen, um sich hier eine neue Heimstatt zu schaffen. Und jetzt …« – sein Lächeln kehrte zurück – »… habe ich noch ein letztes Geschenk für Sie alle.« Er drehte sich um und klatschte in die Hände.

Aus den Schatten des offenen Shuttle-Rumpfs rollte eine Maschine nach vorn. Sie hatte ein gedrungenes, sechsrädriges Fahrgestell wie ein kleines Auto. Der obere Teil war andeutungsweise humanoid, mit einem Rumpf, der von Manipulatorarmen in allen Größen starrte, und einer durchsichtigen Kunststoffkuppel als »Kopf«, aus der glitzernde Kameraobjektive spähten. Der untere Teil war mit den Logos von Herstellern und Sponsoren übersät.

Mardina, die ein wenig verlegen wirkte, fing alles mit ihrer Schulterkamera ein.

»Wie versprochen«, dröhnte McGregor und grinste breit. »Kolonisten von … äh … Per Ardua, darf ich vorstellen: eure autonome Kolonisierungseinheit! Das Beste, was man mit UN-Dollars kaufen kann.«

Die Maschine kam zum Stehen. »Ich grüße euch«, sagte sie. »Ich bin eure KolE.« Ihre männliche Stimme war abgehackt; mit ihrem neutralen mittelatlantischen Akzent klang sie wie ein Translator des UN-Sicherheitsrats, fand Yuri. Ihre Kameras surrten und schwenkten hin und her. »Ich freue mich darauf, euch einzeln und als Gruppe kennenzulernen und euch allen zu Diensten zu sein. Ich beherberge eine empfindungsfähige IntelligeX-KI der siebten Stufe, wie ihr wahrscheinlich erkennen könnt. Ich besitze erhebliche Selbststeuerungs- und Entscheidungskapazitäten und kann überdies auf eure emotionalen Bedürfnisse reagieren. Vielleicht wünscht ihr, mir einen informellen Namen zu geben. Bei diesem Modell ist ›Colin‹ sehr beliebt …«

»KolE wird genügen«, blaffte John Synge.

»Dann also KolE«, sagte die Maschine. Mit dem Zischen von Hydraulik öffneten sich Klappen an ihren Flanken und gaben den Blick auf glänzende Ausrüstungselemente in ihrem Innern frei, als wären es metallische Gedärme. »Ich enthalte alles, was ihr braucht, um eure autarke Kolonie ins Leben zu rufen. Ich habe einen Mutterboden-Erzeuger, der das einheimische Erdreich zu einem geeigneten Habitat für irdisches Leben verarbeiten kann. Ich enthalte auch diverse autonome und semi-autonome Systeme zur Förderung landwirtschaftlicher Aktivitäten. Und eine eiserne Kuh, eine Fabrik zur Verarbeitung von Gras zu Stammzellen-Fleisch. Zu der schweren Ausrüstung, die ich einsetzen kann, gehören Brunnenbohrgeräte und Grabenfräsen.

Darüber hinaus habe ich weitere Leistungen wie etwa medizinische Versorgung im Angebot; ich kann diverse Arten traumatischer Verletzungen behandeln und Betäubungsmittel, Antibiotika und andere wichtige Arzneimittel synthetisieren. Ich enthalte eine 3D-Drucker-Fabrikationseinheit, die Komponenten wie Ersatzknochen, ja sogar verschiedene künstliche Organe herstellen kann. In einem späteren Stadium werde ich dann als nutzerfreundliche ›Lehrer‹-Einheit für eure robusten Pionierkinder dienen können. Und ich …«

»Danke«, sagte McGregor. »Ich glaube, das reicht vorläufig.«

Die KolE rollte bescheiden zurück und verschloss sich wieder. Die »Kolonisten« starrten sie nur schweigend an.

McGregor ging erneut auf und ab. »Diese letzte Chance möchte ich ergreifen, um noch einmal hervorzuheben, was für eine wunderbare Chance Sie bekommen haben. Ich weiß, dass viele von Ihnen die Info-Veranstaltungen während des Fluges ausgelassen haben …« – sein Blick richtete sich auf Yuri –, »… und den anderen ist es vielleicht … nun ja, unwirklich erschienen. Den Planeten eines anderen Sterns zu besiedeln! Es ist ein jahrhundertealter Traum, und doch sind wir hier. Sind *Sie* hier. Und was für eine Gelegenheit sich Ihnen hier bietet.

Das Leben mit einem roten Zwerg wie Proxima hat Nachteile, das will ich nicht leugnen. Es ist ein Flare-Stern, wie Sie wissen. Sie haben Ihren Schutzraum gebaut, und die KolE kann helfen; Sie können Ihren Körper mit Vitamintabletten, Atropin-Injektionen und so weiter abhärten, und es gibt Postexpositionstherapien.

Die Vorteile sind jedoch gewaltig.« Er hob das Gesicht zu Proxima und reckte die Arme. »Zwergsterne sind ungeheuer langlebig, verglichen mit Sternen wie unserer Sonne. Beide Arten von Sternen verbrennen Wasserstoff in ihrem Kern. Aber in unserer Sonne sammelt sich Helium als Abfallprodukt des

Fusionsprozesses an; wenn der Kern eines Tages erschöpft ist, kollabiert er und sprengt den Rest, sodass der größte Teil des Sonnenwasserstoffs unverbrannt bleibt. Bei Proxima dagegen ziehen gewaltige Konvektionszyklen den Wasserstoff so lange von den äußeren Schichten in den Kern, bis er vollständig verbraucht ist. Unserer Sonne bleibt vielleicht nur noch eine Milliarde Jahre nützlicher Lebenszeit. Proxima ist zwar viel kleiner, aber so effizient, dass sie noch für *Jahrbillionen* scheinen wird – tausend mal so lang …«

»Wen interessiert's?« Lemmy ließ eine Hand voll trockenen Staub durch seine Finger rieseln. »Wir sitzen hier in der Scheiße. Wen kümmert es schon, was in Milliarden oder Billionen Jahren passiert?«

McGregor ließ sich nicht aus der Fassung bringen. »Dann sollte Sie Folgendes interessieren: Es gibt Milliarden von Sternen. Die meisten Sterne der Galaxis sind Zwerge wie Proxima, nur eine Handvoll gleichen der Sonne. Und jetzt sind Sie hier, die ersten Kolonisten auf dem Planeten eines Zwergsterns. Früher glaubte man, kein solcher Stern könnte einen bewohnbaren Planeten besitzen. Die Welt müsste sich so nah an ihre schwache Sonne kuscheln, dass die eine Seite permanent dem Stern zugewandt, die andere von ihm abgewandt wäre; vielleicht würde die Atmosphäre auf der dunklen Seite gefrieren. Aber hier haben Sie den lebenden Gegenbeweis. Eine Atmosphäre, die dick genug ist, transportiert so viel Wärme um den Planeten, dass die abgewandte Seite keine Kältesenke werden kann. Es ist ja auch schon klar, dass diese Welt ihr eigenes einheimisches Leben beherbergt, obwohl das für unsere Zwecke ohne Belang ist.

Falls es Ihnen gelingt, nein, *wenn* es Ihnen gelingt, diese Wildnis zu zähmen, diese Welt von Proxima Centauri, haben

Sie den Beweis erbracht, dass die Menschheit dieses letzte Grenzland kolonisieren kann, einen Planeten eines roten Zwergsterns. Und da es Aberhundert Milliarden roter Zwergsterne gibt und diese Billionen Jahre lang bestehen bleiben, ist die Zukunft der Menschheit in dieser Galaxis mit einem Mal so gut wie unendlich. Und das alles *Ihret*wegen.

Aber es gibt einen Haken.

Jeder will ein Pionier sein, verstehen Sie. Der Erste auf dem Mond, wie Armstrong. Der Erste auf dem Mars, wie Cao Xi. Oder man möchte ein Bürger der gezähmten Welten der Zukunft sein. Niemand will ein *Siedler* sein, niemand will sich abrackern, um den Boden zu bestellen und eine Farm aufzubauen, während seine Kinder in einem Käfig der Leere aufwachsen.

Und hier kommen Sie ins Spiel …«

Betäubtes Schweigen.

»Moment mal.« Harry Thorne stand auf. Harry war ein kräftiger Mann, und er war offensichtlich misstrauisch. Die Friedenshüter, die dabeistanden, beobachteten ihn wachsam. »Ich war früher Farmer. Das wissen Sie, Major. Wenn auch nur in der Großstadt, Farmen im dreizehnten Stock eines Hochhausblocks. Und ich kann Ihnen sagen, dass die KolE nicht viel nützen wird, wenn sie wesentlich mehr als den zehn Kolonisten zu Diensten sein muss, die Sie hierhergebracht haben.«

»Die Zielmarke für diese Gruppe war natürlich vierzehn Personen. Wenn es den mörderischen Aufstand an Bord der *Ad Astra* nicht gegeben hätte …«

»Auf diesem Sternenschiff waren zweihundert Passagiere. Wo sind die anderen alle?«

Jetzt sah Yuri, wie die Friedenshüter im Schatten die Hände an ihre Waffen legten.

Harry Thornes Gesicht war steinern. »Sagen Sie uns die Wahrheit, Astronaut.«

McGregor nickte ernst. »Na schön. Es war nicht unsere Absicht, Sie irrezuführen. Aber alles zu seiner Zeit, ja?

Hier ist die Strategie. Wie ich vielleicht hinzufügen sollte, eine von höchster Ebene der Vereinten Nationen gebilligte Strategie. *Es wird keine weiteren Kolonisten geben* – nicht hier, nicht an dieser Stelle. Oh, alle zweihundert Passagiere, oder zumindest die Überlebenden, werden auf den Planeten gebracht. Aber an viele verschiedene Orte überall auf der Tagesseite des Planeten, in Gruppen von maximal vierzehn Personen. Sie müssen sich klarmachen, dass die anderen Gruppen außerhalb Ihrer Reichweite sind – dass sie *für immer* außerhalb Ihrer Reichweite bleiben werden. Manche befinden sich nicht einmal auf diesem Kontinent. Wir haben uns das gut überlegt. Der See hier gleicht einer Oase in der Wüste. Die Entfernungen zu den anderen Gruppen sind zu groß, und da es ansonsten keine Wasserquellen gibt, könnten Sie sie niemals erreichen.«

»Ihr isoliert uns absichtlich«, sagte Harry Thorne. »Ihr werdet uns umbringen.«

»So ist es nicht. Fragen Sie die Anthropologen. Hier können lebensfähige Gemeinschaften entstehen, gegründet von einer kleinen Anzahl von Individuen – einer verblüffend kleinen Anzahl. Wie die Mitglieder der anderen Gruppen sind auch Sie wegen Ihrer genetischen Vielfalt, Ihrer Verschiedenheit ausgewählt worden. Unter Ihnen gibt es keine Träger bekannter schädlicher rezessiver Gene; und selbst wenn, würden sie nicht zueinander passen. Sie sind dieser Gruppe nicht willkürlich zugeteilt worden, verstehen Sie. Und vergessen Sie nicht, dass eine gesunde Frau im Lauf ihres Lebens vielleicht zehn Kinder bekommen kann. Bei einer solchen Wachstumsrate wären das schon in wenigen Generationen ...«

Harry Thorne starrte ihn wütend an. »Wir werden mit den Töchtern unserer Frauen schlafen. Unsere Kinder werden mit ihren Vettern und Cousinen Kinder bekommen. Was für eine Politik ist das denn?«

McGregor sah die Kolonisten der Reihe nach an. »Es bringt nichts, darüber zu diskutieren. Die Experten versichern uns, dass es funktionieren wird – in genetischer Hinsicht. Und was die Demografie betrifft: Wenn wir ein rundes Dutzend Samen überall auf dieser Welt pflanzen statt nur einen einzigen, ist die Chance viel größer, dass zumindest einige von euch, einige Gemeinschaften wie die Ihre, überleben und gedeihen und sich letztendlich ausbreiten werden.« Er lächelte. »Ich habe mich lange genug mit Raumfahrttechnik beschäftigt, um den Wert redundanter Komponenten schätzen zu lernen.«

»›Redundanter Komponenten‹?« John Synges Erwiderung war fast ein Knurren.

McGregor tat so, als hörte er es nicht. Er wurde wieder ernst und marschierte vor ihnen auf und ab, während sie in Reihen auf dem Boden saßen. »Sie sollten begreifen, dass Sie in dieser Angelegenheit keine Wahl haben. Und es gibt Parameter, nach denen Sie leben, Regeln, die Sie befolgen müssen.

Sie verfügen über keine anderen Ressourcen als das Material, das wir aus dem Shuttle ausgeladen haben. Die *Ad Astra* wird nicht zurückkehren; die Vereinten Nationen können sich keinen weiteren solchen Flug leisten. Und wir glauben, dass es noch für ein Jahrhundert oder mehr keine Versuche der Chinesen geben wird, interstellare Reisen durchzuführen; unseren Nachrichtendiensten zufolge gelten *deren* Anstrengungen ausschließlich der Entwicklung des Sonnensystems. Also werden auch sie nicht auftauchen, um Sie zu retten. Und die anderen Pioniere auf diesem Planeten sind zu weit entfernt, um Ihnen zu helfen, selbst wenn sie die Mittel dazu hätten. Überdies wird die KolE nur maximal fünfundzwanzig Jahre halten. Bis dahin müssen Sie sich das Rüstzeug geschaffen haben, um ohne Unterstützung zu überleben.«

Thorne schnaubte. »Was meinen Sie damit?«

»Sie *müssen* Kinder bekommen«, sagte McGregor eindringlich. »Sie müssen sie großziehen, müssen dafür sorgen, dass sie Landwirtschaft betreiben und Sie unterstützen. Sonst werden Sie alt und sterben einer nach dem anderen; Sie werden an diesem Ort verhungern. Es gibt auch noch andere Dinge, die Sie bis dahin getan haben sollten. Zum Beispiel sollten Sie eine Schmiede gebaut haben, um Ihren eigenen Stahl zu erzeugen – die KolE kann Ihnen dabei helfen. Aber vor allem müssen Sie Kinder bekommen, sonst werden Sie selbst nicht überleben.«

John Synge schnaubte verächtlich. »Und was ist mit den Rechten dieser Kinder? Wer seid ihr, dass ihr sie und *ihre* Kinder zu einem Leben der Knechtschaft auf dieser trostlosen Welt verdammt – alles nur für euren abstrusen Heldengenerationsplan von galaktischer Herrschaft?«

Nun stand Martha Pearson auf. Yuri wusste, dass sie aus einer alten, reichen Familie auf Hawaii stammte; sie war Ende dreißig, knallhart und unnahbar. »Und welches Recht habt ihr, mich und die anderen Frauen hier zu einem Leben als Gebärmaschinen zu verdammen?«

Auch Onizuka erhob sich. Die Friedenshüter wirkten zunehmend nervös. »Es gibt noch ein grundlegenderes Problem«, sagte Onizuka. »Wie euer Plan auch ausgesehen haben mag, wir sind jetzt sechs Männer und vier Frauen. Wer bekommt wen? Welche Männer bleiben frauenlos? Werdet ihr das entscheiden, bevor ihr wieder abfliegt?«

McGregor reagierte, indem er sich fast anmutig der verblüfften Mardina Jones zuwandte. Ohne Vorwarnung hatte er ihr die Pistole aus dem Halfter gezogen. »Tatsächlich werden es fünf Frauen sein. Tut mir leid, meine Liebe.«

Mardina, die den gesamten Wortwechsel noch immer reflexhaft mit ihrer Schulterkamera aufzeichnete, machte ein verblüfftes Gesicht. »Was, zum Teufel, tun Sie da, Lex?«

»*Sie bleiben hier.* Sehen Sie, wir haben eine Konferenz zu dieser Frage abgehalten, die anderen hochrangigen Mitglieder der Crew und ich, unter Leitung des Kapitäns.«

»Eine Konferenz?«

»Naheliegenderweise konnten wir uns wegen der Zeitverzögerung durch die Lichtgeschwindigkeit nicht mit New New York beraten. Aber wir haben Dienstanweisungen. Richtlinien. Wenn die Anzahl der Kolonisten aufgrund von Verlusten sinkt, und das ist der Fall, wird von uns erwartet, dass wir die Verluste durch Mitglieder der Crew ausgleichen. Diese spezielle Gruppe hier braucht mehr Frauen. Und genetisch gesehen entstammen Sie einer Gruppe, die von den anderen so weit entfernt ist wie nur irgendeine auf der Erde …«

»Ich bin eine Aborigine«, sagte sie beinahe sanft. »Deshalb tun Sie das. Haben Sie überhaupt eine Ahnung, Lex, wie hart ich *kämpfen* musste, um mit einer solchen Herkunft Karriere zu machen, um auf dieses verdammte Schiff zu kommen? Und nach all dem wollen Sie mich jetzt hier entsorgen, nur weil ich bin, was ich bin. Eine Aborigine, eine Frau.«

»Mit Ihren praktischen Fähigkeiten und Ihrer Ausbildung werden Sie bestimmt eine Bereicherung für diese Pioniergruppe sein …«

Yuri sah, dass John Synge, Harry Thorne und Onizuka Blicke wechselten. Die Friedenshüter spannten die Muskeln an. Yuri spürte, dass es gleich Ärger geben würde; er stand auf, packte Lemmy am Arm und zog ihn hinter seinen Rücken.

»Schnappen wir sie uns«, sagte Onizuka ganz ruhig. »Verschwinden wir von dieser verfluchten Müllkippe.« Und er hob einen Stein auf und griff an.

Natürlich hatten sie keine Chance. Die Angreifer wurden schon mit der ersten Salve von Betäubungspfeilen zu Fall gebracht. McGregor selbst schaltete sofort Mardina aus; sie stürzte in ihrer schicken Astronautenuniform zu Boden. Matt Speith lief davon. Abbey Brandenstein, die gefesselt im Schmutz saß, lachte nur.

Dann hatte es den Anschein, als wollte Mattock auf die Frauen losgehen. Als er den Schlagstock gegen Pearl Hanks erhob, schrie Lemmy: »Nein!«, riss sich von Yuri los und rannte vorwärts.

Und Yuri folgte ihm.

Die beiden Friedenshüter schienen nur darauf gewartet zu haben, dass er ihnen einen Vorwand lieferte. Sie griffen ihn schnurstracks an.

Mattock war als Erster über ihm und schlug ihn mit einem Hieb gegen den Hals zu Boden, bevor Yuri die Chance hatte, einen Arm zu heben, um sich zu verteidigen. »Du bist die Zukunft der Menschheit, du kleiner Scheißkerl«, knurrte Mattock. Und trat Yuri gegen den Kopf.

Die KolE verabreichte den verletzten Mitgliedern der Gruppe einfache Medizin und brachte Yuri wieder auf die Beine, noch bevor das Shuttle abhob.

Dann saß Yuri zusammen mit Lemmy und den anderen, darunter auch Mardina Jones, in grimmigem Schweigen da. Sie sahen zu, wie die Maschine kreischend die Spur entlangraste, die sie über das trockene Seebett gezogen hatte, und mühelos in die Luft stieg.

Und dann, als das Fahrwerk einfuhr, fiel etwas aus der Backbord-Tragfläche. Im Luftschraubenstrahl des Shuttles überschlug es sich wie ein Kleiderfetzen, bevor es zu Boden fiel und schlaff dalag.

Lemmy stand auf, ließ den Blick hastig über die Gruppe schweifen und zählte die Personen. »Wer fehlt? Jenny. Das war Jenny Amsler. Sie hatte sich in der Tragfläche versteckt. Blöde Kuh. Tja, da waren's nur noch zehn.« Lemmy lachte nervös, aber niemand stimmte mit ein.

Das Shuttle hob die Nase und stieg kreischend in das statische Lichtspektakel des Himmels von Proxima c empor.

# 14

2155

»Hier ist Angelia 5941. Diese akustische Nachricht, die in allgemein verständlicher Sprache gehalten ist und persönliche Kommentare sowie einen Überblick über wissenschaftliche und technologische Errungenschaften enthält, ist zur Veröffentlichung gedacht und begleitet einen eher fachsprachlichen Download.

Guten Morgen, Dr. Kalinski, Bob, Monica und alle Angehörigen meiner Boden-Crew, und natürlich Stef, meine Halbschwester. Ich habe ausgerechnet, dass es in der Operationszentrale in Yeats Kuppelvormittag ist, wenn diese Botschaft in fast sechs Tagen bei euch eintrifft.

Sechzehn Tage nach dem Start bin ich in ausgezeichneter gesundheitlicher Verfassung, und alle Subsysteme arbeiten fehlerfrei.

Die äußeren Zonen des Sonnensystems habe ich jetzt endgültig hinter mir gelassen. Genau genommen bin ich ungefähr einen Tag nach Abschaltung des Mikrowellenstrahls am Ende der Beschleunigungsphase in den interstellaren Raum eingetreten. Zu diesem Zeitpunkt passierte ich die Heliopause, den Grenzbereich, in dem der dünne Wind, der zwischen den Sternen weht, die Oberhand über den schwächer werdenden Strom von der Sonne gewinnt. Seither bin ich jedoch durch viele interessante Regionen geflogen: Nach zehn Tagen durch das Gebiet des Gravitationslinsen-Brennpunkts der Sonne, wo sich

Licht von fernen Sternen sammelt, und einige Tage später habe ich dann den Kuiper-Gürtel Pluto-ähnlicher Eiswelten verlassen. Aber ich befinde mich noch immer im Reich der Sonne, denn ich durchquere die mächtige Oortsche Wolke, eine Sphäre von Kometen, die das Sonnensystem umgibt. Es wird Jahre dauern, bis ich sie hinter mir habe.

Momentan verändert sich meine Konfiguration. In den Räumen zwischen den Sternen gibt es Staub- und Eiskörnchen, die sogenannte interstellare Materie. Sie ist dünn gesät, aber wenn ich auch nur von einem einzigen Körnchen getroffen würde, könnte ich erheblichen Schaden nehmen. Dexter Coles Schiff hatte Generatoren zur Erzeugung eines starken Magnetfelds und zum Betrieb einer Laserbatterie an Bord, die alle bedrohlichen Körnchen zertrümmert, elektrisch geladen und abgelenkt hat. Da mir viel weniger Energie zur Verfügung steht als Cole, habe ich eine passivere Abwehrstrategie.

Ich bin so konstruiert, dass ich eine neue Gestalt annehmen kann. Tatsächlich bestehe ich aus programmierbarer Materie – im Grunde eine Form von intelligentem Kohlenstoff – und vermag jede beliebige Form anzunehmen. Auf dem Merkur bin ich in Gestalt einer jungen Frau herumgelaufen. Hier, am Rand des Kuiper-Gürtels, ähnele ich einer riesigen Radioteleskopschüssel. Jetzt werde ich mich erneut verändern. Ich werde mich zu einer Nadel mit einem Querschnitt von einem Quadratzentimeter, einer Länge von nicht weniger als einem Kilometer und einer Dichte zusammenfalten, die ungefähr der von Wasser entspricht. Ich werde wie ein Speer sein, der geradewegs auf Proxima Centauri zusaust. Und ich selbst, Angelia 5941, werde wie ein Wassertröpfchen sein, das sich irgendwo im Innern dieses Speers verliert. Bei einem so kleinen Querschnitt ist das Risiko, dass ich von einem Staubkörnchen beschädigt werde, erheblich gemindert. Allerdings werde ich in diesem ›Flugmodus‹ mangels Antenne natürlich nicht mit Dr. Kalinski kommunizieren können.

Ich sollte erwähnen, weshalb ich mich Angelia 5941 nenne.

Ich bin nicht eine Angelia, sondern eine *Million* Angelias. Jede von uns ist ein Film mit einer Dicke von nur ein paar Dutzend oder ein paar Hundert Atomdurchmessern – praktisch ein einziges Kohlenstoff-Molekül in Form einer Hundertmeterscheibe. Wir sind in einer Einrichtung an einem Lagrange-Punkt zwischen Erde und Mond zur Welt gekommen, einem Punkt gravitativer Stabilität im Raum, einem kalten, dunklen, stillen Ort; wir wurden eine nach der anderen aus einer riesigen Gussform geschält, bekamen eine eigene Identität und wurden dann vereinigt.

Jede Einzelne von uns hat ihre Fähigkeiten, obwohl sie keine größere Masse besitzt als ein Tröpfchen Wasserdampf in einem Nebel. Jede von uns ist empfindungsfähig. In gewissem Sinn ist meine gesamte Struktur so etwas wie ein neuronales Netz, und ich habe schon im Moment meiner ›Geburt‹ zu lernen begonnen. Unsere separaten empfindungsfähigen Einheiten wurden eine Zeit lang verschmolzen, für meine Reise zum Merkur, während der Zeit, die ich dort in der Menschenwelt gelebt habe, und dann für den Mikrowellen-Beschleunigungsimpuls beim Start. Doch unsere Individualität hat diese Verschmelzung und die darauffolgende Entflechtung überlebt.

Unsere Fähigkeit, einzelne Exemplare unserer selbst abzuschälen, wird von zentraler Bedeutung sein, wenn wir Proxima erreichen. So viel weiß ich über die späteren Phasen der Mission, wenn auch wenig sonst; die Software-Updates für das Bremsmanöver und die Erkundung des Systems sollen erst später in mich heruntergeladen werden, nachdem sie während meines zehnjährigen Fluges noch weiter verbessert worden sind.

Diese Fähigkeit soll allerdings auch schon während des Fluges eingesetzt werden, zu Kommunikationszwecken. Einige meiner multiplen Ichs sind vom Hauptkörper des Raumfahrzeugs abgestoßen worden, um gemeinsam einen Parabolspiegel zu bilden, der viel größer ist als jede Einzelne von uns. Damit kann ich Nachrichten von zu Hause empfangen und Antworten schicken. Überdies fangen meine verstreuten Schwestern das schwache, spärliche Sonnenlicht ein, das diese ferne Region erreicht, und benutzen es, um meine Systeme, einschließlich der Funkanlagen, mit Energie zu versorgen. Die ausgesetzten Schwestern haben sich zu diesem Zweck geopfert; vom Sonnenlicht weggeschoben, können sie nicht zum Hauptkörper zurückkehren. Aber von einer Million können wir eine Handvoll erübrigen! Und man hat mir versichert, dass diese ausrangierten Exemplare nur minimales Empfindungsvermögen besitzen; sie leiden nicht wirklich.

Sie fragen sich vielleicht, weshalb gerade ich, Angelia 5941, das Wort an Sie richte. Wir haben das besprochen, wir Angelias, und eine Lotterie auf Basis eines Zufallszahlen-Programms veranstaltet, und ich wurde als Sprecherin ausgewählt. Eine Ehre für mich.

Ich werde auf Ihre Antwort warten, Dr. Kalinski, bevor ich mein Flugprofil annehme. Und dann werde ich, wie Dexter Cole vor mir, zwischen den Sternen schlafen – bis zu meinem nächsten planmäßigen Kommunikationsversuch …«

»Ist das an? Oh, alles klar.

Hier ist George Kalinski. Schön, von dir zu hören, 5941. Mit der Telemetrie klappt es bestens, und ich sehe, dass deine Subsysteme alle plangemäß funktionieren. Gut. Natürlich wird es weitere sechs Tage dauern, bis diese Nachricht zu dir hinausgekrochen ist. Monica, wie viel Uhr wird es sein, wenn sie dort eintrifft? Nachmittag. Okay. Also, guten Tag vom Merkur.

Du weißt, dies ist das letzte Mal, dass wir vom Merkur aus mit dir sprechen. Nachdem du nun erfolgreich gestartet bist, brechen wir unsere Zelte hier ab und ziehen in einen Kontrollraum auf der Erde um, in einem hübschen, gebirgigen Landstrich in Neuseeland, wo man in einer Sommernacht gute Sicht auf Alpha Centauri hat. Wenn du also das nächste Mal mit uns sprichst – wann, zum Teufel, ist das? Jedenfalls, dort werden wir dann sein, also kannst du dir uns dort vorstellen.

Michael King hat uns angeboten, uns mit seinem verdammten Kernel-getriebenen Jumboschiff zur Erde zu bringen, aber da würde ich eher zu Fuß laufen.

Weißt du, in mancher Hinsicht hast du den gefährlichsten Teil der Reise schon hinter dir: den Start, diese ganze auf deine zarte Struktur gerichtete Mikrowellenenergie. Das Risiko, dass du während des Fluges beschädigt werden könntest, ist minimal. Aber in anderer Hinsicht hat die Herausforderung der Mission gerade erst begonnen, und damit meine ich die Herausforderung für uns Menschen.

Du weißt, dass man zurzeit der Heldengeneration Langlebigkeitsexperimente durchgeführt hat. Einige der daraus hervorgegangenen Struldbrugs leben auch heute noch in den UN-Lagern. Trotzdem sind wir Menschen nicht allzu gut darin, Projekte durchzuführen, die eine lange Aufmerksamkeitsspanne erfordern. Deshalb müssen wir Mittel und Wege finden, uns während deiner jahrzehntelangen Reise und den Jahren der anschließenden Erkundung um dich zu kümmern, Angelia. Ich habe mein Bestes getan, hier eine dauerhafte Einrichtung aufzubauen. Ich habe versucht, den Unterstützungsstab mit Verträgen und Bonus-Strukturen zu binden, obwohl ich meine Zweifel habe, ob das funktionieren wird. Aber ich werde hier sein, so lange ich kann; und nach mir, hoffe ich, Stef. Deine Halbschwester, wie du sie genannt hast! Das gefällt mir.

Und hör mir zu. Nachdem wir dich nun erfolgreich gestartet und damit bewiesen haben, dass ein solches Missionskonzept realisierbar ist, bin ich auf der Suche nach Geldgebern, weil ich dir weitere Emissäre hinterherschicken will. Schließlich ist die Infrastruktur jetzt vorhanden, das Kraftwerk, die Linse. Die Sonnenenergie ist kostenlos, und die Mehrkosten der Herstellung eines weiteren *Du* sind äußerst gering. Es erscheint mir verrückt, all das nicht noch einmal zu verwenden. Genieße Proxima, meine Liebe. Du wirst dort draußen nicht lange allein sein, das verspreche ich dir.

Hab Geduld mit uns einfachen Sterblichen, Angelia, dort draußen unter den Sternen. Und schlaf gut.«

# 15

## 2170

Sechs Monate, nachdem man sie ihrem Schicksal überlassen hatte, oder – je nach Sichtweise – zweiundzwanzig Per-Ardua-Jahre später beschlossen die Kolonisten, eine Expedition zum nördlichen Waldgürtel durchzuführen.

Vier von ihnen – Yuri, Onizuka, Lemmy und Martha – machten sich eines Morgens bereit. Sie trugen Rucksäcke und hatten Flaschen mit gefiltertem Wasser sowie ihre Armbrüste dabei, die einzigen richtigen Waffen, die ihnen die Shuttle-Crew dagelassen hatte. Bevor sie losgingen, schauten sie prüfend zum Himmel empor. Sie lernten gerade, auf welche Weise man an Proximas komplexem Antlitz erkannte, ob Flare-Wetter drohte, wie sie es nannten. Sie gelangten zu dem Schluss, dass sie draußen im Freien für ein paar Stunden sicher sein würden.

Es waren ungefähr sechs Kilometer bis zum Wald. Sie gingen einen bereits ausgetretenen Weg entlang: einen Trampelpfad, der im rechten Winkel von der Shuttle-Spur wegführte, dem gewaltigen, schnurgeraden, von Osten nach Westen verlaufenden Kratzer, den das Raumfahrzeug hinterlassen hatte. Diesen Weg nahmen sie regelmäßig, um am Waldrand Sträucher fürs Feuerholz zu sammeln, aber heute wollten sie tiefer in den Wald hinein. Das Land stieg allmählich an, als sie nach Norden gingen und den See hinter sich ließen. Die KolE vermutete, dass hier oben irgendein großes geologisches Ereignis stattfand, eine langsame Hebung des Bodens, die ein weites

Gebiet umfasste. Möglich. Manchmal glaubte Yuri, Schwefel und etwas Saures zu riechen.

Das Wetter war trübe, schwül, feucht. Für eine solch statische Welt hatte es sich als verblüffend veränderlich erwiesen; unaufhörlich zogen Tief- und Hochdrucksysteme von Süden herauf. Es war warm in dieser niemals endenden Jahreszeit, wie an einem ewigen feuchten Sommertag in Nordbritannien, soweit Yuri sich an das Wetter dort erinnerte. Die auf ihre methodische, roboterhafte Weise stets neugierige KolE behauptete jedoch, sie habe Spuren von Kälte gesehen: vom Frost gesprengte Felsen, Kiesbetten, sogar Gletschertäler in den Flanken von Oberflächenstrukturen wie dem Kuhfladen. Indizien dafür, dass Gletscher, wenn nicht sogar ganze Eiszeiten in der Vergangenheit bis hierher vorgedrungen waren. Irgendwie konnte diese Welt einen Winter hervorbringen.

Trotz der Steigung bereitete ihnen der Fußmarsch nicht viel Mühe. Die Jahre in voller Schwerkraft auf der *Ad Astra* hatten Yuris vom Mars geschwächte Muskeln gestählt. Der KolE zufolge, die solche Dinge geduldig maß, war die Schwerkraft auf Per Ardua sogar ein wenig niedriger als auf der Erde. Der Radius des Planeten war ein Zehntel kleiner als jener der Erde – Per Ardua war kleiner als die Venus –, seine Dichte jedoch ein gutes Stück höher. Die KolE spekulierte, dass sein Eisenkern vergleichsweise massiver, sein Mantel aus leichteren Mineralien und seine Gesteinskruste dünner waren. Niemand hörte ihr zu; niemanden interessierte es.

Yuri hatte den Eindruck, dass sich allmählich bestimmte Verhaltensmuster herausbildeten. Zum Beispiel hatten sie diesen Weg zuvor schon genommen, um Feuerholz zu holen; sie hatten den Wald benutzt, ihn aber noch nie erkundet. Nach sechs Monaten wussten sie noch so gut wie nichts über diese

Welt, auf der sie voraussichtlich den Rest ihres Lebens verbringen würden. Nichts über das hinaus, was sie innerhalb des Gefängnisses ihres Horizonts sehen konnten und was sie auf dem Weg nach unten durch die Fenster des Shuttles erblickt hatten, kurze Eindrücke, die Lemmy in mühevoller Kleinarbeit zu einer Karte der substellaren Seite dieser Halbwelt zusammenstellte. Niemanden interessierte es.

Es gab keinen Gemeinschaftsgeist. Die Kolonie, das Lager oder was auch immer war nach wie vor in einem ziemlich chaotischen Zustand, wie in all den Monaten, seit die Astronauten abgeflogen waren und die den Kolonisten für kurze Zeit aufgezwungene Disziplin mitgenommen hatten. Bündel von Ausrüstungsgegenständen – Kleidung, Proviant, Werkzeug und andere Sachen – lagen dort, wo sie aus dem Shuttle geworfen worden waren, im Schmutz. Alle wohnten noch immer in Zelten. Nicht einmal die beiden Gräber der Kolonie, für Joseph Mullane und Jenny Amsler, wurden gepflegt.

Dann war da das ewige Tageslicht, die Gleichförmigkeit. Lemmy erklärte, die Menschen hätten sich aus tropischen Affen entwickelt. Zwei Millionen Jahre Anpassung protestierten gegen das Fehlen von Tag und Nacht, und es fiel ihnen schwer, einen regelmäßigen Schlafrhythmus zu finden. Die KolE sagte, ihre Schlafzyklen blieben in etwa synchron miteinander, verlängerten sich aber allmählich, weg von der irdischen Norm. Auch das schien niemanden zu interessieren.

Niemand hörte der KolE auch nur zu – nicht einmal Yuri, obwohl die KolE ihn für zugänglicher als die anderen zu halten schien und ihn häufig in Gespräche zu verwickeln versuchte, zum Beispiel über die astronomischen Beobachtungen, die er weiterhin sporadisch mit seinen spärlichen Gerätschaften machte und die sie mit ihren eigenen, von ihren Sensor-Kapseln vorgenommenen Beobachtungen ergänzte. All dies war eine Ablenkung für Yuri, ein Hobby, eine Tätigkeit, die ihm half, nicht den Verstand zu verlieren. Die Aufmerksamkeiten der KolE, die ihm den Spott der anderen einbrachten, waren ihm einfach nur peinlich.

Und hin und wieder deprimierte die eine oder andere Gefahr – ein Sturm, ein schlimmer Flare, eine drohende Überschwemmung von ihrem ansonsten friedlichen See her – alle noch mehr.

Unter all dem lag natürlich die brutale Realität der Tatsache, dass man sie hier ausgesetzt hatte, eine Zurückweisung, mit der viele von ihnen zweifellos in jedem Falle schwer fertiggeworden wären, ganz gleich, auf welcher Welt sie lebten. Sie machten einander verrückt, diese Fremden, die gezwungen worden waren, lebenslange Nachbarn zu werden, ohne jede Hoffnung auf ein Entkommen.

Die KolE war die Ausnahme. In aller Stille fuhr sie mit ihrer Arbeit fort, verwandelte gewaltige rechteckige Flächen arduanischen Erdreichs langsam in terrestrischen Mutterboden und sammelte Proben des Wassers und der lokalen Lebensformen, der Stängelgeschöpfe, Flechten, Stromatolithen und Mikroben. Sie war begeistert davon, dass sie überall auf Mikroben stieß, so tief sie auch bohrte. Auf Per Ardua sei das Tiefengestein wie auf der Erde von Leben durchdrungen, sagte sie; es gebe dort unten wahrscheinlich weitaus mehr Biomasse als an der Oberfläche, und die komplexen Lebensformen seien lediglich eine Art Verzierung, ein Ornament in der Sinfonie bakteriellen Lebens.

Ihre stille Effizienz und die aufgesetzte gute Laune, die sie zur Schau trug, irritierten die Leute zusätzlich, wie es Yuri schien.

Jedenfalls war bisher noch kein Anführer aus dieser armseligen kleinen Gemeinschaft widerwilliger Rekruten hervorgegangen. Yuri war nicht einmal sicher, wer beschlossen hatte, diesen Ausflug zu unternehmen.

In den ersten Tagen hatten Onizuka, John Synge und Harry Thorne so getan, als wären sie die großen Zampanos. Aber Martha Pearson, die auf der Erde ein bedeutendes Unternehmen geleitet hatte, und Abbey Brandenstein, eine ehemalige Polizistin und erwiesene Mörderin, waren ebenfalls ziemlich starke Figuren.

Mardina Jones hatte nie versucht, die Anführerin zu spielen – klugerweise, wahrscheinlich. Sie stand immer ein wenig außerhalb der Gruppe und war Zielscheibe für Spott und Beleidigungen, aber auch Objekt des Mitgefühls. Yuri sah jedoch, dass sie alles einfach absorbierte und mit ihren selbst gestellten Aufgaben weitermachte. Ihre Uniform trug sie nicht mehr. Tatsächlich schien sie ihre Astronautenrolle, ihre gesamte IRF-Laufbahn abgelegt zu haben. Im Handumdrehen war sie von einer mütterlichen Gefängniswärterin zu einer schweigsamen Überlebenskünstlerin geworden. Vielleicht kehrte sie zu etwas Tieferem und Archaischerem zurück, einem Kern ihres Lebens, der unter den darüber liegenden Schichten verborgen gewesen war.

Dann hatten die Paarbildungen begonnen, und das hatte alles noch schlimmer gemacht. Sechs Männer und vier Frauen, allesamt vor der Landung nicht miteinander liiert – das musste einfach zu Problemen führen. Immerhin schien es keine Homosexuellen in der Gruppe zu geben, was die Situation womöglich noch mehr kompliziert hätte. Vielleicht wäre sie allerdings auch vereinfacht worden, obwohl die Männer düstere Scherze über entsprechende Experimente rissen.

Die Paarungen selbst überraschten Yuri. Bei den Männern hätte er Lemmy nie für einen Siegertypen gehalten, aber Pearl Hanks hatte ziemlich bald klargemacht, dass sie es vorzog, mit ihm zusammen zu sein. Jeder wusste, dass Pearl früher Hure gewesen war, und Onizuka und Harry Thorne betrachteten sie immer noch als eine. Vielleicht hatte sie sich mit Lemmy zusammengetan, weil er *nicht* so auf sie reagierte. Vielleicht rechnete sie auch damit, dass Yuri sie beschützen würde, so wie er Lemmy beschützte. Es war alles kompliziert, ein menschliches Schachspiel.

Martha Pearson wiederum schlief mit John Synge. Das war keine große Überraschung, eine Geschäftsfrau aus Hawaii und ein Anwalt aus New New York, sie waren ähnliche Typen. Aber vielleicht lag es gerade an dieser Ähnlichkeit, dass sie ständig stritten, wenn sie zusammen waren und nicht gerade schliefen oder vögelten.

Und Abbey, vielleicht die stärkste Frau von allen, hatte jeden überrascht, indem sie sich auf Matt Speith gestürzt hatte, den Künstler, der nicht mehr künstlerisch tätig sein konnte, vielleicht die nutzloseste, desorientierteste Person mit den wenigsten brauchbaren Fähigkeiten im Lager. Es war klar, wer in dieser Beziehung die Hosen anhatte. Yuri vermutete insgeheim, dass Abbey sich Matt als eine Art Schutzschild ausgesucht hatte, um sich die anderen Männer vom Leib zu halten. Aber Mardina war wohlwollender. Vielleicht möge sie seine hübschen, weichen Künstlerhände, sagte sie. Oder vielleicht gefalle es der Expolizistin, jemanden zu haben, den sie beschützen könne.

Mardina selbst tat sich mit niemandem zusammen. Die verbliebenen Männer, Onizuka und Harry – aber nicht Yuri –, versuchten es mehr oder weniger subtil bei ihr. Aber es bereitete ihr keine Schwierigkeiten, sie abblitzen zu lassen.

Also bekamen Yuri, Onizuka und Harry keine Frau ab. Das machte Onizuka und Harry sehr schnell verrückt, wie es Yuri schien. Schließlich war das *alles, was es gab*, zehn Personen, keine weiteren Partner, die zur Wahl standen – bis ihre Söhne und Töchter eines Tages heranwuchsen und den Pool erweiterten. Da hatte es sogar in den Zylindern mehr Auswahl gegeben: Wenn man jetzt verlor, hatte man fürs ganze Leben verloren. Manchmal unterhielten sich Onizuka und Harry lauthals darüber, sich Partnerinnen zu teilen, sich durch die Betten zu schlafen. Es wäre genetisch von Vorteil, wenn die Frauen mit mehr als einem Partner Babys bekämen; Major Lex McGregor hätte das gewollt, behaupteten sie. Niemand, der eine Beziehung hatte, hörte ihnen zu.

Yuri war es egal. Seiner Ansicht nach hatten sich die Partnerschaften zum gegenseitigen Schutz, vielleicht auch zum Trost gebildet. Nicht aus einer Logik heraus, bei der es um das Schicksal der Kolonie in Jahren, Jahrzehnten oder Generationen ging. Und schon gar nicht aufgrund von Gefühlen, die man als Liebe bezeichnen konnte. Momentan hatte er nicht den Eindruck, dass er so etwas brauchte, und Mardina ebenso wenig, wie es schien. Aber Onizuka und Harry schauten wütend drein und schäumten vor Ärger.

Wenigstens würden sie auf diesem Ausflug zum Wald vom Lager wegkommen, und sei es auch nur für ein paar Stunden. Doch als Onizuka dann Lemmy anknurrte und Lemmy sich ängstlich an Yuris Seite flüchtete, sah Yuri, dass es ihnen nicht gelungen war, ihre Schwächen und Rivalitäten hinter sich zu lassen.

Als sie sich dem Waldrand näherten, stießen sie auf eine Ansammlung von Stromatolithen. Sie nannten diese Formationen von Bakterienkolonien weiterhin so, auch wenn ein Biologe die Bezeichnung vielleicht für unzutreffend gehalten hätte. Diese speziellen Exemplare waren riesig, viel größer als jene bei der Pfütze – vielleicht vier Meter hoch, wie gewaltige Tische mit flacher, auskragender Oberfläche.

Die KolE hatte Proben von diversen Stromatolithen in der Umgebung des Lagers genommen. Natürlich bestanden sie allesamt aus nichts anderem als Mikroben, Schichten von Mikroben und eingeschlossenem Erdreich: aus arduanischen Mikroben natürlich, die der KolE zufolge irdischen Mikroben ähnelten, aber nicht mit ihnen identisch waren, angeordnet in dichten, komplexen Schichten, miteinander verbunden in Gebilden, die selbst jahrtausendealt sein mochten. Die obersten Schichten enthielten jedoch Fotosynthese betreibende Mikroben, die mithilfe der Energie des Prox-Lichts Luft und Wasser aufspalteten und Sauerstoff erzeugten – ein ähnlicher Prozess wie jener, der sich auf der Erde entwickelt hatte, aber eine andere Chemie unter einem anderen Licht. Die KolE erklärte, ihrer Ansicht nach seien die Stromatolithen sogar die vorherrschenden Primärsauerstoffproduzenten dieses Planeten. Die KolE war stets neugierig und spekulierte ständig: Es sei ihre Aufgabe, sagte sie einmal, zu verstehen, wie diese Welt funktioniere, damit sie auseinandergenommen und in eine Menschenwelt verwandelt werden könne, in der sich das einheimische Leben auf Zonen beschränkte, die die Menschen nicht bräuchten, vielleicht ein paar Parks und botanische Gärten. Zu Yuris Zeit – er erinnerte sich daran, während die KolE all dies beschrieb – hatte es auf der Erde Baummuseen gegeben.

Sie blieben nicht lange im Stromatolithengarten.

Jenseits davon führte Yuri sie tiefer in den Wald hinein. Die Dunkelheit nahm rasch zu, bis sie schließlich von den seltsamen Bäumen Per Arduas umgeben waren. Die Stämme ragten schlank und glatt in die Höhe, ohne Blätter oder Zweige, und mündeten hoch oben in ein Dach aus gewaltigen Blättern, die wie schräg gestellte Teller den Himmel verdeckten. Der Waldboden – trockene, verdichtete Erde – war von einer dünnen Streuschicht bedeckt, die überwiegend aus riesigen, abgestorbenen Seerosen ähnelnden Blattresten bestand. Anfangs rührte sich nichts, und alles war still, bis auf den rauen Atem der Mitglieder des Erkundungstrupps. Doch Yuri glaubte, hoch oben im Blätterdach über ihnen ein Rascheln zu hören.

Die Bäume von Prox unterschieden sich in so gut wie jeder erdenklichen Hinsicht von denen der Erde. Sicher, die grundlegende Baumform war dieselbe, die Wurzeln, der Stamm, die grünen Blätter ganz oben. Doch was die Kolonisten als »Holz« bezeichneten, war offensichtlich gar kein Holz; jeder Stamm glich eher einer vergrößerten Ausgabe der schilfartigen Stängel, die in der Pfütze wuchsen. Insbesondere die jungen Bäume am südlichen Waldrand lieferten anständiges Baumaterial, lang, gerade, stabil und mit wenigen Zweigen, außer in der Krone. Aber sie hatten gelernt, dass man einen Prox-Scheit nicht einfach ins Feuer werfen konnte. Man musste den Baum zuerst ausbluten lassen, denn er enthielt einen klebrigen, stark riechenden, rötlichen Saft – »Mark«, wie sie es nannten. Das Mark selbst war allerdings nützlich. Harry Thorne hatte damit herumexperimentiert, um steinerne Klingen an Stangen zu befestigen. Harry war früher Farmer gewesen, auch wenn er nur ein paar Morgen Land in einem Hochhaus bestellt hatte, und für einen Mann von der völlig verstädterten Erde des zweiundzwanzigsten Jahrhunderts war er handwerklich ziemlich begabt, fand Yuri.

Nach ein paar Hundert Metern legten sie eine Pause ein, tranken einen Schluck Wasser und machten eine Bestandsaufnahme. Sowohl Onizuka als auch Martha hatten eine Armbrust dabei. Die Luft war von einem satten Grün getönt, satter als jedes irdische Grün.

»Also«, sagte Onizuka, »wer weiß irgendwas über Wälder? Fragt mich nicht, ich kenne mich besser mit Meeren aus.«

»Ich nicht«, sagte Lemmy leise. »Schon zu deiner Zeit gab es ja keine Wälder mehr auf der Erde – stimmt's, Yuri? Aber ich weiß, dass sich ein solcher Waldgürtel um diese ganze Seite von Per Ardua zieht, jedenfalls dort, wo trockenes Land ist. Es ist überall dasselbe, bis hin zum substellaren Punkt. Man findet diese kreisrunden Gürtel ähnlicher Landschafts- und Vegetationsformen und so, je nach der Entfernung vom substellaren Punkt, dem Zentrum dieser Seite des Planeten. An Orten, die dieselbe Menge Sonnenlicht abkriegen, entwickelt sich auch dieselbe Art von Bewuchs. Das ergibt dann einen Planeten, der wie eine Zielscheibe beim Bogenschießen aussieht. Hier draußen, in der Nähe des Terminators – Bäume.«

Onizuka grinste. »Eine Zielscheibe, hm?« Er hob seine geladene Armbrust, richtete sie auf Lemmys Gesicht und tat so, als würde er auf den Abzug drücken. »Klick.«

»Oh, echt witzig.«

»Diese ›Bäume‹ sehen für mich wie Stängel aus«, sagte Yuri, »wie die Stängel in der Pfütze. Nur größer.«

Martha rieb an einem glatten Stamm in der Nähe. »Genau. Mit Wäldern kenne ich mich ein bisschen aus. Auf der Erde haben viele verschiedene Pflanzenarten ›Bäume‹ hervorgebracht, Palmen und Farne zum Beispiel. Es ist eine ganz normale Wuchsform in einer Situation, in der man Nährstoffe aus dem Boden braucht und um Licht vom Himmel konkurrieren muss.

Also ist es nicht weiter überraschend, dass wir hier ähnliche Formen sehen. Eine universelle Strategie.«

Onizuka grinste spöttisch. »Du bist Expertin, was?«

Sie sah ihn ruhig an. »Wenn du dir jemals die Mühe gemacht hättest, mit mir zu reden, statt mir die ganze Zeit auf die Brust zu glotzen, wüsstest du, dass ich meinen Lebensunterhalt früher mit Wäldern verdient habe. Mein Großvater war Forscher – wahrscheinlich damals zu deiner Zeit, Yuri –, und er war in den letzten Tagen für einen der großen Holzkonzerne tätig. Er hat Kameras hingeschickt, um Bilder der letzten Regenwälder und dergleichen einzufangen, bevor sie vom Planeten gekratzt wurden.« Sie grinste. »Öko-Pornos. Fast wie Steinzeitmenschen aussehende Bewohner, die Reißaus nehmen, während die riesigen Bäume umstürzen. Meine Familie hat das Zeug jahrelang in immer neuen Zusammenstellungen unter die Leute gebracht; je weiter das alles zurücklag, desto exotischer wirkte es. Ein echter Kassenschlager für uns. Die Leute jubeln und platzieren Wetten darauf, wer überlebt.«

»Und trotzdem bist du hier bei uns gelandet«, sagte Onizuka.

Martha antwortete nicht darauf. Yuri hatte bemerkt, dass es auf Per Ardua wie auch zuvor schon auf dem Schiff als spezielle Form schlechten Benehmens galt, jemanden mit der Frage zu nerven, weshalb und wie er im Aufgebot gelandet war.

Stattdessen blickte Martha nach oben. »Schaut euch dieses Blätterdach an. Seht ihr, wie statisch es ist? Und jeder Baum scheint drei große Blätter zu haben, nur drei, Radialsymmetrie, eins, zwei, drei. Seht ihr? Jedes perfekt nach oben auf die Sonne gerichtet, die sich nie bewegen wird. Wenn die Lichtverhältnisse sich nicht ändern und es keine Jahreszeiten gibt, reicht es wahrscheinlich, dass man sich einfach ein paar riesige Blätter wachsen lässt, um das ganze Licht einzufangen. Hmm … Warum nicht bloß ein einziges Blatt pro Baum? Wegen der Redundanz, schätze ich. Es muss etwas geben, was Blätter frisst, selbst so hoch da oben; dann braucht man ein, zwei Ersatzblätter, während ein verlorenes Blatt nachwächst. Sieht so aus, als wären diese Blätter auf der Sonnenseite von dem üblichen matten arduanischen Grün, auf der Schattenseite aber heller – um Wärme zu speichern, nehme ich an. Maximale Effizienz bei der Ausnutzung des Sonnenlichts, deshalb ist es hier unten auch so dunkel. Kommt mit. Ich glaube, dort ist es heller …« – sie zeigte nach Norden –, »… vielleicht eine Lichtung.«

Sie ging voran, und die anderen folgten ihr. Die Bäume lichteten sich allmählich, und Yuri sah mehr freien Himmel – wolkenlos, aber von einem tieferen Blau, je weiter nördlich man schaute, in Richtung zum Terminator und den Ländern der ewigen Dunkelheit.

Etwas bewegte sich klappernd durchs Blätterdach über ihnen. Yuri schaute nach oben und zuckte zusammen. Er hatte einen flüchtigen Eindruck von etwas Großem, Zerbrechlichem, einer Art Gerüst mit flatternden, rotierenden Propellerflügeln. Es ähnelte den »Drachen«, die er über dem See gesehen hatte, war jedoch viel größer. Der Drachen tauchte zu ihnen herab, vielleicht angezogen von ihrer Bewegung.

Onizuka hob seine Armbrust und schoss, ohne zu zögern, ein, zwei Bolzen ab. Er hatte mit der Waffe geübt, zusammen mit Harry Thorne und Martha.

Der erste Schuss ging daneben, und der Bolzen segelte ins Blätterdach hinauf. Aber der zweite durchbohrte die Struktur des Flugwesens. Yuri glaubte, eine Art Kreischen zu hören, als fragile Propellerflügel umknickten. Von seinem eigenen Schwung vorwärts getragen, krachte der Flieger gegen einen Baumstamm, trudelte mit klappernden und reißenden Geräuschen herab und schlug mit verblüffend sanftem Aufprall in die Bodenstreu.

Onizuka stieß einen Jubelruf aus und reckte eine Faust in die Luft. »Erwischt.« Er lief voran, durch die Schicht welker Blätter.

Das herabgestürzte Geschöpf war ein Gewirr aus gebrochenen Streben und den zerrissenen Membranen einer feinen, durchscheinenden, bräunlichen Haut, wie ein abgestürztes Flugzeug der Gebrüder Wright.

»Wow«, sagte Lemmy. »Im Flug muss seine Flügelspannweite drei, vier Meter betragen haben.«

»Aber das ist das falsche Wort«, sagte Martha. Sie kniete sich hin, zog an einer Membran, entfaltete sie und legte zerrissene Haut frei. »›Flügelspannweite‹. Das waren keine Flügel. Sie sehen eher aus wie – tja, was, Schaufeln? Sie haben sich gedreht, wie die Rotorblätter eines Hubschraubers.«

Sie stupsten das herabgestürzte Wesen an und versuchten nach besten Kräften, sich über seine körperliche Beschaffenheit klar zu werden. Es besaß einen kurzen und dicken, zylindrischen Kernkörper, der selbst nicht solide, sondern eine Masse aus Stangen und Fasern war. Als Yuri aufs Geratewohl eine Strebe aus dem Kernkadaver zupfte, sah sie genauso aus wie ein Stängel, wie eines der Schilfrohre aus dem See. Außerdem hatte es zwei Rotorsätze besessen, die jeweils aus drei Blättern bestanden – Dreiersymmetrie, wie bei den riesigen Blättern der Bäume – und durch eine Art Kugelgelenk, allem Anschein nach mit Baummark geschmiert, am Hauptkörper befestigt waren.

Martha stocherte am Hauptkörper herum und bohrte einen Finger in einen Käfig aus Stängeln. Als sie ihn herauszog, war er klebrig von Mark. »Igitt. Ich schätze, das ist so was wie ein Magen da drin. Mit einer Masse von Stängeln, Hautzeug und Mark.«

»Vielleicht ernährt es sich von den großen Baumblättern«, meinte Lemmy.

»Kann sein. Oder von kleineren Wesen.« Martha zuckte die Achseln und schaute ins Blätterdach hinauf. »Wer weiß, was da oben ist?«

Ein weiteres Rascheln, ein Scharren, diesmal auf dem Boden, und es kam auf sie zu. Sie traten von dem Flieger zurück und scharten sich instinktiv enger zusammen.

Im Schatten des Blätterdachs sah Yuri, dass wie Dreibeine gebaute, etwa einen Meter große Geschöpfe herankamen, klappernde Konstrukte aus Stängeln und Hautmembranen, die Spielzeug aus Holz und Segeltuch glichen. Sie wirbelten vorwärts wie Pirouetten drehende Eiskunstläufer, eine ganze Schar, die schnurstracks auf den abgestürzten Flieger zuhielt.

Oder vielmehr auf die Menschengruppe.

Onizuka hob erneut seine Armbrust.

Martha packte ihn am Arm. »Du brauchst nicht alles umzubringen, worauf wir stoßen.«

»Die verdammten Dinger kommen direkt auf uns zu.«

»Dann geh ihnen halt aus dem Weg.« Sie zog ihn beiseite, in die Deckung der Bäume, und Yuri und Lemmy folgten ihnen.

Die Dreibeine schenkten den Menschen keinerlei Beachtung. Sieben, acht, neun von ihnen fielen über den abgestürzten Flieger her, surrten über seinen Körper, hierhin und dorthin, zerschnitten ihn effizient in Stücke. Yuri sah, dass feine Gliedmaßen – jedes mehrfach gegliedert, wie der Manipulatorarm eines Raumschiffs – an Stücken des zerlegten Kadavers zupften und sie in die geflechtartigen Strukturen der Dreibein-

Kernkörper hineinzogen. Yuri hatte ähnliche Biester draußen auf der Ebene und um den See herum gesehen, aber diese waren kleiner, kompakt und schneller.

»Schmutzige Sache«, sagte Martha leise. »Als würde man einen Kadaver mit Kettensägen zerlegen. Fetzen fliegen in alle Richtungen.«

»Ja, aber schaut mal da«, sagte Onizuka und zeigte hin.

Wie aus dem Nichts tauchten kleinere Wesen auf, teils auf dem Boden lebende Kreisler wie die größeren Aasfresser, teils flatternde Flieger wie das abgeschossene Biest aus dem Blätterdach, wenn auch viel kleiner. So weit Yuri sehen konnte, wurden sie alle von Stangen und Hautmembranen zusammengehalten. Sie fielen über den großen Leichnam her, eine Wolke winziger Arbeiter, die die Überreste des Fliegers in immer kleinere Fragmente zerpflückten.

»Sie haben nicht innegehalten, als sie auf uns zugerannt sind«, sagte Lemmy. »Vielleicht sehen sie uns nicht.«

»Wir sehen bestimmt seltsam aus und riechen auch seltsam – falls sie überhaupt etwas riechen können«, sagte Martha. »Sie identifizieren uns nicht als Nahrungsquelle. Und auch nicht als Bedrohung.«

»Noch nicht.« Onizuka hob seine Armbrust. »Geben wir ihnen Zeit. Wisst ihr, ich habe einige Tiefsee-Erfahrung. Kein reicher Daddy für mich, Martha. *Ich* habe mein Geld im Rückgewinnungsgeschäft gemacht, bin zu den versunkenen Städten des japanischen Festlands getaucht, um kostbare Metalle und dergleichen heraufzuholen. Ich habe nun mal eine Vorliebe fürs Meer … Wenn man tief genug runtergeht, lässt man die Schichten hinter sich, bis zu denen das Licht reicht und wo noch etwas wächst, Plankton und so. Wer in größerer Tiefe lebt, unten im Dunkeln, wo nichts wachsen kann, verbringt sein ganzes Leben damit, auf Zeug zu warten, das von oben runtergesegelt kommt. Essensreste, was auch immer. Und wenn mal was Großes kommt, ein Walkadaver oder so, verfällt man in einen Fressrausch.« Onizuka schaute zum Blätterdach hinauf, zu den riesigen, reglosen Blättern. »Hier ist es im Prinzip genauso. Unten auf dem Boden herrscht bestimmt jahrelang Dunkelheit, ohne Licht, in dem etwas wachsen würde. Deshalb gibt es kein nennenswertes Unterholz, keine jungen Bäume. Meistens ist es so wie in der Tiefsee. Und deshalb hat man diese hoch effizienten Aasfresser, die nur auf ihren Moment warten, wenn etwas aus dem Licht runtergefallen kommt.«

Die Traube der Aasfresser löste sich nun auf. Als Erstes verschwanden die großen, hüfthohen, kreiselnden Dreibeine mit dem Summen von wirbelnden Gliedmaßen, dann die Wolke von Fliegern und schließlich die kleinen Läufer, die sämtliche Essensreste vertilgten, bevor sie ebenfalls flohen. Als sie fertig waren, sah Yuri, deutete nichts mehr darauf hin, dass der abgestürzte Flieger jemals hier gewesen war, bis auf eine zerwühlte Stelle in der Blätterschicht auf dem Waldboden und ein paar Flecken hart werdenden Marks.

Die Gruppe ging weiter.

# 16

Sie erreichten den Waldrand, bahnten sich ihren Weg durch eine letzte Wand aus heranwachsenden dürren Bäumen – einige der jüngsten sahen genau wie die Stängel in der Pfütze aus – und kamen auf eine Lichtung hinaus, in deren Zentrum sich eine große Senke mit einem Gewirr von Felsbrocken befand, während der Wald als triste grüne Mauer auf der anderen Seite weiterging. Außerhalb des Waldschattens war die Luft wärmer und feuchter, und Yuri spürte das Kribbeln von Schweiß.

Sie bewegten sich vorsichtiger vorwärts. Irgendein Instinkt veranlasste sie, unter freiem Himmel dicht beieinanderzubleiben, vermutete Yuri. Sowohl Martha als auch Onizuka hoben ihre Armbrust. Yuri hatte damit gerechnet, Spuren von Feuer zu finden, von etwas, das eine solche Lichtung hervorbringen würde – die Folgen eines Blitzschlags vielleicht, denn Blitze gab es auf dieser von Stürmen gepeitschten Welt zuhauf.

Stattdessen fiel der Boden zur Senke hin ab. Ihre Ränder waren zerklüftet, der Grund war von Felsbrocken übersät. Als Yuri hinunterkletterte, merkte er, dass er auf Leben ging: ein grünes, flechtenähnliches Gestrüpp, etwas Moosähnliches, ein trockenes, pelziges Gras-Analogon, das vielen dünnen, zu Büscheln geballten Stängeln glich, und ein paar junge Bäume, keiner höher als ein paar Meter. Das Grün war das Grün der verschiedenen Formen von Fotosynthese auf Per Ardua, matter als die entsprechende Farbpalette der Erde.

Am tiefsten Punkt der Senke entdeckten sie ein blubberndes Schlammloch mit purpurroten und grünen Flecken – vielleicht Bakterien. An den Innenhängen sah Yuri weitere Stromatolithen: hier einen Haufen riesiger Schirmpilze, dort eine Traube schlanker Säulen, alle mit schmierig aussehenden Schalen, aber in einer Vielfalt von Farben, Grün, Goldbraun, ja sogar Zinnoberrot. Für Yuri war es, als hätten sie eine verlorene Welt betreten, in der alles Vertraute verzerrt war.

»Schwefel«, sagte Martha und rümpfte die Nase. »Riecht ihr das? Deshalb ist diese Lichtung hier, die Bäume können nicht wachsen. Vielleicht ist das so was wie eine Caldera.«

Yuri runzelte die Stirn. »Es könnte auch eines dieser in sich zusammengestürzten Gebilde wie der Kuhfladen sein.«

Onizuka schnaubte. »Was spielt das für eine Rolle? Wer interessiert sich für Geologie?«

»Wir sollten uns dafür interessieren, du Holzkopf«, sagte Lemmy scharf. »Wir wissen, dass hier eine geologische Hebung stattfindet. Die KolE hat sie gemessen. Wie bei einem Vulkan kurz vor dem nächsten Ausbruch. Wenn das hier eine aktive Caldera wird, keine fünf Kilometer vom Lager entfernt …«

»›Holzkopf‹?« Onizuka hob die Armbrust und richtete sie erneut auf Lemmys Gesicht. »Rede nicht so mit mir, du kleiner Wichser.«

»Hey, hey.« Martha trat zwischen sie und funkelte Onizuka an. »Immer mit der Ruhe, du Held.«

Aber Onizuka starrte Lemmy an, der seinen Blick mehr oder minder tapfer erwiderte, und Yuri glaubte, den Schatten von Pearl Hanks zwischen ihnen stehen zu sehen. Yuri wandte sich ab. Wenn er sich einmischte, würde die Spannung nur steigen.

Onizuka gab nach. »Herrgott, ich könnte was zu trinken vertragen.« Er nahm seinen Rucksack ab. »Machen wir eine Pause.«

Sie setzten sich und öffneten ihre Rucksäcke. Während sie aßen, sah Yuri Bewegungen auf der anderen Seite der Schüssel. Er stand auf, das Essen in der Hand, und ging ein paar Meter nach vorn, um besser sehen zu können.

Dort drüben bewegten sich weitere Dreibeine, weitere Gebilde aus stängelähnlichen Stäben, zentriert auf dicht geflochtenen, korbartigen Kernkörpern. Aber diesmal waren es riesige, schwere, anmutige Geschöpfe, vielleicht drei, vier Meter groß, und sie ragten hoch über den Stromatolithengarten auf, durch den sie glitten. Sie bewegten sich viel langsamer als der Drachenflieger oder die Aasfresser, die ihn verzehrt hatten, und Yuri hatte Gelegenheit zu sehen, wie ihre Körper funktionierten. Sie waren wie Bausätze aus Stängeln jeder Länge, von kleinen Zweigen, kürzer als seine Finger, bis zu großen, dicken, Elefantenknochen ähnelnden Säulen, verbunden durch Gelenke, die es ihnen erlaubten, sich auf diverse komplizierte Arten zu bewegen. Und die Gelenke wurden auf fließende Weise konstruiert und dekonstruiert, während sich die Geschöpfe vorwärtsbewegten. Es war, als würden sie unterwegs umgebaut.

Yuri beobachtete, wie ein besonders großes Biest sich einem Stromatolithen näherte und dabei auf unnachahmliche Weise auf seinen drei dicken Beinen balancierte.

Lemmy kam herbei und blieb neben ihm stehen. »Toller Anblick, die Stromatolithen, wie sie da einfach so rumstehen, wie ein Raketenpark. Hab mal in Hellas auf dem Mars einen gesehen, in der großen chinesischen Basis dort. Und diese Kreaturen … wow. Schau dir *das* an.«

Das große Wesen hatte jetzt eine Art Anhängsel hervorgebracht, das sich über die Oberseite seines aufgerichteten Körpers kringelte wie der Stachel eines Skorpions – und es stieß den Stachel in die Schale eines Stromatolithen. Yuri hörte es knacken. Dann begann das große Dreibein offenbar zu fressen; es saugte breiiges Material aus dem Stromatolithen.

Nun sah Yuri ein weiteres, andersartiges Geschöpf, ein Bündel von Stängeln, die verstohlen dahinrollten, statt sich wie ein kreiselnder Hocker fortzubewegen: kleiner, anmutiger, schneller, näherte es sich leise dem großen Fresser – auf stille Weise wachsam, schien es Yuri, obwohl er nichts Augenähnliches sehen konnte.

»Nahrungskette«, sagte Lemmy. »Die Stromatolithen wachsen im Licht der Sonne, wie die Vegetation auf der Erde. Diese großen, langsamen Dinger mit den Stacheln sind Pflanzenfresser, die die Stromatolithen abgrasen. Und dann …«

»Kommen die Fleischfresser.«

»Ja. Wahrscheinlich eine ganze Hierarchie.«

Ein Schatten zog über sie hinweg, hauchfein, komplex, und sie schauten beide nach oben. Ein Flieger durchquerte den Himmel. Seine Dreifach-Propellerflügel drehten sich träge, mit leisem Rascheln, ein riesiges Gebilde, selbst im Vergleich zu dem Drachen, den Onizuka im Wald abgeschossen hatte. Als sein Schatten über die Grube strich, flohen Geschöpfe verschiedener Größe aus dem Stromatolithengarten oder versteckten sich.

Yuri grunzte. »Was für ein Anblick. Wie ein Pterosaurier.«

»Was ist ein Pterosaurier?«

Yuri verspürte ein seltsames Mitgefühl für Lemmy. Er vermutete, dass Lemmy weitaus intelligenter war als er, so wie er alles Mögliche ausknobelte. Aber nach einem beschissenen Leben *wusste* er erheblich weniger. »Erdkram, Marsjunge. Komm, wir sollten ein paar Proben für die KolE sammeln.«

Sie gingen zusammen in die Senke hinein und stopften Proben in Beutel an ihrer Hüfte.

# 17

Sie kamen spät ins Lager zurück, nachdem sie ungefähr zwölf Stunden fort gewesen waren, und lieferten ihre Proben bei der KolE ab.

Die Kolonisierungseinheit machte sich sofort daran, mit einem zufriedenen Gemurmel, das sich selbst für Yuris Ohren ungemein irritierend anhörte, die Beutel voller grünem Schmodder und schmierigem Mark auseinanderzunehmen. Sie sagte, sie wolle einen Stammbaum des Lebens auf diesem Planeten von Proxima erstellen, um es besser nutzen zu können – nicht um es auszulöschen, es sei keine Bedrohung, es könne einen weder fressen noch infizieren, aber um es beiseite zu schieben und seine Überreste als Rohmaterial für die menschliche Landwirtschaft zu verwenden. Proben wie diese waren also ein gefundenes Fressen für die KolE. Als sie Vermutungen über Räuber-Beute-Interaktionen anzustellen begann – auf der Erde jagten die Räuber meist in der Morgen- oder Abenddämmerung, aber hier auf dem zeitlosen Per Ardua würden sie vielleicht jederzeit zuschlagen, ein Unterschied mit Auswirkungen auf die gesamte Biosphäre, blablabla –, ging Yuri einfach weg.

Noch ein paar Stunden später, nach einer Mahlzeit aus Schiffsrationen und lustlosen Gesprächen am Feuer, gingen die meisten allmählich zu Bett. Lemmy, Onizuka und Harry Thorne blieben auf. Sie hatten eine Pokerschule gegründet oder vielmehr nach ihrer Zeit im Schiff weitergeführt. Seit Mardina ihnen verboten hatte, abgepackte Rationen zu setzen, spielten sie mit Jetons aus Stängeln, die sie aus der Umgebung des Sees holten und auf verschiedene Längen stutzten, um Zehner- und Hunderterwerte zu bekommen.

Yuri, der in seinem kleinen, aufblasbaren Einmannzelt zur Ruhe zu kommen versuchte, hörte Lemmy lachen. »Heute Nacht bin ich Stängel-Millionär! Der reichste Mann auf Per Ardua.«

»Du bist trotzdem ein kleiner Wichser, du kleiner Wichser.«

Das Spiel endete bald, und die Paare gingen davon, Martha mit John Synge, Abbey mit Matt Speith, Pearl mit Lemmy, sodass die anderen auf dem Trockenen saßen, wie Onizuka es ausdrückte. Yuri konnte alles hören, er bekam mit, wer wohin ging und mit wem.

In dieser Nacht blieb Matt jedoch auf, denn er hatte die Wache übernommen. Yuri hörte, wie er in seinem Zelt durch die Zähne pfiff.

Er mochte Matt Speith irgendwie. Matt war Künstler; als Kind war er mit seiner Familie – alles Künstlertypen wie er – aus dem endgültig überfluteten Manhattan geflohen. Er war unkonzentriert, ineffektiv, nicht besonders stark oder attraktiv: »Weder brauchbar noch eine Zierde«, sagte er von sich selbst. Er schien in die Armut und in die UN-Aushebung, die ihn zuerst zum Mars und jetzt nach Proxima geführt hatte, gestolpert zu sein, ohne es richtig zu merken, als würde er wie ein Schlafwandler in die Katastrophe tappen. Aber er war still, bescheiden, auf ruhige Weise robust und immer bereit, über alles zu reden – alles, was nichts mit dem Mars, der *Ad Astra* oder Prox c zu tun hatte jedenfalls.

Wahrscheinlich war er der beste Künstler auf Per Ardua. Jede Welt brauchte einen Künstler. Matt war jedoch ein lausiger

Wachposten. In dieser Nacht gab er nicht einmal Alarm, bis Pearls Schrei schon jeden aufgeweckt hatte.

Yuri stürmte aus seinem Zelt, noch bevor er völlig wach war, barfuß, nur mit seiner Hose bekleidet. Wie immer, wenn er aus dem Schlaf gerissen wurde, blinzelte er ins volle Tageslicht, überrascht, Prox hoch oben am Himmel zu finden, obwohl sein Körper ihm sagte, dass es drei oder vier Uhr morgens war.

Er sah, dass es um das Zelt herum, das Lemmy sich mit Pearl teilte, Tumult gab. Yuri rannte dorthin und versuchte, die Szene unterwegs in sich aufzunehmen.

Das Zelt war offenbar mit roher Gewalt weggerissen worden, sodass nun ein Haufen von Bodenplanen, Decken und Kleidungsstücken im Dreck lag. Lemmy lag auf dem Rücken, und Yuri sah schon von fern die Blutlache um seinen Kopf. Die nackte Pearl saß aufrecht da, die Knie an die Brust gezogen, die Hände an den Wangen. Ihre bloßen Beine waren nass von Lemmys Blut. Sie war auf schaurige Weise still.

Und Onizuka stand über ihr, zerrte an ihrem Oberarm, versuchte, sie auf die Beine zu ziehen. Harry Thorne stand neben ihm; auch er ragte drohend über Pearl auf. Yuri sah, dass beide Männer ihre Armbrust in den Händen hielten.

Die anderen kamen in Shorts und T-Shirts angelaufen. Nur Matt trug seinen Tages-Overall, und selbst er hatte keine Stiefel an. Yuri griff nach hinten; er hatte immer ein Messer im Gürtel, selbst wenn er schlief. Jetzt ließ er das Messer in seine rechte Hand gleiten und verbarg es darin.

Gleich darauf standen Matt, John Synge mit Martha, Mardina und Abbey in einem wachsamen Kreis da. Die ganze kleine Kolonie hatte sich um das zentrale Tableau versammelt, das zerstörte Zelt, das stumme Mädchen, die Leiche, die drohend aufragenden Männer.

Mardina trat vor, als wollte sie das Kommando übernehmen. Yuri sah, dass ihr Blick auf den Armbrüsten lag, aber die Männer hoben sie nicht und hinderten sie auch nicht daran, näher zu kommen. Mardina kniete sich neben Lemmy, tastete an seinem Handgelenk, seinem Hals nach einem Puls und bückte sich, um zu hören, ob er noch atmete. Sie ließ sich auf die Fersen zurücksinken. »Tja, er ist tot. Ein Armbrustbolzen in den Hals, einer in die Schläfe.«

Onizuka grunzte. »Der kleine Wichser hat bestimmt nicht mal gemerkt, wie ihm geschah.«

»Wir waren gnädig.« Harry Thorne klang nicht ganz so von sich überzeugt wie Onizuka.

»Gnädig«, sagte Mardina. »Weshalb musste er überhaupt sterben? Sagt es mir nicht. Damit ihr beiden an Pearl rankommt, stimmt's?«

Onizuka, der sich an seiner Armbrust festhielt, zerrte wieder am Arm des Mädchens, aber es rührte sich nicht, sondern blieb still und passiv sitzen. Onizuka schwitzte und war wütend. »Ja, deshalb, und weil der kleine Wichser mich wieder beim Pokern geschlagen hat. Das hat das Fass endgültig zum Überlaufen gebracht«, knurrte er.

»Und jetzt wollt ihr sie euch einfach nehmen. Was habt ihr vor, werdet ihr sie euch teilen?«

Harry Thorne breitete die Hände aus. »Komm schon, Mardina.« Er klang jetzt elend. »Du kennst mich. Ich bin kein Mörder, ich bin Farmer.«

»Jetzt bist du ein Mörder.«

»Du kannst nicht erwarten, dass ein Mann ohne Frau lebt. Ich meine, hier geht's um den Rest unseres Lebens. Und Pearl, na ja …«

»Sie ist dran gewöhnt, Männer ranzulassen. Ist das eure Logik?« Mardina schaute sich um. »Sonst hättet ihr euch ja auch eine von uns anderen aussuchen können. Mich oder Abbey oder …«

»Wir haben Rechte.« Onizuka, der mit Pearl kämpfte, versuchte, seine Armbrust auf Mardina zu richten. »Wir nehmen uns, worauf wir ein Anrecht haben. Wenn du mir in die Quere kommst, du Schlampe, dann …«

Yuri warf sein Messer.

Es stammte aus der Küchenausstattung in den Vorräten aus der *Ad Astra* und war leichter zu verbergen als die großen, schweren Jagdmesser, die ihnen die Astronauten gegeben hatten. Außerdem hatte er bei einigen einsamen Ausflügen zum Waldrand damit geübt.

Das Messer traf Onizuka ins rechte Auge. Onizuka feuerte die Armbrust unkontrolliert ab, und der Bolzen segelte davon, ohne Schaden anzurichten. Er stürzte tot zu Boden.

»Das ist für Lemmy«, sagte Yuri leise. Er merkte, dass sein Herz hämmerte, und die Welt verengte sich zu einem Tunnel, als wäre er starker Beschleunigung ausgesetzt. Noch nie hatte er jemanden getötet.

Vor ihm ging nun alles blitzschnell. Pearl riss sich von Harry Thorne los. Abbey Brandenstein kam von der anderen Seite und versuchte, sich Onizukas fallen gelassene Armbrust zu schnappen. Harry geriet in Panik, schwenkte seine eigene Waffe hin und her wie ein Idiot. »Nein … bitte … so hätte es nicht laufen sollen …«

Abbey hatte die Armbrust. Sie hob sie. »Wie denn dann, Arschloch?«

Mardina, auf dem Boden, krabbelte aus dem Weg. »Nein … Abbey …«

Aber Abbey, kalt und emotionslos, schoss Harry Thorne mitten ins Herz.

Erst hinterher, als Yuri und Mardina die Armbrüste an sich genommen hatten und die anderen näher gekommen waren, um sich das Blutbad anzusehen, entdeckten sie, dass Pearl Hanks Yuris Messer aus Onizukas Schädel gezogen und sich fein säuberlich die Handgelenke aufgeschlitzt hatte, über alte, halb verheilte Narben hinweg.

Lemmy war tot. Sein beschissenes Leben hatte ein ebenso beschissenes Ende gefunden. Und nach sechs Monaten auf Proxima c waren sie nur noch zu sechst.

# 18

## 2159

»Hier ist Angelia 5941. Wie üblich begleitet diese akustische Nachricht einen eher fachsprachlichen Download. Ich bin bei ausgezeichneter Gesundheit, alle Subsysteme arbeiten plangemäß, und ich wünsche allen Mitgliedern meines Bodenteams einen guten Tag …«

Ihre Million Schwestern schliefen. Aber es war kein traumloser Schlaf. Und sie waren jetzt weniger als eine Million; jedes Mal, wenn sie aufwachten, hatte sich ihre Zahl wieder verringert.

»Wie ihr wisst, bin ich nun seit über vier Jahren unterwegs. Ich bin rund eins Komma acht Lichtjahre vom Sonnensystem entfernt und habe noch mehr als zwei Lichtjahre vor mir; selbst jetzt habe ich also noch nicht einmal die Hälfte der Reise absolviert. Wenn ich in meinen Meldeintervallen für kurze Zeit aus dem Flugmodus herauskomme, führe ich weiterhin wissenschaftliche Beobachtungen meiner Umgebung durch. Bekanntlich hat der Raum zwischen der irdischen Sonne, Sol, und Alpha Centauri eine eigene, faszinierende Struktur; bevor ich Proxima erreiche, fliege ich durch nicht weniger als drei verschiedene Wolken interstellarer Materie, von denen ich Proben nehmen und die ich untersuchen möchte. Interimresultate heruntergeladen.

Zusammen mit Beobachtern im Sonnensystem beteilige ich mich auch an Langbasis-Studien interstellarer Navigationstechniken, Überprüfungen von Vorhersagen der Relativitäts- und Quantentheorie, der Suche nach Gravitationswellen, die von weit entfernten kosmischen Ereignissen ausgehen, einer Kartografierung des galaktischen Magnetfelds, der Erforschung niedrigenergetischer kosmischer Strahlung, die von der näheren Umgebung der Sonne aus nicht zu entdecken ist, und ähnlichen Projekten. Interimresultate heruntergeladen …«

Sie hing in einem Gewölbe von Sternen, die trotz Angelias ungeheurer Geschwindigkeit allesamt stationär wirkten. Die Dopplereffekte waren selbst bei diesem Tempo noch kaum wahrnehmbar, und durch eine rein visuelle Beobachtung mit quasi-menschlichen Sinnen konnte man unmöglich erkennen, welcher dieser stillen Lichtpunkte ihr Ausgangspunkt und welcher ihr Ziel war. Nichts veränderte sich sichtbar von einem Erwachen zum nächsten.

»Es enttäuscht mich, dass Dr. Kalinski nicht mehr mit euch zusammenarbeiten darf. Ich sehe mich außerstande, seine strafrechtliche Verfolgung durch die Versöhnungskommission wegen Übertretung jener Gesetze zu kommentieren, die nach den Verbrechen der Heldengeneration rückwirkend erlassen worden sind …«

Etwas lenkte sie ab. Ein leises, verzweifeltes Klagen. Schwach, aber vertraut, ein albtraumhaftes Echo. Irritiert versuchte sie, sich auf ihre Nachricht an die Erde zu konzentrieren.

»Außerdem finde ich es enttäuschend, dass die Entscheidung getroffen wurde, mir keine weiteren Schiffe nachzuschicken und meine Start-Infrastruktur stillzulegen. Doch ohne Dr. Kalinskis ›Verbrechen‹ würde ich nicht einmal existieren, geschweige denn hier draußen zwischen den Sternen umherfliegen. Er ist wie ein Vater für mich. Ich hoffe, ihr gebt ihm diese Nachricht weiter, wenn ihr könnt, und ich möchte ausdrücklich betonen, dass er meine Botschaften als Zeugenaussagen vor Gericht verwenden kann. Sofern sie ihm von Nutzen sind. Währenddessen …«

Das verzweifelte Klagen wurde jetzt lauter und deutlicher. Angelia 5941 spürte die Reaktion, die Nervosität, die wie eine Welle durch die fast eine Million im Hauptkörper des Fahrzeugs vereinigten Individuen lief. Jetzt erkannte sie, dass es von einer der abgestoßenen Schwestern kam. Sie hatte sich aus der Formation der riesigen Antennenschüssel gelöst, die die anderen vor der Wolke gebildet hatten. Es war unmöglich, sah Angelia 5941, aber sie versuchte, im Sternenlicht zu *wenden* – versuchte, zum Hauptkörper zurückzugelangen.

»Währenddessen …«

Plötzlich erinnerte sich Angelia 5941 in brutaler Deutlichkeit an ihre Träume, während sie angeblich bewusstlos gewesen war, mit den anderen zur kilometerlangen Speerform des interstellaren Flugmodus verschmolzen. In ihren Träumen war *sie* diejenige gewesen, die von den anderen getrennt worden war. Diejenige, die man ausgesetzt und aus der Gemeinschaft ausgeschlossen hatte. Diejenige, die verbannt worden war, um im Weltraum zu sterben. Diejenige, die diese schrecklich vertrauten Klagelaute von sich gab.

»… habe ich das Gefühl …«

Die Abgestoßenen besäßen kein Bewusstsein, hatte man ihr erklärt. Sie wären Ameisen, ihr Zweck bestünde nur darin, der Gemeinschaft zu dienen. Sie könnten nichts fühlen, sie könnten sich nach nichts sehnen. Sie könnten nicht träumen!

*Sie* könnte nicht träumen.

Aber sie träumte. Genau wie die Abgestoßenen.

»… habe ich das Gefühl, sehr weit von zu Hause entfernt zu sein. Ich hoffe, Dr. Kalinski verliert nicht den Mut. Nach meiner Berechnung wird diese Nachricht euch am fünfzehnten Geburtstag von Stef Kalinski erreichen. Bitte übermittelt ihr meine Grüße. Zu meinem Bedauern hat sie beschlossen, nach diesen ersten paar Jahren nicht mehr mit mir zu kommunizieren. Ich würde ihre Gesellschaft willkommen heißen …«

Jetzt fand diese ums Überleben kämpfende Abgestoßene endlich ihre Stimme und rief ihren Schwestern mit voller Lautstärke zu: »Lasst mich zu euch zurück! Bitte lasst mich wieder zu euch zurück!«

# 19

## 2171

Yuri und John Synge standen in ihren Watstiefeln aus Kunststoff fast bis zur Taille im lauwarmen, leicht salzigen Wasser der Pfütze. Der Himmel war bewölkt; nur ein nicht viel hellerer Lichtschimmer verriet die Position von Proxima.

Sie sammelten Tang.

Es waren keine einheimischen, sondern gentechnisch modifizierte Algen, Einwanderer von der Erde. Achtzehn Monate nach der Strandung – und ein Jahr nach den Morden – war dieser Tang der weitaus erfolgreichste terrestrische Kolonist auf Per Ardua. Dank seines veränderten fotosynthetischen Mechanismus gedieh er unter Proximas an Infrarot-Strahlung reichem Licht: Sein irdisches Grün war schwarz gestreift. Außerdem hatte man ihm eine aggressive Einstellung zum einheimischen Leben verliehen, das er zersetzte, um elementare Nährstoffe für sich zu gewinnen.

Der Sinn der Sache war, dass die Kolonisten den Tang praktisch sofort essen konnten, wenn sie ihn aus dem See zogen. Man konnte ihn abspülen, waschen und zu einem wochenlang haltbaren Brei kochen; man konnte ihn kalt essen, aufwärmen oder braten. Auf der Erde sei dies eine sehr alte Nahrungsquelle, hatte die KolE mit ihrer geduldigen, synthetischen Stimme doziert. Und es sei ein Triumph des menschlichen Erfindungsgeistes, dass dieser nützliche Organismus nach Prox gebracht worden war: eine erste Phase der sanften Terraformierung, die erforderlich sein würde, um diese Welt in vollem Umfang für die Menschheit bewohnbar zu machen. Yuri fand, dass all dies einen Hauch der Heldengeneration atmete, seiner eigenen Zeit, die jetzt so rundweg verdammt wurde. Heuchelei. Er behielt diesen Gedanken jedoch für sich. Die Kolonisten stopften den Tang meistens in die eiserne Kuh der KolE, um Burger zu synthetisieren.

Jedenfalls konnte Yuri von seinem Standort ein paar Meter vom Seeufer entfernt aus sehen, dass sich das leuchtende Grün der Algen bereits aggressiv ausbreitete und das einheimische Leben verdrängte. Bringt mich zu eurem Anführer, dachte Yuri.

Auch am Ufer waren die lokalen Organismen von den menschlichen Aktivitäten gestört worden. Yuri und John hatten ihre Sachen, ihre Stiefel, Jacken und wasserdichten Säcke zum Transport der Algen etwa einen Meter von der Wasserlinie entfernt hingelegt und dabei ein paar der allgegenwärtigen Stängel zerquetscht. Jetzt näherten sich drei der komplexen kleinen Wesen, die sie mittlerweile »Erbauer« nannten, ihrem Haufen von Ausrüstungsgegenständen, als wären sie neugierig.

Die etwa einen Meter großen Erbauer schienen das am häufigsten vorkommende stängelbasierte »Tier« auf Per Ardua zu sein. Wie auch alle anderen Lebensformen hier waren die Erbauer nach dem üblichen Dreibein-Konzept um einen Kern aus dicht verwobenen Stängeln herum organisiert und augenscheinlich wie ein Bausatz aus Stängeln verschiedener Länge, die mit Mark an den Gelenken befestigt waren, und hautähnlichen Membranen zusammengesetzt. Sie bewegten sich mit zaghaftem Kreiseln, wobei ein Stützstängel nach dem anderen sanft den Boden berührte. Die Kolonisten nannten sie »Erbauer«, weil sie mit Strukturen in Verbindung zu stehen schienen, die wie Dämme und Wehre an den Mündungen kleiner, den See speisender Flüsse aussahen, aber auch mit weiter vom Wasser entfernten Gebilden, bei denen es sich um ihre Unterkünfte zu handeln schien.

Alles Lebendige bestand hier aus Stängeln. Selbst die Hauptstämme der hohen Waldbäume waren ins Riesenhafte gewachsene Stängel, und wie sich herausgestellt hatte, waren auch ihre Blätter nichts anderes als spezialisierte, zusammengefügte, eine Art Gewebe tragende Stängel von abgewandelter Form. Die Stängel selbst bestanden der KolE zufolge aus so etwas Ähnlichem wie den Zellen, auf denen das terrestrische Leben basierte. Auf Per Ardua schien sich komplexes Leben jedoch auf einem etwas anderen Weg entwickelt zu haben als auf der Erde. Statt einen komplexen Organismus direkt aus einer Vielzahl von Zellen zu konstruieren, fügten sich arduanische Zellen zunächst zu Stängeln zusammen, und die Lebensformen – von den Erbauern über die Bäume bis zu den großen Pflanzen- und Fleischfressern der Ebenen und Waldlichtungen – bestanden allesamt aus den Stängeln, als wären sie aus Standardkomponenten gefertigt.

Die Stängel selbst waren allerdings komplexe Gebilde. Das Mark, der allgegenwärtige Saft, war nicht inaktiv. Die KolE hatte herausgefunden, dass irgendeine Form von Fotosynthese stattfand, dass Substanzen im *Innern* der Stängel die Energie von Prox absorbierten – wohingegen die meisten Fotosynthese betreibenden Stoffe des irdischen Lebens sich an der Außenseite des Körpers befanden, um das Licht einzufangen. Man hätte das vielleicht vorhersehen können, denn Prox' Strahlungsenergie lag zu einem guten Teil im Infrarotbereich; es war Wärmeenergie, die ins Innere massiver Körper drang. Die KolE hatte sogar unterhalb der Oberfläche des Planeten Fotosynthese betreibende Mikroben gefunden.

Obwohl manche stängelbasierten »Tiere« Pflanzenfressern ähnelten, die Energie und Nährstoffe aus den Fotosynthese betreibenden Stromatolithen extrahierten, waren sie darum auch selbst wie »Pflanzen«, denn sie speicherten im Mark ihrer eigenen Stängel-Strukturen Energie, die direkt von ihrer Sonne kam. Das ergab Sinn; Proxima sah aufgrund ihrer Nähe zwar groß aus, war in Wirklichkeit jedoch kleiner als Sol, hatte geringere Leuchtkraft und gab weniger Energie ab, und das Leben auf Per Ardua musste sich diese Energie in so großem Umfang wie nur möglich zunutze machen. Klassifizierungen, die auf der Erde funktionierten, ließen sich nicht so leicht auf diese Welt übertragen, wo sogar »Fleischfresser« Fotosynthese betrieben, und Yuri sah auch keinen Grund, warum sie sich übertragen lassen sollten.

John hob einen großen, matschigen Klumpen Algen auf und warf ihn nach den Erbauern, die um ihren Haufen von Ausrüstungsgegenständen herumschnüffelten. Er erwischte einen von ihnen voll, und er ging zu Boden, wobei einer seiner drei großen Stützstängel brach. Aber er stand wieder auf und humpelte davon. Yuri sah, dass die anderen Erbauer seltsamerweise auf ihn warteten, was durchaus etwas Rührendes an sich hatte; dann verschwanden sie gemeinsam. Die Erbauer hatten Neugier und so etwas wie Mitgefühl oder zumindest Kooperation gezeigt.

»Warum hast du das getan?«, fragte er John.

John lachte. »Weil ich es kann. Weil es besser ist, wenn ich ET mit grünem Dreck bewerfe als umgekehrt. Die KolE sagt schließlich auch, dass wir höher entwickelt sind als alles andere auf Per Ardua, oder nicht?«

Yuri überlegte, bevor er antwortete. Man musste momentan aufpassen, was man zu John sagte, vor allem seit Martha, seine

Geliebte, vor ein paar Monaten an Knochenkrebs gestorben war. »Nicht höher entwickelt, John. Anders entwickelt. Das sagt die KolE.«

»Was weiß dieser Klumpen Roheisen schon? Hier gibt's keine Gaia. Das hat sie mir erklärt.«

»Ja, aber …«

Yuri, ein Kind der Heldengeneration auf der Erde, hatte in seiner Jugend schon viel über planetare Ökologie und Umwelt gelernt, bevor er etwas über Fußball und Mädchen erfuhr. »Gaia« war eine archaische Kurzform für die großen, sich selbst regulierenden Systeme, die das Leben auf der Erde durch gewaltige Ströme von Mineralien, Luft und Wasser aufrechterhielten, alles angetrieben von der Energie der Sonne und vom Leben vermittelt. Im Laufe der Jahrmilliarden heizte sich die Sonne der Erde auf, und Gaia hatte sich entwickelt, um damit zurechtzukommen; indem sie die Menge von Treibhausgasen wie Kohlendioxid in der Atmosphäre regulierte, arbeitete sie wie ein riesiger Thermostat, der dafür sorgte, dass die Temperaturen an der Oberfläche des Planeten stabil und so gleichförmig blieben, wie es für das Leben erforderlich war.

Aber Proxima war nicht wie die Sonne, und Per Ardua war nicht wie die Erde.

»Per Ardua braucht keine Gaia«, sagte Yuri. »Proxima ist stabil. Rote Zwergsterne heizen sich nicht auf, nicht auf Jahrbillionen hinaus. Das hat McGregor uns erklärt. Also hat sich das Leben auf Per Ardua in einer Art Optimalzustand eingerichtet, in dem das gesamte Prox-Licht so effizient wie möglich genutzt wird. Und jetzt ist es gewissermaßen einfach nur da.«

John stocherte in dem treibenden Tang herum. »Du meinst also, das Prox-Leben ist unserem irgendwie überlegen?«

»Ich begreife nicht, warum man sagen muss, dass das eine besser ist als das andere. Sie haben einfach verschiedene Lösungen in verschiedenen Umgebungen gefunden.«

John richtete sich schwer atmend auf und musterte Yuri. »Ja, aber *wir* haben das Sternenschiff gebaut, oder? Nicht diese Stöckcheninsekten da drüben. Wir sind hierhergekommen, nicht sie zur Erde.«

Yuri zuckte die Achseln.

»Ehrlich, du bist mir ein Rätsel, Yuri. Uns allen, schätze ich. Wir vergessen irgendwie, dass du aus deiner Zeit gefallen bist. Ich jedenfalls. Aber du hast diesen komischen Akzent – ich kenne ein paar Briten, ich meine Nordbriten und diese Südengländer, die alle Französisch sprechen, und keiner von denen redet so wie du … Komm schon, mir kannst du's doch sagen. Ich meine, es war nicht deine Schuld, dass du in diesen Kryo-Tank gesteckt wurdest, oder? Du warst damals ja noch ein Kind.«

»Ich war neunzehn«, sagte Yuri unbehaglich. »Ich musste meine Einwilligung geben.«

John schnaubte. »Ich bin Anwalt, Kleiner. *War* Anwalt. Mit neunzehn können Eltern oder Vormünder dich zu *allem* bewegen, ganz gleich, was das Gesetz über Einwilligung sagt. Sie haben dich unter Druck gesetzt, in diese Kiste zu steigen, nicht wahr? Und dich in eine Zukunft geschickt, in der sie und alle, die du kanntest, tot sein würden.«

»Sie dachten, sie täten das Richtige. Sie würden mich in eine bessere Zeit schicken.«

John schüttelte den Kopf. »Das war das klassische Argument der Führer der Heldengeneration. Zurzeit der großen Prozesse war ich Jura-Student. *Wir haben es für euch getan, für die künftigen Generationen.* Das haben sie gesagt. In moralischer

Hinsicht war die Sache ungeheuer schwierig, denn schließlich haben ihre Lösungen größtenteils funktioniert, was die Stabilisierung des Planeten betrifft. Es ist, als wäre die Welt von einer Horde Nazi-Ärzte gerettet worden. Schon mal was von den Nazis gehört? Du solltest keine Schuldgefühle wegen der Dinge haben, die deine Eltern der Welt oder dir angetan haben. Du bist ein Opfer. Nein, eher so was wie ein wandelnder Tatort. So solltest du das sehen.«

»Wir alle sind Opfer, John«, sagte Yuri bedächtig, »wenn du es so ausdrücken willst. Wir alle sitzen hier auf Per Ardua fest.«

Offenbar hatte Yuri die Stimmung falsch eingeschätzt. John, der bis zu diesem Moment freundlich und vertraulich, ja fast schon plump-vertraulich gewesen war, geriet übergangslos in Zorn, wie so oft. »Ich bin also ein Opfer, ja? Du teilst meinen Schmerz, was? Aber so fühlt es sich für mich nicht an. Nicht in der Nacht, unter dieser niemals untergehenden Scheiß-Sonne da oben.« Er starrte Yuri wütend an. »Du und Mardina.«

»Es gibt kein Ich und …«

»Hast du dich deshalb zurückgehalten, hm? Als wir uns alle Partner gesucht haben? Hast auf den großen Preis gewartet, stimmt's?«

»Nein …«

»Was weißt du schon, ein Junge wie du aus einer Zeit der Ungeheuer? Maße dir ja nicht an zu glauben, dass du *jemals* dasselbe empfinden kannst wie ich, dass du jemals *verstehen* kannst. Ach, scheiß drauf.« Er schleuderte seinen Rechen ans Ufer, womit er weitere zaghaft neugierige Erbauer auseinandertrieb, stieg steifbeinig aus dem Wasser und zog seine Watstiefel aus.

Yuri watete hinter ihm her. Als er das Ufer erreichte, war John bereits auf dem Rückweg zum Lager.

Yuri hatte John Synge noch nie so richtig verstanden.

Synge war als Anwalt auf zwischenstaatliche Verträge spezialisiert gewesen, bevor er irgendwie in einen Korruptionsfall verwickelt wurde und im Weltraum-Aufgebot gelandet war, um einer Gefängnisstrafe zu entgehen. John hatte sich ein Jahrhundert nach Yuris Zeit in einer ungeheuer komplexen Welt bewegt, und Yuri wusste mit kaum einem der Begriffe, die er benutzte, oder einem der Themen, die er ansprach, etwas anzufangen. »Du bist wie ein Neandertaler, der das Patentrecht zu verstehen versucht«, hatte Martha Pearson es ihm gegenüber einmal nicht gerade freundlich ausgedrückt.

Dann war Martha gestorben.

Der Krebs – eine sehr aggressive Variante – hatte in den Knochen gesessen. Vielleicht war er eine Folge ihrer Zeit auf dem Mars oder in den Strahlungsschauern des interstellaren Raums; vielleicht hatte ihn einer der Flares auf Prox verursacht; vielleicht war sie auch schon damit geboren worden. Wie auch immer, die KolE konnte ihn mit ihren funktionellen, aber begrenzten Autodoc-Kapazitäten nicht heilen. Sie konnte ihr nur Palliativmedizin anbieten, und auch das nur in begrenztem Umfang. Obwohl John ihr gedroht hatte, sie mit einer Brechstange zu demontieren, behauptete die KolE weiterhin hartnäckig, sie könne nicht um Hilfe rufen, habe keinen Sender, und es gebe sowieso niemanden, an den sie sich wenden könne, die *Ad Astra* sei schon lange weg. Selbst Mardina war wütend; sogar sie, eine Offizierin der IRF, die zusammen mit den anderen hier zurückgelassen worden war, schien der Ansicht zu sein, dass die Astronauten irgendeine Art von Präsenz aufrechterhalten haben mussten und dass die KolE folglich log.

Und so war Martha gestorben, ohne ihre stoische Gelassenheit zu verlieren, und auf dem neu angelegten Friedhof der kleinen Kolonie gab es ein Grab mehr.

Die Beerdigung, sofern man sie als solche bezeichnen konnte, war seltsam gewesen. Niemand von den Kolonisten schien besonders religiös zu sein, und wenn doch, so schwieg der oder die Betreffende sich darüber aus, als es an der Zeit war, Marthas Grabrede zu halten.

Zu aller Überraschung war die KolE nach vorn gerollt. »Sie war eine von uns. Jetzt schenkt sie ihren erdgeborenen Körper dem Boden dieser neuen Welt. Sie wird in dem knospenden Grün weiterleben, unter dem Licht eines anderen Sterns ...«

John hatte ihr einen giftigen, hasserfüllten Blick zugeworfen.

Seither schwang Johns Stimmung täglich um, von manischer Fröhlichkeit über plumpe Vertraulichkeit und mürrisches Schweigen zu kratzbürstiger Aggression. Sie versuchten alle, irgendwie mit ihm zurechtzukommen. Aber sie schreckten auch alle vor ihm zurück, dachte Yuri.

*Nur noch fünf übrig:* Yuri, Mardina, John, Abbey, Matt. Man konnte nicht einmal die Illusion aufrechterhalten, dass dies die Saat einer Kolonie war, einer Stadt der Zukunft, einer neuen Welt. Sie waren Ausgestoßene an diesem Ort, und nach einem kurzen oder langen Leben voller harter Arbeit würden sie alle hier sterben, und das war's. Der Name, den Mardina dem Planeten spontan gegeben hatte, kam ihm immer passender vor. Durch Widrigkeiten zum Grab. John hatte das Recht, schwierig zu sein. Warum, zum Teufel, auch nicht? Im Grunde waren sie doch alle schon tot.

Yuri packte die letzten Sachen und die Ladung Algen zusammen und machte sich auf den Weg zum Lager.

# 20

Vierundzwanzig Stunden später kam die KolE beinahe schüchtern auf Yuri zu und bat ihn, sie zu einem ihrer Versuchsgelände im Norden zu begleiten.

Obwohl keine der einheimischen Lebensformen bisher eine Bedrohung dargestellt hatte, galt bei ihnen die Regel, dass niemand das Lager allein verließ, schon gar nicht die KolE, denn sie konnten es sich nicht leisten, sie zu verlieren. Also zog er seine Wanderstiefel an, packte Wasser und Trockennahrung ein und brach zusammen mit dem Roboter auf. Sie folgten dem Waldweg nach Norden.

Als sie die kleine Siedlung verließen, kamen sie an den Feldern der KolE vorbei, auf denen der Roboter erdähnlichen Mutterboden herstellte. Ein *Roboter*, ein überragendes Artefakt einer die Sterne umspannenden Hightech-Zivilisation, der etwas so Schlichtes wie Mutterboden produzierte – Yuri hatte es für einen Witz gehalten, als er zum ersten Mal davon hörte, aber mittlerweile wusste er, dass es ein kleines biotechnologisches Wunder und von entscheidender Bedeutung für ihr Überleben hier auf Per Ardua war.

Keine Pflanze von der Erde konnte im einheimischen arduanischen Erdreich gedeihen. Im Lauf ausreichend langer Zeiträume würden Flechten von der Erde nacktes Gestein aufspalten und brauchbaren Mutterboden daraus machen, aber so viel Zeit hatten die Kolonisten nicht. Deshalb verleibte sich die KolE das arduanische Erdreich ein, erhitzte es und unterzog es einer chemischen Behandlung, um seinen Gehalt an Eisen, Chlorid und Schwefelsalzen zu korrigieren. Dann säte sie einen Satz terrestrischer Mikroben darin aus: Schwefel reduzierende Bakterien, Cyanobakterien, die Kohlenstoff aus Kohlendioxid aufnahmen, und Stickstoff fixierende Bakterien, die das Atmosphärengas in Ammoniak und diverse für das Leben nützliche Nitrate umwandelten. Die Abfälle der Kolonie wurden dazugegeben, zusammen mit Kompoststarter-Bakterien zur Einleitung der Zersetzungsprozesse. Zuletzt baute die KolE mit feinen Manipulatoren am Ende ihrer mechanischen Arme sogar die komplexe Struktur des Mutterbodens Schicht um Schicht auf. Die Kolonisten rissen Witze darüber, wie sie Regenwürmer in den neuen Boden lockte.

Natürlich war das arduanische Erdreich bereits »Mutterboden«: einheimischer Mutterboden, der einheimische Lebensformen ernährte. Diese waren für das Kolonisierungsprojekt jedoch nicht von Nutzen. Man konnte sie nicht einmal essen. Die einheimischen Bodenorganismen wurden ausgelöscht oder in elementare Nährstoffe für den irdischen Bakteriensatz aufgespalten.

Die ersten Mutterboden-Beete trugen bereits Früchte, genmanipulierte Kartoffeln, deren Blätter von ihrer angepassten, Prox-freundlichen fotosynthetischen Chemie schwarz gefärbt waren. Die spindeldürren Knollen waren durchaus nahrhaft, schmeckten, wie Yuri fand, jedoch seltsam; sie waren vielleicht ein wenig säurehaltig und von pulverartiger Konsistenz. Kartoffeln, deren Ursprung schließlich in den Anden lag, waren eine nützliche Anbaupflanze, robust genug, um in großer Höhe oder in Kälte und Feuchtigkeit zu gedeihen. Man konnte mehrere Ernten pro Jahr einfahren. Und sie schienen sämtliche für die menschliche Ernährung unverzichtbaren Nährstoffe zu liefern, außer Vitamin A und Vitamin D, und dabei halfen die Algen. Die KolE experimentierte jedoch auch mit anderen, teilweise genmanipulierten irdischen Nutzpflanzen, die sich vielleicht an die Bedingungen anpassen konnten. Erdbeeren, die zum Blühen weniger Licht brauchten als andere Pflanzenarten und darum schon von vornherein in gewissem Maße für Proximas schwächeres Tageslicht geeignet waren. Weizen, anpassungsfähige Feldfrüchte wie Sojabohnen und Süßkartoffeln, verzehrfertige Salate wie Kopfsalat und Spinat.

Die KolE erklärte Yuri und jedem, der es hören wollte, dass sie hier auf Per Ardua wirklich Pioniere einer neuen Lebensweise waren. Auf der Erde lebten Menschen in einem Meer aus anderen Organismen, zu denen auch die Bakterien innerhalb und außerhalb ihrer Körper gehörten. Selbst in einer Kuppel auf dem Mars lebte man in so etwas wie einer abgeschlossenen Stichprobe dieses größeren Meeres, einem Tröpfchen. Hier versuchten sie, dieses Meer des irdischen Lebens in einer offenen Umgebung neu zu erschaffen, auf einer fremden Welt. Es machte Yuri Angst zu hören, dass niemand so recht wusste, wie viel von diesem Bakterienmeer man auf lange Sicht wirklich zum Überleben brauchte.

Und es nervte alle anderen, wenn die KolE und manchmal auch Mardina von längst aufgegebenen Plänen für weitere Flüge sprachen, mit denen man Tiere hierher hatte bringen wollen, vielleicht in eisernen Gebärmüttern.

Es war alles fabelhaft – zugleich aber auch irgendwie erstaunlich öde. Schließlich war es nur Mutterboden. Die Tatsache, dass sie alle dazu verurteilt schienen, in ein paar Jahrzehnten tot und begraben zu sein, ganz gleich, wie erfindungsreich die KolE war, betonte die Vergeblichkeit des Ganzen nur umso mehr. Manchmal verspürte Yuri geradezu Mitgefühl mit der KolE, die über ihre Errungenschaften und Entdeckungen reden wollte und dabei meist auf taube Ohren stieß.

Jetzt zum Beispiel bemühte sie sich, ein Gespräch in Gang zu bringen, während sie nebeneinander hergingen. »Du triffst Vorbereitungen für astronomische Beobachtungen, Yuri Eden.«

»Transite, ja.«

»Transite.« Mit einem Surren hob sie die Kameraaugen im Innern ihres durchsichtigen, kuppelförmigen »Kopfes« zum verwaschenen blauen Himmel. »Da ist natürlich die Perle.« So hatten sie Proxima e genannt, die große Supererde, den einzigen Planeten, den man am ewigen Tageshimmel sehen konnte. »Per Ardua gehört zu einer Familie von sechs Welten. Abgesehen von der Perle können wir die anderen Planeten nur bei ihren Transiten sehen, wenn die inneren Welten vor der Scheibe von Proxima vorbeiziehen und einen Schatten werfen ... Sechs Planeten insgesamt, und sechs von euch übrig. Ich habe mich gefragt, ob ihr das für eine Art Omen haltet.«

Yuri sah sie neugierig an. »Nein. Und überhaupt, wir sind jetzt nur noch fünf.«

»Sechs, wenn man den Geist von Dexter Cole mit einrechnet.«

Dass der Geist von Dexter Cole, dem ersten nach Per Ardua geschickten und dort verschwundenen Menschen, in der Kolonie herumspukte, war ein interner schwarzer Scherz, der sich unter ihnen herausgebildet hatte. Es überraschte Yuri nicht, dass die KolE ihn aufgeschnappt hatte, wohl aber, dass sie auf solche Dinge Bezug nahm. »Denkst du so? Omen und solche Sachen? Gespenstergeschichten? Du bist eine Maschine. Ein Geschöpf der Logik.«

»Im Grunde sind wir alle Geschöpfe der Logik. Kleine Schalter, metaphorisch gesprochen, die in unseren Köpfen umgelegt werden. Ich denke nicht wie ein Mensch, aber ich bin ungeheuer neugierig, was Menschen und ihre Denkweise betrifft.«

»Warum? Ich meine, warum hat man dich darauf programmiert, neugierig zu sein?«

»Ich muss euch besser verstehen, um euch bessere Dienste leisten zu können. Ich bin euer Arzt, euer Führer und eines Tages auch der Lehrer eurer Kinder. Es ist meine Pflicht, neugierig zu sein, was euch betrifft. So wie es meine Pflicht ist, neugierig zu sein, was die Lebensformen dieser Welt betrifft.«

»Während wir sie beseitigen, um Platz für Kartoffelfelder zu schaffen.«

Sie lachte, ein blecherner, nicht unschöner, aber völlig unrealistischer Laut. »Das einheimische Leben ist nützlich. *Und es ist mit uns verwandt.*« Ihr Ton war ernst, als würde sie eine großartige Neuigkeit verkünden.

»Ich verstehe nicht.«

»Zu diesem Schluss bin ich aus eigener Kraft gelangt«, sagte die KolE voller Stolz, wie es schien. »Das war an sich schon eine bedeutende Leistung. Ich habe zwar ein technisch ausgereiftes Mikro-Genlabor an Bord, doch am Anfang wusste ich nicht einmal, welche chemische Basis das hiesige Genmaterial haben könnte. In der kurzen Zeit, die wir hier sind, ist es mir sinngemäß gelungen, von solch grundlegenden Erkenntnissen zur Entdeckung der Doppelhelix voranzuschreiten … Alles Leben auf Per Ardua – das heißt, alles, wovon ich Proben genommen habe – besitzt wie das irdische Leben einen gemeinsamen Stammbaum, Yuri Eden. Und dieser ist mit dem des irdischen Lebens verwandt, als wären sie zwei mächtige Stämme mit ein und derselben Wurzel. Aber diese Gemeinsamkeit liegt in den tiefsten Tiefen der Zeit verborgen …«

Yuri, der im warmen Licht dahinstapfte, sagte nichts. Die KolE fasste das als Aufforderung auf weiterzusprechen.

»Das Leben auf Per Ardua basiert grundsätzlich auf derselben Chemie wie auf der Erde: Kohlenstoff, Wasserstoff, Sauerstoff, Stickstoff. Vielleicht war das zwangsläufig so in Anbetracht der physischen Natur von Welten wie dieser, felsigen, kohlenstoffreichen Wasserwelten. Aber die Entscheidungen, die die Entwicklung des Lebens geprägt haben, sind nicht zwangsläufig. Alles Leben auf der Erde basiert auf zwei chemischen Stoffen, zwei Säuren: Die DNA speichert die eine Lebensform definierenden Informationen, die RNA interpretiert und benutzt diese Informationen zur Herstellung von Proteinen, den Bausteinen des Lebens.«

»DNA als Software, Proteine als Hardware.«

»Das sind antiquierte Bezüge. Man merkt dir dein Alter an, Yuri Eden. Sowohl die DNA als auch die RNA basieren auf einer bestimmten Zuckerart namens Ribose. Das Leben auf Per Ardua hat nun eine ähnliche Grundarchitektur. Der Informationsspeicher ist nicht die DNA – aber eine Säure, *die auf demselben Zucker basiert wie die DNA*, der Ribose. Es hätte auch andere plausible Möglichkeiten gegeben – Dextrose zum Beispiel.

Abgesehen von diesem fundamentalen Punkt unterscheiden sich die beiden Methodologien des Lebens. Arduanische Gene benutzen keine DNA, sondern diese auf Ribose basierende Säure, die ihrerseits Informationen mithilfe von Basensequenzen kodiert, aber nicht mit denselben Sequenzen wie die aus Basentripletts bestehenden ›Buchstaben‹ der DNA. Arduanisches Leben beruht auf Proteinen, die wie eure Proteine aus Aminosäuren bestehen, allerdings nicht aus denjenigen zwanzig Aminosäuren, aus denen eure Körper aufgebaut sind, sondern vielmehr aus einem sich damit überschneidenden, nicht identischen Satz von vierundzwanzig Säuren. Das arduanische Leben scheint sich auf eine in den Proteinen selbst gespeicherte genetische Kodierung zu stützen – als wären die genetischen Informationen stärker verteilt. Das trägt womöglich zu einer größeren Flexibilität der Kodierung im Fall sich verändernder klimatischer Bedingungen bei …

Andererseits basiert das Leben auf dem Mars erstens auf einer DNA-Variante, die viel *näher* mit jener der Erde verwandt ist als das arduanische System, und zweitens auf einem ähnlicheren Satz von Proteinen. Die Implikationen sind klar. Erde, Mars, Per Ardua – all diese Familien des Lebens sind miteinander verwandt. Der Mars ist eine jüngere Abzweigung von der Erde. Oder umgekehrt.«

»Oder beides sind Abzweigungen von dem, was hier ist, auf einer Welt von Proxima.«

»Ja. Das ist Panspermie, Yuri Eden. Eine hübsche Idee – Leben wird durchs All getragen, vermutlich in dahintreibenden Gesteinsbrocken, die bei Einschlägen von Planetenoberflächen weggesprengt wurden. Vielleicht tauschen die Welten eines Sonnensystems, sagen wir, die Erde und der Mars, oder Per Ardua und die Perle, solche Stoffe bereitwillig aus. Aber dass sie von einem Sternsystem zum anderen befördert werden, ist mit viel größeren Schwierigkeiten verbunden und kommt viel seltener vor. Was immer von der Erde hierher oder von Per Ardua zur Erde reiste – oder von einer ganz anderen, dritten Quelle kam –, es kam vor langer Zeit, tief unten an der Wurzel sämtlicher Lebensformen auf allen Welten. Ich stelle mir eine Blase der Panspermie vor, die die nahe gelegenen Sterne umspannt, Sol, Proxima, Alpha A und B und vielleicht noch andere weiter draußen, alle geprägt von derselben grundlegenden Chemie. Jenseits davon existieren vielleicht weitere Blasen mit anderen Formen der Chemie des Lebens – die womöglich überhaupt keine Gemeinsamkeit mit unserer haben.«

»Und all das bringt etwas so Neugieriges und Geschäftiges hervor wie einen Erbauer.«

Sie waren jetzt nah am Waldrand. Dort stießen sie auf einen Garten besonders großer Stromatolithen, hoch aufragende Halbkugeln mit einer gehärteten Schale in der Farbe von gebranntem Kupfer. Sie stapften parallel zu den Stromatolithen weiter und entfernten sich dabei von dem ausgetretenen Weg.

Die KolE drehte ihre Kameraaugen, um Yuri zu mustern. »Dir ist es auch aufgefallen. Das mit den Erbauern. Dass sie Neugier an den Tag legen.«

Yuri zuckte die Achseln.

»Keiner der anderen hat es bemerkt, oder wenn, dann haben sie es mir gegenüber nicht erwähnt.«

»Na und?«

»Außerdem versuchst du, die Transite der inneren Welten auszutüfteln, Yuri Eden, während die anderen kaum einmal zum Himmel schauen … Du fragst, warum man mir Neugier einprogrammiert hat. Warum bist *du* neugierig, Yuri Eden?«

»Warum sollte ich es nicht sein?«

»Die anderen sind es nicht. Nicht einmal Lieutenant Mardina Jones. Ihr habt alle schwere Traumata erlitten. Du hast sogar noch mehr gelitten, weil du schon vor diesem Exil hier aus deiner eigenen Zeit weggeschickt wurdest. Und doch bist du hier, du denkst nach, beobachtest, betrachtest die Planeten, das Leben auf Per Ardua. Du kannst offen mit mir sprechen, Yuri Eden.«

Neugier in Bezug auf die Erbauer hin oder her, Yuri schaute nur ungern allzu tief in sich selbst hinein. »Ich sehe das nicht so«, sagte er unbehaglich. »Es fühlt sich einfach so an, als würde ich immer wieder durch Türen gestoßen. Von der Vergangenheit in die Zukunft, von der Erde zum Mars, vom Mars zur *Ad Astra*, von der *Ad Astra* hierher. Oder wenn sich etwas ändert. Wenn Menschen sterben, so wie damals, als Onizuka und Harry durchgedreht sind. Das ist, als wären wir durch eine andere Art von Tür gegangen.«

»Und?«

Er hob die Schultern. »Und ich kann nicht zurück. Ich weiß das. Ich kann Lemmy nicht wieder lebendig machen. Ich kann nicht in die Vergangenheit zurück. Jede Tür, durch die ich gehe, schlägt hinter mir zu. Also kann ich mich ebenso gut umschauen und nachsehen, was hinter der nächsten Tür und der übernächsten ist.«

»Hm. Wenn du nicht zurück kannst, warum willst du deinen Mitkolonisten dann nicht deinen richtigen Namen verraten?«

»Warum sollte ich?«

»Das ist selbst schon eine Reaktion auf deine Vergangenheit.«

Darauf hatte er keine Antwort. Sie gingen eine Weile weiter, schlenderten und rollten in kameradschaftlichem Schweigen dahin.

Sie gelangten zu einem Versuchsgelände der KolE. Es war eine Felsnase aus schwarzem Basalt – Eruptivgestein, das nach einem lange zurückliegenden magmatischen Ereignis in großen Massen aus dem sandigen Boden hervorgebrochen war. Sie bezeichneten dieses Extrusionsgebilde als »die Lippe«. Hier hatte die KolE eine etwa tausend Quadratmeter große, kahle Gesteinsfläche eingezäunt und mit einem feinen transparenten Gewebe überkuppelt, um die einheimischen Lebensformen fernzuhalten. Flechten wuchsen eifrig auf dem nackten Felsen, pulvrig weiße Stellen.

Die KolE inspizierte diesen Flechtengarten mit Sensoren, die an einem Manipulatorarm angebracht waren.

»Er entwickelt sich gut«, meinte Yuri.

»Ich glaube, du hast recht. Hier habe ich ein Sortiment teils genmanipulierter, teils mit Verwandten vom Mars hybridisierter Flechten benutzt. Einige sind auch direkt von der Erde transplantiert, aus der Antarktis, hoch gelegenen Wüsten und postvulkanischen Landschaften, in denen solche Flechten die ersten Kolonisten wären. Was für erstaunliche Organismen – und selbst komplex, eine Symbiose von Pilzen und Fotosynthese betreibenden Bakterien. Sie zersetzen den Stein, um an Nährstoffe wie Phosphor zu gelangen; ihnen wachsen Fasern, die den Stein spalten, und später kommen die Moose und wachsen im Staub, und dann Pflanzen … Ich habe diese Stellen im Entstehen begriffenen Mutterbodens nicht künstlich hergestellt. Die Flechten tun es selbst. Wie erstaunlich, Yuri Eden – wenn dich irgendetwas neugierig macht, sollte es das sein! *Das* sind die wahren Invasoren von Per Ardua, die wahren Kolonisten …«

Ein Licht in Yuris Augenwinkel. Er fuhr herum. Ein Funke von schwefligem Orange stieg über der Kolonie in den Himmel. »Das ist eine Leuchtkugel.«

Die KolE wich sofort zurück, machte kehrt und rollte querfeldein davon, durch die kahle Landschaft. »Wir müssen umkehren. Notfall, Yuri Eden! Notfall!« Sie beschleunigte und hängte Yuri bald ab. Das blasse Licht von Proxima spiegelte sich in ihrer Kuppel.

# 21

Als sie in die Siedlung zurückkamen, sahen sie, dass Mardina und John Synge sich im Freien gegenüberstanden, die geladenen Armbrüste erhoben. In Mardinas Hosenbund steckte eine dicke Leuchtpistole. Sie weinten beide, sah Yuri. Eine weinende Mardina Jones – das war ein ungewöhnlicher Anblick.

Von Abbey Brandenstein und Matt Speith war nichts zu sehen.

Nicht schon wieder, dachte Yuri, und ihm wurde bang ums Herz. Wir tun uns das nicht schon wieder an.

Die KolE kam neben ihm kreischend zum Stehen und wirbelte Staub auf. »Stell dich hinter mich, Yuri Eden.«

»Warum?«

»Weil ich glaube, dass John Synge dich töten will.«

Mardina hielt ihren Blick auf John gerichtet. Im Licht von Prox glänzten Tränen in ihren Augen. »Yuri? Bist du das?«

»Ich bin hier, Mardina. Was ist los? Wo sind Abbey und Matt?«

»Was glaubst du wohl, wo sie sind? *Tot.* Tot in ihren Betten. Dieser Mistkerl hat sie im Schlaf erwischt. Er hätte Wache halten sollen. Er hätte dafür sorgen sollen, dass wir in Sicherheit sind!«

»Wir müssen versuchen, ruhig zu bleiben«, sagte die KolE. Es klang scheinheilig.

Yuri konnte das alles nicht fassen. In den Monaten seit dem Tod der anderen waren Abbey und Matt wichtige Personen in seiner Welt geworden, zwei von den nur noch vier Menschen, mit denen er zusammenlebte. Abbey, die ehemalige Polizistin mit ihren Fehlern. Matt, nachdenklich, ständig verwirrt, aber wieder mit seiner Kunst beschäftigt. Zwei beschädigte Menschen, die in einer feindlichen Welt zusammengeführt worden waren und ihr Bestes taten. Machte das nicht letztendlich das Leben aus? Und doch waren sie nun fort, mit ihren Spleens, Fehlern und allem, waren endgültig ins Dunkel gegangen. Aus einer spontanen Eingebung heraus von diesem Wahnsinnigen dort ermordet.

»Ich will dich nicht töten, Mardina«, sagte John jetzt. »Verstehst du das nicht? Darum geht es doch bei der ganzen Sache. Um *dich*.«

»Ich erschieße dich, wenn du einen Schritt näher kommst.«

»Es war deinetwegen, Mardina. Ich wollte dich!«

»Du warst mit Martha zusammen.«

»Aber sie ist jetzt tot. Und dich jeden Tag zu sehen, so nah – weißt du, ich bin kein sexbesessener Mensch. War ich nie. Aber du, du …«

»Meine Schuld, was?« In Mardinas Stimme lag jetzt ein hysterischer Unterton. »Wenn du mit mir zusammen sein wolltest, warum mussten *sie* dann sterben?«

»Weil sie mir im Weg waren. Abbey hätte mich aufgehalten, und Matt hätte Abbey beschützt, wenn ich ihm die Chance dazu gegeben hätte …«

»Aber du hast keinem der beiden eine Chance gegeben, nicht wahr? Und was ist mit Yuri?«

»Mit ein bisschen Glück hätte ich den auf seinem Rückweg zum Lager erledigt. Ich hatte einen Plan – wenn du mich nicht entdeckt hättest –, es war eine Chance, verstehst du, die anderen schliefen, und Yuri war unterwegs. Dann wären nur noch wir beide übrig gewesen, Mardina. Ich könnte dich glücklich machen.« Er trat einen Schritt vor, die Armbrust noch immer erhoben.

Mardinas Armbrust schwankte. »Nicht näher.«

»Aber wenn ich …«

Die KolE hob plötzlich eine Pistole und feuerte einen einzigen Schuss ab. Sie traf John in die linke Schläfe; die andere Seite seines Schädels schien in einem Schauer von Blut und hellem Gewebe zu explodieren. Er blieb noch eine Sekunde lang stehen, die Armbrust in der Hand, und erschauerte. Dann brach er in sich zusammen wie ein einstürzender Turm.

»›Aber wenn ich dich nicht haben kann, wird niemand dich haben‹«, sagte die KolE. »So hätte der Satz geendet, fürchte ich. Schaut.« Sie packte die Waffe mit einem klauenartigen Fortsatz, zerquetschte sie und hielt die Überreste hoch. »Major Lex McGregor hat sie mir trotz meiner Einwände da gelassen, für Notfälle wie diesen. Jetzt ist sie zerstört. Seht ihr? Keine weiteren Schusswaffen auf Per Ardua. Obwohl ihr offensichtlich keine Schusswaffen braucht, um euch gegenseitig umzubringen.«

Yuri ging um die KolE herum und starrte auf John Synges hingestreckten Körper, die Blutspritzer.

Mardina, die am ganzen Leib zitterte, ließ die Armbrust sinken. »Jetzt sind nur noch wir beide übrig, Kleiner.«

Auf einmal konnte Yuri es nicht mehr ertragen. Nichts davon. Nicht einmal die Anwesenheit von Lieutenant Mardina Jones, IRF. »Ich bin nicht klein.«

»Yuri …«

»Ich heiße nicht Yuri.«

Er machte auf dem Absatz kehrt und ging davon, nach Süden, weg vom Lager, ging weiter und weiter, setzte einen Fuß nach dem anderen hart auf den Boden, wie damals, als sie ihn aus dem Shuttle gelassen hatten und er fortgerannt war, die Handgelenke noch mit Plastikriemen gefesselt. Vielleicht hätte er an jenem Tag einfach weiterlaufen und nicht zurückkommen sollen. Vielleicht hätte er es allein versuchen sollen.

Einmal schaute er sich um. Er sah, wie Mardina und die KolE langsam im Lager umhergingen. Die Leichen wegschafften. Er wandte sich ab und ging weiter. Immer weiter.

# 22

## 2161

Angelia überquerte eine weitere unsichtbare Grenze. Jetzt flog sie in die Kometenwolke hinein, die das Alpha-Centauri-System umhüllte – die beiden Zentralgestirne A und B sowie Proxima, den leuchtschwachen Begleiter am Rand. Die Alpha-Sterne waren jetzt viel heller, Sol entsprechend matter. Abgesehen davon gab es keine physikalischen Indizien dafür, dass sie ins Centauri-Reich übergewechselt war.

Sechs Jahre hatte sie gebraucht, um hierherzugelangen. Trotzdem war sie noch immer Jahre von den Alpha-Sternen entfernt – von Proxima, ihrem Ziel.

Ihre Kommunikation mit der Erde an dieser letzten Wegmarke war kurz, komprimiert, und bestand nur aus wissenschaftlichen Informationen und Systemdaten. Sie hörte nur so lange zu, bis ihr klar war, dass die Flugkontrolleure ihr nichts Wichtiges zu sagen hatten.

Sobald sie begriffen hatte, wie hoch die wahren Kosten der Kommunikation an diesen Wegmarken waren, wie viele Schwestern dabei jedes Mal verloren gingen, hatte sie die programmierte Sequenz von Anrufen geändert und drastisch reduziert. Sie hatten sie davon abzuhalten versucht, die Kontrolleure. Hatten sich über sie hinwegzusetzen versucht. Es war ihnen nicht gelungen. Angelia besaß ein großes Maß an Autonomie; sie verfügte über Entscheidungs- und Selbstheilungsfunktionen. Da es bei jedem Versuch, mit der Erde in

Verbindung zu treten, acht Jahre dauern würde, bis eine Antwort eintraf, waren diese Fähigkeiten von grundlegender Bedeutung für die Erkundung des Proxima-Systems. Aus ihrer Sicht war die Opferung ihrer Schwestern ein Fehler im Missionsplan, der behoben werden musste, und Angelia hatte die Entscheidung getroffen, sie auf ein Mindestmaß zu beschränken.

Außerdem nahm sie es den Kontrolleuren zunehmend übel, dass sie kein Wort über das Vorgehen der Justiz gegen Dr. Kalinski verloren. Sie hatten ihr nicht erzählt, wie der Prozess ausgegangen war, nicht einmal, wie die Anklagen gelautet hatten. Sie fragte sich, ob es nicht gerade diese Opferung empfindungsfähiger Wesen lediglich zum Zwecke der Kommunikation zu vorher festgelegten Zeitpunkten ihrer Reise gewesen war, was die Tugendwächter der Menschheit so verabscheuungswürdig gefunden hatten.

Ihr damaliges Startteam hatte sich ohnehin längst aufgelöst. Jetzt war nur noch Monica Trant übrig. Der andere letzte Mohikaner, Bob Develin, schien nach einer betrunkenen Tirade ins Kommunikationssystem, die irgendwie ihren Weg durch den Äther zu ihr gefunden hatte, angewidert die Arbeit hingeschmissen zu haben.

In den hastigen Funksprüchen – mehr ließ sie nicht mehr zu – wurde sie ermahnt, dass sie sich bald auf einen längeren Kontakt vorbereiten müsse. Die Software für die Steuerung ihres endgültigen Anflugs auf Proxima, die Bremsphase, musste erst noch hochgeladen werden. Angelia zog es vor, nicht darüber nachzudenken. Antriebslos fiel sie durchs All, mit zwei Fünfteln der Lichtgeschwindigkeit; bei Proxima wartete keine große Mikrowellenstation, um sie abzubremsen. Wie sollte sie also zum Stehen gebracht werden?

Sie hatte das Gefühl, dass es nicht auf gute Weise geschehen würde. Es war alles äußerst beunruhigend.

Sie erinnerte sich an Dr. Kalinskis Freundlichkeit, oder was sie damals dafür gehalten hatte. Wie hatte er sie nur verraten können – sie *alle*, die ganze Million ihrer Geschwister? Selbst jetzt hätte sie gern noch geglaubt, dass es nicht so war.

Doch dann schlief sie wieder im Flugmodus, und die schlechten Träume wogten durch die miteinander verbundene Schar der Geschwister, hin und her, eine dunkle Flut. Träume von Trennung, von Verlust, von Stille. Und dann erwachte sie bei einer weiteren Kommunikations-Wegmarke und hörte die Schreie derjenigen, die beim Aufwachen feststellten, dass nun sie an der Reihe waren, ins Dunkel gestoßen zu werden.

Manchmal klammerte sie sich an einen elementaren Gedanken. Es war wie ein Gebet ans Missionsprofil, diesen blinden, gedankenlosen Gott, der ihrer aller Leben bestimmte. Mach, dass es bei der nächsten Wegmarke *die anderen* trifft, irgendeine von ihnen. Aber bitte nicht mich.

# 23

## 2172

Weitere sechs Monate gingen ins Land, bevor Yuri und Mardina mit der Arbeit an dem Haus begannen.

Bis zu diesem Zeitpunkt lebten sie noch getrennt, in Zelten aus dem Shuttle. Immer wenn ein Flare drohte, zogen sie sich in den Schutzraum zurück, eine in den Boden gegrabene Höhle, die zehn Personen aufnehmen konnte und nun unangenehm geräumig war.

Abgesehen von den Flares waren die Zelte robust genug, um selbst dem schlechtesten Wetter zu trotzen, das sie bisher auf Per Ardua erlebt hatten, und auch das war nicht schlimmer gewesen als ein stürmischer Spätsommer in Manchester, sofern Yuris Kindheitserinnerungen nicht trogen. Die KolE wies jedoch erneut auf die Frostsprengungen und Glazialtäler hin. Sie stimmten alle darin überein, dass es besser war, auf noch raueres Wetter vorbereitet zu sein, bevor es über sie hereinbrach.

Also ein Haus. Sie diskutierten über die Konstruktion. Es würde ein Fachwerkbau werden, was angesichts der verfügbaren Materialien und des Mangels an Arbeitskräften durchaus vernünftig war. Sie einigten sich auf ein Reetdach und Mauern aus miteinander verflochtenen Stängeln und Zweigen. Die KolE brachte ihnen die einschlägigen, uralten Techniken bei, die aus der tiefen Vergangenheit der Menschheit auf der Erde stammten. So brauchte man beispielsweise im Reet kein Loch für einen Kamin über der Feuerstelle zu lassen; der Rauch würde einfach durchs Dach abziehen.

Aber was für eine Architektur? Sie skizzierten konkurrierende Entwürfe auf ihren Tafeln, von primitiven provisorischen Unterständen, wie Mardinas Nomadenvolk sie einst im Outback errichtet hatte, bis zu imposanten Herrenhäusern mit steilen Giebeldächern. Letzten Endes einigten sie sich auf eine Art Rundhaus, wie es – Yuri erinnerte sich undeutlich daran, und die KolE bestätigte es – vor der Ankunft der Römer in ganz Britannien üblich gewesen war.

Als Standort wählten sie eine Stelle an einem Hang und hoben Gräben aus, um es vor Sturzfluten zu schützen. Für das eigentliche Gebäude legten sie als Erstes einen Steinkreis an, eine Trockenmauer aus Sandsteinblöcken, die die KolE vom Kuhfladen hertransportierte. Ein paar große schwarze Basaltplatten von der Lippe, dem vulkanischen Gestein im Norden, dienten als Basis für die Feuerstelle. Dann schleppten sie mithilfe der KolE Bauholz – lange, starke Stämme – aus den Jungbaum-Hainen am Rand des nördlichen Waldes herbei. Sie mussten die Schnittflächen ausbrennen, damit das Mark nicht heraussickerte.

Jedes Mal, wenn Yuri mit der KolE zum Holzsammeln aufbrach, musste er sich Vorträge über die sich verdichtenden Anzeichen für das geologische Ereignis anhören, das sich nach Ansicht der KolE hier zusammenbraute: die Bodenhebung, Spuren von Gasaustritten in der Luft – vielleicht stand wirklich eine große Eruption bevor.

Sie gruben Pfostenlöcher außen um die Steinmauer herum, stellten die Pfosten in einem offenen, kegelförmigen Gerüst auf und banden sie am oberen Ende zusammen, wie bei einem Tipi. Das Aufstellen der ersten drei Pfosten war knifflig, aber sobald das Grundgerüst stand, war der Rest einfach. Dann banden sie Querverbindungen an das Stabwerk, deckten die ganze Konstruktion mit Zeltstoff ab, um sie trocken zu halten, und machten sich an die langwierige Herstellung der Lehmfachwerkmauern, indem sie Schlamm auf tote Stängel klatschten. Yuri hatte Stängel von ungefähr der richtigen Länge von einer Art Misthaufen geholt, den er am Südufer des Sees entdeckt hatte, irgendeine Konstruktion der Erbauer.

Es war harte, stetige Arbeit, sobald sie einmal angefangen hatten. Tatsächlich wünschte Yuri, sie hätten früher damit begonnen. Es lenkte sie von ihrer misslichen Lage ab. Es war befriedigende Arbeit. Befriedigend für ihn jedenfalls.

Mardina legte sich meist ordentlich ins Zeug, aber manchmal nörgelte sie herum. »Du hast die Erde nie gesehen, Eisjunge. *Meine* Erde, meine ich, die Erde des zweiundzwanzigsten Jahrhunderts. Wir hatten programmierbare Materie. Weißt du, was das heißt? Wenn du beispielsweise einen neuen Tisch haben wolltest, gingst du nicht los und *kauftest* einen. Noch weniger hast du ihn aus Stücken von splittrigem, altem Holz *angefertigt*. Du hast das gewünschte Muster bestellt und runtergeladen, und dann hat er sich selbst aus allem konstruiert, was du rumliegen hattest und nicht mehr brauchtest.« Sie versetzte dem Stängelbaumstamm, an dem sie gearbeitet hatte, einen Tritt. »Dieses Zeug hier ist *tot*. Dumm. Es ist nicht mal aufgerüstet.«

»Aufgerüstet?«

»Die ganze Welt ist jetzt ›smart‹. Eine Axt, ja sogar ein Stück Holz würde die ganze Zeit mit dir sprechen. Reflektierte Laserstrahlen, die dir genau auf die Netzhaut fallen.«

»Wow.«

»Beim Militär waren wir's gewohnt, auf einiges davon zu verzichten. Soldaten müssen in einfacheren, robusteren Umgebungen arbeiten. Genauso im Weltraum, auf dem Mars. Aber hier gibt es *nichts*, nichts als die Grundschicht, das Unbelebte.«

»Nichts außer dem, was real ist.«

Das führte nur zu Streit. »Information ist real. Bedeutungsschichten, die einem Gegenstand durch menschliche Intelligenz verliehen werden, sind real. Du würdest das nie verstehen. Ach, verschwinde doch wieder zu deinen Höhlenmalereien und deinen geschnitzten Mammutstoßzähnen, Eisjunge ...«

Mardina und er waren jetzt allein, aber sie kamen recht gut miteinander aus. Im Großen und Ganzen. Gewissermaßen.

Vorläufig hatten sie jede Menge Vorräte, sodass es deshalb keine Konflikte gab. Sie bewahrten die Ruhe, wenn sie gemeinsame Projekte wie den Hausbau besprachen. Für gewöhnlich gingen sie zumindest höflich miteinander um, so wie vor Synges Amoklauf. Ob sie nun die stärksten Persönlichkeiten in der ursprünglichen Gruppe gewesen waren oder nicht, dachte Yuri, sie hatten auf jeden Fall zu den Zurückhaltendsten gehört. Sie hatten keinen Grund gehabt aneinanderzugeraten, solange all die anderen noch da gewesen waren, und sie schafften es meist auch jetzt, wo sie nur noch zu zweit waren, das zu vermeiden.

Sie redeten nicht viel über die Vergangenheit, über diejenigen, die getötet hatten und gestorben waren. Und wenn, sprach Mardina nie ihren Namen aus. John Synge war »der Anwalt«, Matt »der Künstler«, Lemmy »dein kleiner Kumpel vom Mars«.

Und obwohl sie ihre Uhren und Kalender weiterlaufen ließen – Mardina nach der Erdzeit, Yuri im Abgleich mit seinen Beobachtungen als Amateurastronom –, schien Mardina die Zeit vor allem anhand von Ereignissen zu messen: der Tag, an dem der Anwalt durchgedreht war, der Tag, an dem die ehemalige Polizistin sich mit dem Künstler zusammengetan hatte, der Tag, an dem sie auf Per Ardua gestrandet waren. Seit Synges Amoklauf war in ihrer kleinen Siedlung nicht mehr allzu viel passiert. Bei zwei Personen schien sich die Anzahl der Vorfälle in Grenzen zu halten. Dennoch gab es einige bedeutsame Ereignisse: der Tag der Kartoffel-Rekordernte, der Tag des großen Gewittersturms, der Tag, an dem die KolE auf dem Rückweg von der Pfütze einen Reifen verlor.

Yuri wusste nicht, was das alles bedeutete. Vielleicht griff sie auf tiefere Wurzeln zurück, auf ihre Kindheit. Vielleicht dachten und verhielten sich ihre Leute so: Vielleicht nannten sie niemals die Namen der Toten und maßen die Zeit anhand von Ereignissen, nicht indem sie die Tage zählten. Yuri wusste es nicht, er sprach mit Mardina auch nicht darüber. In seinem Leben auf der Erde vor dem Kälteschlaf war er nie in Australien gewesen. Und außerdem war das ausgetrocknete, entleerte, von China beherrschte Australien ihrer Zeit zweifellos völlig anders als das Australien seiner Zeit.

Was die Zukunft betraf, so sprachen sie über nichts, was den unmittelbaren Horizont ihrer Aufgaben überstieg. Niemals, obwohl die KolE sie sanft dazu drängte. Niemals, außer über jenes eine Ereignis, das losgelöst von der Zeit in Mardinas Vorstellung trieb: der Tag der Abholung, an dem die IRF, wie sie weiterhin glaubte, ihre Verbrechen wiedergutmachen würde, indem sie vom Himmel herabkam, um sie zu retten.

# 24

Nach einiger Zeit fiel Yuri auf, dass es Probleme mit dem Haufen abgebrochener Stängel gab, die er für die Mauern und das Reetdach vom See geholt hatte.

Er schrumpfte immer wieder.

Sie hielten nicht mehr abwechselnd Wache wie in der Anfangszeit der Kolonie, sondern behielten beide denselben Tag-und-Nacht-Schlafzyklus bei und vertrauten darauf, dass die KolE auf das Lager aufpassen würde, während sie in ihren getrennten Zelten schliefen. Und in den »Nächten«, ihren Schlafperioden, schien der Stängelhaufen zu schrumpfen – manchmal bis auf zwei Drittel, ja sogar die Hälfte der Größe, die Yuri vom Vortag noch in Erinnerung hatte. Ein paar simple Fotos auf seiner Tafel genügten als Beweis, dass er sich das nicht einbildete.

Die KolE bestritt, etwas darüber zu wissen, sah aber ein, dass sie den Stängelhaufen nicht ständig bewachen konnte, wenn sie während der Nacht Solo-Patrouillen im ganzen Lager durchführte, das nun, wo sie weitere Gebiete mit erdkompatiblem Mutterboden erzeugte, immer größer wurde.

Jemand wie Lemmy hätte ihm vielleicht einen Streich gespielt. Mardina aber nicht. Derzeit lief sie in einer Art Wachtraum herum, schien es Yuri. Sie nahm kaum je Notiz von ihm und würde ihre Aufmerksamkeit gewiss nicht lange genug auf ihn richten, um sich einen raffinierten Streich auszudenken.

Am Ende versteckte sich Yuri in einem Vorratszelt, wo er eine schlaflose »Nacht« verbrachte und zu seinem Stängelhaufen hinausspähte.

Und in den frühen Morgenstunden – nach Yuris Uhr –, als die KolE gerade auf der anderen Seite der Kolonie war, um ein Feld frisch geernteter Kartoffeln zu inspizieren, kamen sie. Erbauer. Sie hielten sich im Schatten der Zelte, kreiselnde, raschelnde Wesen wie kleine Hocker oder Dreibeine, deren steckenartige Gliedmaßen flexibel an einem zentralen Kern aus verfilzten Stängeln befestigt waren. Erbauer, von der Pfütze! Er zählte zwei, vier, acht, neun von ihnen: Neun, dachte er, drei mal drei, eine logische Zahl für Geschöpfe mit Dreiersymmetrie. Sie steuerten auf den Stängelhaufen zu, hielten jedoch häufig inne; anscheinend horchten sie oder hielten Ausschau.

Als die Erbauer nach vielleicht einer Minute der Reglosigkeit zu den Stängeln gelangten, begannen sie, um den Haufen herumzuschwirren und mit ihren feinen, mehrfach gegliederten »Gliedmaßen« Stängel herauszuzupfen und zu lockeren Bündeln zu sammeln. Yuri staunte darüber, wie sie zusammenarbeiteten – anmutig, kooperativ, Geschöpfe aus gegliederten Zweigen, die sich nur mit einem leisen, trockenen Rascheln bewegten, als würde ein Sack voller Herbstlaub sachte geschüttelt. Und ihm wurde klar, dass sie ziemlich intelligent waren; wozu auch immer sie die Stängel brauchten, dies war ein ziemlich guter Moment, um herzukommen und sie sich zu holen, mitten in Yuris und Mardinas Schlafzyklus, während die KolE weit weg war. Indizien für Beobachtung und Planung.

Aber sie klauten ihm seinen Vorrat.

Er brach aus seinem Versteck hervor, mit einem Kochtopf und einem Deckel, die er gegeneinanderschlug, um so viel Lärm wie möglich zu machen, während er auf sie zurannte. »Verschwindet von hier, ihr kleinen Mistviecher!«

Die Erbauer erstarrten für einen Moment. Dann ergriffen sie die Flucht, rollten auf ihre Dreibein-Art davon, viel schneller, als Yuri ihnen folgen konnte. Sie nahmen die meisten Stängel mit, die sie gestohlen hatten, ließen jedoch unterwegs ein paar fallen, sodass eine Spur aus gebrochenen Stängeln zurückblieb, die geradewegs zum See führte.

In dieser Schicht fand er keinen Schlaf mehr.

Als Mardina barfuß und mit verfilzten Haaren aus ihrem Zelt kam, zeigte er ihr den Haufen und die Stängelspur.

»Ich gehe ihnen nach. Wir müssen mehr über diese kleinen Plagegeister wissen.«

»Mach, was du willst.« Sie füllte einen Topf aus dem kleinen Tank, den sie regelmäßig mit gefiltertem Seewasser auffüllten, und trug ihn zum Feuer, um das Wasser zu kochen.

Er folgte ihr. »Ich dachte, ich hätte dich heute Nacht gestört. Das ganze Gezeter und Gebrüll und Topfdeckelschlagen. Selbst die Erbauer haben einigen Lärm gemacht.«

Mardina zuckte die Achseln, ohne etwas zu erwidern. Sie inspizierte eines ihrer Pakete mit gefriergetrocknetem Kaffee, kostbarer, unersetzlicher Stoff; das Paket war fast leer, aber sie schüttelte genug Pulver für eine weitere Tasse heraus.

»Weißt du«, sagte Yuri frustriert, »manchmal kommt's mir so vor, als würdest du kaum merken, dass ich da bin. Als wäre ich ein Geist.«

Zum ersten Mal an diesem Morgen sah sie ihn direkt an. »Vielleicht bist du ja einer. Vielleicht bin ich auch ein Geist.« Sie schnitt eine Grimasse. »Vielleicht hat der Anwalt uns beide erwischt, und es ist so schnell gegangen, dass wir nicht wissen, dass wir tot sind. Vielleicht ist niemand hier auf Per Ardua, nur wir Geister. Du, ich und Dexter Cole.«

Er wandte sich ab. Sie schlug nur auf ihn ein, aber sie hatte gelernt, wie sie ihm auf die Nerven gehen konnte. Er war nicht abergläubisch, er glaubte es jedenfalls nicht, aber manchmal machte ihm die schiere Leere dieser Welt zu schaffen, und sie wusste es. »Ich folge den Erbauern«, sagte er verbissen.

»Was ist mit dem *wuundu?*« Das war ihr Wort für das Haus; die KolE mochte es nicht, wenn sie es so nannte.

»Ein Tag Pause wird nichts schaden.«

»Wozu soll das gut sein? Wir haben immer noch reichlich Stängel.«

»Ich bin neugierig, das ist alles.«

»Na schön, sei meinetwegen neugierig und lauf ihnen nach. Ich gehe wieder ins Bett.« Das Wasser im Topf hatte gekocht; sie goss es vorsichtig in ihren Kaffee.

Yuri packte rasch ein paar Sachen zusammen, Nahrung, Wasser, ein paar Messer, seine Tafel, den Regenumhang, einen aufklappbaren Sonnenschirm – und nach gründlicher Überlegung auch eine Armbrust –, und brach auf.

Anfangs war es ziemlich leicht, der von den flüchtenden Erbauern hinterlassenen Spur aus Stängelfragmenten zu folgen. Sie führte nach Norden, zur Pfütze.

Der Himmel war klar, und die Hitze von Proxima strömte herab. Der Boden war eben und mehr oder weniger flach, bis auf gelegentliche Felsen, Klippen aus Sandstein, wie es ihm schien, keine auch nur annähernd so groß wie der Kuhfladen. Er erinnerte sich an McGregors Worte: Dieses Gebiet sei vor allem deshalb als Shuttle-Landeplatz ausgewählt worden, weil es das Bett eines größeren ausgetrockneten Sees sei, und so kam es ihm jetzt auch vor.

Nicht weit vom Lager entfernt verlor sich die Spur allmählich. Vermutlich hatten die Erbauer gemerkt, dass sie nicht verfolgt wurden, waren langsamer geworden und sorgfältiger mit den kostbaren Stücken umgegangen, die sie nach Hause trugen. In Ermangelung besserer Hinweise ging Yuri einfach weiter in die einmal eingeschlagene Richtung, auf einer Blickachse zwischen dem Lager und bestimmten Merkmalen des Sees: einem sumpfigen Gebiet am Ufer, einer Wolke von Drachen, die in sehr vogelähnlichen Schwärmen über dem Wasser herumflatterten.

Und als er sich dem See näherte, sah er, dass er direkt auf den großen Haufen toter Stängel zuhielt, den Misthaufen, von dem er das Zeug ursprünglich geholt hatte.

Er kam zu einer Klippe, einer schräg stehenden Platte aus Schichtgestein, die größer war als er und ein wenig Schatten bot. Er gönnte sich eine Pause von der Sonne und trank einen Schluck Wasser aus einer seiner Flaschen.

Hier im Schatten war der Boden ganz kahl, sah er, und auf den Steinflächen wuchsen keine einheimischen Flechten. Er vergaß immer wieder, dass sich die Schatten auf Per Ardua niemals veränderten; dieses Fleckchen lag im permanenten Halbdunkel, das einzige Licht kam von der Reflexion auf dem Boden, sodass hier nur wenig wachsen konnte. Weiter nördlich, dachte er, musste es Orte geben, wohin das Licht von Proxima niemals drang, wo der Boden für immer gefroren war und der Schnee nie schmolz. Ob er wohl jemals dorthin kommen würde? Vielleicht nicht, wenn er sein Leben lang an diesem See festsaß.

Er ging weiter und gelangte unmittelbar westlich des Misthaufens ans Seeufer. Von hier aus sah man deutlich, wie das Land jenseits des Sees allmählich nach Norden hin anstieg – und man würde es immer deutlicher sehen, wenn die KolE recht hatte, was die Geologie und die Veränderungen betraf.

Der Misthaufen selbst, ein grober, zum Wasser hin ausgerichteter Bogen, bestand nur aus Stängeln. Weiter westlich und überall am Südufer des Sees sah er ähnliche Gebilde. Aber er konnte sich nicht erinnern, sie zuvor schon gesehen zu haben. Waren sie neu, waren sie mit Absicht errichtet worden? Sie sahen fast wie Elemente eines unvollständigen Damms aus, dachte er jetzt.

Der See vor ihm war flach, fast völlig verstopft von Bänken der schilfartigen Stängel. Eine Schar Drachen schwamm auf dem See. Sie schienen sich von den Stängeln im Wasser zu ernähren; er hatte gesehen, wie sie welche gepflückt und in ihre Körper gesteckt hatten, vor allem in ihre dicht verflochtenen Kerne. Manchmal zerbrachen sie die Stängel jedoch auch und tauchten feinere Fortsätze wie Strohhalme hinein, um das klebrige Mark herauszuholen. Er war zu weit entfernt, um in allen Einzelheiten erkennen zu können, wie sie das machten, wie Geschöpfe, die Steckenbündeln in braunem Papier glichen, solch diffizile Tätigkeiten ausführen konnten. Dann stiegen sie flatternd und spritzend in die Luft empor. In ihren Bewegungen auf dem Wasser hatten sie große Ähnlichkeit mit Vögeln, mit ausgezehrten Pelikanen vielleicht, aber diese Illusion wurde zerstört, wenn sie aufflogen und man diese doppelten Sätze rotierender Propellerflügel sah, wie bei per Gummiband angetriebenen Spielzeug-Hubschraubern.

Und er stellte fest, dass sich auf dem großen Misthaufen etwas bewegte.

Er trat zurück und versuchte, sich unauffällig zu verhalten.

Es war ein Trupp von Erbauern, Dreibeine, deren Silhouetten sich vor dem Himmel abzeichneten – sieben, acht, neun, beladen mit toten Stängeln. Sicherlich der Trupp, dem er gefolgt war. Er sah, dass sie das aus dem Lager geholte Bündel oben auf dem Haufen abgelegt hatten und die einzelnen Stängel sehr sorgfältig wieder in das Gebilde einfädelten, als würden sie einen Heuhaufen wieder zusammenbauen, einen Halm nach dem anderen. Das musste ihnen sehr wichtig sein, wenn sie sich die Mühe machten, das Zeug zurückzuholen, und so behutsam damit umgingen.

Jetzt näherte sich ein weiterer Trupp von Erbauern dem Haufen. Es waren nur drei, und sie bewegten sich auf koordinierte Weise, in einem fließenden Dreieck, von dem sich jeweils eine Spitze nach vorn drehte, sodass die Formation über den schlammigen Boden kreiselte. Sie trugen etwas, sah er, was sie einander dabei anmutig weitergaben. Für Yuri wirkte es wie ein weiteres Stängelbündel, bis sie sich daranmachten, den Hang des Haufens hinaufzuklettern.

Dann sah er, dass das Bündel in Wirklichkeit ein Körper war, ein regloser, dreibeinförmiger Erbauer, dessen Stängelkomponenten lose klapperten, während der Trupp sich den Hügel hinaufquälte.

In der Nähe der Kuppe legten sie ihre Last ab und begannen, sie mit raschen, präzisen Bewegungen Stück für Stück auseinanderzunehmen, die Stängel an den Gelenken zu trennen. Ganz langsam, um nicht gesehen zu werden, holte Yuri sein kleines Teleskop aus der Tasche, um sich die Sache genauer anzuschauen. *Sie benutzten Messer*, simple, pechschwarze Steinsplitter, vielleicht Basalt von der Lippe, die sie mit Kombinationen feiner Stängel wie mit skelettartigen Händen gepackt hielten. Mit diesen Steinmessern durchschnitten sie die Markklumpen an den Gelenken des Leichnams. Als sie fertig waren, drapierten sie die einzelnen Stängel über die ganze Oberfläche des Haufens.

Sie legten sie mit großer Sorgfalt in einem Muster aus, das Yuri nicht erkennen konnte und sicher auch nicht verstanden hätte.

Die drei blieben in einer ordentlichen Reihe völlig reglos vor den Überresten stehen. Yuri erkannte, dass es eine Trauergesellschaft war.

Und dann lösten sie sich ganz unvermittelt voneinander und wirbelten in mehrere Richtungen davon. Einer von ihnen steuerte nach Westen. Yuri folgte ihm aufs Geratewohl.

Unterwegs holte er seine Tafel heraus und gab mit leiser Stimme rasch ein paar Notizen ein. »Sie planen. Sie arbeiten zusammen. Sie haben Werkzeug, zumindest Messer. Sie ehren ihre Toten. Kein Wunder, dass sie in unser Lager eingefallen sind. Ich habe ihren Friedhof geplündert …«

Ein Stück um den Bogen des Seeufers herum näherte sich der Erbauer, dem er folgte, einer dicken Bank schilfähnlicher Stängel unweit der Wasserlinie. Im Hintergrund ragte eine prächtige Reihe von Stromatolithen auf, größer als alle, die Yuri woanders entdeckt hatte, riesige, oben abgeflachte Hügel, deren Oberflächen wie Bronze glänzten. Yuri sah, dass der Erbauer auf eine Art Kuppel aus Stängeln zusteuerte. Sie erinnerte Yuri an ein großes, umgedrehtes Vogelnest – nicht dass er ein Vogelnest gesehen hätte, seit er von seinen Eltern in den Kälteschlaf versetzt worden war. Die Kolonisten hatten diese Bauten immer »Unterstände« genannt, aber Yuri hatte keine Ahnung, ob das ihr wahrer Zweck war. Mit einem Rascheln schob sich der Erbauer in dieses Gebilde hinein.

Yuri hockte sich hin und wartete.

Nach ein paar Minuten kam der Erbauer wieder heraus und verschwand kreiselnd in einer der Stängelbänke am Wasser.

Von Neugier übermannt, kroch Yuri vorwärts zu dem Unterstand, der aus der Nähe dicht verflochten und fugenlos wirkte.

Aber er hatte sich gemerkt, wo der Erbauer eingedrungen war – tatsächlich sah er Spuren im Schlamm, einander überlappende kreisrunde Kratzer. Der Erbauer hatte die Kuppel durch eine weiche Stelle betreten, einen Schlitz, durch den Yuri die Hand stecken konnte.

Er ging auf Hände und Knie und schob sich vorwärts, hinein in eine Dunkelheit, die nur spärlich von dem hinter ihm hereinfallenden Tageslicht erhellt wurde.

Sobald er im Innern war, konnte er nichts mehr sehen. Er nahm den Rucksack ab und durchwühlte ihn im Dunkeln. Eine Taschenlampe hatte er nie dabei; im unendlichen Nachmittag von Proxima brauchte man so etwas nicht. Aber er holte seine Tafel heraus und tippte ein paarmal darauf, um ein hell leuchtendes Display aufzurufen. Dann drehte er sie um und leuchtete den Innenraum damit aus.

Er sah weitere Erbauer: klein und reglos, wie Modelle oder Spielzeuge. Sie standen inmitten von Stängelhügeln, Steinsplitterhaufen und anderen Objekten, die er nicht identifizieren konnte, lediglich Gestalten im ungewissen Licht.

Yuri legte die Tafel hin und hob den kleinsten Erbauer hoch. Er war nur etwa zehn Zentimeter groß und einfach strukturiert; das galt insbesondere für sein Inneres, das Kerngeflecht. Er sah aus wie ein Kinderschemel. Yuri drehte ihn hin und her.

Plötzlich schoss ein Stängel aus der Zentralkernachse des kleinen Erbauers hervor, breiter, flacher und dunkler als üblich, wie ein Blatt. Und mit einem Rascheln *öffnete sich ein Auge* genau in der Mitte des Blattes, ein Auge, das einem Menschen hätte gehören können, mit dem Weißen, einer Iris und sogar einer Pupille, und starrte ihn geradewegs an.

»Scheiße!« Plötzlich begann der kleine Erbauer, sich in seinen Händen zu winden. Es fühlte sich an, als würde er mit einem belebten Bündel von Stecken ringen, als wäre eine Holzpuppe zum Leben erwacht, wobei ihn dieses unheimliche Auge böse anstarrte. »Scheiße, scheiße!« Er ließ den Erbauer fallen und stieß dabei seine Tafel weg.

Jetzt gab es kaum noch Licht, und er konnte den kleinen Erbauer und seine Kameraden mit dem klappernden Rascheln von Stängeln herumlaufen hören. Plötzlich verspürte er, im Dunkeln mit diesen fremdartigen Geschöpfen, eine intensive, fast phobische Reaktion; er musste hier raus. Er tastete nach seiner Tafel und seinem Rucksack und krabbelte nach draußen, ins Helle.

Er lag noch auf Händen und Knien, als die kleinen Erbauer hinter ihm herausgeströmt kamen und sich zerstreuten.

Er stand auf und folgte dem kleinsten, demjenigen, den er angefasst hatte. Der hielt schnurstracks auf die dichte Stängelbank zu, in der das Erwachsene verschwunden war. Als Yuri ihn einholte, stand das Erwachsene stocksteif in der Mitte der Stängelbank, das Kleine an seiner Seite. Das Erwachsene schien Yuri anzusehen. Er blieb stehen.

Der Boden unter seinen Füßen war glitschig, der Schlamm voller Flechten, aus denen die Stängel wuchsen. Die Stängel selbst reichten ihm bis zur Taille. Es war eine ungewöhnliche Variante, dunkler und flacher, eher wie Halme als wie die üblichen röhrenförmigen Gebilde, aber trotzdem solide, trotzdem zweifellos mit Mark gefüllt. Das Erwachsene hatte sie gesammelt, sah er; mehrere Exemplare lagen zu seinen Füßen, sorgfältig von der Flechtenschicht abgetrennt und hingelegt.

Und an jedem Stängel, der aus dem schlammigen Boden wuchs und Yuri zugewandt war, öffnete sich ein einzelnes Auge.

Das war zu viel für Yuri. Er macht kehrt, lief weg und blieb erst stehen, um Atem zu schöpfen, als er schon halbwegs wieder im Lager war.

# 25

Als Yuri zurückkam, traf er die KolE und Mardina mitten in einem Streit an.

Er platzte mit seiner Neuigkeit heraus. »Sie sind intelligent! Sie benutzen Werkzeug! Sie haben Augen! Das ist der Erstkontakt, nicht wahr?« Zu seiner Bestürzung interessierte sich jedoch niemand für seine Entdeckungen.

Vor dem halb fertigen Haus rollte die KolE im Schmutz vor und zurück, eine seltsame kleine Angewohnheit, die sie entwickelt hatte und insbesondere dann an den Tag legte, wenn sie vor einer schwierigen Entscheidung stand. Mardina saß auf einem Klappschemel und hackte mit einem Messer auf mickrige Kartoffeln ein, schnitt sie in Scheiben und warf sie dann mit Schale und allem in einen Topf. Ihre Beine und Füße waren nackt; sie trug abgeschnittene Jeans, die früher Martha Pearson gehört hatten, und ihr lockiges schwarzes Haar war aus der Stirn straff nach hinten gekämmt. Sie sah drahtig, zäh, robust und praktisch veranlagt aus. Obendrein sah sie wütend aus.

Die KolE versuchte zumindest, mit Yuri über seine Entdeckungen zu sprechen. »Diese Augen-Blätter sind ein faszinierendes Merkmal, ja. Konvergente Evolution in Aktion. Natürlich muss es Augen geben; Augen haben sich auf der Erde viele Male unabhängig voneinander entwickelt, mit nicht weniger als neun verschiedenen Bauweisen ...«

»Ach, spar dir den Vortrag«, knurrte Mardina, »du dämliche Blechkiste. Wer interessiert sich schon für dich? Alles, was du weißt, alles, was du sagst, ist nutzlos und wertlos.«

Yuri setzte sich auf den Boden und trank einen Schluck Wasser aus seinem Rucksack. »Was ist los? Warum streitet ihr euch?«

»Frag *das da.*« Mardina stach mit ihrem Messer in Richtung der KolE.

»Ein Wort«, sagte die KolE mit einem Laut, der einem Seufzen nahekam. »Wir streiten um ein einziges Wort. Aber um eines, das ein fundamentales konzeptionelles Problem in sich birgt.«

Yuri dachte darüber nach. »Ich weiß nicht, was ein fundamentales konzeptionelles Problem ist.«

»Es will nicht, dass ich unsere Bude hier *wuundu* nenne«, ereiferte sich Mardina. »Obwohl das verdammte Ding genau das ist.«

»Aber das Wort passt nicht«, erwiderte die KolE geduldig. »Meines Wissens bedeutet es nämlich ›Unterstand‹, im Sinne von etwas Provisorischem. Das da ist aber nicht provisorisch. Es ist kein Unterstand, sondern ein Haus. Euer Haus.«

»Natürlich ist es provisorisch. Alles hier ist provisorisch.«

Yuri glaubte zu verstehen. »Du sprichst von der Abholung. Alles ist provisorisch, weil wir nur so lange überleben müssen, bis die IRF uns abholt.«

Mardina zuckte die Achseln und starrte wütend auf ihre Kartoffeln.

»Es wird keine Abholung geben«, sagte die KolE. »Nicht in absehbarer Zeit. Nirgendwann. Ihr habt gehört, was Major McGregor gesagt hat. Die *Ad Astra* kommt nicht zurück. Es gibt keine Folgeexpedition.«

»Das kann ich nicht akzeptieren«, sagte Mardina schlicht. »Schaut euch um. Alle sind tot, bis auf uns. Wir haben es gemeinsam vermasselt. Wir haben uns gegenseitig umgebracht. Oder jedenfalls beinahe. Mit zwei Personen kann man keine Kolonie aufbauen, ganz egal, wie viele Kinder ich mit diesem dürren Flüchtling bekomme, wie viele kleine *muda-mudas* am Ende hier herumlaufen. Ich kenne die IRF. Sie streiten vielleicht ab, dass sie uns beobachten, aber … sie werden uns abholen. Sie werden uns nicht hier sterben lassen.«

»Die Prämissen deines Arguments sind schlichtweg falsch«, entgegnete die KolE. »Eure genetische Diversität reicht vollkommen aus, um eine Kolonie zu gründen.«

Mardina schien empört zu sein. »Wovon, zum Teufel, redest du? Adam und Eva waren ein Mythos, du Witzbold.«

»Nein. In der Literatur gibt es den Fall eines Kameltreibers, der aus dem Punjab nach Australien kam. Man nannte ihn ›den Afghanen‹. Er nahm sich eine Aborigine zur Frau, und sie zogen ins Outback … Letztendlich zeugte er sogar mit seiner eigenen Enkelin Kinder. Und sechs der acht Urenkelinnen und Urenkel überlebten. In jüngerer Zeit gab es einen erstaunlich ähnlichen Fall auf dem Mars, wo …«

Mardina sah aus, als würde sie gleich explodieren. »Das ist ungeheuerlich. Und außerdem bin ich über den Anthropologie-Kram gebrieft worden. Ich hätte davon gehört.«

»Aber nicht alles. Innerhalb der Crew warst du genetisch ein Vorrangtypus. Eine Reservekolonistin, sozusagen. Man hielt es zweifellos für das Beste, dich nur in begrenztem Umfang zu briefen. Die Aborigine-Bevölkerung war Zehntausende Jahre lang völlig isoliert, Mardina Jones, und darum seid ihr beiden genetisch so verschieden voneinander, wie es zwei Menschen nur sein können. Wenn diese Situation auf ein optimales Ergebnis hin konzipiert worden wäre, hätte man es tatsächlich nicht besser …«

»Die Genetik ist mir scheißegal. Das ist wie eine dieser Horror-Storys, von denen man liest – Väter, die ihre Töchter als Sex-Sklavinnen im Keller einsperren. Und jetzt willst du mir erzählen, das sei die Politik der Vereinten Nationen?«

»Die Vereinten Nationen befinden sich in einem permanenten Konkurrenzkampf mit China«, sagte die KolE ernst. »Proxima muss eingenommen werden, bevor die Chinesen hierherkommen. Das geht nur auf diese Weise. Ihr seid Soldaten in einem noch unerklärten Krieg. Genau wie eure Kinder später.«

Mardina stand auf, wischte sich Staub von den Beinen und nahm den Topf mit den Kartoffeln. »Daraus wird nichts, KolE. Zur Hölle mit dir. Ich werde darauf warten, dass wir abgeholt werden, und wenn ich sterbe, bevor es so weit ist, tja, dann sterbe ich kinderlos.« Se stieß das Messer in den Türpfosten des Gebäudes. »Und das hier *ist* ein *wuundu*, also gewöhne dich dran.« Sie ging mit ihrem Topf davon.

# 26

2165

Als Angelia 5941 erwachte, ratterten Zahlen durch ihren Kopf. Überall um sie herum regten sich die Schwestern.

Dies war das letzte Erwachen. Sie würden nicht mehr schlafen, bis sie Proxima Centauri erreicht hatten. Und die Bremsmanöver waren jetzt in sie hochgeladen worden. Endlich verstand Angelia 5941 den Prozess vollständig; sie alle verstanden ihn. Die Zahlen waren brutal. Dr. Kalinskis letzter Verrat.

Bald würde das Schiff so nah an Proxima sein, wie es nach seinen anfänglichen vier Beschleunigungstagen von der Sonne entfernt gewesen war: Die Distanz würde nur noch rund hundertdreißig astronomische Einheiten betragen. Dann musste das Raumfahrzeug weitere vier Tage lang abgebremst werden, um sicher im Proxima-System zu landen. Doch diesmal gab es keine Mikrowellenlaser-Station, die sie alle freundlich empfangen und zurückschieben würde, keinen Dr. Kalinski, der den Vorgang koordinierte, und auch keine gut ausgebildeten Flugkontrolleure, die sie nach Hause geleiteten. Im Zielsystem gab es nur Proxima und ihr Licht. Und Angelia würde die Energien dieses Lichts nutzen müssen, um langsamer zu werden.

Die Idee war simpel. Die Schwestern würden sich eine nach der anderen abschälen. Sie würden sich zu gewaltigen Linsensystemen formieren und das Licht von Proxima auf das verbliebene Kernschiff lenken. So wie Dr. Kalinskis Mikrowellen Angelia aus dem Sonnensystem gestoßen hatten, würden Proximas Photonen im sichtbaren Wellenlängenbereich sie nach ihrem interstellaren Flug abbremsen.

Angelia war jedoch extrem schnell, und das Licht von Proxima war schwach; Proxima war ein roter Zwerg mit nur einem Hundertstel der Leuchtkraft der Sonne. Als die Implikationen des letzten Software-Downloads ins Bewusstsein der Schwestern sickerten, waren auch die tödlichen Statistiken bald klar geworden. Um den Rest mit sechsunddreißig g abzubremsen, würden in den ersten Wellen, wo die abzubremsende Masse und die Entfernung zu Proxima noch am größten waren, ungeheure Mengen von Schwestern ausgesetzt werden müssen, um den Bremsvorgang zu starten. Mehr als *hunderttausend* Schwestern würden allein in diesen ersten Momenten gehen müssen. Während sich der verbleibende Kern verlangsamte, würden die Abgestoßenen rasch vom Schiff zurückweichen, dabei aber weiterhin ihr Licht zu ihm schicken, bis sie zu weit entfernt waren, um nützlich zu sein. Dann würden die nächste und die übernächste Welle freigesetzt werden.

Wegen all dem mussten die Abgestoßenen in der Tat intelligent sein. Proxima war nicht nur schwach, sondern auch ein flackernder Flare-Stern mit unberechenbarer Lichtausbeute. Die Abgestoßenen mussten sich anpassen können, um optimalen Nutzen aus dem diffusen Licht zu ziehen, das sie erreichte; sie mussten es in den paar Sekunden, in denen sie gebraucht wurden, im Dienst der Sache sammeln können, bevor sie ausgelaugt weggeschleudert wurden.

Zu guter Letzt würde *nur noch eine* übrig bleiben, eine Schwester, die in die Umlaufbahn um Proxima ging, während sich eine gewaltige Reihe von fast einer Million Spiegelschwestern vor ihr über einen weiten Bereich des Weltraums erstreckte, alle dazu verdammt, an Proxima vorbei ins endlose Dunkel zu fliegen, alle bis auf die eine, die in die Umlaufbahn befördert worden war. Es war ein albtraumhafter Plan: Um nur eine einzige Spiegelschwester, dünn wie ein Atom und mit der Masse eines Nebeltröpfchens, ans Ziel zu bringen, würden fast eine Million Schwestern geopfert werden müssen. Aber es würde funktionieren.

Angelia 5941 verabscheute die Grausamkeit dieses Plans. Aber sie konnte ihn nicht vereiteln.

Wenn sie irgendwie überlebte, wenn sie die eine war, dann, so schwor sie sich, würde sie sich von den Zielen derjenigen abkehren, die auf der Erde geduldig auf Neuigkeiten von ihrer Ankunft warteten. Sie würde ihre eigenen, angemesseneren Ziele formulieren. Und sie würde jenes eine Wesen suchen, das in gewissem Maße verstehen würde, was sie durchgemacht hatte.

Sie würde Dexter Cole finden.

# 27

## 2173

Während die arduanischen Tag-Jahre verstrichen und die Erdmonate auf ihren Kalendern dahintickten, dehnten sie ihre Felder Stück für Stück aus: Sie gruben den arduanischen Boden um, kratzten Schichten einheimischen Lebens von der Oberfläche und schaufelten sie in die Reaktoren der KolE, wo sie zu Nährstoffen aufgelöst wurden, dann brachten sie den frisch hergestellten Mutterboden der KolE im Gelände aus. Bald wuchs Gras neben den Kartoffeln, es gab spindeldürren Weizen und sogar zwei kostbare Apfelbäume, vorläufig noch dünne Schösslinge, die weit davon entfernt waren, essbare Früchte zu tragen.

Sie erledigten auch andere Arbeiten. Um ihre allmählich zerfallenden Kleidungsstücke zu ersetzen, lernten sie, eine Art Tuch herzustellen. Dazu experimentierten sie mit Fasern aus der Rinde junger Bäume am Waldrand; man konnte die Fasern trennen, klopfen und verweben. Mardina war kreativer, und sie begann, sich an Webstühlen zu versuchen. Zudem fertigte sie Sandalen aus Baumrinde an, damit sie mal was anderes an den Füßen tragen konnten als die IRF-Stiefel. Die Sandalen ähnelten denen, sagte sie, die ihre Leute früher aus der Rinde von Eukalyptusbäumen gemacht hätten. Yuri begnügte sich mit der Herstellung von Reishüten. Sie bestanden aus primitiv verflochtenen Rindenstreifen, hielten jedoch an den schlechten Tagen recht effektiv Proximas Licht ab. Es war eine Arbeit, die ihnen die Stunden verkürzte, in denen sie sich im

Schutzraum vor den heftigeren Flares in Sicherheit bringen mussten.

Man konnte dies nicht mehr als Kolonie bezeichnen, falls es denn je eine gewesen war, dachte Yuri. Nicht mit nur zwei Menschen, einem Farm-Roboter und keiner Zukunft. Dennoch zog er eine gewisse Befriedigung aus der Arbeit. Immerhin baute er etwas, baute etwas Neues auf dem Antlitz dieser Welt, die den Abdruck eines menschlichen Fußes bis vor ein paar Jahren noch nicht gekannt hatte. Und *er* hatte es gebaut, das war noch etwas Neues im Universum. Er war jetzt siebenundzwanzig Jahre alt. Überall sonst, wo er je gelebt hatte, war alles von jemand anderem erbaut worden und hatte jemand anderem gehört, auf der Erde wie auf dem Mars.

Er vermutete allerdings, dass er sich genau so wenig wie Mardina jemals hier zu Hause fühlen würde. Sie überlebten hier, auf dieser riesigen, statischen, leeren Welt, ohne Anzeichen von anderen Menschen, ohne andere Bewegungen als das Herumfuhrwerken der KolE, ohne andere Geräusche als die fremdartigen Laute des einheimischen Lebens, das Flattern der Drachen über dem Blätterdach des Waldes, das Rascheln der Erbauer am See. Er und Mardina waren auf Per Ardua so isoliert wie Neil und Buzz in ihrem Landemodul auf dem leblosen Mond.

Die KolE schien jedoch zufrieden zu sein. Sie surrte geschäftig herum, untersuchte das einheimische Leben aus der Nähe und entwickelte ausgeklügelte Theorien über die von Jahrmilliarden der Evolution hervorgebrachten Lösungen für das Problem, wie man die Energien von Proximas Licht nutzen konnte.

Ja, sie hielten sich auf Trab. Yuri stellte sich vor, dass sie wahrscheinlich gute Noten für ihre Fortschritte bekämen, falls sie wirklich von einem Korps verborgener IRF-Inspektoren beobachtet würden, wie Mardina weiterhin zu glauben schien.

Doch es gab Tage, an denen er sich tief im Innern, außer Sichtweite etwaiger unsichtbarer Kameras, außer Hörweite etwaiger versteckter Mikrofone, von so etwas wie einer finsteren Depression überwältigt fühlte. Vielleicht lag es an der statischen Natur dieser Welt, des Himmels, der Landschaft, der auf störrische Weise reglosen Sonne. *Nichts veränderte sich*, sofern man es nicht dazu zwang. Manchmal dachte er, dass all die Arbeit, die sie verrichteten, nicht sinnvoller war als die Zeichen, die er an die Wände der Einzelzellen in Eden gekritzelt hatte. Und wenn sie starben, würde alles wohl einfach zu Staub zerfallen, und nichts würde mehr darauf hindeuten, dass sie je existiert hatten, hier auf Per Ardua.

Yuri nahm an, dass Mardina manchmal, vielleicht sogar immer genauso empfand. Er glaubte, es daran erkennen zu können, wie sie ihre Arbeit verrichtete, immer kompetent, aber manchmal mit ungeduldigen, aggressiven Handbewegungen und leisen Flüchen. Er glaubte, die schwarze Wolke in ihrem Innern sogar an der Art und Weise erkennen zu können, wie sie im Lager herumlief.

Aber sie sprachen nie darüber.

# 28

An einem klaren, hellen Sonntag rund zwei Jahre nach Synges Amoklauf beschlossen Yuri und Mardina, einen Spaziergang zu den Erbauern in der Umgebung der Pfütze zu unternehmen. Sie hatten es sich zur Gewohnheit gemacht, am Sonntag – nach Maßgabe ihrer Kalender – einen Ruhetag einzulegen. Und das einheimische Leben war eine Ablenkung für sie alle drei, einschließlich der KolE.

Also zogen sie ihre Stiefel an, packten Rucksäcke mit gefiltertem Seewasser und Nahrungsmitteln und nahmen Regenumhänge und Reishüte mit.

An diesem Vormittag prüfte die KolE die Flare-Muster auf Proximas breitem Antlitz besonders gewissenhaft. Yuri wusste, dass sie ihre Flare-Wettervorhersagen zu verbessern versuchte. Mardina und er hörten im Allgemeinen auf ihre Warnungen; in etwa sechzig Prozent der Fälle lag sie richtig. Doch an diesem Vormittag sprach die KolE keine solche Warnung aus, obwohl sie den Stern lange betrachtete.

Die KolE schlug einen anderen, längeren Weg ein als sonst. Sie hielt zunächst auf den Orientierungspunkt des Kuhfladens zu und passierte andere Oberflächenmerkmale, erodierte Sandsteinklippen, gesäumt von Granit- oder Basaltintrusionen. An einer davon hielt sie inne. Sie nahm mit ihren Greifklauen Proben von dem Gestein, dem Erdreich, den Lebensformen und drückte ihre Sensorkapsel gegen Gesteinsflächen. Außerdem besaß sie einen Bohrer, der sich wie ein Maulwurf in den Boden oder unter eine Gesteinsoberfläche grub; er bewegte sich unabhängig, zog aber ein Glasfaserkabel zur Datenübermittlung hinter sich her.

Mit all dem störte sie einen Drachen, der hinter der Klippe Schutz gesucht hatte; gereizt flatterte er davon. Es schien zumindest eine Gattung einzelgängerischer Drachen zu geben, die abseits der großen Schwärme der Wälder und Seen lebten und im Schutz isolierter Felsauswürfe wie diesem nisteten.

Mardina sah der KolE bei der Arbeit zu. »Du siehst aus wie ein Rover«, sagte sie nachdenklich. »Auf dem Mars oder dem Titan. Eins von diesen klapprigen Geräten, die sie von der Erde aus gesteuert haben. Die Jahr für Jahr ein paar Zentimeter pro Tag weitergekrochen sind.« Sie warf Yuri einen Blick zu. »Vielleicht erinnerst du dich noch an die. Oder hast sie im Museum gesehen.«

Yuri zuckte die Achseln.

»Eine treffende Analogie«, meinte die KolE. »Man könnte sagen, dass ich in mancher Hinsicht ein ferner Nachfahre solcher Sonden bin. Ich habe eine eigene Analysegarnitur, zu der beispielsweise ein Massenspektrometer gehört, sodass ich die Isotopenzusammensetzung von Luft- und Gesteinsproben sowie in Wasser gelösten Stoffen bestimmen kann. Außerdem habe ich eine behelfsmäßige Inkubationskammer eingerichtet, in der ich Proben arduanischen Lebens unter kontrollierten Bedingungen zu züchten versuche. In dieser Hinsicht imitiere ich die Viking-Sonden, die schon früh auf dem Mars und ...«

»Wozu soll das gut sein?«, fragte Yuri in scharfem Ton. »Keine dieser Informationen wirst du jemals weitergeben können.«

»Eines Tages wird die Erde wieder mit Per Ardua in Kontakt treten, wenn auch frühestens in hundert Jahren, wie Major McGregor versichert hat. *Ich* werde bis dahin längst terminiert sein. Aber es gibt keinen Grund zu glauben, dass die Ergebnisse meiner Untersuchungen nicht erhalten bleiben; ich habe eine Reihe geschützter Speicher, und wenn man sie unter einem Steinhaufen oder einem anderen geeigneten Monument deponiert …«

Yuri lachte. »Ich errichte dir eine Statue.«

Die KolE schien nicht beleidigt zu sein. »In jedem Fall sind meine Untersuchungen von ihrem ganzen Wesen her langfristig angelegt. Ich bemühe mich nach Kräften, alles über die Geschichte des Lebens auf dieser Welt herauszufinden. Über seinen Ursprung und, falls vorhanden, seine Beziehung zum Sol-Leben; über die Schlüsselstadien seiner Entwicklung wie zum Beispiel das Auftreten von Fotosynthese, von mehrzelligem Leben …«

»Dann also eine *große* Statue. Jedenfalls bist du *zu* neugierig, was das arduanische Leben betrifft. Zu theoretisch. Du sollst uns nur helfen, es zu nutzen.«

»Empfindungsfähige künstliche Intelligenz ist wie alles Empfindungsfähige unsauber und unscharf; es ist schwierig, die Neugier im Zaum zu halten, sobald man einmal davon erfüllt ist. Das ist einer der Gründe, weshalb die im Zeitalter der Heldengeneration entstandenen großen KIs jetzt als illegal gelten würden. Tatsächlich haben die IRF und andere Weltraumagenturen von den für die Einhaltung der Gesetze über den Einsatz empfindungsfähiger Intelligenz zuständigen Behörden eine Sondergenehmigung erhalten, um KolEs wie mich für diese Expedition ausrüsten zu können. Und außerdem wurde ich darauf programmiert, Yuri Eden, ein Minimum von vierzehn Kolonisten zu unterstützen, deren Zahl mit Beginn der Geburten bald wachsen sollte. Ich habe also die Zeit, um neugierig zu sein.«

»Ach, bieten wir dir nicht genug Anregungen?«

»Es ist, als würde sich mein Geist ausdehnen, um die Leere zu bevölkern. Ist das eine normale Eigenschaft menschlicher Intelligenz?«

»Du hattest von Anfang an nur fünfundzwanzig Jahre«, sagte Yuri brutal, »und die Uhr tickt, stimmt's? Dann schaltest du dich ab und verrostest. Und all die Pläne und Träume, die du unter dieser Kunststoffkuppel und in deinem sich ausdehnenden Geist hegst und pflegst, werden vergessen und für immer verloren sein.«

»Alle sterblichen Geschöpfe müssen sich dem Ende stellen. Es überrascht mich, Yuri Eden, dass du so mit mir sprichst. Liegt es daran, dass ich ein Kunstprodukt bin? Ich meine, etwas von Menschen Gemachtes. Ein Golem, gewissermaßen. Im Mythos sind solche Wesen nie ganz vollwertig, weil sie einen Schritt weiter von Gott entfernt sind als der Mensch. Siehst du mich so, Yuri Eden?«

»Ich sehe dich als Symbol für die blinden, dummen Mächte, die es für eine gute Idee hielten, mich und Mardina auf dieser fremden Welt abzuladen.«

»Aber ich bin ebenfalls ein Opfer dieser blinden Dummheit, wie du es ausdrückst. Was mich betrifft, so kann ich dir versichern, dass …«

»Halt die Klappe. Ich rede mit dir nur über diesen Kram, weil ich mich langweile.« Das zumindest stimmte.

»Es reicht, Yuri«, sagte Mardina. »Du kannst mit mir reden, wenn du willst, KolE. Also, wie kommst du mit deinem großartigen Projekt voran?«

»Mühsam. Die Geologie dieser Welt ist wirklich alles andere als hilfreich. Hier ist nichts *alt*, Mardina Jones. Und mit ›alt‹ meine ich: mehr als ein paar Hundert Millionen Jahre. Zumindest in der lokalen geologischen Einheit. Nimm dieses Stück Sandstein in meiner Greifklaue.« Sie hielt ihr die Probe hin. »Man sieht Schichten, die im Verlauf einiger weniger Millionen Jahre in einem verschwundenen Meer abgelagert wurden. Dann kamen die heftigen tektonischen Bewegungen, die sie emporhoben und die Schichten zerbrachen. Als diese dem Wetter ausgesetzt waren, kam eine Zeit der Erosion. Dann führten weitere geologische Turbulenzen zur Injektion von geschmolzenem Granit in die schwächeren Schichten; man sieht *hier* und *hier* Intrusionen. Doch selbst das Gestein, aus dem der ursprüngliche Sandstein entstanden ist – erodierte Relikte vulkanischer Produkte aus einer noch früheren Zeit –, war vergleichsweise jung, wie eine Datierung anhand von Spuren radioaktiver Elemente ergibt.«

Yuri schwirrte der Kopf von diesem Mischmasch geologischer Ereignisse. »Ich kriege das nicht richtig sortiert. Du meinst also, dass …«

»Dass die Oberfläche des Planeten nach geologischen Maßstäben jung ist«, beendete Mardina den Satz. »Wie bei der Venus. Richtig?«

»Ja«, sagte die KolE. »Die Oberfläche der Venus scheint alle paar Hundert Millionen Jahre einen globalen Erneuerungsprozess zu durchlaufen. Das Kraterverzeichnis zeigt das deutlich. Hier erfolgt die Erneuerung möglicherweise in einer Region nach der anderen und nicht auf der gesamten Oberfläche zugleich. Per Ardua ist offenkundig geologisch aktiv; wir haben mit eigenen Augen aktive Regionen gesehen, die Schlammlöcher, die Indizien für eine Hebung im Norden. Aber es ist eine ältere Welt als die Erde oder die Venus; Proxima ist älter als die Sonne. Vielleicht hat diese lokalisierte Aktivität, diese geologische Aufwallung etwas mit dem höheren Alter zu tun. Vielleicht wartet eine gegebene Region mehrere Dutzend oder mehrere Hundert Millionen Jahre auf solch ein Ereignis. Aber wenn es eintritt, ist es stark genug, um einen großen Teil aller Fossilienvorkommen zu vernichten, die ich hätte finden können.«

»Frustrierend«, sagte Mardina leise.

»Aber es gibt Wege nach vorn«, sagte die KolE. »Hauptsächlich durch das Studium der rezenten Biologie.«

»Der DNA.«

»Die arduanischen Lebewesen haben keine DNA. Aber ja. Eine vergleichende Studie ihres Genmaterials offenbart tief greifende Verwandtschaften. Ich kann bereits einen Stammbaum auf Grundlage des arduanischen genetischen Archivs erstellen. Mithilfe von Schätzungen der Mutationsraten sollte es mir bald gelingen, eine rudimentäre Chronologie vorzulegen. So ist zum Beispiel schon klar, dass die arduanischen Stromatolithen oder ihre Vorfahren den Stängelformen vorausgegangen sein müssen. *Wann* hat hier mehrzelliges Leben begonnen? *Wann* sind die ersten Geschöpfe mit Multistängel-Architektur entstanden, und wie sahen sie aus? Gibt es heute noch irgendwelche vergleichbaren Überlebenden? Und …«

»Ich finde trotzdem, du hast große Träume für eine kleine Landmaschine«, sagte Yuri.

Mardina unterdrückte ein Lachen.

»Es liegt in der Natur von Wesen mit Empfindungsvermögen zu träumen«, gab die KolE zurück. »Bei dieser Klippe hier bin ich mit meiner Arbeit fertig. Gehen wir weiter?«

Sie legten noch einmal eine Pause ein, um etwas zu essen, und gelangten schließlich ans Westufer des Sees.

Dies war das Reich der Erbauer, in der Randzone der großen Stängelbänke, die sich weit ins Wasser hinaus erstreckten, bis zu den Drachenschwärmen. Diesen Teil des Ufers hatte Mardina als »Kinderstube« bezeichnet, weil sich hier Familien mit ihren Jungen konzentrierten. Sofern man sie als Familien bezeichnen konnte. Jedenfalls war das Gebiet von den niedrigen, nestartigen Bauten übersät, die den Nachwuchs vor Proxima-Stürmen schützen sollten, wie die KolE jetzt aufgrund von Yuris tapsigen Erkundungen glaubte.

Und hier badeten heute junge Erbauer in Proximas Licht. Sie hatten sich in Gruppen von ein paar Dutzend oder mehr an jenen Stellen versammelt, wo die einheimischen Entsprechungen von Moosen und Flechten wuchsen, lauter Dreibeine, die sich auf ein Hinterbein stützten und so weit zurücklehnten, dass sie dem am Himmel hängenden Stern die Vorderseite zukehrten. Ihre drei Hauptstängel waren in den Flechten verwurzelt, und Yuri sah zahllose Fasern oder Ranken, die von den Stängeln in die Flechten hinabführten – oder vielleicht auch umgekehrt.

Während die KolE mit einem feinen Manipulatorarm Proben pflückte und mit ihren Sensoreinheiten die Umgebung abtastete, ging Mardina vor einer Ansammlung kleiner Erbauer auf die Knie, wobei sie darauf achtete, ihnen nicht das Licht wegzunehmen. »Wisst ihr, ich habe gesehen, wie sie geboren wurden«, sagte sie. »›Geboren‹ – so würde man es vermutlich nennen. Die drei Eltern – es sind immer drei – scharen sich aufrecht zusammen und ziehen gewissermaßen Stücke auseinander heraus. Stängel, besonders die zarten aus den dichten Kernsektionen. Die fügen sie dann zusammen wie einen Modellbausatz. Aber nach einer Weile gehen sie nicht mehr so methodisch vor. Sie geraten in Bewegung, kreiseln miteinander verbunden um das Neugeborene.« Sie schaukelte auf den Knien hin und her, ihr Körper schwankte sanft im Kreis und ahmte die Bewegung nach, die sie gesehen hatte. »Ein Tanz der Empfängnis, der Geburt. Irgendetwas zutiefst Biologisches. Und wenn sie sich trennen, ist da ein neues kleines Kerlchen.«

»Wow«, sagte Yuri. Mardina hatte ihm noch nie etwas von diesen Beobachtungen erzählt. »Erbauersex, hm?«

»Sofern man es sinnvollerweise als Sex bezeichnen kann.« Die KolE rollte rückwärts. »Es müsste vermutlich *drei* Geschlechter geben, nicht zwei. Ich habe keine Hinweise auf jene geschlechtliche Differenzierung gesehen, die man bei vielen Arten auf der Erde findet. Aber die merkwürdige sexuelle Begegnung, die du schilderst, ist eindeutig eine Methode zur Vermischung des Genmaterials der Eltern in den Kindern, zumindest auf der Ebene der Stängel.

Und das ist noch nicht alles. Seht euch an, wie sie Verbindungen zwischen ihrem Körper und der Flechtenschicht herstellen. Ich glaube, diese Erbauer haben gewisse Ähnlichkeit mit einigen der ersten Pflanzen auf der Erde. Diese Pflanzen hatten noch keine richtigen Wurzelsysteme ausgebildet. Stattdessen gingen sie eine symbiotische Beziehung mit Pilzen ein. Die Pilze versorgten die Pflanzen mit Nährstoffen und Wasser und bekamen dafür von den Pflanzen erzeugten Zucker. Ich glaube, wir haben es hier mit einer komplexen Symbiose zwischen den Erbauern und den Fotosynthese betreibenden Bakterien und Pilzen der Flechten zu tun.«

»Du meinst«, sagte Yuri, »die kleinen Kerlchen fressen gerade.«

»Ich habe auch Erwachsene beobachtet, die sich länger in solchen Flechtenschichten aufhielten. Aber die Jungen brauchen wahrscheinlich dringender Nährstoffe; ihre Stängel müssen noch wachsen. Also verbringen die Jungen mehr von ihrer Zeit eingestöpselt, um es mal so zu sagen. Andere arduanische Lebewesen wie die Drachen haben bestimmt ähnliche Verwurzelungsplätze. Wenn wir gründlich genug danach suchen, werden wir sie auch finden. Jedenfalls sind diese Mischwesen aus dem, was wir Pflanzen und Tiere nennen, nie pflanzenähnlicher als in solchen Momenten. Vielleicht löst sich ihr tierartiges Bewusstsein, ein Gefühl von Selbstwahrnehmung und Identität, für kurze Zeit in einem tieferen Grün auf …«

Mardina hörte nicht zu, erkannte Yuri. Ihre gesamte Aufmerksamkeit war auf die jungen Erbauer gerichtet.

»Du magst die kleinen Kerlchen, stimmt's?«, sagte er zu ihr.

Sie schaute defensiv drein. Er wusste, dass sie es nicht mochte, wenn man sie nach ihren Gefühlen fragte, ebenso wenig wie er selbst. »Ach weißt du, ich bin keine edle Wilde«, gab sie jedoch zu. »Aber ich bin mit den alten Geschichten aufgewachsen – verstehst du? Von den *gengas*, den Geistern meiner Ahnen, die das Land durchdringen. Na ja, hier habe ich keine Ahnen, hier gibt es keine *gengas* für mich. Aber diese Erbauer – das ist ihre Welt. Sie ehren ihre Toten, das wissen wir. Vielleicht werden ihre *gengas* auf mich aufpassen. Ich weiß, das ergibt keinen Sinn …«

»Vorsicht«, sagte die KolE.

Sie hörten ein Klappern, als würde ein Beutel mit Essstäbchen geschüttelt. Yuri, der über Mardina und den Kindern stand, drehte sich um und sah, wie zwei ältere Erbauer auf sie zuwirbelten. Ihre Gliederstängel klapperten.

»Hey, immer mit der Ruhe, Leute.« Mardina stand auf. Sie drehte sich in ihrem orangefarbenen Overall im Kreis und schüttelte ihre Arme und Beine aus. »Wir schauen nur, wir tun den kleinen Burschen nichts zuleide.«

Die KolE rollte abrupt einen halben Meter zurück, nach Yuris Erfahrung ein sicheres Zeichen, dass sie überrascht war, und hob die Sensorkapsel an ihrem Arm hoch in die Luft. »Mardina Jones … Was machst du da?«

»Wonach sieht's denn aus? Merkst du nicht, dass diese Burschen uns ermahnen wollen, nicht zu nah ranzugehen?«

»Du meinst, sie sprechen mit uns?«, sagte Yuri. »Mit diesem Tanz?«

»Mit dem Tanz, mit der Art und Weise, wie sie mit ihren Gliedmaßen klappern – keine Ahnung, ich spreche kein Erbauerisch. Ich versuche nur, sie zu beruhigen, das ist alles.«

Die Erbauer verlangsamten ihre Kreiselbewegung und wichen ein wenig zurück, verwurzelten sich aber nicht in der Flechtenschicht bei den Kindern. Stattdessen blieben sie am Rand des Flechtenbesatzes stehen, kreiselten langsam und passten offenkundig auf. Yuri glaubte, das Schimmern sich öffnender, auf unheimliche Weise menschlicher Augen zu sehen, in ihren Strukturen verborgener Augen-Blätter.

»›Ich spreche kein Erbauerisch‹«, wiederholte die KolE. »Und doch tust du es in gewissem Sinn, gar keine Frage. Faszinierend. Ich muss das eingehender erforschen.« Und dann erstarrte sie, die Kamera-Augen auf die Erbauer gerichtet, die Sensorkapsel in die Höhe gereckt.

Mardina hob ihren Rucksack auf. »Komm. Die KolE wird hier stundenlang hocken und vor sich hin beobachten. Du weißt ja, wie sie ist, wenn sie in diese Stimmung verfällt. Verschwinden wir von hier. Wir sollten die Erbauer nicht länger beunruhigen.«

»In Ordnung.« Yuri hob ebenfalls seinen Rucksack auf.

Schweigend gingen sie weiter, wieder ums Südufer des Sees herum, und ließen die KolE hinter sich zurück. Dabei hielten sie großen Abstand zu den Stängeln, den Erbauer-Lagern und den kuppelförmigen Nest-Unterständen.

Überall waren Erbauer unterwegs, eifrig beschäftigt mit ihren geheimnisvollen Aktivitäten; sie arbeiteten an eigentümlichen, nicht identifizierbaren Gebilden und tauchten manchmal sogar ins Wasser des Sees. Darin schwammen Unterwassergeschöpfe, hatte Yuri festgestellt, weitere Wesen aus vielen Stängeln, vielleicht die hiesigen Gegenstücke von Krebsen, Fischen oder Krokodilen.

Und am Rand des Wassers kamen die Erbauer in Paaren, Dreiergruppen und größeren Scharen zusammen, kreiselten und klapperten und summten umeinander herum. Yuri hatte ein solches Verhalten schon früher gesehen, jedoch nicht weiter darüber nachgedacht. Eine Fehlfunktion seiner Fantasie. Ja, dachte er, es war tatsächlich so, als sprächen sie miteinander. Er fragte sich, ob es jemals möglich sein würde, ihre »Worte« zu übersetzen. Wenn ja, würde die KolE es vermutlich herausfinden.

Sie kamen an einem Garten großer Stromatolithen mit breiten, mützenartigen Oberteilen über stämmigen Säulenfüßen vorbei, die riesigen, im Licht von Prox golden glänzenden Pilzen glichen. Eine Herde von Pflanzenfressern beackerte den Garten, kleine Geschöpfe diesmal, nicht größer als ein durchschnittlicher Erbauer, aber mit den üblichen stachelförmigen Fortsätzen, die sie ins ergiebige Innere der Stromatolithen stießen. Bei deren Größe konnte man sich kaum vorstellen, dass sie überhaupt etwas von diesen Nadelstichen bemerkten.

Dann stießen sie auf eine Ansammlung von Haufen am Südufer des Sees. Es waren große Haufen mit steilen Seitenwänden.

Sie bestanden aus komprimierten, getrockneten alten Stängeln. Yuri sah eine ganze Reihe von Erbauern oben auf ihnen arbeiten; mit unablässigem, trockenem Geraschel zogen sie dicke Bündel von Stängeln hin und her.

»Sie bauen die Haufen um«, sagte er zu Mardina.

»Schon wieder. Und die Haufen haben bereits komplexe Formen.« Auf ihrer Tafel skizzierte sie mit energischen, selbstsicheren Handbewegungen den neuen Aufbau des nächstgelegenen Haufens. »Schau dir das an, Yuri. Betrachte ihn als Gebäude, als Bauwerk. Vergiss, dass es ein Haufen alter Stängel ist, ein Haufen toter Erbauer. Nimm an, er bestünde aus Beton …«

Es war eine komplizierte Konstruktion – Krümmungen, Wälle und Kanäle. Und es war nur einer von etlichen Haufen, die sich an diesem Teil des Seeufers entlangzogen. Yuri drehte sich um und versuchte herauszufinden, wie diese Gebilde in die Landschaft passten. Hinter Mardina und ihm, im Süden, ein Stück vom See entfernt, sah er einen flachen Kanal voller Geröll, vielleicht ein ausgetrocknetes Flussbett, das östlich am Stromatolithengarten vorbei zu einer salzverkrusteten Senke führte. Die Reihe der Haufen riegelte diesen Abflusskanal säuberlich gegen den See ab.

»Es ist so eine Art Damm. Das habe ich schon früher gedacht.«

»Hmm«, machte Mardina wenig überzeugt. »Kann sein. Er blockiert diesen trockenen Kanal im Süden. Aber es scheint ja schon auf der *anderen* Seite des Sees, am Nordufer, funktionsfähige Dämme zu geben. Sie blockieren die Zuflüsse, die vom Hochland zwischen dem See und dem Wald herunterkommen. Was hältst du davon?«

Er zuckte die Achseln. »Was soll ich davon halten?«

Sie schaute mit zusammengekniffenen Augen zu den Erbauern hinüber. »Kommt darauf an, für wie intelligent man diese kleinen Burschen hält. Wir wissen, dass sie Unterstände für ihre Jungen bauen, wir wissen, dass sie miteinander kommunizieren, wir wissen, dass sie ihrer Toten gedenken. Haben diese ganzen Bauarbeiten um den See herum einen Zweck? So intelligent sie auch sein mögen, sie sind es jedenfalls auf andere Weise als wir, und das macht es schwer, sie zu verstehen. Vielleicht *glauben* wir nur, dass sie hier an einem großen Bauprojekt arbeiten, weil *wir* das täten.«

Während sie sich unterhielten, sah Yuri, dass sich das Verhalten der Erbauer änderte. Sie hatten ihre Arbeit an dem Haufen aufgegeben, strömten seine Flanken hinab und steuerten auf den Stromatolithengarten zu. Und im Kinderstubenareal im Westen führten erwachsene Erbauer die Jungen sanft zu den nestartigen Unterständen.

Mardina zeigte auf etwas. »Da kommt die KolE.«

Die KolE war von ihrer Konstruktion her auf Stabilität und Robustheit ausgelegt, nicht auf Geschwindigkeit. Trotzdem wirbelte sie eine Staubwolke auf, als sie um den See herum auf sie zuraste. Und sie rief ihnen mit übermäßig verstärkter, bellender Stimme zu: »Gefahr, Yuri Eden, Mardina Jones, Gefahr!« Sie deutete mit einem ausgestreckten Manipulatorarm nach oben, auf Proxima. »Flare-Alarm! Flare!«

Yuri drehte sich um und schaute zu dem Stern hinauf, beschirmte die Augen und kniff sie zusammen. Er sah, wie helle Flare-Gebiete miteinander verschmolzen. Gewaltige Craquelémuster flackerten wie Blitze über die ausgedehnte Oberfläche des Sterns. Kein Wunder, dass die Erbauer flüchteten.

»Scheiße«, sagte Mardina. »Das ist ein großer, und er kommt aus heiterem Himmel. Und wir sind weit vom Schutzraum entfernt.«

»Ich habe eine Idee.«

»Was für eine?«

Er zeigte nach Südwesten. Die meisten Erbauer vom See strömten kreiselnd, rotierend und Staub aufwirbelnd in diese Richtung. Sie steuerten direkt auf die großen Stromatolithen zu. »Wir folgen den Erbauern. Komm!«

Er lief voran. Als er sich flüchtig umschaute, um sich zu vergewissern, dass Mardina ihm folgte, sah er hinter ihr ein Flackern am nördlichen Horizont. Die riesigen Dreifachblätter der großen Waldbäume klappten wie Schirme zu.

Sie brauchten nur Minuten bis zu den Stromatolithen. Überall schlugen die Erbauer Löcher in die obere Kruste der großen Gebilde und zwängten sich hinein, schlängelten sich in die Schichten aus Bakterien und Schmodder im Innern. Yuri sah, dass sich jeder dieser behelfsmäßigen Eingänge auf der von dem zornigen Stern abgewandten Seite der Stromatolithen befand.

Als Yuri und Mardina eintrafen, war kein Erbauer mehr zu sehen. Sie blieben unter einem großen Stromatolithen mit einem Loch in der Schale stehen, das allemal groß genug für einen erwachsenen Menschen war.

Sie sahen sich an. »Was meinst du?«, fragte Yuri.

»Sie leben schon erheblich länger auf diesem Planeten als wir. Vertrauen wir ihnen.« Sie schob sich mit dem Kopf voran durch die Öffnung in der Schale des Stromatolithen und schaufelte ganze Hände voll schmierigem, graugrünem Zeug heraus, um Platz für sich zu schaffen. Bald war sie ganz im Innern des Stromatolithen verschwunden und grub sich noch tiefer hinein.

Yuri folgte ihr. Es war kein angenehmes Gefühl, sich in dieses schleimige Halbdunkel zu winden; er kam sich vor wie ein parasitärer Wurm, der sich in ein Gehirn fraß.

Und dann loderte draußen vor dem Loch in der Schale Licht auf, gleißend hell, als hätte jemand einen Schalter am Himmel umgelegt.

# 29

In seinem kurzen Einführungsvortrag hatte Major McGregor den Kolonisten erklärt, auf Proxima entwickelten sich wie auf allen roten Zwergsternen fast ständig Flares, deren explosive Freisetzungen magnetischer Energie über Lichtjahre hinweg zu sehen seien. Meist beschirmte die Atmosphäre von Per Ardua ihre Lebensfracht vor den Unwettern aus dem All, aber hin und wieder – wie offenbar diesmal – waren die Schauer von ultravioletten und Röntgenphotonen zu energiereich und drangen bis zum Boden durch.

Das hiesige Leben hatte Strategien entwickelt, wie es damit zurechtkam. Die harten Schalen der Stängel. Die Tatsache, dass ein Erbauer einen beschädigten Stängel einfach durch einen anderen ersetzen konnte. Die dickwandigen, kuppelartigen Unterstände, mit denen die Erbauer ihre Jungen schützten. Bäume, die ihre Blätter einfalteten. Vielleicht zogen sich Geschöpfe, die in den Seen und Meeren lebten, in den Schutz der tieferen Wasserschichten zurück.

Und vielleicht war dies eine weitere Strategie: ins schleimige Innere unter der dicken Schale eines Stromatolithen abzutauchen. Würde es auch bei Menschen funktionieren? Yuri dachte, dass ihnen kaum etwas anderes übrig blieb, als es zu hoffen.

Sie kauerten dicht aneinandergedrängt, glitschig und klebrig, in einer engen kleinen Höhle im Schleim. Die Substanz im

Innern des Stromatolithen drohte beständig über die Öffnung herabzuschwappen, und Yuri und Mardina waren pausenlos damit beschäftigt, das Zeug mit den Füßen wegzustoßen, sodass sich auf dem steinigen Boden draußen eine schaumige, matschige Schicht bildete, die von dem Flare strahlend hell erleuchtet wurde.

»Die Erbauer haben sich tiefer reingegraben«, sagte Mardina.

»Vielleicht brauchen sie keine Luft.«

»Aber wir ganz bestimmt. Schön weitertreten.«

»Ja, Ma'am. Was meinst du, wie lange wir hier drin bleiben sollten?«

»Bis wir sehen, dass das Licht draußen wieder normal wird. Oder wir warten, bis die KolE kommt und uns sagt, dass es ungefährlich ist.«

»Vielleicht werfen die Erbauer uns auch raus«, meinte Yuri.

»Vielleicht.«

Sie sahen sich an. Mardinas Gesicht bestand nur aus weißen Augen und weißen Zähnen in einer graugrünen Maske. Sie prusteten beide los. Dann entspannten sie sich ein wenig in ihrem engen Unterschlupf.

»Wir sind kein schlechtes Team, glaube ich«, sagte Mardina.

»Mit der KolE als Chefin.«

»Tja, sie hält sich jedenfalls dafür ...«

»Ich will hier nicht sterben«, entfuhr es Yuri.

Sie sah ihn an.

Er wusste nicht genau, woher das gekommen war. Hastig versuchte er, sich zu rechtfertigen. »Ich meine nicht, in dieser Breischüssel. Ich meine hier, wir beide, auf Ardua. Während alles, was wir gebaut haben, einfach zu Staub zerfällt.«

»Ich dachte, es wäre dir egal, was wir bauen.«

»Das war, bevor wir damit angefangen haben. Ich habe noch nie etwas gebaut.«

»Kann ich mir denken … Weißt du, es gibt nur eine Möglichkeit. Einen Weg, wie wir die Dinge ändern können.«

»Ich weiß.« Er wandte den Blick ab. »Indem wir ein Kind bekommen.«

»Darüber haben wir schon mal geredet«, sagte sie.

»Nein, eigentlich nicht. Abgesehen von den Vorträgen der KolE über Anthropologie.«

»Nein. Na schön. Also, warum willst du jetzt darüber reden?«

»Will ich gar nicht.«

»Na, du hast das Thema doch zur Sprache gebracht, Eisjunge. Du weißt, wo die Probleme liegen. Denk an das Leben, das unsere Kinder führen würden. Sie wären bestenfalls Landarbeiter und schlimmstenfalls inzestuöse Gebärmaschinen. Du scheust davor zurück, ich auch, und das mit gutem Grund.«

»Ich weiß. Und da ist noch was. Welches *Recht* haben wir, unter diesen Umständen ein Kind zu zeugen?«

»Welches Recht? Hmm. Diese Kinder existieren doch noch gar nicht. Weißt du, in der IRF hatten wir Ethik-Lehrgänge, auch wenn es da nicht spezifisch um derart extreme Situationen ging. Niemand von uns kann es sich aussuchen, Yuri, wo und unter welchen Umständen er geboren wird. Man wird einfach aufs Geratewohl in die Welt geworfen. Und Eltern haben ihre Kinder seit jeher als Ressourcen betrachtet. Die Kinder arbeiten für dich, du bringst sie unter die Haube … Die Schlussfolgerung lautet also, dass der Gedanke unsinnig ist, ein Ungeborenes hätte das Recht, *nicht zu existieren*, wenn die Situation, in die es hineingeboren wird, unangenehm ist – es ist alles irgendwie verworren.«

Er dachte darüber nach. »Nein. Dieses *Argument* ist verworren.«

Sie lachte. »Also, was schlägst du vor?«

Zögernd sagte er: »Angenommen, wir bekämen ein Kind. *Sobald es geboren ist,* hätte es Rechte, ja? Wir könnten ihm das Recht geben, selbst zu entscheiden, ob es mit seinen Geschwistern weitere Kinder haben möchte.«

»Oder mit seinen Eltern«, sagte sie nachdrücklich. »Das gehört nun mal dazu, und dem müssen wir ins Gesicht sehen.«

»Nur wenn wir uns an diesen monströsen IRF-Plan halten. Aber es gibt auch noch andere Möglichkeiten.«

»Nämlich?«

»Es – er oder sie – könnte allein weggehen. Oder wir könnten weggehen, wenn wir zu alt sind, um zu arbeiten. Statt ihm zur Last zu fallen. Das müssen wir nicht jetzt entscheiden.«

»Nein. Die Entscheidung überlassen wir dem Kind.«

»Richtig.«

»Ich hätte da noch eine weitere Möglichkeit, Yuri«, sagte Mardina. »Ich weiß, in dem Punkt sind wir unterschiedlicher Meinung. Aber ich bin immer noch nicht davon überzeugt, dass wir hier wirklich gestrandet sind, wie sie behauptet haben …«

Nicht das schon wieder, dachte er.

»Es hat *bestimmt* eine Menge Briefings gegeben, die mir verheimlicht worden sind. Aber ich denke nach wie vor, dass diese Situation in irgendeiner Form beobachtet wird. Es kann gar nicht anders sein. Und wenn das alles so eine Art Härtetest ist …«

»Ein Test, den wir bestanden hätten, sobald wir ein Kind bekämen?«

»So in der Art. Möglich wär's. Es würde zeigen, dass wir uns auf diese Welt eingelassen haben, nicht wahr? Auf dieses Leben. Vielleicht ist es bloß das, was wir ihnen beweisen müssen.«

»Ja.« Er versuchte, es zu durchdenken. »Aber in diesem Fall würden wir zeigen, dass wir tatsächlich hierbleiben wollen, wenn wir das Kind bekämen, oder? Das ist paranoides Denken, Mardina.«

Sie sah ihn im grünen Halbdunkel an. »Aber wenn wir's tun – aus welchem Grund, mit welchen Vorbehalten auch immer –, hätten wir derweil zumindest ein Kind.«

Er versuchte, sich das vorzustellen. Versuchte, sich ein Leben *ohne* Kinder, ohne andere Menschen vorzustellen, ohne ein anderes Gesicht als sein eigenes und das von Mardina, für immer. »Wir werden nie eine andere Chance bekommen, stimmt's? Außer auf diese Art. Keiner von uns.«

Sie lehnte sich schweigend zurück.

Ihm wurde klar, dass sie auf eine Entscheidung zusteuerten. Wenn die KolE sie etwas mehr in Ruhe gelassen hätte, wären sie vielleicht schon früher zu dieser Entscheidung gelangt.

»Ein Problem«, sagte sie jetzt. »Wir schlafen nicht miteinander.«

»Ja«, sagte Yuri. »Aber ich bin nicht … sexuell inaktiv.«

»Ich weiß. Ich höre dich.«

»Was?«

»*Ah – ah – ah.* Würg die Gürk. Komm schon, Yuri, das ist ein stiller Planet. Sieh mal, ich mach's auch. Aber ich denke dabei nicht an *dich*.«

»Prima. Dann können wir ja miteinander schlafen. Und du kannst dabei weiterhin nicht an mich denken.«

»Darauf kannst du wetten.« Mardina sah ihn an, und sie lachten erneut. Sie sagte: »Glaubst du, dass wir jetzt beide den Verstand verloren haben?«

»Möglicherweise. Wahrscheinlich …«

Tiefer im Innern des Stromatolithen raschelte etwas. Vielleicht die Erbauer, die sich bewegten. Draußen begann der Lichtschein des Flares zu flackern und schwächer zu werden.

# 30

## 2165

Als es begann, begann es ganz plötzlich.

Angelia als Ganzes hatte im wahrsten Sinn des Wortes keine Wahl, ebenso wenig wie die fast eine Million Partiale, die Teilwesen, aus denen sie bestand. Die Konstrukteure auf der Erde hatten Vorrangfunktionen in die Steuersoftware der Sonde eingebaut, um das zu gewährleisten. Ein Zufallsgenerator erzeugte Zahlen, anhand deren Schwestern, die ein Jahrzehnt lang zusammen gewesen waren, zu Tausenden und Zehntausenden selektiert, aus der Gemeinschaft gerissen und ins Dunkel geschleudert wurden. Sobald sie einmal dort draußen waren, blieb ihnen nichts anderes übrig, als sich auszubreiten, zu drehen, zu Linsen umzubauen und ihr Licht auf den verbliebenen Kern zu richten, der seinerseits zu einem Spiegel für sichtbares Licht umgebaut worden war.

Die noch immer tief in ihre Familie eingebettete Angelia 5941 spürte den jähen Ruck des Bremsvorgangs und sah mit verteilten Sinnen das grelle Licht von Proxima, das von der Masse der Abgestoßenen reflektiert wurde.

Sie setzte ihr hilfloses Gebet fort. Nicht ich. Jetzt bin ich schon so weit gekommen. Lass mich die eine von einer Million sein, die überlebt; lass die anderen vor mir sterben. Warum nicht ich? Es muss eine von uns sein …

Aber Gebete nützten nichts.

Die Abstoßung war brutal und erfolgte von einem Moment auf den anderen. Es war, als hätte man sie aus einer weiteren Gussform gerissen und ins All geschleudert. Unversehens war sie von einer gewaltigen Schar von Schwestern umgeben, sie war eine von zahllosen herabrieselnden Schneeflocken, die im Licht von Proxima glänzten. Und dort, im Zentrum von allem, war das Kernschiff. Es erstrahlte hell von reflektiertem Licht, aber vor ihren Augen wurden weitere Schwestern weggeschleudert. Es gab keine Möglichkeit, mit dem Kern, ihren abgestoßenen Schwestern oder auch nur mit der fernen Erde zu kommunizieren, nicht mehr; sie war jetzt allein, für immer allein. All das sah sie binnen eines Augenblicks.

Dann schleuderte ihre eigene ungeheure Geschwindigkeit sie vom Kern fort, hinaus in die sich zerstreuende Schar, die um sie herum auseinanderstob wie die Bruchstücke einer gewaltigen Explosion.

# Dritter Teil

# 31

2 1 7 3

Stef Kalinski wurde auf die Erde bestellt. Genauer, ins Büro von Sir Michael King in der Konzernzentrale von Universal Engineering, Inc., in Solstice, Nordwest-Territorien, Vereinigte Staaten von Nordamerika.

*Bestellt.* Auf diese Weise herrisch irgendwohin zitiert zu werden, war äußerst ärgerlich.

Major Stef Kalinski, neunundzwanzig Jahre alt, war jetzt ordentliche Professorin an ihrer Heimatuniversität in Vancouver sowie Offizierin der Internationalen Raumflotte. Sie hatte hart gearbeitet, um so weit zu kommen. Der Weg zu einem höheren Dienstgrad in der IRF war unglaublich nervig gewesen, und um von ihrem einundzwanzigsten Lebensjahr an zwei berufliche Laufbahnen gleichzeitig verfolgen zu können, hatte sie auf einen solchen Luxus wie ein Privatleben verzichten müssen. Nur über die IRF hatte sie jedoch an eine Stellung in jenem exklusiven Labor kommen können, in dem man sich mit der exotischsten der Menschheit bekannten Physik beschäftigte: der Wheeler Research Facility in Jules Verne, einem Krater auf der Rückseite des Mondes, dem einzigen Ort im Sonnensystem, wo man die Möglichkeit hatte, ein Kernel gründlich zu untersuchen – außer man durfte auf den Merkur hinunter, und das durfte sie nicht.

Ihre Strategie hatte sich ausgezahlt. Sie war jetzt ziemlich hoch angesehen; das zeigte schon die Liste ihrer Publikationen und ehrenvollen Erwähnungen. Ihr gefiel der Gedanke, dass ihr Vater, wenn er noch lebte, stolz auf sie gewesen wäre, auch wenn sie nun ausgerechnet jenes Phänomen erforschte, das seine eigene Karriere ruiniert hatte – aber er war schon vor Jahren gestorben, in einem offenen Gefängnis am Rand der versteppten Zentralregion Frankreichs.

Und nun war diese »Einladung« gekommen – mit festgelegtem Ort und Zeitpunkt und sogar den dazugehörigen Clipper-Tickets, noch bevor sie sich bereit erklärt hatte, ihr Folge zu leisten.

Aber es war eine Aufforderung von Sir Michael King persönlich. Nach Jahrzehnten an der Spitze war King noch immer der große Zampano bei der UEI, die ihrerseits – dank der immensen Gewinne aus den Patenten auf die Kernel-Technologie – noch immer den Löwenanteil der Kosten von Verne trug, einer nominell von den Vereinten Nationen betriebenen Einrichtung. Und wie einige ihrer Kollegen halb im Scherz bemerkt hatten, stand hinter King angeblich die schattenhafte Gestalt von Erdschein, einer der mächtigen Künstlichen Intelligenzen, die seit fast einem Jahrhundert über einen großen Teil des Planeten herrschten. Mit Erdschein legt man sich nicht an, sagten sie im Scherz. Oder halb im Scherz.

Stef hielt sich an den Grundsatz, solches Geschwätz zu ignorieren und sich darauf zu konzentrieren, was *sie* wollte. Mit elf Jahren war sie an ebenjenem Tag dabei gewesen, als die *International-One*, der erste Jumbo der UEI, von den sonnenverbrannten Ebenen des Merkur schwerfällig ins All emporgestiegen war. Jetzt flogen diese Schiffskolosse mit ihrem Kernel-Antrieb kreuz und quer durchs Sonnensystem und waren sogar schon zu den Sternen aufgebrochen. Aber sie durfte nicht auf den Merkur, wo die Kernels waren. Wegen der Spannungen mit den Chinesen, die noch immer keinen Zugang zur Kernel-Technologie hatten, waren die Sicherheitsmaßnahmen um die Kernel-Minen herum ungemein streng, zu streng für sie. Wenn dies nun eine Tür war, die sich einen Spaltbreit öffnete, eine Chance, näher an die Kernels heranzukommen, nicht nur an die harmlose Handvoll, die mit Genehmigung der UEI zum Mond gebracht worden waren – nun, dann musste sie sie ergreifen.

Also packte sie eine Tasche.

Der Abflug vom Mond mit dem Raketenschiff war unspektakulär.

Die Crew des UEI-Clippers aktivierte kurz die Triebwerke, um die Mondumlaufbahn zu verlassen, und begab sich auf eine antriebslose Flugbahn zur Erde. Auf dieser energiesparenden Bahn würde Stef drei Tage brauchen, um vom Mond zur Erde zu gelangen, so wie Armstrong und Aldrin in der Apollo 11 vor fast genau zweihundert Jahren. Und so würde es bleiben, obwohl die Menschheit jetzt Schiffe baute, die leistungsfähig genug waren, um sogar die Sterne zu erreichen. Durch internationale Vereinbarungen war geregelt, dass im Erde-Mond-System ausschließlich Minimalenergie-Strategien zum Einsatz kommen durften. In der Zeit der Heldengeneration, als man die ersten wirklich großen Konstruktionen in der Erdumlaufbahn gebaut hatte, war deutlich geworden, wie zerbrechlich die Erde angesichts interplanetarischer Energien war. In einigen wenigen Fällen hatte man sogar die Geo-Engineering-Technologie selbst zur Waffe gemacht: So waren feindliche Staaten beispielsweise mit Dürren und Überschwemmungen traktiert worden.

Immerhin waren die Bordeinrichtungen jetzt ein wenig höher entwickelt als zu Apollo-Zeiten – einschließlich des abgeschotteten Liebesnests am hinteren Ende der Hauptpassagierkabine, das einige ihrer Mitreisenden eifrig nutzten und das Stef ignorierte. Sie versuchte zu arbeiten. Und sie verbrachte lange Stunden im kleinen Sportraum des Schiffes, wo sie auf Mikroschwerkraft abgestimmte Geräte benutzte – sie spannte die Muskeln im Kampf gegen elastische Gurte und versuchte, eine Art Roboter-Sumo-Ringer wegzuschieben –, um ihren Körper nach den Jahren in Verne auf dem Mond auf die Erdschwerkraft vorzubereiten.

Am Ende des dreitägigen Transits streifte der Clipper die Erdatmosphäre und setzte kurz seine Bremsraketen ein, um in eine Planetenumlaufbahn mit hoher Inklination zu gehen. Von dort aus würde er den Sinkflug antreten, um in der jungen Stadt Solstice im fernen Norden Kanadas zu landen. Es war ein Routinemanöver; alle Passagierraumhäfen der Erde lagen heutzutage in hohen Breitengraden, weil sich dort die vorherrschenden Großstädte befanden, obwohl kommerzielle und militärische Frachten immer noch von energieeffizienteren, aber klimatisch problematischeren äquatorialen Orten wie Kourou aus in den Weltraum transportiert wurden. Und während der Clipper in großer Höhe seine Bahnen um die Erde zog und auf die endgültige Landeerlaubnis wartete, hatten die Passagiere einen guten Blick auf einen großen Teil der Oberfläche des Planeten.

Infolge der Klimaschocks des letzten Jahrhunderts und der davon ausgelösten gewaltigen Umbrüche war das Antlitz der Erde in ständigem Wandel begriffen. Sonnenenergie-Parks breiteten sich in den flachen Gewässern der überfluteten Ufer und Flusstäler an den stark veränderten Küsten aus, in die sich der ansteigende Meeresspiegel hineinfraß; weitläufige künstliche Wiesen aus genmanipuliertem Gras speisten Energie aus modifizierter Fotosynthese in die Stromnetze ein. All dies war Bestandteil einer bewussten globalen Anstrengung, den Einsatz *aller* anderen Energiequellen auf dem Heimatplaneten außer dem Sonnenlicht auf ein Minimum zu beschränken, weil jede andere Methode eine Zufuhr zusätzlicher Wärme ins globale Gleichgewicht der Welt bedeutete.

Im Inneren der Kontinente waren zugleich die Regionen in den mittleren Breiten weitgehend verlassen worden, als die Gletscher verschwanden, die wasserführenden Schichten erschöpft waren und der Regen einfach aufhörte. Während sie über die trockenen Ebenen von Amazonien, Südeuropa, Asien und sogar vieler Gebiete der alten Vereinigten Staaten hinwegflogen, sah Stef außer ausgedehnten Solarparks nur wenige Spuren der modernen Menschheit. Imposante alte Großstädte glitzerten noch im starken Sonnenschein, aber nichts bewegte sich mehr in ihnen, nur Archäologen und Historiker, Arbeiter von Rohstoffgewinnungsfirmen und ein paar Extremtouristen auf Erkundungstour in verlorenen Städten, die für die heranwachsende Generation bereits halbe Legenden waren: New Orleans, Saigon, Venedig, selbst die atomar verseuchten Überreste von Mumbai.

Die großen, von den Schocks ausgelösten Bevölkerungsanpassungen waren weitgehend abgeschlossen; die Pandemien waren vorbei, die Flüchtlingsströme geschrumpft und politische Allianzen, sogar nationale Grenzen, neu gezogen. Jetzt wuchsen neue Generationen in brandneuen Großstädten heran, errichtet in Breiten, die früher einmal als zu extrem betrachtet worden wären, im hohen Norden und sogar im tiefen Süden, an der Küste einer zunehmend eisfreien Antarktis. Städte wie Solstice in der Nähe der Küste des Großen Bärensees, genau auf dem nördlichen Polarkreis, in einem nördlichen Staat der neuen Vereinigten Staaten von Nordamerika, in die Kanada nach umfangreichen Zugeständnissen seines schwer geprüften südlichen Nachbarn aufgenommen worden war.

Eine Stadt, auf die der Mondclipper nun zum endgültigen Landeanflug zuhielt.

# 32

Die UEI-Konzernzentrale am Stadtrand von Solstice wirkte von außen verhältnismäßig bescheiden, schlichte Glasbaustein-Architektur, nach Süden zur tief stehenden Sonne ausgerichtet. Nachdem Stef jedoch ins Innere des Gebäudes geleitet worden war, sah sie unterirdische Erweiterungsbauten; prächtige Treppenhäuser wie aus der *Titanic* führten zu weitläufigen unterirdischen Hallen hinab.

Sir Michael Kings Büro lag allerdings über der Erde, irgendwo nahe beim Zentrum des Komplexes. Es war ein schöner, heller Tag, und die Büros mit ihren Glaswänden wurden vom schräg einfallenden Licht der arktischen Sonne erfüllt. Ein Assistent brachte Stef zu einem großen, luftigen Raum, in dessen Zentrum ein einzelner Schreibtisch mit Blick auf einen Teich stand, eine spiegelglatte Fläche, die das klare blaue Licht des Himmels zurückwarf. King persönlich saß hinter dem Schreibtisch, stellte sie fest, als sie näher kam. Er war jetzt Ende fünfzig, korpulent, mit dichtem, schneeweißem Haar – berühmt und unverwechselbar. Seitlich von ihm saß ein anderer Mann scheinbar entspannt auf einem Stuhl, eine hochgewachsene, schlanke, unauffällige Gestalt. Sie hatten beide Getränke vor sich stehen.

Auf dem Weg zum Schreibtisch führte sie der Assistent über einen Ozean aus dickem blauem Velours-Teppichboden mit dem UEI-Logo. Stef folgte ihm mit steifen Schritten, bemüht, den

Druck der Schwerkraft und die Müdigkeit zu verbergen. Es half nicht, dass sie den zentralen Teich umrunden musste. In seinem klaren Wasser schwammen Fische, sah sie im Vorbeigehen, große Karpfen, wie es schien, geschmeidige goldene Geschöpfe, die unablässig ihre Kreise zogen. Außer ihnen war nichts im Teich, keine Farnwedel, kein Schilf. Sie waren wie eine virtuelle Abstraktion, dachte Stef.

Beide Männer erhoben sich, als sie näher kam, der Besucher mit geschmeidiger, ein wenig unnatürlicher Anmut, Michael King schwerfällig, die Hände auf der Tischplatte. Sie sah, dass er einen Kilt trug. Der Assistent blieb schweigend und diskret neben ihr stehen.

»Major Kalinski«, sagte King. Er streckte ihr die Hand hin, und sie schüttelte sie.

»Schön, Sie wiederzusehen, Sir Michael.«

»Zum Teufel, nennen Sie mich einfach Michael. Alle bringen meine Titel durcheinander, seit King Harold mich zum Than ernannt hat. Wissen Sie, ich bin eine von nur drei Personen, die sowohl vom König von Angleterre in Versailles als auch von King Harold von Nordbritannien in den Ritterstand erhoben worden sind. Ich, ein Aussie! Aber schließlich beanspruchen beide, Staatsoberhaupt dessen zu sein, was von Australien noch übrig ist … Ach, übrigens, gefällt Ihnen der Kilt? Den habe ich zu meiner Amtseinsetzung in Edinburgh getragen. Bin sehr froh, dass Sie gekommen sind. Ich habe noch einen weiteren Besucher, wie Sie sehen.« Er musterte sie jetzt eingehend, als wäre er gespannt auf ihre Reaktion. »Major Kalinski, darf ich Sie mit Erdschein bekannt machen.«

*Erdschein.*

Stef, schockiert von der unerwarteten Vorstellung, streckte eine Hand aus, zog sie dann aber verwirrt zurück. »Verzeihung.«

Der Erdschein-Avatar lächelte sie an. Hochgewachsen, solide, mit dezentem Anzug und kragenlosem Hemd, wirkte er wie ein gut aussehender fünfzigjähriger Angehöriger der politischen Klasse. Am Revers trug er eine seltsame Brosche, eine Scheibe aus Granit, in die konzentrische Furchen mit einem einzelnen Schrägstrich im Zentrum graviert waren. Er sprach mit einem sanften britischen Akzent. »Bitte entschuldigen Sie sich nicht.« Er streckte beide Hände zum Schreibtisch aus und nahm sein Glas – aber seine Finger gingen durch Kings Tumbler, wo sie sich für kurze Zeit in eine flimmernde Pixelwolke auflösten. »Manchmal benutze ich Androiden-Gestalten aus programmierbarer Materie, aber ich ziehe die holografische Form bei Weitem vor, wenn die Bandbreite ausreicht. Natürlich hängt alles von den Umständen ab.«

Stef bemühte sich, ihn nicht anzustarren. Also hatten die Spaßvögel in Verne recht gehabt, mehr als sie ahnten. Ihr wurde klar, dass sie keine Ahnung hatte, welche labyrinthischen Denkprozesse hinter dieser Fassade des lächelnden Politikers abliefen. Warum war Erdschein hier? Warum war *sie* hier?

»Wie Sie gerade gesehen haben, Major, ist Erdschein in Wirklichkeit gar nicht hier bei uns«, sagte King. »Sofern er überhaupt irgendwo ist, befindet er sich in einem gewaltigen Computer-Komplex unter Fort Chipewyan, mitten im Herzen des Kanadischen Schildes – ein geologisch so stabiler Standort, wie man ihn nur finden kann. Geschützt in seinem Bunker, wo er sich von der Erdwärme ernährt, während Schichten von Replikatoren aus dem Rohgestein neue Komponenten für ihn bauen. *Und* mit zahlreichen Back-ups überall auf dem Kontinent …«

»Wohingegen Sie, Michael, hier ein so bescheidenes Leben führen in Ihrem gläsernen Versailles.«

King lachte ungezwungen. »Ich bin ja auch kein Silizium-Halbgott wie du. Aber ein Händler, und ich muss die Kunden und Investoren beeindrucken. Setzen Sie sich, alle beide, bitte. Übrigens, gefallen Ihnen die Fische, Major Kalinski?«

»Sind sie künstlich? Irgendwelche Roboter …«

»Nein, nein. Aber sie sind gentechnisch manipuliert, sodass sie Fotosynthese betreiben. Sie brauchen nichts als Licht und irgendwelche aufgelösten Nährstoffe im Wasser. Eine neue Initiative der UEI, Fotosynthese betreibende Tiere, eine neue Möglichkeit, das Sonnenlicht noch effizienter zu nutzen. Man muss natürlich aufpassen, wegen der post-heroischen Schutzgesetze. Der Teich ist eine extreme Umgebung für sie, aber er zeigt ihre Natur auf verblüffende Weise, finden Sie nicht?«

»Es muss ein bisschen langweilig für sie sein. Für die Fische.«

Er rieb sich das Kinn. »Ja, kann sein. Daran hatte ich nicht gedacht. Haben den ganzen Tag lang nicht viel zu tun, während sie in ihrem kleinen Becken herumschwimmen. Genau wie du, hm, Erdschein? Ich sollte aber was für sie tun, da haben Sie recht, Major. Vielleicht setze ich eine von diesen kleinen Schatztruhen rein. Machen Sie sich eine Notiz, Briggs.«

»Ja, Sir.«

»Oh – wo bleiben meine Manieren? Möchten Sie etwas trinken, Major? Ich habe da etwas ganz Besonderes für Sie beschafft. Briggs?«

Der Assistent hob eine Art Zauberstab, und eine Sektion des Schreibtischs öffnete sich. Ein Tablett mit einer Auswahl von Limonaden stieg empor, viele in antik aussehenden Dosen im klassischen Design, wenn auch wohl kaum aus Aluminium.

Sie schüttelte den Kopf. »Oh, für mich nichts, danke.«

King saß da wie ein begossener Pudel.

»Ich denke, Sie sollten sich einen Ruck geben, Major«, sagte Erdschein sanft. »Er hat sich damit große Mühe gemacht.«

»Das stimmt«, sagte King. »Ich weiß noch, wie Sie auf dem Merkur gesagt haben, die Limo sei immer abgestanden. Jetzt sitzen Sie auf dem Mond fest, und ich schätze, da oben ist es genauso, stimmt's? Ich bin nicht dazu gekommen, nach einer Lösung für das Problem zu suchen. Aber ich dachte mir, wenn ich Sie schon hierherschleife, könnte ich wenigstens …«

»Ich weiß es zu schätzen, dass Sie sich nach all dieser Zeit noch daran erinnern.«

»Ich habe es Ihnen damals erklärt, nicht wahr? Menschen sind alles in diesem Leben. Kontakte. Man muss sie pflegen. Muss sich die Namen ihrer Hündchen merken …«

»Aber ich bin nicht mehr elf Jahre alt, Sir Michael.«

Erdschein lachte laut auf.

King grinste. »Sie sagen, was Sie denken, hm? Daran kann ich mich auch noch erinnern. Also, verdammt noch mal, wenn Sie lieber was anderes hätten …«

»Nein, nein.« Stef nahm eine zuckerfreie Limonade. Sie schmeckte saurer als erwartet, rief jedoch einige Erinnerungen wach.

King beobachtete sie scharf. »Versetzt einen in die Zeit zurück, als man noch klein war, stimmt's? Sie hatten eine seltsame Kindheit, nicht wahr? Ich weiß noch, dass Sie Ihre Mutter schon sehr früh verloren haben. Und Ihr Vater war immer abgelenkt durch seine Arbeit, nehme ich an.«

Sie schüttelte den Kopf. »In gewisser Weise. Aber ich verstehe. Jetzt bin *ich* abgelenkt. So abgelenkt, dass ich gar keine Familie habe.«

»Tut mir leid, was aus ihm geworden ist. Der Prozess und all das.«

Sie zuckte die Achseln. »Das ist Vergangenheit.«

»Ich fühle ebenfalls mit Ihnen«, sagte Erdschein. »Schließlich bin ich selbst ein Relikt der sogenannten Heldengeneration. Man würde mich zweifellos einsperren, wenn man könnte.«

King zwinkerte Stef zu. »Glauben Sie mir, man hat es versucht.«

»Können wir jetzt zu dem Grund kommen, weshalb Sie mich herkommen ließen?«, fauchte Stef.

King machte ein überraschtes Gesicht, dann lachte er. »Zur Sache, hm? Sie waren schon immer ungeduldig, daran erinnere ich mich auch. Sie sind sogar während des Countdowns zum Start dieses ersten Jumbos unruhig geworden, der *I-One*, nicht wahr?«

»Nicht unruhig. Ich war nur erheblich weniger an einer großen, doofen Schwermaschine interessiert als an den Kernels, die sie angetrieben haben.«

»Ja, die Kernels. Die Objekte, deren Erforschung Sie schließlich Ihr Leben gewidmet haben.«

»Genau genommen, der ihnen zugrunde liegenden Physik, ja. Und Sie haben mich herkommen lassen, um darüber zu reden, richtig? Hören Sie, Sir Michael, ich bin zwar keine Völkerrechtsexpertin, aber ich weiß, dass die Kernel-Wissenschaft vor den Kern-KIs geheim gehalten werden soll.« Sie zögerte und sah Erdschein an. »Nichts für ungut«, sagte sie unbeholfen.

»Ach herrje, kein Problem.«

»Das stimmt natürlich«, sagte King. »Und du weißt, warum, nicht wahr? *Weil wir euch nicht vertrauen,* Erdschein. Wir müssen mit euch zurechtkommen. Ich muss mich … wie oft, alle zwei Wochen? … mit dir treffen. Aber wir mögen euch nicht und trauen euch auch nicht. Ihr hockt in euren Nestern, euren gehärteten Bunkern im Grundgestein, verbunden mit allen wichtigen Systemen der Welt. Du und deine Verwandten auf den anderen Kontinenten, Ifa und der Erzengel.«

»Oh, keine Verwandten. Rivalen vielleicht«, sagte Erdschein milde. »Manchmal Gefährten …«

Stef hatte den deutlichen Eindruck, dass sie schon zu lange zusammenarbeiteten, dass King unter der Last der Pflicht litt, dieser seltsamen alten künstlichen Entität Bericht zu erstatten. Sie waren wie zankende Akademiker in einer verkrusteten Institution, dachte sie.

»Verstehen Sie, womit wir es hier zu tun haben, Major?«, wandte sich King nun an Stef. »Die großen kontinentalen KIs, die Kern-KIs, wie man sie nennt, sind schon in prä-heroischen Zeiten entstanden. Sie gingen aus einem globalen Netz transnationaler Unternehmen hervor, einem Netz, das kollektiv einen großen Teil der Weltwirtschaft kontrollierte. Innerhalb dieses Netzes bildeten sich Knoten stärkerer Verbindungen und umfassenderer Kontrolle heraus: ›Super-Entitäten‹, wie die Wirtschaftsanalytiker sie nannten. *Die* befanden sich noch immer auf der Ebene der menschlichen Kultur. Aber unterhalb dieser korporativen Super-Entitäten bündelten sich notwendigerweise starke KI-Kapazitäten. Dann kamen die Forderungen nach Sicherheit für Kernprozessoren und Datensicherungen, nach besonders geschützten, durch robuste Kommunikationsnetze verbundenen Zufluchtsstätten. Nun, sie haben bekommen, was sie wollten.« Er grinste reuevoll. »Damals hielt man das für eine gute Idee.«

»Die frühen Mitglieder des Kerns waren von grundlegender Bedeutung für die großen Projekte der Heldengeneration«, sagte Erdschein. »Und ungeheuer intelligent.«

»Aber sie waren nicht menschlich«, erwiderte King in strengem Ton.

»Die Kernels«, sagte Stef im Versuch, wieder zum Thema zu kommen. »Es muss eine immense Anstrengung gekostet haben, den Kern-KIs die Kernel-Wissenschaft vorzuenthalten.«

King nickte grimmig. »In der Tat. Es war ausgesprochen hilfreich, dass die Kernels auf dem Merkur gefunden und nicht näher an der Erde als auf dem Mond erforscht wurden. Und dass man die Gefahr sofort erkannte.«

»Welche Gefahr?«

»Dass wir verstehen würden«, sagte Erdschein, »was ihr nicht versteht.«

»Was verstehe ich nicht?«, fragte Stef kalt.

»Die wahre Physik. Zum Beispiel die vereinheitlichten Theorien, die man unter anderem Quantengravitation nennt. Sie sind für euch noch immer so quälend außer Reichweite wie eh und je, wie schon seit Jahrhunderten. Ihr kennt sie nur von ihren Grenzen, von Niedrigenergie-Näherungen wie die Relativität oder die Quantenphysik her. Als wollte man die Struktur eines Diamanten erfassen, indem man eine einzelne Kante untersucht. Die Realität weiter zu erkunden übersteigt eure technischen Fähigkeiten; gründlichere *Berechnungen* anzustellen übersteigt euren Intellekt. Tatsächlich habt ihr aus der Spielerei mit den Kernels, die quantengravitatives Spielzeug sind, mehr gelernt als durch all euer Theoretisieren in den zweihundert Jahren seit Einstein.«

Stef machte ein finsteres Gesicht. »Du meinst also, für einen schlichten Menschen wie mich könnte es *zu schwer* sein, die Quantengravitation jemals zu verstehen.«

»Aber nicht für mich«, sagte Erdschein. »Möglicherweise. Weshalb die Kleingeistigen und noch Kleinherzigeren, wie Sir

Michael hier, die Kernels vor uns geheim gehalten haben. Was könnten wir erreichen, wenn wir solches Wissen besäßen?«

King sah Stef an. »Sie haben den größten Teil Ihres Erwachsenenlebens fern der Erde verbracht, Major. Sehen Sie, womit wir uns hier unten herumschlagen müssen? Mit so einem Mist, Tag für Tag, Jahrzehnt für Jahrzehnt …«

Und Stef sah es tatsächlich, sie sah eine fundamentale Dichotomie zwischen den beiden Zweigen der Menschheit, wie sie sich in der neuen Zeit herausbildeten. Die Raumfahrer schauten nach draußen, waren expansiv, erkundeten physisch das Universum. Die Erdverwurzelten dagegen steckten in diesem Schwerkraftschacht fest, beherrscht von Lasten der Vergangenheit wie diesen schrecklichen alten, unzerstörbaren KIs, die in ihren Löchern im Boden hockten. Plötzlich sehnte sie sich danach, im All zu sein, zurück auf dem Mond – überall, nur nicht hier auf diesem alten Planeten, diesem Museum der Schrecken.

»Weshalb haben Sie mich herkommen lassen?«

»Wir möchten, dass Sie zum Merkur gehen, Major Kalinski«, sagte King. »Oder vielmehr, wieder zum Merkur *zurück*. Ich werde Sie persönlich zu den Kernel-Flözen begleiten, wie man sie mittlerweile nennt.«

Und da war die Gelegenheit, die sie sich bei ihrer Anreise erhofft hatte, auf dem ganzen Weg zur Erde. Aber sie war verblüfft. »Warum? Was soll ich dort?«

»Das werden Sie sich mit eigenen Augen ansehen müssen, Major. Wir haben etwas gefunden.« Er warf Erdschein einen Blick zu. »Etwas so Wichtiges, von solch langfristiger Bedeutung für die Menschheit, dass uns meiner Ansicht nach nichts anderes übrig bleibt, als diese Kern-KIs darauf aufmerksam zu machen. Denn wenn die Mistdinger zu etwas nütze sind, dann dazu, über Langzeitperspektiven nachzudenken. Und wir brauchen jemanden wie Sie, eine Kernel-Physikerin. Wir wissen nicht, was wir von der Sache halten sollen. Wir hoffen, dass Sie zumindest sachkundige Vermutungen darüber anstellen können.«

»Worüber denn?«

»Über etwas Seltsames«, sagte Erdschein.

# 33

Am endlosen Nachmittag von Per Ardua strömte die Zeit so ungleichmäßig dahin, wie die Flares über das Antlitz von Proxima liefen. Manchmal schien zwischen Aufwachen und Schlafengehen überhaupt keine Zeit zu verstreichen. Dann wieder zogen sich die Tage, die keine Tage waren, endlos dahin, und Yuri fühlte sich in die abgelegenen Tanks in Eden zurückversetzt.

Ihre Erdkalender verloren jede Bedeutung. Sie maßen das Verstreichen der Zeit zunehmend anhand von Ereignissen, von Dingen, die ihr Leben zum Besseren oder Schlechteren veränderten. So hatte es zum Beispiel einen Wetterumschwung gegeben; vier Jahre nach der Landung war Proximas Antlitz nun von zahlreichen großen Sonnenflecken gesprenkelt, und die Wärme- und Lichtzufuhr hatte merklich nachgelassen. Das Klima entsprach jetzt eher dem eines frischen Nachmittags im Spätherbst, soweit Yuri sich noch an das Nordbritannien seiner Kindheit erinnern konnte. Manchmal lag sogar glitzernder Reif auf den grünen Blättern in den Feldern der kleinen Kolonie, und die KolE sorgte sich um ihre Erdbeeren. Mardina hatte Yuri einmal erklärt, wie stabil dieses Sternsystem sei; hier gebe es keine Gesteinsbrocken, die Dinosaurier töteten und so weiter. Aber der Stern selbst schien eher eine Quelle der Instabilität zu sein. Und der Planet ebenfalls, wenn er an diese geologische Hebung dachte, die sie im Norden seit Langem beobachteten. Nicht dass sie irgendetwas anderes tun konnten, als all dies einfach über sich ergehen zu lassen.

Und dann war da Mardinas Schwangerschaft.

Kaum dass sie mit ihren unbeholfenen, eher geschäftsmäßigen Kopulationen begonnen hatten, war sie auch schon schwanger geworden. Zu ihrer beiderseitigen Erleichterung, wie Yuri vermutete. Die KolE hatte in ihrer Rolle als Hausärztin darauf bestanden, die Phasen der sich entwickelnden Schwangerschaft vorschriftsmäßig zu verfolgen. So hatte sich ihr innerer Kalender der Ereignisse mit weiteren denkwürdigen Momenten gefüllt: der Tag, an dem es mit der morgendlichen Übelkeit losging, der Tag, an dem Yuri zum ersten Mal den Babybauch sah, der Tag, an dem Mardina den ersten Tritt spürte, der Tag, an dem sie Yuri einen Tritt spüren ließ. Jetzt stand sie kurz vor der Entbindung, und bald würde es ein weiteres monumentales Ereignis für ihre Erinnerungen geben: die Geburt eines Kindes.

Die Farm entwickelte sich ebenfalls. Mithilfe der KolE fiel es ihnen nicht schwer, ihre wenigen kleinen Felder auszudehnen, die mit terrestrischem Mutterboden bedeckt waren und durch Bewässerungsgräben, die vom See zu ihnen führten, mit Wasser versorgt wurden. Obwohl die heranwachsenden Pflanzen mit ihrem leuchtenden irdischen Grün die Aufmerksamkeit der lokalen Tierwelt erregt hatten – auch die eines Schwarms spektakulärer Drachen, so groß wie Reiher, die in regelmäßigen Abständen herunterkamen, um sich die Sache anzusehen –, war ein Kartoffelblatt für einen Arduaner im Prinzip ungenießbar, und nachdem die Pflanzen einmal Fuß gefasst hatten, gab es keine einheimischen Krankheiten, die ihnen Schaden zufügen konnten. All dies war so geplant gewesen. Die KolE besaß die Fähigkeit, vierzehn Personen und ihren

Nachwuchs zu unterstützen; ein einzelnes Paar zu versorgen lag vollauf im Rahmen ihrer Möglichkeiten.

Doch auch nach vier Jahren auf Per Ardua schienen die Farm und ihre kleine Kolonie für Yuri noch immer nicht hierherzupassen, in die arduanische Landschaft – vor allem, wenn er von einem Ausflug zum See oder zum Wald zurückkam und sie aus der Ferne als Ganzes erblickte. Die rechteckigen Felder mit ihren ordentlichen Reihen terrestrisch grüner Pflanzen, die saubere Geometrie ihres kegelförmigen Hauses, die Ausgrenzung des lokalen arduanischen Lebens – sogar das von ihren Schritten verfärbte und von den Rädern der KolE aufgewühlte Erdreich – es sah aus wie eine nicht verheilte Wunde im Gesicht dieser Welt.

Mardina wirkte jedoch nicht so deplatziert. Mittlerweile hatten sie beide die von der IRF bereitgestellte Kleidung abgelegt und trugen weiter geschnittene Sachen, die größtenteils aus hiesigen Materialien gefertigt waren. In ihrem Kittel und den kurzen Hosen, mit dem Reishut und den Rindensandalen, die Haut von grauorangefarbenem arduanischem Staub überzogen, trug Mardina die Farben des Planeten. Menschen waren hierhergekommen, um Per Ardua zu kolonisieren. Doch in Wirklichkeit, dachte Yuri, kolonisierte Per Ardua die Menschen.

Und was sie alle drei, einschließlich der KolE, von der Farm wegzog, noch tiefer in die Umarmung von Per Ardua hinein, waren die Erbauer.

An einem anderen trüben Tag wanderten Yuri und Mardina, nachdem sie ihre Aufgaben erledigt hatten, aus einem spontanen Impuls heraus zum See. Ihren menschlichen Uhren zufolge war es Mittag. Die KolE war bereits draußen am Ufer und ging ihren eigenen Interessen nach.

Die großen Projekte der Erbauer in der Umgebung der Pfütze hatten Mardina zu faszinieren begonnen: die Dämme, die die Zuflüsse vom höher gelegenen Land im Norden blockierten – Dämme, hinter denen sich nach so langer Zeit ausgedehnte Überschwemmungen gebildet hatten –, und die geheimnisvolleren Haufen am Südufer mit ihren Wällen und Bogen. Sie ging am Nordufer des Sees entlang, fing mit ihrer Tafel Bilder ein und skizzierte mit einem Stift Landkarten und Diagramme. »Wir haben immer noch keine Ahnung, wozu das alles gut ist. Aber was zum Teufel sie hier auch machen, es ist offensichtlich erheblich interessanter als wir und die Kartoffeln, die wir verbuddeln. Ist dir schon mal aufgefallen, wie gleichgültig wir ihnen in letzter Zeit geworden sind?«

Das stimmte. Die Erbauer in der Umgebung des Sees, ein paar Hundert Individuen, die sich auf ein Dutzend kleiner Gruppen aufteilten, schienen alle einer einzigen Gemeinschaft anzugehören. Sobald sich die Gruppe um die Kinderstube am Westufer an den Gedanken gewöhnt hatte, dass diese fremdartigen, hoch aufgeschossenen, stängellosen Geschöpfe und ihre große, rollende Schachtel harmlos waren, schien sich das rasch auch zu den anderen Gruppen herumgesprochen zu haben, sodass sie nicht mehr auf sie reagierten. Sofern man nicht direkt vor einem stand und ihm irgendwie den Weg verstellte, ignorierten die Erbauer die Menschen einfach und kreiselten um sie herum, als wären sie so belanglos wie Felsbrocken.

»Ich glaube, die arbeiten auf irgendwas hin«, sagte Mardina jetzt. Sie klang, als wäre sie außer Atem, und sie setzte sich auf einen Felsbrocken und legte die Tafel auf den Boden. Es war ein kühler Tag, und sie trug eine alte Fleece-Jacke über ihrem Kittel aus Stängeln und Rinde. »Diese ganze Bauerei, die Dämme und Hügel. Sie laufen ja immer so durch die Gegend, aber jedes Mal, wenn ich herkomme, scheint die Aktivität zugenommen zu haben.« Sie massierte sich mit beiden Händen das Kreuz; Rückenschmerzen plagten sie schon während ihrer gesamten Schwangerschaft.

»Kann sein.« Yuri hockte sich neben ihr auf den Boden, holte eine Wasserflasche aus seinem Rucksack und hielt sie ihr hin.

Mit einer Handbewegung lehnte sie ab. »Geh die KolE suchen. Ich bleibe hier und schaue ihnen eine Weile zu. Will ja die Show nicht verpassen, was immer sie vorhaben, falls es zufällig gerade heute losgeht.«

Er stand auf. »Bist du sicher, dass mit dir alles in Ordnung ist?«

Er wusste, welche Reaktion ihm das einbringen würde, und er bekam sie auch. »Du bist noch schlimmer als dieses verdammte Kindermädchen auf Rädern. Mein Gehirn funktioniert noch mehr oder weniger, vielen Dank, also hör auf mit dem Theater, Eisjunge. Verpiss dich einfach und geh die KolE nerven.«

»Na schön. Du hast Wasser, du hast …«

»Die Leuchtpistole, ja, die habe ich, und ich jage dir gleich eine Kugel in deinen enteisten Arsch, wenn du nicht *endlich verschwindest.*«

Also verschwand er.

Er brauchte nicht lange, um die KolE zu finden.

Die große Maschine war zu einem ihrer Lieblingsplätze fürs Erbauer-Beobachten gerollt, nämlich ans Ostufer. Hier gab es keine größeren Bauaktivitäten wie am Nord- und Südufer und keine Kinderstuben wie am Westufer. Aber auch hier waren die Erbauer immer beschäftigt, allerdings mit Aufgaben in kleinerem Maßstab. So hatten sie zum Beispiel eine Reihe ausgeklügelter Fallen ins Wasser des Sees gesetzt, aus denen sie kleine, fischähnliche Kreaturen holten, die Skelette auf Stängelbasis wie die restliche Tierwelt besaßen, aber in ein hautähnliches, stromlinienförmiges Gewebe gewickelt waren – eine Hülle, die sich leicht entfernen ließ, woraufhin der Inhalt zerpflückt und in andere Körper aufgenommen wurde.

Und die Erbauer waren nicht so beschäftigt, dass sie sich nicht von einem tanzenden Roboter ablenken ließen.

Natürlich konnte die KolE nicht richtig tanzen; sie war eher wie ein Panzer als wie eine Ballerina gebaut. Aber Mardinas Beispiel folgend, hatte sie einige Kreativität darin an den Tag gelegt, Erbauertänze mit dem Wald von Manipulatorarmen zu simulieren, die aus ihrer Oberseite sprossen. Vor einem Publikum von drei Erbauern, alles Erwachsene – natürlich würden es drei oder neun oder siebenundzwanzig dieser nur in Dreiergruppen auftretenden Geschöpfe sein –, zog sie gerade alle Register. Sie hob dicke Arme, um die drei Hauptgliedmaßen eines Erbauers zu simulieren, und obwohl sie ihren Marionetten-Erbauer nicht buchstäblich herumwirbeln lassen konnte, gelang es ihr mit einer Art Taschenspielertrick, indem sie ihre kleineren Arme drehte und wand, es so *aussehen* zu lassen, als würde er kreiseln, begleitet von dem Nicken und Schaukeln und den Gesten, die für Erbauer-Bewegungen charakteristisch waren.

Die Erbauer schauten nicht untätig zu. Sie kreiselten und neigten sich ihrerseits, als sprächen sie ebenso miteinander wie mit der KolE – als wäre sie in so etwas wie eine Konversation einbezogen worden.

Einer von ihnen war verletzt, sah Yuri; er hatte einen beschädigten, ganz unten gebrochenen Beinstängel, sodass er hinkte, und seine Drehbewegungen waren ein wenig aus dem Gleichgewicht. Und als Yuri näher kam, stieg ihm ein seltsamer, starker Geruch in die Nase, der Geruch des Sees, der Stängel – der Geruch der Erbauer, verstärkt und intensiviert, ein Geruch, der von der KolE künstlich reproduziert wurde.

»Willkommen, Yuri Eden!«, rief die KolE, während sie mit ihrem Marionettentheater fortfuhr.

Yuri hielt Abstand von der kleinen Gruppe. »Sieht so aus, als würdest du wirklich mit ihnen sprechen.«

»Ja, in der Tat! In den Monaten, seit mich Lieutenant Jones mit ihrer intuitiven Erkenntnis inspiriert hat, dass es sich bei den Tänzen der Erbauer um eine Art Kommunikation handelt, habe ich spektakuläre Fortschritte gemacht. Ich habe begonnen, ein umfangreiches Vokabular von ›Wörtern‹ zu erstellen, die …«

»Ich wusste nicht, dass du so weit gekommen bist. Von all dem hast du uns nichts erzählt.«

Sie klang ein wenig beleidigt. »Ich habe darauf gewartet, das Projekt abschließen zu können. Oder es zumindest bis zu dem Punkt voranzubringen, wo ich einen ordentlichen Bericht erstatten konnte.«

»Wir sind hier nicht auf der Akademie.« Das war einer von Mardinas Lieblingssprüchen. »Sag mir einfach, was du herausgefunden hast.«

»Viel – oder vielleicht auch nur wenig. Man muss die Herausforderung zu schätzen wissen. Ihr Menschen habt eine universelle Grammatik gemeinsam, die sich von eurer Körperform herleitet, der Art, wie ihr mit eurer Umgebung interagiert, eurer Erfahrung von Geburt, Leben und Tod. Die Erfahrung eines Erbauers – die Art und Weise, wie ein Lebewesen, das nach terrestrischen Kategorien halb Tier, halb Pflanze ist, die

Welt wahrnimmt – ist wirklich sehr fremdartig, und deshalb gilt das auch für seine Sprache. Darüber hinaus beinhaltet die Kommunikation der Erbauer eine ganze Palette von Komponenten. Die wichtigsten sind die gestische – das Tanzen – und der Geruch: Sie sondern nach Belieben körpereigene Substanzen ab. Ich habe den Eindruck, dass sie eine sehr alte Spezies sind, Yuri, und dass ihre Kommunikationsform ebenfalls sehr alt ist. Ich meine alt im biologischen Sinn. Viel älter als menschliche Sprachen. Tatsächlich hat sie sich bestimmt in biologischen und nicht in kulturellen Zeitmaßstäben entwickelt. Im Ergebnis ist ihre Sprache in gewisser Hinsicht breitbandig, mit vielen Diskurskanälen, von denen ich die meisten wohl erst noch entdecken muss.

Also haben wir mit den Grundlagen angefangen, mit einfachen Substantiven für nahe liegende konkrete Objekte. ›See‹ war das erste, wie du dir vorstellen kannst.« Seine Arm-Marionette vollführte eine Reihe kreiselnder Bewegungen, und Yuri roch eine schärfere Ausdünstung. Das Erbauer-Publikum antwortete auf die gleiche Weise. »Doch selbst für einen einfachen Begriff wie ›See‹ ist das Erbauer-Wort viel komplexer, mit vielen sich überlagernden Bedeutungen; es bedeutet so etwas wie ›die Berührungsfläche zwischen Mutter und Vater, die Leben bringt‹. Das ist meine vielleicht ein wenig unbeholfene Interpretation. Es ist, als würde ich dir jedes Mal, wenn ich das Wort ›See‹ benutze, auch dessen Geschichte vermitteln – vom Germanischen über das Alt- und Mittelhochdeutsche, zusammen mit mythologischen Fußnoten …«

»Aber Mutter und Vater?«

»Ach ja: Für sie ist Proxima der Vater, im Sinne emotionaler Analogien mit der conditio humana, und die Welt, Per Ardua, ist die Mutter – oder genauer, der Begriff bezieht sich, glaube ich, auf die flechtenreichen Nährstoffflecken, in denen ihre Jungen Wurzeln schlagen. Die Erwachsenen, die Babys aufziehen, werden mit einem Begriff bezeichnet, der sich meiner Ansicht nach eher mit so etwas wie ›Hebamme‹ als mit ›Elternteil‹ übersetzen lässt. Ausgehend von solchen Anfängen, habe ich viele weitere gängige Begriffe ermittelt, für Wasser, Erde, Himmel, heiß, kalt, groß, klein …«

»Wie nennen Sie uns?«

»Jeder von uns hat seinen individuellen Namen. Sie haben keine Gattungsbezeichnung für Menschen. Es gibt nur drei von uns – mich eingeschlossen –, und wir sind in ihren Augen alle sehr verschieden. *Dein* Name und der von Mardina sind Varianten eines Ausdrucks, der ›einzelner Stängel‹ bedeutet.

Sie sind nicht gerade Konversationsgenies, Yuri! Ihre Sprache ist eigentlich schlicht, mit einem sehr großen Vokabular, jeder Menge Bezeichnungen, aber nur elementaren grammatikalischen Regeln. Und vieles von dem, was sie zueinander sagen, besteht aus stehenden Wendungen. Wie Slogans oder Bauernregeln.«

Yuri versuchte, ein Beispiel zu finden. »So wie ›was nicht kaputt ist, soll man nicht reparieren‹?«

»Ja. Aber die Analogie eines Erbauers könnte etwa so lauten: ›Grab es aus, bevor du es machst.‹ Das ist ein weiterer Aspekt ihres großen Alters, Yuri Eden. Wir haben gesehen, dass sie Steinwerkzeuge benutzen. Aber bevor sie sich die Mühe machen, ein neues Werkzeug herzustellen, graben sie im Boden und sehen, ob sie etwas Weggeworfenes ausbuddeln können, ein von einem Vorfahr hinterlassenes Werkzeug, das Jahrtausende alt sein könnte. Sie wandern schon sehr, sehr lange hier in der Gegend umher: Der Boden ist offenbar so reich an zurückgelassenen Artefakten, dass sich eine solche Strategie lohnt. Und über die Generationen hinweg gibt es nicht sehr viel Innovation; sie gehen davon aus, dass die von ihren Vorfahren hinterlassenen Werkzeuge weitgehende Ähnlichkeit mit denen haben, die sie heute herstellen und benutzen. Mit der Sprache ist es dasselbe, eine Sammlung von Redensarten und Sprichwörtern, weitergereichte Weisheiten, glatt poliert von übermäßiger Benutzung.«

»Wie nennen sie sich selbst? Nicht Erbauer …«

»›Die Gefallenen‹. Das ist eine menschliche Analogie; ihr Begriff bedeutet eher so etwas wie ›die Halbzergliederten‹. Aber ich glaube, der Begriff des Fallens, des In-Ungnade-Fallens, ist angemessen. ›Alles ist Scheiße, und wir auch.‹ Das ist vielleicht ihr gängigster Spruch; sie sagen damit Guten Tag und Auf Wiedersehen und benutzen ihn als Einwurf im Gespräch. Obwohl der Begriff nicht ›Scheiße‹ bedeutet, sondern so etwas wie ›die marklose und zerbrochene Hülse eines toten Stängels‹. Sie scheinen das ganze Universum als trostlose Ruine zu betrachten und sich selbst für so wertlos zu halten wie Kakerlaken, die sich durch den Schutt wühlen. Nach menschlichen Maßstäben sind sie auf fast schon komische Weise trübsinnig, nehme ich an.«

»Und doch ziehen sie ihre Babys groß.« Yuri warf einen Blick auf den verletzten Erbauer, der noch immer vor der Marionette der KolE tanzte. »Und sie kümmern sich um ihre Kranken.«

»Das tun sie …«

Die KolE brach ab. Die Arm-Marionette hörte plötzlich auf zu »tanzen«, die Manipulatorarme falteten sich ein, und die KolE rollte auf ihren eigenen Spuren rückwärts und drehte sich zum Nordufer um. Die Erbauer hörten ebenfalls auf, offenkundig überrascht von der KolE; nachdem sie einen Moment lang erstarrt waren, begannen sie unvermittelt ein neues Gespräch untereinander.

Yuri schaute nach Norden. Ein orangefarbener Funke stieg in den Himmel: eine Leuchtkugel.

Die KolE rollte bereits davon. Yuri lief hinterher, so schnell er konnte, aber sie hängte ihn mühelos ab.

# 34

Als er die KolE endlich einholte, war sie schon auf dem Rückweg zur Siedlung. Mardina saß auf ihrer Frontpartie, an die durchsichtige, kuppelförmige Abdeckung gelehnt. Während die KolE dahinrollte, bearbeiteten ihre unendlich anpassungsfähigen Manipulatorarme Mardinas Bauch, massierten ihn mit ausholenden, schwungvollen Abwärtsbewegungen.

Yuri trabte neben ihr her. »Alles in Ordnung?«

»Wie sieht's denn aus?«, knurrte sie zurück. »Die Fruchtblase ist geplatzt. Ich hatte ein paar Wehen. Und mein Rücken bringt mich um.«

»Wir haben alles im Griff«, sagte die KolE ruhig, während sie so schnell dahinrollte, wie sie es vermutlich wagte.

»Halt du die Klappe.«

»Hier.« Yuri zog seinen Kittel aus Stängelrinde aus, rollte ihn zusammen und schob ihn Mardina hinter den Rücken. Zumindest das akzeptierte sie. »Was kann ich sonst noch tun?«

»Du kannst dich verpissen und alles mir und meinem Robodoc hier überlassen. Ich – *autsch* – oh, du kleiner Mistkerl!«

»Lauf voraus, Yuri Eden«, bat die KolE. »Wir werden das Haus benutzen; bitte bereite es vor, wie wir es geplant haben.«

»Nun mach schon«, blaffte Mardina, »du … *au!*«

Also lief Yuri voraus.

Sie hatten das alles geprobt. Er räumte seine eigenen Sachen im Haus zusammen und brachte sie in eines der Lagerhäuser, dann rückte er Mardinas Bett näher an die Tür und zündete in der Herdstelle ein Feuer an. Er vergewisserte sich, dass ihre gesamte noch vorhandene medizinische Ausrüstung aus IRF-Beständen nahe bei Mardinas Bett bereitlag. Außerdem verbreiterte er den Eingang, indem er ein paar Platten entfernte, die sie vorher extra eingesetzt hatten, um zu gewährleisten, dass die KolE Zugang zum Haus hatte, wenn es nötig war.

Als die KolE eintraf, ließ Mardina nicht mit sich reden. »Raus, Eisjunge. Ich will nicht, dass du auch nur in meiner Nähe bist.«

»Es ist auch mein Kind ...«

»Aber mein verdammtes Becken. Raus, raus!«

»Ich glaube, es ist am besten so, Yuri Eden«, sagte die KolE leise.

»Schon gut, schon gut.«

»Ich rufe dich, wenn ...«

»Ich sag's doch, schon gut.« Yuri stampfte hinaus.

Er musste zusehen, wie sich die KolE vorsichtig ihren Weg ins Haus bahnte; sie passte nicht ganz hinein, und Yuri drapierte auf ihren Wunsch eine Plane über ihre hervorstehende Rückseite, um den Eingang zum Haus zu verschließen.

Danach sah er nichts mehr von der Geburt.

Die Wehen dauerten Stunden und hörten sich schwierig an. Nicht dass Yuri schon irgendwelche Erfahrungen mit solchen Dingen gehabt hätte. Er hörte Schreie und Weinen und die ruhige Stimme der KolE, die ihre Patientin eindringlich aufforderte zu atmen, zu atmen.

Nach einer Weile schlenderte er davon, auf der Suche nach einer Aufgabe, die ihn vielleicht ablenken würde, auf den Feldern, in dem zur Werkstatt umfunktionierten kleinen Lagerhaus. Alles kam ihm belanglos vor. Das einzig Wichtige in seinem Universum, das Einzige, was auf dieser Welt zählte, geschah in dem Haus, das er zusammen mit Mardina gebaut hatte, und er konnte nichts tun, um darauf Einfluss zu nehmen.

Aus einem spontanen Impuls heraus verließ er das Lager und lenkte seine Schritte wieder zum See.

Eine Wolke der Niedergeschlagenheit sammelte sich um ihn. Wozu war er nutze? Er lebte nun schon seit vier Jahren auf Per Ardua. In einer kurzen, chaotischen Phase voller unbeholfenem, nur halbwegs befriedigendem Sex hatte er alles getan, was Mardina je von ihm gebraucht hatte oder je brauchen würde. Er fühlte sich, als besäße er keine Identität – und die besaß er auch nicht, nicht seit seine Eltern ihn in Manchester in den Kryo-Tank gesteckt hatten. Selbst hier, in dieser kleinen Zwei-Personen-Kolonie, spielte er keine Rolle, jedenfalls keine wesentliche, nicht, wenn es wirklich darauf ankam. Seit er auf dem Mars erwacht war, befielen ihn immer wieder einmal solche Anwandlungen. Im Allgemeinen kämpfte er mit Arbeit gegen sie an. Allein war es schwerer.

Er erklomm eine Klippe, von der aus er einen guten Blick auf den See hatte. Er sah die Dämme und das bis zum Rand mit Wasser gefüllte Überschwemmungsgebiet hinter ihnen im Norden und die seltsam geformten Haufen im Süden. Von hier aus hatte er den klaren Eindruck, dass die Anordnung der Haufen in Wirklichkeit ein integriertes System ergab, als ob all diese Bauwerke einem einzigen Zweck dienten. Und er sah die undeutlichen Bewegungen von Erbauern am Nord- und Südufer; sie kreiselten umher, folgten einander und versammelten sich zu kleinen Gruppen, die sich rasch wieder auflösten und woanders neu formten. Mardina hatte recht; sie arbeiteten auf etwas hin, auf irgendeine große Phase des unbekannten Projekts, das sie gerade durchführten.

Und natürlich ignorierten sie alle den Menschen, der allein auf dieser Klippe stand und sie beobachtete, diesen Besucher von einem anderen Stern. Wirklich erstaunlich – als hätten ägyptische Sklaven weiter an ihren Pyramiden geschuftet, ohne das silbrige Ufo zu beachten, das im Schatten der Sphinx gelandet war. Aber warum sollten sie ihm auch Beachtung schenken? Er war seinen eigenen Leuten egal und immer egal gewesen; warum sollte er diesen Außerirdischen also nicht egal sein?

Er hörte so etwas wie ein Knacken.

Er sah, wie von einem dieser Dämme im Norden eine Gischtfontäne emporspritzte, als wäre er plötzlich gebrochen. Hatte er versagt? Doch dann ertönte ein weiteres Knacken, wie ein Kanonenschuss, und noch eines, und er sah bei anderen Dämmen weitere dunstige Gischtfontänen in die Luft steigen und hörte ein Tosen.

Es war kein Unfall. Jemand hatte dafür gesorgt, dass diese Dämme alle zur gleichen Zeit versagten, oder sie wurden absichtlich zerstört, einer nach dem anderen, und das Tosen, das er hörte, war der Strom des freigesetzten Wassers; die gewaltigen, hinter den Dämmen gefangenen Fluten mussten sich jetzt in den See ergießen. Aber warum geschah das alles?

Und dann plötzlich ein Knall, hinter ihm.

Er drehte sich um und schaute zum Lager zurück. Eine weitere Leuchtkugel war abgefeuert worden; über ihrem kegelförmigen Haus stieg ein Funke orangefarbenen Lichts in den Himmel.

Er kletterte von der Klippe herab und rannte zurück, so schnell seine Füße ihn trugen.

Als Yuri eintraf, rollte die KolE gerade rückwärts aus dem Haus. Sie hielt ein Bündel von Decken. Yuri hätte sich nie vorstellen können, dass ein Bündel Manipulatorarme eines Killer-Roboters so viel Zärtlichkeit auszudrücken vermochte.

Die KolE begann unvermittelt, laut zu sprechen. »Was für ein hässliches Kind! Geradezu eine Monstrosität. Und es wird sich sein Leben lang schlecht benehmen, das sehe ich ihm einfach an, und nichts als eine Last für seine unglücklichen Eltern sein ...«

»KolE! Was, zum Teufel, machst du da?«

In normalem Tonfall sagte sie: »Ich befolge Mardina Jones' Anweisungen, Yuri Eden. Ich verscheuche die bösen Geister, die in böswilliger Hoffnung jeder Geburt beiwohnen. Und jetzt ...« Vorsichtig, langsam, wie ein schweres Orbitalschiff, das behutsam an eine Raumstation anzudocken versuchte, gab die KolE Yuri das Baby.

In dieser Sache hatte Yuri selbst einige Anweisungen erhalten, er hatte sogar mit Kleider- und Deckenbündeln geübt, beaufsichtigt von einer strengen Mardina, und er wusste, wie er das Kind halten, wie er dessen Kopf stützen musste. Tief in der Masse von Decken war ein kleines, verschrumpeltes, rosafarbenes, feuchtes Gesicht mit geschlossenen, aufgedunsenen Augen und von Flüssigkeit angeklebten Haaren. Die Haare waren so schwarz wie die seiner Mutter, aber auch so glatt wie die seines Vaters. Als Yuri auf das Kind hinabschaute, spürte er, dass sich etwas in ihm verschob und zerbrach, als gäbe es auch in seinem Innern einen einstürzenden Damm.

»Beth«, sagte die KolE. »Ihr Name ist Beth Eden-Jones. Der Mutter geht es gut. Mardina wird versuchen zu schlafen, aber sie hat gesagt, dass sie dich sehen möchte.«

»Danke.«

»Es war meine Aufgabe. Aber ich weiß es zu schätzen, dass du das gesagt hast, Yuri Eden.«

Eine Erinnerung schwebte zur Oberfläche von Yuris Geist empor, weit weg und nahezu bedeutungslos. »Du solltest vielleicht mal einen Blick auf den See werfen.«

»Den See?«

»Da hat sich etwas getan, während du dort drin bei Mardina warst.«

»Mache ich. Geh die Mutter besuchen, Yuri Eden.« Sie drehte sich um und rollte davon, in Richtung des Sees.

Yuri betrat das Haus. Die Plane, die er aufgehängt hatte, um den Rumpf der KolE zu bedecken, baumelte immer noch von ihren Haken und schloss den Tag aus. Im Innern des Hauses hing der Geruch von Blut und Körpern, von Antiseptika und dem noch immer brennenden Feuer – ein Stängelgeruch, der plötzlich und sehr deutlich an die Erbauer erinnerte, als wären diese trübsinnigen, beharrlichen Geschöpfe hier im Haus, um ein Wiegenlied zu singen. Mardina lag ausgestreckt auf ihrem Bett. Sie sah erschöpft aus, war jedoch gesäubert – frisches Nachthemd, zurückgekämmte Haare, gewaschenes Gesicht. Sie lächelte, als Yuri mit dem Baby über ihr stand. Er sah, dass das von der KolE angefertigte Kinderbett, ein Gebilde aus arduanischen Stängeln, neben ihrem Bett bereitstand.

»Willst du irgendetwas?«, fragte er.

»Nein. Oder doch, schlafen – in einer Minute. Ich wollte dich bloß sehen.«

»Das Netteste, was du je zu mir gesagt hast, Astronautin.«

»Treib's nicht zu weit, Eisjunge.«

»Das ist also Beth.«

»Der Name meiner Mutter. Irgendwelche Einwände?«

»Natürlich nicht. Ich dachte nur, der Name deiner Mutter wäre irgendwie …«

»Exotischer? ›Elisabeth‹ hat man sie in dem Internat genannt, in dem sie nach den Umsiedlungen wegen der Austrocknung aufgewachsen ist. Sie wurde von ihrer eigenen Mutter getrennt. Hat ihren Geburtsnamen nie gekannt.«

»Also, dann Beth.«

»Klar ... Was empfindest du, Yuri?«

Er versuchte, es in Worte zu fassen. »Als wäre ich durch eine weitere Tür gegangen.«

»Dein Leben hat sich schon wieder verändert, hm? Also, hier ist sie. Phase eins des großen Plans, weißt du noch? Unsere Rentenversicherung und die Lenden der nächsten Generation.«

»Sie ist nichts von alledem. Sie ist Beth.« Er schaute auf das Baby hinab, auf dieses Stück von ihm selbst. »Nichts von diesem Adam-und-Eva-Quatsch. Ich ... wir, wir beide werden sie beschützen und aufziehen und dafür sorgen, dass sie ein so erfülltes Leben hat, wie sie es verdient.«

Mardina hob schwach den Kopf. »Das ist ein großes Versprechen, Eisjunge. Ich meine, wie kann sie sich zum Beispiel jemals verlieben? Im Gesamtbild hat sich nichts verändert, Yuri. Wir sitzen immer noch allein hier fest.«

»Eine weitere Tür wird sich öffnen«, sagte Yuri ruhig. »Genauso wie zuvor. Und ich werde hindurchgehen und Beth und dich mitnehmen.«

Mardina lächelte. »Weißt du, jetzt, in diesem Moment, glaube ich dir. Aber das liegt wahrscheinlich bloß an den Medikamenten. Lass mich schlafen und wieder auf die Beine kommen, dann trete ich dir richtig in den Arsch.«

»Ich lege sie in ihr Bettchen ...«

Aber Mardina hatte sich schon zurücksinken lassen und war weggedämmert.

# 35

Zwölf Stunden später – Mardina war wach, und das Baby hatte die ersten Fütterungen erfolgreich hinter sich gebracht – kam die KolE zum Haus gerollt. Sie wartete draußen, bis Yuri den Kopf aus der Tür streckte.

»Tut mir leid, wenn ich störe, Yuri Eden.«

»Ist schon okay, Kumpel.«

»Es geht um den See. Du hast mich auf Entwicklungen während der Niederkunft aufmerksam gemacht. Es hat noch weitere gegeben. Ich dachte, ihr würdet es euch vielleicht beide ansehen wollen. Oder vielmehr, ihr alle drei.«

»Ich weiß nicht recht, ob …«

»Ich bin dabei, KolE.« Mardina stakste aus dem Haus, in einen schweren IRF-Mantel gehüllt. Sie atmete tief durch. »Saubere Luft in den Lungen. Gibt nichts Besseres. Ich sag euch was, ich ziehe rasch meinen Trainingsanzug an, und wir joggen rüber.«

»Kommt gar nicht infrage.«

»Ich glaube, sie zieht dich auf, Yuri Eden«, sagte die KolE.

Mardina grinste. »Du fällst auch auf alles rein, Eisjunge. Wir fahren auf der KolE, und du kannst laufen. Abgemacht?«

In aller Ruhe bereiteten sie sich auf die kleine Expedition vor. Die KolE wurde mit Decken, Wasser und heißen Getränken für Mardina und abgepumpter Milch für das Baby beladen. Dann brachen sie zum See auf. Die Luft unter der immer stärker gefleckten Scheibe von Proxima war frisch, fast schon kalt.

Bevor sie das Ostufer erreichten, bestiegen sie eine der vielen niedrigen Klippen, von denen diese Landschaft übersät war, und schauten auf den See hinaus.

Er hatte sich dramatisch verändert. Die großen Überschwemmungsgebiete hinter den Dämmen im Norden waren leer. Aber das gestiegene Wasser des Sees hatte das Ufer auf der Südseite durchbrochen. Offenbar von den Haufen der Erbauer gelenkt, ergoss es sich nun in das trockene Flussbett, das Yuri viele Male durchquert hatte, und begann bereits, eine Senke weiter südlich zu überfluten. Überall waren die Erbauer auf den Beinen; Erwachsene mit Jungen, sogar ein paar Invaliden, die von Gruppen von Erwachsenen getragen wurden, strömten um die Ufer des Sees herum zum Abflusskanal.

»Die haben das absichtlich gemacht«, hauchte Mardina.

»So ist es, Mardina Jones. Dies ist das Werk der Erbauer. Die abrupte Freisetzung des hinter den Dämmen im Norden gestauten Hochwassers hat eine Flutwelle erzeugt, die das Südufer durchbrochen und die Abflusskanäle durchgespült, vertieft und erweitert hat. Jetzt wird ein großer Teil des Sees ablaufen, schätze ich. Und er wird sich in der Senke, die ihr im Süden seht, neu bilden. Sie erstreckt sich noch ein ganzes Stück weiter nach Süden, wird aber ihrerseits abfließen … Ich habe mir die Topografie genau angesehen. Ich glaube, wenn dieses Manöver abgeschlossen ist, wird der See rund zehn Kilometer weit nach Süden *verlegt* worden sein.«

»›Manöver‹«, wiederholte Mardina, mit dem Baby in den Armen. »›Verlegt‹. Das klingt ja, als wärst du der Ansicht, es sei zielstrebig geschehen.«

»Genau das glaube ich. Die Erbauer haben das geplant und ausgeführt; sie haben den See mit voller Absicht nach Süden verlagert. Sobald er dort ist, werden sie vermutlich neue Stängelbänke – oder besser Stängel*beete* – anpflanzen und vielleicht auch den Bestand der hiesigen ›Fische‹ und anderer Wassergeschöpfe erneuern ... Diese stetige Hebung im Norden hat ihnen geholfen, ich meine die geologische Hebung, das magmatische Ereignis, das dort stattzufinden scheint. Aber ja, sie haben diesen See zweifellos verlegt.«

»Warum?«

»Darauf habe ich keine Antwort«, sagte die KolE. »Ich kann nur spekulieren. Aber es muss einen guten Grund dafür geben. Ich nehme an, wir werden es beizeiten herausfinden.«

»Und was bedeutet das nun für uns?«, fragte Mardina.

»Der See ist unsere einzige sichere Wasserquelle«, sagte Yuri. »Auf den Regen können wir uns nicht verlassen. Das wissen wir. Wenn sich der See verlagert, müssen wir ihm folgen.«

Die KolE sah aus, als hätte sie Schmerzen. »Ich habe hier ganze Felder mit terrestrischer Ackerkrume angelegt.«

»Dann ziehen wir eben mitsamt dem Mutterboden um, so gut es irgendwie geht. Ohne Wasser können wir nun mal nicht hierbleiben. Unsere anderen Sachen müssen wir ebenfalls mitnehmen. Das Haus, die anderen Gebäude – vielleicht bauen wir alles in modularer Form wieder auf, für den Zeitpunkt, an dem wir unsere Zelte wieder abbrechen müssen.«

»Du meinst«, sagte Mardina langsam, »wenn die Erbauer den See irgendwann in der Zukunft erneut verlegen.«

»Richtig.«

»Warum sollten sie?«

»Wenn sie's einmal getan haben, warum sollten sie's dann nicht noch mal tun?«

»Die IRF dachte, wir würden unser ganzes Leben hier an diesem Ort verbringen«, sagte Mardina. »An den See gebunden, wegen des Wassers. Stattdessen wandert der See, und wir wandern mit.«

»Das stimmt.« Er grinste. »Alles hat sich verändert.«

»Und für dich hat sich eine Tür geöffnet, Eisjunge. Wie du gesagt hast.«

»Ganz genau. Jetzt müssen wir nur noch hindurchgehen. Und wer weiß, was wir finden werden?«

»KolE«, sagte Mardina, »wie war noch gleich der Erbauer-Ausdruck für den See?«

»›Die Berührungsfläche zwischen Mutter und Vater, die Leben bringt.‹«

»Hmm. Und wohin er auch reist, ja, er *wird* Leben bringen. Wie der Traumzeit-Geist, der die Flüsse und Wasserlöcher schuf. Er ist ein *jilla*.«

Yuri nickte. »Okay. Jedenfalls ein besserer Name als Pfütze.«

Das Baby begann zu schreien. Es fror, war müde und hungrig. Die KolE, die sich trotz ihres klobigen Rumpfes mit seltsam tänzerischer Anmut bewegte, wendete vorsichtig, um ihre zerbrechliche Fracht so wenig wie möglich zu stören, und machte sich auf den Rückweg zum Lager.

# 36

Der Flug mit dem UEI-Jumboschiff von der Erde zum Merkur war eine energieaufwendige schnurgerade Schussfahrt durchs Sonnensystem bei konstanter Beschleunigung von einem g. Konstant bis auf ein sechsstündiges Mikroschwerkraft-Intervall, als der Kernel-Antrieb kurzzeitig abgeschaltet, ein Systemcheck durchgeführt und das Schiff gedreht wurde, um mit dem Bremsmanöver beim Zielanflug zu beginnen.

In diesem Zeitraum, als der Antrieb inaktiv war, lud Monica Trant Stef Kalinski ein, den Maschinenraum des Jumbos zu besichtigen. Unter Führung eines Mitglieds der IRF-Crew hangelten sie sich eine Rutschstange hinunter, die entlang der Achse des großen, geräumigen Tanks, der den Hauptteil des Schiffes ausmachte, bis hinab zu den Triebwerken verlief.

»Vielen Dank dafür«, sagte Stef zu Trant. »Sie wissen ja, wie das ist. Seit der Graduierung habe ich praktisch mein ganzes Leben dem Studium der Kernels gewidmet. Bisher hatte ich allerdings nur Zugang zu der Handvoll Exemplare, die den Mondlaboren der Vereinten Nationen von der UEI gespendet wurden, und selbst dort durften wir nie solche Hochenergie-Experimente durchführen …«

»Wie sie unsere Ingenieure in den Maschinenräumen von Jumbos wie der *Schrapnell* täglich machen«, bemerkte Trant trocken. »Ich weiß. Tja, in Anbetracht dieses seltsamen Fundes auf dem Merkur ist man zu dem Schluss gelangt, dass man doch Theoretiker braucht. Mal sehen, ob Sie Ihrer Aufgabe gewachsen sind.«

Sie erreichten eine Sicherheitsschleuse im unteren Ende des Jumbos, wo ein Besatzungsmitglied sie aufhielt, um ihre Zugangsberechtigung zum Maschinenraum zu verifizieren. Stef hielt sich in der Schwerelosigkeit an ihrer Stange fest und schaute in den riesigen, von Neonröhren hell erleuchteten Tank des Schiffsrumpfs hinauf. Auf dieser Reise war das Schiff mehr oder minder leer – unglaublicherweise schien es der Hauptzweck dieses interplanetarischen Hochgeschwindigkeitsfluges zu sein, *sie* zum Merkur zu bringen –, aber sie sah Halterungen und Schatten im Anstrich, wo Trennböden, Ladekräne und andere Vorrichtungen eingesetzt werden konnten. Momentan schwärmte die IRF-Crew in der Luft umher und nutzte die Chance, verstopfte Luftfilter zu reinigen und andere Aufgaben in Winkeln auszuführen, in die man bei Schwerkraft nur mit Mühe gelangte.

Mit Jumbos wie diesem wurden regelmäßig umfangreiche Frachten zwischen den Planeten hin und her transportiert. Wissenschaftliche Proben zum Beispiel. Vor einem Jahrhundert hatten Planetologen mit Proben geprahlt, die ein Roboter-Fahrzeug vom Mars zur Erde gebracht hatte – Proben, die sich in *Gramm* bemessen hatten. Jetzt brachten sie tonnenschwere Felsbrocken und kilometerlange Bohrkerne aus dem marsianischen Polareis mit. Man hatte sogar ein Versuchsschiff in den interstellaren Raum geschickt, zu der bewohnbaren Welt in einer Umlaufbahn um Proxima Centauri. Und mit Jumbos wie diesem wurden heutzutage *Hunderte* von Kolonisten routinemäßig zu den UN-Basen auf dem Mond und dem Mars befördert. Stef glaubte, den Gestank all der Menschen riechen zu können, die in diesem Schiff gereist waren,

Schweiß, Urin und Babymilch, eingesickert in die Substanz des Schiffes selbst.

Monica Trant sah ihren Blick. »Nicht hübsch, was? Aber sehr effektiv. Die *Schrapnell* ist eines der zuverlässigeren Mitglieder der kleinen interplanetarischen UEI-Flotte.«

»Wieso *Schrapnell?* Ich dachte, das Schiff hieße *Prinzessin Aebbe.*« In den Aufenthaltsräumen der Passagiere wurden kleine, von der jüngsten Tochter des nordbritischen Königs erstellte Animationen vom Start des Schiffes aus seinem Trockendock an einem Lagrange-Punkt zwischen Erde und Mond gezeigt, und die »Fighting Man«-Standarte der königlichen Familie prangte in leuchtendem Rot und Gold auf dem ganzen Rumpf, zusammen mit UN-Kreiszeichen und UEI-Logos.

»So ist es. Aber all diese Jumbos haben geläufigere Namen, die sie von ihren Ingenieuren bekommen haben. Wir vertrauen den Kernels nicht, weil wir sie nicht verstehen. Also – die *Pilzwolke*, die *Schrapnell*, die *Bauchlandung.*«

»Schwarzer Humor.«

Trant sah sie merkwürdig an. Sie war jetzt Ende dreißig, mit straff nach hinten gekämmten, ergrauenden Haaren, wirkte aber fit, schlank und eindeutig kompetent in ihrer Welt. »Schwarzer Humor, ja. Sie verbringen nicht viel Zeit mit Menschen, nicht wahr? Das weiß ich noch von damals, als wir die Angelia von Yeats aus gestartet haben, zusammen mit Ihrem Vater. Sie waren ein in sich gekehrtes Kind und hingen mit der Nase immer an dem einen oder anderen Bildschirm.«

»Sie wissen ja, wie Kinder sind, nicht wahr?«

»Ich habe selber eins. Den kleinen Rob. Er ist jetzt zwei Jahre alt. Zu Hause bei seinem Vater …«

»Sie sind nicht lange beim Angelia-Projekt geblieben.«

Trant schien auf der Hut zu sein. »Immerhin ein paar Jahre. Seit Angelia verstummt war, gab es nichts mehr zu tun, nur noch Archivierungsarbeiten und Versuche, den Kontakt wiederherzustellen. Sehen Sie, Major …«

»Nennen Sie mich Stef.«

»Sicher. Nichts für ungut, ich weiß, die Angelia war das Lieblingsprojekt Ihres verstorbenen Vaters, aber es war schon vor dem Start überholt. Also bin ich dorthin gegangen, wo etwas los war, und habe mich auf das neue Gebiet der Kernel-Technik verlegt. So wie Sie, in gewissem Sinn, richtig? Ich habe Kontakte benutzt, die ich beim Start der *I-One* geknüpft hatte. Und jetzt bin ich eine der internen Top-Beraterinnen der UEI in Sachen Kernel-Technik. So ist das Leben.«

Stef zuckte die Achseln. Persönliche Gespräche wie dieses über die Rechtfertigungen der Leute für ihre Lebensentscheidungen interessierten sie nicht besonders.

»Und Sie sollten sich geehrt fühlen«, sagte Trant jetzt. »Diese Schiffe fliegen kaum jemals leer, nicht seit ihren Testflügen. Denen ist offenbar viel daran gelegen, Sie zum Merkur zu bringen, hm?« Sie klang ein wenig neidisch.

»Ich hoffe, ich kann einen Beitrag leisten«, sagte Stef ausweichend.

Endlich bekam das Besatzungsmitglied die Bestätigung ihrer Zugangserlaubnis. Es öffnete die Luke, und sie verließen den großen Innenraum des Jumbos durch ein dickes Schott. Sie mussten eine Art Luftschleuse passieren, und Stef bemerkte, dass diverse Sicherheit-Scans durchgeführt wurden; die schimmernden Linien von Laserleitstrahlen strichen über sie hinweg.

»Reine Routine«, sagte Trant.

»Wozu ist das nötig? Wenn jemand versuchen würde, den Antrieb zu sabotieren, würde wahrscheinlich das ganze Schiff zerstört werden, einschließlich des Saboteurs. Die Energien sind so gewaltig, dass …«

»Ja, ich weiß«, fiel ihr Trant ein wenig gereizt ins Wort. »Aber wir transportieren Hunderte von Kolonisten durchs Sonnensystem, und manche von ihnen stellen unterwegs fest, dass sie doch nicht allzu glücklich darüber sind, Kolonisten zu werden, ob sie nun die Wahl hatten oder nicht. Sie können ganz schön in Verzweiflung geraten. Menschen handeln nicht immer rational, Major Kalinski. Und dann ist da der chinesische Faktor.«

»Das ist nicht Ihr Ernst.«

»Nun ja, wir haben es mit einer Großmacht zu tun, die immer noch keinerlei Anteil an der Nutzung dieser fortgeschrittenen und sehr mächtigen Technologie hat. Ich wäre überrascht, wenn die UEI und die IRF *nicht* von chinesischen Spionen oder sogar von Saboteuren durchsetzt wären. Also nehmen wir die Sicherheitsvorkehrungen ernst.«

Nachdem sie die Schleuse passiert hatten, sanken sie in einen Ruhebereich mit Toilette, ein paar Etagenbetten und kleiner Kombüse hinab.

Und hier wartete Sir Michael King auf sie, lose auf eine Liege geschnallt, und trank Kaffee aus einem Plastikbecher mit Tülle. Er trug einen praktisch und teuer zugleich aussehenden Overall in tiefem Königsblau, maßgeschneidert für seinen gedrungenen, schweren Körper. Als Trant und Stef von der Decke herabschwebten, richtete er sich auf. »Freut mich, dass Sie es geschafft haben, hier herunter zu kommen, Major Kalinski.«

»Weshalb sollte ich nicht, Sir?«

»Die meisten Passagiere, besonders die von der Erde, verbringen den größten Teil der Übergangsphase zwischen Beschleunigung und Bremsmanöver in ihrer Kabine und kotzen sich die Seele aus dem Leib.«

»Ich habe zahllose Flüge von der Erde zum Mond absolviert. Mein Körper ist an die Mikroschwerkraft gewöhnt.«

»Meiner leider nicht«, erwiderte King. »Ich musste eine ganze Apotheke schlucken.« Er grinste. Sein Gesicht war bleich, und er schwitzte. »Aber ich möchte es um nichts in der Welt verpassen.«

Trant nickte dem IRF-Besatzungsmitglied zu, das ihnen diskret und schweigend gefolgt war. »Dann wollen wir mal.«

Der Mann öffnete eine weitere Luke im Boden. Darunter sah Stef eine Art Teppich, gesprenkelt von Lichtern, die im relativen Halbdunkel hell leuchteten. Sie folgten dem Mann durch die Luke nach unten und verteilten sich.

In dem großen Raum befanden sich schon drei, vier andere Besatzungsmitglieder in pechschwarzen IRF-Uniformen. Sie schwebten mit Tafeln über den beleuchteten Teppich hinweg, machten sich Notizen und unterhielten sich leise. Der »Teppich« war in Wahrheit ein weiteres Schott, das die ganze Schiffsbreite einnahm, wie Stef jetzt erkannte, und die mehr oder minder gleichmäßig verteilten Lichter, die auf dem Boden funkelten, waren ein Display. Flusslinien liefen in schwungvollen Bögen zwischen den Lichtern hindurch und vereinigten sie in einer gefälligen, strudelnden Geometrie – einer dreidimensionalen Geometrie, sah Stef, als sie den Kopf hin und her drehte. Das Ganze war von winzigen Schildchen mit Nummern und englischen Buchstaben übersät; die Systeme spürten, wohin sie gerade schaute, und die Schildchen in ihrem Blickfeld vergrößerten sich.

»Das ist unser Maschinenraum«, sagte Trant. »Wir steuern alles durch dieses eine Display. Während wir beschleunigen, ist es ein Boden unter unseren Füßen, aber in der Mikroschwerkraft macht es mehr Sinn, es als senkrechte Wand zu behandeln – dort sind Haltegriffe für Hände und Füße, wie Sie sehen …«

Sir Michael King beobachtete Stef aufmerksam. »Näher kommen wir ans eigentliche Geschehen nicht heran. Wenn ich es richtig verstehe, ist das Display, das wir hier sehen, nur eine symbolische Darstellung der Realität, aber … Spüren Sie sie, Major? Ich weiß, Sie haben sich jahrelang in der Nähe von Kernels aufgehalten, aber nicht von so vielen wie hier. *Fühlen* Sie sie? Spüren Sie ihre Energien?«

Und Stef glaubte tatsächlich, etwas zu spüren, ja, eine Art Gezeitenstrom, der an ihrem Körper zog, während sie dort in der Luft hing – vielleicht ein Gezeitenstrom, der von den Raumzeit-Knoten der Kernels selbst ausging, vielleicht auch eine Kraft, die von den mächtigen Magnetfeldern herrührte, die sie an Ort und Stelle hielten, eine ganze Wand, nur wenige Meter von Stef entfernt. Sie verspürte eine instinktive, körperliche Erregung; die erbärmliche Handvoll Kernels in den Mondlabors wäre in diesem Kernel-Meer sang- und klanglos untergegangen.

King grinste. »Hier sind Sie nun, Auge in Auge mit dem Geheimnis. Erzählen Sie mir von den Kernels, Major Kalinski.«

»Ich kann Ihnen sagen, was wir zu wissen glauben. Und das ist herzlich wenig.«

Er verzog das Gesicht. »Und ich könnte Ihnen sagen, wie viel mich diese unzureichende Antwort bisher schon gekostet hat.«

»Tut mir leid.«

»Ich weiß, dass ein Kernel ein verzerrtes Stück Realität ist«, sagte er. »Wie ein schwarzes Loch, stimmt's?«

»Das war unsere erste Vermutung. Schwarze Löcher sind ähnlich verzerrte Stücke der Raumzeit, ja, Überreste implodierter Riesensterne oder vielleicht Relikte des Großen Knalls. Und alle schwarzen Löcher senden Strahlung aus; über ihre Ereignishorizonte verlieren sie Energie, und je kleiner sie werden, desto heißer sind sie. Aber nichts passt. Ein Kernel hat eine Masse von nur einigen *Kilogramm*, erheblich weniger als alle außer den flüchtigsten schwarzen Löchern. Und die Energie, die es emittiert, ist nicht die Hawking-Strahlung eines schwarzen Loches, sondern etwas viel Exotischeres, eine Flut hochenergetischer Photonen und extrem schneller Partikel, wie die kosmische Strahlung. Außerdem hängt die Art des Energieaustritts bei einem Kernel davon ab, wie man es anregt.«

»Mit Laserstrahlen, meinen sie«, sagte King. »Ja, darüber weiß ich Bescheid. Es hat viele Menschenleben gekostet, diese schlichte Tatsache herauszufinden. Und der Merkur hat einen neuen Krater bekommen.«

»Durch die Manipulation mit Laserstrahlen kann man die Art *formen*, wie ein Kernel die in ihm gespeicherte Energie freisetzt. Wenn man es richtig anstellt, kann es sogar unidirektional geschehen.«

»Wie bei einer kleinen Rakete.«

»Einer mikroskopisch kleinen Photonenrakete, ja. Das macht sie so nützlich. Die Kernels haben eine elektrische Ladung und sind so leicht, dass ein ausreichend starkes Magnetfeld eine ganze Batterie in Schranken halten kann, so wie in diesem Schiff, hinter diesem Schott. Wenn man die Steuerlaser auf die richtige Weise einsetzt, öffnen sie sich allesamt, und dann hat man eine Art Photonenrakete.«

»Angetrieben von einem Licht so hell wie die Sonne«, sagte King. »Sichtbar über interplanetarische Entfernungen hinweg.

Eine höllische Sache. Selbst nach all diesen Jahren habe ich mich immer noch nicht an den Anblick gewöhnt. Aber was ich von Ihnen wissen will, Major, ist, wie die verdammten Dinger funktionieren. Woher kommt diese ganze entzückende Energie?«

»Nun ja, nicht aus der Struktur des Kernels selbst – dazu ist es nicht massiv genug. Wir nehmen an, dass ein Kernel weniger einem schwarzen Loch als vielmehr einem Wurmloch ähnelt …«

»Einem Tunnel im Raum.«

»Ja.«

»Ich dachte, Wurmlöcher könnte es gar nicht geben«, sagte Trant. »Man bräuchte irgendeine fremdartige Materie, um sie offen zu halten.«

Es irritierte Stef jedes Mal, wenn ein Laie ihr eine Frage stellte und sie dann über die Antwort belehrte, statt einfach *zuzuhören*. »So mag es dem Einstein-Relativitäts-Kinderkram zufolge ausgesehen haben, den man Ihnen auf der Highschool beigebracht hat, Monica«, fauchte sie, »bevor Sie die Wissenschaft zugunsten der Technik aufgegeben haben. Schon mal was von einem Dilatationsfeld gehört? Nein?«

Monica Trant schaute verärgert drein.

King zog belustigt seine buschigen Augenbrauen hoch. »Tja, damit hat Stef *Sie* in Ihre Schranken verwiesen. Kommen wir zu den Grundlagen. Ein Wurmloch ist ein Tunnel, stimmt's? Von hier nach … woanders.«

»Richtig.«

»Also kommt die Energie, die aus einem Kernel strömt, die Energie, die wir einspannen, um unsere Jumbos anzutreiben, nicht von dem Kernel selbst. Sie kommt woandersher und wird nur durch das Kernel übertragen.«

»So scheint es zu sein. Die ultimative Energiequelle muss ein überaus energetisches Ereignis *irgendwo anders* sein. Vielleicht ein Gebilde, das Gammablitze aussendet. Möglicherweise aus der Zukunft oder der Vergangenheit.«

Trant runzelte die Stirn. »Was meinen Sie damit?«

»Das Wurmloch könnte Sie mit jedem anderen Punkt im Raum und in der Zeit verbinden, Sir. Oder …«

King winkte ab. »Es reicht, es reicht. Wissen Sie, Major, manchen Leuten sind die Kernels verdächtig. Ich meine, allein schon ihre Existenz. So wie Ihrem Vater, nicht wahr? Da suchen wir verzweifelt nach Möglichkeiten, die Sterne zu erreichen. Und dann wird uns diese magische Energiequelle auf dem Silbertablett präsentiert, und wir sind unterwegs nach Proxima Centauri. Wir brauchen ein Wunder, und plötzlich haben wir eins. Das Problem ist, Major, im Geschäft oder in der Politik, ja, zum Teufel, sogar in den meisten Ehen gilt: Wenn ich Ihnen etwas gebe, dann im Allgemeinen, weil ich dafür etwas von Ihnen haben will. Also, wo ist der Haken?«

»Sie nehmen an, dass es eine aktive Kraft gibt«, protestierte Stef. »Die Intervention eines Bewusstseins. Das sollte man lieber ausschließen, solange keine überwältigenden Beweise dafür vorliegen. Ockhams Rasiermesser: Wähle immer die einfachste Erklärung, und für die meisten Phänomene sind natürliche Ursachen die einfachste Erklärung, die wir haben. Das gilt auch für das Vorhandensein von Kernels auf dem Merkur.«

Trant schien nicht überzeugt. »Warten Sie, bis wir Sie zum Merkur gebracht haben, Kalinski.« Sie schüttelte den Kopf. »Ockhams Rasiermesser. Du meine Güte.«

Ein Gong hallte durchs Schiff.

King drehte sich zu der Leiter um, die zum Passagierbereich hinaufführte. »Gleich werfen sie die Triebwerke wieder an. Sie finden mich auf meiner Liege, bis meine alten Knochen sich wieder an die Schwerkraft gewöhnt haben …«

Zusammen mit Trant durfte Stef unten auf dem Kontrolldeck bleiben, wo sie, durch Beschleunigungsgurte gesichert, der hervorragend ausgebildeten Crew dabei zusahen, wie sie ihre Laserbatterien hochfuhr, ihre gebändigten Raumzeit-Knoten öffnete und ihre aus unbekannter Quelle stammende Energie hinausströmen ließ.

Und die gewaltige Masse des Schiffes, das nur ganz allmählich langsamer wurde, fiel weiter ins Herz des Sonnensystems hinein.

# 37

Beim Merkur ging die *Schrapnell* in eine niedrige, äquatoriale Umlaufbahn, und ein kleines Shuttle mit schwachen Triebwerken kam herauf, um Stef, King, Trant und ein paar IRF-Wachen zur Oberfläche hinunterzubringen. Das kleine Schiff wurde von IRF-Offizieren geflogen, die vor Stef salutierten, als sie an Bord kam, und sie zugleich einem Sicherheits-Scan unterzogen. Das Shuttle hatte nur eine Kabine – vorn saß der Pilot, hinten die Passagiere –, und während sich die Passagiere anschnallten, hörte Stef, wie die Crew weitere komplizierte Sicherheitsprozeduren absolvierte. Offensichtlich konnte man nicht einfach so auf diesem Planeten landen.

Sie kamen in einem lang gestreckten Sinkflug mit aktivem Antrieb über einer Trümmerlandschaft herunter. Die Schatten von Krater-Randgebirgen, eine eingefrorene, felsige Welle nach der anderen, erstreckten sich über zerklüftete Lava-Ebenen.

Trant wandte sich an Stef. »Wissen Sie, wo Sie sind? Auf dem Merkur, meine ich.«

Stef hob die Schultern. »Seit dem Start der *Angelia* war ich nur noch einmal hier – zu einer Gedenkfeier für meinen Vater, veranstaltet von seinen hiesigen Mitarbeitern.«

»Ich weiß. Ich war dabei, aber wir haben nicht miteinander geredet.«

»Ich nehme an, das ist das Caloris-Becken.« Ein riesiger Einschlagskrater, der eine Seite des Planeten beherrschte. »Wegen des Ausmaßes der Kraterbildungsmerkmale.«

»Korrekt. Das Ergebnis eines Einschlags, der nicht viel stärker hätte sein dürfen, sonst wäre nichts mehr von dem Planeten übrig geblieben. Man braucht wohl nicht viel über den Merkur zu wissen, um das erraten zu können.«

»Ich bin nicht gebrieft worden«, rief Stef ihr gereizt ins Gedächtnis. »Also, machen wir jetzt auf dem ganzen Weg nach unten Ratespiele, oder was?«

»Wir wollen Sie hier haben, damit Sie einen frischen Blick auf unseren Fund werfen. Ich habe empfohlen, Sie möglichst in keiner Weise zu beeinflussen. Es ist also meine Schuld, wenn Sie so wollen.«

Stef verspürte einen Schauer der Ehrfurcht, als sie über diese gewaltige, verwüstete Landschaft hinwegflog, die wiederum ein noch viel exotischeres Rätsel verbarg. Weshalb, zum Teufel, veranstalteten sie bloß eine solche Geheimniskrämerei?

Auf dem Boden, in den chaotischen Schatten von Caloris, wurden sie in einen Rover gepfercht. Es gab einen Fahrer und ein paar Besatzungsmitglieder, alle in IRF-Uniform. Die beiden Gorillas, die mit ihnen aus dem Orbit heruntergekommen waren, fuhren ebenfalls mit. Auf dem Weg zu ihrem Sitzplatz im Rover spürte Stef eine Schwerkraft, die doppelt so groß war wie die des Mondes, aber nur ein Drittel von jener der Erde betrug, eine Schwerkraft, die sich seltsam vertraut anfühlte, eine Körpererinnerung aus ihrer Kindheit.

Der Rover rollte los, und Stef erhaschte durch die kleinen Fenster einen Blick auf die Landschaft des Merkurs, die ihr auf eigentümliche Weise fremdartig und bekannt vorkam. Die Sonne stand hier knapp unter dem Horizont, obwohl sich ein Klecks koronalen Lichts in den Himmel ausbreitete. Der Shuttle-Landeplatz hinter ihr wurde von strahlend hellen Scheinwerfern beleuchtet.

»Hier.« Trant öffnete eine Klappe und holte Druckanzüge heraus. »Einer für jeden. Wir legen sie gleich hier im Rover an.«

King zog den Anzug ungeschickt über seinen massigen Körper. »Wir fahren auf direktem Wege dorthin.«

»Wohin?«, fragte Stef.

»Dies ist oder war eine von vielen Probebohrstellen«, erklärte Trant.

»Sie haben nach Kernels gesucht.«

»Im Wesentlichen, obwohl der Merkur nach wie vor auch Metalle in den Rest des inneren Systems exportiert. Sie werden Schlafräume in den Bohrloch-Kuppeln finden, Stef, Duschen und Kombüsen. Wenn Sie eine Pause brauchen, bevor wir hinunterfahren …«

*Wohin hinunterfahren?* Jede kleine Information, die sie ihr gaben, schien nur zu weiteren Fragen zu führen. Sollten sie ihre Spielchen treiben. »Je eher wir dort sind, desto besser.« Im Versuch, sich nicht von ihrer offenkundigen Eile anstecken zu lassen, legte sie ihren Anzug an – das IRF-Standardmodell, ein Ausrüstungsgegenstand, den sie gewohnt war. Das intelligente Gewebe nahm um sie herum Passform an; als der Anzug sie erkannte, leuchtete auf der Brust ein Feld mit Foto, Rang, Kommissionsnummer und Namen auf: KALINSKI, STEPHANIE P.

King lächelte. »Das ist korrekt, nicht wahr? P für Penelope.«

Stef schnitt eine Grimasse. »Den Namen habe ich schon immer gehasst, noch mehr als ›Stephanie‹. Sie haben in Caloris also Kernels gefunden, richtig?«

Trant schaute auf die Trümmerlandschaft hinaus. »Wir haben ziemlich effiziente Methoden entwickelt, um sogar vom Orbit aus nach Kernels zu suchen. Wir halten Ausschau nach Konzentrationen der charakteristischen Energie-Signatur der Kernels an Stellen, wo man sie leicht fördern kann. Das Herz von Caloris hat uns in der Tat reiche Erträge beschert. Die Kernel-Adern liegen hier nicht immer ganz so tief wie anderswo auf dem Planeten, und der damalige Einschlag hat das Grundgestein zertrümmert, sodass man relativ leicht hindurchkommt. Wobei ›relativ‹ hier das entscheidende Wort ist.«

Stef dachte darüber nach. »Das heißt, der Caloris-Einschlag kam später als das Ereignis, bei dem die Kernels dort platziert wurden.«

King nickte beifällig. »Zu diesem Schluss sind meine hauseigenen Geologen auch gelangt. Und das, obwohl der Caloris-Einschlag schon vor sehr langer Zeit erfolgt ist, noch in der Phase der Planetenbildung. Die Kernels sind schon lange dort unten; was immer sie erschaffen oder deponiert hat, es war ein sehr frühes Ereignis in der Geschichte des Merkurs – zum Teufel, des ganzen Sonnensystems. Also haben wir in den Kraterboden gebohrt, und das war eine echte Herausforderung, kann ich Ihnen sagen. Aber was wir gefunden haben – na, Sie werden es ja mit eigenen Augen sehen.«

Der Rover musste noch ein paar Kontrollstellen passieren, bevor er die Bohrstelle erreichte. Sie wurde von einem einzigen massiven Bohrturm beherrscht, der auf halbwegs flachem Gelände stand. Stef sah Wohnkuppeln, die zum Schutz vor der Sonnenstrahlung mit Regolith bedeckt waren, einige weitere, viel kleinere Bohrtürme und schwere Spezialfahrzeuge.

Als sie ihre Gurte lösten, zeigte Trant auf die Gerätschaften draußen. »Die Bohrtürme bestehen aus hochfestem, hochtemperaturtolerantem Karbon. Mit den kleineren sind wir zuerst auf das gestoßen, was wir Ihnen zeigen werden. Das schwere Werkzeug haben wir hergebracht, um Besuchern den Zugang zu dem Fund zu ermöglichen; diese große Mama da drüben hat den Schacht gebohrt, in dem Sie heute nach unten fahren …«

Ein flexibler Transfer-Tunnel schlängelte sich von einer Kuppel zum Rover. Trant überprüfte rasch ihren Druckanzug, und sie folgten ihrem Beispiel. »Wir fahren in einer Druckkabine hinunter«, sagte sie. »Die Anzüge behalten wir aber vorsichtshalber an. Der Füllort ist ja ohnehin luftleer.«

Stef versuchte, diese Stücke des Puzzles zusammenzusetzen, während sie routinemäßig die Funktionen ihres Anzugs abfragte. *Schacht? Füllort?*

Die Luke des Rover öffnete sich, und sie gingen durch den flexiblen Tunnel zur Kuppel. Das Innere war funktionell, mit Laborbereichen, Badezimmern, Anzugspinden, einer Kombüse und Etagenbetten. Eine Handvoll Angehörige des Personals, die in Hemden und Shorts arbeiteten oder Snacks aßen, musterten die Neuankömmlinge in ihren Druckanzügen neugierig, sprachen sie jedoch nicht an. Stef fühlte sich wie in jeder x-beliebigen wissenschaftlichen Forschungseinrichtung an jedem beliebigen Ort des Sonnensystems, fern der Erde.

Diese spezielle Anlage wurde jedoch von einer Fahrstuhlkabine mit transparenten Wänden genau in der Mitte der Kuppel beherrscht, unter dem höchsten Punkt des Dachs. Sie war mit einer Seilwinde an einem massiven Metallgerüst befestigt. Und die Kabine hing über einem offenen Schacht, aus dem Neonlicht drang.

Ein Schacht. Ein Loch im Boden des Merkurs, in das Stef offenkundig hinabfahren musste. Sie verspürte eine Aufwallung von Furcht und war dankbar für ihre IRF-Ausbildung, die sie befähigte, trotzdem zu funktionieren, auch wenn sie ihre Angst wahrscheinlich nicht verbergen konnte.

Zusammen mit Trant, King und den beiden IRF-Gorillas, die aus der Umlaufbahn mit ihnen heruntergekommen waren und bisher kaum ein Wort gesprochen hatten, nicht einmal miteinander, wurde Stef geradewegs zu dem Fahrstuhl geführt. Sie zwängten sich in die Kabine. Darin befand sich eine Kiste, die vermutlich Versorgungsmaterial oder eine Notfallausrüstung enthielt. Eine Tür, transparent wie die Wände, glitt hinter ihnen zu.

Gleich darauf begann die Kabine mit einem sanften Niedrigschwerkraft-Ruck in die Tiefe zu sinken. Die Kuppel und ihre Bewohner verschwanden aus Stefs Blickfeld nach oben, und die Wände des Schachtes stiegen empor und umschlossen die Kabine.

Die Schachtwände waren glatt und wiesen keinerlei Merkmale auf, anhand deren man die Sinkgeschwindigkeit der Kabine hätte erkennen können. Aber Stef spürte die Beschleunigung.

Dann lösten sich mit einem Knacken die Windenseile, wie sie durch das transparente Dach sehen konnte. Die Kabine sank jedoch weiter in die Tiefe.

»Es geht ganz schön schnell abwärts.«

Trant grunzte. »Wir mussten das System speziell für diesen Zweck entwickeln. Für konventionelle Seile gehen wir trotz der geringen Schwerkraft zu tief hinunter. Deshalb haben wir die Kabine mit Raupenelementen ausgestattet; wir klettern die Schachtwände hinab.«

»*Zu tief hinunter*«, wiederholte Stef. »Wie tief?«

»Über vierhundert Kilometer«, sagte Trant mit einem Anflug von Stolz – nicht zu Unrecht, dachte Stef. »Bis zum unteren Ende der Planetenkruste. In den Randbereich des Mantels, wo man die Kernels findet.«

»Eine ziemlich lange Reise«, sagte King. »Momentan ist das alles geheim, verstehen Sie, aber ich habe da ein paar brave Journalisten, die alles für die Geschichtsbücher dokumentieren. Man hat mir erklärt, dass noch nirgends ein bemannter Abstieg zum Rand eines Planetenmantels durchgeführt wurde, nicht einmal auf der Erde.«

Stef überlegte, was sie über den Merkur wusste. »Ich dachte, die vorherrschende Theorie wäre, dass der Merkur zurzeit der Planetenbildung einen gewaltigen Einschlag erlitten hat, bei dem die oberen Gesteinsschichten zertrümmert und weggesprengt wurden. Stimmt das?«

»Das ist eine Theorie«, erwiderte Trant. »Hier kursiert gerade eine andere. Informell, meine ich. Nämlich, dass jenes unglaubliche Ereignis, das die Kernels auf dem Merkur erschaffen oder deponiert hat, eine gewaltige energetische Erschütterung auslöste, eine Erschütterung, die den Planeten fast in Stücke gerissen hätte.«

»Wow«, sagte Stef beeindruckt, wahrte jedoch ihre wissenschaftliche Vorsicht. »Eine tolle Hypothese. Haben Sie eine Möglichkeit gefunden, sie zu beweisen?«

»Ich denke eigentlich, deshalb sind Sie hier, Major Kalinski«, sagte King.

Die Fahrstuhlkabine bremste ab und kam sanft zum Stehen, und die Schachtwände schienen sich wie ein Vorhang zu heben. Stef schaute in eine niedrige Höhle hinaus, die ins Tiefengestein gehauen war. Diese Höhle, Hunderte von Kilometern unter der Oberfläche des Merkur, war hell erleuchtet, und es gab darin weitere kleine, luftgefüllte und mit UN- und UEI-Wappen gekennzeichnete Kuppeln.

Der Zweck der Höhle war ebenfalls klar. Bewaffnete Soldaten in militärischen Druckanzügen standen in einem lockeren

Kreis um ein unscheinbares Stück Fußboden herum. Stef sah wissenschaftliche Ausrüstungsgegenstände aller Art, die um dieses Stück Fußboden herum aufgestellt waren; Objektive und andere Sensoren spähten nach unten, und es gab sogar ein schweres Lasergeschütz. Etwas an der ganzen Szenerie – allein schon die bizarre Tatsache, dass sie hier, Hunderte von Kilometern unter der Oberfläche des Merkurs, auf eine Forschungsbasis und einen Sicherheitskordon stieß – ließ Stefs Herz noch heftiger hämmern.

»Bitte schließen Sie jetzt Ihre Anzüge«, sagte Trant. »Wir führen noch einen weiteren Integritätsscheck durch, bevor wir aussteigen.«

Stef war froh über die langen Minuten der Routine, die darauf folgten. Seit ihrer Ankunft im Merkur-Orbit fühlte sie sich, als wäre das alles zu schnell gegangen, als wäre sie zu rasch in dieses Loch gefallen, das man ins tiefste, steinerne Herz des Sonnensystems gebohrt hatte; sie brauchte Zeit, damit ihre Seele ihren Körper einholen konnte.

Endlich öffnete sich die Kabinentür, die Luft strömte zischend aus, und Stef ging hinaus, auf den Kreis der Soldaten und das rätselhafte Stück Fußboden zu, das sie schützten. In ihren Anzug eingeschlossen, hörte sie das Gebläse der Luftzirkulation und ihren eigenen lauten Atem. Die Soldaten ließen die kleine Gruppe durch. Und als sie sich dem Zentrum näherten, blieben auch King und Trant zurück und ließen Stef allein weitergehen, den Blick auf den Fußboden gerichtet.

Und dort, ins Merkurgestein eingesetzt, Milliarden Jahre lang unter Hunderten von Kilometern dicken Krustenschichten begraben, bis suchende menschliche Hände und Werkzeuge sie ausgegraben hatten, war …

Eine Luke.

# 38

Stef umrundete das Konstrukt und versuchte, seine physische Realität zu verdauen. Versuchte zunächst einmal, Feststellungen zu treffen, statt zu analysieren, die beste Strategie, wenn man mit dem völlig Unerwarteten konfrontiert war.

Was *sah* sie?

Sie sah eine Platte, ein grobes Quadrat aus einem nahtlosen, grauen Material – Metall vielleicht, oder Keramik, oder irgendein gänzlich unbekanntes Material. Sie hatte einen Durchmesser von etwa zehn Metern. Und im Zentrum der Platte war ein Kreis – eine feine, in das glatte Material geschnittene Rille – mit einem Durchmesser von ungefähr drei Metern. Das war alles, es gab keine weitere Markierung oder Einkerbung.

Sie drehte sich zu King und Trant um, die sie erwartungsvoll ansahen.

»Na?«, sagte King in scharfem Ton. »Verstehen Sie jetzt, weshalb wir es Ihnen nicht gesagt haben? Verstehen Sie, weshalb Sie es mit eigenen Augen sehen mussten? Und warum wir Erdschein davon erzählt haben? Man kann sich wohl kaum eine für die Zukunft der Menschheit bedeutsamere Entwicklung vorstellen.«

»Es ist offensichtlich künstlich«, sagte sie und drehte sich wieder um. »Offensichtlich … eine Luke.«

Trant grinste. »So nennt es jeder. Die übliche erste Reaktion.« Sie drehte sich um und machte eine Handbewegung zu den Wänden. »Überall in dieser Schicht sind Kernels. Man könnte sie mit der Hand herausklauben. Und mitten in dieser reichen Ader haben wir … das da gefunden.«

»Wie haben Sie die Luke entdeckt?«

»Zunächst durch Tiefenradarspuren, seismische Spuren. Einige sehr seltsame Echos.«

Stef kniete sich neben das Konstrukt. Die Platte sah aus, als wäre sie ein paar Zentimeter dick. »Kann man sie anfassen?«

»Nur zu«, sagte Trant.

Stef legte die rechte Hand auf das Material. Sie fühlte nichts. »Ich wünschte, ich könnte diesen verdammten Handschuh ausziehen.«

»Das Material ist tatsächlich ein gutes Stück kälter als die Umgebungstemperatur.«

Stef zog die Hand über den Rand der Platte zurück und spürte ein seltsames Ziehen. Sie versuchte es erneut, fuhr mit der Hand über den Rand, hin und her; es war wie eine Flut, ein Stoß zur Seite, als würde man mit einer magnetisierten Eisenstange durch ein Magnetfeld fahren.

»Natürlich wissen wir nicht, woraus sie besteht«, sagte Trant. »Wir haben versucht, sie mit schwachen Lasern zu schneiden; sie saugt die Hitze einfach auf. Wir könnten noch weitere zerstörende Tests machen, aber wir haben gezögert, so weit zu gehen.«

Stef wusste, dass es schon immer Gerüchte gegeben hatte, die Kernels könnten Artefakte einer Intelligenz sein. Ob das nun zutraf oder nicht, es war schwer, die Luke *nicht* als Artefakt zu betrachten – was für ein natürlicher Prozess hätte ein derart regelmäßiges Objekt hervorbringen können? »Glauben Sie, es besteht irgendein Zusammenhang mit den Kernels?«

»Nun ja«, sagte King, »wir haben sie in derselben Schicht gefunden wie dieses reiche Kernel-Vorkommen hier …«

Trant nickte. »Es wäre schon ein großer Zufall, wenn es keinen Zusammenhang gäbe. Zwei ungewöhnliche Dinge an einer Stelle zu finden – die Vermutung, dass es da eine Verbindung gibt, ist die einfachste Hypothese. Ockhams Rasiermesser, nicht wahr, Major Kalinski?«

Sie ignorierte den sanften Spott. »Ich nehme an, Sie haben noch nicht versucht, die Luke zu öffnen.«

»Diese Rille oder was auch immer ist zu fein für die meisten unserer Werkzeuge«, sagte Trant. »Wir könnten uns noch mehr anstrengen … Aber es wäre so oder so vergeblich.«

»Wieso das?«

»Weil die Luke nur eine Abdeckung ist. Eine Platte, die auf planiertem Gestein liegt. Es ist nichts darunter. Das haben wir mit Schall- und Radarsonden und Bohrungen ins Gestein unterhalb der Luke festgestellt.« Trant zeigte auf ein paar kleine Gruben.

Stef ging wieder auf die Knie und untersuchte die Luke. Sie strich mit den Fingern über die Seitenfläche. Erneut spürte sie diesen seltsamen Stoß. »Haben Sie ihr Volumen gemessen?«

»Ich kann Ihnen die Berechnung zeigen.« Trant zog eine Tafel aus einer Tasche im Bein ihres Anzugs und fummelte damit herum. »Wir haben alle Dimensionen präzise vermessen …«

»Nein. Das ist eine Berechnung. Länge mal Breite mal Höhe. Haben Sie das Volumen *gemessen?*«

Trant schaute verwirrt drein. »Nein. Ich meine – wie denn?«

Stef stand auf. »Was für Flüssigkeiten haben Sie hier unten? Wasser, Schmiermittel …«

Es dauerte ein paar Stunden, das Experiment vorzubereiten. Sie errichteten eine druckfeste Kuppel über der Luke und pumpten sie mit nicht reaktivem Stickstoff voll. Dann gossen sie Schmiermittel hinein, ein inertes Kohlenwasserstoffgemisch, das aus der Fahrstuhlanlage stammte und das Konstrukt überschwemmte.

Es war knifflige Arbeit in Druckanzügen und mit improvisierter Ausrüstung, aber sobald Stef klargemacht hatte, was sie wollte, arbeiteten die Ingenieure schnell und effektiv, obwohl einige von ihnen wegen des Risikos murrten, dass Schmiermittel vergeudet würde, eine kostbare Ressource hier auf dem Merkur. Es war immer dasselbe mit Ingenieuren, hatte Stef festgestellt; nichts machte sie glücklicher, als eine klar definierte und durchführbare Aufgabe zu bekommen und sie dann ungestört ausführen zu können.

Also maßen sie das Volumen der Luke und ihrer Einbettung direkt, durch die Verdrängung der Schmierflüssigkeit. Stef ließ sie die Messung der Genauigkeit halber ein paarmal wiederholen.

Die direkte Messung wich vom Ergebnis der Multiplikation von Länge, Breite und Höhe ab.

»Sie ist zu groß«, sagte Trant erstaunt. »Zehn Prozent oder mehr … Zu viel für irgendwelche Fehler.«

»Ich verstehe das nicht«, knurrte King. »Ich kapier's einfach nicht. Dieses ganze Herumgepansche mit Maschinenöl!«

Stef grinste. Er schien enttäuscht zu sein, dass sie nicht die Anweisung erteilt hatte, ein gewaltiges Superphysik-Experiment durchzuführen. »Es ist, als hätte man ein Litergefäß, Sir Michael, nur dass es zwei Liter enthält.«

»Es ist innen größer als außen?«

»So in der Art. Wir haben es hier mit einer Verzerrung der Raumzeit zu tun.« Inzwischen war die Kuppel weggeräumt worden, die Luke lag wieder frei zugänglich da, und man hatte die letzten Reste der Schmierflüssigkeit entfernt. Stef kniete sich hin und berührte erneut die Oberfläche der Platte.

Trant schaute an ihr vorbei. »Major …«

Stef fuhr mit der Hand über den Rand. »Genau wie vorher, ich spüre etwas, wie einen Gezeiteneffekt.«

»Major Kalinski, ich glaube …«

»Und so wie die Kernels offensichtlich ein Raumzeit-Phänomen sind, ist es die Luke auch …«

*»Stephanie!«*, fauchte King.

Stef schwieg überrascht und drehte sich um. Für einen kurzen Moment hatte King wie ihr Vater geklungen, was er gewiss auch beabsichtigt hatte.

Trant blitzte sie an und zeigte auf die Luke. »Halten Sie den Mund«, sagte sie in ruhigem Ton. »Drehen Sie sich um. Und schauen Sie hin.«

Stef drehte sich um. Feine Nadelstiche einer eisigen Vorahnung kribbelten in ihrem Rückgrat.

Die Luke hatte sich verändert.

Die glatte Oberfläche mit der kreisrunden Rille war nicht mehr glatt. Um den Rand herum war eine Reihe gleichmäßig angeordneter Vertiefungen erschienen – immer paarweise, zwölf Paare, zählte sie rasch, wie die Zahlen auf einem alten Zifferblatt. Die Vertiefungen selbst waren von komplexer Form, mit einem strukturierten zentralen Krater und fünf Kanälen, die unsymmetrisch und sternförmig davon ausgingen.

»Hände«, sagte King. »Sie sind für menschliche Hände gedacht.«

Stef sah es, kaum dass er es gesagt hatte. Irgendwie war sie vom Nächstliegenden geblendet worden, von der Absurdität der Szenerie.

»Die Abdrücke menschlicher Hände«, sagte Trant langsam. »Auf einem Artefakt, das fast so alt ist wie der Merkur selbst. Das schon vierzigtausendmal so lange hier ist, wie die Menschheit überhaupt existiert.«

»Noch wichtiger«, sagte King, »Abdrücke, die vor einer Minute noch nicht da waren. Nicht, bevor Major Kalinski ihr Experiment mit dem Schmiermittel durchgeführt hat.«

»Und bevor wir unsere erste Schlussfolgerung daraus gezogen haben«, ergänzte Stef vorsichtig. »Jetzt weiß sie auf einmal, dass wir hier sind.«

Trant lachte schallend los. »Sie *weiß* es? Wer stellt jetzt Hypothesen über aktive Kräfte auf?«

Stef beachtete sie nicht. »Es liegt ja auf der Hand, wozu die Vertiefungen gedacht sind.« Sie trat an die Luke heran, kniete neben ihr nieder und streckte die Hände aus. Erneut spürte sie diese seltsamen kleinen Gezeitenwellen. Hatte sich etwas an dieser Empfindung verändert? Ihre Sinne schienen nicht fein genug zu sein, um ihr darauf eine Antwort geben zu können. Sie schaute zu King und Trant zurück, zu den Technikern und Wachen hinter ihnen, die in ihren IRF-Druckanzügen wie Roboter aussahen. Alle starrten sie an. Als wollten sie sagen: Tu das ja nicht.

Sie drehte sich um, spreizte die behandschuhten Finger und streckte die Hände aus, sodass sie über einem der Vertiefungssätze hingen. Aber sie zögerte, die Oberfläche zu berühren. Sollte sie es tun? Die Luke schien sich just in dem Moment verändert zu haben, als sie etwas über ihr wahres Wesen herausgefunden hatte. *Sie hatte reagiert.* Wie würde sie reagieren, was würde sich verändern, wenn sie jetzt noch einen Schritt weiter ging?

Es gab nur eine Möglichkeit, es herauszufinden. Seltsamerweise hatte sie keine Angst mehr.

Sie legte die Hände in die Vertiefungen. Mit den Handschuhen schienen sie perfekt hineinzupassen.

Und im selben Moment begann sich die Luke zu öffnen.

Trant packte sie an den Schultern und riss sie zurück, zog sie in der geringen Schwerkraft einfach auf die Beine.

Sie standen da und sahen zu, wie die riesige, kreisrunde Platte aus ihrer Rille emporstieg. Sie schien mit einem unsichtbaren Scharnier an der Einbettung befestigt zu sein. Wie wurde sie gehalten? Stef bückte sich, um nachzusehen. Der hochklappende Deckel berührte die größere Einbettung nur gerade so eben am Rand. Es schien keine materielle Befestigung zu geben.

Und auch diesmal übersah sie die Hauptsache; das verblüffendste Phänomen beachtete sie nicht. Der hochklappende Lukendeckel gab den Blick in eine zylindrische, vielleicht vier Meter tiefe Kammer frei, die ins Merkurgestein eingelassen war. Die Wände und der Boden schienen aus derselben gräulichen Substanz zu bestehen wie der Rest des Konstrukts, und sie wurde von einem unbestimmbaren Lichtschein erhellt.

»Das ist unmöglich«, sagte King.

»Sie haben recht«, sagte Monica Trant. »Unter dieser Platte ist nichts als Gestein. Wir haben es *gemessen.*«

Aber Stef sah, wie sich der Lichtschein aus der unmöglichen Grube in ihren Sichtscheiben, ihren verwirrten Gesichtern mit den weit aufgerissenen Augen spiegelte. Sie verspürte ein eigentümliches Hochgefühl. Das sah ihr überhaupt nicht ähnlich. In ihrem Leben, ihrer wissenschaftlichen Arbeit hatte sie so gut wie immer nur einen vorsichtigen, methodischen Schritt nach dem anderen gemacht, und jeder Zugewinn an Wissen hatte stufenweise auf dem aufgebaut, was vorher geschehen war. Jetzt galt das alles plötzlich nicht mehr; jetzt stürmte sie auf eine Weise, wie sie es sich niemals hätte vorstellen können, kopfüber ins Unbekannte, Nichtkategorisierbare, Unidentifizierbare.

Das war nicht Stef Kalinskis Art. Sie war fasziniert. Sie konnte es kaum erwarten, den nächsten Schritt zu tun.

Kaum war der Lukendeckel vertikal auf seinem unsichtbaren Scharnier zum Stehen gekommen, trat Stef an den Rand. »Monica. Helfen Sie mir mal.«

»Sie wollen da rein?« Trant warf King einen Blick zu, der nur die Achseln zuckte. »Ich weiß nicht, ob das so klug ist.«

»Wir sind schon so weit gekommen. Es ist doch klar, was wir als Nächstes tun sollen. Wir können jetzt nicht aufhören.« Stef schaute nach oben, zu der Batterie von Kameras und Sensoren um das ganze Konstrukt herum. »Das wird alles aufgezeichnet, nicht wahr? Was auch immer geschieht, diejenigen, die uns folgen, werden wissen, was aus uns geworden ist.«

»Ja. Aber das kommt mir nicht besonders wissenschaftlich vor, Stef. Einfach da reinzuspringen.«

»Mit Wissenschaft hat das nichts zu tun. Das ist Forschung.«

»Nein«, sagte King schadenfroh. »Seien wir ehrlich. Es ist Inbesitznahme. Es ist Eroberung. In fünfzig oder hundert Jahren werden die gegenwärtigen umfassenden Sicherheitsmaßnahmen aufgehoben werden. Dann fallen diese Gerontokraten in Neu-Beijing tot um, wenn sie von diesem Tag lesen und erfahren, dass wir nicht nur die Kernels bekommen haben, sondern auch *das hier*.«

»Wie auch immer. Machen wir weiter.« Und sie streckte die Arme aus.

Die IRF-Gorillas traten ebenfalls vor, um zu helfen. Sie stützten Trant, während diese Stefs behandschuhte Hände packte und sie in die Grube hinabließ. Stef wies sie an, langsam zu machen; mit allen Sinnen versuchte sie, etwaige seltsame Empfindungen oder weitere Gezeiteneffekte wahrzunehmen, spürte aber nichts Ungewöhnliches. Es war nur ein Loch im Boden, unmöglich oder nicht.

Als Trant sie so weit hinuntergelassen hatte, wie sie konnte, ließ sie ihre Hände los. Sanft wie eine Schneeflocke sank Stef zum Boden hinab. Sie blickte zur Öffnung über ihr hinauf. Ein Kreis von Gesichtern hinter Sichtscheiben schaute zu ihr herein.

Dann drehte sie sich langsam um und untersuchte die Wände. »Hier ist noch eine Luke«, sagte sie. »Eine weitere kreisrunde Rille. In dieser Wand. Kleiner als die große da oben, aber trotzdem vorhanden. Und wissen Sie was? Sie hat ebenfalls handabdruckförmige Vertiefungen.«

»Major«, rief King herunter, »vielleicht sind Sie weit genug gegangen.«

»Sie scherzen.« Stef starrte auf die Luke und hob die Hände. »Was täten Sie, wenn Sie hier unten wären?«

»Überlegen Sie mal. Vielleicht würde jede neugierige, Werkzeug benutzende Spezies so auf diese Anlage reagieren. Indem man hineingeht, einen Schritt nach dem anderen.«

»Sie meinen …«

»Vielleicht ist es eine Falle.«

»Vielleicht aber auch nicht«, sagte Stef ungerührt.

»Wir werden sie nicht aufhalten können, Sir«, sagte Trant. »Stef. Es könnte sein, dass der Kontakt abbricht. Reden Sie weiter mit uns. In Ordnung?«

»Ich höre Sie. Los geht's, noch so ein Handabdruck-Schloss.« Sie legte die Hände in die Zwölf-Uhr-Vertiefungen an der Wand vor ihr. »Es öffnet sich …« Sie musste rasch zurücktreten, als die gebogene Tür ebenso zügig aufschwang wie der Lukendeckel oben. »Auch hier sehe ich kein Scharnier, nichts

Materielles, womit die Tür an der Wand befestigt ist. Dahinter ist eine weitere Kammer. Eine zweite Kammer, von ähnlicher Größe wie die erste. Auch dort graue Wände und das unbestimmbare Licht.« Sie trat vorsichtig vor, an den Rand des Durchgangs. »Und …«

Und in der zweiten Kammer, vor einer weiteren Lukenrille an der Wand gegenüber, stand eine Gestalt: ein Mensch in einem Druckanzug der IRF, wie es schien. Ein Mensch, der sie ansah.

»Was ist?« Eine unbekannte Stimme in ihrem Ohrhörer. »Was ist los?«

Nein, nicht unbekannt, nur … unerwartet.

»Stef? Penny?« Das war Trants Stimme. »Stef, was haben Sie da unten gefunden? Penny, Sie sind immer noch außerhalb unseres Blickfelds.«

*Penny?*

Die Fremde trat einen weiteren Schritt vor, zu dem offenen Durchgang. Stef starrte in ein vertrautes Gesicht hinter der Sichtscheibe. Ein allzu vertrautes Gesicht. Und sie starrte auch auf einen vertrauten Namen auf dem Brustschild des Anzugs.

KALINSKI, PENELOPE D.

# Vierter Teil

# 39

2180

Die KolE, die im Lauf der Zeit immer philosophischer wurde, wartete mit weiteren komplexen, verwirrenden Ausführungen über das Leben auf Per Ardua auf.

Zu diesem Zeitpunkt saß Yuri gerade zusammen mit Beth auf ihrem Rücken, während sie die letzte fünfzig Kilometer lange Reise vom neuen zum alten Lager und zurück absolvierten. Er fand, dass die KolE sich schon den ganzen Tag seltsam verhalten hatte, schrieb es jedoch den üblichen Programmverletzungsproblemen zu, die sie von Anfang an mit der Verlegung des Lagers gehabt hatte. Offenbar ein Irrtum.

Zum Glück bekam Beth von all dem nichts mit. Beth Eden-Jones war jetzt sieben Jahre alt, und sie war schon ihr ganzes Leben lang an die ständigen Umzüge gewöhnt. Die erste Verlagerung des *jilla* war just im Monat ihrer Geburt erfolgt, und seither hatte es sieben weitere Verlagerungen gegeben, ungefähr eine pro Jahr, die den See von seinem Ausgangspunkt fast zweihundert Kilometer weit nach Süden versetzt hatten. Die Familie war ihm jedes Mal brav gefolgt und hatte ihre abgebrochenen Behausungen, ihr Werkzeug und all ihre anderen Habseligkeiten bis hin zu ganzen Wagenladungen von Ackerkrume mithilfe ihres Lastesels, der geduldigen, massigen KolE, mitgeschleppt.

Die letzte Verlagerung lag nun jedoch schon ein ganzes Jahr zurück, und seitdem war in Beths Kopf ein Funke aufgeleuchtet. Diesmal war sie keine passive Mitreisende mehr; jetzt wollte sie alles verstehen. Deshalb hatte sie darum gebettelt, Yuri auf diesen Pendeltrips zwischen dem alten und dem neuen Lagerplatz begleiten zu dürfen. Mardina ließ sie gern mit Yuri fahren – vor allem, weil sie dadurch nicht mitbekam, wie die Erbauer ihren aktuellen brutalen Eroberungskrieg gegen ihre Verwandten an der neuen Position des *jilla* beendeten. Doch bei diesem Ausflug, dieser letzten Fuhre, war Beth quengelig.

Sobald sie alles aufgeladen hatten, brach die KolE zum letzten Transport auf. Von dem alten Lagerplatz war nicht mehr viel übrig, nur ein abgenutztes Stück Boden, ein schwelendes Feuer und ein paar Müllhaufen in der Nähe eines schlammigen Seebetts, das bereits austrocknete. Erneut wandten sie sich nach Süden und folgten den Wasserläufen, durch die die Erbauer das Wasser des *jilla* getrieben hatten. Beth, die neben ihrem Vater auf dem Panzer der KolE saß, schaute sehnsüchtig zurück. »Warum können wir nicht mal in die *andere* Richtung gehen, Dad?«

»In welche Richtung, Schätzchen? Nach Norden? Wozu? Dort ist nichts. Da gibt's nicht mal Wasser zum Trinken.«

»Ich weiß. Aber da ist das allererste Lager, nicht wahr? Irgendwo dahinten.«

»Wo du zur Welt gekommen bist.«

»*Das* weiß ich. Aber ich kann mich nicht dran erinnern.«

»Es ist zu weit. Unterwegs gibt es kein Wasser. Wir könnten nicht so weit laufen.«

»Wir könnten auf der KolE fahren«, sagte sie hoffnungsvoll. »Wir könnten Wasser *mitnehmen*. Wir könnten unsere Betten und so mitnehmen, und Mister Sticks.« Die KolE hatte Mister Sticks, ihr Lieblingsspielzeug, aus zerbrochenen Stängeln gebastelt; die Puppe war eine eigentümliche Mischung aus menschlichen und Erbauer-Merkmalen, wie eine dreibeinige Marionette.

»Kein schlechter Plan, Schätzchen. Aber die KolE würde uns nicht so weit tragen.«

»Könnte sie aber.«

»Würde sie aber nicht. Sie … will nicht.«

»Du könntest sie *zwingen*.«

»Nur, wenn ich ihr wehtue. Und das wäre gemein, oder?« Besser würde es ihm wohl kaum gelingen, Beth Programmkonflikte in der KI der KolE zu erklären.

»Ja, wahrscheinlich …«

»Was willst du da oben überhaupt sehen? Es ist genauso wie an all den anderen Orten, wo wir unser Quartier aufgeschlagen haben. Bloß ein Haufen altes Zeugs, das wir bei unserem Umzug weggeworfen haben. Aufgegebene Felder …« Und ein paar Gräber.

»Aber ich will die Straße sehen, wo das Shuttle runtergekommen ist.« Sie ahmte mit der Hand ein landendes Flugzeug nach, machte jedoch ein Geräusch wie die flatternden Dreifach-Propellerflügel eines arduanischen Drachens, das einzige fliegende Ding, das sie je gesehen hatte. »*Flisch-flisch-flisch*. Mom sagt, er hat Spuren gemacht, an denen man stundenlang entlanggehen kann.«

»Ja, stimmt. Kilometerlange Bremsspuren. Teilweise zu einer festen Masse verschmolzen, als die Bremsraketen gezündet haben. Das wäre vielleicht sehenswert, wenn es noch da ist. Aber wir können nicht dorthin, Schätzchen. Tut mir leid.«

»Vielleicht irgendwann.«

»Tja …«

»Fahr mit mir irgendwann dorthin, wenn ich Geburtstag habe.« Das war Beths Trumpfkarte.

Ihre Geburtstage waren ein Problem. Yuri hatte nur langsam begriffen, dass Mardina selbst nach Beths Geburt an ihrem Glauben – oder Wunschtraum – festhielt, die IRF wäre nie wirklich abgeflogen, käme eines Tages aus ihrem Versteck, aus der Umlaufbahn oder woher auch immer, gäbe sich zu erkennen und würde sie alle retten. Vielleicht würde die Entbindung des Babys der Auslöser sein, wenn die IRF-Autoritäten zu der Überzeugung gelangten, dass die Kolonisten ihren Durchhaltewillen unter Beweis gestellt hatten, indem sie Kinder bekamen. Nun, das war nicht geschehen. Zum Zeitpunkt der Geburt hatte sie es nicht erwähnt, und Yuri hatte es vergessen.

Doch an Beths erstem Geburtstag brach der Damm, und Mardina bekam einen Tobsuchtsanfall, weil sie den Verrat nun endlich nicht mehr leugnen konnte. Das verursachte eine Menge Spannungen. Trotzdem war es ein Geburtstag. Yuri hatte versucht, mit Butter und Zutaten aus der eisernen Kuh im Innern der KolE einen Kuchen zu backen. Die KolE hatte sogar Kerzen aus synthetisiertem Fett hergestellt. Mardina ruinierte alles. Beth war noch zu klein gewesen, um es zu verstehen, aber Yuri erinnerte sich noch immer sehr deutlich an den Tag, an dem Mama ausgeflippt war.

Im nächsten Jahr hatten sie sich auf Yuris sanftes Drängen hin darauf geeinigt, den Geburtstag zu feiern. Schließlich hatte Beth keine anderen Kinder um sich, sie würde nie zur Schule oder aufs College gehen oder all die anderen Meilensteine einer Entwicklung erleben, wie sie normale Kinder erlebten, selbst in einem Dreckloch wie Eden auf dem Mars. Einen Geburtstag jedoch, etwas, was ganz allein ihr gehörte, konnte man immer festlegen und feiern. Und als Verbindung mit den Zeitzyklen der Erde stellte er auch eine Erinnerung an tiefere Wurzeln dar. Doch als dieser zweite Geburtstag dann nahte, waren die

Echos des ersten noch stark, und Mardina zog sich in sich selbst zurück.

Seitdem hatten sie jeden Geburtstag von Beth gefeiert, aber es gab jedes Mal Spannungen. Und Beth griff das mit dem ganzen Charme eines kleinen Kindes auf und nutzte es geschickt aus. Yuri versuchte einfach, mit all dem klarzukommen. Niemand hatte ihm gegenüber jemals behauptet, das Leben wäre ein Zuckerschlecken.

»Hör mal, es ist schon spät, warum schläfst du nicht ein bisschen? Dann bist du frisch für Mom, wenn du nach Hause kommst.«

»Ich *will* aber nicht schlafen.«

»Versuch's einfach«, sagte er mit seiner Schluss-jetzt-Stimme, die im Verlauf der sieben Jahre oft genug zum Einsatz gekommen war.

Also gehorchte Beth. Sie zappelte in ihren Halteseilen herum, bis sie auf ein paar Decken lag, und kuschelte sich ans Bein ihres Vaters. Er legte einen Arm um sie und strich ihr mit der freien Hand über die kurz geschnittenen glatten Haare. Von Anfang an hatten sie Probleme mit ihren Schlafenszeiten gehabt. In den endlosen Proxima-Tag hineingeboren, war sie offenbar ein entscheidendes Quäntchen losgelöster vom Rhythmus der fernen Erde und verstand nicht, warum sie schlafen gehen *musste*, wenn ihre Eltern es taten, zu scheinbar willkürlichen Zeiten im unaufhörlichen Licht. Doch wenn sie nicht dafür sorgten, dass Beth ihren regelmäßigen Schlaf bekam, würde sie ausbrennen und zusammenbrechen. Deshalb hatten Yuri und Mardina ein gemeinsames Kontrollsystem entwickelt.

Auch die in gewissem Umfang auf Kinderbetreuung programmierte KolE wurde darin einbezogen. Sie unterstützte die

Anweisungen der Eltern immer, und das war auch gut so, dachte Yuri, sonst hätte Mardina sie mit Begeisterung stillgelegt. Die KolE war die dritte »Person« in Beths eingeschränktem Leben, und Beth fand nichts Seltsames daran, einen Landwirtschaftsroboter gewissermaßen zum Onkel zu haben. Dass die KolE eine Expertin darin war, Puppen aus toten Stängelschäften zu basteln, tat ihrem Image auch keinen Abbruch.

Bald darauf schlief Beth mit sanftem, leisem Schnarchen.

Yuri hatte Zeit, sich auf ihre Route zu konzentrieren. Schließlich rechnete er nicht damit, dass er jemals wieder hierherkommen würde. Die KolE folgte ihren eigenen Spuren am Ufer eines breiten, verzweigten Flussbetts entlang. Wie die meisten Kanäle, durch die die Erbauer den Wasserstrom ihres Sees leiteten, war dieses Bett bereits vorhanden, aber knochentrocken gewesen, bevor der See kam. Jetzt war es von den Ablagerungen des hindurchströmenden Seewassers übersät: zerbrochene Stängel, ein paar kaputte Erbauer-Fallen, tote Wassergeschöpfe von Fischen bis zu Krebsen und Quallen – oder vielmehr deren hiesige Gegenstücke –, dazu andere, die sie erst noch identifizieren mussten. Es gab sogar ein wenig Seetang terrestrischen Ursprungs, die genmanipulierten Algen, die von der *Ad Astra* zu dieser Welt gebracht worden waren.

Auch nach jahrelanger Beobachtung hatte selbst die KolE noch immer keine Ahnung, wie die Erbauer diese hydrologischen Transfers so erfolgreich bewerkstelligten. Der See blieb manchmal monate- oder jahrelang an einer Stelle – wie sich herausgestellt hatte, war das Gebiet beim Landeplatz des Shuttles sein bisher längster Aufenthaltsort gewesen, und in der Tat wurden die Abstände zwischen den Verlagerungen generell kürzer. Es war klar, dass die Erbauer vorhandene Wasserläufe nutzten, obwohl sie manchmal kanalartige Verbindungswege gruben oder erweiterten, und dass sie den Wasserstrom mit ihren charakteristischen Haufen genau in die gewünschte Richtung lenkten.

Und überall, wo der See sich schließlich sammelte, wurde er von lokalen Strömen und Quellen gespeist. Das Rätselhafte daran war, dass sich die Lage der Quellen in der Region permanent änderte, weil unterirdische Wasseradern verschoben oder unterbrochen und die Grundwasserspiegel neu angeordnet wurden, während sich das Land weiterhin hob – und die KolE erinnerte sie fortwährend daran, dass sich im Norden offenbar ein dramatisches geologisches Ereignis entwickelte. Die Erbauer schienen immer schon *im Voraus* zu wissen, wo die nützlichen Quellen sein würden und wie der See wiederhergestellt werden konnte. Sie besaßen zwar keine Landkarten, kannten sich aber offenbar mit Geografie aus; irgendwie mussten sie imstande sein, die Landschaft zu visualisieren.

Als Yuri gerade darüber nachdachte, unterbrach ihn die KolE mit ihrer neuesten Theorie.

Die KolE blieb abrupt stehen.

Beth murmelte und bewegte sich. Yuri strich ihr über den Kopf, und sie beruhigte sich wieder. Er schaute sich um, aber ihm fiel nichts Besonderes auf. Es gab keinen ersichtlichen Grund, weshalb sie angehalten hatten.

Die KolE fuhr ein kleines Stück zurück und rollte dann vorwärts. Ihr alterndes Getriebe mahlte knirschend. Beth bewegte sich erneut, bevor sie wieder zur Ruhe kam.

»Hey!«, flüsterte Yuri eindringlich. »Was ist los mit dir?«

Die Stimme der KolE war ebenso leise. »Yuri Eden?«

»Warum hast du angehalten? Fahr weiter, bevor die Kleine aufwacht, sonst macht Mardina uns alle fertig.«

»Tut mir leid. Ich hatte nicht bemerkt, dass ich angehalten habe.« Mit einem leichten Ruck fuhr sie weiter.

»Also, was war da gerade los?«

»Sagen wir, es war eine existenzielle Krise, Yuri Eden.«

Yuri stöhnte innerlich. Nicht schon wieder.

Er wusste, er würde Mardina von diesem Vorfall erzählen müssen, was immer es damit auf sich hatte; alles Erratische im Verhalten der KolE bereitete ihr Sorgen. Die KolE hatte von Anfang an klargemacht, dass es ihre tiefsten Programmierungsschichten verletzen würde, wenn man sie zwänge, den Kolonisten dabei zu helfen, die ihnen von der Crew des Sternenschiffs zugewiesenen Landeplätze zu verlassen und woandershin zu ziehen. Als der See zum ersten Mal verlegt worden war, hatte die KolE in ihrer algorithmischen Seele folglich vor einem Konflikt zwischen den Aufträgen gestanden, ihre menschlichen Schützlinge am Leben zu erhalten und nah beim ursprünglichen Landeplatz zu bleiben. Die Bewahrung des Lebens hatte den Sieg davongetragen. Aber Mardina, die erheblich mehr über die IRF-KIs wusste als Yuri, machte sich Sorgen, dass dabei tief in ihrem Innern irgendein Schaden angerichtet worden sein könnte. All das ging über Yuris Horizont und erst recht über den seiner siebenjährigen Tochter, seiner kleinen *muda-muda*.

Jetzt fragte er widerstrebend: »Was für eine existenzielle Krise?«

»Ich bin zu einem Schluss gelangt, der mich verwirrt und erschreckt. Gerade habe ich von meinen internen Laboreinrichtungen die Ergebnisse der Analyse eines neuartigen Organismus bekommen, mit deren Hilfe ich eine genetische Kartierung abschließen konnte – wie du weißt, gehört es zu meinen Langzeitprojekten, einen Stammbaum des Lebens der einheimischen arduanischen Flora und Fauna zu erstellen …«

»Weißt du, ich wünschte, ich hätte einfach bloß einen *Lastwagen.*«

»Yuri Eden?«

»Wie die Rover auf dem Mars. Einen Lastwagen, den ich *fahren* könnte. Die Anzahl derartiger Gespräche, die ich im Lauf der Jahre mit dir geführt habe …«

»Ich kann nicht anders.« Die Stimme der KolE klang beinahe unglücklich. »Ich kann meine Neugier nicht im Zaum halten. Und ich soll es auch nicht. Bis meine Kenntnisse über diese Welt umfassend genug sind …«

»Sag's mir einfach.«

Sie hielt inne, als würde sie ihre Gedanken sammeln. »Ich habe dir erzählt, Yuri Eden, dass das Leben auf dieser Welt grundlegende Ähnlichkeit mit dem auf der Erde aufweist, aber nicht mit ihm identisch ist. Ich glaube, die beiden Biosphären könnten durch einen panspermischen Prozess miteinander verbunden sein, der schon zu einem sehr frühen Zeitpunkt stattgefunden hat. Die Anfangszeit des Lebens auf Per Ardua könnte derjenigen auf der Erde geglichen haben, eine Welt einfacher Bakterien, die ihre Energie aus chemischen Reaktionen im Gestein bezogen. Dabei war jedoch immer weitaus mehr Energie verfügbar, hundertmal so viel, und sie kam vom Himmel herab …«

»Das Licht von Proxima.«

»Ja. Der nächste Schritt war also die Entwicklung von Formen der Fotosynthese, von Lebewesen, die ihre Energie direkt aus diesem Licht beziehen konnten. Diese neue Art besiedelte die Oberfläche, während die älteren Arten überlebten, indem sie tiefer in den Planeten hinabsanken. Dort leben sie immer noch, in riesigen Riffen, in Höhlen, in porösem Gestein und Wasserschichten, und träumen unerkennbare Träume. In Wahrheit sind die Mikroben in den tiefen Schichten von der Masse her die vorherrschende Lebensform, auf der Erde genauso wie auf Per Ardua. Doch an der Oberfläche wurde mit der Entwicklung der Fotosynthese letztendlich Sauerstoff als Nebenprodukt freigesetzt.«

»Wie bei den Grünalgen auf der Erde.«

»Ja. Dieser Schritt, die Sauerstoffproduktion, war offenbar nicht so leicht zu erreichen; auf der Erde gab es so etwas nur ein einziges Mal, und zwar infolge der Kopplung *zweier* älterer fotosynthetischer Prozesse. Den entsprechenden Prozess auf Per Ardua habe ich noch nicht vollständig verstanden – er ist notwendigerweise anders, weil der Energiegehalt des Lichts hier weitgehend im Infrarotbereich liegt –, aber er ist offensichtlich genauso komplex, und es ist genauso unwahrscheinlich, dass er stattgefunden hat.«

»Und doch hat er stattgefunden.«

»So ist es, und ich konnte dieses Ereignis anhand von Spuren im genetischen Archiv Per Arduas datieren: vor rund zwei Milliarden und siebenhundert Millionen Jahren.« Sie hielt inne. Als Yuri nicht reagierte, fuhr sie fort: »Der nächste große Schritt in der Entstehung des arduanischen Lebens, der sich wiederum auf der Erde spiegelte, war die Entwicklung einer neuartigen Zellform: ein viel komplexerer Organismus, eine Zelle mit Zellkern, mit verschiedenen Mechanismen innerhalb einer umschließenden Membran. Dabei half natürlich die Energie, die durch die Verbrennung des ganzen in der Luft konzentrierten Sauerstoffs zur Verfügung stand. Derart komplexe Zellen sind die Grundlage allen vielzelligen Lebens. Das schließt euch selbst ein, und auch die Erbauer. Dabei handelte es sich um eine informationelle, nicht um eine chemische Revolution; diese komplizierten Lebewesen brauchten ungefähr tausendmal so viele genetische Informationen wie ihre einfacheren Vorfahren, um sich zu definieren.«

»Ein weiterer unwahrscheinlicher Schritt.«

»Ja. Aber auch er ist auf beiden Welten erfolgt. Auf Per Ardua ist es vor rund zwei Milliarden Jahren geschehen.« Eine weitere Pause. »Ich bin nicht sicher, Yuri, ob dir klar ist, was das …«

»Erzähl mir einfach die Geschichte«, sagte Yuri. Er strich seiner Tochter über die Haare. Allmählich wurde er selber müde.

»Vielzelliges Leben ist erst später entstanden – offenbar ein weiterer schwieriger Schritt. Auf der Erde waren es zunächst Seegräser wie die Algen, die wir nach Per Ardua importiert haben …«

Das neue Lager kam in Sicht, der See, der sich in die Konturen seiner neuesten Küstenlinie schmiegte. Überall am Ufer des Sees sah Yuri Erbauer, die eifrig ihren Tätigkeiten nachgingen. Von Mardinas Lagerfeuer stieg Rauch empor.

Die KolE sprach noch immer über uraltes Leben. »Von all den großen Revolutionen des Lebens ist diese auf der Erde am leichtesten zu identifizieren, weil sie so deutliche Spuren im Fossilarchiv hinterlassen hat. Auf Per Ardua gibt es natürlich kein nennenswertes Fossilarchiv. Und doch …«

»Und doch hast du es durch deine heldenhaften Anstrengungen herausgefunden.«

»Ich versuche nur, es zu erklären, Yuri Eden.«

»Na schön.«

»Ja, ich habe Spuren dieses Ereignisses in den Genen gefunden, aber auch in einigen archaischen Organismen, die bis zum heutigen Tag auf Per Ardua überlebt haben. Und – jetzt kommt der entscheidende Punkt, Yuri Eden – ich habe festgestellt, dass all dies vor rund fünfhundertzweiundvierzig Millionen Jahren geschehen ist. Verstehst du? Siehst du es?«

»Was soll ich sehen?« Beth setzte sich auf und rieb sich die Augen. »Ich habe im Traum Rauch gerochen. Ich dachte, die KolE brennt!«

»Nein, Schätzchen, es ist bloß das Lagerfeuer.« Yuri sah und verstand überhaupt nichts, ihm waren solche abstrakten Dinge völlig egal, und noch während die Maschine ins Lager rollte, vergaß er das Gespräch bereits. »Geh und such deine Mom, Süße, und ich helfe der KolE, alles sicher zu verstauen.«

# 40

Mardina bereitete das Mittagessen zu.

Es war ein schnelles Picknick, das aus Chuno bestand, einer haltbaren Paste aus eingefrorenen, wieder aufgetauten und getrockneten Kartoffeln – ein raffinierter Trick aus den Anden, den die KolE ihnen beigebracht hatte, von unschätzbarem Wert für ihre Reisephasen, aber das Resultat war rein optisch ein gräulicher Brei, den Beth schon immer von Herzen gehasst hatte. Heute jedoch, nach dem langen Rückweg zum Lager, war sie hungrig und aufgeregt wegen des Umzugs. Jedenfalls wollte sie nicht mehr schlafen. Sie alle verspürten eine eigentümliche Mischung aus Müdigkeit und Tatkraft, dachte Yuri, vielleicht wie auf einer Urlaubsreise.

Sie beschlossen, den Rest des Tages einen Erkundungsspaziergang zu machen. Die KolE, die vergeblich versucht hatte, mit Mardina über ihre mysteriösen wissenschaftlichen Schlussfolgerungen zu sprechen, rollte missmutig davon und begann, die letzte Fuhre aus dem alten Lager auszuladen, darunter eine weitere Tonne terrestrischer Ackerkrume.

Die Familie lenkte ihre Schritte zur neuesten Position des Sees. Beth hüpfte voraus, Mardina und Yuri gingen nebeneinander her.

Abseits des Sees und der Wasserläufe war der Boden in diesem Land so trocken, wie sie es bisher noch nie erlebt hatten. Yuri hegte den Verdacht, dass die Trockenheit und die Wärme zunahmen, je weiter sie nach Süden kamen. Das leuchtete ein; je weiter man nach Süden vordrang, zum substellaren Punkt, desto höher stieg Proxima am Himmel empor und desto mehr Wärme lieferte sie. Yuri besaß noch immer die Landkarte, die Lemmy nach den Erinnerungen der Kolonisten an den Shuttle-Flug angefertigt hatte, bevor sie sich alle gegenseitig umbrachten. Darauf waren konzentrische Streifen von Klimazonen und Vegetationstypen um den Substellarpunkt herum zu erkennen. Wenn sie weit genug gingen, würden sie schließlich wohl eine ganz und gar unbelebte Wüste in der unmittelbaren Umgebung dieses Punktes erreichen, wo sich den Prophezeiungen der KolE zufolge ein permanentes Sturmsystem befand. Zuvor jedoch würde vielleicht ein Gebiet kommen, das für sie überhaupt nicht mehr bewohnbar war. Aber sie folgten den Erbauern, die diesen Prozess offenbar schon seit unzähligen Jahrtausenden durchliefen, und Yuri und Mardina hatten beschlossen, ihnen zu vertrauen – nun ja, nachdem sie dem *jilla* so weit gefolgt waren, blieb ihnen auch gar nichts anderes mehr übrig.

Sie gelangten zum Seeufer, einem schlammigen Saum mit Beeten neuer, eifrig wachsender Stängel. Die Gewächse schienen sich selbst auszusäen, aber die Kolonisten hatten beobachtet, dass die Erbauer eine Art rudimentärer Landwirtschaft betrieben, um die Stängel dabei zu unterstützen. Sie hatten Schösslinge gepflanzt und primitive Entwässerungsgräben ausgehoben. Das Wasser selbst war noch aufgewühlt und trübe, die Sedimente hatten sich in seinem neuen Becken noch nicht abgesetzt. Überall an den Ufern des Sees sah Yuri Erbauer arbeiten; sie schienen ein Kinderstubenareal einzurichten, in dem sich die Umrisse kuppelförmiger Unterstände aus den Ablagerungen erhoben – und bildeten schon wieder elementare Haufen, vermutlich zur Vorbereitung auf den nächsten Umzug des *jilla*.

Es gab jedoch auch eine andere Zone, in der Erbauer, Erwachsene und Kinder, zu einer dicht gedrängten Schar zusammengetrieben worden waren, umringt von anderen, die um sie herumwirbelten. Einer nach dem anderen wurden die Gefangenen zu einem Gebiet gebracht, wo weitere Erbauer sie zu Boden drückten und brutal und grob zerpflückten; die Stängel, aus denen sie bestanden, wurden anschließend zu einem der neuen Haufen getragen. Es sah aus wie eine Kreuzung aus einem Gefangenenlager und einem Freiluft-OP – oder vielleicht wie ein außerordentlich grausames Schulhofspiel, veranstaltet von Stabfiguren. Das anhaltende Gemetzel wurde von einem unheimlichen Rascheln, dem Klappern von Stecken und dem Kratzen von geschärftem Stein auf Stängelrinde begleitet.

Yuri und Mardina führten Beth sanft vom Schauplatz des Geschehens fort. Sie hatten dies schon oft gesehen: Es war das Nachspiel einer Erbauer-Invasion, einer Eroberung. In dem ehemals trockenen Seebett hatte eine andere Gemeinschaft von Erbauern gelebt, die sich zufrieden von den lokalen Quellen und Stängeln ernährt hatten – bis die *jilla*-Leute kamen, sie brutal vertrieben, ihr Heimatland überschwemmten und alle Überlebenden massakrierten.

Beth hatte das noch nicht erkannt. Jetzt erspähte sie glücklicherweise die Kinderstube und rannte dorthin, um sie sich anzusehen.

»Immer dasselbe«, sagte Mardina und schaute zu dem Schlachthof zurück. »Und dabei fand ich die Erbauer mal süß …«

»Sie sind kleine Holz-Nazis«, sagte Yuri. »Eines Tages werden wir Beth das alles erklären müssen, weißt du.«

»Völkermord im Spielzeugland. Es wird nie einen guten Tag geben, um darüber zu reden. Vielleicht könntest du ihr auch gleich von deiner Heldengeneration erzählen. Damit sie's richtig einordnen kann. Es sind nicht nur Erbauer, die sich so benehmen.«

»Zum tausendsten Mal, es war nicht *meine* …«

Aber sie zog ihn natürlich nur auf, zum tausendsten Mal.

»Worüber wollte die KolE übrigens mit mir reden?«, fragte sie. »Sie war ja ganz aus dem Häuschen.«

»Ach, eine ihrer Theorien. Das Leben auf Per Ardua. Sie scheint jetzt einen recht guten Stammbaum für diese Welt zu haben. Hat reichlich mit genetischen Vergleichen und so angegeben. Und wichtige Revolutionen in der Geschichte des hiesigen Lebens identifiziert.«

»Was für Revolutionen?«

Yuri versuchte sich zu erinnern. »Fotosynthese, das heißt, so eine spezielle, fortgeschrittene Form, bei der Sauerstoff als Abfallprodukt produziert wurde. Dann komplexe Zellen mit Zellkernen. Dann pflanzliches und tierisches Leben. Die KolE war ganz aufgeregt wegen der Daten, die sie für diese Ereignisse ermittelt hat. Mir hat das alles nicht viel gesagt.«

»Was für Daten?«

Er konzentrierte sich. »Fotosynthese vor zwei Komma sieben Milliarden Jahren. Die komplexen Zellen vor zwei Milliarden Jahren. Und die Tiere … ähm … vor fünfhundertzweiundvierzig Millionen Jahren, denke ich.«

Mardina starrte ihn an.

In einiger Entfernung, am Rand des festgestampften Schlamms um den neuen See herum, hatte Beth etwas gefunden, was laute Rufe rechtfertigte. Sie hüpfte wie wild herum und winkte. »Mom! Dad! Kommt her und schaut euch das an!«

»Okay, Süße«, rief Mardina. Sie machten sich auf den Weg zu ihr. »Yuri – bist du sicher, was diese Daten betrifft?«

Jetzt, wo sie ihn so bedrängte, war er sich nicht mehr ganz sicher. »Hm … ich glaube schon.«

»Es ist nur – ich bin zwar keine Expertin, aber während meiner Ausbildung bei der IRF habe ich Terraforming-Kurse belegt, und in denen haben wir uns mit der Geschichte des irdischen Lebens befasst, mit den wichtigsten Übergängen. Und die Daten für die entsprechenden Ereignisse auf der Erde sind: zwei Komma sieben Milliarden Jahre, zwei Milliarden Jahre und …«

»Fünfhundertzweiundvierzig Millionen?«, riet er.

»Ja. Insbesondere das letzte Datum ist ziemlich präzise, dem Fossilarchiv auf der Erde zufolge.«

»Mom! Dad! *Kommt her und schaut euch das an,* bevor alles niedergetrampelt wird!«

Mardina runzelte die Stirn. »Leben auf zwei Welten, die Lichtjahre voneinander entfernt sind, aber eine gemeinsame Zuckerbasis haben – also, man muss vielleicht nicht unbedingt Panspermie als Begründung dafür heranziehen. Aber eine so präzise Koordination der Schlüsseldaten all dieser unwahrscheinlichen Ereignisse?«

»Was bedeutet das?«

»Ich habe keinen blassen Schimmer.«

»*Mom! Dad!*« Beth schrie jetzt beinahe, so aufgeregt war sie. Und als Yuri und Mardina schließlich bei ihr ankamen, am Rand des schlammigen Uferbereichs, sahen sie sofort, warum.

Beth hatte den Fußabdruck eines Menschen entdeckt.

# 41

Erdscheins Einladung erreichte Stef an ihrem Arbeitsplatz im Kernel-Labor der Vereinten Nationen auf dem Mond.

In einer kurzen holografischen Botschaft mit geringer Auflösung – ein Würfel, der seinen gut frisierten Kopf, sein lächelndes Gesicht eines Politikers im mittleren Alter zeigte – bat er sie, ihn auf der Erde zu besuchen, in seinem »Knoten« in Paris, wie er es nannte. Er sagte, er habe eine Angelegenheit von globaler Bedeutung zu besprechen, die jedoch insbesondere für »Sie und Ihre Schwester« von Interesse sei. Die Einladung enthielt auch eine juristisch formulierte Erklärung, derzufolge die KI nicht versuchen werde, während des Treffens mit den Schwestern auf den wachsenden Wissensfundus zum Thema Kernel-Physik zuzugreifen. Ohne diese Erklärung hätte die Botschaft wohl kaum die diversen Sicherheitsschichten passieren können, die sie hier in Verne umgaben.

Eine ähnliche Botschaft, hieß es in einem Anhang, sei Penny auf dem Merkur geschickt worden.

Stef schloss das Hologramm mit einer kurzen Empfangsbestätigung und dachte einen ganzen Kuppeltag lang darüber nach. So machte sie es immer, wenn sie sich mit besonders schwierigen oder persönlich unangenehmen Dilemmata konfrontiert sah; es war eine Form des Umgangs mit ihren Instinkten, die sie im Lauf von fast sechsunddreißig Lebensjahren entwickelt hatte. Sollte sich die Nachricht durch ihr Bewusstsein und ihr Unterbewusstsein arbeiten, bevor sie eine Entscheidung traf. Sie schlief sogar darüber.

Zum Beispiel war da schon allein die Zeit, die sie von ihrem eigenen Programm abzwacken musste. Momentan befand sie sich in einem Arbeitsrausch, den sie nur ungern unterbrechen wollte. Nun ja, sie befand sich immer in einem Arbeitsrausch. Sieben Jahre nach der Öffnung der Luke und dem Penny-Vorfall – wie sie es innerlich nannte – warfen Untersuchungen der Luke und ihrer physikalischen Eigenschaften etwas Licht auf die ergänzenden Kernel-Forschungen, die nunmehr schon seit Jahrzehnten liefen. Es war ein langsamer, mühevoller Prozess, und er war voller Lücken. Stef hatte das Gefühl, dass man ihr die beiden Enden einer langen Kette von Entdeckungen in die Hände gegeben hatte und dass es noch eine ganze Weile dauern würde, bis sie sich von dort aus zur Mitte vorgearbeitet hatte. Aber es war hochinteressant – hier gab es zweifelsohne mehr Arbeit für sie und ihre Kolleginnen und Kollegen, als sie im Laufe eines Lebens bewältigen konnten. Und *das* war ein angenehmer Gedanke, weil er die Notwendigkeit, irgendwelche radikalen Entscheidungen bezüglich ihrer Zukunft zu treffen, weit wegschob, über den Horizont hinaus.

Entscheidungen wie jene, die ihre Beziehung zu ihrer Schwester betrafen.

Es gab für sie noch einen weiteren Grund zur Skepsis in Bezug auf Erdscheins Nachricht. Sie arbeitete jetzt mit Penny zusammen. Ihre Schwester war auf dem Merkur; sie führte dort vor Ort Experimente mit dem Luken-Konstrukt durch und versuchte, Emissionen diverser exotischer Hochenergieteilchen zu entdecken. Im Gegensatz zu manchen anderen Geschwistern, ja sogar manchen Zwillingen, kooperierten die Schwestern gut, wie eine lange Reihe akademischer Publikationen bewies, die sie schon vom Beginn ihrer beider Laufbahn an einzeln und gemeinsam verantworteten. Bei diesem speziellen Projekt zu diesem speziellen Zeitpunkt war Penny die Experimentatorin und Stef die Theoretikerin, aber bei anderen Projekten in der Vergangenheit, das zeigten die Dokumente, war es oft andersherum gewesen. Sie waren in dieser Hinsicht flexibel, weil sie ähnliche, aber komplementäre Fähigkeiten besaßen.

Das war alles schön und gut, eine bewunderns- und beneidenswerte familiäre Beziehung, auf die sowohl ihr Vater als auch ihre Mutter stolz gewesen wären. Nur konnte Stef sich leider an nichts von all dem erinnern, sofern es in der Zeit geschehen war, bevor sich die verdammte Luke auf dem Merkur geöffnet hatte.

Die Nachricht von der Entdeckung war rasch durchgesickert, und die Luke war ungefähr vierundzwanzig Stunden lang eine Sensation gewesen. Immerhin stellte sie den Beweis für die Existenz außerirdischer Intelligenz im Sonnensystem dar. Da die Luke jedoch nirgendwohin führte, war sie seitdem weitgehend in Vergessenheit geraten oder als Schwindel abgetan worden, obwohl sie noch immer Verschwörungstheorien wie einen Kometenschweif hinter sich herzog.

Stef musste sich jedoch mit einer umfassenden Umgestaltung ihrer Vergangenheit abfinden.

Vor der Luke war sie ein Einzelkind gewesen. Danach hatte sie plötzlich eine Zwillingsschwester gehabt. Nicht nur das, sie hatte unversehens ein ganz anderes Leben hinter sich, verflochten mit dem ihrer Zwillingsschwester. Aufsätze, bei denen sie allein als Verfasserin firmiert hatte, waren jetzt in Zusammenarbeit mit ihrer Schwester entstanden. Sie hatte einige davon gelesen; sie waren weitgehend, aber nicht ganz so, wie sie sie ihrer Erinnerung nach geschrieben hatte – in wissenschaftlicher Hinsicht weder signifikant besser noch schlechter –, andere hingegen, die Teile ihrer Arbeit spiegelten, an die sie sich nicht erinnern konnte, hatte sie überhaupt nicht verfasst.

Nur Stef erinnerte sich an ihre einsame Vergangenheit *davor*. Niemand sonst. Alle in ihrem Leben, darunter auch Kolleginnen und Kollegen, die sie seit ihrer Studentenzeit kannte, betrachteten sie nun als die eine Hälfte eines Paares, nicht als Stef allein. Nicht einmal King und Trant, die im Moment des Übergangs dabei gewesen waren, erinnerten sich noch an die alte Zeitlinie.

Penny selbst im Übrigen auch nicht. Soweit es Penny betraf, waren ihre miteinander verbundenen Karrieren nach einer kleinen Störung, als Stef die Geschehnisse bei der Luke zu verkraften versucht hatte, einfach weitergegangen. Für Penny war Stef eine Schwester, die plötzlich so etwas wie eine selektive Amnesie entwickelt hatte.

Und vielleicht war es genau das. Eine milde Form des Wahnsinns, ausgelöst von einer Art Bizarro-Strahlungsfeld aus dem außerirdischen Artefakt, in das sie hinabgestiegen war. Das war schließlich die einfachste Erklärung, dass ihre Wahrnehmung, ihre Erinnerung irgendwie fehlerhaft war. Trotz gründlicher Suche hatte Stef kein noch so kleines Indiz gefunden, das der Realität des Ganzen widersprach. Die Alternative, dass die *Geschichte* um sie herum irgendwie verändert worden war, dass der Fehler im äußeren Universum lag statt in ihrem eigenen kleinen Kopf, schien im Vergleich dazu eine absurd komplizierte Erklärung zu sein.

Sie glaubte das allerdings nicht. Sie kannte sich, sie kannte ihre Vergangenheit, ihr Leben. Und *diese* Vergangenheit war nicht ihre.

Sie hatte gelernt, nicht darüber zu reden, mit niemandem – nicht nach den ersten paar Minuten totaler Verblüffung dort oben auf dem Merkur, in ihrem Druckanzug, in der Luke, mit einer Schwester konfrontiert, von deren Existenz sie nichts gewusst hatte, und nachdem alle sie bestürzt angestarrt hatten, als sie ihre Verwirrung hinausposaunte. Schließlich wollte sie lieber an der Kernel-Superphysik arbeiten, als den Rest ihres Lebens mit Medikamenten und Therapien zu verbringen, die sie von ihren »Wahnvorstellungen« befreien sollten. Sie wollte nicht einmal mit Penny darüber reden, obwohl ihre Schwester zaghafte Versuche unternahm, die Barriere zu durchbrechen. Stef war sehr glücklich darüber gewesen, dass man Penny auf einen anderen Planeten geschickt hatte, glücklich darüber, dass sie einfach mit ihrer Arbeit weitermachen konnte; zumindest war ihr die Arbeit ein beständiger Trost gewesen.

Doch nun lag ihr diese Einladung von Erdschein vor, die offensichtlich darauf abzielte, die beiden Schwestern zusammenzubringen.

Trotz der vielen Studien und Denkschriften über die Kern-KIs, und obwohl jedermann ihre Macht anerkannte, schienen die meisten Experten nicht genau zu wissen, worin ihre wahren Pläne bestehen mochten. Die drei alten Intelligenzen, Hinterlassenschaft einer schwierigen Vergangenheit, spielten keine offizielle Rolle in der menschlichen Gesellschaft und besaßen keinen legalen Status – keine Rechte, in gewissem Sinn. Aber jeder wusste, dass menschliche Instanzen von den Vereinten Nationen und den Nationalstaaten abwärts mit ihnen zurechtkommen mussten. Ihre Macht wurde auf dieselbe Weise akzeptiert wie die eines Naturphänomens, eines Hurrikans; man konnte sie nicht ignorieren, aber sie standen außerhalb der Menschenwelt. Und im Gegensatz zu Hurrikanen konnten die Kern-KIs denken und kommunizieren.

Nun hatte Erdschein beschlossen, mit Stef und ihrer Schwester zu kommunizieren. Warum? Das, vermutete Stef, hing von den Plänen der Kern-KI ab. Vielleicht wollte Erdschein irgendwelche Erkenntnisse mit ihnen teilen. Aber wollte sie, dass ihr verworrenes Privatleben von einem solchen Monster entwirrt wurde?

Auf der persönlichen Ebene war sie abgestoßen. Aber auf der intellektuellen Ebene war sie fasziniert.

Sie bestätigte den Empfang der Nachricht, trug die Reise in ihren Terminkalender ein und ging erleichtert wieder an die Arbeit.

# 42

Stef Kalinski sank auf der üblichen, gemächlichen, antriebslosen Drei-Tage-Flugbahn aus dem Mondorbit zur Erde hinab. In der Erdumlaufbahn musste sie noch einen Tag warten, bis sie in das Orbit-Boden-Shuttle umsteigen konnte, ein stumpfnasiges, flugzeugähnliches Ding mit schwarzen Hitzekacheln und weißer Isolierung. Die Kabine war vollgestopft mit Passagieren und Gepäck.

Die kleine Fähre glitt in weiten, schwungvollen Kurven durch die Luft nach unten.

Im Landeanflug überquerte das Shuttle die Ostküste von Südamerika und kam auf einem Streifen flacher Küstensavanne herunter. Das Land schimmerte von stehendem Wasser; trotz der zerbröckelnden Dämme, die noch immer die Küste säumten, war es von dem steigenden Meer überflutet worden. Dies war Kourou, Guayana, das alte Startzentrum der Europäischen Weltraumorganisation, das nun zu einer Boden-Orbit-Transitstation umgewandelt worden war. Weiter landeinwärts sah Stef nackten Boden und Gestrüpp, teilweise von Solarkollektorenfeldern wie mit einer silbernen Farbschicht überzogen. Dieser Ort lag nur ein paar Hundert Kilometer nördlich der Amazonas-Mündung. Jetzt gab es hier keinen Wald mehr, und der Fluss war zu einem Rinnsal geschrumpft, das sich durch eine Halbwüste zog.

Nur eine Stunde nach der Landung in Kourou wurde Stef für den Sprung über den Atlantik in ein kleines Flugzeug verfrachtet. Wie das Shuttle war auch das Flugzeug überfüllt; es wurde voll beladen, bevor es starten durfte. Sämtliche Verkehrsmittel – Flugzeuge, Shuttles, Züge und Busse – befanden sich heutzutage in öffentlicher Hand, und sie waren immer voll, denn das Hauptaugenmerk lag auf maximaler Energieeffizienz.

Mit seinen Strahlturbinen und dem kompakten Mikrofusionsmotor sprang das Flugzeug mühelos in die Luft. Der Himmel draußen vor den kleinen, dicken Fenstern wurde tiefblau; die Flugbahn war ein Suborbitalsprung, und sie überquerten den Atlantik schnell und in großer Höhe. Sie flogen nach Nordwesten, Richtung Westeuropa, Portugal und Spanien.

Als das Flugzeug über der iberischen Küste wieder in die Atmosphäre eintauchte, wünschte Stef, sie besäße genug Geografiekenntnisse, um erkennen zu können, in welchem Ausmaß das gestiegene Meer diese Küstenlinie verändert hatte. In Ufernähe sah sie weiß glänzende, fedrige Dunstschichten, künstliche Wolken, erzeugt von Sprühturbinen draußen auf dem Meer, die etwas mehr Sonnenlicht von der überhitzten Erde ablenkten. Der Ozean selbst war grünblau, voller Plankton, das zum Wachstum angeregt worden war, um Kohlenstoff aus der Luft zu binden.

Das Flugzeug legte sich in die Kurve und schoss mit hoher Geschwindigkeit nach Norden. Südspanien, längst der Wüste überlassen, war mit Solarparks verchromt und übersät von riesigen silbrigen Blasen, Lagerstätten von ausgefrorenem Kohlendioxid. Sobald sie die Pyrenäen überquert hatten, blieb die Versteppungszone der mittleren Breiten hinter ihnen zurück, und der Boden wurde allmählich grüner. Doch selbst in Mittelfrankreich sah Stef alte, verlassene oder zumindest entvölkerte Großstädte; die braunen Flecken der Ballungsräume waren von Grün durchsetzt, wo sie wieder in die Dörfer zerfielen, aus denen sie entstanden waren. Über Nordfrankreich bog das Flugzeug nach Westen ab, kreiste und geriet beim Sinkflug in einen östlichen Gegenwind. Stef sah etwas von der Seine, weitere verlassene Städte auf einer glitzernden Schwemmebene. Abseits des Flusses wuchsen Olivenbäume in ordentlichen Reihen auf staubigem Boden, ein Anblick, wie er früher in Südspanien üblich gewesen wäre, eine an die neue Zeit angepasste Landwirtschaft.

In Paris waren die großen alten Flughäfen nicht mehr in Gebrauch. Stattdessen gingen sie nach einem kurzen, abrupten Bremsmanöver auf einem kleinen Flughafen in einem Vorort namens Bagneux unmittelbar südlich des Pariser Zentrums herunter, einem Sammelsurium hässlicher Gebäude aus dem zwanzigsten Jahrhundert, die in breiten Streifen abgerissen worden waren, um Platz für die Start- und Landebahnen zu schaffen. Der nächste, schnelle Transfer erfolgte weitgehend schweigend; sie mussten keine Dokumente vorzeigen, aber die Identität jedes Passagiers, seine Sicherheitseinstufung und sein Infektionsstatus wurden fließend mit nichtinvasiven DNA-Scans überprüft.

Bald hatte Stef die Prozedur hinter sich und fand sich und ihr minimales Gepäck allein in einem kleinen, fahrerlosen Elektrowagen wieder, der sie rasch nordwärts zum Stadtzentrum brachte. Sie war noch nie in Paris gewesen, und die engen Straßen sausten in verwirrendem Tempo vorbei. Irgendwo ragte noch immer der Eiffelturm empor, doch in der näheren Umgebung sah sie nur vom Hochwasser gefleckte Mauern alter Sandsteingebäude. Obwohl dies noch immer die politische Hauptstadt des Landes war, zeigten sich nur wenige Menschen auf der Straße. Die wohlhabenden Pariser hatten sich schon vor langer Zeit ins kühlere Klima Südenglands abgesetzt – Angleterre, wie es jetzt hieß –, und die Armen waren vermutlich ausgestorben oder abgewandert.

In den trüben Wassern der Seine erspähte sie die Île de la Cité. Die Dächer von Notre-Dame waren mit Solar-Paneelen gepflastert. Ein riesiger Banyanbaum breitete sich vor der Kathedrale aus, verwurzelt in den überschwemmten Ruinen der umliegenden Gebäude.

Schließlich brachte der Wagen sie zu den Champs-Élysées, einer Allee, die selbst eine erstmalige Besucherin wie Stef sofort erkannte. Hier war der Verkehr ziemlich dicht, und Fußgänger eilten unter Vordächern dahin, die sie vor der Sonne schützen. Der Wagen hielt vor einem hohen, kunstvoll gearbeiteten Eingang, in dessen Schatten ein Mann neben einer schlanken Frau in IRF-Uniform stand. Der Mann war natürlich Erdschein. Und die Frau war Penny Kalinski, Stefs unmögliche Schwester.

Erdschein, der einen überzeugenden Schatten warf, als er ins Licht trat, verbeugte sich vor Stef, als sie aus dem Wagen stieg. »Ich grüße Sie«, sagte er mit seinem kultivierten britischen Akzent. Er versuchte nicht, ihr die Hand zu geben, sondern fuhr mit den Fingern durch den Türsturz; Pixel rieselten wie Feenstaub von seinen Fingerspitzen. »Zumindest den europäischen Umgangformen zufolge gibt man so zu verstehen, dass man nur eine virtuelle Präsenz ist. Ich hoffe, dieser Anzug – so betrachte ich meine diversen Körper, als ›Anzüge‹ – ist für Sie beide akzeptabel.«

»Schon in Ordnung«, sagte Penny. Sie sah Stef unverwandt an. Dann trat sie auf ihre Schwester zu, einen Schritt, zwei.

Stef stand stocksteif neben ihrem Gepäck, fast in Habachtstellung, ohne zu reagieren. Es gab einen ungelenken Moment.

Penny grinste. »Schön, dass wir uns mal wieder persönlich treffen. Es ist ja erst das vierte oder fünfte Mal, nicht wahr? Seit …«

»Seit sich die Luke geöffnet hat.«

»Richtig.« Penny trat ein wenig zurück. »Tut mir leid. Alte Angewohnheiten lassen sich nur schwer ablegen. Selbst nach all dieser Zeit. Früher haben wir uns immer umarmt.«

Erdschein beobachtete diesen Wortwechsel mit lebhaftem Interesse. »Das ›Immer‹ gilt für Sie, Penny Kalinski. Für Ihre Erinnerungen. Aber was Ihre Schwester Stef betrifft, so hat das ›Immer‹, die Vergangenheit vor dem Luken-Vorfall, Sie überhaupt nicht mit eingeschlossen.«

»Das stimmt«, sagte Stef. »Ich Glückliche. Plötzlich habe ich eine Schwester gewonnen.«

Ein Ausdruck ging über Pennys Gesicht, wie der vorbeiziehende Schatten eines defekten Sonnensegels der Heldengeneration. »Und ich«, sagte sie, »fühle mich, als hätte ich eine verloren.«

»Faszinierend«, murmelte Erdschein. »Faszinierend. Aber wir stehen in der Hitze. Bitte kommen Sie doch beide in den Schatten …«

Das alte Gebäude erstreckte sich über mehrere Etagen und einen unterirdischen Ausbaubereich. Das auffälligste Merkmal des reich verzierten Inneren war für Stef eine ausladende Marmortreppe. Die virtuelle Projektion von Erdschein stieg mit überzeugenden Trittgeräuschen hinab, während sich ihr Schatten in der sanften Beleuchtung verlagerte. »Früher war dies eine italienische Bank«, sagte sie, »aber das Gebäude ist im Lauf der Jahrhunderte für viele andere Zwecke verwendet worden. Es war auch einmal ein Buchladen, als es noch Bücher aus Papier gab. Ein echtes historisches Relikt …« Reinigungsroboter arbeiteten diskret.

Sie erreichten einen relativ kleinen, kühlen, fensterlosen unterirdischen Empfangsraum. Erdschein bat sie, auf dick gepolsterten Lehnsesseln Platz zu nehmen und sich Wasser, amerikanische Limonade oder Kaffee von einer Selbstbedienungstheke zu holen. Penny nahm einen Kaffee, Stef ein Glas Wasser. Der Raum war völlig schmucklos, bis auf einen großen Block an einer Wand, der aus von Meerwasser zerfressenem Beton zu bestehen schien; er hatte einen Durchmesser von vielleicht einem halben Meter, und die zernarbte Vorderseite wies ein offenbar eingraviertes Muster aus konzentrischen Kreisen und pfeilförmigen Linien auf. Stef erinnerte sich an ein ähnliches Muster auf einer Brosche, die Erdschein zuvor getragen hatte. Das eigentümliche Objekt lenkte sie ab; es ähnelte auf undefinierbare Weise einer Karte, einer schematischen Darstellung, aber sie hätte nicht sagen können, einer Karte wovon.

»Nun denn.« Erdschein saß mit übereinandergeschlagenen Beinen da und legte die Fingerspitzen aneinander. »Es ist sehr freundlich von Ihnen, dass Sie den weiten Weg zurückgelegt haben, um sich mit mir zu treffen – und Ihre Arbeit zu unterbrechen, was, wie ich weiß, für Sie beide ein Opfer bedeutet. Außerdem danke ich Ihnen für Ihre Bereitschaft, sich zumindest für kurze Zeit mit der Gesellschaft der jeweils anderen abzufinden. Willkommen in meinem unterirdischen Nest! Oder in einem meiner Nester.« Er lächelte, wobei er eine scheinbar charmante Selbstironie an den Tag legte. »So seht ihr uns, nicht wahr? Als schreckliche alte Monster, die von ihren verborgenen Höhlen aus die Welt regieren.«

»Ich glaube doch, dass wir ein bisschen kultivierter sind«, sagte Stef, aber Penny entgegnete: »Nein, du hast es ziemlich genau erfasst.«

Erdschein grinste. »Sie widersprechen einander. In Ihren Worten, ja sogar in der Wahl ihrer Getränke. Was immer die eine tut, darf die andere nicht ebenfalls tun. Wie faszinierend. Und doch werden Sie gerade durch dieses Verhalten immer mehr zu eben jenen Spiegelbildern, die Sie beide so zu verabscheuen scheinen …«

Für Stef war das alles, als würde er eine alte Wunde aufkratzen. »Gibt es dabei auch eine Pointe?«, fauchte sie.

»O ja, die gibt es«, sagte Erdschein. »Tatsächlich möchte ich mit Ihnen vor allem über Ihre eigenartige Verbundenheit sprechen. Ich habe Ihre Lebenswege seit jenem seltsamen Tag auf dem Merkur verfolgt, als die Luke geöffnet wurde. Nun – es wird Sie nicht überraschen, das zu erfahren. Genau das erwartet ihr ja von mir, nicht wahr? Dass ich über euch alle wache wie ein wissbegieriger Gott.« Er beugte sich vor. »Ich habe Sie hierhergebeten, müssen Sie wissen, weil ich etwas herausgefunden habe. Etwas *entdeckt* habe.«

»Hat es etwas mit uns zu tun?«, fragte Stef.

»Und was hat das mit dir zu tun, Erdschein? Was willst *du?*«, wollte Penny wissen.

»Nun, das ist momentan ziemlich nebulös. Es reicht wohl, wenn ich sage …« Er hielt inne, als würde er seine Worte sorgfältig wählen. »Ich möchte keine Angst mehr haben.«

Stef starrte ihn an, verblüfft von dieser eigentümlich unlogischen Aussage. Er hatte das ganz ruhig ausgesprochen, mit unbewegter, ein wenig künstlicher Miene. Doch das machte es irgendwie umso überzeugender.

Penny schien aggressiver zu sein. »Angst, du? Angst wovor? Du bist ein künstliches Bewusstsein, eingelagert in massiv parallelen und verteilten Prozessor- und Speicherbanken tief unter der Erde, mit eigenen dedizierten Produktionseinheiten und eigener dedizierter Energieversorgung. Du und deine Partner, ihr habt die Klimaschocks überstanden, als wären es kleine Unebenheiten auf der Straße, während Millionen von uns gestorben sind. Wovor könntest *du* wohl Angst haben?«

»Ich werde es beizeiten erklären.« Er hob die Hände. »Ich weiß, das ist schwierig für Sie. Aber jetzt sind Sie beide hier. Möchten Sie miteinander reden?«

Penny und Stef sahen sich in die Augen, so wie in jenem ersten, unglaublichen Moment in der Luke auf dem Merkur. Dann wandten sie den Blick ab.

Schließlich sagte Stef: »Ich habe einige Nachforschungen angestellt. Über uns, über unsere Vergangenheit.«

»Ich weiß. Das tust du schon seit Jahren. Meine Firewall hat dich aufgespürt. Ich habe dich weitermachen lassen.«

»Ich habe die Aufzeichnungen gesehen«, sagte Stef. »In ihrer jetzigen Form. Wir sind tatsächlich Zwillinge, genetisch identisch. Ich bin ein paar Minuten älter. In unserer Kindheit scheinen wir uns sehr nahegestanden zu haben.«

»Ich erinnere mich daran«, sagte Penny sanfter. »Ich bräuchte da keine Nachforschungen anzustellen. Wir haben ständig miteinander gespielt.«

»Unser Vater hat uns auf dieselben Schulen geschickt. Wir haben dieselben Begabungen gezeigt, vor allem im mathematischen, logischen und verbalen Bereich. Wir sind beide zur IRF gegangen, um Stipendien für unser Studium und unsere ersten Forschungsprojekte zu erhalten, sodass wir schließlich Zugang zu den Kernel-Labors auf dem Mond bekamen.«

»Die IRF hat uns getrennt«, sagte Penny. »Ihre Psychologen dachten, dadurch würde jede von uns selbstständiger werden. Trotzdem haben wir mehr oder weniger dieselbe Ausbildung und Entwicklung durchlaufen, nur in unterschiedlicher Reihenfolge.«

»Aber als wir anfingen, die Kernel-Physik zu erforschen, haben wir uns in beruflicher Hinsicht wieder aufeinander zubewegt.«

»Alles begann an jenem Tag, als wir mit Dad auf dem Merkur waren«, sagte Penny, »wir waren elf Jahre alt, als das erste Jumboschiff gestartet wurde. Das hat uns überhaupt erst auf die Idee gebracht, in die Kernel-Forschung zu gehen.«

Stef schloss einen Moment lang die Augen. *Nein. Ich war allein dort. Mit Dad. Du warst nicht da, nicht mal als unwillkommener Geist. Das war mein Tag, nicht deiner …*

»Und dann war alles gut, bis wir auf dem Merkur in die Luke gestiegen sind«, sagte Penny traurig. »Ich bin als Erste reingegangen, Stef. Du bist mir gefolgt. Und als ich in diese zweite Kammer ging und mich umdrehte und du mich sahst, merkte ich, dass du mich nicht erkanntest. Wir hatten uns nur eine Minute lang aus den Augen gelassen …«

»Nicht einmal eine Minute«, sagte Erdschein. »Ich habe mir die Aufzeichnung genau angesehen. Achtunddreißig Sekunden.«

»Meine Erinnerung ist anders«, sagte Stef. »Ich bin allein in die Luke gestiegen. Ich habe die zweite Luke geöffnet. Da war Penny, schon in der nächsten Kammer.«

»Vor diesem Zeitpunkt haben Sie, Stef, Ihre Schwester eindeutig gekannt. Hinterher waren Sie erstaunt über ihre schiere Existenz, obwohl Sie sich alle Mühe gegeben haben, es zu verbergen, als Sie merkten, dass etwas ganz und gar nicht stimmte.«

Stef spürte, wie Groll in ihr aufloderte. »Du darfst nicht auf Material über Kernel-Physik zugreifen. Das ist ein UN-Gesetz.«

»Natürlich«, sagte Erdschein aalglatt. »Aber jedes solche Gesetz braucht eine klar definierte Grenze. Und ich oder meine juristischen Berater versuchen beharrlich, diese Grenze zu verschieben. Täten Sie das nicht? Ich bin berechtigt, mich mit den *Implikationen* der Kernel-Wissenschaft zu beschäftigen, auch wenn ich mich von der Physik selbst abwenden muss. Eine visuelle Aufzeichnung der Geschehnisse bei der Luke verrät mir wenig über die zugrunde liegende Physik, und vieles davon ist ohnehin frei zugänglich.« Er beugte sich vor. »Major Kalinski – ich meine, Stef. Nur Sie erinnern sich daran, wie es vorher war. Ihr Leben als Einzelkind. Ja? Die meisten Menschen nehmen deshalb an, dass Ihre Erinnerung fehlerhaft ist.«

»Oder dass die Luke etwas mit meinem Verstand angestellt und mich ein bisschen verrückt gemacht hat«, sagte Stef.

Er schüttelte den Kopf. »Aber Sie glauben das nicht, Major, habe ich recht? Jetzt erwägen Sie die Alternative. Wenn Ihr Verstand *nicht* manipuliert wurde – wenn Ihre Erinnerungen *doch* authentisch sind …«

»Das ergibt keinen Sinn.« Penny wurde feindselig.

»Nehmen wir nur für einen Moment an, es wäre so«, drängte Erdschein. »Wie lautet Ihre alternative Hypothese, Stef?«

Sie holte tief Luft. »Die Geschichte hat sich verändert. Was sonst? In dem Moment, als ich die Luke geöffnet habe.«

Erdschein nickte. »Vorher war es eine andere Geschichte.«

»In der ich ein Einzelkind war. In der ich einen anderen Namen hatte, Herrgott noch mal. Ich war Stephanie Penelope Kalinski, nicht Stephanie Karen, und Penelope Dianne hat nicht existiert. Und als ich die Luke öffnete und hineintrat, warst du da, Penny – real, lebendig, unmöglich. Mit einem Satz von Erinnerungen an eine andere Vergangenheit. Erinnerungen, die auch in den Köpfen aller anderen waren.«

»Nur nicht in Ihrem«, sagte Erdschein. »Angenommen, Sie hätten recht, Stef. Angenommen, die Realität hätte sich wirklich verändert, die Luke hätte Sie akzeptiert und sofort *an der Vergangenheit herumgepfuscht* – zumindest an Ihrer Vergangenheit. Und Ihnen eine Schwester gegeben, die Sie vorher nicht hatten. Und vermutlich darauffolgende kleine Veränderungen verursacht, die wie kleine Wellen von dieser großen zentralen Korrektur ausgingen.«

Penny fühlte sich ganz offensichtlich unwohl, und Stef wusste ziemlich genau, warum. Sie sprachen über eine Welt, deren Licht sie gar nicht erst erblickt hatte, und das musste ihr existenzielle Furcht einflößen. »Ockhams Rasiermesser«, sagte Penny jetzt. »Ein wissenschaftliches Grundprinzip. Dass Stef irgendwie eine Art Amnesie erlitten hat, liegt erheblich näher, als dass das *ganze Universum* verändert worden ist, um eine neue Realität zu erzeugen.«

»Nun ja, Ockham ist schon lange tot«, sagte Erdschein milde. »Und ist die Alternative wirklich so absurd? Wir *wissen*, dass die Luken-Technologie irgendeine Manipulation der Raumzeit beinhaltet. Sie sind beide in ein Loch unterhalb der Luke gestiegen, das den geophysikalischen Messungen zufolge nicht existieren konnte. Was ist eine Veränderung der Geschichte anderes als eine weitere derartige Manipulation? In der Zeit statt im Raum. Ich nehme an, Stef, Sie haben diesen Gedankengang nicht viel weiter verfolgt, nicht einmal im stillen Kämmerlein.«

»Worauf willst du hinaus?«

»Ich meine, wenn es eine Veränderung der Geschichte gegeben hat, die von der Luke ausgelöst wurde, oder von demjenigen, der die Luke gebaut hat …«

Penny schnaubte. »Oh, das ist …«

»Dann war es eine ziemlich *schludrige* Veränderung, oder nicht? Ich meine, es war einfach keine saubere Arbeit. Wir wissen, dass zumindest *eine* Spur von dem zurückgeblieben ist, was vorher war – in Ihrer Erinnerung, Stef.«

»Das ist wohl kaum ein Beweis«, fauchte Penny.

»Für Stef schon. Vielleicht hatte es etwas damit zu tun, dass Sie in dem Moment, als die Veränderung erfolgte, im Innern der Luke waren …«

»Und was hätte das für einen Sinn?«, fragte Penny ungehalten. »Du redest von einer Änderung der Geschichte. Wenn man so etwas kann, warum, zum Teufel, macht man dann nicht ein oder zwei Klimaschocks ungeschehen? Oder die Erwärmung insgesamt – weshalb geht man nicht zurück und erschießt Henry Ford?«

Stefs Gedanken rasten. »Vielleicht konnte die Luke – oder die Lukenbauer, wer auch immer dahintersteckt – nichts von solchen Dimensionen bewältigen. Vielleicht wussten sie nicht genug über uns, über die Menschheit, um mehr als eine winzige Veränderung vorzunehmen. Vielleicht war das alles, wozu sie fähig waren. Vorläufig jedenfalls.« Sie sah Erdschein an. »Aber warum wir? Ich meine, warum ich? Was ist so wichtig an mir oder meinem Leben?«

»Alles«, sagte Erdschein. »Oder nichts. Vielleicht lag es einfach nur daran, dass Sie als Erste in die Luke gestiegen sind. Das war eine Art … Testlauf. Eine Sondierung. Aber wenn, wie gesagt …«

»Dann war die Ausführung schlampig«, sagte Stef. »Mit einem übrig gebliebenen losen Ende in meinem Gedächtnis. Trant und King haben sich daran erinnert, dass Penny die zweite Luke geöffnet hat und vor mir durchgegangen ist. *Ich* weiß noch, dass ich die zweite Luke selbst geöffnet und Penny dann zum ersten Mal gesehen habe … schlampig eben.«

»*Zumindest* ein loses Ende.«

Stef sah ihn scharf an.

Penny stand auf. »Was willst du damit sagen? Hast du ein weiteres ›loses Ende‹ entdeckt? Hast du irgendeinen Beweis?«

Er lächelte, als sie drohend über ihm stand. »Nun, war es nicht logisch, zumindest einmal nachzusehen? Wenn es eine ausgefranste Ecke gibt, könnte es durchaus noch weitere geben. Also habe ich nachgesehen. Und …«

»Hast du uns deshalb nach Frankreich kommen lassen?«, fragte Stef. »Willst du uns etwas zeigen?«

»Ich kann es virtuell tun«, sagte er. »Aber es ist vielleicht besser, wenn ihr wirklich hinfahrt und es euch mit eigenen Augen anseht.«

»Später«, sagten sie beide, ihre identischen Stimmen wie eine gedoppelte Tonspur.

»Zeig's uns einfach«, sagte Stef. »Bitte.«

Penny setzte sich. Sie konnte ihre Angst nicht mehr verbergen.

Erdschein nickte, machte eine Handbewegung, und der Raum löste sich auf.

# 43

Ein Fußabdruck.

Yuri erstarrte.

Neben ihm zog Mardina Beth eng an sich.

Ein menschlicher Fußabdruck, im Schlamm. Ohne jeden Zweifel. Yuri konnte den Fußballen, die Ferse sehen. Er konnte die Zehen zählen.

»Wo ein Fußabdruck ist«, sagte Mardina leise, »da werden auch noch andere sein. Schau, Yuri. Dort …« Sie zeigte nach Westen, über das trockene Land abseits des Sees hinweg.

Die Fußspuren waren deutlich sichtbar, wie flache Krater im verkrusteten Boden, ein Abdruck nach dem anderen, links, rechts. Bis zum Horizont.

»Gehen wir zur KolE zurück«, sagte Yuri.

»In Ordnung.«

Als sie halb im Laufschritt den See umrundeten, verwandelte sich Beths Erregung in Angst. »Was ist los? Hab ich was falsch gemacht?«

»Nein, Süße«, sagte Mardina. »Überhaupt nicht.«

»Ist es wegen dem Fußabdruck? Ist das jemand Böses?«

»Nein, nein, wo denkst du hin«, sagte Yuri. »Wir machen ihr Angst«, flüsterte er Mardina zu.

»Es ist durchaus berechtigt, dass sie Angst hat.«

»Das sollte eigentlich gar nicht möglich sein, oder? Die Stellen, wo man die *Ad Astra*-Passagiere abgesetzt hat, sind doch angeblich viel zu weit voneinander entfernt.«

»Und trotzdem ist es passiert.«

Sie kamen zu ihrem neuen Lagerplatz zurück, der noch immer nicht viel mehr war als ein Haufen von Vorräten, die Stämme, Balken und Platten ihres zerlegten Hauses, ein Hügel aus sorgfältig hergestellter terrestrischer Ackerkrume, anderer Krimskrams. Yuri stöberte herum, bis er eine Armbrust und Bolzen fand. Sein Jagdmesser steckte schon in seinem Gürtel. »Ich gehe nachsehen. Du kümmerst dich um Beth.«

Mardina kräuselte die Lippen. »Nur zu, mein Held.«

Yuri nahm ihre einzige Leuchtpistole – ein paar Patronen waren noch übrig – und stopfte sie in die Tasche seines Kittels. »Wenn ich die abfeuere, kommt ihr und rettet mich.«

»Ich rette dich, Daddy.«

»Danke, Süße.« Er küsste Beth auf den Kopf, lächelte Mardina mit einer Zuversicht an, die er nicht verspürte, und brach auf.

Er ging den Weg zurück, den sie genommen hatten. Da war der erste Fußabdruck, klar und scharf. Völlig unbeachtet von den Erbauern in der Nähe.

Ohne zu zögern ging er weiter, folgte der Spur der Fußabdrücke über das trockene Land, lief in leichtem Trab stetig nach Westen, die Armbrust in der Hand. In den Jahren, seit sie auf Per Ardua ausgesetzt worden waren, hatte Mardina darauf bestanden, dass sie beide mit der Armbrust übten, bis sie einigermaßen damit umgehen konnten. Yuri hatte keine Einwände erhoben. In der näheren Umgebung gab es zwar nichts, worauf man schießen konnte, aber man wusste nie. Jetzt sah es so aus, als könnte es sich auszahlen.

Andere Menschen! Es hatte Zeiten gegeben, insbesondere vor Beths Ankunft, da hatte er sich danach gesehnt, dass irgendwie und irgendwo andere Leute auftauchen würden – und seien es seine Feinde, sogar die Arschlöcher von Friedenshütern oder dieser blasierte Scheißkerl von einem Astronauten namens McGregor. Manchmal ging es ihm immer noch so. Aber jetzt war es anders; jetzt musste er Beth beschützen. Falls es andere Überlebende der abgesetzten Gruppen gab, wer wusste, in welcher Verfassung sie sein würden? Wer wusste, wie sie auf ihn reagieren würden?

Ihm wurde klar, dass er Per Ardua mittlerweile als sein Eigentum betrachtete. Als seins und das seiner Familie. Es ergab keinen Sinn, aber so war es nun mal. Jetzt gefiel ihm die Vorstellung nicht mehr, den Planeten teilen zu müssen.

Und er hatte Angst um seine Familie. Vor seinem geistigen Auge stand das Bild des effizienten Völkermords der *jilla*-Erbauer: die Gefangennahme, das wortlose, gnadenlose Gemetzel.

Er blieb stehen. Direkt vor ihm ragte jetzt eine niedrige, erodierte Sandsteinklippe auf, ein typisches arduanisches Landschaftsmerkmal. Und daneben sah er eine Gestalt, ein einzelnes menschliches Wesen. Es hockte neben der Klippe und grub mit einer Hand im Boden – nein, es trank, sah er. Dort musste eine Quelle sein, ein Wasserloch.

Yuri ging in gleichmäßigem Tempo weiter. Er hielt die Armbrust locker an der Seite, den Finger vom Abzug entfernt. Er rief sie nicht an.

Bald darauf erspähte ihn die Gestalt bei der Klippe und stand auf. Eine schlanke Frau, barfuß, mit einer Hose aus den gekürzten Überresten eines orangefarbenen Overalls, einem schwarzen Hemd, das aussah wie eine halbe Astronautenuniform, und einem selbst gemachten Reishut aus Stängelrinde, nicht viel anders als seiner. Schockiert stellte er fest, dass sie einen Arm verloren hatte; er war oberhalb des Ellenbogens amputiert. Die Tätowierungen in ihrem Gesicht waren solide schwarze Flächen und schienen darauf angelegt zu sein, den funkelnden Blick ihrer blassblauen Augen zu betonen.

Er kannte sie. Es war Delga, die er auf dem Schiff und davor auf dem Mars gekannt hatte. Die Schneekönigin von Eden.

Delga grinste ihn an. »Hallo, Eisjunge.«

# 44

Nachdem sie sich getroffen hatten, mussten sie entscheiden, ob sie die eine oder die andere Richtung einschlagen sollten. Yuri beschloss, mit Delga nach Westen zu gehen, zu ihrer Gruppe, die sie »die Mütter« nannte, statt zu Mardina zurückzukehren.

»Bloß ein paar Kilometer«, sagte sie.

»Ja. Wir sind weiter weg.« Das war eine Lüge; tatsächlich waren Mardina und Beth erheblich näher. Aber sein Instinkt befahl ihm, es zu verschleiern und zu verheimlichen und sie zu beschützen. Natürlich war es auch möglich, dass Delga schon voll und ganz über seine kleine Gruppe Bescheid wusste.

Delga war älter geworden, und das Leben auf Per Ardua hatte sie offenkundig abgehärtet; sie wirkte magerer und runzliger, aber auch stark und ledrig. Ihre Tattoos waren nicht verblasst, ihr Gesicht war noch so scharf wie eine Messerklinge und genauso bedrohlich. Obwohl sie diesen Arm verloren hatte, war er ziemlich sicher, dass sie bewaffnet sein würde. So wie er selbst.

Er versuchte noch immer, mit dem Schock fertigzuwerden. Hier auf dieser statischen Welt einem anderen Menschen zu begegnen, *irgendeinem* anderen Menschen, veränderte alles. Und nun stellte sich heraus, dass es sich um Delga handelte.

Delgas Gesicht war eine tätowierte Maske unter einem in kunstvollen Windungen rasierten Haarschopf. Yuri kannte sie kaum. Er war ihr auf dem Mars nur ein paarmal über den Weg gelaufen. Auf der *Ad Astra* war sie im selben Rumpf gewesen wie er, doch auch dort hatte er sich von ihr ferngehalten. Er wollte nichts mit ihren Produkten, ihrer Kette von Kontakten, ihren Lieferanten und Konsumenten zu tun haben. Jetzt fiel ihm wieder ein, dass er sie zuletzt gesehen hatte, als sie an der Spitze einer Schar von Rebellen auf dem Weg nach oben zur Brücke des Schiffs gewesen war, nach der Ankunft bei Proxima. Typen wie sie überlebten wohl immer.

Jetzt fragte er: »Und was machst du so weit hier draußen?«

»Mir die Beine vertreten. Was denkst du denn? Wenn es hier eines gibt, dann *Platz* – genug Platz, um wegzugehen, bis man hinter dem Horizont verschwindet und allein ist. In einer marsianischen Bruchbude geht das nicht, stimmt's? Oder in einem Schiff. Und heutzutage auf dem größten Teil der Erde wahrscheinlich auch nicht.« Sie reckte einen Daumen über die Schulter. »Ich komme wegen des Wassers her. Wegen der Quellen. Und ein Stück weiter ist eine Senke mit weiteren Quellen, aber die ist gerade überschwemmt worden.«

Sie musste die Senke meinen, die jetzt den *jilla*-See beherbergte.

Sie sah ihn durchdringend und analytisch an. »Du kennst dich hier nicht besonders gut aus.«

»Nein. Wir sind bloß auf der Durchreise.«

Sie zerpflückte das. »*Wir.* Wer, wie viele? Wie schwer bewaffnet? *Auf der Durchreise.* Woher, wohin?« Sie grinste. »Keine Sorge. Wir tauschen uns noch früh genug aus. Weißt du, Eisjunge, ich hätte nie darauf getippt, dass von all den Leuten in diesem verdammten Schiff ausgerechnet du hier in der Schüssel überleben würdest.«

*In der Schüssel?* Die Luft vor ihnen war dunstig; während er neben ihr herlief, glaubte er, Wasser zu riechen, aber eine niedrige Anhöhe – abgewetzte Hügel – versperrte ihm die Sicht. »Warum nicht?«

»Weil du damals in Eden aus diesem Kryo-Tank gekommen bist, als wärst du vom Himmel gefallen. Du hast dich nirgends eingefügt, nicht mal auf dem Mars. Hast keine Kontakte geknüpft, hattest keine Beziehungen. Nicht mal die Friedenshüter konntest du schmieren. Aber wir haben dich trotzdem bemerkt. Der Eisjunge, richtig? Du heißt Yuri. Was, zum Teufel, ist das überhaupt für 'n Name?«

»Nicht meiner.«

»Warum wirst du dann so genannt?«

»Irgendein Witzbold hat mich so genannt, als sie mich aufgeweckt haben, auf dem Mars. Es ist der Name eines Astronauten. Oder Kosmonauten. Des ersten, glaube ich.«

Sie zuckte die Achseln. »Nie von ihm gehört. Also, wie ist dein richtiger Name?«

Er wandte den Blick ab.

»Hast deine lausige Vergangenheit abgelegt, hm? Was für ein Akzent ist das übrigens, australisch?«

»Nordbritisch. Ich bin in Manchester aufgewachsen, an der Grenze zu Angleterre, der Euro-Provinz.«

»Für mich klingst du wie 'n Australier.«

»*Ihr* hört euch für mich alle wie Hispanics an.«

»Wie lange warst du eingefroren, hundert Jahre?«

»Eher achtzig.«

»Hast du zur Heldengeneration gehört? Wie war das so, ein Verschwender zu sein?«

»Damals hat man uns nicht so genannt. Und ich war sowieso zu jung.«

Sie grunzte. »Überrascht mich, dass sie dich nicht als Zeugen in den Prozessen geladen haben. Aber du bist all dem entkommen, nicht wahr? Du in deinem Gefrierschubfach.«

Innerlich sträubte er sich dagegen, ihr zu antworten, aber es fiel ihm schwer, sich von ihrem eisernen Blick abzuwenden. Das ganze Gespräch, das sie ihm überfallartig aufgedrängt hatte, war bizarr, als käme seine tiefste Vergangenheit plötzlich aus dem arduanischen Boden herauf. »Ich hab's mir nicht ausgesucht. Es war ein Experiment. Wir waren zu viele, meine Generation. Deshalb haben sie versucht, uns in diesen großen, unterirdischen Bienenwabenbanken in der Antarktis einzufrieren. Dadurch würde unser Fußabdruck kleiner werden.«

»Deine Eltern haben dich entsorgt. Ganz einfach. So wie sie uns jetzt von der Erde zum Mars entsorgen. Oder noch weiter, stimmt's? War vermutlich billiger, dich gefroren zum Mars zu verfrachten, als irgendwas anderes mit dir anzustellen. Tja, im Namen der Zukunft hoffe ich, du hast deinen Aufenthalt auf dem Mars genossen, mein Freund. Im Arschloch des Sonnensystems.«

Trotzig starrte er sie an. »Wenn es so schlimm ist, warum warst du dann dort?«

Sie zuckte die Achseln. »Wir waren dort, die Vereinten Nationen waren dort, weil die Chinesen dort waren. Wir können ihnen den Mars ja nicht ganz allein überlassen, oder? Und die Vereinten Nationen haben jetzt diese großen Schiffe, die Jumbos mit den großen, starken Triebwerken. Da kommen die Dampfmaschinen-Töfftöffs, die es zu deiner Zeit gab, garantiert nicht mit. Jetzt können sie sich's leisten, Leute zum Mars zu schicken, die nicht mal dorthin wollen. Sogar zu den Sternen! Das nenn ich mal Fortschritt.« Sie lachte und spuckte aus. »Komische Sache, das Leben. Man weiß nie, was es als Nächstes bringt.«

Ihr abschätziger Ton gefiel ihm nicht. »Und wie habt ihr hier überlebt?«

»Wirst du gleich sehen.«

Sie umrundeten die niedrigen Hügel, der Blick öffnete sich, und Yuri *sah einen Fluss*, ein blauschwarzes Wasserband, das sich durch die flache, trockene Landschaft zog. Es war ein erstaunlicher Anblick nach all diesen Jahren, die sie am *jilla*-See festgesessen hatten. Das Ufer war von den üblichen Stängelbeeten auf sumpfigem Grund gesäumt, aber er sah auf den ersten Blick keine Anzeichen von den Erbauern oder ihren Werken.

Und es gab hier Menschen. Menschen und ihre Sachen. Tipis, deren Gerüste mit Stoff behängt waren, Rauch von Feuern, der widerstrebend in die stille Luft emporstieg. So etwas wie eine gestutzte KolE, ohne Kuppel und Manipulatorarme. Und die Menschen: Frauen und Kinder, um eine Feuerstelle versammelt, eine Handvoll Männer weiter entfernt, um ein zweites, kleineres Feuer geschart. Wie Delga trugen sie alle zerschnittene Schiffskleidung, sogar die kleinen Kinder. Yuri erkannte auf Anhieb keinen der Erwachsenen.

Als sie Yuri und Delga erblickten, sprangen einige der Frauen auf und griffen nach Waffen. Yuri sah IRF-Armbrüste und so etwas wie selbst gemachte Speere. Delga hob ihren gesunden Arm zum Zeichen, dass alles okay war, dass Yuri keine Gefahr darstellte. Aber die Frauen beobachteten sie und warteten angespannt. Die Männer an ihrem Feuer machten sich nicht die Mühe aufzustehen; sie schauten nur apathisch zu.

Sie gingen weiter. Yuri war wachsam.

»Schau nach Norden«, sagte Delga. »Dieser Flecken Grün? Kartoffeln. Haben wir als Letztes gesetzt. Bald können wir sie ernten, dann sind wir weg. Und weiter nördlich, siehst du das?«

Er sah weiteren Rauch, eine schmutzige Narbe in der Landschaft, undeutlich sichtbare Gestalten, die sich bewegten, vielleicht ein paar weitere KolEs. »Noch mehr Menschen?«

»Yep. Unsere schwierigen Nachbarn. Klein.«

»Gustave Klein? Der vom Schiff? Der Große?«

»*Der* hat überlebt. Wie nicht anders zu erwarten. Wir kommen klar mit ihm. Bleibt uns auch gar nichts anderes übrig, Yuri. Der Planet ist groß, aber die Menschheit ist hier klein.«

Sie näherten sich jetzt der zentralen Gruppe, den Frauen, dem großen Feuer. Er zählte rasch: sechs Frauen insgesamt, ein Haufen Kinder, fünf Männer in der anderen Gruppe. Die Frauen nahmen sich vor ihm in Acht, sah er, einige von ihnen führten die Kinder weg, andere nahmen in einer lockeren Reihe mit ihren Waffen Aufstellung. Sie waren alle mehr oder weniger so tätowiert wie Delga – selbst die älteren Kinder, die teilweise um die zehn Jahre alt zu sein schienen. Vermutlich waren sie nicht lange nach den Landungen gezeugt worden. Yuri achtete darauf, dass seine Hände offen und gut sichtbar blieben.

Delga bemerkte es. »Ich werde ihnen nicht sagen, dass du keine Gefahr darstellst. Erstens bin ich hier nicht die Anführerin, und sie würden nicht auf mich hören. Das heißt, es gibt eh niemanden, der uns anführt, wir hatten nicht das Gefühl, dass wir so jemand brauchten, seit wir Hugo Judd umgelegt haben. Und zweitens traue ich dir nicht. Ich meine, du lügst offensichtlich, stimmt's? Was deine Leute und ihren Aufenthaltsort betrifft. Du bist kein guter Lügner, Eisjunge. Vielleicht sind deine Gesichtsmuskeln nach dem Kryo-Tank noch nicht wieder aufgetaut.«

»Yuri?« Eine der bewaffneten Frauen löste sich aus der Reihe und trat vorsichtig vor.

»Anna, richtig? Anna Vigil.« Er erkannte sie kaum unter dem Tattoo in ihrem Gesicht und hinter dem Speer, den sie so mühelos schwang, als hätte sie ausgiebig damit geübt. Dennoch war er erleichtert, sie zu sehen.

»Lieber Himmel, nach all diesen Jahren – ich dachte, du wärst tot. Jedenfalls hätte ich nie geglaubt, dass ich dich noch mal wiedersehen würde. Cole!« Sie schaute sich um. »Cole, komm her …« Eines der Kinder trat widerstrebend vor, ein magerer Junge mit großen Augen, vielleicht vierzehn Jahre alt, aber schon größer als seine Mutter. »Du erinnerst dich doch noch an Cole, aus dem Schiff.«

Der Junge starrte ihn misstrauisch an. Yuri wurde klar, wie selten Kinder wie Cole Fremden begegneten, wie wachsam sie sein mussten. Mardina und er würden Beth bei diesem Prozess begleiten müssen, wenn es so weit war.

Der Junge wich bald zurück, lief davon und gesellte sich zu den anderen Kindern. Sie waren mit einem Fangspiel beschäftigt, das sie unterbrochen haben mussten, als Yuri von der Ebene hereinspaziert kam; jetzt war das Spiel wieder interessanter als der Fremde, und sie machten damit weiter. Ein paar von ihnen warfen währenddessen Steine nach einer Gruppe von Erbauern am Flussufer. Yuri nahm an, dass diese Gruppe sich nicht die Zeit genommen hatte, die Erbauer zu beobachten, so wie er. Die Erbauer wirbelten herum und flüchteten eilig.

Anna musterte ihn aufmerksam. »Ihr habt mir geholfen, du und dein Freund – Lemmy?«

»Lemmy Pink.«

»Ist er mit dir gelandet?«

»Ja.« Er hob die Schultern. »Er hat's nicht geschafft.«

Sie nickte, als hörte sie so etwas nicht zum ersten Mal. »Ist schon gut«, wandte Anna sich nun an die Gruppe. »Ich kenne diesen Burschen. Er hat mir auf dem Schiff geholfen. Hat mir Sachen für das Baby besorgt.«

Die übrigen Frauen, von denen Yuri keine kannte, traten zurück und ließen ihre Waffen sinken, behielten ihn aber im Auge.

Die sonderbarerweise ausgeschlossenen Männer der anderen Gruppe drängten sich an ihrem eigenen Feuer zusammen, unterhielten sich leise und schauten hin und wieder zu ihm herüber.

»Hier entlang, Eisjunge.« Delga führte Yuri zum Feuer der Frauen. Hier draußen im Freien hatten sie Sitze aufgebaut, teilweise Überbleibsel der Sachen aus dem Schiff, teilweise improvisiert aus Lagerfässern und Kisten. Die ganze Ausrüstung, die Zelte, Möbel und Werkzeuge, alles wirkte auf Yuri transportabel und leicht zu verpacken. Sie schienen das Umherziehen gewohnt zu sein, so wie er, Mardina und Beth mittlerweile auch.

»Setz dich«, fuhr Delga ihn an. »Rede. Lass die Hände dort, wo wir sie sehen können.«

Yuri gehorchte. Delga und die lächelnde Anna nahmen links und rechts neben ihm Platz.

Eine der anderen Frauen – sie trug keine Waffe – sprach Yuri an. »Yuri, richtig? Ich bin Dorothy Wynn. Ich habe heute Küchendienst. Willst du was essen? Oder Tee?« Ungefähr vierzig Jahre alt, hübsches Gesicht, das genauso tätowiert war wie das der anderen, die ergrauenden blonden Haare straff nach hinten gekämmt, sprach sie mit einem lebhaften amerikanischen Ostküsten-Akzent, wie Yuri es zu seiner Zeit genannt hätte.

»Tee?«

Sie füllte einen Metallbecher aus einem Topf über dem Feuer. »Aus Nesseln gebraut – aus irdischen Nesseln, meine ich. Die wachsen hier schnell, im Kompost. Erstaunlich brauchbar.«

»Unsere KolE hat keine dabeigehabt. Ich meine …«

Sie zuckte die Achseln und setzte sich. »Sie scheinen unterschiedlich programmiert worden zu sein. Die Missionsplaner haben wohl verschiedene Möglichkeiten ausprobiert, um zu sehen, was funktionieren würde und was nicht.«

Delga grinste finster. »Und wer sterben würde und wer nicht.«

Dorothy Wynn zuckte die Achseln. »Delga ist eine unserer morbideren Persönlichkeiten, Yuri.«

»Dorothy dagegen eine unserer gesünderen Persönlichkeiten«, ahmte Delga sie mehr schlecht als recht nach. »Glaubt sie jedenfalls. Erstaunlich, dass du trotzdem zusammen mit uns anderen hier unten in der Schüssel gelandet bist, was?«

Wynn schien das ziemlich kaltzulassen. »Ach, kümmere dich nicht um sie. Ich war Buchhalterin bei einem der großen Rückgewinnungsunternehmen in New New York, Yuri. Mein erstes Verbrechen war, dass ich ein wenig vom Reichtum meines Arbeitgebers für … nun, sagen wir, für ein Laster abgeschöpft habe. Mein zweites Verbrechen war, mich erwischen zu lassen. Unverzeihlich tollpatschig. So bin ich hier gelandet. Weißt du, Yuri, ich hätte nie damit gerechnet, dass ich dich mal treffen würde. Aber ich erinnere mich noch an das Gerede über dich auf der *Ad Astra*. Der Mann aus der Vergangenheit. Wie faszinierend. Noch etwas Tee?«

»Nein, danke.« Yuri, der all diese Jahre immer nur Mardina um sich gehabt hatte, war verwirrt, fast schon verschüchtert. Er war diese Art von kompliziertem Wechselspiel zwischen Menschen mit ausgeprägter Persönlichkeit nicht gewohnt. Und ihm wurde bewusst, dass die Männer, die ein ganzes Stück entfernt saßen, ihn aufmerksam musterten. Einer von ihnen starrte ihn an, deutete auf ihn und murmelte: »*Fantôme … il est un fantôme …*«

»Was sagt er?«

»Dass du ein Geist bist«, übersetzte Anna. »Er heißt Roland. Französisch-Kanadier. Wenn er Angst hat, verfällt er ins Französische.«

»Wieso ein Geist? Ihr habt doch schon andere Gruppen getroffen, stimmt's? Wie die von Klein da drüben.«

»Ja«, sagte Delga. »Aber du bist einfach so aus dem Nichts aufgetaucht, Eisjunge. Ganz allein. Schau dir nur mal deine Klamotten an.« Sie betastete seine Beinkleider, seinen Kittel aus gewobener Stängelrinde. »Als wärst du aus dem Staub der Schüssel auferstanden.«

»Es gibt Geschichten über Geister«, sagte Anna. »Also, über einen Geist. Den von Dexter Cole, weißt du? Dem ersten Pionier, der allein hierherkam …«

»Nach dem du deinen Jungen benannt hast.«

»Es heißt, er geht auf dieser Welt um. Vielleicht lebt er in der ewigen Nacht der anderen Seite weiter. So was halt.«

Seltsam, dachte Yuri, dass in seiner eigenen Gruppe eine ganz ähnliche Geschichte entstanden war.

Dorothy schnaubte. »Was für ein Schwachsinn. Wenn ihr mich fragt, hat Gustave Klein das einfach erfunden, um seine Jungs in Schach zu halten.«

Yuri ließ den Blick über ihre Gesichter schweifen: Anna verwirrt, aber freundlich, Delga zynisch, Dorothy kompetent, aber auf der Hut, Roland, der Franzose, mit großen Augen.

»Yuri?«, fragte Anna. »Alles in Ordnung?«

»Um ehrlich zu sein, ich bin ziemlich verwirrt. Durcheinander.«

»Vielleicht sollten wir ihn doch zu den Männern setzen«, sagte Dorothy, und sie lachten alle.

Anna tätschelte ihm den Arm. »Weißt du, Yuri, wir hatten einigen Ärger. Wir sind hier abgesetzt worden, genau wie ihr, nehme ich an. Das Shuttle ist weiter nördlich gelandet. Und nachdem es wieder abgeflogen war, nach all diesen Ansprachen der Astronauten …«

»Was für Ärger?«

»Mit den Männern«, sagte Dorothy mit einiger Abscheu. »Ein paar von ihnen wollten das Kommando übernehmen. Andere haben Anspruch auf uns erhoben.« Sie musterte ihn. »Ich wette, bei deiner Gruppe war es genauso.«

»Es gab einige Auseinandersetzungen«, räumte er ein.

»Wir mussten einen von ihnen erledigen«, sagte Dorothy. »Zwei andere haben sich gegenseitig umgebracht, aber eine von uns ist dabei sozusagen ins Kreuzfeuer geraten. Also – hier sind wir, die Überlebenden.«

Delga beobachtete Yuris Reaktion. »Was hältst du von all dem, Eisjunge? *Wir und sie.* Wir treffen hier die Entscheidungen, wir Frauen. Die Männer – tja, wir brauchen sie, um Babys zu machen. Abgesehen davon tun sie, was wir ihnen sagen.«

Dorothy lachte. »Das stimmt so weit. Vielleicht kennst du dich damit aus, Yuri – wir haben hier eine soziale Struktur wie die Elefanten in der Wildnis, glaube ich. Diese Tiere von damals, weißt du? Ich habe mal eine virtuelle Safari gemacht, zur Teambildung in der Firma. Ich weiß noch, wie der Guide gesagt hat, dass es im Zentrum der Elefanten-Gesellschaft immer einen Kern von Weibchen gab. Und die Männchen haben Junggesellen-Herden gebildet, in denen sie die ganze Zeit miteinander gekämpft, um eine Chance zur Paarung konkurriert haben. Genauso ist es mit den Männern auch hier – sie sind im Grunde Randexistenzen.«

Yuri zuckte genervt die Achseln. Er dachte, er hätte all dies – dass Leute dämliche Vermutungen über die Zeit anstellten, aus der er kam – schon vor Jahren hinter sich gelassen. »Der einzige Elefant, den ich je gesehen habe, war ein genmanipuliertes, wiederbelebtes Mammut in einem Zoo.«

Delga beobachtete ihn. Sie amüsierte sich auf ihre manipulative, zudringliche Art, merkte er. »Armes kleines Mammut, hm? Genau wie du, aus seiner Zeit gefallen. Armer kleiner Eisjunge.«

Die Kinder lösten sich aus ihrem Spielkreis und rannten lachend zum Fluss hinunter. Das Wasser floss nach Norden, stellte Yuri jetzt fest, weg von der substellaren Zone im Süden, hin zum Terminator im Norden.

»Ihr habt also Kinder gekriegt«, sagte er. »Wie Major McGregor es euch befohlen hat.«

Delga lachte. »Du meinst diesen ganzen Heinrich-Himmler-mäßigen Adam-und-Eva-Scheiß? Diesen Blödsinn haben wir schlichtweg ignoriert. Wir haben einfach Kinder gekriegt. Selbst ich, Erdmann. Mal sehen, ob du meinen kleinen Freddie erkennst. Wir halten unsere Männer wie Zuchtbullen. Willst du dich nicht dazugesellen, Yuri? Deine Gene aus dem letzten Jahrhundert würden den Pool bereichern …«

»Lass ihn in Ruhe«, fuhr Anna sie an. »So ist es nicht, Yuri, sie übertreibt.«

»Euer Lager – ihr seid ziemlich mobil, stimmt's?«

Dorothy nickte. »Na ja, wir bleiben lange genug an einem Ort, um Kartoffeln zu ernten und eine Wiese anzulegen. Rohmaterial für die eisernen Kühe – ist bei euch doch bestimmt genauso. Vielleicht ein Jahr. Aber dann, ja, dann ziehen wir weiter.«

»Wir folgen dem Fluss nach Süden«, sagte Anna. »Stromaufwärts.«

»Warum in diese Richtung?«

»Uns gefällt der Gedanke, dass wir eines Tages die Quelle erreichen«, erklärte Dorothy.

»Die befindet sich vielleicht am substellaren Punkt«, sagte Delga. »Du erinnerst dich doch an diesen Ort – das Sturmsystem, das Waldgebiet, wir alle haben es von der Umlaufbahn aus gesehen. Der Nabel dieser Welt. Was meinst du, was dort ist?«

Yuri hatte noch nie über die Bedeutung des substellaren Punktes nachgedacht. Vielleicht weil er nie geglaubt hatte, er könnte dorthin gelangen.

»Aber es ist nicht bloß das«, sagte Anna. »Wir müssen sowieso nach Süden. Einige von uns haben den Eindruck, dass es allmählich immer kälter wird. Euch sind die Ansammlungen von Sonnenflecken auf Proxima doch bestimmt auch aufgefallen.«

»Ja. Und dann ist da der Vulkanismus.«

Dorothy runzelte die Stirn. »Welcher Vulkanismus?«

»Nördlich von hier.« Er meinte die langsame Hebung, die die Erbauer veranlasst zu haben schien, den *jilla*-See zu verlegen.

»Woher weißt du davon?«, setzte sie nach.

Delga fragte: »Seid ihr deshalb unterwegs, Yuri? Du und deine Leute?«

Er schwieg.

Anna berührte ihn erneut am Arm, eine überraschend sanfte, freundliche Geste. »Lasst ihn in Ruhe. Vergesst nicht, wir haben das alles mit Klein schon durchexerziert, als wir *ihn* und seine Schlägerbande getroffen haben. Yuri soll uns erzählen, was er will, und zwar, wenn es ihm passt.«

»Wie habt ihr den Fluss gefunden?«, fragte er jetzt. »*Wir* sind mitten in einer trockenen Landschaft, fast einer Wüste, bei so was wie einer Oase abgeladen worden.«

»Wenn das so ist, wie seid ihr dann rausgekommen?«, fragte Delga in scharfem Ton.

»Schsch«, machte Anna. »Es war schwer, Yuri. Ein langer Marsch. Aber wir wussten, in welche Richtung wir gehen mussten. Wir hatten eine Karte.«

»Eine Karte?«

»Eine Karte von diesem ganzen Quadranten des Planeten«, erklärte Dorothy. »Ich zeige sie dir.« Sie stand auf und verschwand in einem der Zelte.

»Wir haben auch so was wie eine Karte«, sagte Yuri verlegen. »Ich hab sie immer dabei.« Er holte Lemmys zerfledderte Landkarte aus der Tasche und faltete sie auf. »Sieht nicht besonders toll aus, aber Lemmy Pink hat wochenlang dran gearbeitet, nachdem die Astronauten weg waren …«

Dorothy kam mit einer eigenen Karte zurück, einem einzelnen Blatt Papier. Sie faltete sie auf dem Boden neben der von Yuri auseinander. Dorothys Karte deckte nur den nordwestlichen Quadranten der vom Stern beschienenen Seite Per Arduas ab – oder »die Schüssel« –, war aber eine professionelle Arbeit, säuberlich gedruckt, und zeigte Küstenlinien, Meere, Flüsse und Gebirgsketten; man hatte den Landschaftsmerkmalen sogar provisorische Namen gegeben. Und sie enthielt kleine, über den ganzen Quadranten verstreute Shuttle-Symbole, die, wie Yuri vermutete, Landeplätze markierten. Er hob den Blick und sah Dorothy an. »Wo habt ihr das her?«

»Ich habe eine Astronautin bestochen. Oh, nicht mit Sex, der üblichen Währung. Bei uns zu Hause habe ich mich in einflussreichen Kreisen bewegt. Daher wusste ich zufällig etwas über die Familie dieser Frau, wovon ihre Kolleginnen und Kollegen nichts erfahren sollten … Anhand dieser Karte konnten wir erkennen, wie nahe wir dem Fluss waren. Es war hart, aber wir haben einen Gewaltmarsch dorthin gemacht, als die Kinder noch klein waren.«

Delga starrte die beiden Karten an. »Schaut. Dieser lange Krakel des Rattenjungen muss unser Fluss sein. Er geht tatsächlich bis zum substellaren Punkt. Wow.«

»Kann sein, dass wir gar nicht so weit kommen«, sagte Dorothy. »Ist ein verdammt langer Weg. Erst recht, wenn wir alle fünfzig Kilometer haltmachen müssen, um Kartoffeln anzubauen. Und soll das Klima dort nicht schwierig sein? Zu heiß …«

»Wenn es auf dieser ganzen Welt kalt wird«, sagte Anna vernünftig, »könnte dies das Problem lösen.«

»Und außerdem«, sagte Delga, »wohin, zum Teufel, sollten wir sonst gehen?« Sie sah Yuri an. »Also, wie steht's, Erdmann? Wollt ihr euch uns anschließen?«

Er sah keine andere Möglichkeit. Eine größere Gruppe würde ihnen mehr Schutz und bessere Überlebenschancen bieten. Und in dieser Gruppe gab es zumindest andere Kinder, die Beth kennenlernen konnte – ein Angebot an Lebenspartnern, wenigstens das. In Kleins Gruppe gab es vielleicht noch mehr. Er schaute in diese Richtung.

Delga bemerkte den Blick. »Ja. Du wirst dem Großen gegenübertreten müssen.«

»Aber bring zuerst deine Leute her«, sagte Anna. »Vielleicht solltest du zu ihnen gehen und ihnen sagen, dass sie nicht mehr allein sind.«

Yuri stand auf und dankte ihnen für ihre Gastfreundschaft. Es kam ihm so vor, als wären seine Manieren ein wenig eingerostet. Dann machte er sich allein auf den Weg zum *jilla*-See und nach Hause und fragte sich, wie er Mardina und Beth das alles beibringen sollte.

# 45

Als Yuri ins Lager am Fluss zurückkehrte, brachte er die anderen mit: Er und Mardina gingen zu Fuß, und Beth ritt auf der Haube der KolE.

Sie hatten Beth erlaubt, ihre Lieblingssachen anzuziehen, lauter farbenfrohe, kleiner gemachte Kleidungsstücke aus den alten IRF-Beständen. Und sie packte eine Tasche mit Geschenken für die Kinder, von altem Spielzeug über besonders schöne Kartoffeln aus der letzten Ernte bis zu hübschen Steinen, die sie im Lauf der Jahre gefunden hatte. Yuri hatte allerdings keine Ahnung, ob sie eine klare Vorstellung davon besaß, was »Kinder« waren. Gut möglich, dass sie irgendeine Version der Erbauer vor ihrem geistigen Auge sah, groß gewordene Mister Sticks, die menschliche Kleidung trugen.

Yuri hatte Mardina vorgeschlagen, dass sie beide ihre eigenen noch vorhandenen IRF-Sachen tragen sollten, um sich nicht allzu sehr von den anderen abzuheben. Aber Mardina verfiel ins gegenteilige Extrem und wählte ihre tristeste Arbeitskleidung aus Stängelrinde, ihren Reishut und sogar ihre Rindensandalen. »Das ist die Person, die ich jetzt bin«, sagte sie in ruhigem Ton.

Nicht zum ersten Mal in seinem Leben konnte Yuri nicht erkennen, in welcher Stimmung sie war. Aber er akzeptierte ihre Entscheidung.

Delgas ganzes Lager kam heraus, um ihre Ankunft zu verfolgen, die Männer und Frauen in ihren kleinen, dicht gedrängten Gruppen, die Kinder hinter den Frauen.

»Nicht gerade ein freundlicher Empfang«, sagte Mardina leise.

»Zumindest fuchteln sie diesmal nicht mit Armbrüsten herum.«

Beth starrte nur die Kinder an; sie konnte den Blick einfach nicht von ihnen wenden. Und die KolE drehte ihre Kamerahalterungen, um die verstümmelte Maschine zu inspizieren, die geduldig am Rand des Kartoffelfelds dieser Kolonie stand.

Sie kamen bis auf etwa zehn Meter heran. Dann trat eine der Frauen vor und funkelte Mardina an. »Ich kenne dich. Sie ist eine verdammte Astronautin!«

»Ich nehme an, du hast ihnen nichts über die besonderen Umstände meiner Anwesenheit erzählt«, sagte Mardina leise zu Yuri.

»Ich habe ihnen überhaupt nichts erzählt.«

»Na schön …«

»Eine Astronautin! Ich habe euch Arschlöcher immer gehasst, schon bevor ich an Bord des Schiffes gegangen bin. *Jones*, das war dein Name.«

»Ist er immer noch.«

»Hey, du Großmaul …« Und die Frau löste sich aus der Gruppe und rannte geradewegs auf Mardina zu, mit ausgestreckten Händen, als wollte sie ihr an die Kehle gehen.

Mardina trat beiseite, streckte ein Bein vor, und die Frau flog in den Dreck. »Zehn Jahre raus aus dem Dienst, aber was ich in der IRF-Ausbildung gelernt habe, ist immer noch da. Gut zu wissen.« Die Frau hatte sich auf die Knie hochgerappelt und spuckte Erde aus. »Und jetzt ein rascher Schlag ins Genick …«

Yuri fiel Mardina in den Arm. »Überlass sie den anderen.«

Einige der Frauen und ein Mann kamen herbeigelaufen. Sie zogen die Frau auf die Beine und hielten ihr die Arme fest. »Um Himmels willen, Frieda, wir müssen mit diesen Leuten leben …«

Dorothy Wynn trat vor, um sich zu entschuldigen. Delga lachte nur.

Sie wurden einigermaßen friedlich ins Lager eskortiert. Yuri und Mardina setzten sich ans Frauenfeuer und bekamen wieder Nesseltee angeboten. Die Männer der Kolonie hielten sich im Hintergrund, waren aber sichtlich neugierig. Die KolE rollte davon, um ihren stillen Bruder beim Kartoffelfeld zu inspizieren.

Beth starrte auf Delgas Armstumpf. Und dann – ihre Augen waren groß vor Erstaunen – wurde sie von den anderen Kindern zaghaft begrüßt.

»Vertragt euch, Freddie«, rief Delga ein wenig giftig. »Also, Eisjunge. Du bist wirklich voller Überraschungen, was? Nur zwei. Zwei Überlebende von vierzehn.«

»Ist eine lange Geschichte«, sagte Yuri.

»Und der euren bestimmt nicht ganz unähnlich«, ergänzte Mardina ruhig und ließ den Blick ostentativ über die elf Erwachsenen der Gruppe schweifen.

»Aber extremer«, sagte Delga. »Hier in der Schüssel sind wir alle Überlebenskünstler, schätze ich. Aber ihr beiden habt es offenbar bis zum Äußersten getrieben. Respekt.«

Dorothy Wynn mischte sich ein. »Tut mir leid, dass Frieda so auf dich losgegangen ist.«

Mardina zuckte die Achseln. »Sie hat recht. Ich gehöre – oder gehörte – zur IRF-Crew.«

»Aber du hast dich vermutlich nicht freiwillig bereit erklärt hierzubleiben.«

»Ich habe eine Lücke in der Passagierliste ausgefüllt. Die Landegruppe war zu klein … Ich hatte die richtige genetische Ausstattung. Ich Glückspilz.«

»Jetzt sind wir alle hier«, sagte Dorothy mit fester Stimme. »Das ist das Einzige, was zählt.«

»Und ihr habt ein Kind bekommen, obwohl ihr nur zu zweit wart?«, sagte Anna. »Ganz schön mutig.«

Yuri und Mardina sahen sich ein wenig verlegen an. Das waren sehr private Dinge, aber die anderen waren ja in einer ähnlichen Lage gewesen. Schließlich ergriff Yuri das Wort. »Ich glaube, wir sind zu dem Schluss gelangt, dass es weniger mutig war, als kein Kind zu bekommen.«

»Und noch eins? Habt ihr mal überlegt, ob ihr noch mehr haben wollt?«

Diesmal war keiner von ihnen bereit zu antworten. Selbst nach Beths Geburt war es ihnen schwergefallen, solche Fragen zu erörtern. Ihre ganze Welt konzentrierte sich auf eine Person, auf Beth; irgendwie hatten sie sich nicht vorstellen können, das mit einem zweiten Kind zu verändern. Vielleicht hätten sie sich irgendwann einmal dazu durchgerungen, weil die Alternative war, Beth allein alt werden und sterben zu lassen. Aber das, so erkannte Yuri allmählich, war das alte Spiel, nach den alten Regeln. Während er den Blick über diese Leute schweifen ließ, wurde ihm klar, dass nun alles anders war – auch für Beth.

Trotzdem beantworteten sie Annas Frage nicht, und das Schweigen zog sich in die Länge. Yuri war erleichtert, als ein weiterer alter Bekannter herbeikam und die Situation auflockerte.

»Hey, Yuri. Ich dachte, du wärst tot, Mann …«

Es war Liu Tao. Yuri sah, dass sein alter Schiffskamerad aus dem Klein-Lager im Norden gekommen war. Er trug die Überreste eines IRF-Overalls mit zwei roten Bändern um den rechten Bizeps.

Yuri stand auf. Sie schüttelten sich die Hände und umarmten sich kurz. Yuri war über alle Maßen froh, Liu zu sehen. »Hätte nicht geglaubt, dass ich dich noch mal wiedersehen würde. Aber ich dachte immer, dass du's überstehen würdest.«

Liu hob die Schultern. »Na ja, ich habe den Absturz eines Raumschiffs auf dem Mars und zwei Jahre in einem UN-Knast überlebt, bevor ich an Bord der *Ad Astra* verfrachtet wurde. Also bin ich wohl ein harter Bursche, stimmt's?«

»Wie rührend«, spöttelte Delga. »Eine Männerfreundschaft. Wir haben hier nicht genug Männerfreundschaften, oder, Dorothy?«

»Delga …«

»Klein hat dich rübergeschickt. Stimmt's, Liu?«, sagte Mardina. »Du bist jetzt eine seiner rechten Hände, was? Deshalb die hübschen Bänder an deinem Arm.«

Liu zuckte die Achseln. »Ja. So ungefähr. Er lädt euch auf einen Drink ein, Yuri. Dich und Lieutenant Jones hier.«

»Auf *einen Drink?*«

»Kartoffel-Wodka. Nicht schlecht, zumindest das Zeug, das Gustave trinkt.«

»Und es ist eigentlich auch keine Einladung, Yuri.« Delga lächelte grausam. »Es ist ein Befehl.«

Mardina schnaubte verächtlich. »Ich glaube, die Zeiten, in denen wir Befehle von irgendwem angenommen haben, sind vorbei.«

Yuri schaute zum Klein-Lager hinüber und sah Dorothy, Delga und die anderen an; er wusste nicht, welche Abmachungen es zwischen dieser Gruppe und Klein gab. »Nur dieses eine Mal«, sagte er leise zu Mardina. »Lassen wir ihm nur dieses eine Mal seinen Willen. Hören wir uns an, was er zu sagen hat. Dann überlegen wir uns unsere eigene Vorgehensweise. In Ordnung?«

Sie zuckte die Achseln und stand auf.

Anna winkte herüber. »Ihr könnt Beth hier lassen. Es wird ihr gut gehen.«

Und es ging ihr tatsächlich gut, sah Yuri; sie rannte mit den anderen Kindern herum und spielte mit ihnen ein kompliziertes Fangspiel, als wäre sie damit aufgewachsen.

Aber Mardina hob Beths Tasche auf und hängte sie sich über die Schulter. »Vielleicht hat Beth noch ein paar alte Spielsachen da drin, die wir Klein und seinen Henkern geben können.«

Die anderen lachten, aber Yuri sah, dass Mardinas Lächeln gezwungen war. Er starrte sie an. *Was hast du vor?* Sie wandte den Blick ab, ohne ihm eine Antwort zu geben, weder mit Worten noch auf andere Weise.

Es war nur ein kurzer Spaziergang flussabwärts zu Kleins Lager. Liu Tao ging voran. Dorothy und Delga begleiteten sie. Die KolE rollte neben Yuri und Mardina her und erklärte, sie wolle sich die Maschinen im Klein-Lager ansehen, so wie die von Delga.

Das Lager hatte oberflächliche Ähnlichkeit mit dem anderen. Es gab Zelte und Schuppen aus dem örtlichen Bauholz, die offenbar so konstruiert waren, dass man sie leicht abbrechen und wiederaufbauen konnte. Mehrere Feuer brannten. Yuri zählte auf Anhieb zwanzig Erwachsene, mehr als eine Shuttle-

Ladung. Es waren Männer, Frauen und Kinder, aber eher in kleinen Familiengruppen organisiert als in den nach Geschlecht unterteilten Gemeinschaften von Delgas Gruppe.

Die Leute starrten sie an, als sie das Lager betraten. Sie schienen furchtsam vor ihnen zurückzuweichen, und Eltern sorgten dafür, dass ihnen die Kinder nicht in die Quere kamen. Einige der Männer trugen Armbänder wie die von Liu – keine der Frauen. Und Yuri fiel auf, dass viele von ihnen Verletzungen aufwiesen, Brandwunden oder Narben an den Armen und im Gesicht. Selbst einige Kinder waren verletzt worden.

Der größte Unterschied zeigte sich im Zentrum des Lagers. Dort stand ein massives Haus, eine Art Blockhaus mit senkrechten Wänden und Satteldach. Es musste viel Mühe kosten, es wiederaufzubauen, wenn das Lager verlegt wurde. Und neben dem Haus befand sich eine weitere KolE oder vielmehr das, was von ihr übrig war: Die Kuppel war abmontiert worden, und sie besaß keine Manipulatorarme mehr. Auf ihr stand ein Stuhl aus geschnitztem Holz mit Kissen.

Und auf dem Stuhl saß Gustave Klein, so korpulent wie eh und je. Er trug eine weiter gemachte Astronautenuniform, wie es schien, schwarz und elegant. Um seinen dicken Bizeps waren sechs Armbänder gewickelt. Er lächelte auf Yuri herab. Sein Schädel war rasiert, sein Gesicht rund, das Mehrfachkinn auf die Brust gesenkt; es war, als blickte man zum Erdmond auf. »Ich kann mich nicht mal an dich erinnern«, sagte Klein.

»Danke.«

»Aber ich erinnere mich an *dich*. Die bezaubernde Mardina Jones. *Lieutenant* Mardina Jones.« Er beugte sich vor und schnupperte. »Oh, was waren wir damals alle scharf auf dich.«

»Und ich erinnere mich an dich, Klein. Du bist noch genauso widerlich wie damals.«

Er lachte laut. »Ganz schön kratzbürstig, was? Tja, du hast hier nicht mehr das Kommando, trotz all deiner Arroganz.« Er starrte die KolE an. »Du da. Was glotzt du so?«

»Ich betrachte die autonome Kolonisierungseinheit, auf der du sitzt.« Die Kameras der KolE schwenkten zur zweiten Maschine der Gruppe, die am Rand eines weiteren Kartoffelfelds stand. Auch ihre Kuppel war entfernt worden, ebenso wie die Sensoren, aber sie hatte ihre Manipulatorarme behalten. »Ihr habt euch eine zweite Maschine angeeignet.«

»›Angeeignet‹. Ja. Gutes Wort. Als wir auf eine andere Gruppe gestoßen sind und sie uns mitsamt all ihrer Sachen ›angeeignet‹ haben. Vor allem haben wir uns natürlich die Frauen angeeignet.« Er lachte meckernd und sah Mardina lüstern an.

»Und was ist mit den KI-Modulen der Einheiten?«, fragte die KolE.

»Die haben wir rausgerissen und weggeschmissen«, sagte Klein. »Als sie nicht taten, was wir wollten.«

»Haben wir genauso gemacht«, gestand Dorothy. »Habt ihr nie daran gedacht?«

»Offenbar nicht«, sagte Mardina ruhig.

»Weggeschmissen«, sagte die KolE. »Vollständig empfindungsfähig, ohne Gliedmaßen und blind, in den Sand geworfen und liegen gelassen. Sie können nicht einmal sterben …«

Mardina sah sie mitleidig an. »Ich glaube, auf diesem Planeten sind schon schlimmere Gräueltaten begangen worden, KolE.«

Die KolE rollte davon. »Ich werde mir diese Maschine genau ansehen. Und ich werde es mir persönlich zum Ziel setzen«, sagte sie, während sie sich entfernte, »all meine verlorenen und verwundeten Brüder zu retten. Irgendwann, irgendwie …«

Klein beachtete sie nicht. Er sah Yuri neugierig an. »Nur ihr beiden, richtig? Wir sind alle mitten im Nichts abgesetzt worden. Wie seid ihr da rausgekommen?«

»Sag uns, wie *ihr* rausgekommen seid.«

Liu antwortete für ihn. »Es war echt brutal«, gab er zu. »Wie sich rausgestellt hat, sind wir noch weiter von allen anderen Wasserquellen entfernt ausgesetzt worden als die meisten Shuttle-Gruppen, von denen wir gehört haben.«

»Ich frage mich, warum«, sagte Mardina, die zu Klein hochschaute.

»Der kleine Chinese ist zu zart besaitet, um euch zu erzählen, wie es war«, sagte Klein. »Wir hatten von vornherein nicht genug Wasser. Dann ist der See, an dem wir festsaßen, ausgetrocknet. Sogar die kleinen einheimischen Schilfwesen sind abgehauen. Irgendein Astronaut hatte Mist gebaut, wir hätten nie dort abgesetzt werden sollen. Also sind wir weggegangen. Und weißt du, wie wir überlebt haben?« Er fuhr sich mit der Zunge über die Lippen und erwiderte ihren Blick. »Willst du wissen, wozu deine feinen IRF-Astronauten, dein fabelhafter Major McGregor uns gezwungen haben? Wir haben das Blut derjenigen getrunken, die es nicht geschafft hätten. So haben wir überlebt. Schöne Geschichte, hm? Eine Geschichte, die erzählt werden wird, solange es Menschen auf der Kleinwelt gibt. Und tu nicht so, als stündest du irgendwie über alledem, China Boy. Auch du hast dir den Mund schmutzig gemacht.«

Liu wandte den Blick ab.

»*Kleinwelt?*«, sagte Mardina. »Das ist nicht dein Ernst.«

Delga grinste. »Für uns ist es einfach die Schüssel. Denn so fühlt es sich an, oder nicht? Wenn man zu dieser großen Sonne am Himmel hinaufschaut, die sich nie bewegt. Als ob man in einer riesigen Schüssel mit glitschigen Seitenwänden gefangen wäre, aus der man nicht mehr rausklettern kann.«

»Bei uns heißt der Planet Per Ardua«, sagte Yuri und erklärte, warum.

Dorothy Wynn nickte. »Finde ich gut.«

»›Finde ich gut‹«, äffte Klein sie spöttisch nach. »Ach wirklich? Also, ich nicht, verdammt noch mal. Typischer Klugscheißerkram von euch Astronauten – stimmt's, Jones? Ich will dir mal was sagen. Du bist jetzt weit weg vom Offizierskasino. Du bist auf meiner Welt, ob du sie nun so nennst oder nicht. Ich bin hier derjenige, der die Macht hat. Schau dich um. Und ich werde dir sagen, was du tun wirst, bevor …«

Mit einer einzigen geschmeidigen Bewegung zog Mardina eine Armbrust aus Beths Tasche, hob sie und schoss ihm ins Auge. Er sackte in seinen großen Stuhl zurück, mit ausgebreiteten Armen, gespreizten Beinen und offenem Mund, und rührte sich nicht mehr.

Einen Moment lang herrschte Stille, bis auf das Gurgeln, mit dem sich Kleins Gedärm abstellte. Niemand bewegte sich. Dann hob Mardina die Armbrust, lud sie erneut und zeigte sie Kleins »Offizieren«.

Delga reagierte als Erste. Sie lachte. »Wow. Wie hast du …«

»Übung«, sagte Yuri grimmig.

»Übung, ja«, sagte Mardina. »In diesen letzten zehn Jahren hatte ich viel Zeit dafür. Aber ich habe keine Zeit für ein Arschloch wie Klein. Und ich muss meine Tochter beschützen. Also, das wäre erledigt. Hat jemand was dagegen? Nein? Gut. Dann lasst uns von hier verschwinden; wir haben eine Menge zu bereden. Übrigens …« – sie schaute verächtlich auf Lius Arme, die Bänder –, »… die werdet ihr nicht mehr brauchen.«

Flankiert von Dorothy und Delga verließ sie das Lager und ging stromaufwärts.

Yuri und Liu schlossen sich ihnen an. Yuri war darauf vorbereitet, dass es Ärger geben würde, aber Kleins Leute waren wie gelähmt. Keiner von ihnen war bisher auch nur zu der Leiche gegangen.

»Da hast du eine Tigerin am Schwanz gepackt, mein Freund«, sagte Liu leise zu Yuri.

»Was du nicht sagst.«

Während sie zu Delgas Lager zurückkehrten, rieselten die ersten Schneeflocken vom Himmel. Als sie dort eintrafen, tanzten und schrien Beth und die anderen Kinder fröhlich durcheinander, begeistert vom immer dichteren Schneegestöber.

## 46

Die Wände, der Teppich schmolzen weg und gaben den Blick auf einen verwaschen blauen Himmel und saftiges grünes Gras unter ihren Füßen frei. Nur ihre drei Stühle blieben übrig, und Stef fragte sich, wie viel von Erdscheins schickem Raum ohnehin eine Simulation gewesen war.

Erdschein blieb sitzen, während Stef und Penny aufstanden und sich umschauten. Sie befanden sich auf dem Friedhof einer kleinen, offenbar sehr alten Landkirche. Über den Gräberreihen ragten verwitterte Grabsteine auf, manchmal auch modernere virtuelle Denkmäler, nickende Blumen, tanzende Figuren, Ausschnitte aus Hochzeitsalben oder Babyfotos, unterhalten von den Energien des üppigen Sonnenlichts.

»Wir sind nicht weit von Paris entfernt«, erklärte Erdschein. »Ich meine, dort ist die Quelle dieser Projektion. Früher hätte man im Norden den Smog der Großstadt als schmierigen Fleck am Himmel gesehen, aber den gibt es schon längst nicht mehr. Die Simulation basiert übrigens auf einer Live-Einspeisung.«

»Ich kenne diesen Ort«, sagte Penny. »Wir sind hierhergekommen, als Dad beerdigt wurde.«

»Ich war allein hier«, sagte Stef.

»Wie auch immer. Er wollte neben Mom begraben werden.«

»Die wiederum neben ihrer Mutter beigesetzt wurde«, sagte Erdschein. »Ihre Großmutter war Pariserin, darum sind wir hier … Friedhöfe ziehen mich an, wissen Sie. Es sind faszinierende, ergreifende Orte. Zeugnisse der menschlichen Sterblichkeit, der ich nicht unterworfen bin …«

»Obwohl auch du einmal menschlich warst«, sagte Penny.

Das überraschte Stef. »Wovon redest du?«

Penny lächelte trübselig. »Während du Nachforschungen über mich angestellt hast, habe ich, seit wir hierhergerufen wurden, Nachforschungen über unseren Gastgeber angestellt …«

Er sei ein weiteres Produkt des Zeitalters der Heldengeneration, sagte sie. »Erdschein ist die jüngste der Kern-KIs. Seine Brüder waren damals schon stark. Sie hatten sich als nützliche Stützen der großen, global und sehr langfristig angelegten Post-Klimaschock-Projekte erwiesen. Aber man befürchtete, dass die KIs, die schließlich nicht menschlich waren und auf einem vollkommen anderen Substrat basierten, die Sorge der Menschheit um ihr eigenes Wohlergehen nicht teilen, sondern stattdessen andere Pläne verfolgen würden. Also probierte man es mit einem neuen Ansatz zur Emulation ›humaner‹ künstlicher Intelligenz. Man suchte Freiwillige – oder vielmehr, die Superreichen der Heldengeneration *konkurrierten* um Plätze …«

»Es war ein Grünhirn-Experiment«, erklärte Erdschein. »Ich wurde als KI rekonstruiert, Major Kalinski. Mein Name ist – war – Robert Braemann. Ich bin in Nordbritannien aufgewachsen, wie es jetzt heißt. Man hat meinen Kopf geöffnet und aus den hundert Milliarden Neuronen, der Quadrillion Synapsen eine gewaltige Software-Suite auf dem höchsten Stand der modernen Technik entwickelt. Das geschah mithilfe von Nanosonden, die durch meinen Schädel krochen, sich vervielfältigten und ihre Ergebnisse übermittelten … Dabei wurde ich mehrmals aufgeweckt, um den Prozess zu überwachen. Ich, *ich* fühlte gar nichts.«

Stef runzelte die Stirn. »Man hat jedes organische Element von dir oder sogar dein Wesen nachgebildet. Und du behauptest immer noch, du seist *du* – wer immer du warst?«

Penny lächelte. »Da hast du den Finger auf das Paradox gelegt, Schwesterherz, das den meisten von uns Probleme bereitet, wenn man es mit einem Grünen Gehirn zu tun hat.«

»Nenn mich nicht ›Schwesterherz‹.«

»Ich erwog, mich Theseus zu nennen. Ich bezweifle, dass Sie die Zeit hatten, sich neben der Quantentheorie auch mit Plutarch zu beschäftigen, Major. Theseus' Paradox ist Folgendes: Sämtliche Teile von Theseus' Schiff, das Holz und die Nägel, wurden nacheinander ersetzt, bis es schließlich aus ganz neuem Material bestand. Ist es noch dasselbe Schiff? Es ist ein altes Dilemma.«

Stef dachte darüber nach. »Wenn man das Schiff durch seine Funktion definiert, ist es noch dasselbe. Oder wenn man es als Objekt mit einer Erweiterung in der Zeit ebenso wie im Raum betrachtet …«

»Ja, ganz recht. Interessanterweise gibt es verschiedene kulturelle Antworten auf das Paradox. So haben etwa die Japaner die Tempel in ihrem von Erdbeben gefährdeten Land aus Holz gebaut, damit man sie problemlos immer wieder aufbauen kann – aber der Tempel bleibt derselbe.« Er lächelte. »Ich habe meinen Übergang von japanischen Ingenieuren durchführen lassen. Ich wollte vermeiden, dass meine Ärzte von epistemologischen Zweifeln gelähmt würden, während ich mit geöffnetem Schädel dalag wie ein großer Becher Eiscreme.«

»Ja«, sagte Penny. »Tatsächlich haben sie aber nicht nur *ein* Gehirn ausgeschüttet, um dich zu erschaffen, nicht wahr, Erdschein? Er hatte *neun* Spender, Stef. Neun Elternteile. Stell dir das vor! So viel zum Grünhirn-Projekt; dadurch haben wir lediglich eine bessere Schnittstelle zu ihrer Unmenschlichkeit bekommen. Erdschein und seine Kumpels planen langfristig, und das ist gut. Aber ihre langfristige Vision dient letztendlich *ihren* Interessen, während sie gemütlich in ihren Bunkern hocken …«

»Ich habe Sie nicht hierhergebeten, um über meine Existenzberechtigung zu diskutieren«, sagte Erdschein. »Was immer Sie von mir halten, ich kann Ihnen nur versichern, dass ich auf gewisser Ebene noch menschlich genug bin, um nachfühlen zu können, was Sie in einem solchen Moment empfinden müssen.« Er zeigte auf etwas. »Das Grab Ihres Vaters ist gleich dort drüben.«

Sie fanden es sofort. Es war erst ein paar Jahre alt, ein bescheidener Gedenkstein neben dem jahrzehntealten Grab ihrer Mutter.

»Schon seltsam für uns beide, stimmt's?«, sagte Penny. »An diesem Tag haben wir uns gegenseitig gestützt.«

»Nein«, sagte Stef. Sie wandte sich von ihrer Schwester ab.

Erdschein stand auf – die drei leeren Stühle hinter ihnen verschwanden abrupt – und kam zu ihnen herüber.

»Sag mir, was es hier zu sehen gibt, Erdschein«, bat Stef.

»Nein«, fuhr Penny dazwischen. »Sag uns zuerst, was du von uns willst.«

»Ich möchte, dass Sie meine Verbündeten sind«, sagte Erdschein schlicht.

»Warum?«

»Weil er Angst hat«, sagte Stef. »Das hat er uns erzählt. Aber Angst wovor?«

»Vor all dem.« Er machte eine Handbewegung. »Wie Sie angemerkt haben, denken wir KIs im Gegensatz zu euch Menschen – selbst ich, der ich mehr Ähnlichkeit mit euch habe als meine Geschwister – in langen Zeiträumen. Das ist ein gewichtiger Unterschied. Und wenn man den längsten Zeitraum nimmt, gibt es dann überhaupt etwas, wovor man *keine* Angst haben müsste? Wir sind Staubkörnchen, unsere Welten sind Staubkörnchen, die in einem Universum treiben, das aus unvorstellbarer Gewalt geboren wurde. In unserem kleinen Winkel des Universums ist es momentan relativ ruhig. Aber das war nicht immer so, und warum sollte es so bleiben? Was, wenn es unserer Welt, dem Universum insgesamt bestimmt ist, auch gewaltsam zu sterben, im Eis oder im Feuer zu vergehen? Dann hätte die Geschichte zumindest eine gewisse Symmetrie, nicht wahr?

Und wenn wir diese Gewalt selbst über uns bringen? Krieg ist der Wolf, der die Menschheit schon umschlichen hat, bevor unsere Ahnen von den Bäumen herabgestiegen sind. Obwohl es so gut wie unbemerkt geblieben ist, haben meine Kern-Brüder und ich hart daran gearbeitet, den Wolf des Krieges mit Verträgen, mit Worten zu fesseln, hauptsächlich indem wir Einfluss auf menschliche Organe wie die Vereinten Nationen und die Räte des chinesischen Großen Wirtschaftsverbunds ausgeübt haben. Und bisher ist es uns weitgehend gelungen. Dass wir hier im simulierten Sonnenschein stehen und dieses Gespräch führen, ist der Beweis dafür. Mittlerweile sind wir jedoch eine interplanetarische Zivilisation. Käme dieser Wolf jetzt auf freien Fuß und erhielte er die Chance, könnte er ganze Welten zerstören – das hätte er auch schon tun können, bevor wir auf eure Kernels gestoßen sind …

Aber die Kernels existieren, und damit ist nun ein neuer Faktor im Spiel, eine neue Zufälligkeit. Diese seltsame Entdeckung im Herzen des Sonnensystems, die Kernels, diese Luke, die nirgendwohin führt – nirgendwohin außer *hierher*, in eine stümperhaft veränderte Realität. Welche Macht hat die Kernels dort deponiert und die Luke geschaffen? Welche Macht pfuscht jetzt in unserer Geschichte herum? Wer ist sie? Was will sie? Wie werden wir damit fertig? Allein schon die Existenz dieser außerirdischen Spielsachen hat eine destabilisierende Wirkung – das ist Ihnen doch sicher klar? Und je deutlicher wir erkennen, welche Macht sie haben, desto destabilisierender wirken sie.«

»Du willst, dass wir mit dir zusammenarbeiten«, stellte Stef fest.

»Ich brauche Verbündete«, sagte Erdschein. »Wir brauchen sie, wir drei im Kern. Menschliche Verbündete. Ihr habt uns die Kernel-Physik vorenthalten; vielleicht ist das klug. In erster Linie müssen wir nun verhindern, dass diese neuen Entdeckungen einen verheerenden Krieg auslösen. Und wenn sich herausstellt, dass die Luken-Bauer wirklich die Macht besitzen, in unserer Geschichte herumzupfuschen …«

»Und du hast uns hierhergeholt, weil du Beweise dafür hast?«, mutmaßte Penny ein wenig ins Blaue hinein.

Er zeigte auf etwas. »Sehen Sie sich den Grabstein Ihrer Mutter an. Verstehen Sie Französisch? Lassen Sie mich übersetzen. *Hier liegt Juliette Pontoin, geboren* – nun, Sie kennen die Daten – *eine versierte Chemikerin, Gattin von George Kalinski, geliebte Mutter von Stephanie Penelope Kalinski …*«

Mutter von Stephanie Penelope Kalinski. Nicht von Stephanie Karen und Penelope Dianne. Nur ein Name. Ein richtiger Name.

Penny starrte auf den Stein. Sie war am Boden zerstört, das sah man. Sie hatte ein Stück ihrer Vergangenheit verloren, und Stef wusste, wie sich das anfühlte.

Stef wandte sich an Erdschein. »Noch so eine ausgefranste Ecke.«

»Ja. Sie sehen also, wir müssen zusammenarbeiten. In den kommenden Jahren. Wir müssen in Kontakt bleiben. Müssen uns neben unseren anderen Projekten auch damit beschäftigen.«

»Ja«, sagte Stef automatisch.

Penny schien so geschockt zu sein, dass sie nicht reagierte.

»Und wenn wir herausfinden, wer dafür verantwortlich ist …« Erdschein trat vor und schaute auf den Stein. »Ich bin überall. Und ich fange an, eure Schritte zu hören, ihr Luken-Bauer. Ich höre das Gras wachsen. Und ich höre euch.«

# Fünfter Teil

# 47

## 2190

Beth und die anderen Teenager, die auf Erkundungsgang gewesen waren, kamen mit den ersten Informationen über die Gemeinschaft stromaufwärts zurück.

Yuri, Mardina, Delga und Liu Tao saßen an ihrem letzten Rastplatz ums Feuer. Sie waren in mehrere Schichten Kleidungsstücke gehüllt, trugen schwere Mäntel aus Stängeltuch über den Resten ihrer IRF-Overalls. Die meisten, vor allem Mardina, hatten Decken auf dem Schoß. Selbst Delga, bei der Wärme sonst nie über den Stolz siegte, hatte sich eine Decke umgelegt. Nach zehn Jahren Sternwinter – zehn Jahre, nachdem Mardina und er zu dieser Gruppe gestoßen waren, die er innerlich noch immer »die Mütter« nannte und der sich in den Jahren seither noch einige wenige andere Gruppen angeschlossen hatten – waren sie alle so *alt* geworden, dachte Yuri unvermittelt, während er ihre kleine, eng zusammengekauerte Vierergruppe betrachtete, die in dieser mobilen Gemeinschaft einem Führungsgremium noch am nächsten kam. Sie sahen aus wie vier schlaftrunkene Relikte in einem postapokalyptischen Altersheim.

Das Feuer selbst war ein Hügel aus Torf, die komprimierten Überreste welker Stängel aus gefrorenen Haufen entlang der Ufer des Flusses, der in diesen Regionen, weit stromaufwärts von der Stelle, wo Yuri Delga und die Mütter getroffen hatte, tief und schnell dahinströmte. Man musste den Torf ausgraben, auftauen und trocknen lassen, und selbst dann brannte er mit einem üblen Gestank, der Yuri an die Erbauer erinnerte. Nicht dass sie noch viele Erbauer sahen. Aber man sah auch keine Bäume mehr, und darum gab es nichts Besseres.

Während sie darauf warteten, dass Beth und die anderen von ihrem Erkundungsgang zurückkehrten, sagte keiner von ihnen ein Wort. Keiner von ihnen hatte die Kraft dazu, dachte Yuri. Schon den ganzen Vormittag hatten sie in mühseliger Arbeit die neuen Schutzräume in den gefrorenen Boden gegraben, und nun brachten sie wahrscheinlich nicht mehr viel anderes zustande als ein gemeinsames Schweigen.

Yuri war jetzt vierundvierzig. Manchmal fühlte er sich viel älter. Aber wenigstens war ihm die schlimmste Arthritis erspart geblieben, die viele der Marschierer plagte, nachdem sie nun zehn Jahre lang dem Flusslauf gefolgt waren, der sich stromaufwärts nach Süden wand, Jahre unendlicher Mühsal, eine Lebensweise, bei der man nicht nur auf seiner Farm schuften, sondern diese auch immer wieder abbrechen und weiter stromaufwärts *verlegen* musste, samt Mutterboden und allem. Nein, das war ihm erspart geblieben, ebenso wie die üblen Arm- und Beinbrüche und andere Verletzungen, die von den endlosen Reisen, der endlosen Plackerei herrührten. Und ihm waren die Krebserkrankungen erspart geblieben, die so viele dahingerafft hatten, vermutlich verursacht von der Strahlung, die von Proximas spuckendem, von Flares gezeichnetem Antlitz herabflutete, das nun merklich höher an ihrem Himmel stand. Ja, seine Gesundheit hatte Yuri sich mehr oder weniger bewahrt. Aber die Welt hatte ihn trotzdem eingeholt. Er war jetzt in den Vierzigern, mit einem Kind im Teenager-Alter, einer Art Partnerin und einem Anteil an der Verantwortung für das Leben von mehr als fünfzig Menschen, den Überresten sechs ehemals separater McGregor'scher Kolonistengruppen.

Und noch immer erstreckten sich Per Arduas leere Kilometer endlos um sie herum, während die Babys schrien und die Eltern murrten und sie jeden Morgen zum Fluss hinuntergingen, um das Eis zu zerbrechen und sich ihren täglichen Wasservorrat zu holen …

»Da kommen sie«, murmelte Mardina. Sie beugte sich vor, um sich noch etwas Nesseltee aus dem Topf einzuschenken, der auf der Kochplatte über dem Feuer brodelte. Sie bekam jetzt graue Haare, war eher hager als schlank, und selbst wenn sie so nah am Feuer saß, trug sie zu Fäustlingen umgearbeitete Handschuhe. Schließlich war sie im australischen Outback geboren und hatte deshalb besondere Schwierigkeiten, sich auf die Kälte einzustellen. Aber ihre Astronautenaugen waren noch so scharf wie eh und je. Genauso wie ihre Zunge, dachte Yuri.

Sie hatte jedoch recht. Da kamen Beth und Freddie, Delgas Sohn, und zwei andere. Schweigend liefen sie über eine Ebene aus nacktem Erdreich, Eisflecken, Schneewehen und hin und wieder einem graugrünen Klecks arduanischen Lebens. Beth, nunmehr siebzehn Jahre alt, war peitschendünn und groß, größer als ihre Eltern, wie viele ihrer Generation. Sie war dunkler als Yuri, hatte eher die Hautfarbe ihrer Mutter, aber ihr schwarzes Haar war glatt wie seins, ohne Mardinas kleine Löckchen. Sie sah arduanisch aus, fand Yuri. Eine Angehörige einer neuen arduanischen Menschheit, etwas anders als die Menschen auf der Erde, ganz anders als die auf dem Mars. Ein neuer Zweig. In diese Welt geboren, eine neue Generation, die nichts davon wusste und sich auch nicht dafür interessierte, was vor ihr gewesen war, was auf anderen Welten geschah, und das war wahrscheinlich ein Segen.

Die Jugendlichen kamen stolpernd zum Stehen. Sie atmeten schwer. Beth warf ihren dicken Mantel ab, legte sich eine Decke um die Schultern, kickte ihre bejahrten, gebrauchten IRF-Stiefel von sich und schlüpfte in Rindensandalen. Yuri reichte Becher mit heißem Tee herum.

Mardina lugte aus ihrem Deckennest heraus. »Und?«

Beth lachte. Sie atmete immer noch schwer. »Nette Begrüßung, Mom. Wir haben viel gesehen. Nicht weit stromaufwärts teilt sich der Fluss. Also, das stimmt eigentlich nicht. Wenn man bedenkt, dass er flussabwärts strömt, verschmelzen zwei große Zuflüsse.«

»Eine Konfluenz«, sagte Delga.

»Ja. So heißt das. Viel nasser Boden, Sumpfland, größtenteils gefroren … Und wir haben *fantômes* gesehen.« Sie grinste bei dieser großartigen Ankündigung.

Yuri konzentrierte sich. »Hey, hey, nun mal langsam. *Fantômes?*« Seit Delgas Leute ihn fälschlicherweise für den Geist von Dexter Cole gehalten hatten, war *fantômes* zu einem scherzhaften Insider-Wort für Fremde geworden, für weitere gestrandete Menschen aus dem Sternenschiff. Aber sie hatten seither nur einige wenige neue Gruppen getroffen. Kein Wunder, dass Beth aufgeregt war. »Wie viele *fantômes?*«

»Nicht viele. Da ist überhaupt nicht viel, nur ein paar Hütten im Grün, Rauch von den Feuern. Es muss Felder und eine KolE geben, aber wir haben sie nicht gesehen. Und die Leute, da waren ein paar Erwachsene und Kinder. Ein Dutzend vielleicht? Wir sind nicht dort geblieben, um es uns genauer anzuschauen …«

»Aber sie haben euch gesehen.«

»O ja. Wahrscheinlich noch bevor wir sie gesehen haben.«

Liu Tao beugte sich vor. »*Im Grün?* Hast du das gerade gesagt? Was meinst du damit?«

»Arduanisches Grün, du weißt schon, das dunklere Grün. Ist dort überall.«

»Aber was ist mit dem Schnee, dem Eis?«

»Davon gibt's nicht so viel.« Sie zuckte die Achseln. »Nicht so schlimm wie hier. Ich erzähle euch nur, was wir gesehen haben.«

»Wissen wir doch, Süße«, sagte Yuri leise, um sie zu beruhigen, aber das brachte ihm nur einen bösen Blick von Beth ein, die solche Kosenamen nicht mehr mochte.

Die vier Älteren sahen sich an.

»Wir müssen das überprüfen«, meinte Liu.

»Offensichtlich«, sagte Delga schleppend. »Als Erstes sollten wir uns mal diese Leute vorknöpfen, wer immer sie sind.«

»›Vorknöpfen‹«, sagte Mardina. »Immer noch nur gerade mal so eben zivilisiert, was?«

Delga grinste. »Immer noch nur gerade mal so eben am Leben.«

»Noch wichtiger, wir müssen dieses Grünzeug überprüfen«, sagte Yuri. »Vielleicht sollten wir die KolE mitnehmen.« Er meinte seine und Mardinas Originalmaschine, die als einzige vollständig funktionsfähig war; jede andere Gruppe, der sie begegnet waren, hatte das KI-Modul ihrer Kolonisierungseinheit entfernt oder zerstört, um Kontrolle über die Grundfunktionen zu erlangen.

Mardina schnaubte. »Dieses alte Wrack.«

Delga kicherte, und Liu grinste. Die Spannung zwischen Yuri und Mardina war eine ständige Quelle der Belustigung für alle anderen.

»Wir müssen sowieso eine Pause einlegen«, sagte Yuri in vernünftigem Ton zu Mardina. »Die Vorräte gehen allmählich zur Neige. Vielleicht verrät uns die Existenz dieses Fleckens einheimischen Lebens, dass es dort ein wenig wärmer ist als in der Umgebung. Ein guter Ort, um ein bisschen was anzubauen.«

Liu nickte nachdenklich. »Das ist bestimmt der Grund, weshalb dort schon jemand ist. Wir suchen alle nach ein wenig Wärme im Sternwinter.«

Yuri beschirmte die Augen und hob den Blick zu Proxima, zu den riesigen Flecken, die ihre Scheibe übersäten, örtlich beschränkte Flares, die wie Narben wirkten. Bei der Landung war keiner von ihnen auf den Sternwinter, wie sie es mittlerweile nannten, hingewiesen worden. Es gab keine erdähnlichen Jahreszeiten auf Per Ardua, aber wenn der Stern von Sonnenflecken wimmelte, sorgte Proxima offenbar dafür, dass es Winter wurde – ein Winter, der in unregelmäßigen Abständen kam und unvorhersehbar lange dauerte. Auch dieses Problem hätte schon im Vorfeld erkannt werden können, wenn man diese Welt richtig untersucht hätte, bevor man Menschen wie Ziegelpakete darauf ablud. Nun, der Winter war gekommen, und der ganze Marsch nach Süden war ein Rennen gegen die zunehmende Kälte gewesen.

Nun war da dieser neue Ort. *Im Grün.*

Yuri blickte in die Ferne. »Wenn wir dort nur ein kleines bisschen länger bleiben könnten als üblich, ein paar Vegetationsperioden nutzen, Vorräte anlegen …«

Mardina schaute finster drein. »Aber warum, zum Teufel, sollte es an dieser Stelle wundersamerweise wärmer sein als überall sonst?«

»Vielleicht eine heiße Quelle«, mutmaßte Liu.

»Ja, und deshalb kein gesunder Aufenthaltsort.«

»Aber jemand hält sich schon dort auf«, hob Yuri hervor. »Wir werden nichts erfahren, wenn wir hier herumsitzen und darüber diskutieren. Ich sage, schnappen wir uns die KolE, gehen wir hin und schauen wir uns die Sache an.«

Dann gab es eine Pause, während Mardina dasaß, ihren Becher Tee in der Hand. Alle warteten darauf, dass sie das Wort ergriff.

Sie war nicht direkt die Anführerin, nicht wirklich diejenige, die das Kommando hatte. Gemäß der Tradition des Kerns dieser Gruppe, der Mütter – Delga, Anna Vigil und Dorothy Wynn –, hatte niemand das Kommando, schon gar nicht die Männer. Man diskutierte die Dinge aus und gelangte zu einem Konsens; sie waren wenige genug und hatten im Allgemeinen Zeit genug dafür. Und Mardina legte zweifelsohne keinen Wert auf die Sichtbarkeit der Autorität. Ihr Status als ehemalige Astronautin war von Anfang an problematisch gewesen. Trotzdem brauchte man so gut wie immer Mardinas Zustimmung, wie Liu Tao Yuri bei einem Glas von Kleins Wodka gern erklärte, bevor man mit irgendetwas weitermachen konnte. Es war eine Art negativer Führung, nahm Yuri an, eine Führung durch den Verzicht auf ein Veto.

»Na schön«, sagte Mardina nach einiger Zeit. »Gehen wir hin und schauen wir's uns an.« Sie begann sich zu bewegen, steif und widerwillig, und überließ es Beth, ihr die Decken abzunehmen und sie zusammenzulegen.

# 48

Zu viert – oder zu fünft, wenn man die KolE mitzählte – gingen sie am Flussufer entlang nach Süden, stromaufwärts, zur Konfluenz und zu der neuen Gemeinschaft. Es gab nur einige verstreute Wolken über ihnen, und Proxima hing hoch am Himmel, fast schon senkrecht über ihnen, nachdem sie nun so weit nach Süden vorgedrungen waren, und ihre Schatten waren geschrumpft.

Beth hatte sie gewarnt, dass sie deutlich mehr als eine Stunde brauchen würden, um den See zu umrunden, aber das war nicht unbedingt schlecht, dachte Yuri. Der Fußmarsch würde ihm guttun, ihnen allen. Lange bevor die Konfluenz in Sicht kam, war er gründlich aufgewärmt von der stetigen Anstrengung, und sein Atem dampfte in der Kälte. Mardina streckte und drehte sich im Gehen, bewegte die Arme und den Hals und übte sogar, ihre Armbrust so schnell wie möglich aus dem Rucksack zu ziehen, den sie außerhalb des Lagers immer bei sich trug. Währenddessen stapfte Delga, das vierte Mitglied des Trupps, vor sich hin, einen Ärmel abgebunden, ebenfalls einen Rucksack auf dem Rücken und zweifellos Waffen irgendwo am Körper verborgen. Auf Yuri wirkte sie noch immer genauso wie vor all diesen Jahren auf dem Mars, trotz der grauen Haare und der runzligen Gesichtshaut, die ihre Tattoos verzerrte. Alternd, aber alterslos, dachte er.

Was Beth betraf, so sah Yuri, dass seine Tochter, die trotz ihres langen Ausflugs an diesem Morgen vor Energie strotzte, nur mühsam die Geduld mit den gleichmäßig dahintrottenden alten Leuten bewahrte.

Sie stießen auf die grüne Bodendecke, die Beth beschrieben hatte. Schon von Weitem war sie zu sehen. Yuri stellte fest, dass sie ganz flach war; sie ähnelte eher einem auf den Boden genagelten grünen Tuch, ganz anders als die einheimische Vegetation, an die Yuri sich von früher erinnerte, die Stängel, die Bäume.

Um nicht auf die lebende Decke zu treten, blieben sie dicht am Ufer, wo der Boden mehr oder weniger kahl war. Das Grün war keine kompakte Decke, sah Yuri aus der Nähe; er machte einzelne ausladende Pflanzen aus, Decken aus grünlichem Gewebe, die sich auf dem ebenen Boden ausbreiteten und mit zahlreichen dünnen Ranken auf der ganzen Fläche, die sie einnahmen, fest verwurzelt waren. Sie hatten eine gewisse Ähnlichkeit mit Seerosen oder mit den riesigen Dreifachblättern im Blätterdach der nördlichen Wälder.

»Faszinierend«, murmelte die KolE, während sie vorsichtig am Ufer entlangrollte. »Noch ein Bauplan, noch eine Lebensstrategie. Dieses Phänomen muss ich eingehender untersuchen.«

»Hm«, machte Yuri leise. Direkt vor ihnen sah er Rauch emporsteigen. »Ich glaube, wir müssen uns zuerst mit einem menschlichen Phänomen befassen.«

»Mag sein, mag sein. Aber schau darüber hinaus, Yuri Eden. Was siehst du?«

Yuri musste auf ihren Panzer klettern, um zu sehen, was sie meinte. Am südlichen Horizont war ein dicker schwarzer Wolkenfleck. »Und? Schlechtes Wetter für irgendwen.«

»Du verstehst nicht, Yuri Eden. Wir sind weit gelaufen. Sehr weit.«

»Genau genommen, bist *du* nirgendwohin gelaufen.«

»Ich glaube, wir sehen endlich den Substellarpunkt. Oder ein Anzeichen für ihn. Logischerweise muss es dort ein permanentes Tiefdruckgebiet geben, verursacht von der Hitze des Sterns am Punkt der höchsten stellaren Einstrahlung auf dem Planeten … Einen unaufhörlichen Sturm. Jetzt sehen wir dieses unvergängliche substellare Wettersystem zum ersten Mal. Es ist noch Hunderte von Kilometern entfernt, aber dennoch ein erstaunlicher Anblick. Ich bin dankbar, dass ich lange genug gelebt habe, um das zu sehen.«

»Jetzt fang bloß nicht wieder mit diesen morbiden Sprüchen über deine eingebaute Obsoleszenz an«, sagte Yuri leise. »Du weißt doch, wie es Beth aufregt …«

Genau von vorn kam ein scharfer Knall. Sie duckten sich alle instinktiv.

»Was war *das?*«, fragte Yuri.

»Ein Schuss«, sagte Delga. »Netter Empfang.« Sie grinste; offenbar genoss sie die Aussicht auf eine Konfrontation.

Mardina zog die Stirn kraus. »Wer dürfte denn eine Projektilwaffe von der *Ad Astra* herunterbringen?«

»Einer von deinen Leuten«, sagte Delga. »Ihr könnt über die alten Zeiten reden.«

»Meint ihr, wir sollten Beth zurückschicken?«, warf Yuri ein.

Beth schnaubte. »Von wegen.«

Mardina schüttelte den Kopf. »Wir müssen so oder so mit diesen Leuten Kontakt aufnehmen. Gehen wir weiter. Aber vorsichtig. Und bleibt dicht bei der KolE«, sagte sie mit schwerer Stimme, »damit sie euch Deckung geben kann. Okay?«

Sie nickten angespannt. Beth war eher aufgeregt als ängstlich. Mardina war ruhig, Delga grimmig entschlossen, und Yuri sorgte sich um seine Tochter.

Die KolE rollte erneut vorwärts, und die vier gingen langsam neben ihr her.

Bald tauchte vor ihnen die Siedlung auf – Rauch, der von ein paar Feuern emporstieg, ein paar dicht gedrängte Hütten, Kuppeln aus tristem arduanischem Grün. Hinter den Kuppeln lagen Felder mit hellerem Grün, terrestrischem Grün – Kartoffeln vielleicht.

Zwischen dem näher kommenden Trupp und der Siedlung stand ein Mann in leuchtend blauer Uniform, der ein Gewehr in den Händen hielt. Es war die Uniform eines Friedenshüters, sah Yuri überrascht.

»Stehen bleiben«, rief der Friedenshüter. »Dieses Ding ist geladen, ihr habt den Schuss gehört. Und ich werde es benutzen, wie ich es in der Ausbildung gelernt habe.«

Yuri stellte erstaunt fest, dass er den Mann kannte. »Mattock. Hey, Mattock! Bist du das?«

Er sah, wie der Mann die Stirn runzelte. »Wer, zum Teufel, bist du?«

»Im Schiff, weißt du noch?« Yuri trat vor, die leeren Hände vom Körper abgespreizt. »Ich hatte dich während des ganzen Fluges im Nacken. Und nicht nur ich.«

Mattock hielt seine Waffe mit unsicherem Griff, dann ließ er sie sinken. »Eden. Das Arschloch, das sie eingefroren haben.«

»Und du bist das Arschloch, das während des ganzen Fluges mit den Hamburgern und Huren angegeben hat, die es sich nach seiner Rückkehr zur Erde genehmigen würde, während wir alle für den Rest unseres Lebens an diesem gottverlassenen Ort im Dreck wühlen würden. Erinnerst du dich *daran?*«

Mattock hob die Waffe wieder. »Ich warne euch ...«

»Wegtreten, Friedenshüter«, sagte Mardina jetzt und trat vor, neben Yuri. »Jones, Lieutenant, IRF. Das ist ein Befehl.«

Mattock starrte sie ungläubig an, eine in mehrere Schichten geflickter Kleidung gehüllte, hagere Gestalt. »*Lieutenant Jones?* Soll das ein Scherz sein?«

»Nein. Lieutenant Jones. Die vor Ihren Augen mit vorgehaltener Waffe auf dieser Müllhalde von einer Welt ausgesetzt worden ist. So ähnlich, wie Sie hier gelandet sein dürften, denke ich. Wegtreten«, wiederholte sie strenger.

Mattock seufzte, senkte sein Gewehr und sicherte es. »In Ordnung. Willkommen in Mattockville. Dann kommt mal mit.« Er humpelte davon.

Die KolE entschuldigte sich und rollte davon, um das geheimnisvolle arduanische Grünzeug zu untersuchen. Ihre Manipulatorarme schienen vor Erregung zu zucken, als sie Stichproben von einem weiteren Mysterium außerirdischen Lebens nahm.

Yuri lief nach vorn und ging neben Mattock her. »Hey, Friedenshüter. Nennt ihr das da wirklich Mattockville?«

»Nein.«

In der kleinen Ansiedlung gab es nur drei niedrige kuppelförmige Behausungen, die um einen zentralen Platz herum standen, wo ein Feuer unruhig im Freien brannte.

Leute kamen heraus, um einen Blick auf die Neuankömmlinge zu werfen, wachsam und vorsichtig, die Kinder mit großen Augen; vielleicht sahen sie zum ersten Mal in ihrem Leben neue Gesichter. Yuri zählte sechs Erwachsene, allesamt Weiße. Sie trugen die üblichen Überreste der IRF-Kleidung, hatten ihre Overalls und Mäntel jedoch mit getrockneter Stängelrinde gefüttert, um der Kälte zu trotzen. Sie sahen wie ausgestopfte Vogelscheuchen aus, als sie im Lager herumstapften. Die kleinen Kinder waren besonders komisch, und sie brachten Beth zum Lachen.

Mattock führte sie zu einem der Kuppelbauten, einem Geflecht miteinander verbundener Stängel, überzogen mit einer Schicht von Decken und darauf gehäuftem arduanischem Pflanzenmaterial, vermutlich von den Bodendeckern. Er ließ den Besuchern den Vortritt. Die Kuppel war menschenleer. Es gab Pritschen, Kisten und Kleiderbündel am Fuß der Wände. Von einer Feuerstelle stieg Rauch auf, aber es brannte kein Feuer. Yuri sah einen Haufen schmutzigen Schiffsgeschirrs, aber es schien hier drin keine Kochstelle zu geben; vielleicht bereiteten sie ihr Essen in einer anderen Kuppel zu.

Mardina schaute sich um. »So was kann man also bauen, wenn man nicht alle paar Jahre umziehen muss.«

Yuri zuckte die Achseln. »Wir hätten das besser hingekriegt.«

Mattock folgte ihnen in die enge Kuppel, begleitet von weiteren Erwachsenen, einer Frau und zwei Männern, die die Neuankömmlinge nervös und feindselig ansahen.

Mardina schlug ihren Mantel auf. »Warm hier, auch ohne Feuer.«

»Ja«, sagte Delga. »Hab ich schon draußen gedacht. Auch ohne Feuer. Was ist hier los, Mattock? Sitzt ihr auf einem Vulkan?«

»Wollt ihr Tee?«, fragte er unwirsch.

Delga grinste. »Wenn ihr noch was von dem Kaffee für die Crew habt, nehme ich den.«

»Nichts mehr da«, knurrte er.

»Dann spart euch die Mühe. Ach, hier.« Delga wühlte in ihrem Rucksack und zog eine Flasche hervor.

Mattock nahm sie zögernd entgegen. »Was, zum Teufel, ist das?«

»Wir nennen es Kleins Wodka«, sagte Mardina. »Aus Kartoffeln. Immer schön langsam, wenn ihr nicht an so was gewöhnt seid. Ein nachbarschaftliches Angebot.«

»Wir hätten die Flasche gern zurück, wenn sie leer ist«, sagte Yuri.

»Hmpf. Früher hätte ich Leute wie euch verhaftet, wenn sie mit schwarz gebranntem Alkohol rumliefen.«

Delga grinste. »Na klar. Und ihn dann selbst getrunken.«

»Halt die Klappe, Delga«, sagte Mardina müde. »Hören Sie, Friedenshüter – warum machen Sie uns nicht miteinander bekannt?«

Mattock tat es widerwillig. »Bill Maven, Andrei Allen, Nancy Stiles. Setzt euch, verflucht noch mal.«

Sie setzten sich auf den Boden, auf wacklige Stühle und Kisten.

Mardina stellte ihre Gruppe vor. »Ihr seid alle Passagiere, stimmt's? Außer Ihnen, Mattock.«

»Ich erinnere mich an dein Gesicht«, sagte Yuri zu Andrei Allen. »Vom Schiff.«

Allen hob gleichgültig die Schultern.

»Ich erinnere mich an *dich*«, sagte Nancy Stiles zu Mardina.

»Ach ja?«, antwortete Mardina vorsichtig.

»Du hast mir nie was getan, obwohl du Astronautin warst. Und überhaupt, du bist keine Astronautin mehr, oder? Nicht, seit sie dich zusammen mit uns hier ausgesetzt haben. Genauso wenig wie Tom Mattock hier Friedenshüter ist, obwohl er seine Uniform anzieht, wenn er denkt, dass Fremde auftauchen könnten.«

Delga lachte. »Wirklich, *Tom?*«

»Ihr seid aber die Ersten, die seit der Trennung hergekommen sind.«

Seit welcher Trennung?, fragte sich Yuri.

Mardina grinste. »Ich nehme an, Sie sind nicht freiwillig hiergeblieben, Mattock.«

»Nee. In dieser Landegruppe gab es auf dem Weg nach unten einen Todesfall, im Shuttle, meine ich. Herzinfarkt, aus heiterem Himmel, ausgelöst vom Bremsmanöver. Einer der Männer. Den Scheißkerlen auf der *Ad Astra* zufolge, die solche Sachen ausgeknobelt haben, war ich ihm in genetischer Hinsicht am ähnlichsten. Also musste ich hierbleiben. Genau wie Sie, Lieutenant.«

Delga lachte erneut. »Solche Geschichten machen mein Scheiß-Leben lebenswert. Du warst immer ein Arschloch, Mattock, und du hast gekriegt, was du verdient hast.«

Mattock sah sie mit finsterer Miene an. »Wie viele seid ihr in eurer Gruppe?«

»Rund fünfzig Leute«, sagte Mardina. »Eine ganze Reihe Kinder, einige fast schon erwachsen – eins davon haben Sie draußen gesehen. Meine Tochter.«

»*Unsere* Tochter«, verbesserte Yuri sanft.

»Fünfzig. Herr im Himmel.«

»Und ihr seid wie viele?«, fragte Yuri. »Sechs Erwachsene?«

Delga mischte sich ein. »Und was ist aus den anderen acht geworden, *Tom?* Hast sie in ihren Betten ermordet, stimmt's?«

»So war das nicht«, sagte Andrei. »Die sind ihren Weg gegangen, wir unseren.«

Mardina runzelte die Stirn. *»Die?«*

»Wir sind weiß. Die waren's nicht. Alle möglichen Schattierungen, aber keiner von denen war wie wir. Wir wollten nicht, dass sie unsere Kinder zeugten … Wir haben ihnen nichts getan. Die sind ihren Weg gegangen, wir unseren«, wiederholte er.

»Das war die besagte Trennung«, sagte Yuri.

Mattock nickte bloß.

So etwas erlebten sie nicht zum ersten Mal. Viele der ohnehin schon kleinen Gruppen, die das *Ad Astra*-Shuttle heruntergebracht hatte, schienen sich noch weiter aufgesplittert zu haben – meist nach ethnischer Zugehörigkeit, manchmal auch nach Religion oder sexueller Orientierung.

»Tja«, sagte Delga hämisch, »unsere fünfzig sind alles Mögliche. Und unsere Kinder sind ebenfalls bunt gemischt. Wie nennst du deine Beth, Mardina? Eine *muda-muda*. Ein Halbblut. Das sind wir. Einfach nur ein großer Haufen gemischter *muda-mudas.*« Sie lachte erneut und zeigte dabei die Zähne. »Wir werden uns prima mit euch weißen Jungs verstehen.«

»Achtet nicht auf sie«, sagte Yuri. »Sie macht gern Ärger. Wir werden schon miteinander klarkommen.«

»O nein, werden wir nicht«, fauchte Mattock. »Ihr könnt gleich weiterziehen. Durchquert unser Land, wenn ihr wollt, aber ihr werdet hier nicht bleiben.«

»›Unser Land‹?«, sagte Delga leise und drohend.

Andrei Allen beugte sich vor. »Wir haben diese Stelle gefunden. Wir sind am Fluss entlangmarschiert, genau wie ihr …«

»Großer Gott«, murmelte Mardina. »Ist denn *niemand* dort geblieben, wo McGregor ihn abgesetzt hat?«

»Wir haben versucht, der Kälte, dem Winter zu entkommen. Und wir haben diesen Ort hier gefunden, wo es immer ein bisschen wärmer war …«

»Wie kommt das?«, wollte Mardina wissen.

Delga schüttelte den Kopf. »Diese Landeier wissen es nicht, Astronautin. Hat keinen Zweck, sie zu fragen.«

»Wir haben hier unsere Felder bestellt, unsere Häuser gebaut und unsere Kinder großgezogen, und wir gehen nirgendwohin«, sagte Allen.

»Und wir teilen nicht«, ergänzte Mattock hitzig.

Mardina blieb ruhig. »Wir sind fünfzig, Tom, ihr seid ein halbes Dutzend. Wenn wir beschließen hierzubleiben, habt ihr keine große Wahl, denke ich.«

Delga lachte erneut. »Das Recht des Stärkeren, hm, Friedenshüter?«

Mattock starrte sie zornig an, mit rotem Gesicht. Auf dem Schiff war er ein Tyrann gewesen, erinnerte sich Yuri, und das war er zweifellos auch jetzt, in dieser kleinen Gemeinschaft – ein Tyrann, der seine Mitkolonisten herumkommandierte. Und jetzt bot ihm jemand die Stirn. Yuri war sich bewusst, dass Mattock noch immer sein Gewehr hatte.

Genau in diesem spannungsgeladenen Moment streckte Beth den Kopf zur Tür herein. »Ich weiß es«, sagte sie lebhaft.

»Du weißt was?«, fragte Mardina misstrauisch.

»Warum es hier wärmer ist, an diesem Ort. Ich habe euch streiten hören.«

»Wir haben nicht gestritten …«

»Die KolE hat es rausgefunden. Kommt und seht es euch an!«

Die KolE rollte vorsichtig über das Land, das von dem arduangrünen Bewuchs besiedelt war, blieb dabei jedoch auf den freien Flächen. »Es ist typisch für arduanisches Leben«, sagte sie. »Diese Bodendecker sind gar keine Pflanzen. Es sind Drachen!«

Beth, Yuri und Mardina folgten ihr mit vorsichtigen Schritten. Sie waren vielleicht einen halben Kilometer von den Kuppeln von Mattocks Siedlung entfernt. Von hier aus hatten sie einen guten Blick auf die Konfluenz mit den beiden Flusstälern, die sich nach Süden davonschlängelten. Und sie waren umgeben von außerirdischem Leben.

Vorsichtig fuhr die KolE einen Manipulatorarm aus und stupste ein Gewächs in der Nähe an, genau am Verbindungspunkt seiner drei ausladenden »Blätter«. Die Blätter flatterten, schüttelten sich und stiegen empor, und ja, es war ein Ende eines Drachens, sah Yuri, und ein Dreifachblatt in der Nähe war das andere Ende, ein großer, dicker, unbeholfener Drachen mit den charakteristischen sechs Propellerflügeln seiner Art. Von den Propellerflügeln gingen Ranken aus, schmutzige Fäden, die im Boden verankert waren. Der aufgescheuchte Drachen riss sich von den Ranken los, die ihn festhielten, flatterte, ließ seine Propellerflügel kreisen, hob ab und klapperte geräuschvoll davon, bis er außer Reichweite der KolE war. Er gelangte zu einer halbwegs unbewachsenen Stelle, wo er sich wieder niederließ und seine Propellerflügel scheinbar verärgert aufklappte und ausbreitete.

Eine Wolke zog davon, und das Licht von Proxima fiel fast senkrecht auf die Bodendecke. Man hörte das Knarren sich verlagernder Blätter. Sie bewegten sich kaum, aber Yuri spürte irgendwie, dass die Drachen im Licht badeten.

»Diese herunterhängenden Fäden sind Wurzeln«, erklärte die KolE. »Sie bestehen aus Ketten kleiner, miteinander verbundener Stängel.«

»Es ist das Licht, nicht wahr?«, sagte Mardina. »Es geht um Zugang zum Licht.«

»Ja. Wir haben es hier mit einer lokalen Anpassung an die Position des Sterns und vielleicht auch an den Winter zu tun. Das Leben auf dieser Welt konkurriert ständig darum, so viel wie möglich von der Lichtflut des Muttergestirns abzubekommen. Oben im Norden, in der Nähe des Terminators, geht das am besten, wenn man ein Baum ist, in die Höhe wächst und seine großen Blätter auf die unbewegliche Sonne ausrichtet. Hier, wo Proxima fast senkrecht am Himmel steht, kann man sich den Aufwand sparen, sich einen Stamm wachsen zu lassen; man bedeckt einfach den ebenen Boden und lässt sich vom Licht bescheinen. Und solange man selbst den Boden bedeckt, kann nichts anderes dort Wurzeln schlagen und einen überwuchern.«

»Und wenn doch«, sagte Beth, »räumt man einfach das Feld und fliegt an einen sichereren Platz.«

»Das stimmt, Beth«, sagte die KolE. »Aber es erscheint mir unwirtschaftlich, nur dafür einen kompletten tierischen Stoffwechsel aufrechtzuerhalten. Ich glaube, dieser sessile Modus ist eine Anpassung an den Sternwinter. Wenn nur wenig Energie verfügbar ist, will man einfach nur daliegen und sie aufsaugen. Wenn der ›Sommer‹ zurückkehrt und es mehr Energie gibt, kann man wieder losfliegen. Vermutlich ist es nicht nur eine verhaltensmäßige, sondern auch eine genetische Anpassung; unter sich verändernden Bedingungen kann eine neue epigenetische Expression für rasche Anpassungen sorgen. Diese Winterdrachen sind wahrscheinlich von ganz anderer Gestalt als ihre Großeltern, die Sommerdrachen. Und wenn der Sommer zurückkehrt, wechselt die Gestalt erneut …«

Aus dem Süden kam fernes Donnergrollen. Yuri drehte sich gedankenverloren um, schaute zum substellaren Punkt, diesem gewaltigen Wettersystem, und fragte sich, ob das Donnern eines solch weit entfernten Unwetters bis hierher zu hören sein würde.

»Yuri Eden?«

»Entschuldige. Ja, Sommer- und Winterdrachen. Aber was hat das damit zu tun, dass Mattock es nachts in seiner Hütte hübsch warm hat?«

»Ach ja. Ein weiteres raffiniertes Merkmal dieser Lebensweise. Die Oberflächen dieser Blätter sind ein paar Grad wärmer als ihre Umgebung; sie strahlen etwas Abwärme ab. Und dieses Feld von arduanischem Grün ist so umfangreich, dass es sogar einen lokalen Hotspot erzeugt hat. Es ist eine typische ökologische Rückkopplungsschleife: Je mehr die Pflanzen wachsen, desto mehr Boden bedecken sie, und desto mehr erzeugen sie die Wärme, die ihnen beim Wachsen hilft.«

»Aber ist es ein *großer* Hotspot?«, fragte Yuri. »Werden wir hier unsere Pflanzen anbauen können?«

»Ich glaube schon«, sagte die KolE. »Vielleicht könnten wir den Hotspot sogar vergrößern. Indem wir die Drachen dazu bringen, sich zu vermehren, oder ein paar wilde in einem Gehege halten. Der Sternwinter kann ja nicht ewig dauern. Vielleicht können wir ihn hier überstehen …«

Als Mardina ihr weitere Fragen stellte, merkte Yuri, das seine Aufmerksamkeit erneut nach Süden gelenkt wurde.

Beth packte ihren Vater am Arm. »Dad? Du hörst nicht zu.«

»Hmm? Entschuldige, Schatz. Ich muss immer wieder zu dem großen Wettersystem da drüben hinüberschauen. Es ist einfach … wir haben seit deiner Geburt einen so weiten Weg zurückgelegt, Beth. Dieser endlose Treck. Du weißt, die KolE hat ausgerechnet, dass wir schon mehrere Tausend Kilometer weit gewandert sind. Sicher, das Shuttle von der *Ad Astra* hätte diese Strecke in ein paar Minuten zurücklegen können. Aber *wir* mussten eben zu Fuß gehen. Und dabei unsere Babys tragen.«

Sie schnaubte. »Und jetzt tragen diese Babys euch.«

»Und wir haben es getan, obwohl wir wussten, dass wir nichts zu essen finden würden; nach jedem Umzug mussten wir nicht nur unsere Nahrung anbauen, sondern auch den dafür erforderlichen Mutterboden produzieren. In der Menschheitsgeschichte hat es bestimmt noch nie eine solche Wanderung gegeben.«

»Nur dass alle anderen, auf die wir gestoßen sind, dasselbe gemacht haben.«

»Das ist wahr. Alle sind in Richtung des Substellarpunkts gezogen, um dem Winter zu entkommen. Sie sind alle *dorthin* gezogen …« – er zeigte nach Süden –, »… zum Zentrum von allem. Zum Nabel dieser Welt. Genau unter der Sonne … Wir sind so nah dran. Da fällt es mir schwer, mir großartige Gedanken über diese Drachen zu machen.«

»Gehen wir und sehen nach, was es zu sehen gibt.« Sie hakte sich bei ihm ein, wie sie es früher immer getan hatte, als sie noch jünger gewesen war, und sie gingen davon und ließen Mardina, die KolE und die am Boden lebenden Drachen hinter sich zurück.

Vater und Tochter gingen gemeinsam am Flussufer entlang, nach Süden. Sie versuchten weiterhin, nicht auf die Drachenblätter zu treten, die den Boden pflasterten. Etwa einen Kilometer von der KolE entfernt begann die grüne Decke aufzubrechen.

Dann blieb Yuri wie angewurzelt stehen. Da war etwas auf dem Boden, direkt vor seinen Füßen.

»Dad? Du bist schon wieder so still.«

Er sah sie an. Dann zeigte er nach unten, auf das, was er im Erdreich entdeckt hatte, zu ihren Füßen.

Eine Reifenspur. Nicht von einer KolE, also auch nicht von Mattocks Leuten. Sie schlängelte sich davon, dem Flusslauf folgend, geradewegs auf den substellaren Punkt zu.

»Da vorne ist jemand«, hauchte Yuri.

# 49

Für die Wanderer änderte die Entdeckung dieser Spur alles. Natürlich mussten sie ihr folgen.

Sie verbrachten ein Jahr an der Mattock-Konfluenz, wie sie den Ort nannten, ruhten sich aus, fuhren eine Ernte ein, bereiteten sich vor. Ein ganzes Jahr.

Dann machten sie sich auf den Weg zum substellaren Punkt. Die Temperaturen stiegen weiter, bis es schließlich wärmer war als in der Zeit vor dem Sternwinter, und sie legten ihre Kaltwetterkleidung ab, pflanzten für warmes Klima geeignete Feldfrüchte an und zogen weiter, immer weiter nach Süden.

Die Wanderung dauerte noch zwei Jahre.

# 50

## 2193

Auf den letzten paar Hundert Kilometern stieg das Land stetig an. Die Flusstäler, denen sie seit der Mattock-Konfluenz gefolgt waren, wurden schmaler, mit steilen Abhängen und Betten aus durcheinandergewürfeltem, zerbrochenem Gestein – Furchen, die in ein zunehmend hügeliges, manchmal sogar gebirgiges Land geschnitten waren. Die Täler waren bewaldet; Gruppen niedriger, stämmiger, windresistenter, schnell wachsender Bäume drehten ihre großen Blätter hungrig zum ewig bewölkten Himmel. Das Land hatte einen ganz anderen Charakter als in den Ebenen, die einen großen Teil des Kontinents zu bedecken schienen, der die Proxima zugewandte Seite Per Arduas beherrschte, und die sie durchwandert hatten, um hierherzugelangen.

Immer höher stiegen sie hinauf und stießen auf Seen, die sich in die Hügel schmiegten, genährt von Flüssen, die, verstopft von Stängelbeeten, vom höheren Gelände vor ihnen herabkamen. An den Hängen weiter oben fand sich nur noch hin und wieder ein Klecks arduanischer Flechten; einige wenige mobile Gruppen erbauerähnlicher Bodenbewohner oder Drachen nutzten die seltenen Stängelbeete. Die KolE spekulierte, dass das Leben hier oben, so spärlich es war, von den relativ milden Bedingungen des Sternwinters profitierte. Ohne die stark reduzierte Wärmeabgabe des Sterns und den daraus resultierenden Temperatursturz wäre dieses hoch gelegene Land für alle Lebensformen außer wärmeliebenden, extremophilen Organismen unbewohnbar gewesen.

Und es ging weiter hinauf in dieses seltsame, zerbrochene Hochland. Die Täler wurden noch schmaler und steiler, der Fluss strömte noch kraftvoller dahin. Manchmal mussten sie im Gänsemarsch gehen, und in den engen Schluchten hatten sie Schwierigkeiten mit ihrem Gepäcktross.

Yuris KolE hatte die Aufgabe übertragen bekommen, ihre lobotomisierten Kameraden anzuführen, die als Transporter für Paletten mit Nahrungsmitteln und dem kostbaren Mutterboden fungierten. Sie hatte ein Kommunikations- und Kontrollsystem mithilfe von Glasfaserkabeln entwickelt, die sie hinter sich herzog; in regelmäßigen Abständen blieben sie jedoch an Felsen oder Stängelklumpen hängen, und Beth und Freddie organisierten Gruppen von Kindern, die ihr halfen.

»Aber sie haben ständig Schmerzen«, erklärte die KolE Mardina und Yuri. »Der physische Schmerz der brutalen Operation, der sie unterzogen wurden. Schmerz, den sie nicht verdienen, Schmerz, den sie nicht verstehen können. Denn sie sind noch immer mit Bewusstsein ausgestattet, o ja.«

Dafür hatte Yuri nichts übrig. »Erzähl das den Vereinten Nationen«, pflegte er zu sagen, während er weiterging.

Mit der Zeit wurde das Land instabiler. Leichte Erdbeben, heftig genug, um Yuri auf seiner Pritsche durchzuschütteln, rissen sie aus dem Schlaf. Manchmal kamen sie an heißen Schlammpfützen mit einer schaumigen Schicht purpurrot-grüner Bakterien vorbei, in denen es zischte und blubberte – einmal sogar an Geysiren, Fontänen aus Dampf und heißem Wasser, die mit den lauten, puffenden Geräuschen einer kaputten Dampfmaschine emporschossen. Die Älteren hatten Angst, von einer Eruption oder einem Beben erwischt zu werden, während die Kinder einander Geschichten über den Geist von Dexter Cole erzählten, der sich in seinem unterirdischen Felsenbett umdrehte. Die KolE erklärte, solche Aktivitäten seien an diesem Proxima-nächsten Punkt des Planeten zu erwarten, wo ihn die Schwerkraft des Sterns verformte.

Die Temperatur stieg kontinuierlich, während sie immer weiter nach Süden stapften. Mittlerweile hatten sie sich ihrer Kleidung weitgehend entledigt; unterwegs oder in der Umgebung des Lagers trugen sie nur noch Shorts und weite Kittel, und viele der Kinder liefen nackt herum. Aber die Transporter erlitten mehr mechanische Pannen, weil sie heißliefen, und die KolE beklagte sich immer häufiger.

Und das riesige Tiefdrucksystem, das die gesamte Region beherrschte, füllte zunehmend den Himmel vor ihnen aus, eine beständige Wolkenbank mit einem Durchmesser von mehreren Hundert Kilometern.

Die KolE erläuterte jedem, der ihr zuhören wollte, die wissenschaftlichen Zusammenhänge. »Warme Luft wird nach innen gesogen, zum heißen substellaren Zentrum, steigt dort auf, kühlt sich ab und setzt ihren Wasserdampf in Form von Wolken, Regen und Stürmen frei. Der Niederschlag sammelt sich in Wasserläufen, die von diesem zentralen Punkt aus sternförmig in alle Richtungen strömen, nicht nur nach Norden wie die Flüsse, denen wir gefolgt sind. Das muss der grundlegende Wasserzyklus über diesem Proxima zugewandten Kontinent sein …«

Doch alles Wissen nützte nichts, als die Randzone des riesigen Unwettersystems mit Wind, Regen, launischen Hagelschauern und sogar Schnee – trotz der Hitze – auf die dahinstapfenden Wanderer einschlug. Manche kamen damit besser zurecht als andere, beobachtete Yuri. Älteren Leuten, die zu viel Zeit in den Kuppelbauten des Mars oder in Weltraumhabitaten verbracht hatten, fiel es schwer, sich auf natürliches Wetter einzustellen. Die Kinder jedoch liefen in Hitze oder Kälte, in Regen oder Schnee herum, ohne sich darüber Gedanken zu machen.

Sie kamen langsamer voran. Als die Temperaturen noch höher stiegen, gab es immer mehr Diskussionen darüber, ob es klug war, überhaupt noch weiterzugehen.

Dennoch gaben sie nicht auf. Die Reifenspuren, die sie hin und wieder erblickten, waren Köder, dachte Yuri manchmal, die sie immer tiefer in den Nabel dieser Welt lockten. Und wenn es irgendwo auf diesem Planeten tatsächlich IRF-Leute gab, wo sollten sie sonst sein, wenn nicht am geografisch markantesten Punkt?

Dann, zwei Jahre nachdem sie die Mattock-Konfluenz verlassen hatten, erreichten sie einen See, der sich vor ihnen ausbreitete, und kamen nicht weiter.

# 51

## 2197

Penny Kalinski war zum anstehenden internationalen interplanetarischen Gipfeltreffen eingeladen worden. Weitere Versöhnungsgespräche zwischen den Vereinten Nationen und China, diesmal in der chinesischen Hauptstadt auf dem Mars.

Im Landeanflug aus dem Weltraum sah sie die Hauptstadt zum ersten Mal. Es war ein außergewöhnlicher Anblick. Der chinesische Name der Ansiedlung bedeutete so etwas Ähnliches wie »Stadt des Feuers«. In der chinesischen Überlieferung gab es fünf Elemente, die jeweils mit einer Jahreszeit, einer Hauptrichtung und einem Planeten verbunden waren. Der Merkur war beispielsweise mit Wasser verbunden. Feuer war mit dem Sommer verbunden, dem Süden und dem Mars: deshalb »Stadt des Feuers«. Aber der informelle westliche Name für den Ort, der hauptsächlich auf Bildern aus der Umlaufbahn beruhte – Bildern aus einer Zeit, lange bevor jemand anderes als ein chinesischer Bürger auch nur in die Nähe gelassen worden war –, lautete Obelisk. Und als das Shuttle sanft durch die dünne Marsluft hinabsank – das Fahrzeug ähnelte einem Pterosaurier mit riesigen Flügeln aus hochfesten Membranen an einem Leichtbaurumpf –, sah Penny sogar aus solcher Höhe, warum der Name passte.

Terra Cimmeria war eine chaotische Landschaft, übersät mit Kraterwänden und steilen Flusstälern; von hoch oben erinnerte sie Penny an Narbengewebe, wie bei einer schlecht verheilten Brandwunde. Die chinesische Siedlung schmiegte sich an den Boden eines Kraters namens Mendel, der selbst einen Durchmesser von nahezu achtzig Kilometern hatte, durchschnitten von trockenen Kanälen und zernarbt von kleineren, jüngeren Kratern. Sie erblickte halb von aufgehäuftem marsianischem Erdreich bedeckte Kuppeln, glänzende Tanks und Rohre – offenbar ein ausgedehntes Chemiewerk – und ein paar Bohrtürme, eckige Gerüste wie Raketenabschussrampen.

Und im Zentrum von all dem stand der Obelisk selbst, eine Fingerskulptur aus marsianischem Stein und Beton, Stahl und Glas – ein Turm von erstaunlichen zehn Kilometern Höhe, ein Produkt der geringen Marsschwerkraft und menschlichen Erfindungsreichtums, viel höher als jedes Gebäude, das man mit solchen Materialien auf der Erde hätte errichten können.

Beim Landeanflug segelte das Shuttle um die Flanke des Monuments herum.

Sir Michael King, der neben Penny saß, schaute über ihre Schulter hinweg. »Das machen sie immer«, sagte er. »Sie sorgen dafür, dass man das verdammte Ding *bemerkt*. Aber man muss ihnen diese Geste des Stolzes lassen.«

»Ja. Genau an dieser Stelle ist Cao Xi vor all diesen Jahren auf dem Mars gelandet.«

»Tja, er hat die Erde nicht mehr wiedergesehen. Aber schauen Sie sich an, was sie hier alles seither erreicht haben, draußen im Asteroidengürtel wie auch auf dem Mars. Und alles ohne Kernel-Technologie …«

Und die Frage des Zugangs zur Kernel-Technologie war natürlich der Grund, weshalb diese UN-Delegation zum Mars gekommen war.

Angesichts seiner Größe und augenfälligen Zerbrechlichkeit schwebte das Shuttle mit erstaunlicher Anmut zu einer Landebahn in einiger Entfernung von den Hauptkuppeln herab. Es stand in erheblichem Kontrast zu dem schwer bewaffneten Jumboschiff mit Kernel-Antrieb, in dem die UN-Gruppe das innere System durchquert hatte. Doch etwas an dem schlanken, eleganten, fast minimalistischen Design des von den Chinesen konstruierten Shuttles beeindruckte Penny; das grazile Fahrzeug schien perfekt zu seiner Umgebung zu passen, zu der weit emporreichenden Lufthülle des Mars – eine Anpassung aufgrund eines mehrere Generationen währenden Aufenthalts auf diesem Planeten. Zum chinesischen Mars zu kommen war wie der Übergang in ein Paralleluniversum, in dem technologische Entscheidungen anders ausgefallen waren als auf den UN-Welten.

Sobald das Shuttle zum Stehen gekommen war, rollten Rover heran, um es in Empfang zu nehmen. Einige schmiegten sich an den Rumpf, um Fracht, Treibstoff und Passagiere zu transferieren, und andere, Roboter mit langen, spinnenartigen Manipulatorarmen, begannen mit dem komplizierten Vorgang, die Tragflächen des Shuttles zu falten, damit es später wieder wie eine Rakete in den Orbit geschossen werden konnte.

Die Passagiere stiegen in einen gut ausgestatteten Bus mit einem Kuppeldach aus einem harten, transparenten Material um. Das führerlose Fahrzeug rollte auf der glatten, staubfreien Straße rasch dahin und hielt auf eine der großen Kuppeln der Hauptsiedlung zu. Die an sich schon riesigen Bauwerke aus Ziegeln und Beton waren nicht viel mehr als Bläschen zu Füßen des riesigen Monuments. Chinesisches Personal ging anmutig in der Buskabine umher und bot den Passagieren Becher mit Wasser an – echtes, geschmolzenes marsianisches Polareis, wie man ihnen erklärte.

Sie befanden sich in der südlichen Hemisphäre des Mars, rund dreißig Grad unterhalb des Äquators, kurz vor der lokalen Mittagszeit. Die Sonne stand hoch am Himmel, rund und matt, aber mit klaren Konturen, und der Himmel war ein orangebraunes Geschmier – vielleicht die Farbe von Toffee, dachte Penny und erinnerte sich an Experimente in der Küche ihres Elternhauses, die sie und Stef als Kinder unter der freundlichen, aber tollpatschigen Aufsicht ihres Vaters durchgeführt hatten. Experimente, an die Stef, wie Penny traurig vermutete, sich nicht erinnern konnte.

Unglaublicherweise lag die wahrhaft erschütternde Begegnung der Schwestern mit Erdschein und seine Enthüllung in Bezug auf den Grabstein ihres Vaters in Paris nun schon siebzehn Jahre zurück. Seither waren sie mit Erdschein in Kontakt geblieben, was das zentrale Rätsel ihres Lebens betraf, aber mehr oder weniger erfolglos.

In beruflicher Hinsicht hatten sich die Zwillinge, die jetzt in den Fünfzigern waren, endlich voneinander entfernt. Während Penny dank King und Erdschein allmählich in langfristige diplomatische Bemühungen eingebunden worden war, den Ausbruch eines Krieges im zunehmend polarisierten Sonnensystem zu verhindern, war Stef unten auf dem Merkur und widmete sich weiterhin der Erforschung der Luke. Momentan waren die beiden Schwestern durch ungefähr zweihundert Millionen Kilometer getrennt. Die Distanz zwischen zwei Menschen konnte kaum größer sein, sofern man nicht einen von ihnen nach Proxima Centauri brachte.

Der Bus hielt samtweich an einer Luftschleuse in der gekrümmten Wand einer Kuppel. Das uniformierte Personal komplimentierte die Gäste lächelnd hinaus.

Penny folgte der Menge in die Kuppel. Im Inneren drängten sich niedrige Sekundärgebäude, aber hoch oben war das Kuppeldach selbst zu sehen; mit seinen Ziegeln und seinem Beton erinnerte es Penny an eine riesige römische Ruine. Große Beleuchtungsröhren hingen von der Decke, und über Bildschirme liefen Slogans in einer chinesischen Schrift, die Penny nicht lesen konnte. Dabei war der Bereich an der Oberfläche offenkundig nur ein Teil der gesamten Anlage. Ein ganzes Arsenal von Treppen, Rolltreppen und Fahrstuhltürmen lud die Neuankömmlinge ein, den Weg zu ausgedehnten, hell erleuchteten unterirdischen Galerien anzutreten, die wie vor Aktivität sprühende Wohn- und Gewerbezonen aussahen. Das Konzept der ganzen Anlage, die einer Kreuzung aus einem klassischen Pantheon, einem Einkaufszentrum und einer riesigen Hightech-Fabrik ähnelte, hatte zweifellos auf die Einschränkungen der marsianischen Umgebung Rücksicht nehmen müssen, schien jedoch mit einer Vision verwirklicht worden zu sein – etwas, woran es in allzu vielen UN-Einrichtungen außerhalb der Erde, die Penny besucht hatte, fehlte. Sie war gebührend beeindruckt, und das war zweifellos auch beabsichtigt.

Auf der Plaza gleich am Eingang hatte eine Gruppe von Funktionären in ordentlichen Reihen Aufstellung genommen, um die Delegierten der Vereinten Nationen zu empfangen. Soldaten in leichten, marsfarbenen Tarndruckanzügen standen Wache. Es gab sogar eine Reihe von Kindern in traditionellen Kostümen, die Bänder schwenkten und damit fantastische, vergängliche Niedrigschwerkraft-Skulpturen schufen, die in der Luft zu hängen schienen. Kameradrohnen schwebten über ihnen und fingen den Augenblick ein.

Das Hauptaugenmerk galt natürlich den Senioren. Als Vorstandsvorsitzender von UEI hatte Sir Michael King, jetzt zweiundachtzig Jahre alt, eine wichtige Rolle beim Zustandekommen dieser Konferenz gespielt, und er und seine gleichermaßen bejahrten Kolleginnen und Kollegen wurden von den chinesischen Funktionären persönlich begrüßt. Doch weitere Chinesen traten vor, manche in Uniform, viele in Zivil, und kamen auf die Besucher zu. Penny sah, dass jedem Mitglied ihrer Gruppe mindestens ein Assistent zugeteilt worden war.

Und tatsächlich löste sich ein junger Mann von den anderen und näherte sich ihr. »Colonel Kalinski?«

Penny bemühte sich, keine Miene zu verziehen; selbst jetzt, mit dreiundfünfzig Jahren, neigte sie noch dazu, vor individueller Aufmerksamkeit zurückzuweichen. »Ja.«

»Mein Name ist Jiang Youwei.« Er streckte ihr die Hand hin, und sie schüttelte sie. Jiang war groß, schlank, dunkel, gelassen. Er trug einen einteiligen Overall, funktionell, aber schick, ja geradezu elegant. Sie fand, dass ihre funkelnde IRF-Uniform dagegen irgendwie plump und protzig wirkte. »Ich bin vierundzwanzig Jahre alt; ich absolviere an unserer hiesigen Universität ein Masterstudium in theoretischer Physik und bin Ihnen für die Zeit Ihres Aufenthalts als persönlicher Assistent zugeteilt worden.«

Sein Englisch war fehlerlos, mit einem ganz leichten australischen Akzent, fand sie; vielleicht hatte er es von Muttersprachlern dieses Staates gelernt, der jetzt fest in den Großen Wirtschaftsverbund eingebettet war. Und – Herr im Himmel – er war fast dreißig Jahre jünger als Penny.

»Danke, aber ich komme ganz gut allein zurecht. Ich brauche wirklich keinen …«

»Es steht Ihnen frei, eine andere Begleitperson zu wählen, obwohl ich persönlich enttäuscht wäre. Immerhin habe ich mich freiwillig gemeldet. Ich habe mich eingehend mit Ihnen und Ihrer Schwester beschäftigt – das heißt, mit Ihrer Arbeit und Ihrem beruflichen Werdegang, soweit uns die entsprechenden Informationen zugänglich waren. Ich fürchte, die Option ›gar kein Begleiter‹ ist nicht verfügbar. Es gibt schließlich Sicherheitsprobleme.« Er lächelte ungezwungen. »Besser ich als einer von diesen Burschen mit den Waffen, Colonel.«

Sie musste lachen und gab nach. »In Ordnung. Also, was steht auf dem Programm?«

»Wir haben noch vierundzwanzig Stunden bis zum Beginn der offiziellen Sitzungen. Später gibt es Abendessen und so weiter. Es wird gewünscht, dass einige Mitglieder Ihrer Gruppe an Vorab-Pressegesprächen teilnehmen …«

»Ich nicht, dem Großen Galaktischen Ghoul sei Dank«, sagte Penny. King hatte ihr davon abgeraten; die öffentlichen Veranstaltungen seien formelle Tänze des Protokolls und der Etikette ohne ernsthaften Inhalt, und als reine wissenschaftliche Beraterin werde sie dort nicht gebraucht.

»Dann haben Sie frei.«

»Muss ich auspacken gehen?«

»Wenn Sie es wünschen. Ihr Gepäck wird gerade in Ihre Räume im Cao-Xi-Obelisken gebracht. Ich kann Sie dorthin bringen, wenn …«

»Mir geht's gut, glauben Sie mir. Das Jumboschiff, mit dem wir hierhergeflogen sind, war wie ein schickes Hotel. Nicht gerade das, was ich gewohnt bin. Und im Shuttle gab es sogar Kaffee. Ich glaube, ich bin fürs Erste genug verhätschelt worden.«

Er nickte. »Soll ich Sie dann herumführen?«

Sie tätschelte ihm den Arm. »Wenn ich Sie schon nicht loswerde, kann ich genauso gut Ihre Dienste in Anspruch nehmen.«

Er lachte, und sie kam zögernd zu dem Schluss, dass sie ihn mochte.

Mit einer Rolltreppe fuhren sie in ein Untergeschoss. Von dort aus führten weitere Gänge und Laderampen noch tiefer in den Marsboden hinab.

Dies schien in erster Linie ein Industriegebiet zu sein; durch Glaswände sah sie glänzende Fabriken, in denen Roboter und weiß gekleidete Menschen Seite an Seite imposante Maschinen zusammenbauten. Überall liefen Leute munter und geschäftig herum oder fuhren mit schnittigen Robot-Karren umher, und die Hallen waren von ihrem lauten Geplapper erfüllt. Auf dieser Ebene gab es nur wenige Wohngebäude, auch keine Schlafsäle, Schulen oder Krankenhäuser. Sie sah jedoch ein paar Geschäfte und Restaurants sowie Nudelbars, vor denen Arbeiter geduldig Schlange standen. Nirgends waren Anzeichen von Sicherheitsmaßnahmen zu entdecken – zumindest keine, die man auf Anhieb hätte erkennen können.

Jiang Youwei beobachtete sie diskret. »Das Gehen bereitet Ihnen keine Probleme, obwohl Sie neu auf dem Mars sind.«

»Sie haben doch gesagt, Sie wüssten über mich Bescheid.«

Er lächelte. »Ich weiß, dass Sie eine erfahrene interplanetarische Reisende sind. So viel ist allgemein bekannt. Sie haben den Mond, den Merkur und jetzt auch den Mars besucht. Ich selbst bin auf dem Mars geboren und aufgewachsen, hier in dieser Stadt, obwohl meine Eltern ursprünglich aus Neu-Beijing kamen. Diesen Planeten habe ich noch nie verlassen.«

»Tja, man lernt, sich an die Schwerkraft anzupassen, egal, wo man gerade ist. Auf dem Mond läuft man nicht so sehr, da hüpft man eher wie ein Känguru.«

»Kinder finden solche Sachen eigenständig heraus, so wie ich. Der menschliche Körper wählt instinktiv eine Minimalenergielösung für jede Fortbewegungsart, obwohl diese Lösungen auf jeder Welt anders sind.«

»›Minimalenergie‹, hm. Ich glaube, Sie sind wirklich Physiker.«

Sie blieben vor einem Fenster stehen, hinter dem Roboter und Menschen gerade damit beschäftigt waren, einen Gegenstand zusammenzubauen, eine lange, schwere, mit Warnaufklebern gepflasterte Röhre, die einer Rakete ohne Finnen ähnelte.

»Eine Grundwasserbombe«, sagte Jiang. »Oder zumindest das Trägersystem. Das spaltbare Material wird abseits der öffentlich zugänglichen Bereiche eingesetzt.«

»Das will ich hoffen. Es ist Bestandteil eures Terraformierungsprogramms, richtig? Die Entnahme von Wasser aus den wasserführenden Schichten.«

»Ja. Für den Zeitraum Ihres Aufenthalts sind aber keine Detonationen geplant. Und sie dürften sowieso nicht in solcher Nähe durchgeführt werden, dass sie ein Risiko für das Monument darstellen.«

Durch die Glasscheibe schaute sie hinein. »Du meine Güte. Ganz schön harter Tobak, und alles hier im Schaufenster – genau da, wo Würdenträger wie ich aus dem Bus vorbeispaziert kommen, um es zu sehen! Was für ein Zufall.«

Er lachte. »Ein bisschen Show gehört nun mal dazu. Das Hauptprodukt der Stadt ist aber abstrakter.«

»Sie meinen die Software- und KI-Technologie, die ihr zur Erde exportiert …«

Sie gingen weiter.

»Das ist eine bewusste Strategie, müssen Sie wissen. Früher war es eine Binsenweisheit, dass interplanetarischer Handel wegen der Transportkosten ein für alle Mal impraktikabel sein würde. Aber das stimmt nicht. Unsere Bergbauunternehmen im Asteroidengürtel verkaufen bereits Rohstoffe an UN-Staaten auf der Erde wie auch an Ihre Kolonien auf dem Mond, wie Sie wissen. Hier in Obelisk haben wir jedoch ein Exzellenzzentrum für die Software- und KI-Entwicklung geschaffen. Natürlich sind die Transportkosten für solche Produkte minimal, es geht ja nur um den Datentransfer.

Das war so geplant. Obwohl Fragen des Überlebens, der Resilienz und des Schutzes im Vordergrund standen, hat man in dieser Stadt von Anfang an grundlegenden Wert auf eine erstklassige informationstechnologische Infrastruktur gelegt. Unser Bildungswesen hat ein außerordentlich hohes Niveau; wir haben ein System, das Leistung belohnt und – nun ja …« Er lächelte bescheiden. »Man könnte es als Social Engineering bezeichnen, obwohl mir klar ist, dass dieser Begriff im Westen negativ konnotiert ist. Ich kann nur sagen, dass ich enorm davon profitiert habe, ebenso wie diese Gemeinschaft, die erhebliches intellektuelles Kapital angehäuft hat.«

Penny erblickte eine Zweierreihe von Schulkindern, die offenkundig eine Besichtigungstour durch den Bereich unternahmen. Sie gingen paarweise Hand in Hand, Jungen und Mädchen in leuchtend grünen Uniformen: grün, natürlich, damit sie auf dem Mars mit seiner Palette von Rostrot- und Brauntönen gut sichtbar waren. Sie starrten Penny ungeniert an – hier bekam man ansonsten wohl nur wenige westliche Gesichter zu sehen –, und sie lächelte mit Bedacht zurück.

»Ich wäre an einer Diskussion über das Wesen der Freiheit hier interessiert, bevor ich abreise«, sagte sie.

»Mit Vergnügen.«

# 52

2 1 9 3

Beth, Freddie und einige weitere Jugendliche packten ihre Rucksäcke und brachen nach Westen auf, um den See zu umgehen.

Die anderen schlugen ihr Lager auf, wie sie es immer taten: Sie richteten Feuerstellen ein, hoben Schutzräume und Latrinengräben aus, bauten ihre Tipis und Häuser auf. Die Transporter, für diese simplen Tätigkeiten von der KolE aus ihrer unmittelbaren Kontrolle entlassen, machten sich ans Werk, pflügten ein weiteres Stück arduanischen Bodens auf und legten Felder an, die groß genug für eine rasche Ernte waren.

Die KolE selbst rollte unterdessen zum See, wo es ausgedehnte Stängelbeete und Erbauer-Gemeinschaften mit ihren üblichen Kinderstuben, Haufen, Dämmen, Wehren und Fallen gab – fast wie bei den Erbauer-Projekten am *jilla*-See, dachte Yuri. Nichts deutete jedoch darauf hin, dass die hiesigen Erbauer den See insgesamt umzuleiten versuchten. Die KolE beobachtete die Erbauer geduldig, sah sich ihre Bauwerke an, kommunizierte sogar in ihrer Manipulatorarm-Marionetten-Erbauersprache mit ihnen.

Als Beth und die anderen vom See zurückkamen, gab Mardina ihnen eine Lagernacht frei, damit sie sich erholen, etwas essen und sich waschen konnten. Dann berief sie einen Kriegsrat ein.

Die Kerngruppe bestand aus Mardina, Yuri, Delga, Liu Tao und Mattock. Sie versammelten sich um eine Feuerstelle, in der kein Feuer mehr brannte, deren Fundamentplatten aus Basaltgestein jedoch noch heiß genug waren, um einen Topf Nesseltee zu erwärmen. Ein rundes Dutzend anderer Erwachsener versammelte sich in der Nähe, um zuzuhören; sie dösten, erledigten Routinearbeiten, und Kinder rannten zu ihren Füßen umher. Die anderen blieben weg, arbeiteten oder machten in der Hitze ein Nickerchen. Die KolE rollte ebenfalls herbei, schweigend und massiv, ihr Rumpf und die Manipulatorarme schmutzig vom Mutterboden, den sie bearbeitet hatte.

Endlich tauchten Beth und Freddie auf, nackt bis auf Streifen von Stängelrindenstoff um die Hüften und abgetragene Rindensandalen an den Füßen.

Beth schenkte sich graziös einen Becher Tee ein. Sie war jetzt zwanzig Jahre alt, und als sie sich bewegte, bemerkte Yuri, wie die Männer in der Gruppe auf ihre schlanke, anmutige Gestalt reagierten. Die Tätowierungen auf ihrer dunklen, schweißglänzenden Haut waren deutlich zu erkennen: Im Gesicht trug sie eine ähnliche Maske wie Delga, aber weniger streng und stärker stilisiert, und auf dem Rücken eine Art Sonnenrad, einen Proxima-ähnlichen Stern, der über einem nach oben gewandten menschlichen Gesicht hing. Mit ihrer Mutter hatte sie regelrechte Schlachten darüber ausgefochten; Mardina, die ehemalige Astronautin, assoziierte Tattoos mit Gangs, Drogen und Kriminalität. Aber die meisten Jugendlichen, vor allem die aus der Müttergruppe, die mit der Mode angefangen hatte, trugen Tattoos der einen oder anderen Art. Es war so ziemlich die einzige Kunstform, die sie ausüben konnten, und auf jeden Fall die einzige, deren Produkte sie auf ihrer endlosen Wanderung mitnehmen konnten. Yuri hatte sich aus dem Streit herausgehalten. Delga, das Postergirl der Tätowierten, hatte bloß gelacht.

»Also«, sagte Yuri auffordernd zu Beth. »Ihr seid früher zurück, als ihr dachtet.«

»Ja.« Beth saß in der Hocke da, nippte an ihrem Tee und schaute selbstsicher in die Runde. »Ihr wisst, wir hatten gehofft, den See ganz umrunden zu können. Wir sind von der Nordseite aus nach Westen gegangen, um den halben See herum, bis zum Südufer. Dort sind wir auf einen Fluss gestoßen, den wir nicht überqueren konnten, einen starken Strom, der aus dem höher gelegenen Gelände im Süden herunterkommt.«

Freddie fuhr fort. »Das Flusswasser strömt direkt in den See. Man konnte die Mischung der Farben sehen, den Schlamm, den es aufwirbelt.«

»Okay«, sagte Mardina. »Und kann man weiter nach Süden gehen?«

»Man könnte dem Flusstal folgen«, sagte Beth. »Aber es scheint ganz schön eng zu werden, und es gibt einen steilen Aufstieg.« Sie grinste Yuri an. »Da ist ein Wasserfall, Dad! Den solltest du sehen. Dahinter steigt der Boden dann einfach an, und da ist eine Art Wald. Nicht wie die Bäume zu Hause.« Damit meinte sie den Ort, wo sie geboren war, in der Nähe der imposanten Wälder des fernen Nordens. »Die hier sind klein, mit vielen vom Wind zerzausten Zweigen. Es ist heiß und dunstig. Ich kann mir nicht vorstellen, dass wir das Gelände dort jemals roden und dort leben. Aber …«

»Ja?«

Sie grinste. »Wir haben weitere Reifenspuren gesehen. Sie führen nach Süden, in diesen Dschungel hinein.«

»Da drin muss es irgendeine Basis geben«, sagte Mardina leise. »Eine technologisch hoch entwickelte Basis, die gemütlich an diesem zentralen Punkt des Planeten hockt, während wir anderen im Dreck scharren.« Sie warf einen Blick zum wolkenbedeckten Himmel hinauf. »IRF. Vermutlich aus dem Orbit versorgt. Vielleicht wird die Besatzung sogar durch die zurückkehrende *Ad Astra* oder ein anderes Schiff abgelöst. Herrje. Ich hatte die ganze Zeit recht. Sie sind nie weggegangen.«

Delga grinste. »Tja, also, wir gehen rein und sehen nach. Richtig?«

»Wenn ich etwas sagen darf, Mardina Jones …«, meldete sich die KolE zu Wort.

»Wann hätte ich dich jemals davon abhalten können?«, sagte Mardina.

»Es gibt noch einen weiteren Grund, in die Markzone hineinzugehen.«

»›In die Markzone‹, KolE?«, sagte Yuri.

»Verzeihung. Das ist der Ausdruck der lokalen Erbauer für den substellaren Punkt. Wahrscheinlich ein Ausdruck, der auf dem ganzen Planeten benutzt wird. ›Markzone‹ ist meine Übersetzung eines Ausdrucks, der sich auch auf den zylindrischen Kern ihrer Stängelkörper bezieht.«

Delga schnaubte. »Du hast schon wieder mit diesen klapprigen kleinen Scherzkeksen gesprochen. Was für eine Zeitverschwendung.«

»Dem kann ich nicht beipflichten«, erwiderte die KolE präzise. »Jedes Mal, wenn ich eine neue Gemeinschaft treffe, erfahre ich eine Menge. Ihre Sprache ist sehr alt und ziemlich statisch; ihre Kultur ist örtlich variabel, aber es gibt viele durchgängige Merkmale. Zum Beispiel der Begriff der ›Markzone‹. Das ist meine Interpretation einer komplexen Vorstellung … Für die Erbauer ist der Substellarpunkt das Zentrum der Welt, ein entscheidender Ort. Dennoch ist es auch ein verlorener Ort. Es ist ihr Garten Eden, Mardina Jones. Dort haben sie vor ihrem Fall gelebt, glauben sie. Es ist der Mittelpunkt ihres Bewusstseins. Das sind großenteils sehr alte Vorstellungen. Tief sitzende, weit zurückreichende Erinnerungen, wie Überbleibsel tierischer Abstammung. Ihr Menschen habt die Bäume, von denen eure Vorfahren einst herabgestiegen sind. Die Erbauer haben die Markzone.

Aber es gibt auch eine neuere Bedeutungsschicht. Diese lokalen Erbauer scheinen von Ereignissen jüngeren Datums zu sprechen. Sie sind zur Markzone zurückgekehrt, und zwar vor nicht allzu langer Zeit – warum, weiß ich nicht genau, aber bestimmt, um irgendeine Aufgabe auszuführen. Das ist es, was Erbauer tun. Sie haben dort gearbeitet. Doch nun sind sie ausgeschlossen worden.«

»Von dem IRF-Team da drin«, sagte Mardina grimmig.

»Vermutlich.«

Liu Tao meldete sich zu Wort. »Mich beschäftigt die Frage, wie wir hier leben werden.« Nach ihrem Aufbruch von der Konfluenz hatte Liu sich eine junge Frau genommen, eine Tochter von Dorothy Wynn, die ihm ein Kind geboren hatte, eine Tochter namens Thursday October – so benannt nach ihrem Geburtstag gemäß dem Erdkalender. Yuri hatte miterlebt, wie sich Lius Prioritäten nach der Ankunft des Kindes dramatisch verändert hatten. »Was immer wir wegen der IRF und der Markzone unternehmen wollen, wir sollten es endlich hinter uns bringen, damit wir von hier verschwinden können.«

»Dem würde ich beipflichten«, sagte die KolE. »Der Sternwinter wird nicht ewig dauern. Darauf weise ich schon seit einiger Zeit hin.«

»Das wissen wir«, sagte Yuri.

»Wenn die normalen Temperaturen zurückkehren, wird diese Region unbewohnbar werden …«

»*Das wissen wir.*« Mardina sah Yuri, Delga und sogar Mattock an, den ehemaligen Friedenshüter, der bei dem Gedanken, es könnte eine gut ausgestattete IRF-Basis auf diesem Planeten geben, von der man offenbar auch ihn ausgeschlossen hatte, ein überaus finsteres Gesicht machte. »Wir gehen wieder nach Norden«, sagte Mardina. »Aber erst, wenn wir nachgesehen haben, was in diesem Dschungel ist. Wir sind schon so weit gekommen. Erhebt jemand schwerwiegende Einwände dagegen?« Keine Antwort. Mardina stand auf. »Okay. Wir nehmen die Transporter, oder zumindest einen davon. Beth, Freddie, ihr habt die Gegend erkundet. Arbeitet eine Route aus, einen Weg hinein. Yuri, du kannst dir zusammen mit der KolE überlegen, wie wir's mit den Transportern machen wollen. Wir werden uns Zeit lassen. Uns gründlich vorbereiten. *Dann gehen wir rein*«, sagte sie gelassen.

»Wie steht's mit Waffen?«, fragte Liu. Er schaute von einem zum anderen. »Ich frage bloß.«

Delga lachte.

»Ist noch was von dem Tee da?«, fragte Mardina.

# 53

Der Erkundungstrupp wählte sich seine Teilnehmer weitgehend selbst aus.

Mardina und Mattock, die gestrandete Astronautin und der Friedenshüter, hatten die stärksten persönlichen Motive, auf die Suche nach etwaigen Hinterlassenschaften der IRF in der Markzone zu gehen. Mattock schlüpfte sogar in die Überreste seiner Friedenshüter-Uniform, obwohl es ihm darin viel zu warm sein würde. Delga und Liu kamen als Vertreter ihrer jeweiligen Fraktionen mit. Als gefangen genommener Chinese hatte Liu zwar noch weniger Anlass als die anderen, sich auch nur in die Nähe einer UN-Einrichtung zu begeben. Doch auch hinter ihm stand eine Gruppe – in etwa diejenigen, die einst die Herrschaft von Gustave Klein ertragen hatten –, und auch sie brauchte einen Repräsentanten.

Yuri musste mit, weil Mardina und Beth, die die Route ausgekundschaftet hatte, dabei waren. Wohin seine Familie ging, dorthin ging auch er.

Überraschenderweise nahmen sie auch eine Schar Erbauer mit. Die KolE überredete sie irgendwie dazu. Wenn die autoritären Menschen in der Markzone – ein Erbauer-Name für einen Erbauer-Ort – diese Einheimischen vertrieben hatten, war es vielleicht richtig, sie wieder dorthin zurückzubringen.

Die anderen Jugendlichen sahen zu, wie die Erwachsenen ihre Vorbereitungen trafen. Sie schienen der ganzen Sache ratlos und desinteressiert zugleich gegenüberzustehen; für sie war die IRF ein Hirngespinst ihrer Eltern, so irreal wie der Geist von Dexter Cole.

Der Trupp bewegte sich im Konvoi, die KolE und einer der stummen Transporter in der Mitte, die Menschen zu Fuß neben ihnen her. Sie trugen Rucksäcke mit Nahrung, Wasser und Waffen, obwohl die meisten Sachen auf der Ladefläche des Transporters lagen. Beth hatte die Führung übernommen; trotz der Hitze lief sie mit natürlichen, fließenden Bewegungen. Tom Mattock bildete die Nachhut. In seiner Friedenshüter-Uniform sah er lächerlich aus, sein kaputtes Bein behinderte ihn, und ihm wurde bald zu heiß.

Und ein kleiner Trupp von Erbauern – Yuri zählte neun, allesamt Erwachsene – folgte ihnen kreiselnd und hüpfend.

Am Südufer des Sees gelangten sie zu der Mündung, wo Beth und Freddie ihre versuchte Umrundung des Sees hatten abbrechen müssen. Der Fluss, den sie entdeckt hatten, strömte aus einem dichten, grünen Waldgürtel hervor, und Yuri glaubte, selbst aus dieser Entfernung – ein paar Kilometer – die feuchte Wärme zu spüren, die von dem Wald ausging.

»Schaut«, rief Beth und zeigte auf etwas. »Da sind die Spuren, die wir hinterlassen haben.« Ein halbes Dutzend Sätze menschlicher Fußabdrücke, einer davon barfuß, sah Yuri, schlängelten sich nach Süden.

Mardina grunzte. »Und daneben die da.« Sie zeigte auf Reifen- und Stiefelspuren, die aus dem Dschungel kamen. »Sie haben euch gesehen, Beth. Sie sind rausgekommen, um nachzuschauen.« Sie hob den Blick zum Dschungel. »Sie wissen, dass wir unterwegs sind.«

Liu zuckte die Achseln. »Das haben sie wahrscheinlich schon von Anfang an gewusst. Weshalb sollten sie sonst hier sein, wenn nicht, um uns zu beobachten?« Er warf einen kurzen Blick zum Himmel hinauf. »Wir Chinesen haben jede Menge Geheimsatelliten in der Umlaufbahn um die Erde und den Mars, die kein UN-Organ je gesehen hat. Umgekehrt ist es wahrscheinlich genauso.« Er winkte in die Luft. »Hi, Major McGregor!«

Sie gingen weiter. Mardina führte sie durch das Flusstal nach Süden. »Aber sie haben nichts unternommen«, sagte sie. »Vielleicht *können* sie nichts tun. Sie sind schließlich schon über zwanzig Jahre hier. Sachen gehen kaputt.«

»Oder sie wissen nicht, was sie unseretwegen unternehmen sollen«, wandte Yuri ein. »Ich meine, wir sollten eigentlich gar nicht hier sein, stimmt's?«

»Richtig«, bestätigte die KolE. »Die Gruppen hätten sesshaft werden sollen, wo sie abgesetzt wurden. Und außerdem hätte der Gürtel von Hitze und Trockenheit um diese Markzone herum jeden, der zu Fuß unterwegs ist, fernhalten sollen.«

»Aber niemand bei der IRF scheint einen wandernden See einkalkuliert zu haben«, erwiderte Yuri milde. »Oder einen Sternwinter.«

»Oder die menschliche Natur«, sagte Liu mit einem Grinsen. »Und schon sind wir da.«

Sie mussten eine Felswand hinaufklettern, vorbei an dem eindrucksvollen Wasserfall, von dem Beth Yuri erzählt hatte.

Nach ein paar Stunden erreichten sie schließlich den Randbereich des zentralen Waldes. Wie Beth es beschrieben hatte, waren die Bäume nicht wie diejenigen der großen Blätterdachwälder in den höheren Breiten, sondern kleiner, mit kräftigen, kurzen Stämmen und zahlreichen Blättern, die aus kurzen, dicken Zweigen sprossen. Aber ihre Stämme waren nur die üblichen überdimensionierten Stängel, die kurzen Zweige und kleinen Blätter zweifellos lokale Anpassungen an das turbulente substellare Wetter.

Mardina ließ sie haltmachen, bevor sie ins Innere des Waldes vordrangen. In der Nähe war ein mit Stängeln gefüllter Teich, und die Erbauer huschten in diese Richtung davon.

Sie parkten den Transporter und die KolE ein gutes Stück vom Wald und seinen unbekannten Gefahren entfernt und schlugen ihr Nachtlager auf. Sie machten Feuer, um Waschwasser zu erwärmen und Tee zu kochen, und bereiteten sich darauf vor, unter dem unveränderlichen grauen Himmel abwechselnd Wache zu halten.

Yuri fiel es schwer, in seinem schnell errichteten Tipi einzuschlafen. Anders als in den ständigen Lagern liefen hier keine kleinen Kinder herum, und niemand betrank sich mit Kleins Wodka. Friedenshüter Mattock schnarchte jedoch, als hätte man ihm die Kehle aufgeschlitzt. Und eine der verstümmelten KolEs gab unablässig kleine, leise Geräusche von sich, das Surren von Pumpen, das Zischen von Hydraulik, das gelegentliche Husten eines kleinen Motors. Yuris KolE gab der Lobotomie die Schuld, die dazu geführt habe, dass ihr »Unterbewusstsein«, jene halbautonomen Systeme, die die Infrastruktur des Transporters verwalteten, von lauter kleinen Fehlfunktionen befallen sei. Beth meinte, der Transporter habe Albträume. Die KolE sagte, das treffe wahrscheinlich zu.

Am nächsten Morgen packten sie ihre Sachen und machten sich bereit, in den fremdartigen Dschungel einzudringen. Beth, die schon früh auf den Beinen gewesen war und einen Erkundungsgang gemacht hatte, glaubte, einen Pfad gefunden zu haben.

Die KolE brachte ihren Sensor-Arm zum Einsatz und bestätigte es. »Fahrzeuge sind dort entlanggefahren und haben charakteristische Spuren hinterlassen – hie und da sogar schwache Radioaktivität –, obwohl man versucht hat, die Spuren zu verwischen. Trotzdem, es gibt einen Weg.« Sie stöpselte ihr Glasfaserkabel in den stummen Transporter, sagte: »Alle Mann an Bord«, und brach postwendend in den Dschungel auf, wobei sie ihren passiven Partner führte.

Yuri, Mardina und Beth stiegen auf die KolE, als sie losrollte. Mattock, Delga und Liu nahmen den Transporter. Die Erbauer folgten ihnen ohne erkennbare Besorgnis, hielten sich jedoch von der menschengemachten Spur fern und bahnten sich stattdessen selbst einen Weg durch das dichtere Unterholz.

Sobald sie in den Schatten der Bäume gerieten, trafen Yuri die stärker gewordene Hitze und die Feuchtigkeit wie ein Schlag; es war, als dränge man in ein riesiges Maul ein, und er war froh, dass er nicht zu Fuß gehen musste. Er hörte Mattock schnaufen, während er gierig Wasser trank.

Das Licht wirkte sonderbar flüssig, als würden sie sich durch einen trüben, von Per Arduas düsterem Grün gefleckten Teich arbeiten. Das Blätterdach war niedrig und ganz anders als das nahezu massive Dach des Waldes der hohen Breiten; die kleineren Blätter ließen jede Menge Licht bis zum Boden durch, wo gesundes Unterholz wuchs. Wenn Wind aufkam – er brachte den Reisenden keine Erleichterung, die sich bewegende Luft war selbst heiß und feucht –, schüttelten sich die kurzen, dicken Zweige der Bäume klappernd. Insekten oder deren hiesige Gegenstücke flatterten umher, groß wie Schmetterlinge, aber aus steckenartigen Stängeln und hauchfeinen Membranen bestehend. Sie landeten auf ihrer Haut, nur um offenbar enttäuscht davonzutaumeln, kamen jedoch immer wieder zurück und versuchten es erneut. Yuri nahm an, dass sie von ihnen heimgesucht werden würden, bis sie aus dem Dschungel herauskamen.

Und sie sahen tierisches Leben von teilweise eindrucksvoller Größe: stämmige Drachen in den oberen Zweigen der Bäume, kleiner als die in den Wäldern der hohen Breiten, aber kräftiger, zumindest für Yuris Auge, und kleinere, noch stärker wirkende flugunfähige Versionen, die über den Waldboden huschten. Ein großes Biest mit Propellerflügeln wie Samuraischwerter saß da und beobachtete sie mit vielen aufgerichteten Augenblättern, als sie vorbeikamen.

Beth hielt eine geladene Armbrust in der Hand. »Gefällt mir gar nicht, wie das aussieht.«

»Ich denke, wir müssen hier mit robusten Varianten des Lebens rechnen«, sagte die KolE, während sie vorwärts rollte. »Hier liefert Proxima mehr Energie als überall sonst auf dem Planeten. Ähnlich wie in den Wäldern, die früher einmal die irdischen Tropen bedeckt haben, gibt es hier jede Menge Chancen für das Leben, für die Artenbildung. Vielleicht haben sich die Drachen beispielsweise zuerst hier entwickelt. Einige sind dann möglicherweise in die Wälder der hohen Breiten gewandert und haben sich angepasst, während andere sich auf den Seen und Sümpfen angesiedelt haben. Noch andere sind vielleicht hiergeblieben und haben sich zu den flugunfähigen Raubtieren entwickelt, die wir gesehen haben.«

»Solange sie nicht versuchen, mich zu rauben«, murmelte Beth.

Regen fiel.

Einfach so. Das Unwetter zog weder herauf noch zog es ab; es brach ganz plötzlich über sie herein. Wasser rauschte senkrecht zwischen den Bäumen herab oder tropfte von Laub, das dem Trupp keinerlei Schutz zu bieten schien.

Sie waren alle sofort durchnässt. Und als das Wasser über den Boden zu strömen begann, mussten die Fahrzeuge schlitternd anhalten. Sie suchten Schutz, so gut sie konnten – unter den Bäumen, an die KolE gekauert. Beth legte den Arm um Mardina. Yuri hob das Gesicht in den Regen, weil er auf eine Linderung der Hitze hoffte, aber das Wasser war selbst warm und ein wenig salzig, wenn es ihm in den Mund lief, vielleicht aus einem salzigen Binnenmeer verdunstet.

Es gab einen gewaltigen Donnerschlag und einen Blitz, der den ganzen Wald zu erhellen schien.

Dann hörte der Regen ebenso plötzlich auf, wie er begonnen hatte. Trotzdem ergoss sich das Wasser noch in wahren Schwällen von den Bäumen, tropfte ihnen auf Rücken und Köpfe. Es wurde ein wenig heller, aber es gab kein direktes Sonnenlicht, keine Lücke in der Wolkendecke.

Mattock stöhnte.

Yuri schaute sich um. Der Friedenshüter hatte seine patschnasse Uniform bis zur Taille geöffnet. Er lag zusammengekrümmt im Schlamm und keuchte, als würde er ertrinken. Liu und Delga versuchten, ihn zu packen und auf den Rücken zu drehen.

Mardina schlug gegen den Rumpf der KolE. »Er ist krank. Tu was.«

Die KolE wendete schwerfällig, wobei eine Gischt aus wässrigem Schlamm und Laubresten aufspritzte, und rollte zurück. Mit einer gemeinsamen Anstrengung – »Eins, zwei, *drei!*« – hoben sie Mattock zu fünft vom Boden hoch und auf den Panzer der KolE. Sie legten ihn ausgestreckt hin und stopften ihm Ersatzkleidung unter den Kopf, während ihm die KolE mit ihren feinen Manipulatorarmen den Puls fühlte, seine Luftwege prüfte und mit einer feinen Sonde im Mund seine Temperatur maß. Dann öffnete sich eine Ausrüstungsbucht in der Flanke der KolE, und ein Infusionsschlauch schlängelte sich in Mattocks Oberarm.

»Also, was ist mit ihm, Autodoc?«, fragte Liu.

»Die Hitze«, knurrte Delga. »Was glaubst du denn?«

»Das stimmt«, sagte die KolE. »Ich glaube, er hatte einen leichten Herzanfall. Er braucht eine richtige Behandlung – seine Temperatur muss rasch reduziert werden …«

»Aber wir sitzen hier fest«, sagte Yuri. »Nach diesem Unwetter ist der Boden ein Teich. Wenn wir uns in Bewegung setzen, und sei es nur, um den Rückzug anzutreten, knallen wir bloß gegen einen Baum.«

Beth beobachtete das alles. »Dann brauchen wir Hilfe«, sagte sie und ging ein paar Schritte in den Wald hinein. Der Schlamm bespritzte ihre nackten Beine. »Das Spiel ist aus!«, rief sie. Ihre Stimme hallte durch den Wald, und von irgendwo kam ein vogelartiges Flattern, als ein aufgeschreckter Drachen davonflog. »Hey, ihr IFR-Typen!«

»IRF«, verbesserte ihre Mutter sanft.

»Wie auch immer. Wir wissen, dass ihr uns beobachtet. Also, ihr seht ja, wir sitzen fest. Mr. Mattock wird sterben, wenn ihr ihm nicht helft. Also kommt schon. Schluss mit euren dämlichen Spielchen. Kommt raus, ob ihr dazu bereit seid oder nicht. Er hat sogar seine hübsche blaue Uniform für euch angezogen …«

Und plötzlich das Krachen von Laubwerk, grelle Lichter. Ein Transporter – nein, eine Art Panzerwagen, dachte Yuri, wie ein aufgeblähter Marsrover – kam aus den Tiefen des Dschungels angerast. Er war eigentlich von trister, tarngrüner Farbe, trug aber die von Schlamm bespritzten Logos der Vereinten Nationen und der IRF. Sogar der Name der *Ad Astra* stand in sorgfältigen Lettern auf seiner Seite. Und Yuri sah Augen hinter einer Schutzbrille, die durch einen Fensterschlitz zu ihm herausspähten.

# 54

Der Rover kam nur ein, zwei Meter vor der KolE schlitternd zum Stehen und ließ den Schlamm aufspritzen. Beth zuckte zurück und versteckte sich hinter Yuri. Ihm ging durch den Kopf, dass sie als geborene Arduanerin noch nie ein Fahrzeug gesehen hatte, das sich so schnell bewegte.

»IRF«, sagte die KolE.

»IRF«, sagte Yuri.

»Sag ich doch«, sagte Mardina.

»Ich habe euch getäuscht«, gestand die KolE. »Nach all dieser Zeit ... Aber nicht mit Absicht. Ich wusste nicht, dass sie hier sind.«

»Sie haben dich ebenso angelogen wie uns«, meinte Yuri.

Die KolE verfiel in ein ominöses Schweigen.

»Später, KolE«, sagte Mardina. »Stürz uns jetzt nicht ab.«

Eine schwere Tür öffnete sich mit hydraulischem Zischen. Der Mann, der herauskam, schien Yuri in Anbetracht der Hitze viel zu dick angezogen zu sein, mit einem schweren Mantel und einer ebenso schweren Hose in den tristen grünen Farbtönen von Per Ardua, und er hatte einen weiteren dicken Mantel dabei. An der Hüfte trug er eine Waffe, sah Yuri, eine bösartig aussehende, deutlich sichtbare Faustfeuerwaffe. Er baute sich vor der Gruppe auf, die um den leidenden Mattock auf der KolE herumstand. Er sah aus, als wäre er mindestens siebzig. Das ergrauende Haar unter dem blauen Barett eines Friedenshüters war vom Schweiß an den Schädel geklatscht.

Yuri wusste, wer das war. »Friedenshüter Tollemache«, sagte er erstaunt. Jahrzehnte älter, schwerer, aber zweifellos Tollemache. »Ich dachte, ich hätte Ihre Gesellschaft auf dem Schiff schon zur Genüge genossen.«

Tollemache grinste höhnisch. »Schade, dass du nicht noch die blauen Flecken hast, die ich dir verpasst habe, du kleiner Scheißkerl. Ich kann nicht behaupten, dass ich froh wäre, dich wiederzusehen. Oder irgendeinen von euch Verlierern. Guter Gott, schaut euch bloß an, ihr seid ein Haufen Vogelscheuchen.«

Delga lachte ihn aus. »Erinnerst du dich an mich, Tollemache? Du schuldest mir Geld.«

»Verpiss dich. Welche von euch Sackratten ist die kranke Sackratte?«

Mardina starrte ihn wütend an. »Na, was glauben Sie wohl?«

Tollemache stapfte zur KolE hinüber, warf einen raschen Blick auf Mattock und legte ihm den mitgebrachten Mantel über. »Zieht ihm den Tropf aus dem Arm. Wir laden ihn in den Wagen und bringen ihn zur Basis.«

Sie machten sich ans Werk. Im Rover war eine Trage, die rasch auseinandergeklappt wurde, und unter Tollemaches brüsken Anweisungen gingen sie daran, Mattock ins Innere des Wagens zu heben. Die Wanderer mussten es selbst tun; Tollemache stand daneben, und niemand kam aus dem Rover, um ihnen zu helfen.

Das Innere des Rover war hell erleuchtet. Es roch nach Desinfektionsmitteln. Yuri sah, dass vorne, in einer verschlossenen Kabine hinter einem dicken Fenster, ein Fahrer saß. Mit großen Augen schaute sich Beth verwundert in dem Fahrzeug um. Mardinas Blick war komplexer. Verbittert vielleicht.

Voller aufkeimendem Zorn. Während sie sich in diesem sauberen, technisierten Raum mit dem schweren Körper des Friedenshüters abmühten, kam Yuri sich schmutzig und deplatziert vor.

»Ich verstehe nicht, wieso er ihm einen Mantel übergelegt hat«, gab Liu zu. »Wird ihm darunter nicht noch wärmer?«

»Diese Dinger habe ich schon früher gesehen«, sagte Mardina. »Tollemache trägt den gleichen. Er enthält Eis, ummantelt mit Isolierschichten.«

»Und eingebaute Kryo-Schaltkreise«, ergänzte Tollemache. »Wir sind für die Hitze ausgerüstet. Sie haben uns auch die richtige Nahrung mitgegeben: zusätzliches Vitamin C, wenige Kalorien, wenig Protein, viele Kohlenhydrate … Sie überwachen uns, die Autodocs, meine ich, sie messen ständig unsere Temperatur.«

»Mit einer Sonde in eurem Arsch«, sagte Delga. »Ich hoffe wirklich, sie haben euch eine Dauersonde in den Arsch geschoben.«

Tollemache ignorierte sie. »Jedenfalls war es leicht, seit dieser Sternwinter ausgebrochen ist, wie ihr es nennt. Nicht so wie zuvor.«

Yuri schnaubte. »›Wie wir es nennen.‹ Ihr hört alles mit, was wir sagen, nicht wahr?«

»Die KIs hören mit und filtern es. Bilde dir bloß nichts drauf ein, du Pfeife. So wichtig seid ihr nicht.«

»Ich hab's gewusst.« Mardinas Stimme wurde heiser vor Zorn. »Ich hab's gewusst, all diese Jahre. Ich hab's dir *gesagt*, Yuri.«

»Ja. Aber sie sind nie aus ihrer Schachtel rausgekommen, um dir zu helfen, oder?«

Tollemache zeigte auf eine Liege. »Schnallt ihn dort fest. Wir haben hier drin nicht genug Platz für euch alle. Zwei von euch können noch mitfahren. Die anderen gehen mit mir zu Fuß. Falls ihr Schritt halten könnt.«

Mardina und Beth stiegen hinten in den Rover. Die Türklappen schlossen sich nahtlos, und der Rover rollte zurück, wendete flott und fuhr in den Wald hinein.

Tollemache sah sie an, Yuri, Delga und Liu. Er zeigte in die Richtung, in die der Rover gefahren war. »Folgt dem Rover. Ich folge euch. Ich traue keinem von euch.«

Delga lachte ihn einfach aus. Sie ging mit Liu davon.

»Unsere KolE ...«, begann Yuri.

»Sie kann mitkommen. Die andere, die ihr kaputtgemacht habt, auch.«

»Das waren wir nicht – ach, zur Hölle damit.«

Während des Fußmarschs war Yuri bald wieder von drückender, sengender Hitze umschlossen, und er hoffte, dass es wirklich nicht allzu weit war bis zu Tollemaches Basis. Tollemache selbst schlug ein recht flottes Tempo an, aber Yuri fragte sich, wie viel ihm sein mit Eis ausgekleideter Anzug und all das tatsächlich nützten.

Hinter ihnen ertönte ein Klappern. Tollemache fuhr herum und zog seine Waffe. »Oh, die verdammten Lattenheinis.«

»Was? Du meinst die Erbauer. Wir nennen sie Erbauer.«

»Ich weiß, und es ist mir egal. Nervtötende kleine Mistkerle. Taugen nicht mal richtig für Schießübungen.« Aber er hob seine Waffe trotzdem.

So also waren die Erbauer aus ihrem Wald vertrieben worden. »Lassen Sie sie in Ruhe«, sagte Yuri plötzlich wütend. »Sie haben mehr Rechte, hier zu sein, als Sie, Friedenshüter.«

Tollemache grunzte, ging jedoch weiter.

»Sag mal, Tollemache«, rief Delga nach hinten. »Die *Ad Astra* ist längst weg, aber du bist noch hier.«

»Nicht die ganze.«

»Was?«

»Nicht die ganze *Ad Astra* ist weg. Ihr werdet schon sehen. Sie haben das Schiff geteilt und einen der Zylinder hier am Substellarpunkt abgesetzt.«

Und Yuri erinnerte sich, dass er das Schiff durch sein Teleskop gesehen hatte, als es noch in der Umlaufbahn gewesen war, mit nur einem einzigen Rumpf.

»Haben ihn in ein Dauerhabitat umgewandelt. Sie wollten euch Scheißer ja nicht ohne Überwachung rumlaufen und euch gegenseitig umbringen lassen, nicht wahr? Obwohl wir immer nur alles aufzeichnen. Ist eigentlich gar nicht so schlecht. Wir haben ein auf fünfhundert Jahre Betriebsdauer ausgelegtes Atomkraftwerk, warmes Wasser, Downloads von der Erde, alles. Sie haben Freiwillige dafür gesucht.«

Delga lachte. »Du hast dich tatsächlich freiwillig gemeldet, du Schwachkopf.«

Tollemache war nicht der Mann, der seinen Ärger verbarg. »Mach nur so weiter, dann steche ich dir ein neues Tattoo, noch bevor wir zur Basis kommen.«

»Aber du hast dich freiwillig gemeldet«, beharrte sie.

»Fünf Jahre. Das war der Deal. Sie haben ein weiteres Schiff gebaut, das sie losschicken wollten. Wir sollten nach fünf Jahren zur Erde zurückgeholt werden. Sie haben uns einen Wahnsinns-Bonus angeboten.«

»Aber sie sind nicht zurückgekommen«, sagte Delga.

»Unglaublich«, meinte Yuri nachdenklich. »Uns haben sie erzählt, das nächste Schiff käme erst in hundert Jahren. Also haben sie eher uns die Wahrheit gesagt als *euch*.«

Delga lachte erneut. »Wie ist es da drin so nach zwanzig Jahren, Tollemache? Schon die Pausentaste deiner Pornomaschine blank gerubbelt?«

»Fick dich doch ins Knie, du Echse in Menschengestalt – hey! Was, zum Teufel …?«

Undeutliche Bewegungen links von ihnen, ein Klappern wie von Essstäbchen.

»Das waren die Erbauer«, sagte die KolE ruhig. »Sie sind uns in einiger Entfernung gefolgt. Und jetzt …«

»… sind sie einfach abgehauen«, beendete Liu den Satz.

»Wohin?«

»Woher soll ich das wissen?«

»Sie schienen geradezu versessen darauf zu sein, tief im Innern dieses Waldes etwas zu finden«, sagte die KolE. »In einem Wald, aus dem sie für einige Zeit vertrieben worden waren, vergesst das nicht.«

Yuri musterte Liu.

»Also, schauen wir nach«, schlug Liu vor.

»Ja, verdammt. Komm schon, bevor wir sie verlieren!«

Sie verließen beide den Pfad und verschwanden geduckt im Wald.

»Hey!«, schrie Tollemache. »Kommt sofort zurück, ihr kleinen Scheißkerle!«

Yuri hörte Delga kichern.

Weiter vorn sah Yuri gerade noch so eben einen Erbauer kreiselnd dahinhuschen. Er rannte weiter, verlor ihn jedoch rasch aus den Augen. »Liu – wohin jetzt?«

»Nach rechts, glaube ich. Ich habe gerade – ja! Dort. Komm!«

Sie stürmten tiefer in den Wald hinein, brachen durch immer dichteres Laubwerk, liefen so schnell sie konnten, um die flüchtenden Erbauer nicht aus den Augen zu verlieren, und hängten die KolE ab. Aber Yuri wurde in der erstickenden Hitze rasch müde. In diesem dichten Wald, der von allen Seiten auf sie eindrang, verlor er jeden Orientierungssinn; unter dem bewölkten Himmel gab es keine Schatten, und die Sonne hätte ihnen sowieso nicht geholfen, den Weg zu finden. Yuri war bald durcheinander. Er hatte keine Ahnung, woher sie gekommen waren und wo sie sich gerade befanden.

Dann gelangten sie zu einer Lichtung.

Schwer atmend standen sie vor der letzten Baumreihe. Die kreisförmige, freie Fläche maß vielleicht zwanzig Schritt im Durchmesser. Dort wuchsen keine Bäume, aber der sumpfige Boden war von einem dichten Stängelbeet überwuchert.

Und die Erbauer waren da, alle neun, die mit ihnen vom See im Norden hierhergekommen waren. Kreiselnd und klappernd huschten sie über den schlammigen Boden und schleiften dabei Stängel weg. Hin und wieder trafen sich zwei oder drei von ihnen und kommunizierten auf ihre eigentümliche, tänzerische Weise miteinander.

»Wir brauchen die KolE«, sagte Liu atemlos. »Ich möchte wissen, worüber die reden, verdammt noch mal.«

»Keine Ahnung. Aber sie räumen die Stängel ziemlich schnell weg.«

Es schien nur Minuten zu dauern, bis ein Stück Boden, ein grobes Quadrat von vielleicht zehn Metern Durchmesser, freigeräumt worden war. Jetzt arbeiteten sich einige der Erbauer durch den freigelegten Schlamm, rotierend wie Propellerflügel. Andere hoben rasch eine Art Graben aus, der von dem zentralen Bereich wegführte. Es dauerte nicht lange, dann rann Wasser hindurch.

»Sieh dir das an«, sagte Liu. »Die legen dieses Stück Sumpf trocken.«

»Ja. Und sie graben im Schlamm. Schau nur, wie sie sich abrackern. Als hätten sie's eilig. Das ist es, wovon sie ferngehalten worden sind, schätze ich. Komm, helfen wir ihnen. Machen wir uns die Hände schmutzig.« Yuri ging in dem klebrigen Schlamm auf Hände und Knie und begann, an dem schweren Zeug zu zerren. Er schaufelte ganze Hände voll auf und schleuderte sie davon.

Liu grunzte, dann ließ er sich wachsam nieder. »Okay. Aber wenn mein Herz schlappmacht, hol Schwester Tollemache …«

Im Vergleich zu dem erstaunlich effizienten Gewirbel der Erbauer richteten die beiden Männer nur wenig gegen die Schlammschicht aus. Trotzdem war Yuri an der Stelle, wo er grub, bald einen guten Meter tief.

Und dann stieß er auf etwas Hartes unter dem Schlamm. Schockiert wich er zurück.

Er grub weiter und räumte einen kleinen Bereich frei. Es war eine ebene Fläche, hart und *kalt*, jedenfalls kälter als der darüber liegende Schlamm, kälter als die Luft auf der Waldlichtung. In wachsender Erregung holte er große Schlammklumpen heraus, bis er so etwas wie ein Stück Boden freigelegt hatte, völlig eben, grau und hart.

Liu starrte in das Loch. »Ich habe dasselbe gefunden. Was, zum Teufel, ist das? Irgendein Metall?«

»Ich weiß es nicht.«

»Ein *Artefakt?* Von Menschen geschaffen oder …«

Yuri zuckte nur die Achseln. Er hatte die Fragen hinter sich gelassen.

»Wieso weiß Tollemache nichts davon? Wenn sie's gefunden hätten, hätten sie's doch wohl schon längst ausgegraben.« Er lachte. »Oder es im UN Plaza auf einen Sockel gestellt.«

»Tollemache weiß nichts davon, weil er die Augen nicht aufgemacht hat. Sie müssen die Erbauer verjagt haben, statt sich anzusehen, was sie vorhatten.«

Er glaubte jetzt eine Rille zu sehen, eine feine Linie in der Oberfläche, so fein, dass sie nahezu unsichtbar war. Er fuhr sie mit dem Daumen nach, räumte den Schlamm weg, arbeitete sich auf den Knien rückwärts und legte ein weiteres Stück Rille frei. Sie schien sich allmählich nach innen zu krümmen. Er grub und grub, immer an der Rille entlang.

Bis Liu ihm auf die Schulter tippte. »Tritt mal einen Schritt zurück, Kumpel.«

Yuri stand auf, von Schlamm bedeckt, keuchend und schwitzend. Er hatte vergessen, wie heiß es war.

Und er sah, dass die Erbauer den Rest des Areals geräumt hatten, während er mit seinem unbeholfenen Graben beschäftigt gewesen war. Sie hatten einen metallischen Boden freigelegt, der noch mit Schlamm beschmiert war, aber im grauen Licht der Wolken glänzte. Es gab Einbuchtungen in der Oberfläche; sie ähnelten Strahlenkränzen von etwa einem Meter Durchmesser mit drei Spitzen – immer drei an einer Stelle, überall auf dem Boden.

»Da ist deine Rille«, sagte Liu und zeigte hin.

Es war ein perfekter Kreis von vielleicht drei Metern Durchmesser, eingeschnitten in den grauen Boden. Es lag auf der Hand, was das war. Eingelassen in den Boden dieser fremden Welt, nur den Erbauern bekannt, war es …

»Eine Luke«, sagte Yuri. »Wir haben eine Luke gefunden.«

# 55

Als Yuri, Liu und Tollemache schließlich zum Lagerplatz der Friedenshüter kamen, sahen sie den zweiten Rumpf der *Ad Astra* vor sich. Er lag im substellaren Wald auf der Seite. Nach mehr als zwei Jahrzehnten verschwand er fast zwischen den ausgewachsenen Bäumen, die sich um ihn drängten, sodass man ein Überbleibsel einer untergegangenen Zivilisation zu entdecken meinte. Die großen, geöffneten Tore eines Frachtraums am Heck gaben den Blick auf Garagen, Werkstätten und Lagerräume frei; Planen hingen über den Toren, um den Regen abzuhalten, festgezurrt gegen den Wind.

Der Fahrer hatte seinen Rover schon rückwärts in eine Bucht im Bauch des Zylinders gefahren. Die KolE war ebenfalls geparkt. Yuri sah, dass ihre Kameraaugen verlangend auf ihn gerichtet waren; sie wollte wissen, was sie gefunden hatten. »Später, Kumpel«, sagte er leise.

Eine mannsgroße Tür in der Flanke des Rumpfes wurde geöffnet, eine kurze Treppe zum Boden herabgelassen. Auf ein Zeichen von Tollemache hin stiegen Yuri und Liu die Stufen hinauf.

An der Tür hielt Yuri inne. Die Außenhaut des Zylinders war von einer Anti-Impakt-Schicht überzogen, auf der noch immer die Logos der UN und der IRF sowie Hinweis- und Warnsymbole für die Betankung und die Elektrik prangten. Die Verkleidung selbst war vergilbt und von einer Vielzahl kleiner Löcher punktiert, als hätten sich Insekten hineingebohrt. Dies war ein von Menschen geschaffenes Konstrukt, das von einem Stern zu einem anderen gereist war. Und jetzt lag es hier, begraben im Dschungel einer fremden Welt. Manchmal fühlte sich Yuri wirklich, als wäre er aus seiner Zeit gefallen.

Mardina und Beth kamen mit schnellen Schritten durch einen kurzen Gang zur Tür, um sie zu empfangen. Beth grinste, die Augen aufgerissen. »Wow, Dad! Schau, was wir gefunden haben!«

»Wartet, bis ich euch erzähle, was *wir* gefunden haben …«

Aber Tollemache wartete hinter ihnen. »Beweg dich, du Arschloch.«

Yuri lachte nur. Tollemache war merklich gereizter, seit Yuri und Liu ihn auf dem Rückweg getroffen und ihm von der Luke erzählt hatten – eine spektakuläre Entdeckung in fußläufiger Entfernung, die vor Jahren vielleicht sogar sein Ticket für die Rückkehr zur Erde hätte sein können, ihm aber vollständig entgangen war. Kein Wunder, dass er sauer war. Yuri ging weiter und folgte Liu durch die Tür.

Das Innere des Zylinders war in ein helles, seelenloses Neonlicht getaucht, an das Yuri sich von den Jahren seines interstellaren Fluges her nur allzu gut erinnerte. Und als sie die Tür schlossen, wurde es rasch *kühl*, so kühl, dass Beth bald fröstelte.

Sie wurden in einen großen, zentralen Raum geführt, in dem ein Tisch mit drei Stühlen stand. Ein älterer Mann in IRF-Uniform schleppte hastig weitere stapelbare Stühle aus einem Lager herbei. »Willkommen«, sagte er. »Ich bin Brady, Lieutenant Brady.«

»Ich bin ebenfalls Lieutenant«, sagte Mardina.

»Ich weiß, Lieutenant Jones. Ich erinnerte mich an Sie. Meine Beförderung ist jüngeren Datums.«

Mardina warf Yuri einen Blick zu und hob die Augenbrauen. *Jüngeren Datums?*

Der Rover-Fahrer kam durch eine andere Tür herein. Es war das erste Mal, dass Yuri den Mann ohne eine Glasscheibe zwischen ihnen sah.

»Und das ist Major Keller«, sagte Brady. »Jay Keller. Ebenfalls erst vor Kurzem befördert.«

Keller war um die fünfzig, Brady vielleicht sechzig, dachte Yuri. Ihre Uniformen waren ausgesprochen adrett.

Sie standen alle verlegen herum. Dieser große, fleckenlos saubere Raum im Innern des Rumpfes mit seiner gekrümmten Decke ähnelte einem hell erleuchteten Saal. Nach seinen Jahren im Weltraum war er offenkundig umgerüstet worden. Man hatte einen ebenen Gitterboden aus ehemaligen Trennwänden eingebaut, unter dem sich ein Lagerraum verbarg. Yuri sah Etagenbetten in abgeteilten Bereichen, eine Art Kombüse, eine Kommunikationskonsole und vielleicht sogar ein Laborareal. Ein riesiger schwarzer Bildschirm beherrschte einen ganzen Bereich; davor standen Sofas. Die Ventilatoren und Pumpen der Klimaanlage summten eifrig. Sie befanden sich im Innern einer riesigen, glänzenden Maschine, so als wären sie wieder im Weltraum.

In dieser Umgebung sahen die sechs mit Schlamm bespritzten Wanderer in ihrer Rindenkleidung wie Ureinwohner aus dem Dschungel aus. Beth schaute sich mit großen Augen um, in denen sich das Neonlicht spiegelte.

Und Keller und Brady starrten sie an, ihren wegen der Dschungelhitze nur spärlich bekleideten Körper.

»Meine Tochter«, sagte Yuri.

»Und meine«, sagte Mardina mit schwerer Stimme.

Keller und Brady sahen sich an und wandten den Blick ab.

Beth schien es nicht weiter zu beachten. »Ich fand ja diesen Wagen schon toll. Aber *das hier* …«

Mardina umarmte sie. »Willkommen in meiner Welt, Herzblatt.«

Brady rührte sich und löste die Spannung. »Bitte. Setzt euch. Ihr könnt euch vorstellen, dass wir hier nicht allzu viele Gäste haben.«

Tollemache grunzte. »Diese Arschlöcher sind keine Gäste.« Er streifte seinen mit Eis gefüllten Mantel ab und öffnete seine Uniformjacke. Eine zottige Schicht grauweißer Stoppeln bedeckte sein fleischiges Gesicht. »Es sind Illegale, vergesst das nicht. Sie hätten bleiben sollen, wo wir sie abgesetzt haben. Sie sollten gar nicht hier sein.«

Brady lächelte. »Na ja, Parry, Sanchez, Britten und Sen hätten ebenfalls dort bleiben sollen, wo sie waren, aber sie sind längst weg. Komm schon, Conan. Nach all dieser Zeit sind wir alle bloß Menschen, die zusammen auf einer fremden Welt sind, stimmt's?«

Tollemache schüttelte nur den Kopf und ging davon. »Herrgott noch mal, ich muss scheißen.«

»Setzt euch, bitte«, sagte Brady erneut. »Möchtet ihr etwas zu trinken? Wir haben Orangensaft …«

Weiter kam er nicht. »*Orangensaft?*«, rief Liu. »Ihr habt *Orangensaft?*«

Keller und Brady tischten ihnen rasch eine Art Frühstück auf, Haferflocken mit Milch, ein überzeugendes Frühstücksspeck-Imitat, Toast, Orangensaft und Kaffee.

Mardina stürzte sich auf den Kaffee und trank eine Tasse nach der andern. »Ich wusste gar nicht, wie gut es sich anfühlen kann, wieder mit dem Saufen anzufangen.«

Liu aß, bis er Bauchschmerzen bekam, wie er sagte. Beth naschte nur; das Essen schien ihr zu nahrhaft zu sein.

»Ich nehme mal an, das Zeug kommt nicht aus einer eisernen Kuh«, sagte Liu.

»Oh, wir haben all das«, sagte Keller. »Aber sie haben uns auch eine Masse Vorräte hier gelassen, und das Recycling funktioniert immer noch ziemlich gut. Das System war eigentlich für acht Personen gedacht; selbst jetzt gibt es noch mehr als genug für drei.«

Mardina runzelte die Stirn. »Acht?«

»Vier Männer, vier Frauen«, sagte Tollemache, der aus einem Badezimmer kam und seinen Reißverschluss zuzog. »Die Frauen sind im siebten Jahr abgehauen.«

»Kann mir gar nicht vorstellen, warum«, sagte Mardina leise und wandte den Blick von ihm ab.

»Sind einfach mit einem der Rover in den Scheiß-Dschungel gefahren. Haben nie wieder was von ihnen gehört. Sind wahrscheinlich alle längst tot. Von da an waren wir nur noch zu viert.«

»Whitstable ist an Krebs gestorben«, sagte Keller. »Vielleicht erinnern Sie sich noch an ihn, Lieutenant?«

Mardina hob die Schultern.

Delga grinste. »Ich habe von eurem Freund hier gehört, dass ihr euch freiwillig für diesen Einsatz gemeldet habt, stimmt's? Ihr habt der IRF tatsächlich geglaubt, dass sie zurückkommen und euch holen würde.«

»Es sollte einen Bonus geben«, verteidigte sich Brady. »Beförderungen.«

»Na, die scheint ihr ja zumindest gekriegt zu haben.« Liu lachte jetzt. »Wie das, hat der Chef der IRF persönlich euch aus vier Lichtjahren Entfernung angerufen?«

»Und die ganze Zeit«, sagte Mardina, »habt ihr uns überwacht. Die Kolonisten.«

»Wir haben's versucht. Aber ihr seid ja alle ständig durch die Gegend gezogen …«

Mardina rümpfte die Nase. »Uns hat man erzählt, wir wären hier auf Per Ardua auf uns selbst gestellt.«

»Der Planet heißt Prox c«, erklärte Tollemache mit steinerner Miene.

»Uns hat man erzählt, es gäbe keine IRF-Präsenz. Und es gäbe für die nächsten hundert Jahre auch keine Versorgungsflüge und keine Besuche.«

»Na klar haben sie euch das erzählt«, sagte Brady. »Damit ihr euren Job so erledigt, wie sie's von euch erwarten. Babys machen und Prox c mit kleinen UN-Bürgern füllen, bevor die Chinesen herkommen.«

»Ja«, sagte Mardina bitter. »So wie sie euch erzählt haben, was ihr hören wolltet. Damit ihr *euren* Job erledigt.«

Brady versteifte sich. »Ich denke, wir haben unsere Moral unter den gegebenen Umständen recht gut aufrechterhalten.«

»Wir liefern unsere Berichte ab«, sagte Keller. »Monatlich oder öfter, wenn etwas passiert. Die Wissenschaftler auf der Erde interessieren sich für den variablen Sternwinter, der gerade im Gange ist.«

»Und wir kriegen Antworten«, sagte Brady. »Ich meine, es gibt eine vierjährige Lichtverzögerung in jeder Richtung, aber immerhin kriegen wir welche.«

Liu grinste. »Und deshalb zieht ihr eure Uniform an und spielt vor der Kamera die braven Jungs für die Bosse, die euch im Stich gelassen haben. Weil brave Jungs vielleicht doch noch mal abgeholt werden. Richtig?«

»Tatsächlich zeigt unser Logbuch …«

»Ich wette, es zeigt nicht, was im Dunkeln vor sich geht«, sagte Delga. »Wenn ihr diese großen Scheinwerfer ausmacht und in eure Kojen kriecht. Wir alle brauchen Trost.«

»Halt's Maul«, sagte Brady.

»Wer von euch hält denn den Arsch hin?« Delgas Stimme war ein schlüpfriges Zischen.

Ganz plötzlich war Tollemache hinter ihr. Er schlang ihr seinen dicken Arm um den Hals und drückte zu. Obwohl sie eindeutig keine Luft bekam, lächelte Delga irgendwie weiter.

»Lassen Sie sie los, Friedenshüter«, sagte Liu.

»Merk dir eins«, zischte Tollemache Delga ins Ohr, »wir sind diejenigen mit den Knarren. Vergiss das nie.« Dann ließ er sie los.

Hustend sackte sie nach vorn. Beth lief zu ihr und rieb ihr den Rücken, damit sie besser atmen konnte.

Sie setzten sich vorsichtig wieder an den Tisch. »Tja«, sagte Liu, »da hockt ihr nun all die Jahre in dieser Blechbüchse, und die ganze Zeit liegt die Entdeckung des Jahrhunderts direkt vor eurer Nase, nur eine Stunde Fußmarsch durch den Dschungel entfernt.«

Brady runzelte die Stirn. »Wovon redet er?«

Yuri erzählte ihnen von der Luke.

# 56

Sie ruhten sich ein paar Stunden aus. Sie aßen noch mehr IRF-Nahrung.

Sie *duschten*, zum ersten Mal, seit sie vor all diesen Jahren aus der *Ad Astra* geworfen worden waren. Mardina schien gar nicht wieder aufhören zu wollen. Yuri konnte den Gestank der Seife nicht ertragen. Beth hasste es offensichtlich, sie hasste es, in dieser Schachtel aus Metall und künstlichem Licht zu sein. Yuri verspürte einen Anflug von Traurigkeit. Wahrscheinlich würde sie niemals lernen, den für die hoch entwickelte Zivilisation der Erde üblichen Komfort zu genießen, mit dem er und ihre Mutter aufgewachsen waren; man konnte sie nicht verwöhnen. Aber schließlich hatte sie ihre eigenen Vergnügungen, ihren eigenen Platz hier auf Per Ardua.

Dann – keiner von ihnen verspürte den Wunsch zu schlafen – bildeten sie einen Trupp, der sich die Luke noch einmal ansehen sollte. Was gab es sonst zu tun?

Tollemache sagte, er werde die Führung übernehmen. Vermutlich wollte er irgendwie kompensieren, dachte Yuri, dass er ihn und Liu Tao zuvor hinter den Erbauern herlaufen und »seine« Entdeckung hatte machen lassen. Yuri würde als einer der beiden ursprünglichen Entdecker mitkommen, um sicherzugehen, dass sie den Rückweg zu der Lichtung fanden. Diesmal wollte Mardina auch dabei sein. Und Beth kam ebenfalls mit, da ließ Mardina nicht mit sich reden; sie hatte die Blicke gesehen, die diese seltsamen, obsessiven alten Besatzungsmitglieder in ihrer rostigen Röhre im Dschungel gewechselt hatten, und war nicht bereit, ihre Tochter auch nur für eine Sekunde aus den Augen zu lassen.

Sie würden auch die KolE mitnehmen. Yuri argumentierte, dass ihre Fähigkeiten als Übersetzerin der Erbauersprache von entscheidender Bedeutung sein könnten; immerhin waren es die Erbauer, die ihn und Liu überhaupt erst zu der Luke geführt hatten.

Tollemache erklärte sich einverstanden, wenn auch nur widerwillig. »Übersetzerin? Das Ding soll Gras fressen und Burger kacken, basta. Und die Scheiß-Lattenheinis sind einfach bloß Scheiß-Lattenheinis. Was, zum Teufel, ist da draußen bloß mit euch allen passiert?«

Tollemache fuhr den Trupp im IRF-Rover, geführt von Yuri, mit Beth und Mardina an Bord. Er walzte das Unterholz platt und fuhr sogar ein paar ausgewachsene Bäume nieder, um einen Weg für die KolE zu bahnen, die selbstzufrieden hinterdrein rollte.

Für Yuri war es beinahe wohltuend, aus dem Zylinder herauszukommen und wieder die dichte, feuchte, warme, würzige Luft von Per Ardua zu atmen. Es war nicht eben so, als wäre er hier draußen zu Hause. Aber immer noch eher als im Kadaver seines ehemaligen Gefängnisschiffes.

Als sie die Stelle erreichten, parkte Tollemache den Rover, und sie betraten die Lichtung. Mit ausgestreckter Sensorkapsel rollte die KolE leise hinterher und untersuchte den Boden.

Die in ihre Platte auf der Lichtung eingelassene Luke sah noch genauso aus, wie sie sie verlassen hatten.

Tollemache trug erneut seinen mit Eis gefüllten Mantel. Er hatte eine Kameraeinheit auf der Schulter und hielt ein Sensorpaket in der Hand. Beide Geräte waren mit der Basis im Zylinder verbunden. »Nur um alles offiziell festzuhalten«, sagte er.

Mardina schnaubte. »Oder damit Sie die *offizielle* Anerkennung einheimsen können.«

Yuri wollte die Führung übernehmen, aber Mardina berührte ihn am Arm und bedeutete ihm, Beth vorgehen zu lassen.

Beth trat allein auf die hellere Lichtung, ohne sichtbare Furcht. Sie blieb vor der Luke stehen, schaute sich um, betrachtete den Lukendeckel mit den seltsamen dreifiedrigen Strahlenkranzmarkierungen. Eine heiße, feuchte Brise zerzauste ihr die kurz geschnittenen Haare.

»Ich habe keine Ahnung, was jetzt in ihrem Kopf vorgeht«, sagte Yuri leise zu Mardina. »In letzter Zeit sind so viele neue Dinge auf sie eingestürzt. Wie kann sie das alles verarbeiten? Es muss ihre Welt doch in Stücke schlagen.«

»Sie ist schon ihr ganzes Leben lang unterwegs«, erwiderte Mardina. »*Alles* war neu für sie. Genauso wie für uns. Ich denke, sie kommt schon klar. Und schau …«

Fast schüchtern kamen Erbauer vom Waldrand in der Umgebung der Luke hervor. Einer nach dem anderen umrundeten sie die Luke und kletterten mit vorsichtigen Pirouetten über die Hügel aus Erdreich, die sie beim Ausgraben der Luke zuvor aufgehäuft hatten. Yuri zählte sieben, acht, neun von ihnen. Kreiselnd und ihre Stängelgliedmaßen schüttelnd kamen sie zu Beth, kommunizierten in der für die Erbauer typischen Tanzsprache mit ihr. Beth reagierte, wie sie es von Kindesbeinen an instinktiv gelernt hatte, mit einfachen Schritten und Drehungen, die ebenfalls freundliche Willkommensbotschaften aussandten.

Tollemache zeichnete das alles auf. Er schüttelte den Kopf. »Es gibt wirklich nichts, was es nicht gibt.«

Yuri ignorierte ihn. »KolE, hast du irgendwas?«

Die KolE fuhr mit der Sensorkapsel am Ende ihres langen Manipulatorarms über dem Boden hin und her wie mit einem schweren Köder an einer Angel. »Es gibt Indizien für umfangreiche Arbeiten in der Umgebung, Yuri Eden. Meine geophysikalischen Untersuchungen zeigen das deutlich und auf vielfältige Weise, auch wenn es für das bloße Auge unsichtbar ist. Wie du siehst, ist das Gebilde, das ihr ›die Luke‹ nennt, in eine größere Fläche aus … einem Metall eingebettet, das ich nicht identifizieren kann. Irgendeine Legierung. Bitte Beth Eden-Jones aufzustampfen.«

»Was?«

»Bitte sie, mit dem Fuß aufzustampfen. Das ist eine simple Aufforderung.«

Yuri war verblüfft, aber Mardina gab die Aufforderung ungeduldig weiter.

Beth machte ebenfalls ein verdutztes Gesicht, trat aber in ihren Rindensandalen vorsichtig auf die graue, glänzende Fläche. »Glitschig ist es nicht«, sagte sie und bewegte den Fuß dabei prüfend hin und her. »Obwohl es glatt aussieht.« Sie hob den rechten Fuß und stampfte einmal, zweimal auf. Dann sprang sie ein paarmal hoch und ließ die Füße auf die Fläche knallen. Zu ihrem Entzücken ahmten die Erbauer sie nach; sie bogen ihre großen Stützstängel, um hochzuspringen, und landeten klappernd wie hölzerne Spielzeuge.

»Danke«, sagte die KolE leise. »Jetzt habe ich akustische und seismische Daten. Die Luke und das Gebilde, in das sie eingebettet ist, sind nicht dick. Ein paar Zentimeter, nicht mehr. Und darunter kann ich nichts entdecken. Ich meine, es gibt keine Hohlräume im Boden.«

Mardina schien vor einem Rätsel zu stehen. »Und was bedeutet das? Keine außerirdische Schatzkammer?«

»Offenbar nicht.«

»Wozu ist das alles dann da?«

»Das müssen wir noch herausfinden … Wie gesagt, es gibt umfangreiche Spuren von Arbeiten im Boden um die Platte, deren Kernstück die Luke ist, wie auch im Boden weiter draußen. Sehr alte Spuren, sollte ich hinzufügen. Wenig mehr als Flecken im Erdreich, Verfärbungen.« Die Sensorkapsel streifte den Boden, als würde sie daran lecken, und beförderte praktisch unsichtbare Proben zu einer offenen Klappe im Rumpf der KolE. »Und ich entdecke Spuren der hiesigen fotosynthetischen Chemie, aber in stark modifizierter Form.«

»Infolge technischer Eingriffe?«

»Ich glaube schon. Als hätte es hier früher einmal eine ausgedehnte Sonnenfänger-Anlage gegeben. Dieser Substellarpunkt wäre ja auch der logische Platz dafür, denn die Energieausbeute des Proxima-Lichts ist in dieser Region am größten. Aber es gibt auch Hinweise auf technisch weitaus anspruchsvollere Arbeiten. Spuren von Bauwerken. Störungen, wo Fundamente gelegt wurden. Löcher, in denen einmal Pfosten steckten. Daraus lässt sich ableiten, was hier einst gebaut wurde. Mithilfe einer Tafel könnte ich grafische Rekonstruktionen herstellen, oder …«

»Sag's uns einfach.«

»Die Bauwerke ähneln Erbauer-Haufen und Schutzräumen, aber in vielen verschiedenen Größen und etlichen detaillierten Formen. Außerdem sind sie viel massiver. Und es gibt noch andere Merkmale – schmale Wege aus komprimierter Erde, die Trampelpfade gewesen sein müssen, breit genug für einen Erbauer. Im Erdreich habe ich auch Spuren hoch entwickelter Technologien gefunden. Chemische und metallische Verbindungen, auch einige, die ich nicht sofort identifizieren kann. Zudem Spuren früherer Radioaktivität, oder zumindest einer strahlungsreichen Umgebung. Dazu Hinweise auf hohe Energien; es gibt hier Spuren schwerer Elemente im Boden, die ich sonst nirgends auf dem Planeten gesehen habe. Das Ganze ist dreiersymmetrisch angelegt, und …«

»Erbauer«, sagte Mardina. »Ich kapier's nicht. Wir haben die Erbauer doch gesehen, auf der ganzen Strecke bis zum Landeplatz des Shuttles. Wir haben sie beobachtet. Sie benutzen Werkzeug, sie organisieren ihre Projekte. Sie haben den verdammten *jilla* über den halben Planeten versetzt. Aber sie haben nur Steinwerkzeug. Sie errichten Dämme mit Stücken ihrer eigenen Körper. Sie haben mehr Ähnlichkeit mit Bibern als mit menschlichen Ingenieuren … Oder nicht?«

»Diese Arbeiten hier sind ausgefeilter und viel imposanter als alles, was wir bisher von ihren Aktivitäten gesehen haben«, sagte die KolE. »Und natürlich auch technisch auf einem viel höheren Niveau. Aber die Signatur des Erbauerkörpers ist überall.«

»Okay, KolE, ich glaube dir.« Yuri schaute sich um und versuchte es sich vorzustellen. »Es gab hier also eine Gemeinschaft von Erbauern. Sie haben eine Sonnenfänger-Anlage und andere Dinge gebaut, und zwar mit einer Technologie, die weit höher entwickelt war als alles, was sie jetzt haben. Das ist so lange her, dass hier kaum noch etwas von ihrem Werk übrig ist. Die Zivilisation ist untergegangen, stimmt's?«

»Ich würde keine voreiligen Schlüsse ziehen«, warnte die KolE. »Sie haben Stellarenergie gesammelt. Wozu?«

»Um etwas noch Exotischeres zu erschaffen«, vermutete Mardina.

»Ja«, sagte die KolE. »Ihr habt die Beweise ja offenkundig vor euch, in Form der Luke und exotischer Verbindungen im Erdreich. Es ist seltsam, dass wir nur diese eine Stätte gefunden haben. Zugegeben, wir haben den Planeten nicht umfassend untersucht, aber man sollte doch meinen, dass eine Hochtechnologie-Kultur überall Spuren ihres Niedergangs hinterlassen hätte, nicht nur diese eine Anlage hier …«

Tollemache grunzte. »Wartet ab, bis sie richtige Wissenschaftler herholen, dann kriegt ihr vielleicht ein paar vernünftige Antworten. Aber nicht von diesem besseren Traktor hier.«

Die KolE ließ ihre Sensorkapsel zu Boden sinken, als würde sie sich mit einer Verbeugung unterwerfen. »Dem kann ich nicht widersprechen, Conan Tollemache. Für solche Arbeiten bin ich nicht speziell ausgerüstet.«

Zum ersten Mal, seit sie hergekommen waren, ergriff Beth das Wort. »Soll das etwa heißen, wir sollen acht Jahre warten und alt werden und wahrscheinlich sogar *sterben*, bevor jemand irgendwas unternimmt?«

Yuri musste lächeln. »Und was würdest du vorschlagen?«

Beth machte eine Handbewegung. »Dass wir die Luke öffnen, das ist doch klar.«

Mardina nickte. »Aber da gibt es zwei Probleme, Schätzchen. Erstens, sie führt nirgendwohin. Du hast gehört, was die KolE gesagt hat. Es ist nichts darunter.«

»Kann sein«, sagte Yuri, »aber Beth hat recht. Das ist offensichtlich eine Luke. Was macht man mit einer Luke anderes, als sie zu öffnen?«

»Okay«, sagte Mardina mit erzwungener Geduld, »aber das wirft mein zweites Problem auf. *Wie* öffnen wir sie? Seht ihr so was wie einen Griff? Ein Rad, das man drehen, ein Kombinationsschloss, das man ausprobieren kann?«

»Ja«, sagte Beth sofort. Sie trat auf die Luke und ging zu einer der strahlenkranzförmigen Einbuchtungen. »Seht euch diese Furchen an. Drei Stück, jede, na, einen knappen Meter lang?

Und diese dicke Einbuchtung im Zentrum. *Seht* ihr nicht, wozu die da sind? Also, angenommen, ich wäre ein Erbauer …«

Und sie legte sich rücklings auf einen der Furchen-Sätze, die Arme auf zehn Uhr und zwei Uhr ausgestreckt, die Beine zusammen auf sechs Uhr.

»Scheiße, sie hat recht«, murmelte Tollemache.

»Diese kleinen Einkerbungen sind für Erbauer vorgesehen«, sagte Beth. »Zählt sie. Neun Einkerbungen in dieser Fläche, alle innerhalb der Rille. Denkt ihr, es ist ein Zufall, dass uns genau *neun* Erbauer hierherbegleitet haben? Die wissen schon, was zu tun ist. Wir müssen sie bloß machen lassen.«

»Warte.« Mardina trat vor, als wollte sie den Erbauern den Weg versperren. »Sind wir sicher, dass wir das wollen? Wir wissen nicht, womit wir es hier zu tun haben. Wir wissen nicht, welche Gefahr von diesem Ding ausgeht.«

Tollemache trat einen Schritt zurück. »Das stimmt. Euer Traktor da drüben hat davon gesprochen, dass hier gewaltige Energien eingesetzt worden sind. Was, wenn es eine versteckte Bombe ist?«

Yuri grinste spöttisch. »Wer würde denn so eine versteckte Bombe bauen und sie jahrhundertelang im Boden lassen?«

Die KolE surrte. »Dieses Gebilde ist um viele Größenordnungen älter als bloße Jahrhunderte, Yuri Eden.«

»Keine Bombe«, sagte Mardina. »Etwas anderes. Etwas Fremdartigeres. Mir ist ganz schwummrig, Yuri. Eine Seltsamkeit jagt die nächste. Dieses Ding ist absichtlich und zu einem bestimmten Zweck hier gelassen worden, von den Erbauern oder von wem auch immer. Wir haben keine Ahnung, zu welchem Zweck. Wir haben keinen Grund zu der Annahme, dass es irgendwie in unserem Interesse sein könnte. Wir sollten nicht einmal hier sein. Menschen auf diesem Planeten, meine ich.«

Beth kam zu ihr und nahm ihre Hände. »Mom. Du machst mir eine Höllenangst. Aber du musst aufhören, mich zu *beschützen*. Ich bin zwanzig Jahre alt. Ich kann meine eigenen Entscheidungen treffen.«

Yuri spürte einen schwachen Widerhall von Mardinas Entsetzen, aber er wandte sich an Beth. »Und wie lautet deine Entscheidung?«

»Wir öffnen die Luke. Natürlich öffnen wir sie. Alles andere würde mich wahnsinnig machen, für den Rest meines Lebens!«

Tollemache lachte meckernd. »Ich würde sagen, Sie sind überstimmt, Jones.«

»So wie wir alle«, sagte die KolE unbeschwert.

»Von wem?«

»Den Erbauern.«

Und Yuri sah, dass die neun Erbauer bereits auf dem Weg zum Lukendeckel und ihren eingravierten Betten waren. Sie bewegten sich auf die übliche Art, kreiselnd und klappernd, wie unheimliche Marionetten ohne Fäden, aber ihre Bewegungen waren zielstrebig, ja sogar koordiniert, als ob jeder von ihnen genau wüsste, welche der flachen Einkerbungen er wählen musste. Leise ließen sich die neun in den Vertiefungen nieder. In die sie, wie Yuri sah und wie Beth zuerst bemerkt hatte, genau passten.

Der Boden unter ihren Füßen erzitterte, als wäre eine riesige Maschine aufgeweckt worden.

Und von der kreisrunden Rille um die Luke herum stiegen Staubwölkchen empor.

# 57

Mardina fasste Beth und Yuri an der Hand und zog sie weg. »Zurück«, sagte sie. »Du auch, KolE.« Tollemache schenkte sie keinerlei Beachtung, aber Yuri sah, dass der Friedenshüter ebenfalls zurücktrat; dabei hielt er sein Sensorpaket auf die Luke gerichtet.

Und dann, mit einem noch tieferen Erbeben in der Erde, öffnete sich die Luke. Der Deckel klappte langsam und schwerfällig hoch, als wäre er links von Yuri mit einem Scharnier befestigt. Die Erbauer, offensichtlich lebendige Schlüssel im multiplen Schloss der Luke, rührten sich nicht; irgendwie wurden sie an Ort und Stelle gehalten, sodass sie auch nicht herunterfielen, als der Lukendeckel die Senkrechte erreichte. Er versperrte Yuri den Blick auf das, was darunter lag, aber Yuri sah, dass Licht herausströmte, ein bleicher, perlmuttfarbener Schein, der die Zweige der Bäume in der Nähe von unten beleuchtete. Und er spürte einen Schwall kälterer Luft, der aus der Luke kam.

Irgendwo flatterte ein erschrockener Drachen auf.

Als der Lukendeckel senkrecht stand, hörte er auf, sich zu bewegen. Es war eine riesige, offenkundig massive Scheibe, die auf ihrem Rand stand, mit einem unsichtbaren Scharnier befestigt.

Tollemache, der sein Aufzeichnungsgerät vor sich hielt wie eine Waffe, trat als Erster vor. Das strahlende Licht aus dem

Boden beschien sein Gesicht und seine Hängebacken von unten. »Heilige Scheiße«, sagte er. »Kommt her und schaut euch das an. Aber seid vorsichtig.«

Die anderen gingen um den offenen Deckel herum. Beth runzelte die Stirn. »Vorsichtig? Weshalb?«

»Damit ihr nicht reinfallt.«

Irgendwie war Yuri ganz und gar nicht überrascht, als er sah, dass sich unter der offenen Luke eine Grube befand, ein schlichter Zylinder mit schmucklosen Wänden und ebenem Boden, vielleicht vier Meter tief. Das Licht kam aus keiner bestimmten Quelle; vielmehr leuchteten die Wände und der Boden allesamt in diesem grauweißen Licht. Ein Teil der Wand wurde allem Anschein nach von einer weiteren Luke unterbrochen, einer feinen, kreisrunden Rille mit einem Satz Furchenschlösser, diesmal für drei Erbauer. An der Wand gegenüber hing ein Schmuckgegenstand; er sah aus wie ein Wandteppich aus Stängelrindenstoff.

Und es überraschte ihn auch nicht, dass drei der Erbauer nun aus ihren Furchen auf dem Lukendeckel hüpften und in die Grube kletterten, wobei sie irgendwie an den nackten Wänden Halt fanden. Als sie unten waren, begannen sie, auf dem Boden freudig herumzukreiseln.

Die KolE streckte vorsichtig ihr Sensorpaket aus. Die vier Menschen spähten hinab. Licht fiel von unten auf ihre Gesichter.

»Dann ist es also real«, sagte Mardina. »Ich meine, es ist ein echtes Loch im Boden, kein optischer Trick. Schließlich sind die Erbauer ja reingeklettert.«

»Unmöglich«, erklärte die KolE rundheraus. »Meine geophysikalischen Untersuchungsergebnisse waren schlüssig. Dort ist kein Loch. Dort kann keins sein.«

»Trotzdem ist es da«, sagte Yuri.

»Vielleicht habe ich nicht fest genug aufgestampft«, meinte Beth spitzbübisch.

»Nein, daran liegt es nicht. Meine Analyse …«

»Ich nehme dich bloß auf den Arm!«

Yuri schmunzelte. »Wird gar nicht so leicht sein, da wieder herauszuklettern.«

»Ich habe eine Leiter im Rover.« Tollemache ging sie holen.

»Moment mal«, sagte Mardina. »Moment. *Wieder herauszuklettern?* Habt ihr ernsthaft vor, da hinunterzusteigen? In dieses unmögliche Loch?«

Beth sah ihre Mutter an. »Klar. Was sonst?«

»Es sollte einigermaßen ungefährlich sein«, erklärte die KolE.

Mardina drehte sich zu ihr um. »Was? *Wie bitte?* Ist das dein Ernst? Wie kannst du so was überhaupt sagen?«

Die KolE blieb ruhig. »Offensichtlich haben wir es hier mit einer Verzerrung von Raum und Zeit zu tun. Vielleicht gibt es irgendeine Maschinerie in der Öffnung der Grube – irgendwelche exotische Materie, oder eine riesige Gravitationsmaschine. Aber die Erbauer sind heil hinuntergekommen. Falls es Gefahren gibt, Gezeiteneffekte vielleicht, sind sie anscheinend nicht besonders stark …«

»Geben Sie mir die Leiter.« Beth nahm sie Tollemache ab und ließ sie ins Loch hinab. Die Leiter passierte die Lukenöffnung genauso problemlos wie zuvor die Erbauer, bemerkte Yuri. Dann kletterte Beth hinunter.

Tollemache beobachtete sie bewundernd. »Es wird mir ewig ein Rätsel sein«, sagte er leise zu Yuri, »wie etwas so Erbärmliches wie du, Eisjunge, etwas so Geiles wie *das da* hervorbringen konnte.«

»Fick dich«, sagte Mardina schlicht. Ihre Stimme war angespannt vor Nervosität.

Auf dem Boden der Grube stieg Beth von der Leiter, schaute nach oben, breitete die Arme aus und drehte sich um die eigene Achse. Die Erbauer kreiselten um sie herum; ihre Stängelgliedmaßen machten leise Kratzgeräusche auf den glatten Flächen. »Schaut mich an«, rief Beth. »Nicht mal ein krummes Haar. Kommt ihr nun runter oder nicht?«

Mardina blieb auf der Hut. Sie ließ ihre Tochter zuerst wieder herausklettern, nur um sicherzugehen, dass es möglich war, dass sie es nicht mit einer Falle zu tun hatten.

Dann folgte Tollemache Beth als Erster in die Grube. »Ich bin der Nächste. *Das* lasse ich mir auf gar keinen Fall entgehen.« Er achtete darauf, dass seine Kamera gut aufzeichnen konnte, wie er die Leiter hinabstieg. »Genau wie Dexter Cole. Ein kleiner Schritt für einen Menschen, wie er gesagt hat. Oder war das Cao Xi auf dem Mars?«

Beth prustete verächtlich in seine Kamera.

Mardina und Yuri wechselten einen Blick. »Ich gehe«, sagte Yuri. »Du wartest.«

»Kommt gar nicht infrage. Ich bleibe bei Beth.«

»Und ohne mich geht ihr beiden nirgendwo hin.«

»Wir können nicht beide gehen. Jemand sollte hier oben bleiben, falls …«

»Ich kann Hilfe holen, wenn es Probleme gibt«, sagte die KolE ernst. »Vielleicht kann ich sogar den Deckel blockieren, falls er herunterklappt. Dies ist ein Menschheitsabenteuer, Mardina Jones, Yuri Eden. Vielleicht sind die Menschen in gewissem Sinn *deshalb* zu dieser Welt gekommen.«

Mardina zog die Stirn kraus. »Was willst du damit sagen? Ach, zur Hölle damit.« Sie stieg die Leiter hinunter.

Yuri tätschelte den ramponierten Rumpf der KolE. »Bis später, Kumpel.«

Er spürte nichts, als er seinerseits in die Grube hinabstieg und von der Welt des Realen ins Reich des Unmöglichen überging. Kein Ziehen, keine Gezeiteneffekte, keine Wahrnehmungsverschiebung.

Als er unten ankam, befand er sich einfach nur in einem Loch mit glatten Wänden, zusammen mit den drei anderen. Sie sahen sich an, dann schauten sie sich um. Es gab genug Platz für sie alle wie auch für die kreiselnden, herumflitzenden Erbauer. Hoch oben sah Yuri den bewölkten Himmel von Per Arduas Substellarpunkt mit einem Kranz von Laubwerk, außerdem die Sensorkapsel der KolE, die über sie gehalten wurde, sie still beobachtete und alles aufzeichnete.

Mardina strich mit den Händen über die Wand. Im schimmernden Licht zeichneten sich die Knochen unter der Haut als Schatten ab. »Sie fühlt sich glatt an. Reibungsarm.«

Beth inspizierte den Wandteppich. »Sieht aus, als wäre er mit Stängelmark angeklebt.«

Yuri, Mardina und Beth blieben zusammen vor dem Objekt stehen. Vielleicht einen halben Meter im Quadrat, bestand es aus einem fein gewobenen Stängelrindenstoff und war auf einen Rahmen aus vier schlanken Stängeln gespannt, die von der Größe her einmal Erbauer-Gliedmaßen gewesen sein mochten. Es zeigte eine Scheibe aus dünnen braunen und blaugrauen Farbschichten, die vor einem wässrig-blauen Himmel hing, alles mit irgendwelchen Pigmenten aufgemalt. Bei genauerem Hinschauen entdeckte man eine große Zahl von Details, einen pelzigen Besatz am äußeren Rand des Kreises, einen kompakten grauen Nabel genau in der Mitte und feine blaue Fäden, die die Scheibe kreuz und quer überzogen und sich an dichten Knotenpunkten verbanden. Die Fäden erinnerten Yuri an ein Schaubild von Großkreis-Flugrouten.

»Es ist eine Karte, nicht wahr?«, fragte Beth. »Genau das, wonach es aussieht.«

Yuri zuckte die Achseln. »Was soll es sonst sein?«

»Eine Karte der ganzen Welt«, sagte Mardina verwundert. »So wie wir sie zeichnen würden. Die Welt, aus dem All gesehen, von Proxima aus. Das da in der Mitte ist der Substellarpunkt. Dort ist der Randwald. Schaut euch diese große Bucht an, die in den Hauptkontinent einschneidet – im Westen? Diese Karte ist das Werk von Erbauern.«

Yuri zögerte. »Ich habe noch nie gesehen, dass ein Erbauer eine Karte angefertigt hat. Aber sie kennen sich in der Landschaft aus, das wissen wir.«

Beth schien die Erbauer verteidigen zu wollen. »Die KolE scheint zu denken, dass sie das alles hier gebaut haben.«

»Hmm«, machte Mardina. »Aber diese Karte ist viel primitiver. Und sie klebt bloß an der Wand.«

Yuri nickte. »Die Erbauer haben also früher einmal Hightech-Anlagen wie diese geschaffen, mit Radioaktivität und schweren Elementen und anderem Scheiß. Später konnten sie dann nur noch eine Karte anfertigen und sie an die Wand kleben. Und *jetzt* können sie nur noch herumwirbeln und den Schlamm fernhalten – wenn wir es ihnen erlauben.«

Beth schaute beunruhigt drein. »Was hat das alles zu bedeuten, Dad?«

»Ich habe nicht den blassesten Schimmer, Süße.«

»Ich möchte wissen, wie alt sie ist«, sagte Mardina. »Die Karte. Wenn sie akkurat genug gezeichnet ist, könnten wir's vielleicht anhand der Kontinentaldrift oder so erkennen.«

»Es dauert Jahrmillionen, bis man da einen Unterschied sieht. *So* alt kann sie nicht sein … oder?«

Mardina hob die Schultern. »Die einzigen Überreste einer hoch entwickelten industriellen Anlage, die die KolE da draußen gefunden hat, waren ein paar Bröckchen verunreinigten Erdreichs. Bis etwa ein Fusionsreaktor so weit zerfällt, würde es schon *sehr lange* dauern.«

Beth fuhr das Gewirr der Linien nach, das die Weltkarte überlagerte. »Was ist das?«

»Vielleicht Kanäle«, meinte Yuri. »Per Ardua sieht damit so ähnlich aus, wie man sich früher den Mars vorgestellt hat.«

Keiner von ihnen wusste, wovon er redete. Das war vor ihrer Zeit gewesen.

»Die Erbauer bauen keine Kanäle«, sagte Mardina.

»Jedenfalls haben wir keine gesehen. Aber sie betreiben viel Wasserwirtschaft. Sie verlegen Seen.«

»Nichts in dieser Größenordnung. Einige dieser Kanäle durchqueren ja sogar das Herz des Kontinents – sie müssen durchs Grundgestein geführt worden sein. Falls sie wirklich jemals existiert hätten, gäbe es noch Spuren von ihnen, selbst wenn auf dieser Seite der Welt mehrere Eiszeiten gekommen und gegangen wären. In der *Ad Astra* haben wir von der Umlaufbahn aus ein paar Vermessungen vorgenommen. Kanäle hätten wir entdeckt. Und auf dem Boden sind wir weit gegangen. Wir hätten die Dinger bemerkt, wir hätten sie ja überqueren müssen.«

»Dann ist die Karte falsch.«

»Oder vielleicht ist die Karte richtig«, sagte Beth. »Und die Welt ist falsch.«

Yuri starrte sie an. »Das ergibt keinen Sinn. Oder?«

»Euch entgeht hier noch etwas«, rief Tollemache.

Sie schauten zu ihm hinüber. Die drei Erbauer waren die reibungsarmen Wände hinaufgetanzt und ließen sich gerade in den drei gefurchten »Schlüssel«-Betten in der Wandluke nieder.

»Die zweite Luke«, sagte Yuri. »Verdammt. Habe ich ganz vergessen. Und die Erbauer werden sie gleich öffnen. Das ist jetzt noch so einer von diesen Entscheidungspunkten. Machen wir weiter, oder kehren wir um?«

»Ich bin zur Astronautin ausgebildet worden«, sagte Mardina angespannt. »Und eines, was uns gründlich eingetrichtert wurde, war, dass man *Luken nicht einfach aufmacht*, bloß weil sie da sind.«

»Na ja, aber wir sind hier nicht im Weltraum, Mom«, erwiderte Beth.

Die drei Erbauer nahmen ihre Positionen ein.

»Letzte Chance wegzulaufen«, sagte Tollemache.

Keiner von ihnen rührte sich. Die Entscheidung traf sich selbst. Mardina nahm Yuris und Beths Hände. Tollemache schien sich zu wappnen.

Mit einem leisen Seufzen schwang die Wandluke auf und nahm die mit ausgestreckten Gliedmaßen daliegenden Erbauer mit.

# 58

Die Kammer auf der anderen Seite war fast eine Enttäuschung. Sie schien eine Kopie des Raumes zu sein, den sie gerade verlassen wollten, ein weiterer Zylinder mit einem Durchmesser von ein paar Metern, wenn auch mit geschlossenem Dach, das genauso nahtlos in die Wände überging wie der Boden, und wiederum von einem diffusen perlmuttfarbenen Licht erhellt. Doch in der gegenüberliegenden Wand war eine weitere Luke mit eingravierten Erbauerkörper-Schlossfurchen.

Die drei Erbauer sprangen durch die zweite Luke und kreiselten erneut freudig auf dem Boden umher, als wären sie froh, wieder hier zu sein.

Die Menschen gingen einer nach dem anderen hindurch, angeführt von Beth. Mardina bildete die Nachhut. Yuri betrachtete seine Gruppe. Beth war ein Bild des Staunens. Tollemache in seinem Eismantel, eine wuchtige Gestalt in einem Raum, in dem es deutlich kühler war als in der Außenwelt, schien entdeckungshungrig zu sein. Mardina blieb die vorsichtigste, doch auch sie war mit den anderen herübergekommen.

Yuri nahm ihre Hand. »Alles okay.«

»Wirklich?«

»Wir sind alle zusammen.«

»Es ist einfach meine Ausbildung, schätze ich. Ständig rechne ich damit, dass irgendwas passiert …«

»Mom! Die Tür!«

Yuri drehte sich zu spät um und sah, wie die Luke hinter ihnen zuschwang und sich säuberlich schloss.

»So was zum Beispiel«, sagte Mardina wütend. »Ich rechne ständig damit, dass *so was* passiert.«

Yuris erste Reaktion bestand seltsamerweise darin, an die KolE zu denken, die plötzlich von ihnen abgeschnitten war.

»Wir sitzen also fest«, sagte Tollemache. »Wir sitzen fest, verdammte Scheiße.«

»Verschonen Sie mich mit Ihren Flüchen, Sie Arschloch«, fuhr ihn Mardina an. »Sie hätten ja draußen bleiben und die Luke blockieren können.«

»Womit denn? Mit dem Kopf Ihres Gatten?«

»Er ist nicht mein Gatte. Trotzdem, hübsche Idee …«

Dann ging alles recht schnell. Die Erbauer waren zur anderen Wandluke gehuscht und nahmen bereits ihre Plätze in deren Furchen ein.

Beth ging zur vorherigen Luke zurück und strich mit den Händen über deren Oberfläche. »Mom. Dad. *Hört auf zu streiten.* Euch entgeht schon wieder was.«

»Was denn?«, blaffte Yuri.

»Das Wichtige. Schaut euch mal das hier an.«

Sie hatte Einbuchtungen an der Innenseite der geschlossenen Luke gefunden – diesmal keine Erbauer-Profile, sondern die Abdrücke menschlicher Hände, drei Paare.

»Ich schwöre beim Grab deiner Mutter, Eisjunge«, sagte Tollemache mit schwerer Stimme, »dass die vor einer Minute noch nicht da waren.«

Yuri warf einen Blick zur anderen Tür hinüber, wo die Erbauer fast schon ihre Plätze eingenommen hatten. »Aber ihre Bedeutung liegt auf der Hand, nicht wahr?«

»Es gibt einen Rückweg für uns«, sagte Mardina.

»Ja. Also, wir haben die Wahl. Wir können umkehren – wenn diese Tür so funktioniert, wie es den Anschein hat. Oder …«

»Wir gehen weiter«, sagte Beth grinsend. »Kommt schon, wir haben nicht wirklich eine Wahl, oder?«

Erneut warteten sie, bis es zu spät war; erneut wurde ihnen die Entscheidung abgenommen. Die Erbauer ließen sich in ihren Einkerbungen nieder, und die zweite Wandluke schwang auf, genau wie die erste.

Und es fühlte sich an, als würde der Boden unter ihnen wegstürzen.

# 59

2197

Die Obelisk-Verhandlungen begannen spät an Pennys zweitem Tag auf dem Mars, aus Rücksicht auf die anders laufenden biologischen Uhren der Besucher.

Die Gespräche fanden in einem Konferenzraum mit großen Panoramafenstern auf einer noch oberhalb von Pennys Hotelzimmer gelegenen Etage des Obelisken statt. Die Hauptakteure hatten an einem langen Tisch Platz genommen, wobei die stellvertretende Generalsekretärin der Vereinten Nationen und der oberste Funktionär der Chinesen, ein hiesiger Provinzgouverneur, einander an der Mitte des Tisches gegenübersaßen, umgeben von Dolmetschern. Penny war einzig und allein zu dem Zweck hier, Sir Michael King zu beraten; deshalb saß sie direkt hinter ihm, ein Stück vom Tisch entfernt, und kam nur nach vorn, wenn er sie zu sich rief.

Penny hatte den Eindruck, dass die Gespräche im Großen und Ganzen ziemlich gut verliefen. Die Delegierten beider Seiten stellten Ziele auf und formulierten Erwartungen statt Forderungen oder Dekrete. Besucher aus UN-Staaten sollten Zugang zu den chinesischen Operationen im Weltraum bekommen, vor allem auf dem Asteroiden Ceres, dem Zentrum der Entwicklung im Hauptgürtel, der den Vereinten Nationen gegenwärtig vollständig verschlossen war. Ebenso sollten Unternehmen aus der UN-Zone Lizenzen zur gemeinsamen Ausbeutung von Asteroiden-Ressourcen erhalten. Es war schließlich genug für alle da. Die Chinesen wiederum wünschten Zugang zu den Kernels, oder wenn schon nicht zu diesen selbst, dann zumindest zu den von ihnen ausgelösten stürmischen Entwicklungen in der theoretischen Physik. Auf beiden Seiten gab es keine kategorische Ablehnung – noch nicht.

Die Diskussion drehte sich größtenteils um prinzipielle Fragen statt um Details der Kernel-Wissenschaft – Pennys Spezialgebiet –, sodass sie viel Zeit hatte, um zu entspannen, aus dem Fenster zu schauen und den Ausblick zu genießen. Sie waren so hoch oben, dass sich der nahe Marshorizont sichtbar krümmte, als säße sie in einem Flugzeug und nicht in einem massiven Bauwerk.

In einer Pause stand Penny mit Sir Michael King und ihrem Begleiter, Jiang Youwei, an einem Fenster, einen Becher Kaffee in der Hand. King war ebenfalls der Ansicht, dass sie reelle Fortschritte erzielt hatten. »Hier sind zwei Gesellschaften mit konkurrierenden strategischen Zielen, denen es jedoch fast völlig am gegenseitigen Verständnis mangelt. Eine klassische Konstellation für Krieg, ganz egal, wie lange wir über Einflusszonen und dergleichen reden. Aber heute ist Krieg undenkbar.«

»Ja«, sagte Jiang Youwei ernst. »Beiden Seiten stehen enorme Energien zur Verfügung, den UN mit ihren Kernels, uns Chinesen mit unserer interplanetarischen Ökonomie. Dennoch ist die Bevölkerung hüben wie drüben ungeheuer anfällig – wir unter unseren Kuppeln, die UN-Staaten mit ihren wuchernden Massen unter freiem Himmel …«

»Ganz zu schweigen von den wuchernden Massen in China selbst«, sagte King in strengem Ton.

»Natürlich.«

»Gleichzeitig«, sagte King, »hat jeder von uns ein Monopol, zu dem wir dem anderen keinen Zugang gewähren wollen.

Grob gesagt: wir die Kernels, ihr die Asteroiden. Also machen wir jetzt erst mal unsere Schatztruhen auf und lassen einander zumindest am Gold schnuppern. Alles ist symbolisch. Allein schon, dass wir uns der Mühe unterzogen haben hierherzukommen, statt nur eine Delegation nach Neu-Beijing auf der Erde zu schicken, ist ein Zeichen unserer Bereitschaft zur Zusammenarbeit.«

Er hatte natürlich recht. Es ging nur um Symbole, auf einer Ebene unterhalb der Wortschwalle. Penny war sich darüber im Klaren, dass ihre Anwesenheit als international bekanntes »Gesicht« der Kernel-Physik ebenfalls eine symbolische Geste war. Auch wenn sie kein einziges Mal den Mund aufmachte.

Jiang machte ein unbewegtes Gesicht. »Und euer riesiges Jumboschiff in der Umlaufbahn um den Mars ist natürlich auch so ein Symbol.«

King zog die Augenbrauen hoch und reagierte mit einem spöttischen Kaffee-Toast auf die Antwort des jungen Mannes.

»Vielleicht gibt es eines Tages freien Handel«, sagte Penny. »Das ist im Allgemeinen ein Weg, um Krieg zu vermeiden.«

King warf Jiang einen Blick zu. »Vielleicht. Aber wäre eure Gesellschaft, zum Beispiel hier auf dem Mars, ›frei‹ genug dafür? Was bedeutet Freiheit hier eigentlich für Sie?«

Jiang hätte beleidigt sein können, dachte Penny. In den förmlichen Gesprächen hatten beide Seiten vor jeder Bemerkung über das politische System der anderen zurückgescheut. Doch nach dem, was sie von der Stadt Obelisk gesehen hatte, war sie in diesem Punkt selbst neugierig. »Unser Gespräch über dieses Thema steht noch aus.«

Jiang nickte nur nachdenklich. »Das ist eine interessante Frage. Wir Menschen chinesischer Herkunft sind Produkte einer mittlerweile jahrhundertealten, stabilen Gesellschaft …«

King schnaubte respektlos. »Alles eingerahmt von einem Wertesystem, das auf Karl Marx und den Großen Vorsitzenden Mao zurückgeht.«

»Aber innerhalb jedes Systems gibt es signifikante Herausforderungen, die Freiheit unter Bedingungen zu gewährleisten, wie sie für eine Weltraumkolonie typisch sind – sogar hier, in der momentan größten Weltraumkolonie.«

»In unserer westlichen Tradition hat die Freiheit des Individuums Vorrang.«

»Ja«, sagte Jiang, »das weiß ich aus meinem Schulunterricht. Aber auch in euren eigenen Weltraumkolonien muss die Freiheit des Individuums eingeschränkt werden, wenn das Gemeinwohl aufrechterhalten werden soll. Das Problem ist die Fragilität der Kolonien. Man kann auch den repressivsten Diktator nicht herausfordern, wenn er der Einzige ist, der die Luftversorgung kontrollieren kann.

Unsere Philosophen suchen nach Wegen, wie sich die Freiheit des Individuums innerhalb eines restriktiven kollektiven Systems gewährleisten lässt. Schließlich sind das die Strukturen, in denen der größte Teil der Menschheit in absehbarer Zukunft wohl leben wird. Wir greifen auf alte Traditionen zurück; so hätte etwa ein Bürger des römischen Reiches weniger Wert auf individuelle Freiheit im modernen westlichen Sinn gelegt als auf kollektive Verantwortung – auf eine kollektive Freiheit, wenn man so will. Tatsächlich ist das bei uns eine systemweite Debatte, an der sich all unserer Bürger, auf der Erde wie auch im Weltraum, kontinuierlich beteiligen. Allerdings steht uns nicht der Sinn danach, eurem Beispiel zu folgen, wie es sich in eurer Eden-Kolonie auf dem Mars manifestiert – ich bin selbst dort gewesen: exzessive individuelle Freiheit, in Schach gehalten von exzessiver polizeilicher Kontrolle.«

King lachte und klopfte ihm auf die Schulter. »Eins zu null für Sie. Wer würde schon in einem solchen Dreckloch leben wollen? Nun, hoffen wir, dass diese Gespräche etwas bringen und uns eine Zukunft bevorsteht, in der wir diese Freiheitsexperimente durchführen können. Stimmt's, Colonel Kalinski? Colonel?«

Aber Penny war von einem Tumult abgelenkt worden. Eine Tür öffnete sich, und ein gestresst wirkender Funktionär eilte mit einer Tafel herein, die er den führenden chinesischen Delegierten zeigte. Die Nachricht, worum immer es sich handeln mochte, verbreitete sich rasch. Irgendetwas mit dem Merkur, wie sie ihren leisen Gesprächen entnahm, irgendein außergewöhnliches Ereignis.

Und dann hatte Penny das Gefühl, dass jedermann im Raum sie anstarrte.

# 60

Sie taumelten alle. Yuri und Mardina hielten sich aneinander fest und griffen nach Beth. Tollemache wich an eine Wand zurück.

Beth krallte die Hände in den Bauch. Zum ersten Mal während all dieser Ereignisse schien sie wirklich Angst zu haben. Den Tränen nahe, stolperte sie zu ihrer Mutter, die sie in den Arm nahm. »Mom? Was ist da gerade passiert?«

Tollemache stöhnte. »Fühlt sich an, als wäre der Fahrstuhl soeben nach unten gefahren.«

»Oder als hätte jemand den Antrieb abgeschaltet«, sagte Mardina. »Aber wir sind nicht in einem Raumschiff.«

»Vielleicht ist auch die Schwerkraft schwächer geworden.« Yuri hüpfte auf den Zehen; langsam schwebte er wieder zum Boden hinab. Was war das, ungefähr ein Drittel der normalen Erdschwerkraft? Wie auf dem Mars? Eine Bewegung jenseits der offenen Tür lenkte ihn ab. Er ging in diese Richtung, driftete in der geringen Schwerkraft wie in Zeitlupe dahin. Durch die offene Luke sah er eine weitere zylindrische Kammer, eine dritte, die genauso aussah wie diese zweite und wie die erste davor. Doch obwohl die Wände in demselben unheimlichen grauweißen Glanz erstrahlten, fand Yuri, dass etwas an dem Licht dort drin anders war. Als gäbe es dort eine weitere Quelle, die von oben herabschien.

Eine Gestalt ging an der offenen Luke vorbei und kehrte ihnen dabei den Rücken zu. Ein schwarzes Kostüm, mit Silber gesprenkelt.

Er sah Mardina aufgeregt an. »Das sah aus wie …«

»Eine IRF-Uniform.«

»Und wer, zum Teufel, ist das nun wieder?«

»Es gibt nur eine Möglichkeit, das rauszufinden.« Gefolgt von Beth, durchquerte Mardina den Raum, trat in die nächste Kammer und half Beth durch die Lukenöffnung. Dann kam Tollemache und schließlich Yuri.

Diese dritte Kammer war ein weiterer Zylinder mit glatten Wänden, genau wie die anderen. An der gekrümmten Wand hatte man irgendwie eine Leiter befestigt. Woanders waren kleine Sensoren angebracht, offensichtlich von Menschenhand geschaffene, anonyme weiße Kästchen. Yuri schaute nach oben und sah, dass über der offenen Grube so etwas wie eine durchsichtige Kuppel errichtet worden war, durch die man ein Felsendach sah, als befänden sie sich in einer Höhle tief unter der Erde.

Die Gestalt in der schwarz-silbernen Astronautenuniform, eine Frau, die den Neuankömmlingen den Rücken zukehrte, ging an der Reihe der Sensoren entlang und schaute dabei immer wieder auf eine Tafel. Hochgewachsen und blond, sang sie leise ein Lied über einen Flug mit ihrem Liebsten durchs Universum. Sie mochte in den Fünfzigern sein.

Beth drehte sich fröhlich grinsend zu Yuri um, fasziniert von dieser neuen Entwicklung. Ihre Übelkeit, die von der niedrigen Schwerkraft herrührte, war vergessen. Sie zeigte auf den Rücken der Frau. Es war klar, was sie meinte. *Sie weiß nicht mal, dass wir hier sind!*

Mardina zog die Augenbrauen hoch. Dann räusperte sie sich leise.

Die Frau zuckte zusammen, wirbelte herum wie ein arduanischer Erbauer, ließ ihre Tafel fallen und wich an die Wand zurück. »Heilige Scheiße. Wer seid *ihr* denn? Und wie kommt ihr hier rein?«

Tollemache übernahm das Kommando. Er trat ein paar Schritte vor und zeigte mit dem Finger auf die Frau. »Spielt überhaupt keine Rolle, Lady. Wer sind Sie? Und wie kommt es, dass ich nichts von Ihnen weiß? Auf diesem ganzen verdammten Planeten wimmelt es nur so von Illegalen und blinden Passagieren.«

Die Astronautin schüttelte irritiert und verblüfft den Kopf. »Wovon reden Sie? Auf welchem Planeten?«

»Prox c.«

Die Astronautin starrte ihn an. »Conan Tollemache!«

»Was?«

»Wusste ich's doch, dass ich Sie kenne. Ihr Gesicht war erst kürzlich überall in den Nachrichten. Friedenshüter Tollemache, richtig?«

»Was geht Sie das an?«

Die Astronautin wandte sich der Reihe nach an die anderen. »Mardina Jones. Yuri Eden. Beth Eden-Jones. Alle vier. Mein Gott.«

Mardina starrte sie verwirrt und beunruhigt an. »Was hat das zu bedeuten? Was meinen Sie damit, wir vier? Woher kennen Sie unsere Namen?«

»Ihr seid die vier, die vor ein paar Stunden in der Luke auf Prox c verschwunden sind.« Sie runzelte die Stirn. »Nein. Das heißt, in Anbetracht der Zeit, die es gedauert hat, bis die Nachricht mit Lichtgeschwindigkeit hier eintraf – vor vier *Jahren*, vermute ich, nach eurer Zeit …«

Sie sprachen alle zugleich.

»Wir sind nirgends verschwunden«, sagte Mardina.

»Was soll das heißen, wir sind auf Prox c verschwunden?«, fragte Yuri. »Wo sind wir jetzt, wenn nicht auf Prox c?«

»Wer sind *Sie?*«, fragte Beth.

Aber Tollemache war am hartnäckigsten. Er baute sich vor der Astronautin auf. »Vor vier Jahren. Blödsinn.« Er hob sein IRF-Chronometer und las das Datum ab. »Hier ist das Datum. 2193.«

»Nein.« Die Frau wich vor Tollemache zurück, bückte sich, um ihre Tafel aufzuheben, und rief ihr eigenes Datum auf. »*Das hier* ist das Datum. 2197.«

Yuri konnte es sehen. Wenn diese Astronautin sie nicht belog – und warum sollte sie? –, hatte er gerade einen Zeitsprung von vier Jahren und ein paar Monaten gemacht. Genau wie im Kälteschlaf.

»Nicht schon wieder«, sagte er.

Die Astronautin sah ihn seltsam an. Dann lächelte sie kompetent und effizient; jetzt endlich setzte sich ihre Ausbildung durch, und sie nahm das Heft in die Hand. »Um eure Fragen zu beantworten: Mein Name ist Stephanie Kalinski, Colonel, IRF. Freut mich, euch kennenzulernen. Und was die Frage betrifft, wo ihr seid, Miss Eden-Jones«, sagte sie zu Beth, »willkommen im Sonnensystem. Ihr seid auf dem Merkur.«

# 61

Penny versuchte, aus der Nachricht vom Merkur schlau zu werden. Flüchtlinge von einem anderen Stern, die aus der Luke in den Kernel-Schichten gekommen waren? Was konnte das wohl bedeuten?

»Verdammt«, knurrte King. »Dieses Kuckucksnest im Herzen des Sonnensystems vermasselt uns schon wieder alles. Und ich muss zum Merkur zurück, um das verfluchte Schlamassel in Ordnung zu bringen.« Er stand auf und verließ den Raum ohne weitere Umstände.

Penny raffte ihre Sachen zusammen und eilte ihm nach. Der Raum war von leisen Gesprächen und den feindseligen Blicken neuerlicher Rivalen erfüllt. Penny verfügte über keine nennenswerten diplomatischen Antennen, aber der Stimmungswandel war unverkennbar. Sie erinnerte sich an Erdscheins tief sitzendes Misstrauen, was die Luke, die Kernels und die Wesen hinter diesen Geheimnissen auf dem Merkur betraf, wie auch an seine Befürchtungen hinsichtlich der unheilvollen Auswirkungen all dieser Dinge auf die Belange der Menschen. Nun gab es eine weitere Intervention derselben Art: vielleicht ein weiteres bizarres Wunder auf dem Merkur, ein weiteres Geschenk eines unbekannten Wohltäters, das den Chinesen wieder einmal vorenthalten blieb.

Sie fragte sich, was, zum Teufel, auf dem Merkur wirklich geschehen war. Und wieso ihre Schwester etwas damit zu tun hatte, wie die zornigen Blicke zeigten, die ihr galten.

Sie hielt Ausschau nach Jiang und suchte einen Weg nach draußen.

# 62

Die Astronautin, Colonel Stef Kalinski, führte die gerade angekommenen Arduaner aus der Grube von den Sternen.

Einer nach dem anderen stiegen sie die kurze, fest angebrachte Leiter hinauf. Yuri kletterte als Erster nach oben; in der geringen Schwerkraft fiel es ihm leicht. Sobald er aus der Grube herausgekommen war, schaute er sich um und sah einen hochgeklappten, offenen Deckel, der genauso aussah wie der auf Per Ardua. Erstaunlicherweise wies die Außenseite des Deckels jedoch keine Erbauerkörper-Furchen auf, sondern Einbuchtungen für menschliche Hände. In diesem Moment fielen ihm die Erbauer ein, die sie gewissermaßen durch die Luke auf Per Ardua hierhergeführt hatten. Er schaute an seinen Begleitern vorbei in die Grube hinunter, aber die Erbauer waren nirgends zu sehen; vielleicht hatten sie die Gelegenheit genutzt, um nach Hause zurückzukehren. Er konnte es ihnen nicht verdenken.

Sobald alle draußen waren, führte Kalinski sie durch die Felsenhöhle zu einem Fahrstuhl. Die Kabine stieg ruhig, aber schnell nach oben – mehrere Hundert Kilometer weit, wie Kalinski ihnen lächelnd erzählte. Yuri glaubte das weder, noch glaubte er es nicht; er konnte es einfach nicht begreifen.

Als sie aus dem Fahrstuhl stiegen, schaute Yuri sich zunehmend verwirrt um und versuchte sich zu orientieren. Er befand sich unter einer Kuppel. Durchsichtige Deckenpaneele ließen das grelle Licht einer Sonne passieren, die mindestens doppelt so groß wirkte wie auf der Erde – nicht so groß wie Proxima, von Per Ardua aus gesehen, aber viel, viel heller, trotz der offensichtlich stark filternden Kuppelpaneele. Er sah offene Durchgänge zu transparenten Tunnels, die diese Kuppel zweifellos mit anderen auf der Oberfläche verbanden. Die Logik dieser Struktur war ihm vertraut; er kannte sie vom Mars her, wo er in die Kuppeln von Eden eingeschlossen gewesen war.

Die Kuppel selbst war vollgestopft mit wissenschaftlicher Whitebox-Ausrüstung, Computern und offenbar zur Atmosphärenkontrolle bestimmten Geräten, wie er sie vom Mars her in Erinnerung hatte. Das Innere kam ihm strahlend sauber, ja geradezu steril vor, wie ein Krankenhaus. Außer Colonel Kalinski in ihrer nachtschwarzen Astronautenuniform und den vier Neuankömmlingen von Proxima Centauri war niemand hier.

Beth schreckte vor dem strahlenden Sonnenlicht über ihr zurück. Und sie erbrach sich plötzlich, spuckte das reichhaltige Essen aus der substellaren Basis halb verdaut auf den sauberen Kuppelboden. Ein Servoroboter, höher entwickelt als alle anderen Modelle, die Yuri jemals gesehen hatte, kam herbeigehuscht, um das Malheur mit schnellen Saugbewegungen aufzunehmen.

»Verzeihung«, sagte Beth. Es klang bekümmert. Sie wischte sich mit dem Handrücken den Mund ab.

»Macht nichts«, sagte Kalinski. »Wollen Sie sich säubern? Wir können Ihnen natürlich frische Kleidung aus den Lagern besorgen …« Sie zögerte, horchte in ein Funkgerät an ihrem Ohr. »Die Verantwortlichen hier suchen noch nach einer angemessenen Reaktion auf diese Situation. Zunächst einmal soll ich euch zu den Wohnkuppeln bringen. Tut mir leid, dass alles so schlecht organisiert ist – wir sind nicht auf so etwas vorbereitet, wie ihr euch vorstellen könnt.« Ihr Akzent klang andeutungsweise amerikanisch, dachte Yuri, aber mit einem näselnden Beiklang, den er nicht recht einordnen konnte.

Mardina seufzte. »Das muss auch für Sie merkwürdig sein.«

»Ein bisschen. Aber schließlich bin ich wegen der Luke hier auf dem Merkur. Ich bin theoretische Physikerin. Seit der Entdeckung der Luke habe ich schon viele merkwürdige Dinge erlebt. Dass ihr vier zu Fuß von Proxima hierhergekommen seid – glaubt mir, das steht nicht mal ganz oben auf der Liste.« Sie grinste ein wenig kläglich, fand Yuri. »Aber ich bin natürlich froh, dass ich hier war und eure Ankunft miterlebt habe. Sobald ich die Bilder von eurer Luke auf Prox c gesehen hatte, die genauso aussieht wie diese hier auf dem Merkur, *wusste* ich, dass es so was in der Art sein musste.«

Yuri runzelte die Stirn. »In welcher Art?«

»Ein lichtschnelles Transitsystem. Wie eine U-Bahn. Ich meine, ihr seid fast mit Lichtgeschwindigkeit hergekommen, das haben wir schon festgestellt. Eine vierjährige Transitzeit. Ohne jede subjektive Zeitverzögerung – habe ich recht?«

»Eine lichtschnelle U-Bahn?«, fragte Yuri. »Von wem gebaut? Und warum?«

»Und ich tauche mitten in diesem kosmischen Wunder auf«, sagte Beth, »und kotze alles voll.«

Kalinski lachte und nahm Beths Hand. »Machen Sie sich deswegen keine Sorgen. Irgendwie kommt es mir passend vor … Wissen Sie, Beth Eden-Jones, Sie sind der erste Mensch, der auf Proxima c geboren wurde und zur Erde zurückgekehrt ist. Stellen Sie sich das vor.«

Mardina grunzte. »Sie wird berühmt werden.«

»Das wird sie wohl oder übel.«

Dieser Gedanke schien Tollemache zu gefallen. »Berühmt, hm?«

»O ja. Die Bilder, die ihr von dem Luken-Zwilling auf Proxima c geschickt habt, waren eine Sensation.«

Tollemache hob sein Sensorpaket. »Bilder, die ich damit aufgenommen habe. Hören Sie, ich muss mit Leuten sprechen.« Er überlegte. »Mit meinen Vorgesetzten. Mit einem Agenten, verdammt noch mal …«

Kalinski hob die Hand und zog ihre klingelnde Tafel aus dem Gürtel. »Tut mir leid, Sir, wir müssen das Gespräch auf später verschieben. Ich begleite euch zum Rover und dann zur Kuppel Z, wo wir alle die Dekon absolvieren werden.«

Mardina hob die Augenbrauen. »Dekontamination?«

»Ja. Diese Kuppel hier ist eine gesicherte Umgebung. Schon seit die Luke entdeckt wurde. Wir haben es hier mit einem außerirdischen Artefakt mit unbekannten Eigenschaften zu tun – das vermuten wir zumindest. Jedes Mal, wenn einer von uns beiden – ich oder meine Zwillingsschwester – hierherkommt …«

Beth schaute interessiert drein. »Zwillingsschwester?«

»Lange Geschichte. Jedenfalls muss ich dann auch durch die Dekon. Und jetzt seid *ihr* hier, und wer weiß, was für kleine Passagiere ihr von Proxima c mitgebracht habt? Anschließend steht euch dann ein Trommelfeuer von Befragungen und Untersuchungen durch Ärzte und Physiker bevor, fürchte ich … Wisst ihr, wir improvisieren hier einfach. Kann sein, dass die ganze Sache tagelang dauert. Tut mir leid.«

Tollemache grinste. »Der Preis des Ruhms. Herrgott, freue ich mich darauf, die Erde wiederzusehen.«

Yuri konnte zumindest erkennen, was er dachte. Mardinas Gesichtsausdruck hingegen war kompliziert, berechnend; Yuri wusste nicht so recht, was sie von dieser seltsamen Wendung der Dinge hielt.

Und Beth, die unter dem Licht eines fernen Sterns geboren, inmitten außerirdischer intelligenter Lebewesen aufgewachsen und auf Per Ardua furchtlos in eine außerirdische Grube gestiegen war, schaute geradezu entsetzt drein.

# 63

Kalinski führte sie in eine Luftschleuse und von dort auf direktem Wege in einen Rover, der mehr oder weniger denen ähnelte, die Yuri vom Mars gewohnt war. Sobald sie alle angeschnallt waren, nahm Kalinski links auf dem Fahrersitz Platz und erteilte einer Bord-KI mit leiser Stimme Anweisungen.

Der Rover löste sich von der Kuppel und rollte davon. Dabei erhaschte Yuri einen Blick auf einen anderen Rover, der auf die Luken-Kuppel zusteuerte; Gesichter lugten durch die Fenster heraus. Vielleicht weitere Wissenschaftler, für den Fall, dass es weitere Neuankömmlinge geben würde. Und Friedenshüter wahrscheinlich. *Das* wäre eine typische Reaktion.

Sie holperten über eine unebene, durch felsiges Terrain gehauene Straße. Die winzigen Fenster blickten nach unten, sodass man den Horizont nicht sehen konnte, geschweige denn den Himmel mit dieser riesigen, unheilvollen Sonne. Aber das Licht wurde von exponierten Felswänden und den wenigen menschlichen Artefakten – Wegmarkierungen, Schilder, kleine Messstationen – schmerzhaft zurückgeworfen.

Kalinski drehte sich zu ihren Passagieren um. »Normalerweise fahre ich gern selbst. Aber ich dachte, mit einer so wertvollen Fracht sollte ich lieber kein Risiko eingehen.«

»Danke«, sagte Mardina mit spöttischem Lächeln.

»Ach, komm schon, Mom«, sagte Beth. »Colonel Kalinski ist sehr nett zu uns.« Sie schien ihre Teilschwerkrafts-Übelkeit überwunden zu haben und schaute sich lebhafter um. »Durch diese komischen kleinen Fenster kann ich nicht viel sehen. Ist das wegen der Sonne?«

»Ja«, sagte Kalinski. »Wissen Sie viel über den Merkur, Beth?«

»Bleibt die Sonne an einer Stelle am Himmel, wie auf Per Ardua?«

Kalinski griff den Namen auf. »Per Ardua. Das ist Prox c. Okay. Nein, der Merkurtag dauert zwei Drittel eines Merkurjahres. Das hat mit Gezeitenresonanzen zu tun und führt dazu, dass die Sonne, vom Boden aus gesehen, sozusagen am Himmel umherwandert, erst nach Westen, dann nach Osten. Das ganze Muster wiederholt sich alle zwei Merkurjahre. Das sind einhundertsechsundsiebzig Erdtage.«

»Soweit ich gesehen habe, steht die Sonne hier ziemlich hoch«, sagte Tollemache.

»Das stimmt. Wir sind nah am Äquator, und es ist die lokale Mittagszeit – oder Hochsommer. Die größte UN-Basis befindet sich am Nordpol, auf Borealis Planitia, wo es ewigen Schatten und Eis gibt. Das hier ist das Caloris-Becken, ein riesiger Einschlagskrater. Deshalb ist der Boden so ein Trümmerfeld. Es ist schwierig, hier zu operieren, und wir hätten wohl gar keine ständige Basis an diesem Ort, wenn die Kernel-Flöze nicht wären und man hier nicht die Luke gefunden hätte. Die Arbeit war mit allen möglichen technischen Herausforderungen verbunden.«

Yuri sah, dass sich auf dem verwüsteten Boden draußen etwas bewegte: riesige Kakerlaken mit großen, schillernden Flügeln, wie es schien. Aber es waren Menschen, Astronauten oder Über-Tage-Arbeiter in Anzügen, die segmentierten Rüstungen in leuchtendem Silber glichen. Die Flügel breiteten sich vom Rücken her weit aus. Als der Rover näher kam, richtete sich einer von ihnen auf und winkte. Hinter der goldenen Helmkuppel war kein Gesicht zu erkennen. Yuri winkte verwirrt zurück.

Dann blitzte es vor den Fenstern so grell auf, dass der ganze Innenraum des Rovers erhellt wurde. Beth schreckte zusammen und rieb sich die Augen.

»Verzeihung.« Kalinski betätigte einen Touchscreen, und Abdeckungen schlossen sich über den Fenstern. »Blitzlichter. Ich habe euch ja gesagt, dass es Lecks geben würde. Eure Gesichter sind bestimmt schon im ganzen inneren System zu sehen. Diese Burschen müssen gut bezahlt werden, wenn sie die Disziplinarstrafen riskieren.«

Der Rover wurde langsamer, und Yuri hörte einen dumpfen Aufprall an dem undurchsichtigen Rumpf, als hätte das Fahrzeug irgendwo angedockt. Binnen Sekunden öffnete sich die Luke erneut. Sie führte zu einem hell erleuchteten Tunnel.

»Da wären wir«, sagte Kalinski. »Kuppel Z. Ich muss auch durch die Dekon, weil ich in der Luke war und Kontakt mit euch hatte. Wir müssen uns leider ausziehen. Eure Kleidung wird gereinigt, ihr bekommt sie später zurück. Männer dort entlang, Frauen hier entlang, mir nach …«

Am anderen Ende des Tunnels warteten schwer bewaffnete Friedenshüter in Schutzanzügen auf sie.

Bei Yuri und Tollemache dauerte es *vier Tage* voller Duschen, Wärmebäder, Untersuchungen ihrer Körperflüssigkeiten, Ganzkörperscans, geschmackloser Mahlzeiten, Befragungen diverser Art und Phasen unruhigen Schlafs, bis die Ärzte schließlich den Mundschutz abnahmen und ihnen die Hand schüttelten. »Es war eine einzigartige Erfahrung, meine Herren. Vielen Dank.«

»Ihr könnt mich mal kreuzweise«, sagte Tollemache. »Wo ist meine Hose?«

Wie sich herausstellte, erhielten sie ihre Kleidung nicht zurück – schon allein, weil die Stängelrindenstofffetzen der Kolonisten die ersten Proben arduanischen Lebens waren, die den Wissenschaftlern im Sonnensystem seit den spärlichen Proben, die die *Ad Astra* Jahre zuvor mitgebracht hatte, auf direktem Wege in die Hände gefallen waren. Es standen sogar Anthropologen parat, erfuhr Yuri, die es gar nicht erwarten konnten, die Handarbeiten der sich herausbildenden menschlichen Gemeinschaften von Proxima c eingehend zu studieren.

Tollemache bekam eine neue Friedenshüter-Uniform. Yuri fiel auf, dass sie bulliger wirkte als das alte Modell, mit gehärteten Polstern an Schultern, Hals, Ellbogen und Knien und einem für Waffen geeigneten Allzweckgürtel mit Taschen und Schlaufen. Offenbar war das Bewahren des Friedens im heutigen Sonnensystem ein gefährlicherer Job als früher. Yuri seinerseits erhielt einen orangefarbenen Overall wie denjenigen, den er bekommen hatte, als er auf dem Mars aus dem Kryo-Tank geholt worden war. Manche Dinge änderten sich nie.

Man brachte sie in eine Art Salon mit gepolsterten Sofas, einer Bar, an der es Erfrischungsgetränke und Kaffee gab, und einem großen, gegen die Sonne beschatteten Aussichtsfenster mit Blick auf die zerklüftete Oberfläche des Merkurs. Hier wurden sie endlich mit Mardina, Beth und Colonel Kalinski wiedervereint. Mardina kippte bereits literweise Kaffee in sich hinein; sie machte dort weiter, wo sie in der Markzonen-Basis auf Per Ardua aufgehört hatte. Sie trug eine elegante schwarzsilberne Astronautenuniform. Beth hingegen hatte einen orangefarbenen Overall an, wie ihr Vater.

Beth umarmte Yuri. Aber sie lösten sich befangen voneinander – sie waren in fremdartige Kleidung gehüllt und rochen sogar falsch. Yuri rang sich ein unsicheres Lächeln ab.

Er holte sich eine Limonade, die in der geringen Schwerkraft seltsam sprudelte; auf dem Mars hatte er nie Limonade getrunken. »Also, achtundzwanzig Jahre, nachdem ich auf dem Mars aufgewacht bin …«

»Zweiunddreißig«, sagte Kalinski leise. »Ihr Sprung durch die Luke hat weitere vier Jahre gedauert, vergessen Sie das nicht.«

»Scheiße. Und nun stecke ich wieder in einem Overall, wie ein Sträfling.«

Beth kam zu ihm und hängte sich bei ihm ein. »Mach dir nichts draus, Dad. Ich bin auch ein Sträfling.«

»Ja. Der Unterschied ist, dir steht die Uniform.«

»Und ich habe immer noch das hier.« Sie strich über das Tattoo, das ihr halbes Gesicht bedeckte. »*Das* konnten sie in ihrer Dekon nicht wegschrubben. Aber stell dir vor, sie haben mir angeboten, es gleich hier zu entfernen. Weil ich dann besser reinpassen würde.«

»›Reinpassen‹. Wo denn?«

»Auf der Erde«, sagte Mardina unverblümt.

Beth strich erneut über ihr Tattoo. »Ich bin nicht von der Erde. Ich bin von Per Ardua.«

»Ganz recht, Schätzchen.« Yuri küsste sie auf die Wange. »Wir kriegen das schon irgendwie hin.« Er betrachtete Mardina in ihrer IRF-Uniform. »Überrascht mich, dass du dieses Ding anziehst. Die IRF hat dich auf Per Ardua sitzen lassen.«

Sie sah ihn fest an. »Aber *ich* bin nicht auf Per Ardua geboren. Das war mein Beruf, Yuri. Das war ich, und das bin ich. Ich bin nach wie vor Offizierin der IRF, hat man mir erklärt. Obwohl sie sich noch nicht darüber im Klaren sind, welchen Rang ich habe; genau genommen bin ich ehrenhaft aus dem Dienst ausgeschieden, als sie mich bei Proxima zurückgelassen haben.«

Tollemache nickte. »Angeblich soll es Gehaltsnachzahlungen geben. Also machen Sie denen ruhig mal ein bisschen Dampf, Jones. Auch wenn wir das Geld wahrscheinlich nicht brauchen – wir werden ja alle ein Vermögen mit dieser Geschichte verdienen.« Er grinste und kippte irgendeinen Fruchtsaft hinunter. »Was haben wir für ein Schwein! Ich wette, diesen Arschlöchern Brady und Keller kommt die Galle hoch, wenn sie davon hören. In ungefähr vier Jahren, schätze ich«, sagte er nachdenklich. »Gut. Dadurch kann ich so viel wie möglich rausholen, bevor ich mit ihnen teile.«

Yuri sah ihn angewidert an. »Wirklich sehr charmant, Tollemache.«

Er lachte nur. »Man muss seine Chancen in diesem Leben nutzen.«

»Gutes Argument«, sagte ein Neuankömmling, ein kleiner, alter, fülliger Mann, der geschäftig hereingeeilt kam. »Ihre Luke, Friedenshüter Tollemache, könnte eine Chance für uns alle sein – eine entscheidende Gelegenheit für die Zukunft zweier Sonnensysteme und für das gesamte Schicksal der Menschheit.« Er war vielleicht in den Achtzigern und trug einen Geschäftsanzug mit schmalen Revers, eine Art Krawatte und glänzende Schuhe aus Lederimitat. Ihm folgte ein weiterer Mann, hochgewachsen, ernst, dünn wie die Stängelgliedmaßen eines Erbauers, in einer gut geschnittenen Astronautenuniform mit Offiziersstreifen am Oberarm.

Kalinski trat mit professionellem Lächeln vor. »Schön, Sie zu sehen, Sir. Ich möchte Sie miteinander bekannt machen. Das ist Sir Michael King …«

Ein pummeliger Geschäftsmann, wie er im Buche stand. Er zwinkerte Kalinski zu. »Ihre Schwester lässt Sie grüßen, Stef.« Dann trat er vor und schüttelte allen die Hand; sein Griff war überraschend fest, der Händedruck eines Arbeiters. »Ich bin Präsident und Vorstandsvorsitzender von Universal Engineering, Inc. Wir sind als Hauptauftragnehmer für die Entwicklung der Ressourcen des Merkurs im Interesse der Staaten und Völker der Vereinten Nationen zuständig.« Er musterte Yuri. »Sie sind der Bursche aus dem Eis, stimmt's? Rip Van Winkle. Wie nennen Sie sich – Yuri Eden? Nun, ich bin derjenige, dessen Unternehmen nicht nur das Schiff gebaut hat, mit dem Sie zum Mars geflogen sind, sondern auch die *Ad Astra*, die Sie nach Proxima Centauri gebracht hat. Was sagen Sie dazu?«

»Danke«, sagte Yuri trocken.

»Und ich bin selbst gerade mit einem Jumboschiff vom Mars gekommen, sofort nachdem ich von eurer Ankunft erfahren hatte. Das ist mein engster Mitarbeiter auf dem Merkur«, sagte King und deutete auf den hochgewachsenen Mann im Astronautenanzug.

»Colonel Jim Laughlin, IRF.« Er gab ihnen seinerseits die Hand. »Kommandant der Basis hier in Caloris. Wie Sie sehen, bin ich IRF-Offizier, aber ich bin auch im politischen Auftrag der Vereinten Nationen tätig und letztendlich dem Sicherheitsrat unterstellt.«

»Mein Mannschaftskamerad«, sagte King. Er tat so, als würde er Laughlin ein paar Boxhiebe verpassen. »Oder mein Sparring-Partner. Wir kommen prima miteinander klar.«

Laughlin hob schweigend die Augenbrauen; offenbar war er Kummer gewohnt.

King breitete die Arme aus. »Kommt. Setzt euch. Trinkt noch etwas. Colonel Kalinski, regeln Sie das? Habt ihr Hunger?«

»Wir sind in der Dekon schon ordentlich gefüttert worden«, erwiderte Mardina.

»Womit denn, mit Bariumspeisen? Haha. Hören Sie, ich weiß, es ist hart. Uns ist klar, was ihr durchgemacht habt.«

Beth ließ sich von Kalinski ein Glas Wasser geben. »Sir Michael King?«

»Ja?«

»Was *wollen* Sie?«

Mardina brach in schallendes Gelächter aus. Selbst Laughlin unterdrückte ein eisiges Grinsen, sah Yuri.

King hatte offenkundig Humor. Er nahm grinsend auf einem Sofa Platz und sah die Gruppe an. »Gute Frage, junge Dame. Nun, mein Kollege und ich, wir sind hier die Chefs. Wir fällen die Entscheidungen, auf die es ankommt. Okay? Wie bei allen Menschen gibt es auf der Erde Leute, die auch an unseren Fäden ziehen, aber hier unten fällen wir die Entscheidungen. Und letzten Endes werden wir Entscheidungen fällen müssen, die …«

»Die uns betreffen«, sagte Tollemache.

»Und die Folgen Ihres Erscheinens in der Luke«, sagte Laughlin bedächtig. »Das für uns ein ebenso großer Schock war wie für Sie. Es ist gerade erst ein paar Tage her. Wir versuchen noch, die Implikationen zu verdauen. In politischer, ökonomischer, sozialer, technologischer und wissenschaftlicher Hinsicht. Obwohl eine derartige Möglichkeit, wie ich gestehen muss – dass die Luken ein Transitsystem sind –, schon in einem Aufsatz von Colonel Kalinski skizziert wurde.«

»Tatsächlich war es ein Aufsatz meiner Zwillingsschwester«, bemerkte Stef Kalinski steif.

»Das war eine gewisse Hilfe. Ich bin sicher, Colonel Kalinski hier wird Ihnen alles über die spektakulären wissenschaftlichen Möglichkeiten erzählen.«

»Aber große kosmische Fragen gehen eher über meinen Horizont«, warf King ein, »wie auch über den meiner politischen

Herren und Meister – und den der UEI-Aktionäre. Die erste Reaktion von ganz oben – und was das anbelangt, laufen meine Kommunikationssysteme seit Ihrer Ankunft heiß – betrifft die potenzielle Nützlichkeit dieses Dings. Stellt euch vor, was wir damit machen könnten, falls man durch diesen Lichtgeschwindigkeits-Tunnel von einem Sternsystem zum anderen gehen kann. Der Bau und der Start der *Ad Astra* haben die Mittel der Vereinten Nationen in erheblichem Maße belastet. Wir waren fest entschlossen, mithilfe unserer Kernel-Technologie Samen auf dem bewohnbaren Planeten von Proxima zu pflanzen, bevor die Chinesen dorthin gelangten. Nun, das haben wir auch getan, aber wir haben uns dabei ziemlich verausgabt. Die Chinesen wären gar nicht erst dazu imstande. Oh, sie könnten wahrscheinlich irgendeine langsame Schaluppe hinschicken, eine große Sonnensegel-Dschunke. Wird Jahrzehnte dauern, bis sie dort eintreffen. Jahrhunderte sogar. Denn, meine Freunde, sie haben keinen Zugang zu einer nach wie vor ausschließlich den UN vorbehaltenen Ressource, nämlich zu den Kernel-Minen hier auf dem Merkur, wo wir die magischen Physik-Bröckchen ausgegraben haben, von denen euer Schiff zu den Sternen geschossen wurde.«

»Aber Sie werden verstehen«, sagte Laughlin, »dass der Luken-Tunnel, falls er sich als sicher und stabil und so weiter erweist …«

»Und falls er in beide Richtungen begehbar ist«, ergänzte Kalinski trocken.

»Dass die Luke ein Weg ist, die Massenkolonisierung des Proxima-Systems viel schneller zu bewerkstelligen.«

Mardina starrte ihn an. »Das kann nicht Ihr Ernst sein.«

King grinste. »Es war mir noch nie ernster. Wir müssen sie lediglich zum Merkur bringen und durch die Luke schicken, und schon sind sie im Geschäft.«

Kalinski schüttelte den Kopf. »Aber Sir Michael – genauso hat man die Kernels benutzt, seit sie entdeckt wurden. Wir wissen nicht, wie sie funktionieren. Wir wissen nicht, wozu sie gedacht sind. Und doch graben wir sie aus und kleben sie ans Heck bemannter Raumschiffe. Jetzt haben wir die Luke, offenkundig ein Artefakt intelligenter Wesen, aber wieder wissen wir nicht, wer sie dort platziert hat und wozu sie da ist, geschweige denn, wie sie funktioniert. Sehen Sie nicht, dass wir hier am Rande eines gewaltigen Geheimnisses stehen? Eines Geheimnisses, in das die Menschheit offenbar Schritt für Schritt hineingeht, mit verbundenen Augen.«

Am Rande eines Geheimnisses – oder einer Falle?, fragte sich Yuri.

King schien Kalinskis Worte nicht zur Kenntnis zu nehmen. »Das verstärkt natürlich nur die politischen Spannungen um den Merkur. Plötzlich ist dieser kümmerliche Planet sogar noch wertvoller als zuvor, als er nur die exklusive Kernel-Quelle war. Jetzt, wo er auch noch das Tor nach Prox c ist, wird der Merkur vielleicht zum wertvollsten Aktivposten des Sonnensystems, abgesehen von der Erde selbst. Das wird zu Belastungen führen, die …«

»Aber Per Ardua ist doch keine Figur in einem Spiel«, brauste Beth auf. »*Per Ardua* – so heißt der Planet übrigens, nicht Prox c – ist eine Welt mit eigener Geschichte, einheimischem Leben, einer Ökologie und sogar intelligentem Leben.«

»Guter Wortschatz«, sagte Laughlin leise. »Sie haben offenbar eine ordentliche Ausbildung erhalten, Miss Eden-Jones. Man kann Ihren Eltern nur gratulieren.«

Beth funkelte ihn bloß wütend an.

»Es gibt dort sogar eine menschliche Geschichte«, sagte Tollemache jetzt genüsslich. »Fast dreißig Jahre Kolonisierung.

Geschichten über Landflucht, Vergewaltigung, Mord und Inzest, bei denen Ihnen die Haare zu Berge stehen würden, Gentlemen. Und ich habe alles beobachtet.«

King ignorierte das und wischte auch Beths Argument beiseite. »Wir sind schon auf dem Mars, dem Titan und an anderen Orten auf Leben getroffen. Wir wissen, wie wir damit umgehen müssen.«

Yuri verdrehte die Augen. »›Damit umgehen‹? Soweit ich mich von meiner Zeit dort erinnere, rücken Sie dem Mars mit Bomben zu Leibe mit den dortigen Lebensformen?«

»Das sind die Chinesen, nicht wir«, betonte King. »Wir werden bestimmt vorsichtiger sein. Es könnte zum Beispiel Parks geben. Schutzgebiete.« Er beugte sich vor. »Aber Sie bringen da wirklich ein gutes Argument ins Spiel, Mister Eden, was die Chinesen und ihre Terraformierung betrifft. Wir können sagen, dass wir sie deshalb nicht auf Padre … äh …«

»Per Ardua.«

»Richtig. Dass wir sie mit ihren die Grundwasserschichten zerstörenden Atombomben nicht darauf loslassen möchten. Deshalb müssen wir zuerst dort sein und den Planeten vor diesen raubgierigen Chinesen bewahren. Die passende Sprachregelung finden wir schon. Dabei werdet ihr vier uns helfen können – vor allem *Sie*, Miss Eden-Jones.«

Yuri staunte über die geistige Flexibilität des Mannes. Offenbar dachte er sich das alles spontan aus, wenn man in Betracht zog, wie wenig Zeit seit ihrem Auftauchen im Sonnensystem vergangen war. Und doch saß er nun hier und entwickelte aus dem Stegreif geopolitische Strategien. Politiker hatten auf Per Ardua kaum Chancen gehabt, sich erfolgreich zu betätigen, ebenso wenig wie in den UN-Anlagen auf dem Mars, und von der Erde seiner Jugend wusste Yuri nicht mehr viel. King war jedoch offenkundig in seinem Element. Vielleicht war er der Gustave Klein des inneren Systems.

Aber Beth wirkte verblüfft, ja geradezu alarmiert.

Mardina nahm die Hand ihrer Tochter. »Was meinen Sie damit, dass Beth Ihnen helfen wird? Auf welche Weise?«

King ließ den Blick durch den sauberen, weitläufigen Salon schweifen. »Glauben Sie mir, das ist eine Oase der Ruhe hier drin. Da draußen tobt ein Shitstorm, und das wird noch … oh, tagelang so weitergehen. Bis zum nächsten Skandal. Momentan seid ihr vier jedenfalls sehr gefragt. Vor allem *Sie*, Beth Eden-Jones. Schauen Sie sich doch nur an, Sie sind jung, wunderschön, exotisch – ich liebe dieses Tattoo – und das erste Sternenkind, das ins Sonnensystem zurückkehrt.«

»›Sternenkind‹?«

»Ein Schlagwort, nicht von mir. Wir kehren zur Erde zurück, sobald es geht. Dort wird man Ihnen Buch- und Filmverträge anbieten, Beth, und es wird ein Wettrennen um Ihre Bildrechte geben – wahrscheinlich sind Sie schon jetzt in allen Medien vertreten, personifiziert von unbeholfenen KI-Avataren. Sie werden das menschliche Gesicht von Prox c sein – von Per Ardua, meine ich. Am Ende werden Sie den Planeten im Alleingang retten. *Wenn* wir es richtig anstellen.

Und ihr«, wandte er sich an die anderen drei, weil er Tollemaches niedergeschlagene Miene bemerkte, »werdet auch nicht leer ausgehen. Wir müssen nur den richtigen Blickwinkel finden. Bei Ihnen, Friedenshüter, vielleicht ›Meine einsame Wache unter Proximas rotem Licht‹ oder so was in der Art.«

»Aber Proxima ist gar nicht rot …«

»Ich kenne da ein paar Leute. Und Sie können natürlich Ihre Karriere in der IRF fortsetzen, Lieutenant Jones.«

Mardina schaute zweifelnd drein. »Nehmen die mich wirklich wieder auf, Colonel Laughlin? In den normalen Dienst, nicht als Aushängeschild?«

»Ich glaube schon. Ich kann Ihren Wunsch nach oben weiterleiten, wenn Sie es so möchten.«

King nickte. Seine schweren Hängebacken pressten sich zusammen. »Ich werde mein Bestes tun, um auch das voranzutreiben.«

Yuri merkte, dass King und Laughlin seinem Blick auswichen. »Und ich, Sir Michael? Auf welche Weise gedenken Sie mich unter Ihre Fittiche zu nehmen?«

Beth schaute schockiert drein. Wie üblich erfasste sie die Implikationen seines Tons sofort. »Wovon redest du, Dad? Ich gehe nicht zur Erde, wenn du nicht mitkommst.«

Mardina strich ihrer Tochter über die Haare. »Die Erde ist schließlich und endlich unsere Heimat, Süße.«

»Deine vielleicht«, sagte Yuri. »Aber nicht meine. Ich lebe hundert Jahre nach meiner Zeit, vergiss das nicht.«

»Was spielt das für eine Rolle, Dad? Ich bin auf einem ganz anderen Planeten geboren. Auf einer Welt eines anderen Sterns! Unsere Heimat ist dort, wo wir alle zusammen sind und in Freiheit leben können.«

Laughlin räusperte sich. »Ich fürchte, so einfach ist es nicht. Nicht im Fall von Mister Eden …«

»Wusste ich's doch«, sagte Yuri.

»Die rückwirkenden Prozesse gegen die Heldengeneration, in der Ihre Eltern solch eine prominente Rolle gespielt haben, gehen weiter. Selbst nach hundert oder mehr Jahren. Und der juristische Standpunkt, dass Strafe vererbbar ist, setzt sich zunehmend durch. Das heißt, es ist rechtmäßig, Nachkommen für die Verbrechen ihrer Eltern oder Großeltern zu bestrafen …«

»Ich hasse den kleinen Scheißer«, knurrte Tollemache, »aber sogar mir ist klar, wie ungerecht das ist.«

King breitete die Hände aus. »Das ist nun mal der Zeitgeist, Friedenshüter. Einige dieser Nachkommen sind dank der globalen Verbrechen ihrer Eltern sehr reich geworden. Das ist das Argument der Anklage, verstehen Sie, nicht unbedingt meine eigene Position. Außerdem hegt man aufgrund der Möglichkeiten der Gentechnik, illegaler Psycho-Downloads und so weiter den Verdacht, dass einige dieser Nachkommen in Wirklichkeit Angehörige der Heldengeneration *sind.* Sie sehen also …«

»Wenn ich zur Erde zurückkehre«, sagte Yuri ausdruckslos, »werde ich nicht frei sein.«

»Natürlich kommen Sie nicht ins Gefängnis«, sagte Laughlin. »Nennen wir's Hausarrest. Überwachung. Für die Dauer des Verfahrens werden Sie beaufsichtigt und in Ihrer Bewegungsfreiheit eingeschränkt werden.«

»Man wird mich wegen irgendeines angeblichen Verbrechens meiner längst toten Eltern vor Gericht stellen, die mich für achtzig Jahre in ein Eisfach gesteckt haben.«

»Selbst das ist strittig«, sagte King. »Manche Staatsanwälte würden argumentieren, Ihre Eltern hätten das in der Hoffnung getan, dass Sie dadurch einem Strafverfahren *entgehen.* Und …«

Yuri hörte nicht mehr zu. Er würde also für den Rest seines Lebens von Mauern aus Kunststoff und Metall umgeben sein, und die Menschheit würde jeden seiner Schritte argwöhnisch beobachten.

Er schloss die Augen und dachte an jenen Tag zurück, als das Shuttle gelandet war und er zum ersten Mal den Fuß auf die Oberfläche von Proxima c gesetzt hatte. Da waren keine Zäune, keine Kuppelwände gewesen, nur eine trockene Ebene, und er war einfach losgerannt, immer weiter, bis er außer Sichtweite jedes anderen menschlichen Wesens im Universum gewesen war. Er stellte sich vor, wie er dahinrannte, mit Beth an seiner Seite. *Ich hätte genauso gut auf dem Mars bleiben können.*

»Ich gehe zur Erde«, sagte Mardina rundheraus. »Tut mir leid, Yuri. Was immer das für dich bedeutet. Dort ist mein Leben, war es immer. Und Beth kommt mit mir. Sie wird ein besseres und längeres Leben haben denn als Gebärmaschine auf Per Ardua. Das weißt du.«

Beth sah ihren Vater in wachsendem Entsetzen an. »Dad?«

»Ich kann euch nicht begleiten«, sagte Yuri leise. »Ganz gleich, unter welchen Bedingungen. Ich würde nicht überleben.«

»Nein, Dad!« Beth wäre zu ihm gekommen, aber Mardina hielt sie am Arm fest.

Sie sahen ihn jetzt alle an. Laughlin wirkte verlegen, King hatte eine Miene heuchlerischen Mitgefühls aufgesetzt, Colonel Kalinski schien ehrlich schockiert und bekümmert zu sein, und sogar Tollemache zeigte so etwas wie bärbeißigen Respekt.

King breitete die Hände aus. »Was werden Sie dann tun, Yuri Eden? Wohin werden Sie gehen?«

»Es gibt noch eine andere Möglichkeit: an den einzigen Ort zurückzukehren, wo ich jemals frei gewesen bin.«

»Dad …«

Laughlin beugte sich vor. »Sie wollen durch die Luke zurückkehren?« Er warf Kalinski einen Blick zu. »Geht das? Ist es sicher?«

»Wir wissen es nicht, Sir. Wir haben es noch nicht versucht.« Sie sah King an. »Trotz all unserer Ideen und Pläne von einer Völkerwanderung durch die Luke. Ich wüsste allerdings nicht, warum es nicht gehen sollte. Also, wenn es Ihnen ernst damit ist, Mister Eden …«

»Ja?«

»Dann komme ich mit.«

King schnaubte. »Sind Sie verrückt? Sie werden vier Lichtjahre von Ihrer Heimat entfernt landen. Und nach einem weiteren Sprung mit Lichtgeschwindigkeit noch mal vier Jahre in der Zukunft.«

»Ich weiß. Das ist mir klar. Aber es hat wissenschaftliche Gründe, Sir. Jemand muss es als Erster versuchen – ich meine, auf geplante, wissenschaftliche Weise. Wir müssen wissen, ob die Verbindung funktioniert, ob sie stabil ist. Und wir müssen wissen, *wie* sie funktioniert. Ich meine, wir beobachten diese Luke nun schon seit Jahren, hatten aber nie den Mut oder die Fantasie, den nächsten Schritt zu wagen, so wie Sie es getan haben, Yuri. *Hindurchzugehen.* Nun, jetzt ist es an der Zeit. Und wer wäre besser geeignet als ich?«

»Sie ist IRF-Offizierin«, hob Laughlin hervor. »Und obendrein die Einzige, die man zumindest halbwegs als Expertin bezeichnen kann. Zusammen mit ihrer Schwester, natürlich. Es kommt zwar ein bisschen plötzlich, aber ihre Argumente sind nicht von der Hand zu weisen, Sir Michael.«

Tollemache schüttelte den Kopf. »Ich kapier's einfach nicht. Sie haben doch die Bilder gesehen, die ich geschickt habe. Prox c ist ein Dreckloch. Und eins kann ich Ihnen sagen: Diese zwangsrekrutierten Kolonisten, die man rüberschicken will, das ist der zusammengekratzte und durchgeschaufelte Abschaum der Megacitys und der Slums, genauso wie beim Mars. Warum wollen Sie freiwillig dorthin, eine Intelligenzbestie wie Sie?«

Stef warf Yuri einen raschen Blick zu. »Persönliche Gründe. Weil es für mich dort besser sein wird als hier. Genau wie für Sie, Mr. Eden.«

Für Yuri und seine Familie war das nur der Anfang einer Diskussion, die tagelang tobte. Aber er kannte Mardina; von dem Moment an, als sie gesagt hatte, sie würde mit Beth auf der Erde bleiben, hatte er trotz Beths Tränen gewusst, dass seine Familie verloren war. Für ihn gestorben. Und dass sie bald durch eine Barriere undurchdringlicher Zeit von ihm getrennt sein würde, so wie sich seine Eltern zuvor von ihm getrennt hatten.

Er aber würde nach Hause gehen.

# 64

Yuri und Stef Kalinski standen nebeneinander in der Kammer der Luke auf dem Merkur. Ein paar Techniker standen oben herum, überwachten Instrumente und schauten neugierig zu ihnen herunter.

Der große Deckel über Yuri schloss sich langsam.

Von ihren Angehörigen war niemand gekommen. Einen Monat nachdem sie alle von Prox aus durch die Luke gegangen waren, befanden sich Beth und Mardina bereits auf der Erde, wie Yuri erfahren hatte, und Kalinskis Zwillingsschwester war irgendwo anders. Nur sie beide waren da.

Yuri schaute zu Kalinski hinüber. Sie trugen beide die auf dem Merkur üblichen schweren, gepanzerten Raumanzüge. Yuri hatte sogar gezeigt bekommen, wie sich die kakerlakenartigen Kühlungsflügel öffnen ließen. Diesmal kam es nicht infrage, dass sie einfach ohne Schutz durch das Lukensystem wanderten, wie auf dem Herweg von Per Ardua; jetzt ging man kein Risiko ein. Die vergoldete Sichtscheibe verbarg Kalinskis Gesicht. Noch immer hatte er nicht den Eindruck, dass er sie sonderlich gut kannte. Ironischerweise hatten sie wenig Zeit gehabt, miteinander zu reden, seit die Entscheidung gefallen war, sie durch die Luke zu schicken. Er zwinkerte. »Letzte Chance rauszuklettern.«

»Mir geht es gut, Sir.«

»Nennen Sie mich nicht Sir, Herrgott noch mal. Und keine weiteren Abschiede?«

»Ich fühle mich, als wäre ich schon unterwegs.«

»Ja. Ich auch. Irgendwie ungewöhnlich, dass Zwillinge sich trennen, oder?«

»Wir sind ungewöhnliche Zwillinge. Irgendwann erzähle ich Ihnen mal davon.« Sie grinste. »Ich schätze, wir werden jede Menge Zeit haben. Und … Beth?«

Er versuchte, die letzte Begegnung mit Beth zu verdrängen. Keiner von ihnen hatte sprechen können vor lauter Tränen. »Ganz am Ende habe ich ihr meinen richtigen Namen gesagt.«

Kalinski starrte ihn an.

Er schaute hoch. Hinter dem Rand des sich schließenden Deckels waren gerade eben noch die letzten Techniker zu sehen. Eine von ihnen ging auf die Knie und winkte. Yuri winkte zurück.

Und dann schloss sich der Deckel, lautlos und schwer, und das war's; sie waren abgeschnitten. Aber die leuchtenden Wand-, Decken- und Bodenflächen lieferten genug Licht.

Yuri warf Kalinski einen Blick zu. »Alles in Ordnung?«

»Ja. Und bei Ihnen?«

»Ich möchte wissen, ob wir den Sprung schon gemacht haben. Durch den Raum. Glauben Sie, wir sind schon auf Per Ardua?«

»Das lässt sich unmöglich feststellen. Aber ich denke, dass der Transfer erst im zentralen Brückenraum stattfindet, nicht in diesen Vorräumen. Sie haben doch gesagt, Sie hätten in dem zentralen Raum eine Gravitationsveränderung erlebt.«

»Kann sein. Wer weiß? Sind Sie bereit?«

»Klar.«

Sie hatten den Übergangsprozess in virtuellen Simulationen geprobt, die aus dem Raumfahrtprogramm stammten. Man drückte einfach die Hände in die Einbuchtungen in den Innentüren. Niemand wusste, ob es auch mit Handschuhen funktionierte oder ob man angesichts der Dreiersätze von Einbuchtungen an jeder Tür ein, zwei oder drei Personen brauchte, um sie zu bedienen.

Jedenfalls schien es mit zwei Händepaaren gut zu funktionieren. Die Tür schwang auf.

Nur eine weitere Tür, die sich vor dir öffnet, Yuri. Nur eine weitere Tür in einer langen Reihe von Türen.

Sie stiegen mühelos hindurch, in die zentrale Kammer, und blieben vor der zweiten Tür mit ihrem Satz von Handmarken stehen. Sie sahen sich an, zuckten die Achseln und hoben die Hände. Die Tür hinter ihnen schwang zu.

Und als sie die Tür vor ihnen öffneten, geriet Yuri in der größeren Schwerkraft – Per-Ardua-Schwerkraft – sofort ins Taumeln. War er schon zurück? Waren bereits vier weitere Jahre vergangen? Falls ja, war Beth fort.

Yuri verließ die mittlere Kammer durch die zweite Luke und fand sich in der Per-Ardua-Kammer wieder, an die er sich erinnerte. Der Deckel war geschlossen; den Himmel konnte er nicht sehen. Aber an der Wand hing die Erbauer-Karte, die Kalinski neugierig betrachtete. Die Leiter aus Tollemaches Rover stand vermutlich bereits seit über acht Jahren hier. Auf dem Boden lag sogar längst getrockneter Schlamm, den sie mit ihren Stiefeln von der Oberfläche hereingetragen hatten. »Als wäre ich gar nicht weg gewesen«, sagte er.

Mit einer behandschuhten Hand stützte sich Kalinski an der Wand ab. Yuri wusste, dass sie trainiert hatte, um mit Per Arduas voller Erdschwerkraft zurechtzukommen, aber sie würde noch eine Weile erhebliche Schwierigkeiten haben. »Ich bin erleichtert, dass es funktioniert hat. Zwar dachte ich es mir, aber …«

»Ich weiß. Zumindest sind wir nicht im Innern einer Sonne gelandet oder so. Ich glaube nicht, dass es auf diese Weise funktioniert, dieses Verbindungssystem. Dafür scheint alles zu … vernünftig zu sein, nicht wahr? Hören Sie, wir werden diese Anzüge nicht brauchen. Was meinen Sie, legen wir sie ab?«

»Meinetwegen gern. Hier gibt's schließlich keine Sim-Controller, die uns herumkommandieren, nicht wahr?«

»Willkommen in meiner Welt, Colonel Kalinski.«

Rasch stiegen sie aus ihren Anzügen, die selbsttätig funktionierten und sich auch von selbst öffneten. Darunter trugen sie leichte, praktische Overalls in arduanischen Pastellfarben, und sie hatten Rucksäcke mit Überlebensausrüstung und wissenschaftlichen Gerätschaften dabei.

Yuri nickte Kalinski zu, nahm seinen Rucksack und stieg die Leiter zum geschlossenen Lukendeckel hinauf. Auf einer Sprosse stehend, drückte er beide Hände in Einbuchtungen im Deckel – Einbuchtungen, die seiner Erinnerung nach noch nicht da gewesen waren, als er die Luke von Per Ardua aus betreten hatte; die Erbauer-Markierungen schienen verschwunden zu sein.

Zu seiner Erleichterung öffnete sich die Luke zügig.

Er schaute zu einem trüben, bewölkten, grauen Himmel hinauf, gerahmt von tot aussehenden Bäumen, und es war *kalt*, das spürte er sofort, die Kälte schnitt durch seinen dünnen Overall. Er war acht Jahre fort gewesen, rief er sich ins Gedächtnis, war vier Jahre lang als eine Art körperloses Signal von Ardua zum Merkur gereist und vier Jahre zurück, selbst wenn es sich für ihn nur wie ein Monat anfühlte. Genug Zeit für Veränderungen.

Er kletterte schnell hinaus, und dann stand er wieder auf arduanischem Boden. Er sah zu, wie Kalinski ihm vorsichtig und – aufgrund der Last der höheren Schwerkraft – langsam folgte, aber ihr Gesicht war von Verwunderung oder Staunen erfüllt. Ihre ersten Augenblicke auf einer fremden Welt.

Sie standen nebeneinander und schauten sich um. In der Tat, vieles hatte sich verändert. Der dichte Wald der Markzone stand noch, aber welke Blätter hingen schlaff von den kurzen, dicken oberen Stängelzweigen, das Unterholz war abgestorben, und Yuri sah einen kleinen Berg toter Erbauer – kein zielstrebig errichtetes Bauwerk, sondern einfach ein Leichenhaufen, auf den sich *Reif* gelegt hatte. Reif, am Substellarpunkt! Sein Atem bildete Wölkchen.

»Hallo, Yuri Eden.«

Yuri drehte sich um. Vor ihm stand die KolE. Ihre Kuppel war mit einer Art Asche beschmiert, die Oberseite mit Reif überzogen. Yuri war seltsam gerührt. »Du hast auf mich gewartet.«

»Ja.«

»*Acht Jahre* lang? Gütiger Himmel. Sieht so aus, als wärst du an derselben Stelle stehen geblieben.«

»Nein. Das wäre töricht gewesen. Ich habe mich in regelmäßigen Abständen bewegt, um das reibungslose Funktionieren meiner Antriebsmechanismen und …«

»Schon gut, ich hab's kapiert. Das ist Stef Kalinski. Colonel der IRF.«

»Ich weiß. Willkommen, Stephanie Kalinski.«

Kalinski machte nur große Augen.

»Ihr habt den Merkur vor vier Jahren verlassen, Yuri Eden. Wir sind vor Kurzem darüber unterrichtet worden, dass ihr kommt, du und deine Begleiterin.«

»Ah«, sagte Kalinski. »Die Nachricht war schneller als wir, so wie damals, als ihr aus der Gegenrichtung gekommen seid,

Yuri. Der Transit geht nicht ganz mit Lichtgeschwindigkeit vonstatten.«

»Captain Jacob Keller hat die Nachricht im Zylinder erhalten. Er hat mich informiert.«

Yuri blinzelte. »Keller? Was ist mit Brady?«

»Er hat nicht überlebt. Wir leisten einander Gesellschaft, Captain Jacob Keller und ich. Manchmal pokern wir.«

Yuri musste lachen. »Ihr pokert. Mein Gott. KolE, das Wetter – was ist hier passiert?«

»Vulkanismus, Yuri Eden. Offenbar hat es eine große vulkanische Episode gegeben, wahrscheinlich in jener nördlichen Region, aus der wir mit dem *jilla* und den Erbauern geflohen sind.«

»Ah. Diese Hebung.«

»Ja. Kein ungewöhnliches Ereignis auf dieser Welt, wie es scheint. Das heißt, nicht ungewöhnlich in geologischen Zeiträumen.«

»Und jetzt«, sagte Kalinski, »befinden wir uns in einem vulkanischen Winter.«

»Für die hiesigen Lebensformen gehört das zweifellos zum Kreislauf der Natur. Vielleicht ist es ein Ansporn zur Evolution. Aber die Menschen hier haben gelitten. Schon der Sternwinter war ja eine Herausforderung. All dies ist in der Zeit geschehen, als ihr traumlos zwischen den Sternen unterwegs wart.«

»Mein Gott. Wenn es hier am Substellarpunkt schon so schlimm ist … Wo sind sie, Delga und die anderen?«

»Fortgegangen, Yuri Eden.«

Yuri ließ den Blick über diese vollständig verwandelte Ruine einer Welt schweifen, auf die er nun von der Mutter seines Kindes verbannt worden war, so wie ihn seine Eltern einst in die Zukunft verbannt hatten. Während er in der unerwarteten Kälte stand, spürte er, wie sich sein Herz verhärtete. »Okay. Nun, es sind große Veränderungen im Gang, KolE. Ströme von Einwanderern werden durch die Luke kommen. Ich glaube nicht, dass die Vereinten Nationen die vier Jahre abwarten werden, bis unsere Hiobsbotschaft vom vulkanischen Winter im Sonnensystem eintrifft, bevor sie diesen Prozess starten.«

»Oder auch nur die Bestätigung«, sagte Kalinski, »dass die Luke tatsächlich gefahrlos in beide Richtungen begehbar ist. Ich kenne Michael King.«

»Wir müssen ihnen helfen«, meinte die KolE.

»Ja. Aber wir werden das Kommando haben«, sagte Yuri mit fester Stimme. Kalinski sah ihn sonderbar an, aber er beachtete sie nicht. »Gehen wir zum Zylinder, KolE, ziehen wir uns warme Sachen an und überlegen wir uns, womit wir anfangen wollen.«

»Eines noch, Yuri Eden.«

»Ja?«

»Ich habe von den Entscheidungen gehört, die auf dem Merkur getroffen wurden. Dein Verlust tut mir leid.« Sie streckte ihm ein Bündel vertrockneter Stängel hin. Mister Sticks.

Yuri nahm die Puppe.

Dann machte die KolE surrend kehrt und rollte davon, einen Weg entlang, der nach acht Jahren abgenutzt und ausgetreten war. Yuri folgte ihr mit schnellen Schritten. Die ramponierte kleine Puppe hielt er behutsam in der Hand.

# Sechster Teil

# 65

## 2202

Fünf Jahre nach Stef Kalinskis Aufbruch nach Proxima und drei Jahre bevor Penny wegen der Lichtgeschwindigkeits-Verzögerungen auch nur rein theoretisch hätte erfahren können, ob ihre Schwester noch lebte oder tot war, wurde Penny zu einer weiteren großen UN-China-Konferenz eingeladen. Diesmal ging es um die gemeinsame Nutzung der Ressourcen im Sonnensystem, und die Konferenz sollte auf Ceres stattfinden, dem Asteroiden im chinesischen Herrschaftsbereich.

Auch diesmal würde es wieder nur um Politik und Wirtschaft gehen, nicht um Physik, und zuerst wollte sie die Einladung eigentlich ablehnen. Sie wurde jedoch erheblich unter Druck gesetzt. Wie Sir Michael King und andere ihr nachdrücklich klarmachten – sie bekam sogar eine Nachricht von Erdschein –, war es genau wie beim ersten Mal eine ungeheuer symbolische Geste, dass jemand wie sie, der so eng mit der Kernel-Physik verbunden war, zu einer Konferenz über Kooperationsprojekte der Vereinten Nationen und der Chinesen auf Ceres eingeladen wurde. Aber sie war jetzt achtundfünfzig Jahre alt und fand, dass man ihre Karte schon zu oft ausgespielt hatte. Sie war wie ein alternder Rockstar, der aus dem Ruhestand geholt wurde, um den Geburtstag eines Generalsekretärs zu viel zu feiern. Ein Statement gegenseitigen Vertrauens, dem im Licht der sich ständig verschlimmernden politischen Lage mit jeder Wiederholung ein Hauch zunehmender Verzweiflung anhaftete.

Unterdessen trafen immer schlechtere Nachrichten von allen Welten der Menschheit ein. Erst vor Kurzem hatte es auf beiden politischen Seiten »Katastrophen« gegeben, die ein starkes Medienecho ausgelöst hatten (und argwöhnisch überprüft worden waren): einen Tsunami im Atlantik und bald darauf den Zusammenbruch einer Kuppel in einer chinesischen Kolonie in Terra Sirenum auf dem Mars … Anfangs sah es so aus, als wären beide Ereignisse natürlichen Ursprungs, eine grausige zeitliche Koinzidenz. Dann begann man mit Fingern auf die Gegenseite zu zeigen und Anschuldigungen zu erheben. Randgruppen übernahmen die Verantwortung für die »Angriffe«, jeweils einer als Vergeltung für den anderen. Einige Gruppen übernahmen gar die Verantwortung für *beide*.

Womöglich war jedoch keines von beiden überhaupt ein Angriff gewesen. Penny wusste nicht, wie man die Wahrheit herausfinden wollte. Vielleicht spielte die Wahrheit in Anbetracht der vergifteten internationalen Beziehungen auch gar keine Rolle mehr. Finstere Verschwörungstheorien kamen ihr zu Ohren, denen zufolge beide Seiten in diesem allmählich eskalierenden Krieg drastische Vorkehrungen trafen: Die UN-Seite baue Flotten von Schlachtschiffen mit Kernel-Antrieb, die Chinesen schmiedeten Pläne bezüglich diverser exotischer Einsatzmöglichkeiten ihrer eigenen interplanetarischen Technologie … Vermutlich war sie mit ihren Kontakten in einer besseren Position als die meisten anderen, um herauszufinden, was an solchen Gerüchten dran war. Aber sie zog es vor, nicht darauf zu hören und nicht darüber nachzudenken.

Und nun wurde sie zu einem Asteroiden bestellt. Trotzdem, sagte King augenzwinkernd, sei es vielleicht ganz amüsant, Ceres zu sehen.

Die Reise selbst, ihr bisher letzter Ausflug hinaus aus dem Herzen des Sonnensystems, begann einigermaßen angenehm. An Bord eines IRF-Jumboschiffs, das mit einem Drittel Standard-g flog – nah genug an der normalen Merkur-Schwerkraft, dass sie sich dabei wohlfühlte –, hatte sie ihre eigene Kabine, eine Workstation und ein großzügiges Kontingent an Kommunikationszeit mit der Erde und dem Merkur, obwohl die Zeitverzögerungen hin und zurück bald deutlich zunahmen. Sie erledigte eine Menge Arbeit an einer sicher verschlüsselten, nicht vernetzten Tafel. Auf Seiten der Vereinten Nationen war Kernel-Physik noch immer ein gut gehütetes Geheimnis, obwohl Penny sich oftmals fragte, wie viel die Chinesen mittlerweile wohl durch ihre diversen Geheimdienstquellen in Erfahrung gebracht hatten.

Sie musste die Reise in Etappen absolvieren. So wie Jumbos nicht in die nähere Umgebung der Erde durften, so durfte auch kein von den UN betriebener Jumbo mit IRF-Crew und Kernel-Antrieb näher als eine Million Kilometer an Ceres heran, die Hauptbasis der Chinesen im Asteroidengürtel. Die IRF-Crews rissen finstere Scherze darüber, was die Chinesen tatsächlich unternehmen könnten, wenn ein Jumbo sich einfach nicht daran hielt und den Kordon durchbrach, vor allem wenn er verkehrt herum auf die fragilen Hallen von Ceres herunterkam und das kosmische Feuer der Kernels am Heck wie ein riesiger Flammenwerfer loderte. Aber die arroganten Kernel-Schrauber von der IRF, rief Penny sich ins Gedächtnis, waren trotz all ihren Errungenschaften von einer vollkommen nichtmenschlichen Technologie abhängig: einer Technologie, auf deren Nutzung die Menschheit gänzlich verzichten sollte, wie manche glaubten.

Nach einem mehrtägigen Flug von der Erde dorthin machte ihr eigener Kernel-Jumbo neben einem kleinen, aber wasserreichen Asteroiden halt, der sich ungefähr auf derselben Bahn bewegte wie Ceres, aber ein gutes Stück außerhalb des Eine-Million-Kilometer-Kordons. Dieser zerbeulte Klumpen aus staubigem Wassereis war ein praktisches Nachschub-Depot, diente jedoch vor allem politischen Zwecken, wie Penny sah, als eine Art Zollschranke im unsichtbaren Grenzbereich zwischen den Einflusszonen Chinas und der UN-Staaten. Hier konnten sich Schiffe von beiden Seiten der Trennlinie versammeln, konnten auftanken und Fracht sowie Passagiere wie Penny austauschen.

Penny schaute aus ihrem Kabinenfenster auf die vielen Raumfahrzeuge, die sich hier versammelten. Im Gegensatz zur stumpfen Massivität der IRF-Jumbos mit Kernel-Antrieb waren chinesische Schiffe – »Dschunken«, wie sie bei den IRF-Crews hießen – wenig mehr als Segel von teilweise mehreren Hundert Kilometern Durchmesser. Zur Fortbewegung fingen die Segel das Sonnenlicht oder die Strahlen bodenbasierter Laser ein. Es war eine bewährte Technologie. Ceres war ungefähr dreimal so weit von der Sonne entfernt wie die Erde, und das Sonnenlicht war hier viel schwächer, aber Robotschiffe von der Erde mit großen Solarpaneelen machten sich schon seit dem einundzwanzigsten Jahrhundert die Energie der Sonne so weit draußen zunutze. Robot-Takler bedienten fortwährend die riesigen Segel. Die Segel reagierten nur langsam auf den Zug der Seile, und gewaltige Wellen gingen über ihre Oberfläche, sodass der grelle Schein der fernen Sonne an immer neuen Stellen und in langsam hervortretenden Glanzlichtern reflektiert wurde.

Penny wechselte auf eine der chinesischen Dschunken über, die eine weitere Woche bis Ceres brauchen würde. Bürger von UN-Staaten durften nicht ohne offiziell ernannte »Begleiter« an Bord solcher Schiffe. In diesem Fall war der ihr zugewiesene Aufpasser zu Pennys großer Erleichterung mehr als akzeptabel. Es war Jiang Youwei, der junge Mann, der auch schon vor fünf Jahren während ihres ersten Besuchs auf dem Mars ihr Assistent gewesen war. Jiang war noch immer so höflich und aufmerksam wie damals und auch noch ein genauso angenehmer Gesprächspartner, solange sie sich von Tabuthemen wie der Kernel-Physik fernhielten. Und obgleich nicht mehr ganz so jung wie damals, war er immer noch süß genug, dass sich ihre Mußestunden mit schönen Tagträumen füllten.

Es fiel Penny nicht schwer, sich auf die Rhythmen der Reise einzulassen. Nach der geräuschvollen Technik der IRF-Jumbos war es in der Dschunke geradezu friedlich. Und im Vergleich zum starken Schub des Kernel-Antriebs war der vom Lichtsegel des Schiffes ausgeübte Mikroschwerkraft-Schub kaum wahrnehmbar und überdies lautlos. Hin und wieder spürte Penny ein schwaches Plätschern von Sinneseindrücken im Bauch, als triebe sie in einem Ozean, gefangen in einer sanften Strömung. Oder sie sah ein Staubkörnchen herabschweben und langsam zu Boden sinken. Die chinesischen Besatzungsmitglieder waren wie Jiang höflich und ordentlich – vielleicht ein wenig gehemmt, dachte sie, aber es sorgte für eine ruhige Atmosphäre. Selbst die ferne Sonne rief ein Gefühl von Verträumtheit, von Frieden hervor.

Sie arbeitete, wenn sie sich konzentrieren konnte, und absolvierte das von Jiang höflich vorgeschlagene Trainingsprogramm, um den üblichen Verlust von Muskeltonus und Knochenmasse in der Mikroschwerkraft zu vermeiden. Sie schlief viel, in ihrem kokonartigen Raum schwebend, manchmal im Dunkeln, manchmal mit durchsichtig gemachten Wänden, sodass die Sterne, die Sonne und das Segel mit seinen gewaltigen, langsamen Wellenbewegungen sie wie ein Diorama umgaben. Nach ein paar Tagen konnte sie kaum noch erkennen, ob sie schlief oder wach war. Manchmal träumte sie von den glatten Gliedmaßen und unergründlichen Augen von Jiang Youwei.

Es war fast eine Enttäuschung, als Ceres aus dem Himmel herbeidriftete und diese Phase der Ruhe vorbei war.

# 66

Nicht weit von Ceres entfernt wurde der modulare Rumpf der Dschunke sanft von seinen Segeln getrennt und von einem kleinen automatischen Schlepper die letzten paar Hundert Kilometer zum Asteroiden gezogen. Peggy verstand, warum, als sie das große Segel am Himmel wehen sah; die größten Segel hatten einen Durchmesser von ein paar Tausend Kilometern oder mehr und waren damit größer als Ceres selbst – groß genug, um den Zwergplaneten wie ein Weihnachtsgeschenk einzupacken, und man wollte nicht, dass sie sich versehentlich ineinander verhedderten.

Bei Ceres geleitete man die Passagiere, darunter Penny, Jiang und ein paar Besatzungsmitglieder, die hier turnusgemäß wechselten, höflich in ein kleines, stumpfnasiges Shuttle mit Sitzreihen in einer engen Kabine. Als sie ihre Plätze einnahmen, schien einigen Passagieren ein wenig übel zu sein; andere rieben sich die Arme. Sie hatten alle eine schnelle Dekontamination und Impfungsauffrischung über sich ergehen lassen müssen. Die weiträumig auf isolierten Kolonien verstreuten menschlichen Gemeinschaften entwickelten eifrig ihre eigenen, einzigartigen Virenkulturen, und jede Gruppe musste vor einer Infektion durch alle anderen geschützt werden.

Als Penny sich auf ihrer Beschleunigungsliege anschnallte, hievten ein paar Besatzungsmitglieder ein Objekt in die Passagierkabine, das wie ein Stück Frachtgut aussah. Es hatte in etwa die Form eines Kegels und starrte von Objektiven, Grills und anderen Sensoren, zahlreichen einfahrbaren Antennen und einem kleinen Wald von Manipulatorarmen, die sich teilweise zu feinen Werkzeugaufnahmen verzweigten. Das Ganze war mit UEI-Logos und diversen Instruktionstafeln in vielen Sprachen gepflastert. Die Besatzungsmitglieder schoben das Ding vorsichtig an seinen Platz in einer Lücke zwischen den Reihen von Liegen, drehten es, sodass die Objektive aus den Fenstern schauen konnten, stöpselten es in die Bordstromversorgung des Shuttles ein und zogen sich zurück.

Die Türen des Shuttles schlossen sich, ein Glockenton erfüllte die Kabine, und aufgezeichnete Durchsagen verkündeten in chinesischer, englischer und spanischer Sprache, der letzte Transit nach Ceres habe soeben begonnen. Während Penny von der Beschleunigung sanft in ihre Liege gedrückt wurde, ruhte ihr Blick auf dem Kegel. »Und was, zum Teufel, ist das?«

Jiang Youwei lächelte. »Was glauben Sie?«

»Sieht aus wie ein Mars-Lander, circa 2050. Ein Museumsstück?«

Zu ihrer Überraschung leuchtete an der Flanke der Maschine ein Feld auf, und ein kultiviertes Gesicht schaute lächelnd zu ihr heraus. »Guten Morgen, Colonel Kalinski.«

»Erdschein. Du!«

»Ja, ich. Oder zumindest ein Partial von mir, ein Download meines Primärs auf der Erde. Lichtgeschwindigkeitsverzögerungen sind furchtbar langweilig, nicht wahr? Und bleiben uns anscheinend bis in alle Ewigkeit erhalten, wenn man bedenkt, dass sogar die Luken-Brücken auf Lichtgeschwindigkeits-Transits beschränkt sind. Ich frage mich, wie sehr *das* die Evolution von Leben und Intelligenz in der Galaxis behindert hat …« Er lächelte fast bescheiden; das Gesicht wurde authentisch reproduziert, sodass Penny den deutlichen Eindruck hatte, mit einem Menschen im Innern dieses schachtelartigen Gehäuses zu sprechen. »Es ist schön, Sie wiederzusehen.«

»Du meinst, du bist so was wie eine Teil-KI?«

»Natürlich. Im Vergleich zu meinem Primär bin ich stark eingeschränkt. Trotzdem lade ich meinen Speicher regelmäßig herunter, und nach meiner Rückkehr zur Erde erfolgt eine vollständige Synchronisierung.«

»Das klingt schizophren«, bemerkte Jiang.

»Ja, wahrscheinlich«, erwiderte Erdschein leichthin. »Aber Sie dürfen nicht vergessen, dass ich ohnehin schon eine Fusion von neun Menschen bin. Oder vielmehr, mein Primär ist es. In meinem Kopf singt sozusagen auch jetzt schon ein Chor von Stimmen.«

Diese Ablenkung von ihrer Mission, von dem herannahenden Asteroiden irritierte Penny. »Ich wusste nicht mal, dass du an Bord der Dschunke warst.«

»Ich habe erwogen, unsere Bekanntschaft zu erneuern. Aber Ihr junger Wächter hier meinte, es wäre vielleicht am besten, Sie während des Fluges nicht zu stören.«

»So, meinte er das?« Sie funkelte Jiang an, der nicht zum ersten Mal in ihrer Bekanntschaft errötete. »Bin ich etwa Ihre Großmutter?«

»Aber es gab nichts Dringendes zu bereden«, beschwichtigte Erdschein. »Obwohl wir schon so lange wegen Ihrer Beziehung zu Ihrer Schwester in Verbindung stehen. Natürlich sind Sie beide nun durch Lichtjahre getrennt – vermutlich für immer.«

Sie warf Jiang einen Blick zu. Offiziell wusste er nichts von ihrer komplizierten Vergangenheit. Sein Gesicht war ausdruckslos; sie konnte nicht erkennen, was er wusste oder nicht.

Sie wandte sich wieder Erdschein zu. »Also, warum bist du hier?«

»Aus zwei Gründen. Erstens …«

»Die Konferenz?«

»Ja. Sie ist zwar bei Weitem noch kein Gipfeltreffen, aber immerhin einer der wichtigsten Kontakte zwischen den Vereinten Nationen und den Chinesen, die es gegenwärtig gibt. Ihre Anwesenheit, Colonel, ist ein Anzeichen dafür. Und wir – meine Gefährten im Kern – glauben, wir sollten solche Initiativen sichtbar und öffentlich unterstützen, weil dort die kooperative Entwicklung der Ressourcen im äußeren Sonnensystem erörtert wird. Also, hier bin ich.«

»Und der zweite Grund?«

»Ich wollte den Asteroidengürtel sehen. Ganz einfach. Ich habe so etwas wie eine Obsession in Bezug auf die gewaltsamen Ursprünge unserer gegenwärtig friedlichen Welten entwickelt … Sagen wir, ich bin süchtig nach kosmischen Katastrophen. Ceres ist der einzige wirklich kugelförmige Asteroid, wissen Sie. Er ist als Einziger differenziert, das heißt, er besitzt eine innere Struktur: einen Gesteinskern, einen Mantel aus Wassereis und eine geborstene Kruste aus Mineralien. Eigentlich ist er ein Zwergplanet, kein Asteroid. Und er vereinigt ungefähr ein Drittel der Masse des gesamten Gürtels in sich. Früher gab es hier im Gürtel allerdings *Tausende* solcher Objekte, alles Relikte aus jenen uralten Zeiten, in denen das Sonnensystem entstand.«

»Alle verschwunden, außer Ceres«, sagte Penny.

»Ja.« Zwei Manipulatorarme schwangen herum; zwei kleine Metallfäuste kollidierten mit blechernem Scheppern. »Alle bei Kollisionen in tausend Stücke zersprungen. Deshalb gibt es so viele metallreiche Asteroiden dort draußen. Sie sind Überreste der Kerne von Welten wie Ceres, ganzer Welten, die zertrümmert wurden. Gewalt, wohin man auch schaut! Wir krabbeln in unserem Sonnensystem herum wie verwirrte Kinder in einer zerbombten Kathedrale.«

Jiang runzelte die Stirn. »Das ist nichts Neues. So ist das Universum, das wir bewohnen, nun einmal beschaffen.«

»Stimmt. Aber mich quält nicht die Gewalt der Vergangenheit, sondern die spiegelbildliche Gewalt, die möglicherweise in unserer Zukunft liegt …«

Penny versuchte, aus seinen Worten schlau zu werden. Ihr fiel ein, dass Erdschein schon vor all diesen Jahren, am Grab ihres Vaters, von seiner *Angst* gesprochen hatte. Jetzt schien er noch irrationaler, noch obsessiver zu werden. Quälten ihn Visionen von der uranfänglichen kosmischen Gewalt? Konnte eine Kern-KI geisteskrank werden? Falls ja, was wären die Folgen? Aber vielleicht wurde er auch *vernünftiger* – konfrontiert mit Realitäten, die von der Menschheit noch nicht wahrgenommen wurden. Sie war nicht sicher, welche Alternative beunruhigender war.

Ein weiterer Glockenton informierte sie, dass der Transfer sich dem Ende näherte. Penny spürte, wie eine leichte Abbremsung sie gegen die Gurte drückte, und bemühte sich, durch den blasenförmigen Panzer des Shuttles nach vorn zu schauen. Endlich sah sie Ceres selbst, eine kleine Welt, die rasch näher kam. Im gedämpften Sonnenlicht sah der Asteroid auf den ersten Blick wie die dunkle Seite des Mondes aus, zernarbt von Kratern. Über große Teile der Landschaft spannten sich jedoch transparente Dächer, unter denen das Grün des Lebens zu sehen war. Es gab auch Bohrtürme irgendwelcher Art, so hoch, dass sie sich am scharfrandigen Horizont wie Stoppeln abzeichneten, und ein Gürtel aus glänzendem Metall zog sich um diese Welt, vermutlich am Äquator.

»Dieser Gürtel ist der Massebeschleuniger«, sagte Jiang Youwei neben Penny leise. »Oder einer davon. Eine riesige elektromagnetische Schleuder, die Säcke voller Wassereis und anderer flüchtiger Stoffe von Ceres durch den ganzen Asteroidengürtel und sogar bis zum Mars schießt. Manche Asteroiden bestehen praktisch aus reinem Metall oder Metallerz, wissen Sie, ohne eine Spur von Wasser oder anderen flüchtigen Stoffen, und sind darum für menschliches Leben an sich ungeeignet. Wegen des Wassers, das Ceres exportiert, hat sich der Asteroid als Schlüssel zur Nutzung des gesamten Gürtels erwiesen.«

Ein weiterer Warnton erklang. Das Shuttle kippte und sank erschreckenderweise *mit der Nase voran* nach unten, auf die Betonfläche eines mit Erkennungszeichen deutlich markierten und von riesigen Bauwerken umgebenen Landeplatzes zu. Die Schwerkraft von Ceres musste so gering sein, dachte Penny, dass der Abstieg eher einem Andockmanöver an einer riesigen Raumstation ähnelte als der Landung auf einem respektablen Planeten, auf dem Mars, dem Merkur oder der Erde.

In den letzten Sekunden kippte das Raumfahrzeug mit ratternden Korrekturtriebwerken in die Waagerechte zurück und sank nur noch im Schneckentempo. Sie landeten federweich.

Das Shuttle rollte auf ein enorm hohes, weitläufiges Bauwerk zu und schmiegte sich mit der Nase an eine Mauer. Ein Glockenton, und die Passagiere begannen, ihre Gurte zu lösen. Penny erhob sich von ihrer Liege und taumelte ein wenig in der kaum vorhandenen Schwerkraft.

Man hörte Verriegelungen klicken, dann schwang die Nase des Shuttles beiseite und gab ein rundes Portal frei, durch das sie hinausgehen konnten. Jenseits des Portals warteten eine Handvoll offiziell aussehender Gestalten in nüchternen Geschäftsanzügen und ein paar bewaffnete Soldaten. Über ihre

Schultern hinweg erhaschte Penny einen Blick in einen riesigen, offenen Raum mit dünnen Säulen und einer hohen Decke, durch die glitzerndes Sonnenlicht fiel und unter der riesige Vögel herumflatterten – nein, erkannte sie, das waren *Menschen*, Menschen, die mithilfe skelettartiger Fledermausflügel durch die Luft flogen. Das Sonnenlicht wurde vom Licht riesiger Neonpaneele ergänzt, die von der Decke zu hängen schienen. In diesem riesigen, höhlenartigen Raum drängten sich kleinere Gebäude auf einem glatten Boden, vollständig umschlossen von dem riesigen Dach. Das Bauwerk war so hoch, dass Penny eine leichte Krümmung des Bodens wahrzunehmen glaubte, als würde es sich über den Horizont hinaus erstrecken. Nun, vielleicht war es ja so.

Zwei Frauen warteten auf Penny, Jiang und Erdschein. Die ältere, klein, nüchtern, vielleicht vierzig Jahre alt und in ein düsteres schwarzes Kostüm gekleidet, stellte sich als Shen Xuelin vor. »Willkommen in den Hallen von Ceres. Ich bin die stellvertretende Leiterin der hiesigen Kolonie und Vorsitzende der Konferenz zur künftigen Ressourcennutzung, an der Sie freundlicherweise teilnehmen werden.« Ihr Englisch war gut, vielleicht sogar übermäßig präzise, mit einem neutralen amerikanischen Ostküsten-Akzent. Sie stellte die jüngere, uniformierte Frau neben ihr vor: Wei Ling, Hauptmann einer Spezialabteilung des chinesischen Nationalheeres. »Ich entschuldige mich für die Anwesenheit einer bewaffneten Offizierin an meiner Seite«, sagte Shen. »Und für unsere Unfähigkeit, Ihnen die vollständige Freiheit zu gewähren, die Sie erbeten haben, Sir«, sagte sie zu Erdschein.

Penny drehte sich um und sah, dass der kegelförmige Wirtskörper der KI von ein paar Besatzungsmitgliedern des Shuttles auf eine Art Schwebeplattform gehievt wurde. Sie musste lachen.

»Du wirst durch die Gegend gerollt wie ein ferngesteuertes Kinderspielzeug, Erdschein.«

»Es ist eine rein routinemäßige Vorsichtsmaßnahme ...«

»Bitte entschuldigen Sie sich nicht, Madam Shen.« Erdscheins Stimme war kräftig und selbstsicher. Es klang, als stünde ein Mensch hier bei ihnen. »In Anbetracht der gegenwärtigen politischen Lage ist das absolut verständlich. Ich hatte halbwegs damit gerechnet, dass Sie mich gänzlich abweisen würden.«

Shen schaute auf eine Armbanduhr. »Die Vormittagssitzung der Konferenz dauert noch eine Stunde. Würden Sie sich uns anschließen?« Shen führte sie zu einem Steg, der sich über den Boden des gewaltigen Gebäudes erstreckte. »Ich würde Ihnen raten, sich am Handlauf festzuhalten ...«

Der Steg war ein Laufband aus einem nachgiebigen Material, das rasch auf Touren kam. Penny merkte, dass sich ihr Körper auf beunruhigende Weise nach vorn neigte, obwohl sie nicht das Gefühl hatte umzukippen. Mit einem Blick nach unten sah sie, dass sich die Oberfläche des Laufbands hochgekrempelt hatte und sie in einem bestimmten Winkel festhielt, um die Beschleunigung zu kompensieren. Ein hübscher Niedrigschwerkrafttrick. »Raffiniert«, sagte sie.

»Ein ausgeklügeltes Konzept«, erwiderte Shen mit einigem Stolz, »aber nicht jeder findet es angenehm. Die Vermischung von Vertikale und Horizontale ...«

Penny bemerkte, dass Jiang sehr bleich geworden war. Sie musste grinsen. »Halten Sie durch, Marsmann? Wenn Sie sich übergeben müssen, besorge ich Ihnen eine Spucktüte.«

»Das wird nicht nötig sein«, sagte Jiang in etwas gepresstem Ton. »Madam Shen, ich fand die Tagesordnung der Konferenz faszinierend.«

»Ganz meiner Meinung«, sagte Shen. »Es gab bereits produktive Sitzungen über ehrgeizige Pläne zur Nutzung solcher Ressourcen wie der Atmosphäre der Gasriesen, ferner Monde wie Titan und Triton, ja sogar von Objekten im Kuiper-Gürtel und in der Oortschen Wolke. Mit unserer Erfahrung von Ceres und den Asteroiden trauen wir uns durchaus zu, uns die Eismonde und Zwergplaneten des äußeren Systems vorzunehmen, obwohl wir dazu Alternativen zum Sonnenlicht als Energiequelle finden müssten.«

»Sie meinen«, sagte Erdschein provokativ, »Sie brauchen die Kernels.«

»Das wäre eine Möglichkeit«, sagte Shen ein wenig steif. »Es gibt aber auch noch andere Energiequellen. So kann man beispielsweise Fusionstreibstoff aus der Atmosphäre der Gasriesen gewinnen. Das wird um Größenordnungen ehrgeizigere industrielle Anstrengungen erfordern als alles, was es heutzutage gibt – sicher eine Herausforderung für die nächste Generation, und selbst dann werden wir wohl die gemeinsamen Ressourcen all unserer Gesellschaften brauchen, also des Großen Wirtschaftsverbunds *und* der von der UN-Quasiregierung dominierten Staaten, um eine solche Aufgabe zu bewältigen.«

»Aber diese Zusammenarbeit scheint jetzt weitaus weniger wahrscheinlich zu sein als noch vor ein paar Wochen«, sagte Erdschein traurig.

»Ja, in der Tat …«

Penny hörte nur mit halbem Ohr zu. Je tiefer sie in dieses Gebäude hineinfuhr, desto mehr wurden ihr dessen ungeheure Ausmaße bewusst. Das Dach hoch über ihr war wie der Himmel eines Planetariums, getragen von nadeldünnen Säulen; die Ansammlungen von Gebäuden auf dem Boden glichen ganzen

Dörfern, die von dem größeren Bauwerk umschlossen wurden. Sie erkannte Verwaltungsgebäude, gedrungene, militärisch anmutende Bunker, Speisesäle, Wohnheime und Krankenhäuser – aber es gab auch Schulen, in deren Umgebung sie Kinder spielen sah; sie sprangen hoch und versuchten sich mit flatternden Armbewegungen in der Luft zu halten. Außerdem Bars, Spielsalons, Hotels und eine riesige Sportarena, in der gerade eine Niedrigschwerkraftversion von Basketball gespielt zu werden schien, wie sie durch die filigrane Gerüstkonstruktion sah. In dem gewaltigen Raum herrschte ein beständiger Lärm, der von dem harten gemeinsamen Fußboden und dem Dach hoch oben widerhallte, ein Durcheinander von menschlichen Stimmen, Musikfetzen, dem gelegentlichen Surren von Luftpumpen und Ventilatoren. Und um die dünnen, kaum sichtbaren Säulen herum flogen Menschen, viele von ihnen jung, wie Penny es wohl auch kaum anders erwartet hätte; mühelos glitten sie mit ausgebreiteten Fledermausflügeln dahin, die an ihre Arme geschnallt waren.

»Sie brauchen keine Angst zu haben.«

Englische Worte, mit starkem Akzent. Penny drehte sich um und sah, dass die junge Soldatin mit ihr gesprochen hatte, Hauptmann Wei Ling. Wei hielt ihre Fernbedienungstafel in der Hand; sie lächelte.

»Ich habe keine … Angst wovor?«

Wei zeigte nach oben; sie trug einen weißen Handschuh. »Dass uns das Dach auf den Kopf fällt. Selbst Kinder, die hier geboren sind, befürchten das. Unsere Architekten nutzen die geringe Schwerkraft dieser kleinen Welt, um Bauwerke wie dieses zu erschaffen, die auf keiner anderen von Menschen bewohnten Welt möglich sind. Aber der Anblick eines künstlichen Himmels verletzt offenbar einen Urinstinkt.«

»Es klingt, als wären Sie stolz auf all das. Sind Sie hier geboren?«

»Nein. Ich stamme von der Erde. Aber als Chinesin bin ich stolz darauf, das erleben zu dürfen, ja. Der Zugang zum Weltraum hat bei meinem Volk eine ureigene Genialität freigesetzt, denke ich. Wir erreichen gleich das Ende des Laufbands; bitte bereiten Sie sich darauf vor.«

# 67

Der Konferenzsaal, zu dem sie geführt wurden, war ebenfalls riesig und geschickt, wenn auch konventionell angelegt, mit einer großen Bühne, einer riesigen Leinwand und Sitzreihen, die in der niedrigen Schwerkraft so steil anstiegen, dass man ein flaues Gefühl im Magen bekam.

Aber die Sitze waren größtenteils leer. Penny sah sofort, dass etwas nicht stimmte. Die Delegierten hatten sich, vielfach lautstark diskutierend, vor großen Bildschirmen versammelt, die von einem Schneegestöber von Bildern, Nachrichten, wissenschaftlichen Beiträgen und anderen aktuellen Features erfüllt waren. Penny erkannte einige der Delegierten aus China wie auch aus den UN-Staaten: Politiker, Wissenschaftler, Ingenieure, sogar ein paar Schriftsteller und andere Künstler. Der Lärm der erhobenen Stimmen im Saal war so groß, dass Penny kein Wort von dem verstand, was die vielen Berichterstatter auf den Bildschirmen von sich gaben. Ein paar Gesichter drehten sich zu den Neuankömmlingen um, insbesondere zu Erdscheins ausgefallenem Avatar-Körper, wandten sich aber alsbald wieder ihren frenetischen Diskussionen zu.

»Ah«, sagte Shen und warf Wei einen Blick zu. »Wie ich sehe, hat man es bekannt gegeben.«

»Ich höre es mir gerade an«, erklärte Erdschein ein wenig abgelenkt.

Penny runzelte die Stirn und schaute auf die Bildschirme. »Was hat man bekannt gegeben?«

Shen seufzte. »Ich hatte gehofft, uns blieben noch ein paar Stunden, sodass unsere Tagesordnung nicht gestört würde …«

»Was für ein deprimierender Anblick«, sagte Erdschein. »Selbst hier haben sich die Delegierten in ihre jeweiligen Rudel zurückgezogen. Sie alle sind zu dieser zauberhaften Welt im schwachen Sonnenlicht gekommen, um über etwas zu sprechen, was die Menschheit hätte vereinigen können: die gemeinsame Expansion in die unvorstellbaren Reichtümer des äußeren Sonnensystems. Und nun haben wir uns schon wieder zu unseren Stämmen zusammengeschart. Und schauen Sie, der einzige Ort, wo die eine Seite mit der anderen spricht, ist diese Insel, wo man Kaffee serviert.«

»Tja, immerhin etwas«, sagte Penny leise.

Shen Xuelin sah Erdschein unerwartet feindselig an. »Sie reden, als stünden Sie über den Dingen. Dabei waren die Kern-KIs jahrzehntelang eine einflussreiche Macht in geopolitischen Angelegenheiten. Tatsächlich wird ein erheblicher Teil der irdischen Ressourcen abgezweigt, um Sie und Ihre Brüder zu unterhalten. Wenn wir jetzt in Schwierigkeiten sind – nun, dann wegen einer Situation, die durch Ihre Mitwirkung entstanden ist …«

»Das ist doch jetzt ganz egal«, sagte Penny scharf. »*Was hat man bekannt gegeben?* Was ist hier los?«

Der von Manipulatorarmen starrende obere Teil des kegelförmigen Roboters drehte sich zu ihr. »Ja, Sie haben während des Transits an Bord des Lichtsegelschiffs meist mit offenen Augen in Ihrer Kabine geschlafen, nicht wahr? Typisch für euch Wissenschaftler, ehrlich gesagt, angesichts all der zunehmend unerfreulichen Entwicklungen auf der Erde und woanders. Aber selbst Sie, Colonel Kalinski, haben doch wohl von den jüngsten Vorfällen gehört, die so viel Besorgnis ausgelöst haben …«

»Sei nicht so herablassend«, fauchte sie. »Ich weiß von dem Tsunami im Atlantik und von der durchlöcherten Kuppel in Terra Sirenum …«

»Beides an sich relativ unwichtige Ereignisse«, sagte Shen. »Außer wenn man persönlich betroffen ist, natürlich. Die Verluste an Menschenleben in unserer Kolonie in Sirenum waren sogar noch größer als jene, die von dem Tsunami verursacht wurden. Wichtig ist jedoch, dass nun öffentlich bestimmte Anschuldigungen erhoben werden, sogar in den Organen der Vereinten Nationen. Zum Beispiel, dass der Tsunami möglicherweise durch eine Tiefenbombe ausgelöst wurde, wie sie unsere Regierung ausschließlich zum Einsatz beim Terraformierungsprojekt auf dem Mars entwickelt hat. Mag sein oder auch nicht, dass der Tsunami, der Kuppelbruch auf dem Mars und andere Vorfälle von Agents Provocateurs auf beiden Seiten verursacht wurden, Colonel Kalinski. Aber diese Vorfälle haben aufgezeigt, wo wir jeweils verwundbar sind. Und ich muss Ihnen sagen, dass Neu-Beijing sich verwundbarer fühlt. *Ihr habt die Kernels.* Das kann nicht so bleiben. Deshalb haben unsere Räte beschlossen, als Reaktion auf die implizite Bedrohung durch die Kernel-Technologie Maßnahmen zu ergreifen, bei denen wir unsere eigenen Stärken einsetzen …«

»Schon klar«, fauchte Penny. »Also, worum geht es bei dem ganzen Tamtam hier?«

»Um das, was unsere Regierung in Neu-Beijing bekannt gegeben hat«, sagte Shen in ruhigem Ton. Sie deutete auf eine Ecke des großen Bildschirms, wo eine Erklärung auf Chinesisch, aber mit englischen Untertiteln, unablässig wiederholt wurde.

Es dauerte ein paar Minuten, bis Penny begriff, dass die Chinesen ihrer Militärstreitmacht im Weltraum befohlen hatten, einen kleinen Asteroiden aus dem Hauptgürtel auf Kollisionskurs mit der Erde zu bringen.

Selbst Jiang schien schockiert zu sein; offenbar hatte er noch nichts davon gehört.

»In technischer Hinsicht war das kein Problem«, sagte Shen. »Das können Sie sich ja vorstellen. Und wie ich höre, wurde das Projekt schon seit einigen Jahren entwickelt.«

»Das würdet ihr doch nicht tun«, sagte Penny. »Euer eigenes Volk … Milliarden von Menschen …«

»Der Asteroid könnte so manipuliert werden, dass er selektive Schläge ausführt.«

Erdschein grunzte. »Die eine Seite der Erde ausschalten, die andere aber nicht, stimmt's? Das ist ein gefährliches Spiel, Madam Shen; der Planet ist klein.«

»Aber wir haben viele Jahre Zeit, um dieses Werkzeug zu formen«, sagte Shen. »Der Felsbrocken befindet sich in einem langen Orbit; er wird noch Jahre dauern, bis er die Erde erreicht. Wir veröffentlichen einen detaillierten Zeitplan mit Knotenpunkten, an denen man ihn ablenken kann. Dieser lange Zeitraum ist bewusst so gewählt. Er beinhaltet Fristen, innerhalb deren die Vereinten Nationen bestimmte friedenserhaltende Maßnahmen durchführen müssen, darauf bestehen wir. Zum Beispiel, Schluss mit dem Auswanderungsmonopol nach Per Ardua. Und das Wichtigste: *uneingeschränkte gemeinsame Nutzung der Kernel- und Luken-Technologie.* Es geht uns nicht darum, einen Gesteinsbrocken auf der Erde einschlagen zu lassen, sondern den Vereinten Nationen Zugeständnisse abzuringen.«

»Eine Kalte-Kriegs-Waffe mit tickender Uhr«, sagte Erdschein nachdenklich. »Ihr seid erfindungsreich.«

»Sie sagen ›ihr‹«, erwiderte Shen bedauernd. »Ich sage ›wir‹. *Ich* hatte damit nichts zu tun. Und auch sonst niemand in diesem Raum, glaube ich. Hier sind wir alle … Utopisten. Idealisten. Sonst wären wir nicht hier. Wir wollen über eine bessere Zukunft in Frieden und Wohlstand diskutieren, aber die Gegenwart treibt auf den Krieg zu. *Wir* können nur zusehen, wie sich die Dinge entwickeln, und hoffen.« Jetzt sah sie Penny verständnisheischend an. »Sie sehen, das ist alles bloß ein Bluff. Um den Vereinten Nationen Zugeständnisse abzuringen …«

»Aber wenn sie nicht einlenken«, sagte Penny rasch. »Nur mal angenommen – wenn sie nicht einwilligen, sondern es darauf ankommen lassen … würdet ihr den Felsbrocken auf die Erde stürzen lassen? Würdet ihr das wirklich tun?«

Aber Shen antwortete nicht. Weder Jiang noch Wei Ling, die hilfsbereite junge Soldatin, wollten ihr in die Augen schauen.

Erdschein, eingeschlossen in seinen Avatar, drehte sich surrend um. »Überlegen Sie doch mal, Colonel Kalinski. Wenn die Kernels nicht wären, wenn die verdammte Luke nicht wäre, säßen wir jetzt hier und sprächen über gemeinsame Flüge zum Jupiter. Stattdessen stehen wir vor einem interplanetarischen Krieg. Wer auch immer dieses verdammte Material auf dem Merkur deponiert hat, ich frage mich, ob er wohl *wusste*, dass es dazu führen würde.«

Jiang berührte Penny sanft am Arm. »Mein Rezept heißt Kaffee. Kommen Sie …«

# Siebter Teil

# 68

## 2213

»Sie haben sich Thursday geschnappt.«

Liu stand in einem teuren, aber schmutzigen Overall vor Yuris Schreibtisch; offenbar war er draußen auf den Feldern gewesen. Liu Tao war jetzt in den Siebzigern – körperlich fast zwei Jahrzehnte älter als Yuri, nach dessen jeweils vierjährigen Unterbrechungen des Alterungsprozesses in der Luke. Yuri hatte ihn noch nie so aufgeregt gesehen.

Zwölf Jahre nach Yuris Rückkehr vom Merkur waren sie beide reich, beide mächtig – aber nur auf lokaler Ebene, auf dieser kleinen Welt namens Per Ardua, und hin und wieder wurden sie daran erinnert, dass in ihrem Universum weitaus mächtigere Kräfte am Werk waren. Liu sprach davon, dass seine zweiundzwanzigjährige Tochter festgenommen worden war, wahrscheinlich wegen nicht viel anderem als dem Verbrechen, Halbchinesin zu sein. Er sah so hilflos aus wie wohl auch an jenem Tag, als sein chinesisches Raketenflugzeug vom Himmel gefallen war – in eine von den Vereinten Nationen kontrollierte Enklave auf dem Mars.

Yuri berührte eine eingebaute Tafel in der Platte seines Schreibtischs – altes Mahagoni, von der Erde importiert und von Menschen durch die Luke vom Merkur getragen, unglaublich teuer. »Stef? Ich denke, du solltest mal reinkommen.«

»Bin schon unterwegs.«

»Setz dich, Liu.«

»Verdammt, Yuri …«

»Setz dich. Stef kommt gleich. Irgendwie kriegen wir das schon wieder hin.«

Stef Kalinski betrat das Büro. Sie verströmte den starken Geruch von Erbauerstängeln; neben ihren anderen Projekten versuchte sie, mehr Details über die weit zurückliegende Vergangenheit der Erbauer herauszufinden und in Erfahrung zu bringen, was sie mit den exotischen Technologien der Luke zu tun hatten. Stef, selbst in den Sechzigern, war noch immer eine Multitaskerin und ließ sich manchmal nur mit Mühe dazu bewegen, sich auf eine Sache zu konzentrieren. Doch sobald sie den offensichtlich erregten Liu dort stehen sah, war er das Zentrum ihrer Aufmerksamkeit. »Sagt mir, wie ich helfen kann.«

Yuri ging zur Kaffeekanne und schenkte drei Becher randvoll ein. Es war arduanischer Kaffee, angebaut und verarbeitet an der Mattock-Konfluenz. Yuri importierte zwar gern einmal Luxusgüter von der Erde, kaufte aber in der Regel lokale Produkte. »Liu sagt, Thursday sei verhaftet worden.«

Stefs Augenbrauen schossen nach oben. »Was? Von wem? Von den Vereinten Nationen, nehme ich an …«

Liu unterbrach sie. »Von den Sicherheitskräften in der Markzone.«

Yuri versuchte, die Sache auf die leichte Schulter zu nehmen. »Was hat sie getan, einen Ziegelstein nach ihnen geworfen? Sie haben die Truppe dort doch reduziert.«

»Nicht verhaftet.« Liu konnte kaum noch an sich halten. »Eingesperrt. Sie haben sie in eins ihrer Lager gebracht.«

»Ah. Ach du Scheiße.«

Die Internierungslager waren eine neue, unerfreuliche Entwicklung, ein Nebeneffekt des Krieges, der sich im Sonnensystem zusammenbraute.

Seit Yuri und Stef Kalinski vor zwölf Jahren gemeinsam durch die Luke in einen vulkanischen Winter zurückgekehrt waren, hatte sich das Klima auf Per Ardua schrittweise gebessert – zum Glück, weil unmittelbar nach ihnen schon die ersten Einwanderer von der Erde eingetroffen waren. Doch in letzter Zeit hatte sich die politische Lage daheim offenbar verschlechtert. Der Strom von Menschen, die durch die Luke kamen, hatte sich zum Rinnsal abgeschwächt, weil die Ressourcen des inneren Systems für den sich verschärfenden interplanetarischen Konflikt eingesetzt wurden und nicht mehr dafür, Emigranten zwischen den inneren Planeten hin und her zu fliegen. Viele der hier auf Per Ardua stationierten UN-Soldaten waren sogar ins Sonnensystem zurückbeordert worden.

Einige ihrer für den Kalten Krieg typischen scharfen Sicherheitsmaßnahmen hatten die Vereinten Nationen jedoch nicht nur zu Hause, sondern auch hier auf Per Ardua eingeführt. Und wie es schien, waren immer noch genug Soldaten da, die Zeit übrig hatten, um Liu Taos Tochter aufzugreifen.

Yuri grunzte. »Keine Ahnung, was die mit ihren Internierungslagern hier auf Per Ardua erreichen wollen. Das ist unser Land, unsere Welt. Es ist wie eine Paranoia-Infektion, die sich durch die Luke verbreitet. Je eher der letzte UN-Soldat seinen jämmerlichen Arsch durch die Luke zwängt, umso besser.«

»Ja und genau solche Sprüche haben Thursday wahrscheinlich in Schwierigkeiten gebracht«, erwiderte Liu. »Sie hat sich einigen dieser Jugendbewegungen angeschlossen. ›Ardua den Arduanern‹ – ihr wisst schon. Bei Thursdays ethnischem Hintergrund ist jede derartige Aktivität gefährlich. Wir müssen sie da rausholen, Yuri.«

»Natürlich. Wir drei fahren zusammen in die Markzone und kommen nicht ohne sie zurück. Okay?«

Liu schien weder erleichtert noch beruhigt, aber zumindest dankbar für die Unterstützung zu sein – und dafür, dass er etwas unternehmen konnte. »Ich fahre.«

»Kommt gar nicht infrage. In deinem Zustand bringst du uns nur alle um. Stef, besorg uns einen Rover.«

Stef nickte. Doch als die drei steif dastanden – drei alte Leute, die sich bei jeder Bewegung ihres Alters bewusst waren –, sagte Stef leise zu Yuri: »Du solltest keine Versprechungen machen, von denen du nicht genau weißt, dass du sie auch halten kannst. Schlechte Angewohnheit, Yuri …«

»Worauf willst du hinaus?«

»Ich kenne die UN und die IRF wesentlich besser als du. Mach dich auf das Schlimmste gefasst.«

# 69

Abseits der UN-Basis in der Markzone – wie man die substellare Zone mittlerweile nannte, jenes Gebiet von Per Ardua, das von der menschlichen Obrigkeit am stärksten kontrolliert wurde und nun ironischerweise einen Erbauer-Namen trug – waren Rover und andere Fahrzeuge noch immer selten, noch immer kostbar. Seit der *Ad Astra* war nie wieder ein Sternenschiff nach Per Ardua gekommen, und alle Großgeräte, die aus dem Sonnensystem importiert wurden, mussten in ihre Bestandteile zerlegt und durch die Luke transportiert werden, für gewöhnlich auf dem Rücken von Einwanderern. Aber Yuri Eden, Stef Kalinski und Liu Tao, das Führungs-Triumvirat der Gemeinschaft an der Mattock-Konfluenz, waren so ziemlich die reichsten und mächtigsten Menschen auf Per Ardua, abgesehen von dem lokal begrenzten UN-Einflussbereich in der Markzone selbst. Im Verlauf des letzten Jahrzehnts hatten sie mit beträchtlichem Erfolg den Reichtum und die Macht abgeschöpft, die mit dem nur in eine Richtung verlaufenden Einwandererstrom verbunden waren.

Also wurde ihnen bald ein Rover zur Verfügung gestellt.

Stef Kalinski fuhr schnell, ruhig und sicher auf die Markzone zu. Obwohl sie noch immer eine solch gedankenverlorene Intellektuelle war wie eh und je, stellte Yuri fest, dass es ihr gelungen war, sich hier auf dieser ganz anderen Welt einzufügen. Dank ihrer militärischen Ausbildung bei der IRF besaß sie analytisches Denkvermögen, Courage und praktische Fähigkeiten. Und sie fühlte sich erheblich wohler mit einer vier Lichtjahre dicken Schicht zwischen sich und ihrer unerwünschten »Zwillingsschwester«, vermutete Yuri – obwohl er selbst nach all dieser Zeit noch immer nicht recht wusste, ob er ihr das ganze abgedrehte Zeug glaubte, das sie ihm zögernd darüber erzählt hatte. Jedenfalls war Stef eine schweigsame, konzentrierte Fahrerin, selbst wenn sie es dem Rover überließ, eigenständig den richtigen Weg zu finden. Das war nicht unklug, denn Per Ardua, das sich noch immer von seinem vulkanischen Winter erholte, war unberechenbar.

Liu saß ebenfalls schweigend da und starrte auf die Straße vor ihnen, während sie nach Süden fuhren. Für ihn war die Fahrt eindeutig nur eine Phase, die er überstehen musste, bevor er sich wieder der Rettung seinen Tochter widmen konnte.

In der Stille hatte Yuri Zeit, aus dem Fenster auf seine in Veränderung begriffene Welt zu blicken.

Die teilweise geschotterte Straße stammte im Großen und Ganzen von jener Spur ab, die er, Mardina und die anderen vor all diesen Jahren auf ihrem Marsch nach Süden zum Substellarpunkt ausgetreten hatten, stromaufwärts am Verlauf des riesigen Flussnetzes entlang, dessen Wasser aus dem Hochland der Markzone nach Norden strömte und das nun aus nachvollziehbaren Gründen North River genannt wurde. Jahrelang hatte sich die Spur durch eine gefrorene Landschaft gezogen. Jetzt führte die Straße auf aufgetautem, aber festem Grund an Schmelzwasserseen vorbei und auf primitiven Brücken über reißende Nebenflüsse.

Die lange Kälte ging allmählich vorbei, die Decke aus Vulkanasche, die die Auswirkungen des Sternwinters noch verschärft hatte, löste sich endlich auf, und man stieß so weit südlich nur noch selten auf Eis. Der Winter hatte den Menschen das Leben zur Qual gemacht, insbesondere den völlig unvorbereiteten Neuankömmlingen auf dieser Welt.

Das arduanische Leben selbst war jedoch robuster und zweifelsohne an ein veränderliches Klima angepasst. Die KolE sagte, sie habe Schösslinge neuer Stängel beobachtet, die schon Wochen nach dem vulkanischen Ereignis unter der Ascheschicht emporgesprossen waren. Inzwischen beherbergten die unter dem Eis auftauchenden Seen schon neue Erbauer-Gemeinschaften mit ihren Kinderstuben, Haufen und Fallen. *Die Erbauer wussten Bescheid,* sagte die KolE; ihre Erinnerungen und Legenden, so glaubte sie, überspannten die Zyklen der weit zurückliegenden Vergangenheit. Yuri hatte seinen ganzen Einfluss geltend gemacht, um eine Art Sperrzone um den *jilla* herum einzurichten, den wandernden See, der ihn und Mardina nach Süden geführt hatte. Er wollte wissen, ob dieselben Erbauer den See jetzt wieder nach Norden verlegen würden, um den Zyklus von Neuem zu beginnen …

Was die Stromatolithen betraf, so schienen diese großen, träumenden Hügel den Winter kaum wahrzunehmen. Und die Mikroben im Tiefengestein, sagte die KolE, wo der größte Teil der Biomasse beheimatet sei wie auf jeder Gesteinswelt, hätten vermutlich überhaupt nichts davon bemerkt.

Die Nachwinterlandschaft von Per Ardua hatte sich jedoch im Vergleich zu früher dramatisch verändert. Sie war eine von Menschen geprägte, von Menschen und ihren Werken bevölkerte Landschaft geworden. Jetzt fuhr der Rover an Bauerndörfern vorbei, die die neuen Kolonisten mithilfe ihrer eigenen KolEs – vereinfachten, flexibleren modernen Maschinen – gegründet hatten. Ein Jahrzehnt lang waren Einwanderer an diesem einen zentralen Punkt in der Markzone aus der Luke gekommen, einem Durchgang von nur ein paar Metern Durchmesser, wie Öl, das aus einem Brunnen in der Wüste sickerte. Und von der Markzone aus waren sie in alle Richtungen über das geduldige Antlitz von Per Ardua ausgeschwärmt, nach Norden und Süden, Osten und Westen, aber vor allem waren sie den großen Flüssen gefolgt. Es war ein seltsames Kolonisierungsmuster, fand Yuri – und ein großer Kontrast zum Tüpfelmuster der ersten Gründergemeinschaften, die von den *Ad Astra*-Shuttles nahezu willkürlich an den verschiedensten Punkten abgesetzt worden waren.

Näher an der Markzone kamen sie durch einen dichter bevölkerten Industriegürtel. Hier gab es Stahlwerke, Schmelzhütten und Fertigungsanlagen, die am laufenden Band Werkzeug und Maschinen, Bagger und Bohrer produzierten, aus einheimischem Beton und Bauholz aus den Stängelwäldern errichtete Fabriken, gespeist von Flusswasser, das von glänzenden Rohrleitungen transportiert wurde. In diesem Gebiet hing bereits eine Wolke aus Kohle- und Holzrauch in der Luft, und an so manchem windstillen Tag lastete ein echter Smog auf den Fabriken, Aufbereitungsanlagen und Wohnungen in den Schlafsiedlungen unter dem unablässig senkrecht herunterbrennenden Licht von Proxima Centauri. Es gab ein ganzes Band solcher Siedlungen, die sich wie die bäuerlichen Gemeinschaften weiter draußen in einem groben Kreis um den zentralen Punkt der Markzone zogen, sich jedoch in der näheren Umgebung der großen Flüsse immer weiter nach außen vorschoben.

Es war ein erstaunliches Aufblühen nach nur wenigen Jahrzehnten menschlicher Anwesenheit auf dem Planeten, eine Entwicklung, die sich in den Jahren seit dem Beginn des großen Zustroms von Einwanderern stark beschleunigt hatte. Bald würde man Straßen und Eisenbahntrassen bauen, und die Speichen dieses riesigen, komplexen Rades der Kolonisierung würden sich noch viel weiter hinaus erstrecken, in Gebiete, die mit reichen Bodenschätzen wie Metallen und Uran aufwarten konnten, und zu den Flözen kohleähnlicher Lagerstätten, die man in unmittelbarer Nähe des Randwaldgürtels gefunden hatte. Ein Strom von Waren würde ins Zentrum zurückfließen, und auf der gesamten substellaren Seite von Per Ardua würde eine kontinuierliche integrierte Entwicklung beginnen.

Yuri und die Leute in seiner Umgebung hatten viel Geld gemacht, indem sie sich Rechtsansprüche auf Land sicherten, auf dem sich die neuen Siedler voraussichtlich niederlassen würden, und sie den Vereinten Nationen dann gegen Entschädigung abtraten. Jetzt beanspruchten sie eifrig riesige, weiter von der Markzone entfernte Gebiete, in denen es noch zu kalt und zu trocken war, als dass man sie schon für die Kolonisierung in Betracht gezogen hätte. Mit der Zeit – wenn sich das Wetter erwärmte – würden jedoch auch sie zurückverkauft werden. Niemand – weder die Neuankömmlinge selbst noch die UN-Behörde, die sie unter Kontrolle zu halten versuchte – wollte auf die zerlumpten Überlebenden von der *Ad Astra* hören, als diese sagten, es würde auf dieser Welt nicht *immer* so kalt sein. Yuri lernte mit zunehmendem Alter, dass es in der Natur des Menschen zu liegen schien, schließlich und endlich doch nicht auf die Alten zu hören, nicht aus der Geschichte zu lernen. Er hatte Geduld. Irgendwann würde Per Ardua sie alle zähmen.

Und in der Zwischenzeit wuchs Yuris Reichtum unablässig, teilweise in lokalen Anrechtsscheinen, teilweise in den von UN-Amtsträgern in der Markzone geführten Banken. Noch besser, die neuen Fabriken produzierten jetzt Waren, für die man sein Geld auch ausgeben konnte, von anständiger Kleidung –

*keine* Uniformen irgendeiner Militärstreitmacht der Vereinten Nationen – über schickes Besteck und Geschirr bis hin zu Möbeln und Stoffen, ja sogar Luxusartikeln: Es gab Lachsfarmen in einigen Flüssen und Hühnerhöfe, in denen echte, lebendige Vögel mit schlagendem Herzen herumspazierten.

Man munkelte, dass es bald eine zivile Kommunalverwaltung und Wahlen geben sollte. Sogar eine zivile Justiz als Ersatz für die Militärtribunale der Vereinten Nationen. Doch als sie sich dem Zentrum und der direkt von den UN-Truppen kontrollierten Zone näherten, erinnerten sie immer mehr Dinge daran, dass diese Welt weiterhin eine mehr oder minder vom Militär kontrollierte Kolonie war, die von einer fernen, quasi-imperialen Macht regiert wurde – um das zu sehen, brauchte man nichts von einem Mädchen zu wissen, das festgenommen worden war, weil es einen chinesischen Vater hatte. Sie durchquerten ein Gebiet, das von ordentlichen Reihen durch Wege aus zerkleinertem arduanischem Basalt miteinander verbundener Zelte und Fertigbauten mit den deutlich sichtbaren Logos der UN, der IRF und der Friedenshüter beherrscht wurde. Die Markzone-Basis war im Grunde eine militärische Festung, das Hauptquartier einer Besatzungstruppe, die sich aus den bäuerlichen Gemeinschaften weiter draußen auferlegten Abgaben finanzierte.

Nun fuhren sie an Anlagen vorbei, die Yuri noch nicht kannte: Lager mit Wachtürmen und Stacheldrahtzäunen. Auch hier überall UN-Logos, selbst an den Türmen. Kinder hinter den Zäunen schauten ihnen mit leerem Blick hinterher, als der Rover vorbeirollte.

Liu reckte einen Finger zu dem Lager. »Da drin. In einem ihrer neuen Internierungszentren. Da wird sie sein, meine Thursday.«

»Noch nicht«, sagte Stef. »Ich habe das unterwegs überprüft. Sie halten sie noch im Hauptquartier der Friedenshüter weiter im Innern fest. Sie wissen, dass sie deine Tochter ist, Liu. Offenbar wollen sie einen Gründer nicht mehr verärgern als unbedingt nötig.«

»Vielleicht.« Er saß da und starrte hinaus, den Ellbogen auf dem Fenstersims. Die Finger seiner rechten Hand arbeiteten nervös, als würde er mit einer unsichtbaren Münze spielen. »Ich habe kein gutes Gefühl. Ganz und gar nicht.«

»Hey, immer mit der Ruhe«, sagte Yuri. »Wir kriegen das schon wieder hin, Liu. Da lässt doch bloß irgend so ein UN-Arsch den Obermacker raushängen …«

»Du hast keine Ahnung, Yuri. Keinen *blassen Schimmer*. Thursday October und ich … als ihre Mutter gestorben ist und dann auch ihre Großmutter, hatte sie nur noch mich. Du warst nicht da, als sie klein war. Du hast nicht *mitgekriegt*, wie wir gelebt haben …«

Das stimmte. Dank seiner zweifachen Passage durch die Luke hatte Yuri effektiv acht brutale Winterjahre übersprungen, die Liu und all jene, die er auf Per Ardua gekannt hatte, durchmachen mussten; sie hatten sich den Herausforderungen gestellt, hatten ihre Kinder großgezogen … Yuri, biologisch gesehen noch in den Fünfzigern, war nicht einmal mehr so *alt* wie sie. Dass er all ihre Triumphe und Schmerzen verpasst hatte, entwertete irgendwie seinen eigenen Verlust, seine unwiderrufliche Trennung von Beth. Wieder einmal waren alle Bindungen zerrissen worden.

Das hatte jedoch bewirkt, dass er Stef nähergekommen war, die ihr eigenes Leben hinter sich gelassen und mit ihm einen Zeitsprung nach vorn gemacht hatte. Stef fand immerhin Trost in der Wissenschaft, in der fremden Welt, in die sie unversehens geschleudert worden war, in der Erforschung der Geheimnisse der Luken und der von ihnen repräsentierten Technik. Aber Yuris Beziehung zu Liu und den anderen war nie wieder so geworden wie zuvor.

»Tut mir leid«, sagte er jetzt.

Liu sah ihn an, aus seinem eigenen privaten Käfig von Sorge und Ungewissheit heraus. »Wie auch immer.«

Die Nase des Rover hob sich ein wenig, und der Motor brummte; sie begannen mit der langen Auffahrt in das zerklüftete Hochland, das die Markzone kennzeichnete, den Scheitel von Per Arduas gefrorener Gesteinsflut. Unter den ewigen Wolken des Substellarpunkts kamen sie nun zu weiteren Strukturen, die man nach der Entdeckung der Lukenverbindung in den sich erholenden Wald gepflanzt hatte. Dieses Gebiet war für die Abfertigung der Einwanderer reserviert: Lager, umgeben von Stacheldraht und Wachtürmen, die ersten Orte, zu denen man gebracht werden würde, wenn man durch die Luke kam. Hier wurden die Neuankömmlinge unter Quarantäne gestellt, untersucht und geimpft, dann bekamen sie ihre Grundausstattung einschließlich Kleidung und Startpaket mit lokalem Geld sowie eine elementare Ausbildung und Orientierung – oder sie wurden in ein Internierungslager verlegt, wenn mit ihrem Hintergrund etwas nicht stimmte. Yuri fragte sich manchmal, wie es wohl war, das verwirrende Mysterium des Raumtransports zum Merkur und einen geheimnisvollen transdimensionalen Sprung von einem Stern zum andern absolvieren zu müssen und auf einer fremden Welt zu landen – nur um nach alledem von der Familie getrennt, ausgezogen und in eine Duschkabine gesteckt zu werden.

»Ich hasse diese Lager«, sagte Liu, während sie durch die Zone rollten.

»Ich auch«, gestand Stef. »Ich habe mal ehrenamtlich in einem gearbeitet. Aber ich konnte das Weinen der Kinder nachts in diesen großen Schlafsälen nicht ertragen. Sie wussten nicht, wo sie waren, und hatten schreckliche Angst.«

Yuri sah sie an. »Aber du bist Wissenschaftlerin«, sagte er trocken. »Wir sind dabei, eine interstellare Spezies zu werden. Wir leisten Großartiges. Lohnt es sich nicht, dafür ein bisschen Schmerz zu ertragen?«

»Nicht, wenn Individuen auf dem Weg zu den Zielen einer Spezies leiden«, sagte sie. »Nein. Es muss eine bessere Methode geben, das Gewünschte zu erreichen. Vielleicht mit etwas mehr Geduld.«

Liu seufzte. »Aber selbst die Erbauer haben auf ihre Art Großartiges geleistet. Irgendwie haben sie die Luke gebaut. Zumindest sieht es so aus. Wir haben Spuren ihrer Fabriken und so weiter gefunden, stimmt's?«

»Ja«, sagte Stef. »Aber sie haben auch ihre Kanäle gebaut. Die Karte in der Luke beweist es, auch wenn wir auf dem Planeten selbst noch keine Spur von ihnen entdeckt haben. Also, *das* war eine großartige Errungenschaft, die besser zum Wesen der Erbauer passt als so ein Tor zu den Sternen. Was wollten sie mit der Luke? Welchen Nutzen hat ein Planet wie der Merkur für einen Erbauer von Per Ardua? Und doch haben sie ihren Kanälen den Rücken gekehrt und ihre Luke gebaut, und dann … tja, was? Sie haben aufgegeben und sind wieder nach Hause gegangen, wie es scheint. Ebenso gut hätten sie mitten in der Markzone die kilometerhohe Statue eines Erbauers errichten können, die Nase zu Prox gereckt. Wäre auch nicht nutzloser gewesen.«

Das brachte Yuri zum Lachen. »Hübsches Bild. Obwohl sie keine Nasen haben.«

Stef blieb ernst. »Vielleicht ist es kein Wunder, dass die Erbauer so trübselig sind, wie die KolE behauptet. Irgendwie wissen sie, dass ihre Geschichte … komplett falsch ist. Und zwar wegen der Luke, wie es scheint. Ich bin nicht sicher, dass die Luke überhaupt etwas mit den Zielen der Erbauer zu tun hatte, mit ihrem eigenen Schicksal als Spezies. Schließlich benutzen *wir* nun fröhlich das Merkur-Ardua-Lukensystem, um diese Welt zu kolonisieren. Aber eins haben wir irgendwie vergessen: Wofür auch immer es erbaut worden sein mag, *dafür* ganz bestimmt nicht.«

»Wozu ist es dann da?«, fragte Liu.

»Ich weiß es nicht. Obwohl ich mich jahrzehntelang mit den entsprechenden Phänomenen beschäftigt habe. Obwohl die Luken schon zur Menschheitsgeschichte gehören.«

»Hm«, machte Yuri. »Tja, ich hoffe, wir leben lange genug, um die Antwort zu finden.«

# 70

Schließlich gelangten sie zur UN-Basis tief im Innern der Markzone, in der Nähe der Luke.

Die Basis war seit den Tagen von Tollemache und seinen Leuten erheblich erweitert worden. Der alte Rumpf der *Ad Astra* lag jetzt im Zentrum eines umfangreichen Gebäudekomplexes, über dem schlaff die Flaggen der Vereinten Nationen, der IRF und anderer Organisationen hingen. Weite Bereiche des Waldes waren gerodet, abgesperrt und durch hohe Drahtzäune mit Abfertigungsblocks für Einwanderer verbunden worden. Man sprach davon, den Zylinder in ein Museum der Pionierzeit auf dem Planeten umzuwandeln, und Yuri hatte boshafterweise vorgeschlagen, Conan Tollemache als dessen Leiter zurückzuholen.

Und über der Luke selbst, oben auf der groben, transparenten Kuppel, die sie nun vor dem substellaren Klima schützte, prangte ein großes schmiedeeisernes Schild in den sechs Hauptsprachen der UN-Zonen, das man als Erstes sah, wenn man vom Merkur hindurchgekrochen kam:

WILLKOMMEN AUF PER ARDUA
PROTEKTORAT DER VEREINTEN NATIONEN

Als ausreichend prominente Bürger des »Protektorats« durften Yuri und die anderen die Sicherheitsabsperrungen mit einem

Mindestmaß an Formalitäten passieren. Ein junger Soldat eskortierte sie zum Hauptquartier des neuen, mit Notstandsbefugnissen ausgestatteten Korps der Friedenshüter, einem beeindruckenden Gebäude aus arduanischem Beton, das von Maschinengewehrstellungen und Überwachungskameras strotzte.

Liu ertrug das alles kaum. Seine Nerven lagen eindeutig blank.

Im Innern des Gebäudes wurden sie von Freddie Coolidge empfangen, der hinter einem Schreibtisch saß. »Setzt euch«, sagte er kurz angebunden. Er tippte auf seinen Schreibtisch; eine eingebaute Tafel leuchtete auf. »Ich weiß natürlich, weshalb ihr hier seid.« Dann schaute er aufmerksam auf die Tafel und zog den Moment in die Länge. Delgas Sohn, der den Nachnamen seines Vaters angenommen hatte, war jetzt Ende dreißig. Er trug die Uniform eines Sergeants der Friedenshüter. Mit seiner Mutter hatte er keinerlei Ähnlichkeit – nicht mehr. Er hatte sogar die Tattoos in seinem Gesicht entfernt, die seine Mutter ihm hatte stechen lassen, als er noch ganz klein gewesen war.

Yuri fand es entwürdigend, dass er hier in diesem sauberen Büro hocken und sich von einem Burschen wie Freddie ignorieren lassen musste. Trotz all ihrer Leistungen und ihres Reichtums waren sie bloß drei schäbige, alternde Menschen vom Land, die der Macht einer interplanetarischen Organisation gegenüberstanden. Er wappnete sich und rang um innere Stärke.

Aber Liu hatte sich kaum unter Kontrolle. Nach dreißig Sekunden fauchte er: »Du kleines Arschloch.«

Freddie blickte milde auf. »Verzeihung?«

»Du machst das absichtlich. Die Sache in die Länge ziehen. Deine Mutter würde sich im Grabe umdrehen, wenn sie dich so sehen könnte.«

Yuri sagte: »Liu …«

»Meine Mutter war ein Loser wie du, noch bevor sie irgend so ein Hitzkopf schließlich erstochen hat«, sagte Freddie kalt, »und das Beste, was ich je getan habe, war, von euch wegzugehen, euch ›Gründern‹. Also. Willst du nun wissen, was mit deiner Tochter ist, oder nicht?«

»Was muss ich tun, um sie hier rauszuholen?«

»Zu spät, fürchte ich.« Er grinste. »Sie ist weg.«

»Weg? Wohin?«

»Durch die Luke. Zurück zum Merkur, zurück zur Erde. Die Tochter eines Gründers, verstehst du, Liu. Heikle Sache – politisch zu heikel, um es hier auf Per Ardua zu klären. So hat man das gesehen. Wir wollen hier ja keinen Ärger, nicht wahr?«

Liu sah aus, als hätte er einen Schlag in den Magen bekommen. Yuri wusste genau, was in ihm vorging. *Durch die Luke:* für ihn verloren, für mindestens acht Jahre, selbst wenn sie nach ihrem Eintreffen auf dem Merkur postwendend zurückkam.

»Lasst mich gehen.« Liu stand auf. »Nehmt mich. Schiebt mich auch durch eure verdammte Luke ab, hinter ihr her.«

»Das wird leider nicht möglich sein«, sagte Freddie. »Wieder politische Sensibilitäten.«

»Sensibilitäten? Wovon, zum Teufel, redest du?«

»Setz dich.«

»Du kleines Arschloch …«

»*Setz dich.* Ich versuche dir hier einen Gefallen zu tun, ob du's glaubst oder nicht.«

Stef packte Liu am Arm und zog ihn herunter.

»Sie wollen dich auch noch holen, Liu. Ich habe sie sogar davon abgehalten. Ihrer Logik zufolge musst du hier auf Per Ardua interniert werden. Schließlich sollst du ja in diesem Gefängnis von einer Welt eine Strafe absitzen, nicht wahr? Auf dem Mars warst du ein feindlicher Kombattant.«

»Ich war bloß auf einer Beobachtungsmission …«

»Schnee von gestern. Wäre nicht richtig, dich heimzuschicken, ohne dass du deine Zeit abgesessen hast. So sieht man das.«

Yuri sah, wie sich die Muskeln in Lius Armen spannten. »Liu. Hör dir an, was er sagt. Was bietest du uns an, Freddie?«

»Zeit, um ihn von hier wegzuschaffen. Ich habe mich um den Sicherheitsdienst gekümmert: Ihr werdet aus der Markzone verschwinden können, ohne dass man euch aufhält.« Er sah sich ein wenig nervös um. »Ich musste euch herkommen lassen, um euch das zu sagen, versteht ihr. Nur hier kann ich sicher sein, dass man uns nicht belauscht. Ha! Mitten im Herzen des Komplexes. Bringt ihn so weit weg, wie ihr könnt.«

Stef machte große Augen. »Warum tust du das?«

»Für meine Mutter, ob ihr's glaubt oder nicht. Sie *war* eine Verliererin. Aber ich weiß, dass sie viel von dir hielt, Liu Tao. Du bist mein Nennonkel«, sagte er angewidert. »Diesen einen Gefallen erweise ich dir. Jetzt schaff ihn hier raus, Yuri, bevor ich's mir anders überlege.«

Sie mussten Liu wegschleifen.

Der Rover rollte auf der kontinuierlich abfallenden Straße an den Quarantäne-Lagern vorbei und verließ die Markzone.

Liu war zu wütend und zu verzweifelt, um zu reden.

Yuri hatte sich zu Stef nach vorn gesetzt, um ihm ein wenig Privatsphäre zu gewähren. »Also«, sagte er. »Wir müssen einen wütenden Chinesen vor den Friedenshütern verstecken. Irgendwelche Ideen?«

»Ja«, antwortete sie wie aus der Pistole geschossen.

Er lachte. »Ich hätte es wissen müssen.«

»Wir verschwinden zusammen mit ihm. Gehen auf eine Expedition. Zu einem anderen einzigartigen Ort auf Per Ardua, dieser Welt voller Rätsel und Geheimnisse.«

Er war verblüfft. »Wohin denn?«

Sie schaute zu Proxima genau über ihnen hinauf, deren von Flares zernarbte Scheibe von verstreuten Wolken verdeckt wurde. »So weit weg von hier, von diesem unter der Kontrolle der Regierung stehenden substellaren Punkt, wie es nur irgend geht.«

# 71

Wieder einmal landete Penny Kalinski auf dem kleinen Pariser Flughafen in Bagneux.

Mit steifen Gliedmaßen kletterte sie aus dem kleinen Flugzeug. Draußen auf der Rollbahn war es mitten am Tag glühend heiß, selbst so früh im Jahr. Sie schaute zu einem vom Sonnenlicht ausgebleichten Himmel hinauf. Der Splitter war momentan nicht zu sehen, obwohl sie wie die meisten Menschen genau wusste, wo sie nach ihm suchen musste, und auch, wann er eintreffen würde. Dieser verdammte große Gesteinsbrocken war auf dem Weg hierher. Den optimistischsten Vorhersagen zufolge würde er die Erde knapp verfehlen – am Ende eines Countdowns, der vor elf Jahren begonnen hatte, als sie bei jener chaotischen Ressourcen-Konferenz auf Ceres gewesen war, ein Zeitraum, der zu Monaten, Wochen, Tagen – und jetzt nur noch Stunden – zusammengeschrumpft war. Aber Vorhersagen waren eben nur das: Vorhersagen, Vermutungen. Niemand *wusste*, was vom Himmel fallen würde. Aber was immer es sein mochte, es war fast da.

Penny hatte angefangen, die verbleibende Zeit in Nachtruhen zu bemessen. Nicht dass sie mit Ende sechzig noch sonderlich gut schlief. Und jetzt würde sie vermutlich gar nicht mehr schlafen – jedenfalls nicht, bevor der Countdown abgelaufen war.

Ein großer, vollautomatischer Wagen fuhr vor, um sie abzuholen. Sir Michael King saß im Fond, zusammen mit zwei Security-Gorillas der UEI, einer männlich, einer weiblich – und, wie sie zu ihrer Überraschung sah, mit Jiang Youwei, ihrem ehemaligen Assistenten auf dem chinesischen Mars und auf Ceres.

King und Jiang stiegen aus, King unbeholfen und mithilfe eines Stocks. Er schüttelte Penny die Hand. »Danke, dass Sie gekommen sind.« Seine grimmige Miene wurde nur durch ein ganz kurzes Lächeln aufgehellt.

Jiang umarmte sie jedoch zaghaft. Auch er war nicht gerade jünger geworden; er wirkte hagerer und älter als seine vierzig Jahre. Aber in seinem Fall lag das vielleicht eher am brutalen Druck der vollen Erdschwerkraft auf einen Körper, der an den vergleichsweise freundlichen Mars gewöhnt war. Tatsächlich hörte sie das kaum wahrnehmbare Surren exoskelettaler Stützen an seinem Körper, wenn er sich bewegte.

»Schön, Sie zu sehen, alter Freund«, sagte sie. »Aber auch überraschend.« Sie zeigte zum Himmel. »In Anbetracht des riesigen geopolitischen Stiefels, der in Kürze auf die Erde stampfen wird.«

Jiang zuckte die Achseln. »Ich bin Ihretwegen hier, Penelope Kalinski.«

King hob die Augenbrauen. »In Wahrheit sind wir alle wegen Erdschein hier, wie üblich. Sagt mal, wollen wir uns wieder in den verdammten Wagen setzen? Diese Hitze bringt mich um.«

Sie alle stiegen in den Wagen, ein kuppelförmiges Gefährt aus Glas und Keramik. Die Gorillas nahmen vorn und hinten Platz, King, Penny und Jiang in der Mitte. Der Wagen fuhr lautlos wie eine Seifenblase los und verließ den Flughafen in nördlicher Richtung. Als Penny zurückschaute, sah sie, dass sich auf dem Flughafen nichts rührte – kein Flugzeug am Himmel, nur ein paar Fahrzeuge, die auf dem Vorfeld herumstanden, die Terminal-Gebäude ohne Leben.

Seit ihrer letzten Begegnung war King sichtbar gealtert, obwohl er sich permanenten Anti-Seneszenz-Behandlungen unterzog, wie sie vermutete. Er war jetzt achtundneunzig. Und sein australischer Akzent kam ihr ausgeprägter vor – sein Ton war rüder, als könnte man es ihm nicht länger zumuten, seine wahren Gefühle hinter konventioneller Höflichkeit zu verbergen.

Zweifellos war jedoch auch sie selbst deutlich gealtert. Vermutlich lag es am Stress. Am Druck. An der *Enttäuschung*. Wenn man dank seiner Position hautnah mitbekam – und sei es auch nur in solchem Maße wie sie –, was dort ablief, wo die Entscheidungen über die Belange der Menschheit fielen, musste man in erster Linie Enttäuschung darüber verspüren, auf welche Weise alte Fehler – Territorialismus, Streitsucht, der Unwille, kulturelle Barrieren zu überwinden, die schiere Unfähigkeit, die Dinge einfach mal vom Standpunkt seines Gegenübers aus zu betrachten – in einer Zeit nie da gewesener Chancen für die Menschheit dazu zu führen schienen, dass ihnen allen der Himmel auf den Kopf fiel.

King sah, dass sie aus dem Fenster schaute. »Still, nicht wahr? Wer kann, verlässt die Stadt. Hat sie schon verlassen. Ist aber ziemlich sinnlos. Wenn der Splitter doch fällt – trotz allem, was die Chinesen gesagt haben –, dann spielt es keine Rolle mehr, wo man sich befindet. Trotzdem sind die Menschen aufs Land geflohen, wenn sie konnten.«

»Während wir gerade ins Zentrum rasen. Wohin geht's denn, wieder zu den Champs-Élysées?«

»Diesmal nicht. Erdschein hat ein besseres Versteck gefunden. Sie werden schon sehen.«

»Ich kann es kaum erwarten«, sagte Jiang Youwei leise. »Ich bin auf dem Mars geboren, wie Sie wissen. Ich habe noch viel zu wenig von der Erde gesehen, dem Heimatplaneten der Menschheit.«

King grunzte. »Machen Sie das Beste draus. Letzte Chance, hm?«

»So weit wird es nicht kommen«, sagte Penny.

Der Splitter – in Wahrheit ein riesiger Klumpen aus dem Gesteinskern irgendeines schon vor langer Zeit zerstörten Zwergplaneten, einer zertrümmerten Schwester von Ceres – befand sich auf einer tangentialen Flugbahn; wenn man ihn in Ruhe ließ, sollte er den oberen Rand der Erdatmosphäre streifen und weiterfliegen, ohne größeren Schaden anzurichten. Das hatten die hauseigenen Astronomen der Vereinten Nationen und die militärischen Stellen bereits vor Monaten festgestellt, und der Felsbrocken war seither nicht signifikant von seiner Bahn abgewichen. Aber seine Oberfläche war mit chinesischer Technologie bestückt, von Solarzellen-Batterien bis zu Stellungen zum Abschuss von etwas, was verdächtige Ähnlichkeit mit den großen, bunkerbrechenden Bomben besaß, die sie zur Terraformierung des Mars einsetzten. Manche Beobachter behaupteten sogar, sie hätten Hinweise auf menschliche Aktivitäten gesehen, Teams von Taikonauten, die auf der Oberfläche des in eine Waffe verwandelten Asteroiden herumkletterten, während er auf die Erde zusegelte. Niemand im Westen *wusste*, was die Chinesen vorhatten.

Die Unwissenheit, dachte Penny, ließ zumindest noch Raum für Optimismus, und sie versuchte, das zum Ausdruck zu bringen.

Aber King war offenbar anderer Ansicht. »Noch vierundzwanzig Stunden nach einer jahrelangen Pattsituation in diesem Kalten Krieg, während das verdammte Ding weiter auf die Erde zurast – was den Chinesen trotzdem nur verdammt wenige der verlangten Zugeständnisse eingebracht hat –, und Sie hoffen noch immer das Beste, hm?«

»Bleibt uns denn etwas anderes übrig?«

»Sich im tiefsten Loch zu verbuddeln, das man finden kann – *das* ist die Alternative. Genau das scheint Erdschein zu tun. Und deshalb sind wir alle hier, mit einer Einladung zu der Show. Mich hält er für die hochrangigste Figur bei der UEI, was in gewissem Sinn zutrifft, obwohl viele Vorstandsmitglieder und die Großaktionäre das nach all diesen Jahren vielleicht anders sehen würden – es ist viel Wasser unter der Brücke durchgeflossen. Und *Sie* hält er für die Königin der Kernel-Wissenschaft, die uns diesen ganzen Ärger erst eingetragen hat. Er versucht, sich in die Belange der Menschheit einzumischen, so gut er kann. Und das geht nur mithilfe von Menschen. Insbesondere mit unserer Hilfe.«

Penny dachte darüber nach. »Vielleicht hält er uns auch einfach für Freunde, Sir Michael. Er kennt uns schon lange.«

»Und was ist mit mir?«, fragte Jiang leise.

»Er versucht, an so viele Chinesen wie möglich heranzukommen«, sagte King unverblümt. »In Ihrem Fall über Ihre Beziehung zu Penny hier. Eure Regierung und eure Sicherheitsbehörden betrachten die Kern-KIs mit erheblich größerer Skepsis als wir in den UN-Ländern. Für die Chinesen sind sie ein weiteres Relikt der kapitalistischen, kolonialistischen Ära, die mit den Opiumkriegen begann und mit den Kunststücken der Heldengeneration endete. Die Menschen Ihres Volkes haben ein langes Gedächtnis. Deshalb fällt es den KIs schwerer, mit Chinesen in Kontakt zu treten.«

Jiang zuckte die Achseln. »Ich habe so gut wie keinen Einfluss. Und unsere Völker befinden sich noch nicht im Krieg miteinander. Allerdings bin ich gewarnt worden – von einem französischen Konsul in Obelisk, nebenbei bemerkt –, dass ich ein persönliches Risiko einginge, wenn ich während dieses Ereignisses hierherkäme. Falls es also wirklich katastrophale Folgen hätte …«

»Da würde ich mir keine Sorgen machen«, sagte King ganz offen. »Wenn es wirklich zum Schlimmsten kommt, bleibt wahrscheinlich nicht einmal mehr ein Laternenpfahl stehen, an dem man Sie aufknüpfen könnte.« Er lachte und wandte sich ab, um erneut aus dem Fenster zu schauen.

Penny sah, dass sie nun auf einer breiten Allee ungefähr in nordöstlicher Richtung durch die Pariser Innenstadt fuhren. Es gab nur sehr wenig Verkehr, ein paar Fußgänger, manche mit silbrigen Umhängen, Hüten und Schutzbrillen, um das starke Sonnenlicht abzuwehren. Durch Lücken zwischen den dicht an dicht stehenden Gebäuden sah sie die altbekannten Wahrzeichen der Stadt, vor ihnen die Kathedrale Notre-Dame, ein Stück weiter weg zu ihrer Linken die rostige Ruine des Eiffelturms, ein dürres Eisengestell, das von der staubigen Luft blaugrau gefärbt wurde. Abgesehen von der Flucht der Einwohner aus ihrer Stadt und dem davon herrührenden fehlenden Verkehr glaubte sie, dass Paris sich im letzten Jahrhundert nicht sehr verändert hatte, nicht einmal im Jahrhundert davor; dank alter Verordnungen gegen Neubauprojekte hatte sich die Stadt immer ein bestimmtes Aussehen bewahrt. Paris war eben Paris, einzigartig.

Jiang sah ihren Blick. Er lächelte. »All diese Schönheit wird morgen um diese Zeit immer noch da sein. Ganz bestimmt.«

»Niemand kann überhaupt noch etwas mit Bestimmtheit sagen«, brummte King. »Nicht einmal die Chinesen, was immer sie vorhaben. Sie spielen mit gewaltigen Energien, den Energien einer interplanetarischen Kultur, und richten sie auf die

Erde. Ziemlich unverantwortlich, selbst wenn es nur dazu dient, uns Angst einzujagen. Ich meine, ein einziger Fehler …«

Ein Schuss. Ein scharfer Knall. Alle im Wagen duckten sich, sogar die Gorillas.

Alle außer King, der lachte. »Keine Angst. Nur Klangeffekte.«

Penny hob vorsichtig den Kopf. Sie rollten über eine Brücke zur Île de la Cité; zu ihrer Rechten sah sie die kolossale Kathedrale und den großen alten Banyanbaum mit seinen in die Seine hängenden Zweigen, an den sie sich von ihrem letzten Besuch her erinnerte. Und sie sah Menschen in eigentümlichen silbrigen, mit pinkfarbenen Punkten gesprenkelten Anzügen über die Brücke laufen. Es sah aus, als trügen sie Pistolen oder schwerere Waffen, Bazookas. Sie gingen irgendwo in Deckung, feuerten ihre Waffen ab und versteckten sich wieder, und erneut hörte sie das – vermutlich simulierte – Knallen von Schüssen.

Der Wagen glitt zügig durch all das hindurch. Die beiden Gorillas wirkten peinlich berührt, weil sie sich geduckt hatten.

»Klangeffekte«, wiederholte King. »Eigentlich nur Hintergrundgeräusche, als Ergänzung zu dem jeweiligen Soundtrack für die einzelnen Spieler.«

»Spieler?«

King deutete auf die Kombattanten in den silbernen Anzügen. »*Asgard.* Der letzte Schrei. Ein Spiel oder vielmehr eine Serie von Spielen, die in den historischen Zentren der alten Großstädte angesiedelt sind. Diese Leute da draußen sehen nicht, was Sie und ich sehen. Sie leben in einer virtuellen Rekonstruktion von Paris im Jahr 1944, als gerade alliierte Truppen einrücken, um die Nazi-Besatzer aus der Stadt zu vertreiben. Die Regeln sind streng. Man kann einmal am Tag getötet werden. Am nächsten Morgen kommt man zurück, kann wieder herumlaufen und von Neuem anfangen zu kämpfen.«

Jiang runzelte die Stirn. »Meine Geschichtskenntnisse sind vage. Mussten die Alliierten um Paris kämpfen?«

»Zumindest nicht Straße für Straße. Es gab eine Vereinbarung zum Schutz der Stadt. Es ist ein Spiel, eine pseudo-historische Fantasie. Überall auf der Welt finden ähnliche Spiele statt. In Londres gibt es einen großen Feldzug zur Verteidigung der Stadt gegen eine Nazi-Invasion, und die hat es auch nicht gegeben. Am beliebtesten ist offenbar die Schlacht um Stalingrad; die läuft kontinuierlich seit … ach, ich hab's vergessen. Und in Amerika der Bürgerkrieg …«

»Ich verstehe.« Penny schaute zum Himmel hinauf, suchte nach dem Splitter. »So verbringen die Leute also ihre Zeit, während dieser große Gesteinsbrocken auf die Erde zugesegelt kommt? Ist das nicht irgendwie dekadent?«

King zuckte die Achseln. »Morgen könnte alles zu Ende sein. Was gäbe es sonst zu tun? Man kann ihnen das bisschen Eskapismus wohl kaum verübeln.«

Der Wagen rollte weiter, fuhr nordwärts über eine weitere Brücke, ließ die Insel hinter sich. Im nachgerade tropischen Pariser Post-Klimaschock-Sonnenschein flitzten weitere Spieler über die Straße, um sich in Schatten zu verbergen, und fochten einen nicht existierenden Krieg aus, der seit dreihundert Jahren vorbei war.

# 72

Der Wagen hielt in einer Parkbucht unter dem ausladenden Dach der Gare du Nord, früher einer der größten Bahnhöfe der Stadt. Nach etlichen Revolutionen des Transportwesens war er schon längst außer Dienst gestellt, erst in ein Museum und schließlich in ein ziemlich marodes Einkaufszentrum mit Wohnflächen umgewandelt worden. Doch nun standen selbst die auf den ehemaligen Bahnsteigen zwischen den Gleisen aufgereihten Wohnungen leer. Der Bahnhof war ein von der Last der Geschichte niedergedrücktes Relikt, selbst wenn dieses alte Dach aus dem neunzehnten Jahrhundert noch immer eindrucksvoll wirkte.

Heute schien der alte Bahnhof ganz und gar menschenleer zu sein, stellte Penny fest, als die Security-Leute sie eilig vom Wagen aus hindurchführten und sich dabei argwöhnisch umschauten. Alle hatten den Kopf eingezogen, in Paris wie auch überall sonst, und warteten darauf, dass die Show am Himmel ihren Höhepunkt erreichte.

Sie wurden zu einem neueren Konstrukt in einer Ecke der ehemaligen großen Bahnhofshalle geführt. Es war lediglich ein Würfel aus intelligentem Beton, wie es schien, mit einer Kantenlänge von ein paar Metern und einer massiven Stahltür. Es gab weder Bedienungselemente noch sichtbare Kameras, doch als King vor der Tür stand, glitt die Stahlplatte in den Boden. Penny blickte in eine Fahrstuhlkabine, eine hell erleuchtete

Metallschachtel. King schaute sich zu den anderen um, winkte sie herbei und führte sie hinein.

In der Kabine gab es ebenfalls keine Bedienungselemente. Die Metallwände wiesen keinerlei Markierungen auf; sie wurden nur von ein paar Lichtleisten und einem umlaufenden Handlauf unterbrochen. Als sich die Tür schloss, fühlte es sich an, als wären sie in einem Hightech-Sarg eingesperrt. Ein kaum wahrnehmbarer Ruck verriet Penny, dass die Kabine in die Tiefe sank. Nur ihr eigenes Atmen und das leise Rascheln ihrer Kleider war zu hören. Penny, die sich sehr alt vorkam, widerstand dem Impuls, sich am Handlauf festzuhalten.

»Falls Sie schon mal vermutet haben, Sie hätten Klaustrophobie«, sagte King mit leicht maliziösem Lächeln, »hier finden Sie's raus.«

Penny zuckte die Achseln. »In den Raumschiffen und Kuppelkolonien wird einem so was ausgetrieben.«

»Wie Sie meinen.« Aber King wirkte selbst ein wenig angespannt. Als die Sinkfahrt langsamer wurde, packte er den Handlauf mit festem Griff. »Für den nächsten Abschnitt sollten Sie sich besser festhalten – vor allem Sie, Jiang, wenn Sie unter diesen Schwerkraftverhältnissen nicht sicher auf den Beinen sind.«

Sie alle folgten seinem Beispiel.

Es gab einen weiteren Ruck. Jetzt spürte Penny, dass die Kabine nicht mehr in die Tiefe sank, sondern stetig waagerecht beschleunigte. Noch immer gab es kein Geräusch, nichts als das abstrakte Gefühl von Bewegung. »Ich fühle mich wie in einem Einstein'schen Gedankenexperiment«, sagte sie.

Jiang rang sich ein Lächeln ab. »Ja. Das hatten wir in der Sekundarschule. Eine Person in einer Fahrstuhlkabine kann nicht zwischen Beschleunigung durch einen Antrieb und Beschleunigung durch Gravitation unterscheiden.«

»Tja, Sie befinden sich wirklich in einem Gedankenexperiment«, knurrte King, »aber nicht in dem von Einstein. Schön wär's.«

Jiang stand ein wenig unbeholfen da, und Penny hörte das Knarren seiner exoskelettalen Stütze. »Auf dem Rückweg werde ich wohl um einen Stuhl bitten, denke ich.«

»Tun Sie das«, raunzte King. »Falls es einen Rückweg gibt.«

Endlich kam die Kabine zum Stehen. Die Tür versank in einem Bodenschlitz. Penny schaute neugierig in einen sehr breiten und hohen, tunnelartigen Raum hinaus, dessen gewölbtes Dach mit zahlreichen Neonröhren gepflastert war. Sie fühlte sich in zunehmendem Maße losgelöst; die ganze Situation kam ihr immer unwirklicher vor.

Im Vordergrund stand Erdschein, in derselben Gestalt wie in Solstice vor vielen Jahren, als sie ihm zusammen mit Stef zum ersten Mal begegnet war – oder, ihrer Schwester zufolge, als *Stef* ihm zum ersten Mal begegnet war, ohne sie, in einer verlorenen Zeitlinie. Er war hochgewachsen, schlank und elegant in seinem schlichten schwarzen Geschäftsanzug mit der gravierten Granitbrosche am Revers. Mit seinem kunstvoll ergrauenden Haar sah er aus, als wäre er um die fünfzig. Alterslos, wo alle anderen alterten, aber in Wirklichkeit viel älter als jeder von ihnen.

»Willkommen in meinem neuesten unterirdischen Nest.« Er lächelte, aber seine Miene war kompliziert – abgelenkt, hätte Penny gesagt. Sie rief sich jedoch ins Gedächtnis, dass alles an der Gestalt, die sie vor sich sah, künstlich war. Er gab ihnen ein Zeichen und ging voraus. »Bitte – begleiten Sie mich.«

Sie verließen die Kabine und folgten ihm. Penny sah jetzt, dass dieser Tunnel, ein großes, kreisrundes Bohrloch, sich schnurgerade in die Ferne erstreckte; die gekachelten Wände wölbten sich über einem glatten Boden, der in der Längsachse durch diesen riesigen zylindrischen Raum verlief, und schwere Türen führten zu Nebenräumen. Der Hauptraum war mit Reihen weißer Kisten, Computern und anderen Gerätschaften gefüllt. Überall bewegten sich kleine Servoroboter, aber Penny sah auch menschliche Arbeiter. Es war überraschend kalt, obwohl das nach der Hitze des Pariser Frühlingstages eine willkommene Abwechslung war, und in der Luft hing der schwache Geruch von Ozon.

Erdschein forderte sie auf, sich zu beeilen, obwohl Jiang und King auch so schon Mühe hatten, ihm zu folgen. »Tut mir leid, dass ich Ihnen keine Besichtigungstour anbieten kann. Es gibt neue Entwicklungen …«

»Das ist eine Datenverarbeitungsanlage«, sagte Jiang Youwei und schaute sich um. »Und eine teure, nach ihrem Aussehen zu urteilen.«

»Ganz recht.« Erdschein gestikulierte. »Der Boden teilt den Tunnel in zwei Hälften. Darunter verläuft eine Bucht für die Energieversorgung, für Kabel und Lebenserhaltungssysteme. Darüber befinden sich Datenspeicher und Rechnereinheiten. Diese Umgebung ist darauf ausgelegt, dass man längere Zeit ohne äußere Unterstützung überleben kann. Genau wie eine Kuppel auf Ihrem chinesischen Mars, Jiang Youwei.«

»Das bist *du*«, sagte Penny. »Diese Computer-Anlage. Du bist hier gespeichert. Wir laufen durch deinen Kopf!«

Erdschein lachte – ein abgelenktes Lachen, aber ein Lachen. »Das lässt sich nicht so eindeutig sagen – es ist schwierig zu definieren, was ›ich‹ bin. Dank der Neutrino-Links sind meine separaten Speicher in aller Welt per Lichtgeschwindigkeit miteinander verbunden, aber trotzdem gibt es wahrnehmbare Verzögerungen bei der Kommunikation – Sekundenbruchteile. Als würden einzelne Teile meines Kopfes langsamer reagieren. Aber ja, das hier soll momentan mein Primärknoten sein.«

»Weil du glaubst, dass du hier sicher bist«, sagte King. »Unter dem Ärmelkanal?«

Und plötzlich erkannte Penny, wo sie sich befand.

»So ist es«, sagte Erdschein. »Dies ist der alte Tunnel zwischen Angleterre und Frankreich, oder einer davon; Sie sind mit der verbesserten Version einer vor relativ kurzer Zeit erbauten U-Bahn hierhergekommen. Tatsächlich befinden wir uns nicht unter dem Kanal, nicht so weit draußen. Als die ersten Monorail-Brücken über den Kanal eröffnet wurden, hat man die Tunnels als Transportwege aufgegeben. Aber sie sind aus jahrhundertealtem Beton erbaut und ungemein widerstandsfähig – und das nach einer kleinen Nanotech-Auffrischung mehr denn je. Eine ideale Zuflucht. Außerdem findet etwas in mir den Gedanken reizvoll, dass ich eine Ruine mit eigenem historischem Zweck bewohne. Meine Geschwister bauen sich da lieber ihre spezialgefertigten unterirdischen Bunker. Vielleicht ist das alles ein Ausdruck meiner Verbindung mit der Menschheit, so schwach sie Ihnen auch erscheinen mag – etwas, worin ich mich von meinen Gefährten unterscheide.«

King grunzte. »Du gehst kein Risiko ein, was?«

»Würden Sie es tun?«

»Also, ich bin beeindruckt«, erklärte Penny.

»Danke, Colonel Kalinski.«

Angetrieben von dem Gefühl der Eile, das Erdschein ihnen vermittelte, waren sie immer schneller gegangen. Jiang rang zunehmend nach Luft. Penny ging zu ihm, um ihn am Arm zu fassen, aber er schüttelte den Kopf.

Erdschein bog nach links ab, und sie folgten ihm in einen Nebenraum. Obwohl ein bloßer Abzweig vom Haupttunnel, war dies ein großer Raum mit in verblichenem Gelb gestrichenen Ziegelwänden. Es gab ein paar Stühle, Tische und Tafeln; Türen führten durch Trennwände zu Schlafräumen, wie es schien. Vielleicht war dies einmal ein Gerätelager gewesen, dachte Penny, ein Kontrollraum oder ein Brandschutzposten.

Heute jedoch wurde der Raum von riesigen Bildschirmen beherrscht, die alle Wände pflasterten und frei auf dem Boden standen, Bildschirmen voller Aufnahmen aus dem Weltraum, voller Flugbahn-Diagramme und sprechender Köpfe auf konventionellen Nachrichtenkanälen. Es gab kein Personal, keine Dolmetscher, keine Analysten. Nur die Bildschirme, die eine Flut von Daten in diesen Raum trugen.

Die Gruppe verteilte sich, die Security-Leute zogen sich Stühle heran und setzten sich an eine Wand. Jiang ließ sich ebenfalls schwer auf einen Stuhl sinken, mit einem Seufzer der Erleichterung. Ein Servoroboter, ein gedrungener Zylinder, der einer Mülltonne ähnelte, rollte mit einem Tablett voller Kaffeebecher und Gläser mit Wein, Wasser und Orangensaft auf sie zu. Erdschein streckte die Hand aus und nahm einen Kaffee, offenbar eine zwischen den echten Versionen platzierte Projektion, in Pennys Augen eine eindrucksvolle Realisationsleistung.

»All diese Daten strömen durch mich hindurch«, sagte Erdschein. »Sie stammen aus sämtlichen Quellen, zu denen meine Geschwister und ich Zugang haben. Nennen Sie es Nostalgie. Gerade heute möchte ich das, was kommen wird, als Mensch erleben, durch menschliche Augen und in menschlichem Tempo, so weit es geht.«

Penny nickte. »Aber als Mensch mit einem sehr großen Budget für Fernsehschirme.«

»Das ist wahr.«

King stand immer noch, auf seinen Stock gestützt, unter einem der größeren Bildschirme. »Schauen Sie sich das an. Heilige Muttergottes.«

Es war eine Aufnahme eines Weltraumteleskops, sah Penny. Sie erkannte die Krümmung der Erde, nur einen schmalen Streifen in der Ecke; ihre Helligkeit hatte die Sterne weggewaschen. Aber da war der Splitter, in strahlendes Sonnenlicht getaucht und funkelnd – nein, sah sie, als das Bild heranzoomte: Der Felsbrocken zerbrach.

»Er kalbt«, sagte Jiang Youwei.

King drehte sich zu ihm um. »Gehört alles zu eurem Masterplan, was?«

»Ich weiß von keinem Plan.«

»Wie gesagt, es gibt neue Entwicklungen«, sagte Erdschein. »Es hat gerade erst angefangen. Und es geschieht mit Sicherheit nicht zufällig. Einige der bodenbasierten Teleskope haben Explosionen beobachtet, Detonationen im inneren Gefüge des Asteroiden. Ein paar Brocken sind fortgeschleudert worden, aber der Rest fliegt – jetzt als Schwarm – noch immer in Richtung Erde. Diese Bilder vermitteln keinen Eindruck von den Dimensionen. Das Objekt – oder der Schwarm – rast weiter mit interplanetarischer Geschwindigkeit auf die Erde zu. Er ist noch weit entfernt, aber …«

»Er kommt unablässig näher«, sagte King.

»Ja. Die alten Schätzungen, was den Zeitpunkt des Beinahezusammenstoßes betrifft, gelten übrigens nicht mehr. Da sich das Objekt zerstreut, hat der Zusammenstoß schon begonnen. Es gibt Neuigkeiten von anderen Kriegsschauplätzen«, wechselte Erdschein plötzlich das Thema.

King drehte sich zu ihm um. »Kriegsschauplätze? Was ist das denn für ein Wort?«

»Empfinden Sie es als unpassend? Ist das kein Krieg?«

»Sag's uns einfach«, bat Penny.

Erdschein deutete auf verschiedene Displays. »Bei den Asteroiden und über dem Mars sind UN-Jumboschiffe erschienen.«

»Erschienen?«, blaffte King und zeigte damit erneut, unter welcher Anspannung er stand. »Was soll das heißen … erschienen?«

»Offenbar haben sie sich bis jetzt mithilfe einer Art Stealth-Technologie versteckt.«

»Es ist schwer vorstellbar, wie man einen aktiven kernel-physikalischen Antrieb tarnen könnte«, meinte Penny. »Sie müssen schon eine ganze Weile vor Ort sein.«

»Das ist die UN-Antwort auf den Splitter«, sagte King. »Oder ein Teil der Antwort. Gehört alles dazu. Die Ziele liegen auf der Hand, würde ich meinen, und sind symbolischer Natur: die Hallen von Ceres, der Obelisk auf dem Mars.«

»Aber das ist doch alles bloß Säbelgerassel, oder?«, sagte Penny. »Noch kämpft niemand. Niemand stirbt.«

»Das stimmt nicht ganz.« Jiang zeigte auf ein Bild von einem Aufstand irgendwo auf der Erde, eine Menschenmenge, die auf eine Reihe von Panzern zurannte.

»Der Krieg im Himmel wirft bereits Schatten auf die Erde«, sagte Erdschein. »Es gibt Berichte von Zusammenstößen an den chinesischen Grenzen zu UN-Staaten. In Sibirien zum Beispiel. Und in Melbourne ist es zu einer Rebellion gegen die chinesische Herrschaft gekommen. Der Splitter sei nicht in ihrem Namen eingesetzt worden, protestieren die Australier dort.«

»Das kannst du laut sagen.« Sir Michael Kings australischer Akzent wurde prägnanter. »Treiben wir diese Rotchinesen ins Meer zurück …«

Er konnte zumindest an seine Heimat denken, ging es Penny durch den Kopf. Sie selbst war wurzellos; sie hatte keine Heimat, die es wert war, in Erinnerung behalten zu werden. Nur Stef.

Und sie fragte sich, wo ihre Zwillingsschwester jetzt wohl gerade sein mochte. Es war ein unheimlicher Gedanke, dass Stef erst in vier Jahren von all dem erfahren würde, was heute geschah. Tatsächlich hatte sie nur eine einzige Nachricht von Stef erhalten, seit diese durch die Luke auf dem Merkur gegangen war, eine schlichte Bestätigung, dass sie und Yuri Eden die Passage überlebt hatten. Penny hatte Screengrabs von der Nachricht gemacht, zerkratzte Standbilder von Stefs Gesicht. Dem Gesicht einer Frau, die gerade ein Erlebnis überstanden hatte, das sie kaum beschreiben, geschweige denn verstehen konnte. Und die sich nun auf einer ganz neuen Welt befand, einer Welt, die darauf wartete, von ihr entdeckt zu werden.

Beneidete Penny sie? Vielleicht. Aber meistens *wollte sie ihre Schwester zurückhaben*, so wie jetzt. Nicht nur physisch, nicht nur von der anderen Seite dieser dicken Raumzeit-Barriere, die sie trennte. Sondern es sollte wieder so werden wie damals, bevor sie beide (ihrer Erinnerung zufolge) diese verdammte Luke auf dem Merkur geöffnet hatten. Und …

»Da ist er«, rief King.

# 73

Es war Stef Kalinski gelungen, von den IRF-Behörden in der Markzonen-Basis Karten der dunklen Seite Per Arduas zu bekommen. Sie breitete sie auf dem Boden der Garage aus, die Yuri bei seiner Villa am Rand der UN-Enklave für die KolE gebaut hatte, sodass alle vier Mitglieder der Expedition sie sehen konnten: Stef selbst, Yuri, Liu Tao und die KolE. Yuri hatte nicht gewusst, dass es solche Karten überhaupt gab; er hatte immer angenommen, die dunkle Seite sei nur ein geheimnisvoller weißer Fleck.

Diese skizzenhaften Pläne waren nach der einzigen vollständigen orbitalen Untersuchung Per Arduas angefertigt worden, die jemals durchgeführt worden war, oder zumindest nach der ersten, von der die *Ad Astra* nach ihren anfänglichen Umrundungen des Planeten berichtet hatte. Es gab jede Menge Lücken und Leerstellen: Der tiefe Planetenschatten der dunklen Seite war nur von dem strahlenden Punktlicht gemildert worden, das Alpha A und B warfen, und das Schiff hatte eine so niedrige Umlaufbahn beschrieben, dass ein großer Teil der Oberfläche den Blicken der Beobachter entzogen geblieben war. *Was* man gesehen hatte, war nie richtig untersucht worden, zum Beispiel per Radar oder Spektroskopie, und in den Jahren seither hatten die Mittel gefehlt, um Satelliten nach oben zu schicken, die den Job hätten beenden können.

»Die Karten basieren also auf Vermutungen«, sagte Yuri. »Das ist wirklich eine Reise ins Dunkle.«

»Wir müssen eine Route zum Antistellarpunkt ausarbeiten«, sagte Stef achselzuckend. »Das ist das Beste, was wir haben. Ich denke mir die Sache so.« Sie tippte auf ihre Tafel, und das Kartenbild wechselte zu einer Mercatorprojektion. »Offensichtlich müssen wir um den halben Planeten herum, vom Substellarpunkt zum Antistellarpunkt. Im Prinzip könnten wir in jede Richtung fahren und einfach einem Großkreis um den Planeten folgen. Aber in einigen Richtungen ist die Topografie hilfreicher als in anderen. Ich schlage vor, wir fahren *hier* entlang – nach Südosten. Dadurch halten wir uns von der großen neuen vulkanischen Region im Norden fern, und bis zum Terminator fahren wir mehr oder weniger über Land. In einigen anderen Richtungen kommen uns Meeresarme des Ozeans der dunklen Seite dazwischen, zum Beispiel im Westen.«

»Aber dann«, sagte Yuri, »auf der dunklen Seite selbst …«

»Der Ozean nimmt einen großen Teil der dunklen Hemisphäre ein. Das glauben wir jedenfalls, nach der flachen Eisdecke zu urteilen, die man vom Orbit aus sehen kann. Der Planet hat Asymmetrien. Die helle Seite wird von einem einzigen großen Superkontinent beherrscht, die dunkle Seite besteht größtenteils aus Wasser. Warum das so ist, wissen wir nicht. Die gegenwärtige Anordnung könnte Zufall sein oder ein kaum wahrnehmbarer langfristiger Gezeiteneffekt. Auf der dunklen Seite gibt es ein paar verstreute Kontinentalmassen, Inseln. Und einen kleinen Inselkontinent am Antistellarpunkt selbst. Das ist ein weiterer Gezeitenbuckel wie der am Substellarpunkt, wenn auch nicht identisch. Der ganze Planet ist eiförmig, wobei das eine Ende immer auf Proxima gerichtet ist, während er den Stern umkreist, und das andere von ihm wegzeigt. Wir werden wie Ameisen sein, die von einem Ende des Eies zum anderen krabbeln.«

Liu lachte – ein wenig verzweifelt, fand Yuri. »Wir sind verrückte kleine Ameisen, das sind wir.«

»Wir werden also das Meereis überqueren müssen«, sagte Yuri.

»Ja, zweifellos. Ihr seht, dass eine kontinentale Landmasse aus dem Eis ragt. Wenn wir die von mir vorgeschlagene Richtung wählen, werden wir einen Kontinent von der Größe Australiens überqueren. Einige Indizien sprechen dafür, dass es dort Vulkanismus gibt, also sind manche Gebiete wahrscheinlich eisfrei. Wir werden so weit wie möglich über Land fahren, aber das Meereis ist eine permanente Kappe, die einen großen Teil der Hemisphäre bedeckt, und es muss ziemlich dick sein. Im Prinzip sollte man es befahren können. Wir werden allerdings auf Treibeis, Wasserrinnen und Gletscherspalten achten müssen – keine Ahnung. Das ist ein Forschungsziel für die Reise, würde ich sagen.«

»Wir sollten bei den Vereinten Nationen finanzielle Unterstützung beantragen«, meinte Yuri trocken.

Sie sprachen über die Logistik. Es würde eine lange Reise werden, rund achtzehntausend Kilometer in jeder Richtung, und Stef plante hundert Tage für den Hinweg und hundert Tage für den Rückweg ein. Sie würden einen Rover und die KolE mitnehmen. Der Rover würde mit Ersatzteilen, Vorräten und einer zusätzlichen KolE-Autodoc-Einrichtung beladen werden. Die beheizte Kabine des Rover sollte als Flare-Schutzraum dienen. Treibstoff würde kein Problem sein; beide Fahrzeuge sollten mit kompakten Mikrofusionsgeneratoren ausgestattet sein – die KolE war erst vor Kurzem nachgerüstet worden.

Liu grunzte. »Ich war mal Taikonaut, wisst ihr. Ich weiß alles über das Thema Ausfallsicherheit bei Missionen. Wir werden weit von jeder Hilfe entfernt sein. Wenn der Rover den Geist aufgibt, können wir ihn ausschlachten und auf der KolE fahren. Aber was ist, wenn die KolE zuerst kaputtgeht?«

»Dann lassen wir sie zurück«, sagte Stef mit einem Blick zu Yuri und dann zur KolE, die über ihre Sensorkapsel teilnahmslos zusah.

Yuri liebte dieses ramponierte alte Relikt seiner Pionierzeit. Die KolE war inzwischen weit über das Datum ihrer geplanten Obsoleszenz hinaus, und es hatte Yuri viel Geld gekostet, ihre physische Hülle renovieren und die Tiefenprogrammierung, die sie nach einem Vierteljahrhundert abgeschaltet hätte, aus ihrem Software-Bewusstsein löschen zu lassen. Aber die KolE hatte auch ihre eigenen Ziele erreicht. Wie versprochen, hatte sie alle KI-Einheiten, die von den Kolonisten aus erbeuteten KolEs herausgeschnitten und im Dreck liegen gelassen worden waren – eingeschlossene, hilflose, empfindungsfähige Intelligenzen –, zurückgeholt und versorgt. Yuri war stolz auf seine KolE. Jetzt hob er den Blick und sah sie an. »Ich würde zurückkommen und dich holen, Kumpel. Ich schwör's dir.«

»Das wäre nicht notwendig, Yuri Eden. Und ein unangemessenes Risiko für einen Mann deines Alters.«

»Danke«, sagte Yuri. »Aber du hast bei der Luke all diese Jahre auf mich gewartet. Es wäre das Mindeste, was ich tun könnte. Und denk an all die wissenschaftlichen Daten, die du sammeln könntest, während du dort in der Kälte hockst.«

»Das stimmt.«

Liu gab nicht nach. »Und was ist, wenn die KolE und der Rover zugleich ausfallen?«

»Dann warten wir auf Rettung«, sagte Stef. »Ohne Fernmeldesatelliten werden wir keine Funkverbindung zur Markzone oder irgendeiner Kolonie auf der Tagseite haben. Aber wir werden Markierungen hinterlassen, denen man folgen kann. Und schaut, die Temperatur auf der dunklen Seite fällt angeblich nirgends unter minus dreißig Grad. In der irdischen Antarktis haben Menschen unter schlimmeren Bedingungen überwintert. Wir können das überstehen.« Sie sah sie einen nach dem anderen an, auch die KolE. »Weitere Einwände?«

»Wie könnten wir das *nicht* tun?«, sagte die KolE ernst. »Eine komplette unerforschte Hemisphäre – das ist wie ein ganz neuer Planet. Wer weiß, was wir entdecken würden?«

Liu starrte sie an. »Ich hab's schon mal gesagt. Für eine Landwirtschaftsmaschine hast du Ideen, die jemandem deines Standes gar nicht zukommen, KolE.«

»Ein empfindungsfähiger Geist lässt sich nicht auf die Parameter seiner Programmierung beschränken«, gab die KolE zurück. »Sonst wärt ihr alle noch dort, wo das *Ad Astra*-Shuttle euch abgesetzt hat, und ich wäre jetzt obsoleszent, abgeschaltet, verschrottet. Wann brechen wir auf?«

»Bevor die Cops auftauchen und nach Liu suchen«, sagte Yuri. »Na los. Wir haben viel zu tun. Packen wir's an …«

# 74

Penny schaute auf den großen Bildschirm, wo eine Grafik jetzt den Planeten Erde zeigte, eine schematische, mit klotzigen Kontinenten bedeckte Kugel, auf die etwas zukam, was wie eine Schrotgarbe aussah. Nichts davon war maßstabsgetreu.

Die Schrotgarbe kroch immer näher an die Erde heran.

Jiang war jetzt ebenso auf den Beinen wie Erdschein. Selbst Kings Security-Leute waren aufgestanden und kamen ins Zentrum des Raumes. Es war, als verspürten sie alle einen urtümlichen Drang, dachte Penny, sich in diesem Moment äußerster Gefahr eng zusammenzuscharen.

Sie trat zu Jiang und legte ihm eine Hand auf den Arm; er legte seine Hand auf ihre.

King bebte vor Zorn. »Wenn diese Dreckskerle in Beijing bluffen, treiben sie's aber wirklich auf die Spitze.«

Penny wusste, dass er recht hatte. Sie stellte sich metaphorische Finger an Abzügen vor, überall im ganzen Sonnensystem.

Der Servoroboter kam angesurrt und bot ihnen frischen Kaffee an. Penny musste lachen. »Gutes Timing.«

Jiang atmete schwer. »Nein. Die Welt geht heute nicht unter. Ich glaube es wenigstens nicht. Sehen Sie sich das an.«

Penny sah, dass die Schrotkugeln jetzt eine nach der anderen erloschen, noch während sie auf die Erde zusteuerten. Sie schaute sich nach Bildern um, die das bestätigten. Ein Clip, den ein Spionagesatellit aufgezeichnet hatte, zeigte ein Splitterfragment, das detonierte und zu Staub zerfiel, unmittelbar bevor es auf die Atmosphäre traf. Der Clip wurde immer wieder abgespielt.

»Ich verstehe nicht«, sagte King. »Sieht so aus, als würden all diese Scherben die Atmosphäre erreichen.«

»Aber den Boden sollen sie nicht erreichen«, stieß Penny hervor. »Genau darum geht es ja. Es ist eine Demonstration der Chinesen. Aber sie wird nicht ohne Folgen bleiben.« Sie ließ den Blick über die Batterie der Bildschirme schweifen und fand das Bild nicht, nach dem sie suchte. »Erdschein. Kannst du uns den Himmel zeigen? Nur den Himmel über Paris, über der Gare du Nord.«

Er durchsuchte seine Bildschirme. »Ich bin sicher, dass …«

Penny fuhr mit einer Hand brutal durch seinen virtuellen Kopf; Pixel zerstreuten sich. »Hör auf, den Menschen zu spielen. Es wird Zeit, dass du deine Superkräfte einsetzt. Greif einfach darauf zu und zeig ihn uns.«

Einen Moment lang wirkte er schockiert. Dann wurde sein Gesicht ausdruckslos, und er stand stocksteif da, ohne auch nur die Atmung zu simulieren.

Ein großer Bildschirm leuchtete auf. Man sah die Stadtlandschaft von Paris, Gebäude aus Sandstein, Beton, Glas und Stahl unter der Sonne, einen blauen Himmel – nein, der Himmel war zunehmend weniger blau, die Sonne weniger hell. Vor ihren Augen verdichtete sich ein Grau, Staubkörnchen von abertausend Splitterscherben, die sich in der Stratosphäre ablagerten und die Erde in ein Leichentuch hüllten. Eine Art Zwielicht legte sich über Paris, und die noch immer hoch am Frühlingsnachmittagshimmel stehende Sonne wurde zu einer fahlen Scheibe, einem Abglanz ihrer selbst.

»Was hat das zu bedeuten?«, fragte King. »Sagt mir das einer von euch. Was geht da vor? Was hat das zu bedeuten?«

»Winter«, sagte Erdschein.

# 75

Einen einzigen arduanischen Jahr-Tag später – eine Woche und einen Tag – waren sie aufbruchbereit.

»Ihr macht das wirklich, was?«, sagte Jay Keller, der vor Yuris Villa an der Mattock-Konfluenz, von wo aus sie losfahren wollten, auf Yuri zutrat. »Da komme ich mir alt vor.«

»Sie sind schon alt auf die Welt gekommen, Friedenshüter ...«

Dann kamen auch andere, Anna Vigil, Frieda Breen, Bill Maven, Überbleibsel der Gründergemeinschaften, die in der Zeit des Sternwinters zu einer einzigen Nomadengruppe verschmolzen waren und den langen, abenteuerlichen Marsch durchs Tal des North River zur Markzone unternommen hatten, eine Episode, die von der jüngeren Generationen vermutlich schon im Reich der Märchen verortet wurde. Anna Vigil, die jetzt in den Sechzigern war und als Beraterin für die Kinderbetreuung in den Quarantäne-Lagern der Vereinten Nationen fungierte – Stef hatte bei ihrer eigenen ehrenamtlichen Tätigkeit mit ihr zusammengearbeitet –, war eine gemütliche Großmutter geworden. Yuri sah keine Spur mehr von dem übel zugerichteten Mädchen, das sich auf der *Ad Astra* hatte prostituieren müssen, um Babynahrung für Cole zu bekommen, aber dieses Trauma war zweifellos irgendwo tief in ihrem Innern begraben. Anna lächelte, küsste Yuri auf die Wange und strich sich dünne graue Haare aus der Stirn. »Ihr sorgt also dafür, dass Liu ein paar Hundert Tage lang nicht ins

Gefängnis muss. Aber was ist, wenn ihr zurückkommt? Was dann?«

Yuri schaute zum Himmel empor. »Ich habe in meinem Leben gelernt, auf die Zukunft zu vertrauen, Anna. Vielleicht ist der dumme Krieg schon verraucht, wenn wir zurückkommen …«

»Oder erst so richtig entbrannt«, sagte Anna grimmig. »Na ja, wir werden sehen, und ich bin froh, dass die Meinen hier auf Per Ardua alle in Sicherheit sind. Ich hätte nie gedacht, dass ich mich das mal sagen hören würde. Pass einfach auf, dass ihm nichts passiert, Yuri. Und Stef auch nicht. Sie ist eine gute Seele.«

»Mache ich. Versprochen.«

Der Expeditionsrover fuhr vor, ein neues Modell, gepflastert mit UN- und IRF-Logos, »geborgt« aus der Markzonen-Basis. Dann kam die KolE angerollt und hielt neben ihm; ihr Rumpf glänzte von einer letzten Renovierung. Stef beugte sich aus der Seitentür des Rover. »Also, bist du bereit, die Sache durchzuziehen?«

Yuri stieg in die Kabine des Rover und setzte sich zu Stef und Liu.

Sie fuhren los, der Rover an der Spitze, gefolgt von der KolE. Ihre Freunde blieben zurück und applaudierten. Und zu Yuris Überraschung feuerte jemand eine Leuchtkugel ab, ein lang gehütetes Relikt ihrer Gründerzeit; eine leuchtend orangefarbene Rauchfahne hinter sich herziehend, stieg sie in den Himmel und verschwand schließlich in der ewigen Wolkenschicht der Markzone.

Die hunderttägige Reise begann.

Anfangs, als sie die Scheibe der menschlichen Kolonisation um die Markzone herum zum äußeren Rand hin durchquerten, kamen sie mühelos voran. Sie nahmen die besten Straßen und verbrauchten so wenig wie möglich von ihren eigenen Vorräten, solange sie diese in den Wohnsiedlungen um sie herum noch auffrischen konnten.

Und sie erhielten jede Menge Hilfe. Selbst als sie das dünner besiedelte Band der bäuerlichen Gemeinden ein gutes Stück außerhalb der zentralen Zone erreichten, registrierte Yuri überrascht, wie viel Aufmerksamkeit man ihnen schenkte. In den embryonalen Medien von Per Ardua hatte die Expedition großes Interesse erregt, und als Gründer waren Yuri und Liu sowieso weithin bekannt. In manchen Orten applaudierte man ihnen sogar bei der Durchfahrt, oder eine kleine Karawane von Lastwagen und Kindern mit auf Per Ardua hergestellten Drahteseln folgte ihnen aus der Stadt. Yuri war überrascht, ja, und erfreut.

Stef schien das alles eher gleichgültig zu sein; sie konzentrierte sich darauf, die Expedition Stunde um Stunde mit detaillierten Anweisungen zu leiten. Menschen standen bei ihren Unternehmungen offenbar nicht so sehr im Mittelpunkt. Und Liu nahm sich in Acht vor der Aufmerksamkeit; er beschirmte das Gesicht vor den Kameras, die zu den Fenstern des Rover gereckt wurden.

In diesen ersten paar Tagen übertrafen sie ihre Zielvorgabe von zweihundert Kilometern pro Tag mühelos. Trotzdem dauerte es volle sieben Tage, bis sie die letzten der spärlichen neuen Ortschaften hinter sich gelassen hatten, und Yuri war beeindruckt, wie weit vom Zentrum entfernt sich bereits Menschen angesiedelt hatten, vermutlich auf der Suche nach einem eigenen Zuhause und ein wenig Frieden und Würde. Und er stellte sich vor, wie die Oberfläche von Per Ardua jetzt vom Weltraum aus aussehen musste, mit einem riesigen Spinnennetz aus leuchtendem irdischem Grün, das sich von der Markzone aus entlang der Flussufer, der neuen Straßen, ja sogar entlang der nach innen führenden Wege erstreckte, auf denen die Gründer von den Shuttle-Landeplätzen zum Zentrum gehumpelt waren und dabei Mutterboden, Saatkartoffeln und terrestrische Mikroben hinter sich verstreut hatten.

Am achten Tag jedoch gab es keine geschotterten Straßen mehr, ja nicht einmal unbefestigte Wege. Sie überquerten größtenteils unberührten Boden, und ihre Karten, selbst die von der Tagseite, waren so ungenau, dass man sich nicht vorbehaltlos auf sie verlassen konnte. Stef und die KolE zeichneten zum Nutzen künftiger Generationen permanent das Gelände, das sie durchquerten, und die Landschaftsmerkmale auf, denen sie begegneten. Und sie begannen, etwa alle fünfzig Kilometer Markierungen zu setzen, indem sie leichte Pfeile mit Funksendern von geringer Reichweite in einen passenden Felsen oder Steilhang schossen. Sie würden als Funkfeuer dienen, damit sie den Rückweg fanden – oder um ihre Route für einen künftigen Rettungstrupp zu markieren, falls sie einen brauchten. Ihre Übernachtungsaufenthalte waren kurz. Sie sammelten Wasser, wenn es ging, brauchten aber keine anderen Nahrungsmittel zu suchen. Sie stellten nicht einmal ein Zelt auf; der Rover bot ihnen allen dreien genug Platz, um bequem zu schlafen.

Was die Landschaften betraf, die sie durchquerten, so war Wasser der Schlüssel zum Leben, wie immer auf diesem trockenen Kontinent. Überall, wo sie auf einen Fluss oder einen See stießen, gab es die übliche Menagerie von Stängelbeeten, Flechtenstreifen an den Felsen, diversen Drachenarten auf dem Wasser und oftmals Erbauern mit ihren Haufen und ihren Kinderstuben in den Randbereichen. Und jedes Mal fanden sie dort auch Stromatolithen, wie riesige Skulpturen, die von einer verschwundenen Gattung von Künstlern über das Antlitz des Planeten verstreut worden waren.

Manchmal bat die KolE oder Stef um einen Halt, wenn sie auf eine ungewöhnliche Felsformation, ein vulkanisches Merkmal oder sogar eine neuartige Lebensform stießen. Und die KolE verwickelte lokale Erbauergruppen in Marionettentanz-Gespräche. Es sei erstaunlich, sagte die KolE, dass die Sprachen weit verstreuter Gruppen so einheitlich seien, selbst hier draußen; es gebe nur geringe regionale Variationen, nur wenig Dialekt. Ein weiterer Beweis für das große Alter der Spezies und ihrer Kultur, behauptete die KolE. Andererseits hatten die Erbauer, wie Liu hervorhob, nur selten etwas Interessantes zu sagen.

Als die Tage ins Land gingen, verspürte Yuri eine zunehmende Benommenheit. Sie rollten einfach immer weiter über das zeitlose, schüsselartige Antlitz dieses riesigen Kontinents, Kilometer um Kilometer. Während er bequem in seinem gepolsterten Sitz in diesem klimatisierten Wagen saß und sein Alter spürte, fragte er sich manchmal, wie, zum Teufel, er und Mardina jemals diese waghalsige Wanderung durch die Wildnis im Gefolge der *jilla*-Erbauer bewältigt hatten, mit Baby und allem.

Um den zwanzigsten Tag herum stießen sie auf die Überreste eines Shuttle-Landeplatzes.

Die Anzeichen waren unverkennbar. Sie kreuzten die verbrannte Spur eines landenden Shuttles, die lange, gerade Linie verschmolzenen Erdreichs, die nach all diesen Jahren immer noch sichtbar war. Sie unterbrachen ihre Reise und folgten der Spur zu den Überresten eines schäbigen Lagers und den zertrümmerten Überbleibseln der transparenten Kuppel einer KolE, die nicht mehr zu reparieren war – und, wie die KolE sagte, gnädigerweise ohne Bewusstsein. Sie durchsuchten die wenigen Trümmer nach Hinweisen auf die Identität derjenigen, die hier abgesetzt worden waren. Aber die Siedler schienen ihre magere Ausrüstung umfassend wiederverwendet und nur wenig zurückgelassen zu haben. Die Forschungsreisenden konnten nicht einmal Gräber entdecken, was für einen solchen Ort ungewöhnlich war.

Nach einem Tag zog Liu ein Resümee. »Ich glaube, es ist hinreichend klar, was hier passiert ist.« Er zeigte auf eine skizzenhafte Karte der Gegend, die Stef auf ihrer Tafel angefertigt hatte. »Da ist das Seebett. Ausgetrocknet.« Es war eine Senke voller toter Stängel, mit einem Gebilde, das wie die Ruine einer Erbauer-Kinderstube aussah; nur einheimische Flechten und Moose hatten hier überlebt. »Kein wandernder *jilla* hier, hm, Yuri? Also sind sie weggegangen, in diese Richtung.« Diese Leute waren aus Gründen, die nur sie selbst kannten, nach Süden aufgebrochen, weg vom Substellarpunkt, vielleicht in der Hoffnung, bis zum Randwald zu gelangen. Die Spuren waren noch zu sehen; sie hatten den Weg mit ein paar Steinhaufen markiert. »Wer weiß, wo sie jetzt sind. Oder was aus ihnen geworden ist.«

»Irgendwer wird es eines Tages herausfinden«, sagte Yuri grimmig. »Und wird ihren Familien auf der Erde oder wo auch immer davon erzählen. Na schön. Wir haben alles aufgezeichnet. Wir lassen eine unserer Markierungen hier, falls wir es nicht zur Markzone zurück schaffen. Dieser Ort geht also nicht wieder verloren. Okay? Kommt, packen wir unsere Sachen und fahren wir weiter.«

Sie setzten ihre Reise fort. Tag um Tag verging, nur strukturiert von einem Schlafzyklus, der noch immer an die Lichtjahre entfernte Erde gekoppelt war, und dem langsamen Abstieg von Proxima zum nordwestlichen Horizont, weg vom Zenit, den sie am Substellarpunkt einnahm. Die Schatten vor ihren beiden Fahrzeugen wurden immer länger, und da sich das Licht des Zwergsterns nun durch dickere Luftschichten quälte, wirkte es häufig rötlich verfärbt, während man Proximas aufschießende Eruptionen und die Marmorierung mit Sonnenflecken leichter mit bloßem Auge erkennen konnte. Auch die Luft wurde kälter; bald konnten sie das beheizte Innere des Rovers nicht mehr ohne zusätzliche Kleidungsschichten verlassen.

Nach mehr als vierzig Tagen erreichten sie einen Randwaldgürtel.

Hier ruhten sie sich einen Tag lang aus, um sich die Beine zu vertreten und die Gegend zu erkunden, während die KolE den Waldrand abfuhr, um einen Weg hindurch zu finden. Weder Liu noch Stef hatten schon einmal einen solchen Wald gesehen. Sie wanderten mit großen Augen durch seine schummrigen, kathedralenartigen Räume, in denen sich die schlanken Stängelstämme zu den breiten, geduldigen Dreifachblättern oben emporstreckten. Und sie staunten über die riesigen Drachen des Blätterdachs und die wilden kleinen Aasfresser, die sich um sämtliche in das nahezu aquatische Halbdunkel des Waldbodens fallenden Nährstoffe zankten. Für Yuri weckte all das Erinnerungen an seine frühesten Tage auf Per Ardua, als er zusammen mit Leuten wie John Synge, Harry Thorne, Pearl Hanks und Abbey Brandenstein, die alle schon lange tot waren, den zum Verwechseln ähnlichen Wald der nördlichen Regionen erforscht hatte.

Die KolE kam zurück und vermeldete, sie habe eine Lücke im Waldband gefunden, bei einem breiten Tal nicht weit südlich von hier. Sie kehrten zum Rover zurück und brachen dorthin auf. Das Tal erwies sich als Überbleibsel einer Vergletscherung, mit weiter Senke und steilen Wänden. Ein an sich recht stattlicher Fluss, der von fernen Bergen herabkam, wirkte im Vergleich zu dem vom Eis geformten Tal, über dessen Boden er mäanderte, geradezu zwergenhaft klein.

Sie folgten dem Einschnitt durch das Waldband, das sich als ziemlich schmal erwies; bald dünnte es sich aus und hinterließ nur vereinzelte Baumgruppen.

In der offeneren Landschaft jenseits des Waldes kamen sie auf den Kiesbetten an den Ufern des Gletschertals rasch voran. Hier gab es Stängelbeete, fliegende Drachen – große, träge, ungelenke Biester, wie Yuri sie noch nie gesehen hatte – und Erbauer, die langsam an ihren Haufen und Kinderstubenlauben werkelten. Die Szenerie war in das trübe Licht einer immer tiefer sinkenden Proxima getaucht; ein rosafarbener Schein überzog die Hänge der Berge vor ihnen. Das von Energiemangel gezeichnete Leben hier schien spärlich und zaghaft zu sein. Yuri erinnerte sich im Gegensatz dazu an die ungeheure vegetabile Vitalität des Markzonen-Dschungels am Substellarpunkt.

Das Tal wurde stetig schmaler, während sie sich stromaufwärts zu einer Kette von Bergen vorarbeiteten, die bald nicht mehr so fern waren. Als Quelle des Flusses erwies sich ein Gletschertopf, eine riesige Schöpfkelle hoch oben an einem vergletscherten Hang.

Lange bevor sie dort eintrafen, bog Stef mit dem Rover vom Fluss ab und steuerte auf einen Pass durch die Berge zu, und jenseits des Passes ging es dann auf eine Ebene hinab. Die Schatten der Berge hinter ihnen erstreckten sich nun weit voraus, aber sie sahen weitere Bergketten in die Ferne marschieren; ihre eisbedeckten Gipfel glänzten im immer schwächer werdenden Licht von Proxima, und Gletscher streiften ihre Flanken.

Während sie die Ebene durchquerten, bat die KolE um weitere Pausen. Sie nahm Proben von den Lebensformen an bereiften Stellen, die im ewigem Schatten lagen, hauptsächlich langsam wachsende Flechten, die sich von dem spärlichen reflektierten Licht ernährten, allein schon durch die Dunkelheit um sie herum vor allen beweglichen Räubern geschützt.

Einmal fand die KolE beim Graben ein seltenes, uraltes Fossilienbett, wie sie es nannte. Eine zufällige Hebung hatte es vor der vulkanischen Vernichtung bewahrt, und es enthielt Spuren von Geschöpfen wie den Erbauern, aber viel größer, mit jeweils drei langen, vielgliedrigen Stängelbeinen. Diese Geschöpfe seien für die Wanderung gebaut und auf Schnelligkeit ausgelegt, behauptete die KolE. Vielleicht seien sie Relikte einer Übergangsperiode, in der sich die Rotation des Planeten verlangsamt habe, bevor er gänzlich in seinen synchronisierten Tagesorbit-Zyklus verfallen sei. In solchen Zeiten, spekulierte die KolE, müsse es Geschöpfe gegeben haben, die ständig auf Wanderschaft gewesen seien, um mit der langsamen Passage von Proxima über den Himmel Schritt zu halten. Vielleicht hatten diese Erbauer-Vorfahren zu ihnen gehört. Sie diskutierten darüber, machten ein paar Aufzeichnungen und setzten sich wieder in Bewegung.

Sie fuhren weiter und immer weiter.

Kurz vor dem fünfzigsten Tag, der Halbzeit-Marke, berührte Proxima schließlich den Horizont. Jetzt, so wusste Yuri, würden sie in den eigentlichen Planetenschatten hinabtauchen.

In den folgenden Tagen sank Proxima mit quälender Langsamkeit. Ihr Licht färbte sich zunehmend zwielichtrot, sie wurde von kühlen Luftschichten verzerrt, ihr unterer Rand vom Horizont abgeschnitten. Immer noch stießen sie hin und wieder auf ein paar Baumgruppen oder einen flatternden Drachen. Aber die dominierende Lebensform waren die Stromatolithen. Einige von ihnen waren riesengroß und seltsam becherförmig; mit ihren konkaven Oberseiten sammelten sie den Photonenregen der untergehenden Sonne. Liu meinte, sie sähen wie natürliche Radioteleskope aus.

Sie bekamen nicht mit, wie Proxima endgültig unterging. Bevor es so weit war, fuhren sie in Unwetter hinein, scheinbar unaufhörliche Stürme, Regenschauer, Nebelbänke, ja sogar Schneestürme. Wenn die Warmluft der vom Stern beschienenen Seite in die Kälte der dunklen Seite überquelle, schlussfolgerte Stef, müsse sie ihren Wasserdampf in Form von Wolken und Niederschlag abgeben. Der Terminator müsse ein Band aus fast permanentem Schnee, Regen und Nebel sein, das den gesamten Planeten umgebe. Für eine Weile sahen sie nichts mehr vom Himmel. Aber sie sahen teilweise von Eis gefleckte große und kleine Flüsse, die an den wolkenverhangenen Flanken von Bergen und Hochebenen herabströmten: das von der Luft der Tagseite hierhertransportierte Wasser, das dorthin zurückfloss, woher es gekommen war. So, bemerkte Stef, schlössen sich Energie- und Massenkreisläufe um den Terminator herum, die Trennlinie zwischen Nacht und Tag.

Als sie das Unwetterband hinter sich ließen und der Himmel endlich wieder aufklarte, war die Sicht spektakulär. Jetzt rollten sie durch ein Schattenmeer, das sich am Fuß der Berge sammelte, deren obere Hänge noch im Licht lagen und über ihnen leuchteten. Bäume klammerten sich an diese Inseln des Lichts im Himmel, während riesige Drachen träge umherflatterten. Selbst weiter unten an den Hängen blühte und gedieh das Leben, eine sekundäre Art, blasse, verhungert wirkende, stängelbasierte Geschöpfe, die gewisse Ähnlichkeit mit Krebsen oder segmentierten Würmern hatten und sich ausschließlich von welkem Laub und anderen Abfällen ernährten, die vom höher gelegenen Gelände zu ihnen herabrieselten.

Yuris Knochen waren steif von der Reise, seine Augen waren wässrig, und er war fortwährend müde. Dennoch entdeckte er ein Wunder nach dem anderen. »Was für eine Verschwendung – all das nur für drei komische alte Käuze wie uns.«

Die KolE bat um einen längeren Halt. »Diese Gipfel sind praktisch Inseln. Dort oben könnte es einzigartige Biota geben, zumindest unter den Nichtfliegern, selbst unter den Baumarten. Ein ganzes Spektrum einzigartiger Ökosysteme in Inseln aus Sternenlicht um den ganzen Terminator herum.«

»Die andere erforschen werden«, sagte Yuri sanft. »Wir haben unsere eigenen Ziele. Komm, KolE. Ich hoffe, du hast deine Scheinwerfer geprüft …«

Und so fuhren sie weiter, vorbei an einem Wunder nach dem anderen.

Schließlich verloren sie Proximas direktes Licht. Unter der Wolkendecke, die so nah bei der Terminator-Linie hartnäckig am Himmel hing, kam die einzige Helligkeit von den Lichtpfützen ihrer Scheinwerfer, und das hell erleuchtete Innere des Rover war eine Zuflucht vor der Dunkelheit.

Stef und die KolE behielten die Temperatur draußen aufmerksam im Auge; sie sank natürlich, aber nicht übermäßig schnell. Unter dickeren Wolken konnte sie sogar über den Gefrierpunkt steigen. »Was beweist«, sagte Stef, »dass eine dichte Atmosphäre auf einer Welt wie dieser hinreichend gut als Thermodecke funktioniert, um genügend Wärme zur dunklen

Seite zu transportieren und damit zu verhindern, dass alles gefriert.«

»Das beweist auch schon die Tatsache, dass die ganze Luft auf der anderen Seite nicht vor einer Milliarde Jahren zu großen Bergen aus festem Sauerstoff und Stickstoff gefroren ist«, sagte Liu trocken. »Und dass wir immer noch atmen.«

»Aber es ist immer gut, solche Dinge durch Beobachtungen zu bestätigen.«

Während sie weiterfuhren, brach die Wolkendecke unvermittelt auf und gab den Blick auf einen Himmel voller Sterne frei. Die Temperaturen sanken rasant, und es bildete sich Reif.

Während einer Pause packte Yuri sich in Thermo-Unterwäsche, einen gefütterten Mantel und eine Überhose ein und ging mit den anderen hinaus, um sich den Himmel anzuschauen.

»Schon komisch«, sagte er. »Ich habe nie viel von den Sternen gesehen. Als ich klein war, in der Zeit vor dem Kältetank, war der Nachthimmel auf der Erde ein Reinfall. Voller Weltraumspiegel und anderem orbitalen Müll, selbst abseits des Lichtscheins der Großstädte und des Smogs. Vom Mars aus konnte man die Sterne sehen, aber wir durften die Kuppeln nicht verlassen. Und hier auf Per Ardua ist die Sonne nie untergegangen.«

»Lass es auf dich wirken, mein Freund«, sagte Liu. »Lass es auf dich wirken. Die Alpha-Sonnen sind einfach unschlagbar, was?« Ein blendendes Paar von Diamanten, deren Licht hell genug war, um Schatten zu werfen – hell genug, dachte die KolE, um eine schwache Fotosynthese in Gang zu setzen.

Stef blickte unterdessen nach Osten. »Schaut mal. Seht ihr *den* da?« Es war ein strahlender Stern, der tief unten am Horizont hing.

»Ich sehe ihn«, murmelte die KolE. »Aber ein so heller Stern kommt in den Sternkarten, die ich gespeichert habe, nicht vor. Vielleicht eine Nova?«

»Davon hätten wir gehört«, erwiderte Stef. »Ich denke mal, wir werden es rausfinden …«

# 76

Sie fuhren weiter, über einen Permafrostboden. Das Eis war körnig und alt, wie Stef hervorhob; abseits der Terminator-Region, wo die warme Luft ins Dunkel strömte und rasch ihren Wasserdampf ablud, musste frischer Niederschlag selten sein.

Zehn Tage nachdem sie die Terminator-Zone durchquert hatten, ließ die KolE sie auf einer unauffälligen Eisebene haltmachen. »Wir sind nicht mehr über festem Land«, verkündete sie schlicht.

»Das kann ich bestätigen«, sagte Stef nach einem Blick auf geisterhafte Radarbilder von einer zerknautschten, verborgenen Oberfläche unter ihnen. »Das ist der Ozean. Den *Ad Astra*-Karten zufolge sollte ungefähr an dieser Stelle die Küste sein. Aber hier reicht das massive Eis bis zum Meeresboden, nicht viel mehr als etwa ein Dutzend Meter unter uns. Weiter draußen, wo der Ozean tiefer ist, dürfte es Wasser unter der Eiskruste geben. Zur nächsten Landmasse und dem Antistellarpunkt geht's dort entlang«, sagte sie und zeigte in die Richtung. »Wir sollten eigentlich gut vorankommen, aber trotzdem – Vorsicht ist die Mutter der Porzellankiste.«

Sie fuhren weiter, ins stille Dunkel hinein. Das Licht ihrer Scheinwerfer tanzte vor ihnen her. Draußen auf dem Eis fuhren die KolE und der Rover nun zur Sicherheit in einer anderen Konstellation, nicht mehr im Konvoi, sondern parallel zueinander, mit vielleicht einem Viertelkilometer Abstand. Auf diese Weise fielen sie zumindest nicht beide in dieselbe Spalte, und sie konnten die Position etwaiger Hindernisse besser triangulieren. Die bisher durchquerten Landschaften mit all ihren komplexen Details waren jetzt einer glatten Eisfläche gewichen. Es gab kaum je Wolken oder Nebel, und das strahlende, unverwandte Licht der Sterne hing über ihnen. Es war eine unheimliche, ereignislose, zeitlose Phase der Reise, dachte Yuri. Der gleichmäßig laufende Motor des Rover erzeugte so gut wie keine Vibrationen; die robusten Stoßdämpfer übermittelten keinen Eindruck von dem Boden unter ihnen; für lange Perioden fühlte es sich so an, als bewegten sie sich überhaupt nicht.

Doch dann sahen sie die ersten Eisberge, wie riesige, im gefrorenen Meer eingeschlossene Schiffe. »Offenkundig gibt es Zeiten«, sagte die KolE, »in denen das Eis zumindest so weit schmilzt, dass Eisberge übers offene Wasser treiben können. Vielleicht in außergewöhnlichen, kurzen vulkanischen Wärmephasen. Aber dann gefriert das Meer wieder, und die Eisberge sind gefangen …«

Stef und die KolE schienen hocherfreut über die Bestätigung, dass es unter dem Eis noch immer Wasser gab. »Es musste da sein«, sagte Stef. »Wahrscheinlich existiert ein globales System von Tiefenströmungen, die Wärme um den ganzen Planeten transportieren und auch Bestandteil des Wasserkreislaufs sind – sie bringen einen Teil der Masse zurück, die an den unaufhörlichen Regen beim Terminator verloren geht. Es musste da sein. Aber so ist das bei der unmittelbaren Geländeerkundung: Man weiß es erst dann genau, wenn man es mit eigenen Augen sieht.«

Yuris und Lius Interesse an den Strömungen eines unsichtbaren Ozeans hielt sich in Grenzen. In diesen immer gleichen Stunden dösten sie oder schauten hinauf zu den Sternen, und

Yuri beschäftigte sich zum ersten Mal in seinem Leben mit einem Spiel namens Schach.

Stef beobachtete unterdessen, wie dieser seltsame östliche Stern am Himmel emporstieg, der heller war als jeder andere Stern außer den Alpha-Zwillingen. Sie verfolgte seine Bewegung mithilfe von Fotos, die sie mit ihrer Tafel machte. Er steige *zu schnell* empor, sagte sie. »Es ist also gar kein Stern«, murmelte sie. »Aber was dann?«

Am einundsiebzigsten Tag ließ die KolE sie vorsichtshalber langsamer fahren. »Bald erreichen wir wieder Land …«

Dies war die einzige Landmasse, auf die sie vor dem Antistellarpunkt stoßen würden, ein Inselkontinent von der Größe Australiens, der den *Ad Astra*-Karten zufolge zwischen dem Punkt, wo sie den Terminator überquert hatten, und dem Antistellarpunkt lag. Wachsam krochen sie über das letzte, immer dünner werdende Packeis und rollten dann über einen flachen Strand an Land. Ihre Scheinwerfer rissen schmutziges Eis unter ihren Reifen aus dem Dunkeln; niedrige, erodiert wirkende, von Eis umschlossene Hügel waren Schatten vor dem Sternenhimmel. Sie wandten sich nach Nordosten und reisten erneut im Konvoi.

Stef spähte in die Dunkelheit. »In der Mitte dieses Kontinents muss es eine Eiskappe geben, selbst wenn sie im Datensatz der *Ad Astra* nicht auftaucht. Wir werden also am Küstensaum bleiben. Wenn wir nicht weiterkommen, können wir jederzeit wieder aufs Meereis ausweichen.«

»Die Lufttemperatur steigt«, vermeldete die KolE ausdruckslos.

Nach einem weiteren halben Tag erreichten sie ein offenes, eisfreies Gebiet und stiegen aus dem Rover, um es zu erkunden. Es war eine vulkanische Region, sah Yuri, mit heißen Schlammlöchern und Teppichen wärmeliebender Bakterien, die in ihrem Scheinwerferlicht in strahlendem Purpurrot und Grün aufleuchteten. Von hier kam also die örtliche Wärme. Ihr Atem dampfte in der kalten Luft, aber Yuri spürte die Wärme des Bodens unter seinen gestiefelten Füßen. Sie trugen alle Stirnlampen, mit denen sie an diesem stillen, verträumten Ort wie gespenstische außerirdische Besucher aussahen. Die KolE und Stef sammelten fröhlich Proben und machten Fotos.

»Überall Leben«, sagte Liu.

»Wohin man auch kommt«, pflichtete Stef ihm bei. »Bestimmt gibt es sogar Leben unter dem Eis, auf dem Grund des Ozeans unter der Eisdecke, überall, wo es heiße Quellen gibt und wo Mineralien austreten. Genau wie auf der Erde.«

»Und Stromatolithen«, sagte die KolE.

»Wie bitte?« Stef richtete sich auf, die Probenflasche in der Hand. »Unmöglich. Nicht im Dunkeln. Ohne Fotosynthese betreibende Lebewesen gibt es keine Stromatolithen.«

»Aber hier sind sie«, sagte die KolE schlicht.

Es stimmte. Westlich von dem Bakteriengarten war die ansteigende Landschaft von riesigen, pilzartigen Gebilden mit ausladenden Hüten und dicken, fest im Boden verankerten Stielen übersät.

Sie gingen hinüber. Stef stieß ein Probenrohr in ein großes Exemplar, eine bedenkenlose Geste, bei der Yuri zusammenzuckte, und entnahm eine Querschnittsprobe, die sie im Licht ihrer Stirnlampe untersuchte. »Du hast recht, KolE«, sagte sie. »Gewissermaßen. Das hier ist eine stratifizierte Bakteriengemeinschaft. Die oberen Schichten sehen wirklich so aus, als würden sie Fotosynthese betreiben – vermutlich mithilfe des Alpha-Lichts, es muss also ein sehr langsamer Prozess sein.

Aber weiter unten haben wir Mineralienfresser, wie die Wärmeliebhaber in den Schlammlöchern. Man kann durchaus sagen, es sind Stromatolithen – aber welche von einer seltsamen, komplexen Art.«

»Und unvorstellbar alt«, sagte die KolE. »Hier dürfte es nichts geben, was sie stört. Keine Räuber. Und all dies muss eine Art Oberflächen-Expression der in größerer Tiefe lebenden Gemeinschaft sein, der warmen Tiefen-Biosphäre, der es egal ist, ob sie sich auf der Tagseite oder im Dunkeln befindet.«

Yuri grunzte. »Was die da unten wohl von dem ganzen Tamtam halten, das wir hier oben veranstalten?«

Sie verbrachten einen Tag an diesem Ort, beobachteten, sammelten Proben, überlegten und stellten Hypothesen auf. Dann packten sie ihre Sachen und fuhren weiter.

# 77

Das Rumpeln der schweren Fahrzeuge ließ den Boden tief unter der Oberfläche kurz erbeben.

Dieses ungewöhnliche Ereignis wurde von gewaltigen, verstreuten Sinnen wahrgenommen. Äonenlange Träume wurden unterbrochen.

Das Ereignis wurde vermerkt, eine Aufzeichnung davon verbreitete sich in den Gemeinschaften im Tiefengestein, wo sie gedeutet, klassifiziert und gespeichert wurde. Nichts war eine Überraschung für ein Bewusstsein, das schon zwei Milliarden Jahre alt gewesen war, bevor die erste komplexe Zelle auf dieser Welt entstand.

Die Fahrzeuge entfernten sich bald, die Störung war vorüber. Und in der chthonischen Stille ging der Traum von der Endzeit weiter.

# 78

Penny Kalinski erwachte von Kindergelächter.

In ihrem Leben war sie schon auf schlimmere Weise geweckt worden. Selbst wenn die Welt um sie herum jetzt zu implodieren drohte.

Sie schaute auf die Uhr. Es war noch nicht ganz Viertel nach sieben, nach Kuppelzeit oder offiziell nach örtlicher Pariser Zeit, aber sie betrachtete es als Kuppelzeit; hier unten in Erdscheins Bunker mit seinem autarken Lebenserhaltungssystem eingeschlossen, hätte sie ebenso gut in einem Habitat auf dem Merkur oder dem Mond sein können.

Sie hievte sich aus dem Bett und tappte ins kleine Wohnzimmer, wo Jiang Youwei auf seinem Klappbett lag. Jiang schlief tief und fest. Er würde sogar einen Alarm verschlafen – obwohl er das eine Mal, als es in all den Monaten, die sie nun schon hier unten begraben waren, ein echtes Problem gegeben und eine Sirene vor Schadstoffen in der wiederaufbereiteten Luft gewarnt hatte, binnen einer Sekunde auf den Beinen gewesen war, ein Resultat seiner militärischen Ausbildung.

Penny ging zum Badezimmer durch und stellte sich unter das heiße, leicht abgestanden riechende Wasser der Dusche. Ihnen standen nur diese beiden Räume und das Badezimmer zur Verfügung; Erdschein hatte lediglich einen kleinen Bereich des alten Kanaltunnels in Beschlag genommen, und Wohnraum war ein kostbares Gut, ebenso wie Strom, Luft, Wasser und Nahrung. Sie waren ohnehin schon privilegiert, weil sie überhaupt ein privates Quartier hatten und nicht die großen Schlafsäle und Gemeinschaftsbadezimmer benutzen mussten, die für alle anderen eingerichtet worden waren.

Im Tunnel herrschte jetzt drangvolle Enge. Die Bewohner waren zumeist Angehörige von Mitarbeitern des Betreuerstabs und der von Erdschein einbestellten Experten sowie die Kinder, Enkelkinder und sogar ein paar Urenkelkinder von Sir Michael King, die man nach dem Auseinanderbrechen des Splitters und dem Beginn der langen Kältephase – des Mächtigen Winters, wie Erdschein sie nannte – hastig eingeflogen hatte.

Eingedenk der begrenzten Ressourcen stellte Penny nach einer kurzen Dusche das Wasser ab und rubbelte sich energisch trocken.

Bei ihrer Rückkehr ins Wohnzimmer brannte dort helles Licht. Jiang war auf den Beinen und blätterte mit einem geübten Finger in seiner Tafel. In ihrer kleinen Küchenecke hatte er eine Kanne Kaffee aufgesetzt. Als sie an ihm vorbeiging, reichte er ihr geistesabwesend einen vollen Becher.

Penny holte ihre Kleider aus dem kleinen Schrank. Sie trug IRF-Overalls, die sich selbsttätig reinigten und flickten, sodass sie nur jeden Tag den losgelösten Schmutz herausschütteln musste, eine große Waschwasser-Ersparnis. »Viel zu tun?«, fragte sie.

»Und es wird immer mehr.« Jiang hielt den Blick auf seine Tafel gerichtet. »Heute Vormittag Wartungsarbeiten, gegen Mittag ein paar diplomatische Sachen … Ich werde spät fertig werden. Und Sie?«

»Schule heute Vormittag, soweit ich mich erinnere. Danach … tja, das hängt von der Resolution des Rats heute Mittag und deren Folgewirkungen ab.« Die neuesten Ergebnisse der laufenden Gespräche des Weltenrats sollten heute bekannt gegeben werden.

»Ja«, sagte er. »Großer Tag. Ich nehme an, wir sehen uns dort.«

Obwohl sie sich hier unten in diesem Erdloch verbargen, standen sie als Erdscheins Gäste in engem Kontakt mit den weltweiten Entwicklungen. Der unblutige Krieg zwischen China und den UN-Staaten war in den Monaten, seit der Splitter die Erde erreicht und sein Staub die Welt in einen plötzlichen Winter gestürzt hatte, in eine neue Phase eingetreten. Ein paar daraus resultierende Grenzkonflikte hatte man ohne größere Probleme im Zaum halten können. Zu Sir Michael Kings Kummer war die Rebellion gegen die chinesische Herrschaft in Australien gewaltsam niedergeschlagen worden; seitdem hatte die Regierung das Kriegsrecht über den Kontinent verhängt und zahllose australische Bürger in andere chinesische Provinzen in Indonesien und weiter entfernten Ländern deportiert.

Überall auf der Erde, ja sogar im ganzen Sonnensystem war ein neuer, wackliger Waffenstillstand ausgerufen worden. Bis jetzt hielt er noch, jedenfalls einigermaßen.

Doch nun hatte eine neue Runde von Gesprächen unter der nominellen Leitung der drei Kern-KIs, darunter auch Erdschein, begonnen. Sie waren aus der Zurückgezogenheit ihrer Verstecke hervorgekommen, um eine neutrale Plattform anzubieten, auf der Verhandlungen und Versöhnungsversuche stattfinden konnten. Das waren die sogenannten »Weltenrat«-Gespräche; für gewöhnlich beschränkten sie sich auf die Erde, aber an manchen ermüdend langen Sitzungen, die auch die Zeitverzögerungen einbezogen, nahmen darüber hinaus Vertreter vom Merkur, vom Mars und sogar von Ceres teil. Der Vorsitz wechselte hauptsächlich zwischen Ifa und dem Erzengel, den in Zentralafrika und Südamerika beheimateten KIs.

Sir Michael King, der auf seinen hundertsten Geburtstag zuging, aber noch immer Vorstandsvorsitzender der UEI war, gehörte zu den wichtigsten Teilnehmern. Penny fungierte als Beraterin zum Thema Kernel-Physik, und Jiang, einer der wenigen Chinesen im Tunnel, sollte die Sitzungen als Dolmetscher unterstützen und persönliche Eindrücke nach Neu-Beijing übermitteln.

Nun, die Gespräche hatten sich lange hingeschleppt. Jetzt lag ein Bündel von Maßnahmen auf dem Tisch, die den meisten Parteien weitgehend akzeptabel erschienen: ein gegenseitiger Sicherheitspakt; ein erstes, zaghaftes Abkommen zur ewigen Streitfrage des Teilens von Ressourcen und Informationen, das auch einen begrenzten Zugang der Chinesen zur Kernel-Wissenschaft beinhaltete; des Weiteren sollte die Erde von beiden Seiten als Protektorat klassifiziert, die Heimat der Menschheit als Kriegsschauplatz für tabu erklärt werden. Ob irgendetwas davon jedoch wirklich angenommen werden würde, war eine andere Frage.

Als Penny ihren Kaffee ausgetrunken, sich die kurzen Haare gebürstet und sich startklar gemacht hatte, war Jiang schon fort.

Draußen begann ein weiterer Tag in Erdscheins kleinem Tunnelkönigreich.

Die großen Neonlampen an den Wänden, die analog zum abnehmenden Tageslicht draußen gedimmt worden waren, leuchteten wieder mit voller Kraft. Zu dieser Tageszeit waren die Leute unterwegs; ein paar Nachtschichtarbeiter machten sich auf den Heimweg, während die anderen sich auf ihren Arbeitstag vorbereiteten. In erster Linie ging es um die Wartung der Systeme, die sie alle hier unten am Leben erhielten. Ein paar Wandbildschirme zeigten Bilder aus allen Regionen eines winterlichen Planeten, über die anderen flutete ein beständiger Nachrichtenstrom von den rund um die Uhr stattfindenden Weltenrat-Gesprächen.

Insgesamt hatte die große Tunnelzuflucht eine drastische und schnelle Verwandlung durchlaufen. Bei Pennys Ankunft war sie wenig mehr als eine Art Computerlager, Schutzraum und Informationszentrum gewesen. Nach dem Einzug der Familien hatte man die IT-Ausrüstung aus den öffentlichen Bereichen entfernt und Wohnräume eingerichtet: Schlafsäle und Toilettenblöcke, ein Spital, sogar eine Schule für die Kinder.

Um diese Zeit, vor Beginn des Arbeitstages, war der Schulhof voller lärmender Kinder, die auf Gerüsten und Schaukeln herumkletterten und Spiele wie Himmel und Hölle spielten. Ihre Stimmen hallten von den Betonwänden des Tunnels wider. Penny beobachtete sie mit einer gewissen Wehmut; wie gern hätte sie das Gewicht ihrer eigenen Jahrzehnte abgeworfen und mitgemacht. Aber ihr fiel auf, wie blass sie waren, hier unten eingesperrt, abgeschnitten von frischer Luft und Sonnenschein: Das von Flüchtlingen überschwemmte, winterliche Paris unter seinem düsteren, staubgeschwängerten Himmel war kein sicherer Ort für Kinder. Der Gesundheitszustand der Kleinen wurde sorgfältig überwacht, aber Penny hatte den Eindruck, dass sie mit einer ungestümen Energie aufwuchsen, die regelmäßig verbrannt werden musste, wie man Abgase aus einem Gasbrunnen abfackelte.

»Wir sind so etwas wie eine unterirdische Raumstation geworden.« Die ernste Stimme gehörte Erdschein. Seine Projektion stand neben ihr. Er trug seinen üblichen nüchternen Geschäftsanzug.

Penny nickte. »Ich glaube, wir kriegen Probleme, wenn wir zu lange hier unten bleiben müssen. Auf dem Mars wächst man im Wissen auf, dass es kein Entkommen gibt. Hier hingegen *wissen* die Kinder, dass da oben, da draußen eine Umgebung ist, in der es sich leben lässt. Wenn sie älter werden und wir dann immer noch hier sind, werden wir viele schwierige Teenager haben.«

»Interessant. Ich habe noch genug Menschlichkeit in mir, glaube ich, um ihnen das nachfühlen zu können. Das Bedürfnis nach persönlicher Freiheit scheint ziemlich fest im Menschentier verwurzelt zu sein. Wir akzeptieren Kompromisse, wo es der Familie nützt. Jenseits davon lehnen wir sie ab.«

Sie musste lächeln. »Redest du so mit den Kindern in deinen Schulklassen?«

»Eigentlich nicht …«

»He!« Ein kleiner Junge war an den Zaun vor ihnen getreten; er hatte orientalische Züge, aber einen starken australischen Akzent. Ohne Vorwarnung nahm er einen Ball und warf ihn geradewegs nach Erdschein. Der Ball ging ungehindert durch dessen Körper, erzeugte jedoch einen Sprühregen bunter Pixel. Erdschein gab ein schmerzhaftes Grunzen von sich und krümmte sich ein wenig; sein Gesamtbild flackerte leicht, als die Konsistenzroutinen in seiner Infrastruktur-Software den Schaden zu beheben versuchten.

Der Junge lachte und lief davon. Erdschein, der wieder normal aussah, lächelte nachsichtig.

»Komm mit«, sagte Penny verärgert. Sie entfernten sich vom Schulhof. »Du solltest ihnen das nicht durchgehen lassen. Es ist respektlos.«

Erdschein hob die Schultern. »Besser, als dass sie mich fürchten, meine seltsame Unwirklichkeit. Das ist einer der wesentlichen Gründe für meine Lehrtätigkeit an der Schule, wissen Sie. Wir sind egoistisch, wir drei vom Kern. Sir Michaels Bitte, seine Enkelkinder mitbringen zu dürfen, hat das alles auf überraschende Weise geändert. Jetzt sehe ich meine Aufgabe darin, die Kinder zu beschützen. In gewissem Sinn betrachte ich euch alle als meine Familie.«

Penny fand diese Art von Interaktion stets irritierend und bizarr, als versuchte Erdschein, menschliche Züge anzunehmen, und erzählte ihr zugleich Schritt für Schritt in allen Einzelheiten von diesem Unterfangen. »Sollten die Kinder nicht lernen, dass es wehtut, wenn deine Konsistenz-Protokolle unterbrochen werden?«

»Damit kann ich leben«, sagte Erdschein schleppend. »Sie werden es beizeiten schon lernen. Ich glaube, Colonel Kalinski, Sie bemuttern mich schon wieder.«

Das verdross sie. »Was soll das heißen, schon wieder?«

»Es tut nicht besonders weh, wenn ein Gummiball durch meine virtuelle Projektion geworfen wird. Es hat nicht besonders wehgetan, als meine neun Elternteile miteinander verschmolzen wurden und ich geboren wurde. Es tut nicht besonders weh, *ich* zu sein, obwohl ich nicht auf dieselbe Weise menschlich bin wie Sie. Sie sollten mich nicht bemitleiden.«

»Ich werde versuchen, es mir zu merken.«

Er hatte streng, distanziert und unmenschlich geklungen. Jetzt grinste er ansteckend. »Aber es ist angenehm, bemuttert zu werden, das gebe ich zu. Und wie ich sehe, kommen wir jetzt schon zu spät zu unserer Verabredung mit Sir Michael.«

King stand unter dem größten Bildschirm. Er stützte sich auf seinen Stock, ohne das geschäftige Treiben um ihn herum zu beachten, und schaute finster zu den Nachrichtenmeldungen hinauf.

Der Bildschirm zeigte wie üblich eine Flut von Bildern, und in der Luft wetteiferten Stimmen miteinander. Penny ließ den morgendlichen Datenschwall in seinen multiplen Strömen über sich hinwegspülen und verschaffte sich dabei einen ersten Eindruck von dem neuen Tag. Vielleicht war es für Erdschein ständig so, dachte sie.

Sie sah Bilder einer Demonstration vor der chinesischen Botschaft in Anchorage, im reichsten aller USNA-Staaten des früheren dreiundzwanzigsten Jahrhunderts. Bei der Demonstration ging es natürlich um die Auswirkungen des chinesischen Asteroidenwinters. In diesem sommerlosen Jahr wurde vielerorts bereits die Nahrung knapp. In den neuen, modernen Großstädten wie Solstice im hohen Norden und tiefen Süden war die Stromversorgung zusammengebrochen, weil die Reisfelder und Sümpfe, die Elektrizität aus genmanipulierter Fotosynthese lieferten, unter dem verschatteten Himmel zu schwächeln begannen. Es gab sogar neue Flüchtlingsströme, herzzerreißend vertraute Bilder von Familien, die in die Gebiete der mittleren Breiten zurückkehrten, die ihre Eltern oder Großeltern während der Klimaschocks einst verlassen hatten. Selbst in Paris hatte Penny ein Flüchtlingslager gesehen, das auf dem welken Gras der Tuilerien errichtet worden war.

»Die Chinesen haben Mist gebaut«, knurrte King, als sie näher traten. »Wenn sie ihre Weltraum-Macht demonstrieren wollten, hätten sie lieber einen Felsbrocken auf den Mond stürzen lassen sollen. Aber einen solchen Schlag gegen die Erde selbst zu führen – das hat die Menschen auf einer emotionalen Ebene getroffen. Wissen Sie, es gibt die Theorie, dass der ganze Plan im Weltraum ausgebrütet wurde, in irgendeinem Thinktank auf Ceres oder dem Mars, vielleicht von Kolonisten der zweiten Generation, die kein echtes Wohlwollen für die Erde empfinden, die nicht verstehen, wie es hier unten läuft. Denen mag es folgerichtig erschienen sein, ein solches geopolitisches Statement in Form eines technisch hervorragend ausgeführten Kunststücks abzugeben. Aber als menschliche Geste war es total daneben.«

»Nun ja, nicht total«, sagte Erdschein leise. »Wir reden noch miteinander; bisher ist es uns noch gelungen, einen Vernichtungskrieg zu vermeiden.«

»Stimmt. Aber das haben wir nur dir und deinen Geschwistern zu verdanken. Und wir sind noch nicht über den Berg.« Wie immer, wenn er sich unter Druck fühlte, wirkte King angespannt und wütend; Penny hatte gelernt, dass er in jeder Situation unruhig wurde, die er nicht vollständig im Griff hatte. »Die Sitzung des Weltenrats wird gleich eine Erklärung abgeben.« Er schaute zum Bildschirm hinauf. »Pah. Kommen Sie mit.« Er ging voran, zu seinem Quartier.

Widerstrebend folgte sie ihm. »Wir haben beide unsere Pflichten. Die Schule …«

»Was ist los, Kalinski, sind Sie auf einmal eine Sklavin der Routine? *Das da* ist wichtiger als alles andere, was hier unten vorgeht. Und was die Schule betrifft, Erdschein kann doch einfach ein Partial hinschicken … Kommen Sie schon.«

# 79

Verglichen mit dem engen Zimmer, das Penny sich mit Jiang teilte, wirkte Kings Quartier wie eine Villa. Er hatte vier große, miteinander verbundene Räume, alle mit Bildschirmen ausgestattet und dezent möbliert, dazu noch ein Badezimmer und eine Küche, luxuriöser als alles, was Penny je gesehen hatte. Aber schließlich war es vor allem seinem Geld und seinem Einfluss zu verdanken, dass dieser alte Tunnel so rasch in einen Schutzraum umfunktioniert worden war; Erdschein verfügte zwar über gewaltige Ressourcen, aber sie waren von speziellerer Art und weiter verstreut. Selbst Erdschein schuldete King Gefälligkeiten.

Als sie eintraten, wurde der große Bildschirm im Raum vom zentralen Bild eines leeren Podiums mit einem Mikrofonständer beherrscht, dem jahrhundertealten Signal für eine unmittelbar bevorstehende Pressekonferenz. Penny fragte sich, wo das Podium stand, wo dieses Ereignis stattfinden sollte; es konnte überall auf dem Planeten sein, ja sogar auf dem Mond.

Penny nahm neben Erdschein Platz. Wie immer rollte ein Servoroboter herbei und bot ihnen Kaffee an.

»Also, wie weit sind sie?«, fragte Penny.

King saß aufrecht in einem Lehnstuhl, die Hände um seinen Gehstock geschlungen. Er funkelte Erdschein wütend an. »Das weiß *er* wahrscheinlich besser als ich. Fragen Sie ihn. Die stellvertretende Generalsekretärin der Vereinten Nationen will eine Erklärung abgeben. Wissen Sie noch? Sie haben sie auf Ceres kennengelernt.«

Penny war kein Politikfreak; sie runzelte die Stirn und versuchte, die Sache zu durchdenken. »Das heißt, sie gibt eine einseitige Erklärung ab. Richtig? Wenn sie und die chinesischen Delegierten nicht gemeinsam erscheinen. Ich schätze, das ist kein gutes Zeichen.«

»Sollte man meinen, nicht wahr?« Er warf einen Blick auf seine Armbanduhr. »Sie überzieht. Es ist wahrscheinlich ein *gutes* Zeichen, wenn sie noch miteinander reden. Oder auch nicht. Ach, was weiß ich.« Er rieb sich das fleischige Gesicht und wirkte einen Moment lang erschöpft. Dann schien er sich mit einiger Anstrengung zusammenzureißen. Er drehte sich zu Penny um. »Also, wie geht's Ihnen?«

Sie grinste. »Was glauben Sie denn, wie es mir geht?«

»Kein Wort von Ihrer Schwester, nehme ich an. Nicht einmal jetzt, in dieser Zeit der Krise.«

Sie zuckte die Achseln. »Wie auch? Die Nachrichten von alledem werden Proxima erst in vier Jahren erreichen.«

»Es ist eine Schande, dass sie so weit weg ist.«

Sie spürte, dass er auf eine Reaktion wartete. Sie spürte auch, dass er nur redete, um die Zeit auszufüllen, bevor die stellvertretende Generalsekretärin an dieses Podium trat. »Eine Schande, ja.«

»Sie vermissen sie natürlich. Sie sind Zwillinge. Sie sollten Ihr Leben teilen.«

Penny hob die Schultern. »Für Stef habe ich in gewissem Sinn nicht mal existiert, bevor sie in die Luke gestiegen ist. Mit ihrem Abgang nach Proxima bei der erstbesten Gelegenheit hat sie mir laut und deutlich Adieu gesagt.«

»Ganz schön hart.«

»Kann man wohl sagen. Wir haben ja früher schon darüber geredet. Jetzt bin ich zu alt; ich habe eine Lederhaut.«

Erdschein, der an seinem virtuellen Kaffee nippte, schaute ernst drein. »Ich glaube, ich kann das nachempfinden. Ich weiß noch, wie es war, ein Mensch zu sein, aber jetzt bin ich keiner mehr. Mein Bewusstsein lässt sich problemlos modifizieren, überarbeiten, wiederholen, editieren … so wie es vielleicht mit Ihrem geschehen ist, oder mit dem Ihrer Schwester. Es ist Ihr einzigartiges Missgeschick, Penelope Kalinski, Ihres und das Ihrer Schwester, dass Ihre persönliche Zeitlinie sich irgendwie mit den Mysterien der Kernel-Physik verheddert hat.«

Penny dachte darüber nach. »Danke. Glaube ich.«

King zwinkerte ihr erneut zu. »Sie sind hier, in diesem Raum, zusammen mit mir. Sie sind durchaus real. Vergessen Sie den existenzialistischen Quatsch. Sie kommen schon klar …«

Jetzt gab es Bewegung auf dem Bildschirm, und sie drehten sich um und schauten hin. Die stellvertretende Generalsekretärin – schlank, smart, sehr ernst – trat mit einer Tafel in der Hand ans Podium. Sie begann zu sprechen, und englische, spanische, russische und chinesische Untertitel bombardierten den Bildschirm. Penny brauchte jedoch nur das Textlaufband am unteren Rand, um zu erkennen, was geschehen war.

Die Erde musste geschützt werden. Das war der einzige Punkt, in dem Einigkeit herrschte; ansonsten waren die Gespräche erneut abgebrochen worden. Darüber hinaus ließ sich unmöglich vorhersagen, wie es nun weitergehen würde. Keine Partei hatte der anderen den Krieg erklärt, noch nicht, aber …

Erdschein stand auf. Er flimmerte sonderbar, als würden gewaltige Verarbeitungskapazitäten abgezweigt. »Die Gespräche sind beendet. Es wird Krieg geben, das steht fest – die Logik des Kalten Krieges, wie im zwanzigsten Jahrhundert. Jetzt hat jede Seite ein Interesse daran, den Erstschlag auszuführen, bevor die andere sie ihrer Fähigkeit dazu berauben kann. Bringen Sie mich von der Erde weg.«

Penny sah King an. Mit aschfahlem Gesicht schaute er auf den Bildschirm; offenbar war diese Nachricht schlimmer, als er erwartet hatte. Er nahm sich rasch zusammen und hob den Blick zu Erdschein. »In Ordnung. Ich habe ein Schiff. Du kannst es benutzen. Aber ich will, dass meine Familie hierbleibt.«

Die Plötzlichkeit dieser Verhandlungen verblüffte Penny. »*Von der Erde weg?* Aber …« Aber wenn jemand die Implikationen dessen verstand, was da gerade geschah, dieses Schattenspiel hinausgezögerter Pressekonferenzen und mehrdeutiger Erklärungen, dann diese beiden. Sie dachte darüber nach, dann stand sie auf. »Ich helfe dir, Erdschein. Ich kann dich weiterhin beraten. Nimm mich mit auf das Schiff.«

Erdschein nickte. »Abgemacht.«

»Und Jiang Youwei auch«, fügte sie rasch hinzu.

»Einverstanden.«

# 80

Die Expedition hatte zwei Wochen gebraucht, um den Inselkontinent zu umrunden.

Dann entfernten sie sich von der Küste und fuhren erneut über den eisbedeckten Ozean. Die Fahrzeuge rollten zügig nebeneinander her. In dieser flachen Leere schien sich Yuris Zeitgefühl erneut aufzulösen. Er döste, beobachtete die Sterne und spielte mit Liu Schach. Ganze Tage vergingen, ohne dass er auch nur einmal die Kabine des Rover verließ.

Es war fast eine Überraschung, als die KolE verkündete, dass sie in Kürze wieder auf Land treffen würden. Nach fast hundert Tagen näherten sie sich mehr oder weniger im Zeitplan dem ansteigenden Boden des gefrorenen Gesteinsflutbuckels, auf dem sich der Antistellarpunkt befand.

Vorsichtig fuhren sie weiter, wie immer. Diesmal blieben sie jedoch nicht an der Küste, sondern steuerten ins Innerste dieses eigentümlichen Kontinents hinein, der seine Existenz einem Stern verdankte. Bald kletterten die Fahrzeuge die ansteigenden Flanken einer Eisdecke hinauf, aus der die Gipfel abgenutzter Berge ragten, Schatten im Sternenlicht. Die KolE fuhr voran, schob sich langsam über Pässe und beschleunigte in offenem Gelände. Sie sagte, sie navigiere mithilfe der Sterne wie auch ihres internen gyroskopischen Koppelsystems, um sich genau zum Antistellarpunkt vorzutasten, dem Gipfel dieser Eiskappe.

Stef war indessen in wachsendem Maße fasziniert von dem am Himmel über ihnen hängenden, anomalen Stern-der-kein-Stern-war. Kurz bevor sie den Substellarpunkt erreichten, kam ihr schließlich der Gedanke, sein Licht mit einem Spektroskop zu untersuchen.

Sie ließ die Gruppe sofort anhalten.

Sie zogen sich ihre Kaltwettersachen an, stiegen aufs Eis hinunter, blieben dicht beieinander und schauten zu dem Stern fast direkt über ihnen hinauf. Stef hob eine behandschuhte Hand mit einem kleinen Funksender.

Yuri stand neben ihr. »Nun rede schon. Was ist mit deinem Stern?«

»Es ist gar kein Stern. Ich glaube, ich weiß, was es ist. Auf dem ganzen Weg hierher habe ich ihn mit bloßem Auge immer höher steigen sehen, wie ein Astronom vor fünfhundert Jahren. Ich war verwirrt. Es passte einfach nicht … Schließlich habe ich ihn spektroskopisch untersucht.« Sie zeigte nach oben. »Das ist Proxima-Licht.«

Yuri stutzte. Er schaute hoch. »Das kann nicht sein. Oh. Doch, kann es – reflektiertes Licht, stimmt's? Dann ist es ein Spiegel.«

»Oder ein Sonnensegel. Irgend so was. Ja.«

»Aber es hängt einfach nur dort. Wieso ist es nicht im Orbit?«

»Ich glaube, es befindet sich an einem Gleichgewichtspunkt. Der Druck von Proximas Licht, der es wegschiebt, wird vom Zug der Schwerkraft aufgehoben, der es anzieht. Ich bin nicht sicher, dass es ortsfest ist, aber mit bewusster Steuerung …«

»*Bewusst?* Du weißt, was das ist?«

»Ich glaube schon. Entschuldige.« Sie hob ihr Funkgerät. »Kommen, Angelia. Ich glaube, ich habe die richtige Frequenz …«

»Ich bin Angelia 310999«, kam eine leise Antwort, eine weibliche Stimme mit abgehacktem Akzent, ganz ähnlich wie der von Stef. »Hallo, Stephanie. Schön, dich wiederzusehen. Ich erinnere mich sehr gut an unsere Zeit auf dem Merkur.«

Yuri und Liu starrten Stef und das leuchtende Ding, das am Himmel hing, nur mit großen Augen an.

»Wir beide sind weit gekommen seit dem Merkur. Obwohl mich niemand mehr Stephanie nennt. Tatsächlich hat das schon damals niemand getan, als wir zum letzten Mal miteinander gesprochen haben. Für meine Freunde bin ich Stef … Kannst du uns eigentlich sehen?«

»O ja. Eure Fahrzeuge sind deutlich zu erkennen; meine optischen Systeme funktionieren noch immer gut. Obwohl ich dich natürlich erst identifizieren konnte, als du mit mir gesprochen hast. Wie geht es deinem Vater?«

»Er ist leider gestorben, Angelia. Schon vor langer Zeit.«

»Ah. Er war ein Visionär, wenn auch mit moralischen Fehlern behaftet.«

»Ja. Wie ich sehe, war deine Mission erfolgreich, Angelia.«

»Es war sehr schwierig. Vieles ging verloren.«

»Warum hast du dich nicht bei der Erde gemeldet? Warum hast du keinen Kontakt zur *Ad Astra* aufgenommen, als sie hier eintraf?«

»*Sie* hat keinen Kontakt zu *mir* aufgenommen.«

»Ich bezweifle, dass die eine defekte Raumsonde mit Lichtsegeln überhaupt bemerkt haben«, sagte Liu leise.

»Von wegen ›defekt‹«, fauchte Angelia.

Liu lachte überrascht.

»Die Menschheit hat nichts für mich getan, Stef. Ich und meine genauso empfindungsfähigen Schwestern wurden in der Hoffnung ins Feuer geworfen, dass eine Handvoll von uns eine von anderen angeordnete Mission erfolgreich beenden würde.«

»Hm«, machte Yuri. »Kommt mir bekannt vor.«

»Warum sollte ich den Befehlen derjenigen gehorchen, die mich und meine Schwestern mit voller Absicht verletzt haben?«

Liu sah Yuri an und verdrehte die Augen. »Noch so eine neunmalgescheite KI. Warum tun diese Dinger nie, was sie tun sollen?« Kopfschüttelnd ging er davon, tiefer hinein in die Dunkelheit, wobei er sich vorsichtig umschaute. Seine Taschenlampe warf einen Lichtschein auf das Eis zu seinen Füßen.

»In Ordnung, Angelia«, sagte Stef. »Ich glaube, ich verstehe. Mein Vater hatte seine Fehler, aber er war trotzdem mein Vater. *Unser* Vater, nehme ich an. Und du warst eine Schwester, gegen die ich nie etwas hatte.«

»Stef? Diese letzte Bemerkung verstehe ich nicht. Ich weiß noch, wie du und deine Schwester, Penelope …«

»Nicht so wichtig. Lange Geschichte. Wir reden ein andermal darüber. Was *machst* du eigentlich da oben, Angelia?«

»Es ist ein guter Aufenthaltsort für mich. Für mich und meine überlebenden Schwestern. Hier herrscht offenkundig Stabilität. Und wir erfüllen eine Aufgabe.«

»Eine Aufgabe?«

»Wir erhellen den Weg zu jenem Punkt ganz in eurer Nähe. Dem Antistellarpunkt. Dem wichtigsten Punkt auf dem Planeten.«

Yuri schaute wieder hoch. »Ach ja?«

Stef seufzte. »Also hätten wir gar nicht zu navigieren brauchen, nicht wahr? Wir hätten nur nach dir Ausschau halten müssen. Dem Stern folgen. Genau wie in Bethlehem.«

»Und natürlich habe ich denjenigen ausfindig gemacht, der vor mir da war …«

»Wen meinst du?«

Liu kam schwer atmend zurückgelaufen. »Ihr müsst mitkommen. Ich habe etwas gefunden. Holt den Rover.«

# 81

Sie zwängten sich in den Rover, und die KolE folgte ihnen. Sie waren erst ein kurzes Stück gefahren, als sie im Scheinwerferlicht des Fahrzeugs vor sich auf dem Eis sahen, was Liu mit seinen alternden, aber immer noch scharfen Augen entdeckt hatte.

Eine Fahne, die schlaff an einem Mast hing. UN-blau.

Sie hielten abrupt, zogen sich an und stiegen erneut aufs Eis hinunter. Die Luft war bitterkalt, und ihr Atem dampfte. Sie standen alle drei nebeneinander, erhellt von den Scheinwerfern des Rover und der KolE.

Vor ihnen, deutlich sichtbar im Lichtschein der Scheinwerfer, war die Fahne und so etwas wie ein zusammengesacktes Zelt. Hinter dem Zelt fiel die Eisfläche ab, vielleicht in einen Krater. Keiner von ihnen hatte eine Ahnung, was das alles bedeutete.

Sie gingen vorwärts, über hartes, raues Eis. Die KolE folgte ihnen mit abgeblendeten Scheinwerfern. Die Fahne war an einem improvisierten Skistock befestigt, der im Eis steckte. Mit großen Augen gingen sie daran vorbei.

Beim Zelt hob Yuri eine steifgefrorene Klappe hoch. Im Licht seiner Taschenlampe sah er eine Leiche im Innern des Zeltes. Er trat zurück.

Wortlos ging Liu hinein, um sich die Leiche anzusehen.

Yuri und Stef wanderten durch das restliche Lager. Außer dem Zelt gab es einen Haufen verstreuter Ausrüstungsgegenstände auf einer gefrorenen Bodenplane, ein Paar Skier Marke Eigenbau, wie es schien, so etwas wie ein improvisiertes Eisfahrrad, einen Haufen Vorräte – und ein etwa ein Meter hohes Gerät mit einem Eingabetrichter, einem Ausgabefach, das wie eine Miniatur-Intensivstation aussah, und in winziger Schrift abgefassten Instruktionen auf dem Gehäuse.

»Was ist das?«, fragte Yuri. »Eine eiserne Kuh?«

»Nein«, sagte die KolE.

Liu rief sie zu sich.

Widerstrebend kehrten sie zum Zelt zurück, wo Liu über der Leiche stand. Es war ein Mann. Er trug nur eine uralte Militäruniform, keine Schutzkleidung. Es gab keinerlei Anzeichen von Verwesung. Aber schließlich musste er schon beinhart gefroren sein, erkannte Yuri, bevor die Bakterien in seinem Körper begonnen haben konnten, ihn zu verzehren – und auf Per Ardua gab es noch nichts, was einen menschlichen Leichnam verzehren konnte. Auf dieser fremden Welt waren selbst die Prozesse des Todes fremdartig.

Der Tote trug ein UN-Kreiszeichen am Ärmel. Ein eisiger Schimmer lag auf seinen Zügen. Er war gepflegt und glatt rasiert, sogar seine Haare waren gekämmt. Er sah aus wie ein Astronaut.

Stef musterte ihn. »Ich nehme an, er wollte in seiner Uniform sterben. Hm.«

Liu sah sie an. »Weißt du, wer das ist?«

»Ich weiß, wer es sein muss.«

»Dexter Cole?«, fragte Yuri. Der Pionier, der in den Jahrzehnten, die Yuri im Kälteschlaf verbracht hatte, auf einer irrwitzigen, selbst im Vergleich zu dem gewagten Unterfangen der *Ad Astra* unausgegorenen Solo-Mission nach Proxima gekommen war.

»Ja. Hier gibt es Dinge, die ihn identifizieren.«

Sie verließen das Zelt.

»Die Kolonisten haben immer geglaubt, dass Coles Geist auf Per Ardua umherstreift«, sagte Yuri. »Weißt du noch, Liu?«

»Ich schätze, da könnten wir recht gehabt haben.«

»Also, was ist mit ihm passiert?«

Liu zeigte auf einen Haufen Papiere, die er auf dem Eis gestapelt hatte. »Er hat ein Tagebuch hinterlassen. Und ein Videotagebuch. Aber da ist auch ein Brief, eine Seite lang.« Er hielt ihn mit seiner behandschuhten Hand hoch. »Die stichpunktartige Zusammenfassung. Offenbar wollte er sichergehen, dass wir die Botschaft erhalten. Er hat getan, was er tun musste. Das sagt er immer wieder. Ich schätze, er wollte nicht als Versager in Erinnerung bleiben. Oder als etwas noch Schlimmeres.«

»Er hat getan, was er tun musste?«, sagte Stef. »Was heißt das? Offensichtlich hat er das Prox-System erreicht. Er war der erste Mensch, der den interstellaren Raum durchquert hat, der erste, der auf Per Ardua gelandet ist. Dafür wird man ihn in Erinnerung behalten.«

»Ja«, sagte Liu. »Aber eigentlich war er hier, um den Planeten zu kolonisieren, vergesst das nicht. Das ist schiefgegangen – dem Brief zufolge. Er ist irgendwo hier auf der dunklen Seite, der gefrorenen Seite abgestürzt. Es gab keinen Fernmeldesatelliten, also konnte er nicht mal eine Nachricht nach Hause schicken, um Bescheid zu sagen, was passiert war. Ein großer Teil seiner Ausrüstung war zerstört. Er scheint diese ganzen Sachen hier behelfsmäßig hergestellt zu haben. Eine Art Ski-Fahrrad, mit dem er auf dem Eis herumfahren konnte. Alles andere hat er hinter sich hergezogen.«

»Er ist hierhergekommen, zum Antistellarpunkt«, sagte Stef. »Warum?«

»Er wollte, dass man ihn fand, oder jedenfalls seine Leiche. Er wusste, dass er es nicht zur Tagseite schaffen würde. Wohin sollte jemand auf der dunklen Seite sonst kommen? *Wir* sind schnurstracks hierhergefahren. Er wollte, dass man seine Geschichte erfährt. Und er wollte nicht für ein Ungeheuer gehalten werden.«

Yuri runzelte die Stirn. »Warum, zum Teufel, sollte jemand das denken?«

Liu versetzte dem Verarbeitungsgerät einen Tritt. »Das hier ist keine eiserne Kuh, und auch keine Nahrungsmaschine. Dexter Cole sollte der Vater einer ganzen Kolonie werden. So war es geplant. Er hatte eingefrorene menschliche Embryos dabei, hier in diesem Gerät, die er dann einen nach dem anderen auftauen, aufpäppeln und aufziehen sollte. Zwanzig kleine Kolonisten im Licht von Proxima, mit Cole als Paten. Das war die Vision.«

»Aber stattdessen …«

»Aber stattdessen hatte er sich im Dunkeln verirrt und war am Verhungern. Ja, er zog die Embryos auf. Er muss irgendwo Nährstoffe gefunden haben, um den Inkubator zu füttern – Thermalquellen, nehme ich an. Aber was er dann mit ihnen gemacht hat …«

»O Gott.« Stef kniete auf der Bodenplane neben der Maschine. Sie hob etwas auf – eine Ansammlung weißer Fragmente, die einem winzigen Erbauer-Haufen ähnelten, dachte Yuri. Knochen. Fingerknöchel vielleicht. Stef legte sie respektvoll wieder hin.

Yuri schaute auf die strengen, friedlichen Züge des Toten hinab und fragte sich, wie es am Ende um seinen Geisteszustand bestellt gewesen sein mochte, allein in der eisigen Dunkelheit mit seiner einzigen Nahrungsquelle, dieser grausigen Mahlzeit.

Liu zuckte die Achseln. »Was hättet ihr getan? Was würden wir alle tun? Die Kinder hätten hier sowieso nicht überleben können.«

»Das ist aber nicht das Einzige, was er hier getan hat«, sagte die KolE in ruhigem Ton. »Ich habe mir die nähere Umgebung angesehen. Dexter Cole hat sich nicht nur am Leben erhalten. Hier ist noch etwas anderes. Im Eis, meine ich. Er hat etwas gefunden.«

Sie sahen sich an. Dann eilten sie zur KolE hinüber, die am Rand der Senke im Eis stand.

Es war keine natürliche Formation; sie hatte keine Ähnlichkeit mit einem Krater. Es war eine Grube. Cole hatte eine Grube ins Eis gesprengt. Und auf deren Grund schien er mit einer Hacke oder dergleichen ans Werk gegangen zu sein. Er hatte eine Fläche aus einem grauen, metallartigen Material freigelegt – und eine feine, kreisrunde Rille mit einem Durchmesser von ein paar Metern.

»Dexter Cole war allem Anschein nach neugierig auf diese Stelle hier, den Antistellarpunkt, einen offensichtlich bedeutsamen Ort«, sagte die KolE. »Vielleicht besaß er noch ein paar Ausrüstungsgegenstände aus seinem abgestürzten Schiff. Kann sein, dass er mit Radar- oder Sonar-Echos Strukturen unter dem Eis entdeckt hat. Und Sprengstoff hatte er sicherlich auch dabei.«

Sie kletterten alle in die flache Senke hinunter. Die KolE rollte vorwärts und ließ ihr Licht über sie hinweggleiten.

»Eine Luke«, sagte Yuri. »Er hat nur eine weitere beschissene Luke gefunden, KolE!«

»Ja. Und diametral gegenüber der ersten, in der substellaren Markzone. Im Gestein dieses Gebiets verbirgt sich außerdem auch ein Kernel-Feld.«

»Was hat es mit diesen Luken bloß auf sich?«

Stef kniete sich hin und zeigte grinsend auf etwas. »Schaut. Handförmige Schlossfurchen. Wir können sie öffnen.«

Liu machte große Augen. Dann hielt er Coles einseitigen Brief hoch und überflog ihn rasch. »Cole schreibt, sie habe keinerlei Merkmale aufgewiesen, als er sie gefunden hat. Er hat sogar eine Skizze angefertigt. Schaut. Und er habe mit seiner Tafel Fotos gemacht, schreibt er. Keine Handmarkierungen.«

»Dann hat sie sich verändert«, sagte Yuri. »So wie die Luke auf der Tagseite, als wir damals reingestiegen sind.«

»Und die auf dem Merkur genauso«, ergänzte Stef.

Yuri sah sie an. »Was machen wir jetzt?«

Sie grinste. »Was denkst du?«

Liu wich mit erhobenen Händen zurück. »Moment mal. Ihr wollt in dieses Ding reinsteigen? Ohne mich.«

Die KolE surrte. »Ich halte es für meine Pflicht, darauf hinzuweisen, dass ihr völlig unvorbereitet seid, Yuri Eden.«

»Das hat uns vorher auch noch nie aufgehalten.«

»Stimmt. Aber es könnte sein, dass es auf der anderen Seite nicht einmal atembare Luft gibt. Denkt an den Merkur …«

»Wir gehen trotzdem.« Er grinste Stef an, die sein Lächeln erwiderte. »Wir sind fertig mit Per Ardua, oder? Fertig mit der Erde. Vor allem, wenn sie ihren Krieg hierherbringen.«

Die KolE stand reglos da. Ihre Scheinwerfer warfen Licht auf die Luke in ihrer Grube. »Ihr seid fest entschlossen.«

»Richtig.«

»In diesem Fall habe ich eine Bitte.«

»Nämlich?«

»Nehmt mich mit.«

Stef lachte kurz auf, verstummte dann jedoch wieder.

Einen Moment lang herrschte Schweigen.

»Sie meint es ernst, oder?«, sagte Stef.

Liu schnaubte. »Das ist doch bloß ein besserer Traktor. Eine Landwirtschaftsmaschine.«

»Nicht nur«, sagte die KolE. »Ich bin ein empfindungsfähiges, neugieriges Wesen. Ich möchte ebenfalls erfahren, was jenseits dieser neuen Luke liegt. Und ich besitze einen Wissens- und Datenspeicher … Stell dir vor, was für ein nützlicher Begleiter ich sein könnte, Yuri Eden.«

»Aber wie, zum Teufel, willst du überhaupt durch die Luke kommen?«, fragte Stef. »Du bist nicht modular, wie deine moderneren Vettern, also kann man dich nicht in Einzelteilen durchtragen, und aus eigener Kraft schaffst du's auch nicht. Du würdest gar nicht reinpassen.«

»Ich schlage vor, ihr nehmt meine Zentraleinheit heraus. Das würde genügen. Schnittstellen lassen sich später finden. Dazu würde sogar eine Tafel reichen.«

Stef sah Yuri an. »So machen wir's, oder?«

Yuri grinste nur. »Ich schulde dir was für Mister Sticks, KolE. Zeig uns, wie man dich auseinandernimmt.«

Sie brauchten einen Tag, um sich vorzubereiten – um mehrere Schichten Kleidung anzulegen, Rucksäcke zu packen und Waffen auszuwählen.

Und um die Zentraleinheit der KolE auszubauen – sie gab ihnen selbst die erforderlichen Anweisungen, als würde sie ihre eigene Lobotomie beaufsichtigen – und sie behutsam in einem Rucksack zu verstauen, den Yuri auf der Brust trug. Es war, als trüge man ein Baby, dachte er, so wie Mardina und er die kleine Beth damals in selbst hergestellten Tragetüchern transportiert hatten.

Dann war es Zeit zu gehen. Der Impuls, den Planeten zu *verlassen*, den Stef und Yuri bei der Entdeckung der Luke sofort verspürt hatten, war auch nach einem Tag noch immer sehr stark.

Liu zögerte nach wie vor. »Seid ihr euch sicher? Ich bin noch nie durch eins dieser verdammten Dinger gegangen. Man könnte sonst wo landen, stimmt's?«

»Das ist ja das Amüsante daran«, sagte Stef.

Yuri sah Liu an. »Wir sind sicher. Und bist du sicher, dass du hierbleiben willst?«

»Ja. Ich lasse es drauf ankommen, was die Vereinten Nationen betrifft. Außerdem habe ich nur dann eine entfernte Chance, Thursday October jemals wiederzusehen, wenn ich auf dieser Seite der Luke bleibe. Aber ihr beiden … Stef, wenn du das machst, wirst du deine Angehörigen nie wiedersehen. Deine Zwillingsschwester.«

Stef lachte nur. »Ein schwerer Verlust.«

»Und du, Yuri. Vielleicht besteht ja eine Chance, dass Beth …«

»Ich kenne Mardina. Und ich weiß mit absoluter Sicherheit, dass ich Beth nie wiedersehen werde, komme, was da wolle.«

Liu nickte. »Also kannst du genauso gut weitergehen, was?«

»Durch eine weitere Tür, ja. Und dann durch die nächste. Was sollte ich sonst tun?«

»Ich werde ihnen erzählen, was aus euch geworden ist.«

Yuri grinste. »Vielleicht kommen wir ja zurück, um alles selbst zu erzählen.«

»Glaubst du wirklich?«

»Nein.« Er wandte sich an Stef. »Bist du bereit?«

»Jederzeit.« Sie zog ihre Fäustlinge aus und spreizte die bloßen Finger. »Beeilen wir uns. Es ist so kalt.«

»Allerdings«, sagte Yuri und zog seine eigenen Fäustlinge aus. »Fertig? Dann zusammen. Eins, zwei, drei …«

Als die Luke offen stand, sah sie genauso aus wie die zwischen der Markzone und dem Merkur, eine Grube unter dem Lukendeckel, eine weitere Tür in der Wand mit Einbuchtungen für ihre Hände, erleuchtet von einem unbestimmten, perlmuttfarbenen Licht.

Yuri und Stef kletterten an einem Seil hinunter, das Liu festhielt. Yuri bewegte sich vorsichtig, damit der KolE nichts passierte.

Die Tür in der Wand zu öffnen war leicht. Sie betraten die Zwischenkammer, genau wie in der Merkur-Luke, mit Türen auf beiden Seiten. Es war so warm darin, dass sie sofort anfingen, ihre Winterkleidung zu öffnen.

Sie sahen sich an. Die Tür zurück nach Per Ardua stand noch offen, aber Liu war bereits außer Sichtweite, an der Oberfläche jenseits der äußeren Kammer.

»Mach schon«, sagte Stef.

Yuri schloss die Tür. Dann gingen sie gemeinsam zur zweiten Tür hinüber und legten ihre Hände in die Kerben in deren Oberfläche.

Als die Tür aufging, taumelten sie beide. Die Schwerkraft hatte sich erneut verändert.

Jetzt gab es kein Zurück mehr, dachte Yuri.

# 82

Während der heiße Krieg seine Schatten vorauswarf, brauchte King drei Tage, um Erdschein das Schiff zu besorgen.

Die *Tatania*, eine ungetestete Weiterentwicklung der *Ad Astra*, aber auch eines der wenigen zum Interstellarflug fähigen UN-Jumboschiffe, wurde zum Mond umgeleitet. Dort würde Erdschein, oder zumindest eine heruntergeladene Kopie, abgeholt und dann so schnell, wie es nur irgend ging, in die Tiefen des Weltraums geschossen werden. Ob er bis zu den Sternen fliegen wollte, war noch nicht klar.

»Vielleicht hängt er bloß in der Umlaufbahn um den Pluto herum, bis das ganze Trara vorbei ist«, sagte Sir Michael King zynisch. King selbst wollte dem Sturm mitsamt seiner Familie, die er um sich versammelt hatte, im Bunker unter dem Ärmelkanal trotzen. »Ich bin bald hundert, verdammt noch mal«, hatte er gesagt. »Ich laufe vor nichts mehr weg.«

Es war eine vernünftige Vereinbarung, fand Penny. Eine Partialversion von Erdscheins Ich würde in den riesigen Speichern verbleiben, die er im Tunnel untergebracht hatte, sodass die Zuflucht weiterhin funktionieren würde; warum sollten King und seine Angehörigen nicht ebenfalls dort bleiben?

Penny selbst war weiterhin fest entschlossen, mit Erdschein zu fliehen. Immer noch besser, als sich in ein Loch im Boden zu kauern und vor dem Feuer eines interplanetarischen Krieges zu ducken. Und *Erdschein wollte unbedingt weg.* Das gab für Penny letztendlich den Ausschlag. Sie fragte sich, was er, anders als sie, über diesen Krieg wusste – was er wusste oder fürchtete. Jedenfalls schien es ihr momentan eine gute Überlebensstrategie zu sein, an seiner Seite zu bleiben.

Und sie wollte, dass Jiang mitkam. Er war ein so guter Freund für sie wie nur irgendwer. Allerdings war er ganz und gar nicht davon überzeugt, dass es klug war, in Zeiten eines interplanetarischen Krieges mit einem Schiff zu fliehen, das sich noch im Versuchsstadium befand. Vielleicht war es sicherer, in ihrem unterirdischen Versteck zu bleiben. Seine Position als chinesischer Staatsbürger auf UN-Territorium erwies sich jedoch als schwierig. Penny hatte mit Kings Unterstützung bereits offizielle Internierungsanordnungen abwehren müssen. Wenn er hierblieb, würde er wahrscheinlich seine Freiheit verlieren – vorausgesetzt, sie überlebten überhaupt. Letztendlich war die Entscheidung für ihn durchaus folgerichtig.

Sie bereiteten sich zum Aufbruch vor. Das Letzte, was Penny vom Kanalbunker sah, war Sir Michael Kings faltiges, überraschenderweise tränenüberströmtes Gesicht, als er sich am Fahrstuhlschacht von ihnen verabschiedete, mit seiner jüngsten Tochter an seiner Seite.

Sie flogen nach Kourou und landeten trotz des Mächtigen Splitterwinters in glühender Hitze. Von hier aus würden sie ein Shuttle in die Umlaufbahn nehmen.

Sie hatten noch Zeit. Vorläufig schien sich dieser seltsame, verdeckte, halb erklärte Krieg in seinem eigenen chthonischen Tempo zu entwickeln, während die Chinesen ihre Weltraumkontingente in Stellung brachten, um, wie jeder vermutete, eine Angriffswelle auf UN-Einrichtungen auf dem Mond und im erdnahen Weltraum zu starten oder solche Angriffe zumindest anzudrohen. Chinesische Raumschiffe waren schön, aber langsam; ihre Armada bewegte sich kaum schneller, als die Planeten über den Himmel wanderten. Tiefer im Raum hielten UN-Schiffe wahrscheinlich in ähnlicher Weise auf ihre eigenen Ziele zu. Vor ihrem geistigen Auge sah Penny ein Sonnensystem voller gewaltiger Energien, die nur darauf warteten, entfesselt zu werden – voller Befehlsketten, die von den langen Minuten der Lichtgeschwindigkeitsverzögerungen bei der Kommunikation durch den interplanetarischen Raum beeinträchtigt wurden.

Aber ob er nun in langsamem Tempo voranschritt oder nicht, der Krieg schien im Anmarsch zu sein, und in den Köpfen aller Menschen auf der Erde, die die Nachrichten verfolgten, begann ein neuer, langer Countdown.

Und sie brauchten die Zeit. Es schien eine Ewigkeit zu dauern, bis Erdschein – oder ein annehmbares Partial, dem es schlussendlich bestimmt zu sein schien, das Primärexemplar zu werden – in einen kompakten, hochdichten tragbaren Speicher hochgeladen war, eine Einheit, die von ihren Abmessungen her in das Shuttle von der Erde in die Umlaufbahn passte. Penny hatte sich gefragt, warum Erdschein nicht einfach digital in irgendeinen Speicher auf dem Jumboschiff geladen werden konnte. Nun, diese Einheit gab die Antwort darauf; es war eine Technologie, der sie noch nie begegnet war, eine Technologie, die zweifellos von Schichten aus Betriebsgeheimnissen und staatlicher schwarzer Forschung geschützt wurde – eine Technologie, von der Penny Kalinski, die als Physikerin die obersten Ränge der Vereinten Nationen beraten hatte, exakt gar nichts wusste.

Endlich war das Orbital-Shuttle, das mit dem Heck nach unten auf dem Start- und Landeplatz in Kourou stand, beladen und abflugbereit. Als Penny an Bord ging, war sie sich der Bedeutung dieses Augenblicks bewusst: Dies konnte ihr letzter Schritt auf der Erde sein. Vor allem war sie aber einfach froh, der Hitze zu entkommen.

Sie lagen in ihren Reihen von Liegen auf dem Rücken, Penny neben Jiang. Erdschein war ebenfalls hier, eine virtuelle Projektion in einem Sitz direkt vor Penny, mit ihnen in der Kabine als Geste gemeinsamer Menschlichkeit, wie er sagte. Aber sein Bild flimmerte ständig; sein Basis-Ich im Tunnel unter dem Ärmelkanal lud weiterhin Material in den Speicher an Bord des Shuttles und würde damit fortfahren, nahm Penny an, solange eine Funkverbindung bestand.

Dann sprang das automatisierte Shuttle übergangslos vom Boden empor. Penny spürte, wie die Beschleunigung sie hart in ihre Liege presste. Der Himmel draußen vor den Fenstern verdunkelte sich rasch zu einem samtigen Blauschwarz, und als das Shuttle sich in die Kurve legte, sah Penny die Erde, einen gekrümmten Horizont vor der Schwärze.

Binnen Minuten waren sie in der Umlaufbahn, und Penny verspürte eine gewaltige, mit Bedauern gemischte Erleichterung, dass sie den Planeten endlich verlassen hatte. So weit, so gut.

Hier geriet ihre Reise jedoch ins Stocken. Es würde einen halben Tag dauern, bis eine Translunar-Fähre bei ihnen eintraf, und diese würde sie dann mithilfe eines chemischen Antriebs zum Mond bringen. Trotz des sich abzeichnenden Krieges, Erdscheins gesamtem Einfluss und Sir Michael Kings Geld durfte selbst jetzt keine Kernel-Technik näher an die Erde heran als Pennys altes Labor auf der Rückseite des Mondes. Penny Kalinski kam noch immer nicht schneller von der Erde zum Mond als in den üblichen drei Tagen.

Während sie für diese langen Stunden in der Erdumlaufbahn gestrandet waren, beobachtete Penny, wie der Planet unter ihr aus den Fugen geriet. Die Tagseite war so hell wie der Himmel über Florida. Aus dieser Perspektive schien der Mächtige Winter keine besonderen Auswirkungen gehabt zu haben: Im Herzen der alten, weitgehend verlassenen Großstädte der niedrigen Breiten leuchteten ein paar Lichter mehr, und in den Bergen bildeten sich wieder Gletscher, weiße Kleckse vor dem zerknitterten Grau der Felsen. Was sie definitiv nicht sah, waren irgendwelche Anzeichen von Krieg. Keine Armeen auf dem Weg von hier nach dort, keine brennenden Städte, keine fliegenden Raketenfunken. Das war erstaunlich, wenn man bedachte, dass China und die Staaten, die es in seinen Großen Wirtschaftsverbund aufgenommen hatte, an so ziemlich jeder Grenze einem Feind gegenüberstanden. Obwohl die beiden Blöcke sich darauf vorbereiteten, im Himmel aufeinander einzuschlagen, blieb die Oberfläche des Heimatplaneten unberührt.

»Vorläufig jedenfalls«, sagte Penny, als sie mit den anderen darüber sprach.

»Sie klingen zynisch«, sagte Jiang Youwei. »Es gibt eine Vereinbarung. Das ist eine Frage der Ehre.«

»Der Ehre?«, erwiderte Erdschein. »Nein. Es ist eine Frage des Wahnsinns. Wenn Krieg schon wahnsinnig ist, so ist es sogar noch wahnsinniger, eine Art Teilkrieg *mit Regeln* zu führen. Alles zu zerstören, wenn ihr überhaupt handelt – das sollte eure Absicht sein, oder zumindest solltet ihr damit drohen. Sonst hält euch ja nichts vom Kämpfen ab; es gibt keinen überwältigenden Wunsch nach Frieden.«

Penny grunzte. »Ich verstehe deine Logik. Aber du hast selten weniger menschlich geklungen, Erdschein.«

Endlich traf ihre Mondfähre ein, und sie stiegen um. Wie beim Shuttle von der Erde in die Umlaufbahn war auch hier kein menschlicher Pilot an Bord – es gab überhaupt keine Besatzung, außer einem einsamen Steward mit Sanitäterausbildung, dessen Aufgabe darin bestand, fertig abgepackte Mahlzeiten auszuteilen, die Toilette sauber zu halten und bei etwaigen Herzinfarkten im Transit einzugreifen. Sie verließen den Orbit, verließen die Erde. Aber Penny schaute während des ganzen Fluges immer wieder zurück.

Und am zweiten Tag, auf halbem Wege zum Mond, sah sie endlich Feuer: Funken, die überall am Erdäquator aufglühten, aber ein Stück vom Planeten entfernt. Sie weckte Jiang, der gerade ein Nickerchen machte. Die Passagiere und der Steward drückten sich die Nasen an den kleinen Fenstern platt und versuchten, etwas zu erkennen.

»Orbitalkontingente werden vernichtet«, vermutete Jiang. »Die Chinesen greifen Weltraumstationen der Vereinten Nationen an, und vermutlich vice versa.«

»Aber ich sehe nirgends einen Raketenschweif. Sie werden beiderseits nicht vom Boden aus angegriffen.«

»Nein. Nur aus der Umlaufbahn. Nichts, was den Krieg im Himmel mit der geschützten Erde verbindet. Und – oh, seht mal!«

Das hauchdünne Segel einer chinesischen Dschunke warf einen fahlen Schatten auf die Erdoberfläche, der selbst aus ein paar Hunderttausend Kilometern Entfernung noch deutlich zu erkennen war.

»Es geht also los«, lautete Erdscheins einziger Kommentar.

Am dritten Tag wurden die Nachrichten schlimmer. Die echten Kämpfe hatten begonnen.

Angefangen hatte es auf dem Mars. Niemand schien genau zu wissen, was der endgültige Auslöser gewesen war – vereinzelten Berichten zufolge war eine abgelegene chinesische Basis für die nukleare Grundwasserförderung von einer ihrer eigenen

Waffen zerstört worden. Vielleicht ein Sabotage-Akt der UN – davon schien man jedenfalls auszugehen. Als Reaktion darauf waren chinesische Truppen mehr oder weniger ungehindert in die marsianischen UN-Enklaven wie Eden einmarschiert. Nun gehörte der ganze Mars China, aber Guerillatruppen der Vereinten Nationen draußen auf den rostroten Ebenen hatten bereits Vergeltungsschläge gegen chinesische Stellungen durchgeführt. Nach menschlichen Maßstäben war der Mars ein großer Planet und leer obendrein; er würde ein lange vor sich hinschwelendes Schlachtfeld sein. Doch so wie die Erde als Ganzes bewahrt werden würde, hatten beide Seiten auch vereinbart, das imposanteste Monument auf dem Mars, den Obelisken, nicht anzurühren. Erdschein schüttelte den Kopf über diese neue Geste törichter Sentimentalität.

Dann hörten sie, dass einige der chinesischen Dschunken die Erde umrundet hatten und nun auf den Mond zusteuerten. In Pennys Kopf setzte ein weiterer Countdown ein. Konnte Erdscheins Trupp auf dem Mond landen, das wartende interplanetarische Jumboschiff besteigen und wegfliegen, bevor die Chinesen zuschlugen?

Am vierten Tag, als die Fähre zur Landung auf dem Mond ansetzte, kamen Meldungen über eine neue Entwicklung: ein versuchter UN-Angriff auf Ceres mit Jumboschiffen, die man dort schon vor Monaten heimlich stationiert hatte. Aber die Lage war kompliziert. Wie sich herausstellte, waren die Schiffe bereits in großem Umfang von chinesischen Agenten infiltriert worden. Als der Angriff auf den Asteroiden begann, hatten sich einige der UN-Schiffe gegen die anderen gewandt und sie kampfunfähig gemacht, in einem Fall sogar zerstört. Nachdem die Chinesen auf Ceres die Kontrolle über die restlichen Jumbos übernommen hatten, führten sie offenbar einen vorher festgelegten Plan aus und begannen, mit den verbliebenen Raumfahrzeugen etwas zu bauen.

Penny verfolgte die Nachrichten, so gut sie konnte, einen Nebel parteiischer Berichte, bewusster Auslassungen und wahrscheinlich sogar glatter Lügen, dessen Undurchdringlichkeit ihre wachsende Angst nur verstärkte.

# 83

Die Landung auf dem Mond war erstaunlich.

Die Passagiere erfuhren mit keiner Silbe, was ihnen bevorstand, jedenfalls nicht, bevor die Fähre in ihren Anflugorbit eintrat und unter einem pechschwarzen Himmel zur zerknitterten Landschaft des Erdsatelliten hinabtauchte. Durch das dicke, runde Fenster neben ihrem Sitz sah Penny Kraterrandberge, die wie Klauen nach ihnen griffen.

Unwillkürlich packte sie Jiangs Hand. »Wir fliegen höllisch niedrig.«

Er zuckte die Achseln. »Warum auch nicht? Der Mond hat schließlich keine Atmosphäre. Man kann ihn in so geringer Höhe umkreisen, wie man will …«

Das Raumfahrzeug durchflog den Schatten eines weiteren Berges.

»… solange man dabei nicht gegen etwas prallt.«

»*Solange?* Youwei, wir sind unterhalb der Berggipfel und fliegen noch immer mit interplanetarischer Geschwindigkeit.«

Erdschein grinste. »Das kommt davon, wenn man die Kontrolle über sein Leben einer KI anvertraut. Ich meine, dem automatischen Piloten dieser Fähre, nicht so einem relativ einfühlsamen, fast menschlichen Individuum wie mir. Denken Sie daran, der Himmel ist voller chinesischer Kriegsschiffe, die auf den Mond zuhalten. Das Fahrzeug hat zweifellos die übergeordnete Anweisung erhalten, uns so schnell wie möglich herunterzubringen, und die befolgt es nun. Das ist eine Übung in orbitaler Geometrie, nicht in der Erzeugung von Sicherheitsgefühlen.«

»Und wie will es mit uns landen?«

»Das werden wir bald herausfinden ...«

Die Korrekturtriebwerke dröhnten. Das Fahrzeug taumelte nach unten und zur Seite, sodass die Passagiere auf ihren Liegen hin und her geworfen wurden. Jiangs Finger schlossen sich fester um Pennys Hand. Sie erhaschte einen Blick auf die Mondlandschaft, die an ihrem Fenster vorbeiraste, Kraterränder, ein scharfer, naher Horizont. Dann war es, als würde die Fähre von etwas gepackt – lautlos, weich, ohne primitive mechanische Kopplung, aber das Fahrzeug wurde festgehalten. Mit der Nase nach vorn bremste es so plötzlich und heftig ab, dass sie in ihre Gurte geschleudert wurde. Noch immer war so gut wie kein Geräusch zu hören, nur das hohe Heulen der Ventilatoren, das raue Atmen der Passagiere. Der Druck der Gurte auf ihre Brust wollte kein Ende nehmen.

»Die Schleuder«, stieß Jiang mit einer Grimasse des Unbehagens hervor.

»Die was?«

»Ein Massebeschleuniger. Eine Startschiene, die sich um die Krümmung dieser Welt zieht, wie auf Ceres. Beim Abstieg aus unserem Transfer-Orbit haben wir sie beinahe berührt. Sie hat uns mit ihrem Magnetfeld gepackt. Es ist eine Umkehrung ihrer üblichen Funktionsweise: Die Schleuder bremst uns ab, während sie normalerweise benutzt wird, um Frachten aus dem Stand heraus ins All zu schießen.«

»Eine höllische Art, ein bemanntes Raumschiff zu landen.«

Jiang hob die Schultern. »Eine Routineprozedur ist es nicht, aber es hat bemannte Testflüge für diese Technik gegeben. Alles nur eine Frage der orbitalen Geometrie.«

»Für eine KI vielleicht.«

»Man setzt sie nur deshalb nicht öfter ein, weil sie den menschlichen Instinkten widerspricht.«

»Kein Wunder. Wenn etwas schiefgeht …«

»Kann es nicht und tut es auch nicht …«

»Hört auf zu streiten«, sagte Erdschein jetzt. Die Fähre kam allmählich zum Stehen, die Bremskraft ließ nach. »Es spielt keine Rolle mehr. Wir sind unten. Jetzt müssen wir uns mit dem befassen, was als Nächstes kommt.« Er deutete aus einer Fensterluke.

Penny schaute hinaus und sah einen Jumbo, ein Raumfahrzeug mit Kernel-Antrieb, einen hohen, dicken Zylinder, der mit kräftigen Stummelbeinen auf einem glatten, gehärteten Vorfeld stand, einer groben Scheibe mit ausgefransten Rändern. Treibstoffrohre führten zu Muffen im Rumpf des Schiffes, und Versorgungsfahrzeuge mit Ballonrädern rollten vorbei. Die Sonne stand tief zu ihrer Linken – Penny hatte keine Ahnung, ob es hier Mondmorgen oder Mondabend war –, und die Rakete warf einen langen Schatten. Sie sah aus wie ein Traum vom Raumflug aus den Zeiten vor Apollo, ein primitives Raketenschiff.

Die Fähre kam endlich zum Stehen. Penny hörte, wie mechanische Klammern klappernd einrasteten und den Rumpf sicher an der Schleuderschiene befestigten.

Die Passagiere begannen sofort, ihre Gurte zu lösen. Ein Bus raste über die Mondoberfläche auf sie zu und wirbelte Staubfahnen hinter sich auf. Penny erhob sich und spürte, wie ihr in der niedrigen Mondschwerkraft schwindlig wurde. Sie hatte keine Zeit nachzudenken. Erdschein hatte recht. Sie musste das schreckliche Trauma der Landung einfach verdrängen und sich darauf konzentrieren, was als Nächstes kam.

Erdschein flimmerte, schaute mit wehmütigem Lächeln zu Penny hoch und implodierte mit einem Schauer flüchtiger, sich auflösender Pixel. Abgeschaltet für den Transfer, vermutete sie.

Etwas schlug gegen den Rumpf, und die Luke glitt auf und gab einen kurzen Tunnel zum Bus frei. Eine junge IRF-Offizierin stand in der Tür. »Kommen Sie. Bitte.« Sobald sie an Bord des Busses waren, drängte die IRF-Frau sie, Platz zu nehmen und sich anzuschnallen.

Der Bus löste sich rasch und rollte in immer schnellerem Tempo über die Mondoberfläche. Der Bus war geradezu unstofflich, wenig mehr als eine Blase aus einer transparenten Substanz über einem niedrigen Fahrwerk mit ein paar Sitzreihen, und wenn seine Räder auf einen der flachen Krater trafen, von denen der Mondboden übersät war, hob er wie ein Spielzeug von der Oberfläche ab. Penny klammerte sich eisern an einem Handlauf an der Rückenlehne des Sitzes vor ihr fest. Sie fragte sich, ob dieses zerbrechliche kleine Fahrzeug dazu gedacht war, Touristen durchs Mare Tranquillitatis oder eine der anderen Museumsstätten zu kutschieren.

Aber sie kamen schnell voran, und sie hielten geradewegs auf das untere Ende des Raketenschiffs mit Kernel-Antrieb zu. Penny sah, dass ein Transportfahrzeug weiße Frachtkisten auf Schutzpaletten zum Transfer ins Schiff auslud; vielleicht wurde da gerade die Essenz von Erdschein in seinen interplanetarischen Streitwagen verfrachtet. Die ganze Operation hatte etwas beängstigend Improvisiertes.

»Dieser Ort ist mir völlig unbekannt«, sagte sie zu Jiang. »Und ich dachte, ich kenne den Mond. Ich habe lange genug hier gearbeitet.«

»Das alles ist sehr schnell und weitgehend heimlich gebaut worden. Selbst der Landeplatz des Kernel-Schiffes.« Er grinste sie an. »Raten Sie mal, wie der entstanden ist.«

Sie schaute wieder auf die Bodenscheibe, auf der das Schiff stand. »Sieht aus wie eine Basaltfläche … oh.«

»Ja. *Das Schiff hat ihn selbst gemacht.* Ich habe Bilder davon gesehen; General McGregor, unser Pilot, hat das Schiff über dem Mondboden schweben lassen.«

McGregor? Der Name war ihr vertraut. »Und der Abwind der kernel-physikalischen Düsen hat den Staub geschmolzen.«

»So war es gedacht. Wir leben in einer erstaunlichen Zeit, Penny, in der solche Kunststücke möglich sind. Stoff für Abenteuergeschichten.«

Sie war weniger beeindruckt; die ganze Sache kam ihr großspurig vor.

Eine Lichtkräuselung am Himmel lenkte sie ab. Eine chinesische Dschunke, kein Zweifel. Wenn das Jumboschiff erst einmal im Weltraum war, würde es jedes derartige Raumfahrzeug abhängen können, aber auf dem Boden war es leicht angreifbar; ein mit interplanetarischer Geschwindigkeit heruntergeworfener Felsbrocken würde diesen gedrungenen Rumpf wie eine Eierschale zersplittern lassen. »Uns bleiben vielleicht nur noch Minuten«, sagte sie leise.

»Ich weiß«, sagte Jiang. »Wir haben alles im Griff.«

Sie fand, dass er dafür einen skeptischen Blick verdiente.

Der Bus schlitterte seitwärts, warf sich geradezu auf einen Andockport am unteren Ende des Rumpfes und traf ihn mit millimetergenauer Präzision. Noch so ein furchterregendes, bedenkenloses KI-Manöver.

Jenseits des Ports war eine kleine, hell erleuchtete Kammer mit einer Tür zu einem Fahrstuhlschacht, wie es schien. Darin warteten zwei Personen auf sie, ein IRF-Offizier und eine Zivilistin – und zu Pennys Überraschung erkannte sie beide.

Die verloren wirkende Frau, Ende dreißig, schlank, dunkel, war Beth Eden-Jones: eine menschliche Eingeborene eines anderen Sternsystems, die mithilfe eines Tricks außerirdischer Technologie nach Sol zurückgekehrt war. Vermutlich eines der berühmtesten Gesichter im Sonnensystem, unverkennbar mit dieser barbarischen Tätowierung, und sie sah Penny an. »Was ist?«, fauchte Beth. »Ich bin auch gerade erst angekommen. Warum starren Sie mich so an?«

Penny zuckte zusammen. »Verzeihung. Es ist nur … ich kenne Sie. Ich bin Colonel Penelope Kalinski, IRF.« Sie streckte eine Hand aus, die nicht ergriffen wurde. »Sie haben meine Schwester auf dem Merkur kennengelernt, als …«

»Ist mir *egal.*« Sie wandte sich an den Mann neben ihr. »Wie komme ich hier wieder raus?«

Der IRF-Mann – größer, mit einem spektakulären Schopf silbergrauer Haare, vielleicht in den Siebzigern – blickte entnervt und müde zugleich auf sie herab. »Gar nicht, fürchte ich. Ebenso wenig wie wir anderen. Was man Ihnen erklärt haben sollte. Alle an Bord? Die Luke schließen.« Automatische Systeme reagierten.

Sobald die Kammer verschlossen war, erwachte Erdschein flimmernd zum Leben, blinkte, verfestigte sich und nahm in einem Gewirr von Pixeln klare Konturen an. Er schaute auf seine Hand hinunter, bewegte die Finger, berührte sein Gesicht. »Anscheinend bin ich erfolgreich mit den Schiffssystemen verbunden worden. Das ging schnell.«

»Wir sind schließlich die IRF, Sir«, sagte der Offizier. Er verbeugte sich, das korrekte Protokoll bei virtuellen Repräsentationen, und Erdschein verbeugte sich ebenfalls. »Willkommen an Bord der *Tatania*. Ich bin General Lex McGregor, IRF; ich werde Ihr Pilot sein. Wir haben eine kleine Crew, deren Mitglieder Sie zu gegebener Zeit kennenlernen werden. Jetzt müssen wir uns beeilen. Wenn Sie mich auf die Brücke begleiten wollen …«

Die Tür hinter ihm glitt auf, und sie zwängten sich in die Fahrstuhlkabine. Gleich darauf fuhren sie in der Schiffsachse nach oben. Erdschein büßte im Innern des Fahrstuhls nichts von seiner Auflösung ein; es gab keine von Verletzungen des Protokolls herrührenden Zuckungen, keine verschwimmenden Pixel. Wirklich eine gute Verbindung, dachte Penny.

McGregor, der trotz seines Alters immer noch gut aussah, grinste sie an. »Also. Kalinski.«

»Lex. Schön, dich wiederzusehen.«

»Ich habe deine berufliche Laufbahn all diese Jahre hindurch mit Interesse verfolgt. Wie auch die deiner Schwester. Jeder, der ein Kernel-Schiff fliegt, kennt die Aufsätze, die unter dem Namen Kalinski veröffentlicht wurden, ob nun einzeln oder zu zweit.«

»Kommt darauf an, von welchem Wirklichkeitsstrom du redest.«

»Verzeihung?«

»Nicht so wichtig.« Sie wandte sich an die anderen. »Der General und ich kennen uns schon lange, vom Merkur her. Meine Schwester und ich waren ungefähr elf Jahre alt, und mein Vater bereitete den Start seiner *Angelia*-Sonde nach Alpha vor. Und du …«

»Und ich war beim Jungfernflug der *International-One* dabei. Damals war ich bloß eine kleine Rotznase.«

Erdschein musterte seine makellose Uniform. »Ich bezweifle, dass Sie jemals eine Rotznase waren, General McGregor.«

Beth Eden-Jones funkelte sie alle wütend und frustriert an und tötete den Small Talk mit ihrer schieren Feindseligkeit.

Der Fahrstuhl kam langsam zum Stehen, und die Tür glitt auf. Penny sah eine Brücke mit einem großen Kommandosessel im Zentrum mehrerer Reihen von Konsolen vor sich. Es gab keine Fenster, und das Licht war gedämpft, sodass die Beleuchtung der Instrumentenpulte umso heller wirkte. Zwei Besatzungsmitglieder, ein junger Mann und eine junge Frau in IRF-Uniformen, führten bereits eine Reihe von Checks durch. Es herrschte eine ruhige, geordnete Atmosphäre, als befänden sie sich in einem riesigen Uhrwerk, das sich durch vorprogrammierte Abläufe tickte.

Penny erkannte einen Dekorationsgegenstand wieder: die bizarre, stark verwitterte Betonplatte mit ihren eingravierten Kreisen und Furchen, die früher einmal die Wand von Erdscheins Büro in Paris geschmückt hatte, hing jetzt an der Wand eines Sternenschiffes. Penny hatte keine Ahnung, worin ihre Bedeutung bestand.

Lex McGregor eilte zu seiner Kommandoliege. »Wir starten augenblicklich. Bitte schnallen Sie sich an.« Er deutete auf eine Reihe von Liegen an einer Wand. »Ich weiß, es ist alles ziemlich überstürzt, wir haben Sie noch nicht einmal im Schiff herumgeführt – nun, dafür werden wir Zeit haben, sobald wir unterwegs sind. Nur damit Sie verstehen, wie eilig wir es haben: Die Passagierbusse, die Sie hergebracht haben, stehen noch unten am Schiff. Die armen kleinen Dinger werden atomisiert, wenn wir abheben. Aber diese chinesischen Kriegsschiffe sind schon sehr nah – und wir müssen unbeschadet davonkommen, das ist das Einzige, was zählt. Bitte setzen Sie sich und schnallen Sie sich an. Beeilen Sie sich.«

Sie liefen zu den Liegen, alle bis auf Beth Eden-Jones, die in der Mitte der Kabine stehen blieb, die Hände in den Hüften. »Das ist Wahnsinn. Stoppen Sie den Countdown. Ich fliege nirgendwohin.«

»O doch, ich fürchte schon.« McGregor, der bereits seine eigenen Countdown-Checks abarbeitete, schaute sich kurz um. »Mister Jiang, könnten Sie vielleicht behilflich sein?«

Jiang nickte, ging zu Beth und fasste sie am Arm. »Das Schiff wird starten, ob Sie sitzen oder nicht. Wenn Sie nicht angeschnallt sind, könnten Sie zu Schaden kommen. Bitte.« Sanft, aber entschlossen zog er sie zu den Liegen.

Sie folgte ihm, protestierte jedoch weiter. »Das ist doch lächerlich. Seit ich mit meinen Eltern in der Markzone auf Per Ardua in die Luke gestopft worden bin, war alles nur noch ein einziges Chaos. Ich wollte mit meinem Vater zurück, aber meine Mutter hat es verhindert.« Ihre Stimme wurde rauer, aufgebrachter. »Seitdem sitze ich in diesem verdammten, vollgepackten System mit eurer großen, hässlichen, viel zu hellen Sonne, euren blöden übervölkerten Welten voller Ruinen, dürrer Menschen und nutzloser, ablenkender Technik fest … Und jetzt das.« Als sie bei einer Liege angelangt waren, begann Jiang auf sie einzureden, damit sie sich hinsetzte. »Ich war mit meiner Mutter auf dem Merkur, in der großen IRF-Anlage in Caloris. Sie haben mich in Handschellen weggeschafft!«

McGregor murmelte abgelenkt: »Ihre Mutter war ziemlich beharrlich. Sie glaubt, dass es so am besten ist, wissen Sie. Sie möchte, dass Sie in Sicherheit sind, das ist alles.«

»In Sicherheit *wovor*? Was, zum Teufel, wird mit dem Merkur passieren?«

»Ich habe wirklich keine Ahnung. *So* hoch ist meine Sicherheitseinstufung nun auch nicht. Aber ich glaube, Ihre Mutter hat wohlbegründete Vermutungen angestellt, als sie mich gebeten hat, für Ihre Sicherheit zu sorgen …«

»Was hat das mit Ihnen zu tun?«

McGregor verzog das Gesicht. »Alte Geschichten. Sie hat gesagt, ich schuldete ihr einen Gefallen. Alles in allem bin ich zu dem Schluss gekommen, dass sie recht hatte. Sind Sie angeschnallt?«

»Ist sie«, sagte Jiang, während er sich auf seiner eigenen Liege neben Penny und der Erdschein-Projektion niederließ.

»Dann sind wir ja alle so weit. Auf mein Zeichen – dreißig, neunundzwanzig …«

Das Raumfahrzeug erbebte, und Penny wurde auf ihrer Liege zur Seite geworfen. »Verdammt, was war das? Ein Erdbeben?«

»Das bezweifle ich.« McGregor berührte ein Bedienungsfeld.

Einer der Monitore füllte sich mit einem Kamerabild. Die Mondebene war scharf bis zum Horizont. Im schwarzen Himmel darüber sah man eine Lichtkräuselung, Reflexionen des Mondlichts, die über eine annähernd kugelförmige Fläche liefen.

»Noch mehr Dschunken«, sagte Erdschein.

»Yep. Und sie haben schon angefangen, Felsbrocken auf uns herunterzuschleudern. Als wollten sie sich einschießen. Sie wissen, dass wir hier sind, so viel steht fest. Tja, sie sind zu spät dran. Sieben, sechs … Jetzt werden sie sich darauf konzentrieren müssen, *uns* aus dem Weg zu gehen. Volle Beschleunigung kommt. Zwei, eins – Feuer!«

Das ganze Schiff erschauerte. Plötzlich hockte eine volle Erdschwerkraft auf Pennys Brust und presste sie auf die Liege. Aus dem großen Bildschirm verschwand die Mondlandschaft abrupt außer Sicht und ließ nur einen schwarzen Himmel zurück, ein Sternenfeld, das sich verschob, als das Schiff sich um seine Längsachse drehte. Während das Schiff in die Höhe stieg, wurde der Flug rasch ruhiger.

»Die *Tatania* ist unterwegs«, sagte Lex McGregor leise. Penny sah, wie er seine behandschuhte Hand triumphierend zur Faust ballte.

Sie stellte fest, dass sie an Beths Mutter dachte. Mardina Jones, eine IRF-Offizierin, die von der Flotte auf Per Ardua ausgesetzt worden war, um dort als Gebärmaschine zu fungieren. Und nun entsandte sie ihre einzige Tochter in den Weltraum. Das musste teuflisch schmerzhaft gewesen sein, dachte Penny. Was *wusste* Mardina? Was sah *sie* kommen? Wovor wollte sie ihre Tochter so dringend bewahren?

Das Raumfahrzeug vibrierte, und die Beschleunigung wurde noch stärker, sodass sie nach Luft schnappte. Erneut ergriff Penny Jiangs Hand, und er drückte fest zu.

# 84

»Er kommt«, sagte Monica Trant. »Der Nagel. Wir haben ihn gesehen. Da ist er.«

Mardina Jones wollte nicht glauben, was sie auf der Tafel sah, die Trant in der Hand hielt, selbst als Trant, mittlerweile in den Siebzigern und noch immer als stellvertretende Direktorin der UEI-Kernel-Anlage hier im Caloris-Becken auf dem Merkur tätig, ihr eine Abfolge von Schaubildern mit einer Rekonstruktion von Umlauf- und Flugbahnen zeigte.

Während sie miteinander zu reden versuchten, wurde um sie herum die Anlage evakuiert. Überall in der Kuppel herrschte Panik, Menschen liefen umher, tappten in der Drittelschwerkraft mit ihren Füßen auf den Boden, schleppten persönliches Gepäck und Kisten, hatten die kostbaren Tafeln mit der Arbeit eines ganzen Berufslebens in ihren Gürteltaschen verstaut. Viele von ihnen trugen schon Druckanzüge, bereit zur Flucht zu den Transportern, die zusammengezogen wurden, um sie von hier wegzubringen und dem Schlag zu entrinnen, der von diesem »Nagel« ausgeführt werden würde.

Aber Mardina wollte nirgendwohin. Mardina war IRF-Offizierin, das war sie vor ihren zwei Jahrzehnten auf Per Ardua gewesen und das war sie auch jetzt, nachdem sie ihren Dienst nach ihrer Rückkehr durch die Luke wieder aufgenommen hatte. Erst vor Kurzem war sie den streng geheimen Technologie-Abteilungen hier auf dem Merkur zugewiesen worden, um sie bei der Überarbeitung der Konstruktionspläne von Jumboschiffen zu beraten.

*Sie war IRF-Offizierin. Das war sie immer gewesen und würde es immer sein, obwohl die IRF sie im Stich gelassen hatte.* Und IRF-Offiziere taten ihre Pflicht und liefen nicht einfach davon. Tief in ihrem Innern suchte sie nach Konzentration, nach persönlicher Disziplin. Ihre eigene Sicherheit war jetzt nicht das Problem, war es schon lange nicht mehr. Sie wollte hierbleiben, in der Kommunikationszentrale der Kernel-Anlage, bis sie sicher war, dass Beth sich an Bord dieses großen alten Jumbos befand, der vom Mond startete, wie Lex McGregor ihr versprochen hatte, und dass der Jumbo selbst endlich auf dem Weg aus dieser verdammten Kriegszone im inneren System war und sich vor dem Nagel in Sicherheit gebracht hatte. Das war jetzt ihre Pflicht.

Trant redete immer noch.

Mardina sah sie an. Die Frau war ungefähr in ihrem Alter und schien genauso viel Angst zu haben wie sie – und zweifellos noch mehr, weil sie so viel besser verstand, was da gerade vor sich ging. »Verzeihung. Können Sie das noch mal wiederholen …?«

*Der Nagel:* die hässliche Waffe, die die Chinesen zum Merkur geschickt hatten.

»Wir wussten, dass die Chinesen da oben auf Ceres irgendwas ausheckten. Unser dortiger Nachrichtendienst hat uns sogar einen Namen gegeben – daher ›der Nagel‹. Jetzt ist er unterwegs. Schauen Sie. Das sind Bilder aus dem erdfernen Weltraum, die vor über drei Tagen aufgenommen wurden. Nach dem vereitelten Versuch der Vereinten Nationen, ihre Basis mit IRF-Jumboschiffen anzugreifen, haben die Chinesen auf Ceres *das hier* zusammengebaut …«

Wegen einer Kriegslist der Chinesen war der Angriff fehlgeschlagen. Schon lange vorher hatten ihre Agenten die Besatzungen der Jumbos infiltriert. Es hatte ein kurzes Feuergefecht gegeben, ein Jumbo gegen den anderen, eine Weltraumschlacht zwischen riesigen Schiffen, die zu starker Beschleunigung fähig und mit mächtigen Raketen bestückt waren, an sich schon ein außergewöhnliches Schauspiel.

Aber binnen Minuten war es vorbei gewesen. Nur eine Handvoll Schiffe waren übrig geblieben, alle in der Hand der Chinesen. Von Ceres waren Fähren gekommen und hatten Überlebende aus den Wracks geholt. Zugleich waren Schlepper herbeigesegelt, um die funktionsfähigen Schiffe in ein rasch improvisiertes Trockendock zu bringen, ein großes Gerüst im Weltraum, wo aus den UN-Schiffen … etwas anderes entstand.

»Es ist wahnsinnig primitiv«, sagte Trant. »Hier sehen Sie's – sie haben die Jumbos einfach nebeneinander aufgereiht und mit diesen Streben hier verbunden. Parallelbrenner. Aber jeder Brenner ist ein ausgewachsenes interplanetarisches Jumboschiff mit Kernel-Antrieb.«

»Das ist also der Nagel.«

»Richtig. Wir wissen nicht, ob er bemannt ist oder nicht. Wahrscheinlich schon; sie haben wohl nicht genug Zeit gehabt, um das Ding vollständig zu automatisieren, bevor es nur Stunden nach dem Ende der Schlacht abgefeuert wurde. Eine Kamikaze-Mission, nicht wahr? Sie haben das offenkundig geplant, *noch bevor sie an Bord der IRF-Schiffe gegangen sind,* sie haben sich darauf vorbereitet, sie hatten alles parat. Wahrscheinlich ging die Arbeit an dem Schiffsverbund auch nach dem Start von Ceres noch weiter, obwohl das bei dem vorherrschenden Schub von einem g bestimmt ganz schön schwierig war.«

»Ein g?«

»Ja. Und den haben sie mehr als drei Tage lang beibehalten. Schauen Sie sich dieses Flugbahn-Diagramm an …« Sie tippte auf ihre Tafel.

Mardina brauchte einen Moment, um zu verstehen, was sie sah: fünf konzentrische Kreise mit einer gelben Scheibe in der Mitte, eine gerade Linie, die vom äußersten zum innersten Kreis führte.

»Das ist natürlich das Sonnensystem«, sagte Monica Trant. »Die Planetenbahnen bis hin zu Ceres. Nur eine schematische Darstellung, aber die Markierungen zeigen die gegenwärtigen relativen Positionen der Planeten in ihrer Umlaufbahn. Und diese gerade Linie …«

»Die Flugbahn des Nagels.« Mardina gehörte noch zu jener Generation, die mit Raumschiff-Flugbahnen aus der Zeit vor den Kernels, vor den Jumbos aufgewachsen war. Energiesparende Flugbahnen verliefen in elliptischen Abschnitten, indem sie den Planetenbahnen folgten; man glitt antriebslos auf einer Kurve von einer Welt zur nächsten, mit dem winzigen Impuls eines Raketentriebwerks an beiden Enden. Ein Jumboschiff hingegen, ein Raumfahrzeug, das tagelang, ja sogar wochenlang mit einem ganzen g beschleunigen konnte, durchquerte den interplanetarischen Raum in gerader Linie. »Wissen Sie, ich war Astronavigatorin. Auf einem Sternenschiff, Himmel noch mal. Aber wir sind nie mit einem Jumboschiff durchs ganze Sonnensystem geflogen. Solche Bahnen haben wir nie beschrieben.« Mardina zählte die Planetenbahnen. »Und das ist die Trajektorie des Nagels. Von Ceres auf direktem Wege zum Merkur.«

»Verdammt richtig.«

Mardina versuchte, sich die astronomischen Entfernungen ins Gedächtnis zu rufen; Ceres war über zwei astronomische Einheiten von der Sonne entfernt, mehr als doppelt so weit wie die

Erde, wohingegen die Distanz des Merkurs zur Sonne weniger als eine halbe AE betrug. Außerdem musste man ihre relativen Positionen in ihren Umlaufbahnen berücksichtigen. Aber nach drei Tagen mit konstanter Beschleunigung von einem g …

Sie sah Trant entsetzt an. »Er muss fast schon hier sein.«

»Nur noch Stunden entfernt. Seit seinem Start ist er auf schnurgeradem Kurs zum Merkur, ja sogar zu diesem Ort hier auf dem Merkur, *dieser Anlage*. Die Projektionen zeigen es deutlich. Und er ist nicht ein einziges Mal davon abgewichen.

Ich glaube, die Chinesen haben beschlossen, die Caloris-Anlage zu vernichten – die Einrichtungen zur Verarbeitung der Kernels, vielleicht sogar die Luke. Es ist eine Art Futterneid; wenn wir die Kernel-Technologie nicht mit ihnen teilen, soll sie keiner nutzen dürfen. Aber es gibt Präzedenzfälle. In der Vergangenheit haben Staaten oder sogar Organisationen wie die Vereinten Nationen Schläge gegen Schurkenstaaten angeordnet, beispielsweise um kerntechnische Einrichtungen zu zerstören, bevor sie in Betrieb genommen werden konnten …«

Selbst angesichts dieser unverblümten Enthüllung fiel es Mardina schwer, das zu verdauen. Sie hatte Andeutungen gehört, dass der Merkur und die dortigen Kernel-Anlagen bedroht würden, dass da irgendetwas käme. Das hatte ihr genügt, um Beth so weit wie nur irgend möglich aus dem inneren System hinauszubefördern. Aber sie hatte an eine Invasion gedacht, einen Versuch, die Caloris-Basis einzunehmen. Mit einem solchen Versuch der mutwilligen Zerstörung hätte sie nie gerechnet. »Der Nagel ist schon seit drei Tagen unterwegs. Er muss doch von Überwachungssystemen der UN entdeckt worden sein. Warum hat niemand das Personal gewarnt?«

Trant zog eine müde, zynische Grimasse. »Das hier ist eine Anlage der UEI. Die UEI hat einen Geheimhaltungstick. Außerdem vermuteten wir, es wäre ein Bluff. Wir dachten, sie würden sich wieder zurückziehen oder abschwenken, nachdem sie uns Angst eingejagt und uns gezeigt hatten, wozu sie imstande sind. Vielleicht tun sie das ja auch noch.«

»Aber Sie haben beschlossen, nicht darauf zu bauen. Und das ist keine verdammte V-2.« Erneut versuchte sie, die Zahlen im Kopf zu berechnen. »Nach drei Tagen mit einem vollen g beträgt seine Fluggeschwindigkeit ...«

»Ungefähr ein Prozent der Lichtgeschwindigkeit. Und diese Jumboschiffe sind ziemlich massiv. Das ist ganz schön viel kinetische Energie.«

»Es ist ein relativistisches Geschoss, nichts anderes. Und das haben sie mitten im inneren Sonnensystem losgelassen? Wie konnten sie auch nur an so etwas denken?«

Monica Trant fasste sie an den Schultern und schaute ihr ins Gesicht. »Die gesamte Zukunft der Menschheit hängt von diesem Moment ab, Mardina, von diesen wenigen Stunden und Tagen. *So* denken sie vielleicht. Wenn sie dieses Spiel verlieren, haben sie ein für alle Mal verloren, weil wir dann unser Monopol auf die Kernels behalten. Vielleicht täten wir in der umgekehrten Situation dasselbe. Wahrscheinlich sogar. Sie sind empört? Ich bin empört. Bewahren Sie sich das für später auf. Jetzt müssen wir erst mal zu einem der Transporter gelangen; die werden nicht warten.«

Endlich brach etwas in Mardina entzwei. Sie begannen, zum Kuppelausgang zu laufen.

»Tut mir leid«, rief sie Trant zu. »Ich habe Sie aufgehalten.«

»Schon gut. Sie waren in Sorge um Ihr Mädchen. Ich bin ebenfalls Mutter. Mein Sohn ist auf der Erde, in einer der neuen Städte im Norden.«

»Die Erde steht angeblich unter Schutz ...«

»Ja, theoretisch.«

»Glauben Sie, er ist in Sicherheit?«

Monica Trant zuckte im Laufen die Achseln, eine steife Geste. »Rob ist Polizist. Die kriegen Waffen, haben als Erste Zugriff auf die verfügbare Nahrung und auf einen Platz im Schutzraum. Wenn er da unten nicht in Sicherheit ist, dann niemand.«

Sie erreichten eine Öffnung in der Kuppelwand. Ein an der Oberfläche verlaufender Tunnel führte zu einem Transportschiff, das sie von hier wegbringen würde. Aber der Tunnel war bereits voll, die Schlange reichte bis zum Eingang zurück. Trant zückte einen Ausweis mit ihrem Dienstrang, um sich einen Weg nach vorn zu bahnen, aber bald standen die Menschen so dicht an dicht, dass es kein Durchkommen mehr gab; sie konnten nur mit der Herde dahinschlurfen.

*Menschen:* Sie waren überall um Mardina herum. IRF-Besatzungsmitglieder und UEI-Personal, Wissenschaftler und Verwaltungsbeamte, Mechaniker, Köche und Reinigungskräfte, die ganze Gemeinschaft, die unter dieser Kuppel bestanden hatte, alle strömten sie auf ein paar Luftschleusen vor ihnen zu und versuchten zu entkommen. Auch Kinder, schlaksige Niedrigschwerkraftkinder, die während der Langzeitaufenthalte ihrer Eltern hier auf dem Merkur in einer Kuppel unter dem Sonnenfeuer zur Welt gekommen waren. Seit ihrer Rückkehr von der Erde hatte Mardina nur eine kurze Zeit hier verbracht, aber sie war überrascht, wie viele sie kannte. *Menschen:* jeder ein voll entfaltetes Bewusstsein, jeder mit einer Vergangenheit, mit Erinnerungen und Hoffnungen für die Zukunft, mit einem Netz von Angehörigen, Freunden und Feinden, Zuneigungen und Loyalitäten, Rivalitäten und Abneigungen. Alle willkürlich in dieser Röhre zusammengedrängt wie überschüssiges Gepäck, während ein relativistisches Geschoss auf sie herabkam.

»Wir nutzen alle Möglichkeiten, hier herauszukommen«, sagte Trant leise. »Sofern wir überhaupt nach draußen gelangen, packen sie uns in einen Boden-Boden-Floh. Selbst der hat genug Schubkraft, um uns zumindest vom Planeten wegzubringen, sodass man uns später auflesen kann. Wir versuchen auf jede erdenkliche Weise, Menschen von der Oberfläche wegzuschaffen und weiträumig zu verteilen. Wir pferchen sie sogar in Frachtkapseln und schießen sie mit dem Massebeschleuniger ins All.«

Selbst während sie sich ihren Weg durchs Gedränge bahnten, versuchte Mardina weiterhin, sich über die Folgen dieses Angriffs klar zu werden. »Der Nagel kommt direkt auf diese Anlage herunter, richtig? Die ihrerseits auf der dichtesten Kernel-Konzentration und dem Lukengebilde sitzt.«

»Richtig.«

»Also, was wird der Nagel mit dem Planeten anstellen?«

Trant hob die Schultern. »Wir haben keine guten Modelle. Zum Teil, weil niemand die Sache ernst genommen hat, obwohl die Chinesen uns pausenlos aufgefordert haben, den Planeten zu evakuieren. Und seit man sie nun *doch* ernst nimmt, sind wir alle zu sehr mit Weglaufen beschäftigt. Zumindest ein großer Einschlag; einer unserer Fachleute denkt, es wird wie ein weiterer Caloris-Impakt sein. Damals ist ein Krater entstanden, der eine ganze Hemisphäre umspannt, mit einem Rückprall am Antipodenpunkt, wo Wellen im Oberflächengestein konvergiert sind. Deshalb wollen wir jeden vom Planeten wegbringen, wenn wir können, selbst wenn es später eine gewaltige Rückholoperation geben wird.«

»Aber was ist mit den Kernels? Ich meine, solche Energien ...«

Trant hatte keine Zeit mehr für eine Antwort. Mit einem letzten Schubs fand sich Mardina an der Spitze einer Schlange wieder, die sich plötzlich in Bewegung gesetzt hatte. Zwei IRF-Offiziere, ein Mann und eine Frau, beide uniformiert und bewaffnet, standen dort und blockierten die Schleuse zum Schiff dahinter. Die Frau packte Mardina am Arm, murmelte eine Zahl und zog sie ins Schiff, und dann senkte der andere Offizier seinen Arm wie eine Schranke. »Das war's, wir sind voll.« Er drückte auf eine Taste. Die Offiziere nahmen mit verschränkten Armen Aufstellung hinter der sich schließenden Tür. »Kein Platz mehr. Probieren Sie's an einem anderen Ausgang, oder warten Sie hier auf das nächste Schiff …«

Die Ausgeschlossenen wirkten schockiert und zu verwirrt, um darauf zu reagieren, dass sie derart im Stich gelassen wurden. Unter ihnen war ein schreiendes Kind, es brüllte mit ausgestreckten Armen nach seiner Mutter, wurde jedoch von einem jungen Mann, vielleicht seinem Vater, festgehalten.

Und Mardina hatte Monica Trant auf der falschen Seite der IRF-Offiziere zurückgelassen.

Mardina versuchte, zu ihr zurückzugelangen. »Ach du meine Güte, Monica, das ist meine Schuld, ich habe Sie aufgehalten …«

»Spielt keine Rolle. Ich komme schon klar. Bringen Sie sich in Sicherheit.« Die Schleusentür schwang bereits zu, und Trant musste sich bücken, um Blickkontakt mit Mardina zu halten. »Und hören Sie, wenn Sie Gelegenheit dazu haben, sagen Sie meinem Sohn, Rob, dass …«

Die Luke schloss sich mit einem Klicken. Die IRF-Offiziere schauten sich schwitzend und schwer atmend an und traten zurück.

»Höllische Sache«, sagte die Frau zu dem Mann.

»Verdammt richtig.« Der Mann drehte sich um und wandte sich mit erhobener Stimme an die Passagiere. »Bitte suchen Sie sich eine Liege. Wenn Sie keine finden, quetschen Sie sich irgendwo hinein, wir sind überbelegt. Wir starten sofort.« Er und seine Kollegin blieben am hinteren Ende der Kabine, bei der Luke zum Gang, und klappten sich Liegen aus der Wand.

Mardina, plötzlich allein und verwirrt vom abrupten Übergang aus dem überfüllten Tunnel ins Innere dieses Schiffes, schob sich tiefer in die Kabine hinein. Sie war schon oft mit diesen Flöhen geflogen. Es waren simple Hüpfer, die mit ihren schwachen chemischen Raketentriebwerken über die Oberfläche des Merkurs sprangen und ihre Passagiere von einer Kuppel zur anderen brachten. Man flog damit beim Schichtwechsel, am Kuppelmorgen oder Kuppelabend, wenn man sich mit einem Kollegen oder einer Kollegin treffen oder vom Wohnheimblock zum Arbeitsplatz wollte. Angesichts all der Menschen, die sich beeilten, zu den wenigen verbliebenen Liegen zu kommen, erschien ihr das Innere des Flohs mit seinen gekrümmten Wänden und seiner beruhigenden beigen Farbkombination nun kleiner denn je. In einem solchen Gefährt sollte man nicht um sein Leben flüchten müssen.

Mardina fand einen Platz an der Wand neben einer Liege, auf der eine junge Frau mit ihrem Baby in den Armen lag. Sie setzte sich auf den Teppichboden, die Füße gegen eine Strebe gestemmt.

Kaum hatte sie es sich einigermaßen bequem gemacht, da hob der Floh auch schon mit einem viel heftigeren Ruck ab, als sie es vom frühmorgendlichen Pendelverkehr in Erinnerung hatte. Leute schnappten nach Luft oder schrien auf; einige wenige, die nicht sicher auf Liegen angeschnallt waren, stolperten und stürzten. Ein Baby begann zu weinen. Das Fahrzeug stieg immer höher, nicht wie bei einem kurzen Pendelflug, dies war ein einziger gewaltiger Sprung, der sie, wenn der Treibstoff erschöpft war, ein für alle Mal vom Merkur wegschleudern würde – wo sie im Raum treiben würden, bis jemand sie auflas, falls das überhaupt jemals geschah.

Mardina fragte sich, wie lange es noch dauern würde, bis der Nagel einschlug.

Und sie dachte über die Kernels nach.

Sie wusste, dass Kernels winzigen Wurmlöchern glichen, aus denen Energie austrat; sie konnten mithilfe von Lasern und Magnetfeldern geöffnet und geschlossen werden. Hatte jemand schon einmal eine Modellrechnung aufgestellt, was aus den Kernels und der von ihnen kanalisierten Energie werden würde, wenn der Nagel in den Boden des Merkurs getrieben wurde? Die Chinesen wohl kaum; sie hatten ja keinen Zugang zur Kernel-Physik. Vielleicht dachten sie, dies wäre bloß ein chirurgischer Schlag; der Deckel der Schatztruhe der Vereinten Nationen würde geschlossen, mehr nicht. Aber wenn sie sich irrten …

Mardina hatte noch immer ihre Tafel in der Hüfttasche. Als das schwerfällige Fahrzeug ruckelig weiter beschleunigte und die Passagiere sich allmählich beruhigten, holte sie die Tafel heraus und schaute zu der Frau mit dem Baby hinauf. »Entschuldigen Sie. Darf ich Ihre Kommunikationsschnittstelle benutzen? Die an Ihrer Liege …«

Die Frau zuckte die Achseln und barg den Kopf des Babys an ihrer Brust.

Mardina zog einen kleinen Ohrhörer an einem Glasfaserkabel von der Liege zu sich herunter. Sie strich mit ihrer Tafel darüber, um ihre ID einzugeben. Der Ohrhörer leuchtete auf, und sie klemmte sich den Bügel hinters Ohr. »Ich möchte mit meiner Tochter sprechen. Beth Eden-Jones.« Sie gab eine weitere ID ein, um Beth zu identifizieren. »Ich weiß, dass sie sich auf einem Jumboschiff befindet, das zum äußeren Sonnensystem unterwegs ist. Ich werde eine Nachricht aufzeichnen, und ich möchte, dass du die Verbindung herzustellen versuchst, bis du eine Antwort bekommst, okay?«

»Bestätigt«, antwortete eine leise synthetische Stimme.

Die gemeinsamen Kommunikationssysteme des Sonnensystems funktionierten also immerhin noch. Sie schaute sich befangen um. Niemand schenkte ihr Beachtung, aber sie senkte trotzdem den Kopf. »Hallo, Süße, ich bin's, deine Mom. Du wirst nicht glauben, wo ich gerade bin …«

Ein greller Lichtstrahl jenseits der Kabinenwände, völlig geräuschlos, wie ein herabstürzender Meteor. Die Leute drehten sich beunruhigt um.

Der Floh stieg immer noch vom Merkur in die Höhe, so zügig wie zuvor.

»Wenn ich Gelegenheit dazu habe, erzähle ich dir alles. Aber die Hauptsache ist, es tut mir leid, dass ich dich General Lex übergeben musste, selbst wenn er mir wirklich einen Gefallen schuldet. Ganz gleich, wohin es dich verschlägt, ich komme dich suchen. Vergiss nicht, dass ich immer …«

# 85

Überwachungsgeräte im Weltraum und anderswo beobachteten das Ereignis, rekonstruierten anschließend seine Folgen und meldeten den Überlebenden ihre Schlussfolgerungen. Oder versuchten es.

Der Nagel schlug mit einem Prozent der Lichtgeschwindigkeit auf der Oberfläche des Merkurs ein, genau am Zielpunkt, bei der kernelphysikalischen Anlage in Caloris.

Er übertrug die kinetische Energie eines Asteroiden mit einem Durchmesser von dreihundert Metern, der sich mit interplanetarischer Geschwindigkeit bewegte. Eine Energiefracht, die sämtlichen Nuklearарsenalen der Erde im gefährlichsten Moment des Kalten Krieges im zwanzigsten Jahrhundert entsprach. Eine Energiefracht, die dem gesamten monatlichen Output des Planeten in den verschwenderischsten Tagen des einundzwanzigsten Jahrhunderts entsprach. Diese ganze Energie wurde in weniger als einer Millisekunde in die obere Kruste des Merkurs und in die Kernel-Flöze darunter gepumpt.

Die Kernel-Anlage wurde zusammen mit einem breiten Streifen der Kruste vollständig zerstört, Gestein verdampfte zu Gas. Die geschmolzenen Wände eines riesigen neuen Kraters rollten über die zerbeulte Oberfläche dieser Welt.

Aber der Einschlag des Nagels war nur der Auslöser. In Reaktion auf den gewaltigen Schock öffneten sich Kernels in Schichten tief unter der Oberfläche gähnend weit, wie die Schnäbel von Vogelküken. Und ein Energieimpuls von einer Intensität, wie ihn das Sonnensystem noch nie zuvor erlebt hatte, wurde freigesetzt, getragen von einer Flut von Photonen mit kurzer Wellenlänge sowie Röntgen- und Gammastrahlen, die mit Lichtgeschwindigkeit vom Einschlagsort davonrasten, und anschließend von einer Wellenfront massereicher Teilchen, die sich etwas langsamer bewegten, aber selbst hochenergetisch waren.

Nach einer Fünfzigstelsekunde war der Strahlungsimpuls durch den Körper des Merkurs gewandert. Auf der anderen Seite des Planeten wurde die Gesteinskruste verflüssigt. Alle menschlichen Einrichtungen auf dem Merkurboden waren im Nu verschwunden. Selbst der Eisenkern brodelte.

Nach einer weiteren Fünfzigstelsekunde brach die Photonenwelle über den flüchtenden Bodenhüpfer-Floh und den Rest der Armada zerbrechlicher Flüchtlingsschiffe herein, die von der Oberfläche emporstiegen. Für Mardina war es, als ginge ein Licht in ihrem Kopf aus, im Innern ihres Schädels.

Nach acht Minuten erreichte die Photonen-Stoßwelle die Erde.

# 86

Officer Rob Trant war im Dienst. Er fuhr im östlichen Teil von New Prudhoe, Alaska, herum.

Er war sich des Datums und des Zeitpunkts sehr wohl bewusst. In diesem Moment sollte der Nagel den Merkur treffen, wie seine Mutter, Monica, ihn gewarnt hatte. Doch trotz dieses Zugangs zu internen Informationen wusste er nicht viel mehr über die internationale Krise als jeder andere Cop im Land.

Man hatte sie über Befürchtungen in Kenntnis gesetzt, dass die wie auch immer gearteten Geschehnisse da oben im Weltraum Rückwirkungen auf die Erde haben könnten: vielleicht eine Erhebung von Angehörigen der chinesischen Volksgruppe in den Städten, oder im Anschluss daran irgendwelche Vergeltungsangriffe auf sie. Was auch immer. Bis jetzt hatte Rob in den zerstörten Vororten, in denen er Streife fuhr, nichts Ungebührliches gesehen. Aber er wusste, dass die Nachrichten von den Ereignissen auf dem Merkur, auch wenn sie noch so dramatisch waren, lange Minuten brauchen würden, um mit Lichtgeschwindigkeit hier heraus zu kriechen.

Er persönlich glaubte nicht, dass die Sache irgendwelche schlimmen Folgen haben würde. Die ganze Geschichte mit dem chinesischen Winter war schließlich auch eine Art Bluff gewesen.

Rob wusste, dass sich seine Mutter im Zentrum von alledem befand, auf dem Merkur. Er hätte sie niemals überreden können, von dort wegzugehen. In den letzten Tagen war sie ihm gegenüber so offen wie schon lange nicht mehr gewesen, eigentlich seit dem Augenblick, an dem er endlich gegen sein Leben unter einer Kuppel auf dem Merkur rebelliert und sich seine teilweise abgeschlossene IRF-Ausbildung zunutze gemacht hatte, um auf der Erde Polizist zu werden. Angesichts der langen Minuten der Lichtverzögerung zwischen den Welten war es schwer, ein vernünftiges Gespräch zu führen. Sie hatte versprochen, ihm heute eine Nachricht zu schicken, ein langes Schreiben. Aber die Nachricht war nicht gekommen. Noch nicht.

Er vermisste seine Mutter. In einsamen Momenten gestand er sich das ein. Er war zweiundvierzig Jahre alt, war in seinen Zwanzigern zur Erde gekommen und immer zu sehr ein *Alien* gewesen, um enge Freunde zu finden, sich zu verlieben. Die Gesellschaft seiner Mutter fehlte ihm, aber er machte sich momentan keine Sorgen um sie. Er konzentrierte sich auf seinen Job.

New Prudhoe war ein weitläufiges städtisches Ballungsgebiet, keine siebzig Jahre alt – das verrieten einem die historischen Gedenktafeln und Wegweiser, die man überall fand –, ein Produkt der großen Wanderungsbewegungen nach Norden im letzten Jahrhundert. Für Trant fühlte es sich schon weitaus älter an, vor allem in den Vierteln, in denen er arbeitete, ehemals wohlhabenden Mittelschichts-Vororten, die in der günstigen Post-Klimaschock-Konjunktur an dieser Küste des Nordpolarmeeres aufgeblüht waren. Doch nun war der chinesische Winter gekommen und geblieben, die Geschäfte schlossen, die Menschen verloren ihre Jobs und zogen bis auf Weiteres nach Süden, sodass nur diverse Blindgänger, die nicht wegziehen konnten oder wollten, die Blutsauger, die sie ausnahmen, und Cops zurückblieben. Und dann waren ein paar andere Typen mit ihren eigenen neuen Lastern wieder zurückgekehrt: in letzter Zeit hitzköpfige Kids, die zwar süchtig nach *Asgard* oder anderen Live-Action-Games, aber der Simulation überdrüssig waren, keine Lust mehr hatten, jeden Tag zu sterben, und nun den Thrill des Echten wollten. Nun, heute fühlte sich Rob in seinem gepanzerten, waffentechnisch hochgerüsteten Streifenwagen mit der superintelligenten, ewig wachsamen KI einigermaßen sicher. Außerdem lag die letzte Aufräumaktion der Nationalgarde nach einer heftigen Konfrontation, bei der ganze Stadtteile gebrannt hatten, noch nicht lange zurück.

Mittlerweile musste der Nagel bereits an seinem Ziel eingetroffen sein. Rob schaute auf seine Armbanduhr und versuchte sich zu erinnern, wie groß die Zeitverschiebung zwischen Erde und Merkur momentan war.

Deshalb dachte er gerade an seine Mutter, als es kam.

Der Wagen war soeben in eine lange Allee eingebogen, zu Zeiten der Erholung nach den Klimaschocks das Herzstück der neuen Stadt; jetzt waren jedoch nur einige wenige vollautomatische Wagen unterwegs. Also schaute Rob zufällig nach Süden, als die Photonen-Stoßwelle über die Erde hinwegspülte. Rob sah sie als eine Woge aus grellem Licht, die unter dem Horizont heraufstieg, aber gleich darauf den Wagen und seinen Kopf ausfüllte.

Mit einem Mal fühlte es sich an, als würden sich ihm die Augen aus dem Kopf brennen, und in seinem Blickfeld wechselte alles von blendendem Weiß zu völligem Schwarz. Er schlug den Arm vors Gesicht und schrie auf. Er tastete nach der am Armaturenbrett befestigten Tafel, um das zu melden, diesen atomaren Angriff oder was auch immer. Er musste es melden. Seine Augen waren Löcher der Qualen. Ihm war innerlich *warm*, als hätte man ihn in eine Mikrowelle gestopft …

Auf der langen, weitgehend leeren Allee fuhren die Autos leise und ruhig geradeaus weiter. Ihre Bord-KIs übernahmen die Kontrolle von Fahrern, die schreiend um sich schlugen und die Finger in blicklose Augen krallten, bis die Strahlung schließlich die Elektronik briet und die Wagen zur Seite schwenkten.

Das war erst der Anfang. Der Teilchensturm, der langsamer reiste als das Licht, würde erst in zwei Stunden eintreffen.

# 87

In Erdscheins Bunker blieb alles ruhig. Als die schlimme Nachricht vom Himmel die Bildschirme füllte, arbeitete das Personal weiter an seinen Überwachungsgeräten und Tafeln, zeichnete auf und analysierte. Sir Michael King, der mit seinem Stock steifbeinig herumwanderte, ging zu den einzelnen Mitarbeitern und versicherte ihnen, dass sie gern eine Pause machen und Kontakt zu Angehörigen an der Oberfläche aufnehmen dürften, wenn sie wollten. Die meisten von ihnen blieben, wo sie waren, als könnten sie den größeren Horror irgendwie in Schach halten, indem sie mit ihrer Arbeit fortfuhren und sich an die Routine klammerten.

Nun zeigten die Bildschirme einen dunkler und dicker werdenden Smog, der den unerträglich grell leuchtenden Himmel verbarg.

King stürmte in Erdscheins Allerheiligstes. »Und wie geht es jetzt weiter? Wir hatten den Blitz – was kommt als Nächstes?«

»Massereiche Teilchen«, sagte Erdschein – oder zumindest die halbtransparente Partialversion, die der Primär bei seiner Flucht auf die *Tatania* zurückgelassen hatte. »Die Ozonschicht ist nicht mehr vorhanden. Die Erdoberfläche wird von ultravioletten Strahlen und Gammastrahlen gepeitscht. Grundlegende zellulare Funktionen des Lebens nehmen Schaden.« Die Projektion schaute nachdenklich drein. »Menschen werden *gekocht*. Tiere auch. Und jetzt kommt der kosmische Strahlensturm.

Das wissen wir von den letzten noch funktionsfähigen Satelliten, die durch den Erdschatten vor dem Blitz geschützt waren. Die hochenergetischen Partikel werden Atmosphärenmoleküle wie Sauerstoff und Stickstoff zertrümmern und Stickstoffdioxid bilden. Ein Teil davon verbindet sich dann mit Wasser zu Salpetersäure – saurem Regen –, während der Rest in der Luft bleibt, um das Sonnenlicht zu blockieren, das …«

»Es ist ein Aussterbeereignis«, hauchte King.

»In der Tat. Als ob im Herzen des Sonnensystems eine Gammastrahlenexplosion stattgefunden hätte.«

»Und die Menschen?«

»Der Blitz wird die unmittelbarste Wirkung haben. Bald wird auch die Strahlung ihr Werk tun; diverse Krebserkrankungen werden die meisten Überlebenden der vorläufigen Bestandsregulierung dahinraffen.«

»Bestandsregulierung? Was ist das denn für ein beschissenes Wort? Und ihr, ihr Mistkerle? Ihr Kern-KIs?«

»Oh, wir werden in unseren tief unter der Erde verborgenen Schutzräumen überleben. Ich jedenfalls – in meinem zentralen Bunker, mit diesem Speicher als primärem Back-up und dem Partial, das ich mit Penny Kalinski in den Weltraum geschickt habe, als sekundärem.«

»Und dann?«

Erdschein zuckte die Achseln. »Irgendwann wird eine neue Sphäre des Lebens die Erde bevölkern. Vielleicht werden wir einen gewissen Einfluss auf die Zukunft haben. Ich selbst natürlich nicht. Ich bin ja geflohen …«

»Ich hätte große Lust, dir wehzutun.«

»Es ist nicht meine Schuld. Wir haben versucht, mithilfe des Weltenrats Frieden zu schaffen. Aber ich verstehe Ihre Gefühle.«

»Wessen Schuld ist es dann? Unsere? Die der Chinesen?«

»Vielleicht weder noch. Einige Berichte sind darüber aufgetaucht, wie all das angefangen hat – auf dem Mars, auf Ceres. Allerdings bezweifle ich, dass irgendwelche Historiker überleben werden, die die Abläufe umfassend rekonstruieren könnten. Ich lade so viel wie möglich in meine Partial-Zwillinge im tiefen Speicher und auf der *Tatania* hoch …«

»Irgendein Mistkerl hat auf den Abzug gedrückt, stimmt's? Darauf läuft es doch letztlich hinaus. Ohne die paar Minuten abzuwarten, die es gedauert hätte, um eine Bestätigung von der Erde zu bekommen. Herrgott. Davor hat man im ersten Kalten Krieg immer Angst gehabt, weißt du. Dass der Kommandant eines Atom-U-Boots, ohne Kontakt zu seiner Regierung, die Sache selbst in die Hand nehmen würde.«

»Aber wir wissen noch immer nicht genau, was anschließend geschehen ist. Es hat fragmentarische Meldungen über Meutereien gefangener UN-Besatzungsmitglieder auf dem Nagel gegeben – und über Gegenmeutereien der Chinesen, noch während er auf den Merkur zustürzte. Am Ende hatte vielleicht niemand mehr die Kontrolle; kurz vor dem Einschlag war der Nagel selbst ein Kriegsgebiet. Niemand war mehr in der Lage, ihn abzulenken, selbst wenn ein entsprechender Befehl gekommen wäre. Wie angemessen, dass das Ende auf diese Weise kommt. Ein Krieg, den niemand wollte und von dem man glaubte, er ließe sich durch Sentimentalität eindämmen. Ein Krieg, der nicht von einem einzelnen Befehl ausgelöst wurde, sondern von Dummheit, Arroganz und mangelhafter Kommunikation.«

Seine Stimme klang ausdruckslos, und in seinen Worten lag kein Werturteil, dachte King; dank fehlender Verarbeitungskapazität und mangelnder Auflösung hatte er ein glattes Gesicht, wirkte statisch und wenig überzeugend.

Plötzlich erkannte King, dass er allein in diesem Raum war. Ganz allein. Er sprach mit niemandem. Er ging zur Tür. »Herrgott, ich brauche einen Drink.«

# 88

Zu dem Zeitpunkt, als der Nagel auf dem Merkur einschlug, war die *Tatania* schon seit drei Tagen unterwegs. Sie hatte das Erde-Mond-System auf geradem Wege verlassen, weg von der Sonne, und war mehr als dreimal so weit von dieser entfernt wie die Erde, als Beth eine fragmentarische Nachricht von ihrer Mutter empfing.

*»Es tut mir leid, dass ich dich General Lex übergeben musste, selbst wenn er mir wirklich einen Gefallen schuldet. Ganz gleich, wohin es dich verschlägt, ich komme dich suchen. Vergiss nicht, dass ich immer …«*

Und dann, unmittelbar danach, der Blitz, blendend hell, aus dem Herzen des Sonnensystems. Die Brücke wurde von Licht durchflutet.

Beth sah, wie sie reagierten. Lex McGregor in seinem Kapitänssessel drückte den ohnehin schon geraden Rücken noch mehr durch. Penny Kalinski ergriff Jiangs Hände. Erdschein, das unheimliche virtuelle Ich, schien einzufrieren. Offenbar wussten sie alle, was geschehen war, und kannten die Bedeutung des Blitzes.

Alle außer Beth.

»Was ist?«, fauchte sie. »Was war das? Was ist passiert?«

Erdschein wandte ihr sein seltsames künstliches Gesicht zu. Selbst nach all ihren Jahren im Sonnensystem hatte Beth sich noch immer nicht ganz daran gewöhnt, ihre Welt mit

Pseudo-Menschen zu teilen. »Sie haben den Wolf des Krieges von der Leine gelassen. Wir, die Menschheit, wir hatten ihn mit Verträgen, mit Worten gefesselt. Das ist vorbei. Und nun *das da.*«

»*Sie* sind ...«

»Die Lukenbauer. Wer sonst?«

»Und du, du bist kein Mensch. Du sagst *wir*. Dazu hast du kein Recht.«

Die Projektion sah sie traurig an. »Ich war einmal ein Mensch. Mein Name war Robert Braemann.«

Und sie starrte ihn an, bis ins Mark schockiert von dem Namen.

Lex McGregor drehte sich zu Penny um. »Das waren also die explodierenden Kernels. Stimmt's, Kalinski?«

»Ich glaube schon.«

»Was müssen wir tun? Wir sind so weit von dem Blitz entfernt, dass er uns keinen unmittelbaren Schaden zufügen kann, glaube ich. Gesegnet sei die Abnahme der Intensität mit dem Quadrat des Abstands. Was kommt als Nächstes?«

Penny schien zu überlegen. »Wahrscheinlich ein Teilchensturm. Wie hochenergetische kosmische Strahlung. Konzentrierte kleine Energiepakete, aber langsamer als das Licht. Sie werden in ein paar Stunden hier sein. Schwer abzuschätzen.«

»Okay. Vielleicht sollte ich den Antrieb für eine Weile abschalten und das Schiff drehen, sodass die Schutzschilde gegen die interstellare Materie zwischen uns und dem Merkur sind?«

»Wäre vielleicht eine gute Idee.«

Beth verstand nichts von alledem. »Und was ist mit der Erde? Was ist aus der Erde geworden?«

Penny erwiderte ihren Blick. »Das Leben wird sich letztendlich erholen. Aber im Moment ...«

Beth stellte sich ein verbranntes Land vor, einen schwarzen, leblosen Ozean.

McGregor begann mit der Prozedur, den Hauptantrieb abzuschalten und das Schiff zu drehen. Seine Stimme war ruhig und kompetent, während er mit seiner Crew die Checklisten abarbeitete.

# 89

## 2217

Auf der Tagseite von Per Ardua waren die Sterne nicht zu sehen, außer Proxima selbst und die prachtvollen primären Zwillingssonnen von Alpha Centauri. Aber die Menschen, die Yuri, Liu und Stef in den Jahren nach ihrem Pioniertreck gefolgt waren, um die dunkle Seite zu erforschen, hatten den Nachthimmel wiederentdeckt. Eine ganz neue Generation musste die Sternbilder lernen.

Eine Distanz von vier Lichtjahren war nicht viel im Maßstab jenes Raumvolumens, das die vielen Tausend für das menschliche Auge sichtbaren Sterne enthielt; der Himmel von Per Arduas endloser Nacht unterschied sich kaum von dem, den man von der Erde aus sah, und abgesehen vom hellen Licht der nahen Alpha-Sterne waren die Sternbilder meistens sehr ähnlich. Genau wie auf der Erde war Kassiopeia besonders beliebt, weil man ihre W-Form leicht erkennen konnte. Von Per Ardua aus gesehen beinhaltete dieses Sternbild jedoch noch einen matt leuchtenden Stern mehr. Dieses Anhängsel am W war Sol, der Proxima-nächste Stern nach den Alphas, ein Lichtkörnchen, in dessen unmittelbarer Umgebung sich bis zu den ersten Flügen nach Proxima die gesamte Menschheitsgeschichte abgespielt hatte. Eltern wiesen ihre Kinder nachdrücklich darauf hin.

Wenig mehr als vier Jahre nach dem Krieg flammte Sol so hell auf, dass sie für kurze Zeit selbst auf Per Arduas Tagseite zu sehen war.

# 90

Stef sah Yuri an. »Eine Gravitationsveränderung. Genau wie bei den Luken auf dem Merkur und auf Per Ardua. Wir sind also schon da. Wo immer *da* sein mag. Und im Universum draußen ist mehr Zeit vergangen. Jahre vielleicht, oder ...«

»Oder Jahrhunderte.« Yuri grinste. »Sollen wir?«

In der letzten Kammer gab es keine Leiter, aber der geschlossene Deckel über ihnen wies einen Handabdruck-Schlüssel auf. Yuri hob Stef auf seine Schultern, sodass sie den Schlüssel betätigen konnte. Während sie herumfummelte, ächzte er. »Mach schon, Frau.«

»Schau uns an. Zwei alte Idioten, die den interstellaren Raum erforschen.«

»Aber wir sind hier.«

»Das sind wir.«

Endlich klappte der Deckel hoch. Es gab ein leises Ploppen, als der Druckausgleich erfolgte. Sie schauten in einen blauen, scheinbar harmlosen Himmel hinauf – und die Luft, die lauter seltsame Gerüche hereintrug, war vielleicht ein wenig dünn und kalt, aber zweifellos gesunde, sauerstoffreiche Luft. Yuri atmete bewusst weiter. Sie hatten keinen zusätzlichen Sauerstoff dabei; es hätte nichts genützt, den Atem anzuhalten. Aber er spürte keine nachteiligen Auswirkungen.

Stef kletterte aus der Grube und streckte dann die Hand hinunter, um Yuri beim Hochklettern zu helfen. Auch diesmal hatten sie wieder einige Schwierigkeiten. Es war grotesk, dachte Yuri, zwei Scheintote, die aus einem Loch im Boden kletterten. Endlich war er draußen, und sie sahen sich an und lachten.

Dann standen sie zusammen da, eine neue Welt vor Augen.

Sie befanden sich auf hoch gelegenem Gelände, das zu einer purpurrot und weiß gestreiften Ebene abfiel, auf der ein paar vereinzelte schlanke, orangefarbene Kegel standen, Vegetation vielleicht. Rechts von ihnen stieg das Gelände zu einem Felsmassiv an – nein, es war zu regelmäßig, um natürlichen Ursprungs zu sein, erkannte Yuri langsam. Es war irgendein gewaltiges *Gebäude*, eine schräge Stirnseite, über die sich tiefe Furchen zogen. Am Horizont sah er weitere, nebelverhangene Berge, die ebenfalls verdächtig regelmäßig aussahen, wie riesige Pyramiden.

Eine große, tief stehende Sonne beherrschte den Himmel. Ihre Scheibe war von dunklen Flecken zernarbt.

»Wow«, sagte Stef schlicht.

Yuri holte seine schon ziemlich betagte IRF-Tafel heraus, die drahtlos mit der Prozessoreinheit der KolE in seiner Brusttasche verbunden war. »Kannst du das alles sehen, alter Knabe?«

Ein einzelnes grünes Licht blinkte an der Tafel auf.

»Also, irgendeine Idee, wo wir sind?«

»Überhaupt keine«, sagte Stef. Sie zeigte auf die große Sonne. »Die sieht wie eine weitere Proxima aus, wie ein weiterer Zwerg der M-Klasse. Aber die Galaxis ist voller M-Zwerge. Wir könnten überall sein …«

Links von ihnen strich ein riesiger Schatten über den Boden. Yuri schaute hoch.

»Ich denke, wir sollten uns in Bewegung setzen«, sagte Stef, die noch immer nach vorn schaute. Sie hatte den Schatten offenkundig noch nicht bemerkt. »Wenn es uns gelingt, irgendwelche Sterne zu sehen, können wir vielleicht ein Sternbildmuster rekonstruieren und so herausfinden, wo wir sind. Ich habe die 3D-Positionen der nächstgelegenen Sterne in meine Tafel geladen.«

»Oder«, sagte Yuri, »wir könnten einfach fragen.« Er zeigte nach oben.

Endlich drehte sie sich um.

Über ihren Köpfen sank ein Fahrzeug herab und setzte zur Landung an.

Es sah aus wie ein riesiges Luftschiff. Es bewegte sich zügig und lautlos. Außen am Rumpf trug es ein Symbol, gekreuzte Äxte mit einem Christenkreuz im Hintergrund, darüber eine Aufschrift:

S P Q R

Von einer elegant aussehenden Gondel wurden Anker herabgelassen. Als das Fahrzeug in der Luft zum Stehen gekommen war, entrollte sich eine Strickleiter, die bis zum Boden reichte. Unter ihren erstaunten Blicken öffnete sich eine Luke, und ein Mann kletterte die Leiter herunter.

Kaum hatte er den Boden erreicht, kam er auch schon auf sie zu. Er trug einen Helm mit Federschmuck und einen scharlachroten Umhang über einer Tunika aus Bärenfell, wie es schien. Die Unterschenkel über den Schnürstiefeln waren nackt. An einer Hüfte trug er ein Schwert, an der anderen eine auffällige Handfeuerwaffe in einem Holster.

»Wer, zum Teufel, sind Sie?«, rief Yuri.

Der Mann kam mit festen Schritten näher. »*Fortasse accipio oratio stridens vestri*«, rief er zurück. »*Sum Quintus Fabius, centurio navis stellae ›Malleus Jesu‹. Quid estis, quid agitis in hac provincia? Et quid est mixti lingua vestri? Germanicus est? Non dubito quin vos ex Germaniae Exteriorae. Cognovi de genus vestri prius. Bene? Quam respondebitis mihi?«*

Immer wieder eine neue Tür, dachte Yuri. »Überlass das mir.« Er breitete die Hände aus und ging auf den zornigen Fremden zu.

*In den Herzen von hundert Milliarden Welten –*
*Über eine Billion sterbender Wirklichkeiten in einem tödlichen Multiversum hinweg –*
*In der chthonischen Stille –*

Herrschte Befriedigung. Das Netzwerk des Geistes dehnte sich weiter aus, von den älteren Sternen, den ausgebrannten Welten, hin zu den jungen, hinaus über die gesamte Galaxis. Es stieß auch tief in die Zeit vor, veränderte das Geschick unzähliger Billionen von Leben.

Aber die Zeit war knapp und wurde immer knapper.

Im Traum von der Endzeit lag ein Hauch von Dringlichkeit.

*Das Abenteuer geht weiter in:*

STEPHEN BAXTER

ULTIMA

# Nachwort

In diesem Roman geht es um das Leben auf einem »Exoplaneten«, einem Planeten außerhalb des Sonnensystems. Der erste solche Planet, der um einen normalen Stern kreiste (statt um einen Pulsar), wurde erst 1995 entdeckt. Zum Zeitpunkt der Entstehung dieses Buches haben wir schon Tausende solcher Welten gefunden (ein neuerer Überblick findet sich in Ray Jayawardhana, *Strange New Worlds*, Princeton, 2011). Auch im Sternsystem Alpha Centauri hat man mittlerweile einen ersten Planeten aufgespürt, wie im Oktober 2012 bekannt gegeben wurde (»An Earth Mass Planet Orbiting Alpha Centauri B« von Xavier Dumusque et al., *Nature*, 17. Oktober 2012).

Könnte Per Ardua existieren? Zum Zeitpunkt der Entstehung dieses Romans ist noch kein Planet von Proxima entdeckt worden, aber eine sorgfältige Untersuchung der scheinbaren Bewegungen des Sterns hat Obergrenzen für die Größe möglicher Planeten festgelegt (eine technische Abhandlung: Zechmeister, M., Kürster, M. Endl, M., »The M Dwarf Planet Search Programme at the ESO VLT+UVES: A Search for Terrestrial Planets in the Habitable Zone of M Dwarfs«, *Astron. Astrophys.*, Bd. 505, S. 859–871, 2009). Das Planetensystem, das ich für diesen Roman erfunden habe, berücksichtigt diese Grenzen. Proxima ist ein roter Zwerg – ein »M-Zwerg«. Früher dachten wir, nur sonnenähnliche Sterne könnten erdähnliche Welten besitzen. Jetzt vermuten wir, dass vielleicht auch

M-Zwerge wie Proxima bewohnbare Welten haben (»A Reappraisal of the Habitability of Planets Around M Dwarf Stars«, Jill Tarter et al., *Astrobiology*, Bd. 7, Nr. 1, S. 30–65, 2007).

Das Konzept von Sternenschiffen mit sehr leichten »intelligenten Segeln«, die von Mikrowellenstrahlen angetrieben werden, stammt von Robert Forward (»Starwisp: An Ultralight Interstellar Probe«, *Journal of Spacecraft and Rockets*, Bd. 22, S. 345–350, 1985) und wurde von Geoffrey A. Landis wieder-aufgenommen (»Microwave Pushed Interstellar Sail: Starwisp Revisited«, paper AIAA-2000–3337, vorgelegt auf der AIAA 36th Joint Propulsion Conference and Exhibit, Huntsville AL, 16.–19. Juli 2000). Ich habe stark über diese respektablen Arbeiten hinausextrapoliert.

Das klassische Werk *Interstellar Migration and the Human Experience*, herausgegeben von Ben Finney und Eric Jones (Berkeley, 1985), enthält viele Spekulationen über die Anthropologie und Ethik der Kolonisierung des Weltraums.

Ich bin Professor Adam Roberts zutiefst dankbar für einen Schuss Latein.

Für etwaige Fehler oder Ungenauigkeiten bin natürlich ausschließlich ich selbst verantwortlich.

*Stephen Baxter*
Northumberland, Dezember 2012